BASTEI
LÜBBE

BASTEI LÜBBE REBECCA BRADLEY IM TASCHENBUCH-PROGRAMM:

20 322 Die Heilige der Insel Gil

Rebecca

Bradley

Oballefs Vermächtnis

Roman

Ins Deutsche übertragen
von Frauke Meier

BASTEI
LÜBBE

BASTEI LÜBBE TASCHENBUCH
Band 20 334

Erste Auflage: Juni 1998

Deutsche Lizenzausgabe 1998 by
Bastei-Verlag Gustav H. Lübbe GmbH & Co.,
Bergisch Gladbach
Originaltitel: Scion's Lady
Original published by Victor Gollancz
Lektorat: Mona Gabriel/Stefan Bauer
Titelbild: Steve Crisp
Umschlaggestaltung: QuadroGrafik, Bensberg
Satz: Fotosatz Steckstor, Rösrath
Druck und Verarbeitung:
Brodard & Taupin, La Flèche, Frankreich
Printed in France
ISBN 3-404-20334-8

Der Preis dieses Bandes versteht sich einschließlich der gesetzlichen Mehrwertsteuer

Kapitel 1

Der Marktplatz lag in Trümmern; üppiges Grün drängte sich durch Risse und Spalten in den verfallenen Marktständen, umhüllte das wurmstichige Holz und wucherte dicht und ungesund aus dem giftigen, verschlammten Boden. Die Frau trat von dem Podest an Oballefs Brunnen herunter und wischte sich mit dem Rücken ihrer Marmorhand die Farbe aus dem Gesicht. Sie bedachte mich mit einem desinteressierten Blick und glitt davon.

Das Gitter über mir erzitterte. Ich sah auf und erblickte Augen zwischen den Maschen, Augen mit einer silbernen Iris und Pupillen aus schwarzem Stahl – die Dornen, die sich gegen den silberblauen Himmel abhoben. Sie beobachteten mich, während ich an meinen Fesseln und dem Ledergurt vor meiner Brust zerrte. Von irgendwoher ertönte ein Zischen. Das Gitter rasselte in seiner Verankerung und glitt langsam in den geölten Laufschienen herab. Es bewegte sich nur millimeterweise, und während die nach unten gerichteten Stacheln im Licht glitzerten, wurden die offenen Vierecke freien Himmels in dem Stahlgitter allmählich größer.

Calla setzte sich neben mir auf die Plattform. Auf dem Schoß hielt sie einen hübschen Knaben. Sie beugte sich über mich. »Was hast du erwartet, Tig?« fragte sie. »Dankbarkeit?«

»Bestimmt nicht.«

»Macht? Ruhm?«

»Du solltest mich eigentlich besser kennen.«

»Liebe?«

»Nie wieder. Nicht, seit du gestorben bist.«

Sie zog die Augenbrauen hoch. »Was dann?«

Während ich darüber nachdachte, blickte ich an Calla vorbei auf die Dornen des Vergnügungsturmes. Sie sahen inzwischen deutlich größer aus. Hinter den Verstrebungen des Gitters färbte sich der Himmel feuerrot.

Seewasser tropfte aus Callas Haaren auf mein Gesicht und rollte tränengleich über meine Wangen.

»Vermutlich habe ich genau das erwartet, was jetzt geschieht.«

Doch in diesem Augenblick lösten sich Calla und das Traumkind jedesmal auf, und wäre der Traum weitergegangen, so hätte ich als nächstes den Donner, das Brausen der übermächtigen Wellen und das Klagen der Verdammten gehört; sodann hätten sich die von grünem Schaum gekrönten Wellen tausend Fuß hoch über mich erhoben, hätte sich das Klagen zu einem Schrei vieler Kehlen gesteigert, und die grüne Gischt wäre herabgesunken, zunächst nur langsam, so wie die Dornen des Vergnügungsturmes, und die Wogen hätten die gebleichten Gebeine der Schiffe mit sich getragen, die Türme niedergerissen und die Schreie ertränkt – all das wußte ich in meinem Innersten. Ich zwang mich, die Augen zu öffnen und wischte mir mit einem Zipfel meiner Decke die Tränen aus den Augen. Einen Moment später schwang ich mich von meinem Bett herunter.

Leise drangen die frühmorgendlichen Geräusche der erwachenden Stadt tief unter meinem Fenster zu mir herauf: das Kreischen schlecht geölter Wagenräder, Händler, die frische Milch oder gekochten Haferbrei feilboten, die klagenden Rufe der Hähne und das Heulen einer kleinen Meute Hunde. In den anderen Schlafnischen herrschte Stille. Nur aus Angels Kammer drang tiefes, regelmäßiges Schnarchen an meine Ohren. Ich rieb mir die Augen und stolperte in mein Schreibzimmer, um mich meiner Arbeit zu widmen.

Seit sechs Jahren hatte sich jeder Morgen meines Lebens so abgespielt – die ersten sechs Jahre nach der Befreiung von Gil, die ersten sechs Jahre, seitdem ich gemeinsam mit der Heiligen von Gil den Kontinent des Reiches Sher im Ozean versenkt und das empfindliche Gleichgewicht der Welt in Unruhe versetzt hatten. Ich war davon überzeugt, daß das auch in Zukunft so bleiben würde, so wie ich davon überzeugt war, daß sich jeder Tag und jede Nacht für den Rest meines Lebens auf die gleiche Weise abspielen würde: Zölibatär, ganz in meine Arbeit versunken, würde ich meine Zeit in den Archiven vertrödeln, bis der Tod mich zu sich riefe, wäre auf meine bescheidene Art zufrieden, nur gestört von meinen Träumen. Ich hätte es besser wissen müssen.

Die Archive lagen in einer abgelegenen Ecke des Tempelpalastes und waren von den königlichen Gemächern aus nur über lange Korridore, eine steile Treppe und ein Vorzimmer zu erreichen, das mit Lattenkisten und kaputten Möbeln vollgestellt war. Von den Kammern abgesehen, die wir gesäubert und mit Bücherregalen, Schriftrollenständern und Schreibtischen ausgestattet hatten, waren die meisten Räume in diesem Flügel entweder leer oder nach wie vor mit Abfall gefüllt, der noch aus der Zeit der sheranischen Herrschaft stammte. Shree, Angel und ich schliefen gemeinsam mit unseren wenig geachteten Schülern in einem großen Raum, den die Sheraner schon vor Jahrzehnten als Schlafraum für die persönlichen Leibwächter des Gouverneurs eingerichtet hatten. Wir machten einen ungepflegten Eindruck, waren tintenbefleckt, wahrscheinlich mangelernährt, oftmals übelriechend und so bleich wie Fischbäuche, weil wir zuwenig Zeit in der Sonne verbrachten. Es kam nur selten irgend jemand in unsere Nähe. Es war wirklich eine herrliche Zeit.

An diesem Morgen, dem Morgen vor der Nacht, die mein Leben erneut verändern sollte, bearbeitete ich eine Schriftrolle, die mit dem letzten Schiff aus Sathelforn gekommen war. Das Schriftstück war vom neuen Bund der Nationen in Auftrag gegeben und bezahlt worden und hatte die Lucianische Intelligenzija, eine Gruppe bemerkenswerter Gelehrter, ein ganzes Jahr harter Arbeit gekostet. Die Ränder der Schriften strotzten von kunstvollen Verzierungen, die Kalligraphie war unvergleichlich, das Papier dick und glatt; andererseits war der Text nichts weiter als ein Haufen Rattendreck. Als Angel und Shree sich zu mir in den Schreibraum gesellten, überlegte ich gerade, wie viele richtige Bücher wir für das Geld hätten kaufen können, das wir für diese Schriftrolle verschwendet hatten.

Shree, der sich noch die Reste seines Frühstücks aus den Zähnen kratzte, zog die Schriftrolle zu sich hinüber und las ein paar Zeilen. Obwohl er nun bereits seit sechs Jahren einen Stuhl in den Archiven wärmte, sah er noch immer wie ein Kämpfer aus, und seine Bewegungen waren so geschmeidig wie eh und je. Trotzdem konnte er lucianische Texte fast so schnell übersetzen wie ich selbst. Nun gluckste er, um gleich darauf in lautes Gelächter auszubrechen, und schob mir die Schriftrolle wieder zu.

»Ich weiß nicht, was daran lustig sein soll, Shree«, murrte ich übellaunig. »Diese Ansammlung von Lügen hat uns beinahe ein Viertel unseres Jahresetats gekostet.«

»Das sind keine Lügen, Tig«, kicherte er. »Das ist Politik. Diplomatie, wirklich faszinierend. Hör dir diese Einleitung an, Angel!« Er nahm die Schriftrolle erneut an sich und begann, laut zu übersetzen. *»Doch, siehe, im dreiundsiebzigsten Jahre der Sheranischen Herrschaft fanden sich die Götter aller Völker zusammen, um den Stolz und die Gottlosigkeit zu zerstören, die das Reich Sher waren; und so schickten sie eine große Welle, die Sher mit all seinen großen Städten verschluckte, selbst Iklankish, die Hauptstadt im Westen und Krin im Osten und Kishti im Süden und alle Menschen, die im Lande waren. Und die Welle ließ das ganze Reich in der tiefen See versinken und zerstörte Sher durch Wasser, so wie in alten Zeiten Fathan durch Feuer vernichtet wurde. Überall in den Ländern und auf den Inseln aber erhoben sich die Menschen und befreiten sich von dem bösen Joch, und sie gingen hin und töteten die Sheraner in ihren Festen, versenkten ihre Schiffe, verbrannten ihr Kriegsgerät und reinigten das Antlitz der Welt vom faulenden Schmutz ihrer bösen Taten, denn die Sheraner waren verflucht, und also waren auch ihre Taten verflucht. Und so begann dank der Gnade der Götter aller Völker ein neues Zeitalter des Friedens und des Wohlstandes.«*

»Propaganda«, knurrte ich. »Teure Propaganda.«

»O Tig, hör auf, dich wegen deines kostbaren Budgets

zu beklagen. Du bist doch nur wütend, weil sie dich und die Heilige übergangen haben.«

Ich schnaubte. »Das ist nicht wahr. Von mir aus dürfen die Götter aller Völker oder wer auch immer gern die Lorbeeren für die Zerstörung Shers kassieren. Trotzdem ärgere ich mich über den anderen Unsinn.«

»Das Abschlachten der Garnisonstruppen? Zerstörung des Werkes der verfluchten Sheraner? Der Beginn eines neuen wundervollen Zeitalters?« erkundigte sich Shree grinsend.

Ich konnte sein Amüsement nicht teilen. Zwar stimmte es durchaus, daß die überlebenden sheranischen Söldner es nach dem Untergang ihres Reiches zunächst nicht gerade leicht hatten, doch am Ende hatte es mehr Abkommen und Geschäfte als Morde gegeben. Mehr als nur ein kleines Königreich verdankte seinen fortwährenden Bestand ein oder zwei Regimentern gutbezahlter sheranischer Söldner. Und von einer Reinigung der Welt von dem sheranischen Unrat konnte keine Rede sein. Die Bürger der verschiedenen Nationen waren vielmehr darauf aus gewesen, alles einzusammeln, was die Sheraner zurückgelassen hatten, um es anschließend gegeneinander zu verwenden.

Aber die hochwürdigen lucianischen Gelehrten hatten die Erwähnung dieser Tatsachen natürlich aus politischen Gründen vermieden.

Noch immer kichernd beugte sich Shree über die Schriftrolle und deutete mit seinem tintenverschmierten Zeigefinger auf einige besonders auffällige Unwahrheiten, um sie Angel zu zeigen. Angel schüttelte seinen ergrauten Schopf. Ich glaubte, hinter dem wildwuchernden Haar auf seinem Gesicht ein Ausdruck der Sorge zu sehen, doch ich war nicht sicher. »Sei mal einen Moment still, Shree«, sagte ich. »Angel, was denkst du darüber?«

Mit der enormen Ehrfurcht, die Schriftstücke stets in ihm erweckten, nahm er Shree vorsichtig die Schriftrolle aus der Hand, ohne sie jedoch mit der für ihn üblichen liebevollen Zuneigung zu behandeln. »Friede und Wohlstand?« sagte er so zweifelnd wie jemand die Behauptung aufstellen mag, die Sonne würde im Westen aufgehen. »Glauben die das?«

»Nein, natürlich nicht«, entgegnete Shree und klopfte Angel auf die Schulter.

»Warum schreiben sie es dann?«

Shree seufzte. »Das ist Politik, Angel. Ich werde es dir erklären.«

Er bemühte sich redlich. Angel wußte alles über Grausamkeit, über Betrug, Folter, Zerstörung und Gewalt, nachdem er ein ganzes Leben damit zugebracht hatte, die Sheraner durch Belüftungsschlitze in den Mauern des Palastes zu beobachten, doch Diplomatie war ihm noch immer ein Rätsel. Shree bemühte sich, die Puzzlestücke für ihn zu ordnen. Ich hörte nicht weiter hin, sondern ging statt dessen zum Fenster und blickte auf die Stadt hinunter, die sich tief unter mir ausbreitete.

Die Jahre des Wiederaufbaus hatten an der Aussicht von hier nicht viel geändert. Verfallene Hütten und verrottende und brennende Müllhaufen säumten die Küstenstraße bis hin zu den Randgebieten der Stadt, wenngleich hier und da neue Villen in gepflegten, ummauerten Gärten entstanden waren. Auch Lussilas neues, großes Bordell, das sie in bevorzugter Lage am Hafen eröffnet hatte, verschwand beinahe hinter den diversen Anbauten. Die Ufermauern, die die Sheraner aus gestohlenen Steinen erbaut hatten, waren eingerissen worden, um erneut als Baumaterial zu dienen. An ihrer Stelle zogen sich nun helle Linien gleich den Narben alter Wunden durch die Stadt.

Mit neuem Interesse lehnte ich mich weiter zum Fenster hinaus, als ein großes, eindrucksvolles Segelschiff an der Hafeneinfahrt erschien. Es war vom Bug bis zum Heck an jedem einzelnen Mast mit leuchtenden, gelben und karmesinroten Flaggen geschmückt. Während ich hinuntersah, glitt das Schiff majestätisch an den Wellenbrechern vorbei zu einer der Anlegestellen. Die gewaltige Galeere ließ alles andere im Hafen unendlich klein erscheinen. Ich unterbrach Shrees Unterricht und rief die beiden anderen ans Fenster.

»Miishelische Farben, nicht wahr?« fragte Shree einige Augenblicke später. Er klang ziemlich überrascht. »Wie kommt so ein unbedeutendes Inselreich am Ende der Welt zu so einer Ehre?«

»Wer weiß?«

Ein Farbfleck am Hafen erregte meine Aufmerksamkeit. Während die Galeere im Hafen vor Anker ging, kam eine Phalanx kleiner Gestalten mit unzähligen grünen Bannern auf den Kai zu. Flemen auf dem Kriegspfad, und das zu so früher Stunde. Um diese Zeit konnte nur ein besonders wichtiger Gast sie aus ihren Betten locken.

Ich wandte mich zu den anderen um. »Habt ihr eine Ahnung, was da vorgeht?«

»Nicht die geringste«, entgegnete Shree achselzuckend, während Angel mich nur ausdruckslos anstarrte.

»Was um alles in der Welt wollen die in Gil?«

»Wahrscheinlich wollen sie nichts von uns, sondern der Primas etwas von ihnen«, meinte Shree. »Ich wette, er hat die letzte Woche damit zugebracht, Arkolef das einem Hohen König angemessene würdevolle Kriechen beizubringen. Das ist auch eine Art von Diplomatie, Angel.«

An dem miishelischen Schiff wurde die Landungsplanke heruntergelassen, und das Licht der Morgensonne brach sich in einem ganzen Wald himmelwärtsgerichteter Trompeten, deren Fanfarenstoß allerdings außer Hörweite verhallte. »Sprich nicht so abfällig über meinen Bruder«, rügte ich geistesabwesend. »Er kann nichts dafür, daß er dumm ist. Und wenn der Primas Hilfe aus Miishel gewährt bekommt, dann wünsche ich ihm alles Gute. Vielleicht erreicht er etwas für Gil.«

»Du wünscht ihm alles Gute? Was für ein fürchterlicher Präzedenzfall, Tig.«

»Mag sein, aber anscheinend läßt er mich dieses Mal in Ruhe.«

»Kein Wunder, nach dem Fiasko, daß du angerichtet hast, als der Bashee von Plav hier war«, entgegnete Shree grinsend. Mir blieb nichts anderes übrig, als ihn ebenfalls anzugrinsen.

»Das war ein Unfall, Shree. Diese lächerliche Galarobe . . .«

». . . und als du zu dem Fest beim Gesandten der Tatakilen ein Buch mitgenommen hast . . .«

»Ihre Ansprachen kenne ich bereits.«

». . . ganz zu schweigen von dem Vorfall, als du deinem Onkel, dem hohen Prinz zu Sathelforn, einen Stein auf den Fuß hast fallenlassen . . .«

»Mein Onkel hat es mir nicht übelgenommen. Er hielt es für lustig.«

»Der Primas war wütend.«

»Ja, ich erinnere mich.« Nun lachten wir gemeinsam, selbst Angel stimmte mit ein. »Vielleicht hat er endlich begriffen, daß ich mich nicht zum Prinzen eigne. Ich hoffe es, schließlich gibt es in den Archiven mehr als genug zu tun. Dabei fällt mir ein, Shree, wir gehen heute abend aus.«

Plötzlich war Shrees Grinsen wie fortgewischt. Er seufzte. »Nicht schon wieder ein neuer Kult?«

»Ein neuer Kult«, bestätigte ich, ging zum Tisch und suchte unter den Papierstapeln nach meinem Notizbuch.

»Wer hat dir davon erzählt? Etwa dieses schmuddelige Gerippe von einem Mann, das dich mitten in der Nacht aufgesucht hat?«

»Genau der.«

»Mir gefällt sein Aussehen nicht, Tig.«

»Er ist ein guter Informant«, sagte ich, während ich mit gerunzelter Stirn die Schriftstücke zur Seite schob. Endlich gelang es mir, mein Notizbuch auszugraben. Ich schlug es auf und fand den gesuchten Eintrag. »Dies ist der dreiundvierzigste Kult. Er nennt sich *die Brennende Hand*. Er wurde vor ungefähr zehn Tagen gegründet, und die Mitglieder versammeln sich jede Nacht in einem Haus am *Goldenen Zwirn*.

»Ist er von Bedeutung?«

»Möglich. Mein Informant sagt allerdings, er könnte jeden Moment zusammenbrechen.«

»So, na gut.« Shree wandte sich resigniert vom Fenster ab und trottete zum Schreibtisch. Gleich darauf betraten unsere Schüler den Raum, und der ernstere Teil des Tages begann. Der ernstere Teil meines letzten normalen Tages in den Archiven.

Kapitel 2

»In dieser Stadt gibt es zu viele verdammte Tempel. Wo ist jetzt die verfluchte Taverne?«

Der Mann aus Tata schob sich vor mir aus dem Haus der *Brennenden Hand* hinaus. Unzweifelhaft war dieser Name recht trügerisch, und ebenso unzweifelhaft gab es in Gil ein Übermaß an Kultstätten, aber es gab auch mehr als genug Tavernen in dieser Stadt. Ich zeigte dem Tatakilen das *Haus zur Grünen Tür,* das tatsächlich eine Taverne war, im Gegensatz zu dem Gebäude, das er gerade verlassen hatte. Noch immer schimpfend schwankte er davon. Der Meßdiener an der Eingangstür, der ebenso schmuddelig wirkte wie der Tempel, dem er diente, sah ihm mißbilligend nach.

»Und dem haben wir die Befreiung vor dem bevorstehenden Zorn Gottes angeboten«, murmelte er kopfschüttelnd.

Er wollte wohl lieber einen Drink, gestikulierte ich an Shree gewandt. Jeder von uns drückte dem Meßdiener ein Geldstück in die Hand, ehe wir uns an ihm vorbei in das Gebäude drängten.

Der Eingang führte in einen schmalen, schmutzigen Korridor, der von einer einzelnen mickrigen Fackel nur dürftig beleuchtet wurde. Am Ende des Korridors befand sich eine glatte Tür, hinter der einige Stimmen im Singsang offenbar versuchten, einen gemeinsamen Ton zu treffen. Die Luft war mit dem Duft der modernden Vegetation angefüllt: alte Kohlköpfe und Zwiebeln, überreife Beerenfrüchte und der übermäßig süße Geruch von schimmelnden Zitrusfrüchten. Shree rümpfte die Nase, während wir über die unebenen Bodendielen stolperten. »Hat dein Bruder zufällig ein Gesetz erlassen«, beklagte er sich, »das vorschreibt, daß diese Orte stinken müssen?«

»Das ist ein wirklich typisches Merkmal«, stimmte ich zu. Ich atmete tief ein, denn ich wußte, daß die Luft innerhalb des Gebetsraumes noch schlimmer sein würde. Dann öffnete ich die Tür.

Die Zeremonie hatte bereits begonnen, und der Lärm wurde von vier Hilfspriestern in weißen Kutten verursacht, die zu ihrem Gesang tanzten – genauer gesagt schlurften sie peinlich langsam mit den Füßen über den Boden, während sie ihre Arme im Rhythmus ihres Singsangs durch die Luft schwangen. Durch die übergroßen hölzernen Handschuhe mit flachen Handflächen, sonderbaren Schnitzereien und einer miserablen Vergoldung an ihren Händen erinnerte die Aufführung der Männer an einen Fächertanz, wie er sich derzeit in den Hurenhäusern größter Beliebtheit erfreute.

Wir hockten uns zu den anderen Anhängern des Kultes, die im Halbkreis am Boden kauerten. Verstohlen zog ich mein Notizbuch hervor und begann, Aufzeichnungen zu machen. Meine Arbeit bestand darin, die materiellen Details jedes dieser Kitschtempel niederzuschreiben, die Insignien und die Teilnehmer zu beschreiben, während Shree die Vorgänge im Verlauf des Götzendienstes verfolgte und sich mit den Gesängen und den Höhepunkten der Zeremonie befaßte. Diese selbstauferlegten Studien drohten endlos zu werden, bedachte man die sich stets erneuernde Quelle der Studienobjekte, denn wann immer einer der kurzlebigen Kulte von den Flemen zerschlagen wurde oder eines natürlichen Todes starb, entstanden an seiner Stelle gleich zwei oder drei neue. Es war eine undankbare Aufgabe, die Geschichte dieser Kulte niederzuschreiben – niemand außer uns interessierte sich dafür, die Flemen lehnten sie sogar rundweg ab, und das höchste, was wir uns erhoffen konnten, war es, am Ende eine Reihe Niederschriften vorweisen zu können, die niemand lesen wollte und die überdies eine Phase gilanischer Geschichte behandelten, die jedermann zu vergessen suchte. Es war genau die Art von Arbeit, die wir Schreiber besonders gern taten.

Die Notizen über die *Brennende Hand* befinden sich noch immer in meinem Besitz, sind aber wegen der Blutspritzer auf den Seiten nur schwer zu lesen. Der Tempel war in einer ehemaligen Bekleidungsfabrik aufgebaut worden. An der Decke hingen noch die Laufschienen, die nun mit Trockenblumen verziert waren, und durch die dünne weiße Farbschicht schimmerte an einer Wand eine alte Preisliste hindurch. Der Altar, auf dem sich stinkende Haufen verrottender Gemüseopfer befanden, bestand aus einem sechsbeinigen Schneidertisch, der mit einer billigen Decke verhüllt worden war. An der Wand hinter dem Altar war die erste aller brennenden Hände befestigt. Dort sollte sie ein wunderbares Objekt darstellen, das sich flammend aus den Fluten des Meeres erhob. Tatsächlich handelte es sich allerdings lediglich um ein Stück Treibholz, das eine vage Ähnlichkeit mit einer Hand aufwies, wenn man nicht so genau hinsah. Die ausgesprochen geizig aufgetragene Vergoldung löste sich großflächig wieder ab. Von uns abgesehen befanden sich in dem Tempel sieben Anhänger, vier Priester und zwei Meßdiener. Die unscheinbare Frau mit der Spendenkiste, die neben der Tür hockte, schien der Glaubensgemeinschaft nicht anzugehören.

Der Singsang zitterte seinem Ende entgegen. Einer der Priester setzte sich, woraufhin ihn die anderen leise fluchend wieder auf die Füße zogen. Offenbar war der Ablauf nicht besonders gut geprobt worden. Jemand hinter der Tür, die hinter den Priestern einen Spalt weit offenstand, gab den Priestern eine Anweisung, woraufhin sie eilends zur Seite sprangen, sich paarweise zu beiden Seiten der Tür aufstellten und mit ihren großen Holzhandschuhen eine Art Bogengang formten. Die Tür öffnete sich, und der Hohepriester des Kultes betrat den Raum.

Entzückt begann ich zu schreiben. Ich erkannte den Priester, dessen Gesicht von einer Halbmaske verdeckt wurde, nicht, doch seine Amtstracht war mir vertraut. Zu meiner Erinnerung notierte ich, daß ich den Markt für gebrauchte Roben aufsuchen sollte. Die lange schwarze Robe stammte aus dem kürzlich untergegangenen Tempel der *Unsterblichen Sterne,* die Blechkrone aus dem nicht mehr existierenden *Ewigen Kreis,* der Umhang von den *Rückkehrern* und die gefiederte Halbmaske gehörte zu einem Kult, der einen steinernen Phallus angebetet hatte, dessen Name mir jedoch entfallen war. Nur das Zepter des Hohepriesters, ein Stab, dessen Ende eine knorrige Holzhand zierte, war ein Original.

Der Hohepriester ließ seinen düsteren Blick über die Versammlung schweifen und schwang drohend den Stab über seinen Kopf. »*Die Brennende Hand!*«

»*Die Brennende Hand!*« brüllten auch die vier untergeordneten Priester aus voller Kehle, während die Reaktionen der Anhänger eher verhalten ausfielen. Nach einigen weiteren, ähnlich verlaufenden Wechselgebeten ließ der Hohepriester seinen Stab sinken und wandte sich um, um sich sogleich demütig vor dem Altar in den Staub zu werfen. Dort blieb er so lange, bis die Anhänger und selbst die Priester begannen, unruhig hin und her zu zappeln, während ich mit den Seitenrändern in meinem Notizbuch spielte. Ich erinnere mich, daß ich dachte, dieser Kult würde sich nicht lange halten können; der Götzendienst war miserabel vorbereitet, und den Priestern fehlte jeglicher Sinn für Dramatik. Hier würde nie etwas Aufregendes passieren. Ich sollte recht behalten – und mich doch gleichzeitig irren.

Plötzlich sprang der Hohepriester auf die Füße, drehte sich um und starrte uns an. Wir alle schreckten auf. »*Die Brennende Hand!*« kreischte er. Pflichtbewußt wiederholten wir seine Worte. »*Die Brennende Hand!*« Er stampfte von einer Seite des Raumes zur anderen und versprühte seinen Speichel in der Luft, während er sprach. »*Die Brennende Hand* wird das Böse aus euch vertreiben!« schrie er. »Sie wird das Ruchlose zwischen Daumen und

Zeigefinger zerquetschen! Sie wird die Welt mit dem Feuer ihrer brennenden Handfläche reinigen!« Die Anhänger wurden allmählich wieder munter. »Die Huren und die Wucherer! Die Diebe und die Lügner! Die Händler, die falsch abwiegen! Die Steuereintreiber, die die Rechtschaffenen ausbluten lassen! Die Stolzen, die Unbarmherzigen, die Unzüchtigen, die Mörder ...« Er unterbrach sich, und sein Blick fiel auf Shree, der sich eifrig Notizen machte. Ich versetzte Shree einen Stoß, und er sah auf.

Der Priester richtete sich zu voller Größe auf und richtete seinen Stab auf Shree. »Die heißesten Flammen der *Brennenden Hand* aber«, zischte er, »werden die Spione treffen.«

O nein, dachte ich, *nicht schon wieder.* Glücklicherweise zeichneten sich die besonders empfindlichen Kulte auch meistens durch extreme Langsamkeit aus; die größte Gefahr, die uns normalerweise erwartete, war die, unsere Notizbücher zu verlieren. In diesem ersten Augenblick lähmender Überraschung zogen Shree und ich unsere Messer unter unseren Umhängen hervor, sprangen auf und zogen uns in schon häufig erprobter Manier Rücken an Rücken zur Tür zurück, wobei wir nicht mit drohenden Gesten sparten.

Im allgemeinen reichte das. Nur ein einziges Mal hatte ein Kult ernsthaft versucht, uns aufzuhalten, ein Haufen schrecklicher alter Damen im *Palast des Strahlenden Huhns.* Auch diesmal schien alles seinen gewohnten Verlauf zu nehmen. Der Hohepriester schimpfte wenig erfolgreich vor sich hin; die untergeordneten Priester traten zitternd auf uns zu und blieben mit Blick auf unsere Messer gleich darauf wieder stehen; die Anhänger zeigten sich interessiert, aber unbeteiligt und verfolgten die Vorgänge mit offenstehenden Mündern. Etwas schlug gegen meinen Kopf – die Frau an der Tür hatte ihre Spendenkiste nach mir geworfen. Ich knurrte sie kurz an, worauf sie eilends wieder in ihre Ecke zurückkroch. Dann waren wir an der Tür, und ich griff nach der Klinke. Die Klinke brach.

Das war wirklich Pech. Die wenigen Sekunden, die ich brauchte, um die Tür mit Hilfe meines Messers aufzubrechen, reichten dem Hohepriester, sich von dem Schreck zu erholen. Er kam auf uns zu und schob die anderen Priester vor sich her. Sie waren nicht bewaffnet, doch einer von ihnen stürzte und verletzte mich versehentlich mit seinem schweren hölzernen Handschuh am Kopf. In dem wirbelnden Nebel, der mein Hirn plötzlich umgab, überlegte ich, ob wir ihnen einfach die Wahrheit erzählen sollten, ihnen sagen sollten, daß wir sie als Teil eines faszinierenden kulturellen Mosaiks für die Nachwelt in unseren Archiven festhalten wollten. Vielleicht würden sie sich geschmeichelt fühlen. Der Hohepriester versetzte mir mit dem harten Ende seines hölzernen Stabes einen Hieb, wieder an den Kopf.

»Hochwürden, bitte ...«, begann ich, doch in diesem Augenblick schlug die Tür donnernd gegen die Rückseite meines Schädels und riß mich von den Füßen, direkt in die Arme des Hohepriesters, dem es tatsächlich gelang, meinen Kopf erneut zu treffen, während wir gemeinsam in die kleine Schar seiner Anhänger stolperten. »Hochwürden ...«, versuchte ich es erneut, doch er kroch auf allen vieren von mir weg.

Ich setzte mich auf und versuchte, etwas zu erkennen. Das erste, was ich sah, war mein Notizbuch, das nur wenige Fuß von mir entfernt auf dem Boden lag. Eine vertraute Stimme brüllte: »Tig, das Messer!« Ich schüttelte meinen Kopf, um den Nebel zu vertreiben, und sah mich verträumt um. Neben der Tür lagen drei Männer in malerischer Anordnung verschlungen wie zur Vipernhochzeit, einem anderen modernen Tanz aus den Hurenhäusern dieser Tage. Nachdem ich eine Weile zugesehen hatte, erkannte ich, daß einer dieser Männer Shree war, und er tanzte nicht, ebensowenig wie die anderen beiden.

»Raksh möge dich holen, Tig. Das Messer! Gib mir das verflixte Messer!« Etwas von der Dringlichkeit in Shrees Forderung erreichte endlich meinen Verstand, und ich bemerkte, daß er sheranische Flüche ausstieß, wenn er mich nicht gerade anschrie. Sein Messer lag neben dem Notizbuch; ich nahm beides an mich und streckte es ihm voller Hilfbereitschaft entgegen. Indem er einem seiner Angreifer das Knie in die Rippen rammte, gelang es ihm, eine Hand zu befreien und das Messer zu ergreifen; es folgte ein schneller, doppelter Stoß sheranischen Trainings in die ungeschützte Brust eines Feindes und ein leichter Schnitt in den Hals des anderen. Beide brachen zusammen. Strahlende, blutige Blumen erblühten in dem aufgeschlagenen Notizbuch in meiner Hand.

Shree wollte zu mir stürzen, doch einer der Priester behinderte ihn, und sie fielen gemeinsam zu Boden. Fast wären sie in meinem Schoß gelandet. Nachdenklich hob ich meine Faust und ließ sie heftig auf den Hinterkopf des Priesters aufschlagen. Das schien mir nur gerecht zu sein. Sekunden später zerrte Shree mich durch den dunklen Korridor, und die Tür fiel hinter uns ins Schloß, als wolle sie uns von den Schreien aus dem Inneren des Gebetsraumes abschotten. Am Eingang gerieten wir ins Stolpern. Etwas in der Art wie ein nasser Sack lag quer auf der Schwelle, ein Sack, an dem jemand schlaffe Arme und Beine angebracht hatte und sogar einen Kopf, der allerdings in einem sonderbaren Winkel zum Rest der Figur stand. Shree bückte sich und zerrte den Kopf ins Licht – es war der Meßdiener, der die Tür bewacht hatte. Noch immer sprudelte etwas Rotes aus der Öffnung, die jemand in seiner Kehle hinterlassen hatte. »Wer ..?« begann Shree verwirrt, als die Tür zum Gebetsraum lautstark wieder aufgerissen wurde.

Shree schnappte sich meinen Arm und fing an, mich den *Goldenen Zwirn* hinaufzuzerren, doch dann blieb er abrupt stehen. Die Schatten am Straßenrand bewegten sich, nahmen düster Gestalt an und kamen geräuschlos auf uns zu. Shree brüllte etwas auf Sheranisch und versuchte, sein Messer gleichzeitig in alle Richtungen zu stoßen, ohne dabei meinen Arm loszulassen. Doch die vier Angreifer hatten keine Mühe, seinem Dolch auszuweichen. *Was für ein Gerangel, wegen so eines unbedeutenden Kultes,* dachte ich benommen, ehe mich Hände von hinten ergriffen und eine grob gewirkte, widerlich stinkende Dunkelheit sich über meinen Kopf senkte. Ich rang nach Atem, verlor Shree und stolperte rückwärts; nur die Arme, die von hinten an mir zerrten, verhinderten, daß ich den Halt verlor. Durch die übelriechende Dunkelheit versetzte mir jemand einen weiteren Schlag auf den Hinterkopf.

Es war ein Schlag zuviel. Ich fiel hart zu Boden. Die Hände griffen nun nach meinen Schultern. Dann zuckten sie kurz und ließen mich los. Gleich darauf fiel eine tote Last auf meinen Rücken und drückte mich in den Schlamm.

Lichtblitze flackerten durch die Dunkelheit hinter meinen geschlossenen Lidern, und ich konnte nicht atmen. Mir wurde klar, daß ich soeben unter dem querliegenden Körper eines meiner Angreifer zu Tode gedrückt wurde, doch es schien mir zu mühsam, etwas dagegen zu unternehmen. Still lag ich da und wartete darauf, daß mein Leben vor meinem inneren Auge ablaufen würde – das meiste wäre sicher quälend, manches langweilig, aber es wäre schön, Calla noch einmal zu sehen. Vielleicht wartete sie bereits im Jenseits auf mich, zumindest hoffte ich das.

Doch die Bilder wollten nicht erscheinen. Statt dessen tauchten winzige Lichtpunkte gleich einem Nebel aus goldenen Staubpartikeln in der Dunkelheit auf, die mich an etwas erinnerten, von dem ich dachte, daß es längst vergangen wäre. Kurz bevor sich diese Erinnerung zu erkennen geben konnte, wurde die Last von meinem Körper entfernt. Begleitet von dem Geräusch eines Messers, das durch schweres Sackleinen schneidet, öffnete sich mir noch einmal die Welt. Das also war das Geräusch des Todes.

»Verdammt, Tig, wach auf!«

Ich öffnete die Augen. Das Jenseits, falls das der Ort war, an dem ich mich befand, war auch nicht erfreulicher als die Welt, die ich zurückgelassen hatte. Ich setzte mich auf und sog unter Qualen die Luft tief in meine Lungen. Es roch auch nicht besser. Ich sah auf und entdeckte eine

Art Schutzgeist, der eine erstaunliche Ähnlichkeit mit Shree hatte.

»Bin ich tot?«

»Anscheinend nicht.« Shree zog mich auf die Füße und untersuchte die Wunden an meinem Kopf mit klinischem Interesse. »Bis jetzt, jedenfalls, aber das muß ja nicht viel heißen.«

Kapitel 3

»Ich verstehe das einfach nicht.« Shree nahm den ersten Schluck von seinem zweiten Bier und donnerte das Glas auf den Tisch. Ich wimmerte. Das flackernde Licht in der Taverne und das Stimmenwirrwarr verursachten schauderhafte Explosionen in der Leere meines Kopfes, obwohl ich zugeben muß, daß es meine Idee gewesen war, auf ein Bier in die Wirtschaft zu gehen. Ich hatte Shree erklärt, daß es an einem belebten Ort sicherer für uns wäre. Außerdem schienen sich meine Beine von den Hüften abwärts in Weichgummi verwandelt zu haben, und er konnte mich schwerlich den ganzen Weg bis hinauf in den Gilgard schleppen. Ich brauchte einen Drink, zumindest bildete ich mir das ein. Shree hatte bereitwillig zugestimmt und seinen blutverkrusteten Umhang unauffällig über den Arm geworfen, als wir eintraten. Mein eigener Umhang war beinahe sauber, da er während der blutigsten Augenblicke der Auseinandersetzung von einem stinkenden Sack geschützt worden war. Nicht, daß Blut auf der Kleidung in dieser Gegend besonders aufgefallen wäre.

Ich war noch so sehr damit beschäftigt, die Beulen und Schrammen an meinem Kopf zu untersuchen, daß ich mein Bier kaum angerührt hatte. Kurz kam mir die Vision des goldenen Nebels in den Sinn, doch ich schob sie gleich wieder beiseite.

»Was verstehst du nicht?« fragte ich.

Shree tauchte den Finger in sein Bier und zeichnete kleine weiße Kreise in den Schaum. »Der Angriff bei der *Brennenden Hand*. Das ergibt keinen Sinn.«

»Ist doch egal«, entgegnete ich. »Nichts, was mit diesen Kulten zu tun hat, ergibt einen Sinn, und sie sind nicht die ersten, die uns für Spione des Primas gehalten haben.«

Er sah mich ungeduldig an und trank einen weiteren Schluck Bier. »Meinst du denselben Kampf wie ich, Tig? Vergiß doch mal die *Brennende Hand*. Du hast doch die anderen auch bemerkt oder nicht? Die beiden brutalen Schläger mit den Masken und den Dolchen im Tempel. Die beiden, die die Tür im letzten Augenblick zertrümmert haben? Die beiden, die ich umgebracht habe?«

»O ja«, sagte ich nach einem Augenblick intensiven Nachdenkens. »Die beiden. Ja, natürlich habe ich sie bemerkt.«

»Und dann die Kerle draußen? Vier maskierte Burschen, die einen Getreidesack über deinen Kopf gestülpt haben und dich wegschaffen wollten? Die sich alle Mühe gegeben haben, mich zu Hackfleisch zu verarbeiten? Erinnerst du dich an sie?«

Ich schloß die Augen und versuchte, mich zu konzentrieren. »Ich glaube schon. Was ist übrigens mit ihnen geschehen?«

»Na ja«, sagte er, leerte seinen Bierkrug und bestellte einen neuen. »Da waren diese anderen Burschen.«

»Andere Burschen?«

Es gelang mir, einen winzigen Schluck von meinem Bier zu trinken.

»Noch mal vier Kerle. Ich konnte ihre Gesichter nicht erkennen. Sie waren plötzlich da und stürzten sich auf die ersten vier Angreifer, das heißt auf zwei davon, die anderen zwei hatte ich bereits erledigt.«

»Sie haben uns gerettet?«

»So würde ich das nicht unbedingt sagen«, entgegnete er gereizt. »Immerhin war ich gerade erst warm geworden. Außerdem haben sie, nachdem sie die anderen

Kerle ausgeschaltet hatten ...« Er unterbrach sich und schüttete einen großen Schluck Bier in sich hinein.

»Ja?«

»Sie haben sich ebenfalls auf dich gestürzt.« Er starrte nachdenklich in seinen Bierkrug. »Glücklicherweise waren sie nicht besonders kampferfahren.«

Verständnislos glotzte ich ihn an. Er grinste und erzählte auf Sheranisch irgend etwas über grüne Pflanzen mit rotem Saft. Ich gab mir keine Mühe, es zu verstehen. Erschöpft stützte ich den Kopf in die Hände.

»Interessant, Shree, aber nicht wirklich ungewöhnlich. Diese Kulte gehen doch ständig aufeinander los. Erinnerst du dich noch daran, als die *Liga zur Wiedererweckung der Gelassenheit* sich mit den *Ewig Göttlichen* angelegt hat – oder waren es die *Alles Überdauernden*? Sie haben sich praktisch gegenseitig ausgelöscht wegen eines unbedeutenden theologischen Aspektes. Irgendwann mußten wir ja einmal in eine solche Lage geraten. Nein, daran ist nichts Geheimnisvolles, abgesehen von der Tatsache, daß sich überhaupt jemand mit einem so unbedeutenden Kult wie der *Brennenden Hand* anlegt.«

Shree leerte seinen Krug und bestellte einen neuen. Dann näherte er seinen Kopf dem meinen und sprach sehr langsam und deutlich, so als hätte er einen Idioten mit einem Hörschaden vor sich. »Du denkst nicht logisch, Tigrallef. Diese Sache hatte nichts mit den Kultstreitereien zu tun. Hast du denn nicht gesehen, was da passiert ist?«

»Ich habe tatsächlich nicht besonders viel gesehen. Ich bekam nur ständig Schläge auf den Kopf. Anscheinend auch auf den Körper«, fügte ich hinzu, nachdem ich einen Augenblick den Schmerzen in meinem Leib gelauscht hatte. »Aber wirklich jeder hat meinen Kopf getroffen. Außerdem konnte ich mit dem Sack vor dem Gesicht auch nichts sehen ...«

»Die Mörder, die dem Meßdiener die Kehle aufgeschlitzt und die Tür zum Gebetsraum aufgebrochen haben«, unterbrach Shree, »waren nur dort, weil du auch dort warst. Sie haben den armen Kerl nur umgebracht, weil er ihnen im Weg war. Die Priester waren ihnen vollkommen gleichgültig. Sie hatten kein Interesse an der *Brennenden Hand*. Sie wollten auch mich nicht. Genausowenig wie die Burschen draußen auf der Straße. Sie waren hinter dir her.« Er hob seinen Bierkrug und prostete mir zu. »Auf dich, Tigrallef. Endlich nimmt dich jemand ernst.«

Einen Moment lang starrte ich ihn mit offenstehendem Mund an. Dann schob ich mein Bier zur Seite. Die Nebel in meinem Hirn lichteten sich allmählich, und das Durcheinander der nächtlichen Ereignisse ordnete sich langsam zu einer zusammenhängenden Botschaft: Shree hatte recht. Jemand hatte versucht, mich zu entführen, und jemand anderes hatte versucht, mich umzubringen. Mein Magen begann sich umzudrehen.

»Der Informant, der dir von der *Brennenden Hand* erzählt hat – ich vermute, er war ebenfalls daran beteiligt. Oder jemand hat ihn dafür bezahlt, daß er dich in dieser Nacht dorthin gelockt hat. Was denkst du darüber?«

»Mmm.«

»Da war noch eine interessante Sache«, fuhr Shree fort. »Die letzten Angreifer haben dreifach gekrümmte Schwerter benutzt, so wie die Waffen, die in Miishel gefertigt werden ...«

Er verstummte, als ich mich mühsam hochstemmte und zur Tür ging. Ich brauchte dringend frische Luft und eine freundliche Gosse, in der ich mich niederlassen konnte. Shree holte mich ein, als ich auf die Straße hinausstolperte.

»Dich kann man wirklich nirgends mitnehmen«, seufzte er. »Ehrlich, Tig, wenn du keinen Alkohol verträgst, dann solltest du auch nicht trinken.« Er griff nach meinem Arm, und ich sah das Schimmern einer stählernen Klinge unter seinem Umhang. Shree brachte mich von der Taverne bis zum Tor des Gilgard, ehe er erneut in den dunklen Straßen der Stadt verschwand, um seinen mysteriösen Besorgungen nachzugehen. Ich allerdings vermutete, daß er Lissulas Bordell aufsuchen würde, um ein paar Neuigkeiten in Erfahrung zu bringen und sich vielleicht einigen Vergnüglichkeiten hinzugeben. Wenig feinfühlig übergab er mich der Torwache.

»Lord Tigrallef hatte eine ziemlich feuchte Nacht – und ich spreche nicht vom Regen«, erklärte er der Torwache, wobei er das Leeren einer ganzen Reihe von Bierkrügen mimte. Der Soldat grinste. Sicher, ich schwankte wie eine Pappel im Herbstwind, aber wem wäre es nach einer derartigen Mißhandlung seines empfindlichen Kopfes schon anders ergangen? »Sorg dafür, daß er das Archiv gesund erreicht!« fügte Shree hinzu und verschwand wieder in den dunklen Straßen.

»Kommt mit mir, Euer Lordschaft«, sagte der Soldat noch immer grinsend. »Ab ins Bett – für heute nacht hattet Ihr bereits genug Spaß.«

Spaß, donnerte ich innerlich, während ich eingekeilt zwischen zwei widerlich hilfreichen Wachen den langen Weg zurück zu den Archiven stolperte. *Spaß!* So also nannte man den Ausflug zu einem schäbigen kleinen Tempel, verbunden mit dem Versuch, mich zu ermorden und/oder zu entführen, etliche Schläge auf den Kopf und einen halben Krug abgestandenen Bieres – Spaß.

Einer der Soldaten knuffte mich in die Schulter. »Habt wohl ein bißchen geübt, Euer Lordschaft?« sagte er. Sein Partner kicherte schadenfroh. »Nur keine Sorge, Euer Lordschaft, niemand wird Euch das verübeln, ganz besonders, weil Ihr noch keine Erfahrung auf diesem Gebiet habt. Es wird ihnen gefallen, wenn Ihr Euch ein wenig übt.« Er klopfte mir auf die Schulter, eine Geste, die für einen Soldaten von niedrigem Rang ein wenig zu vertraulich war gegenüber einem Sproß von Oballef, dem Bruder des Priesterkönigs und Erbprinz von Sathelforn, dank meiner Mutter, der Lady Dazeene. Ich schüttelte seine Hand ab. Seinem dummen Gerede mochte ich angesichts meines Zustandes so oder so nicht folgen. »Solange Ihr es nicht übertreibt«, fügte er rätselhafterweise hinzu.

Die Lippen noch immer zu einem dummen Grinsen verzogen, ließen sie mich schließlich im Vorzimmer der Archive allein. Ich wartete in der Dunkelheit, bis das Pochen in meinem Schädel nachgelassen hatte. Dann öffnete ich die Tür, hinter der ich weiter nichts als mehr Dunkelheit und den direkten Zugang zu meinem Bett erwartete, doch statt dessen war der Raum hell erleuchtet und voller Menschen.

Ich sah sechs Gardisten, zwei Pagen, die ein grünes Seidenkissen mit einer von grünen und goldenen Bändern verschnürten Schriftrolle hielten, vier Flemen dritten Grades, den Zweiten Flemen höchstpersönlich, einige meiner Schüler, die dumpf vor sich hin starrten, und Angel, der sich mit einem Buch in der einen und seinem größten Messer in der anderen Hand am Eingang zu unserem Archiv verborgen hielt. Die Atmosphäre prickelte vor Anspannung.

Der Zweite Flemen, nicht die übelste Seele unter den Flemen, räusperte sich. »Euer Lordschaft Tigrallef«, sagte er. »Euer Diener – ist er gefährlich?«

»Guten Abend, Hochwürden. Angel ist mein Mitarbeiter, nicht mein Diener. Und nein, er ist nicht gefährlich. Leg das Messer weg, Angel!«

Mit einer Wucht, die die Flemen in Angst und Schrecken versetzte, schleuderte Angel das Messer mit der Spitze voran in den nächstbesten Tisch, dann ließ er sich auf dem Boden nieder und begann demonstrativ zu lesen. Ich selbst kämpfte mich bis zu einem der Tische voran, setzte mich auf einen Stuhl und hielt mir meinen schmerzenden Kopf. »Gibt es etwas, was ich für Euch tun kann, Hochwürden?« murmelte ich.

Der Zweite Flemen erlangte allmählich seine Fassung zurück, und seine Finger zeichneten den Gruß eines Botschafters des Priesterkönigs in die Luft. Ich löste eine Hand von meinem Schädel und gestikulierte eine flüchtige Erwiderung. Der Flemen räusperte sich noch einmal, ehe er zu sprechen begann, wobei seine Stimme einen tiefen Tonfall annahm, er aber gleichzeitig doppelt so laut wie zuvor sprach. Demnach hatte er ein wichtiges

Anliegen vorzubringen. »Der Hochwohlgeborene König von Gil und Hohepriester der Kirche der Heiligen von Gil schickt Euch seine Grüße, Lord Tigrallef, Sproß von Oballef und königlicher Prinz des Inselreiches von Gil.« Er nahm in ehrerbietiger Haltung die Schriftrolle von dem Seidenkissen und reichte sie mir mit einer protzigen Geste.

Ich öffnete sie, überflog den Text, ließ sie auf den Tisch fallen und legte meine Hände wieder dorthin, wo sie gebraucht wurden, um meinen armen, zerschlagenen Kopf zu stützen. »Wenn Arko mich sprechen will«, sagte ich, »warum kommt er dann nicht einfach her? Er weiß doch, wo er mich findet, und auf eine formelle Aufforderung können wir doch wohl verzichten.«

»Aber, Euer Lordschaft«, protestierte der Zweite Flemen nun in seinem normalen Tonfall, »es geht um eine sehr wichtige Angelegenheit.«

»Davon ist mir nichts bekannt.«

»Diese Sache erfordert einen formellen Rahmen.«

»Warum?«

»Nun – schon allein, weil die Anwesenheit des Primas benötigt wird.«

Der Primas. Ich stöhnte innerlich. »Dann sagt meinem Bruder«, murmelte ich, »daß ich ihn am Morgen aufsuchen werde, ganz wie er es wünscht.« Ich gestikulierte eine höfliche Verabschiedung. Der Zweite Flemen rührte sich jedoch nicht von seinem Platz auf der anderen Seite des Tisches. Schließlich gab ich auf und sah ihn an.

Nun, da er seine Pflicht getan hatte, lächelte er. »Ich nehme an, Euer Lordschaft Tigrallef, es ist nicht zu vermessen, wenn ich behaupte, Ihr hättet Euch ein wenig amüsiert.«

Ich stöhnte laut auf. »Vermutlich könntet Ihr das so nennen, und?«

»Das ist gut, Euer Lordschaft, wirklich gut. Wir alle können das verstehen. Ein bißchen Spaß, bevor der Ernst des Lebens beginnt, würde ich sagen, damit Ihr auf den Geschmack kommt! Und ein wenig Erfahrung kann Euch des Nachts sicher nicht schaden.«

Ich starrte ihn streng an, bis sein Lächeln verschwand, dann sah ich mich im Raum um. Nur meine Schüler sahen ähnlich verwirrt aus, wie ich mich fühlte. Angel dagegen beschäftigte sich mit seinem Buch und ignorierte die Vorgänge im Raum, während die Gardisten, die Flemen und sogar die beiden Pagen ein nachsichtiges Lächeln aufgesetzt hatten.

Vermutlich hätte ich zu diesem Zeitpunkt schon einiges ahnen können, doch mein Zustand ließ nicht gerade geistige Höchstleistungen zu. Winzige Hämmerchen schlugen noch immer im Inneren meines Schädels. Dieses Rätsel konnte bis zum Morgen warten. Ich verschwendete keinen weiteren Gedanken daran und auch nicht an den Mordanschlag bei der *Brennenden Hand*. Nicht einmal ahnungsvolle Alpträume überfielen mich in jener Nacht, nachdem es mir endlich gelungen war, den Zweiten Flemen zu verabschieden und mich auf meiner Pritsche niederzulassen. Es waren lediglich die üblichen.

Kapitel 4

Irgendwann am Vormittag betraten sechs imposante Gardisten im Gleichschritt das Archiv, um mich in die große Halle zu eskortieren. Überrascht und einigermaßen beeindruckt – mehr als zwei Wachen hatte man mir noch nie zugewiesen – schlüpfte ich ein eine halbwegs saubere Tunika, die lang genug war, um die Tintenflecken auf meiner Kniehose und die fast durchgescheuerte Stelle am Hosenboden zu verdecken, ehe ich mich die Treppe hinuntergeleiten ließ.

Unterwegs dachte ich darüber nach, wie sehr sich die Dinge verändert hatten. Früher war die Ehrengarde von Gil nur mit zeremoniellen Waffen ausgerüstet gewesen, schöne, nutzlose *Objekte*, die nicht einmal Käse hätten schneiden können und nicht mehr gewogen hatten als die Juwelen in ihren Griffen. Diese Männer waren dagegen bis an die Zähne bewaffnet, und ihre Waffen waren echt. In einer Scheide an beiden Oberarmen steckten kurze, zweckmäßige Dolche mit dem Heft nach unten, so daß sie schnell gezogen werden konnten; die Schwerter der Männer waren lang, scharf und blutdurstig, und die einzigen Juwelen waren einige Lapislazulisplitter in den Abzeichen der Soldaten. Mir fiel auf, daß eine neue Waffe hinzugekommen war: eine Reihe rasiermesserscharfer Wurfscheiben hing gegenüber den Schwertern von den Gürteln der Männer herab. Mehr und mehr wuchs in mir der Verdacht, daß Arko durch die Macht der Streitkräfte regierte. Es war wohl nicht einfach, Hüter eines verlassenen Tempels zu sein.

Auf der Schwelle zum großen Saal blieb ich stehen. Im stillen verfluchte ich mich dafür, meine Hose nicht ebenfalls gewechselt zu haben. Der Rat der Flemen war fast vollständig vertreten, und etwa die doppelte Anzahl der normalerweise anwesenden Soldaten bildete eine Ehrengarde, die von der Tür bis zum Podium am anderen Ende des Saales führte. Neben dem Podium warteten die Harfespieler, während die Trompeter einen Fanfarenstoß erklingen ließen. Auf dem hohen Thron von Gil saß Arkolef in seiner goldbestickten, grünen königlichen Robe, die sein Holzbein vor den Blicken der Anwesenden verbarg. Hoheitsvoll bewegte er eine Hand im Takt der Musik. Als er mich sah, hellte sich seine Miene auf. Er schnippte mit den Fingern, und die Instrumente schwiegen.

»Da ist er ja! Tigrallef! Mein lieber Bruder!«

Ich sah ihn mißtrauisch an. Arko war keine Leuchte. Er war meistens freundlich und erfreut, mich zu sehen, dennoch gehörte es nicht zu seinen Gewohnheiten, sich so überschäumend vor Freude zu gebärden.

»Ich habe wunderbare Neuigkeiten für dich, kleiner Bruder.«

»So?« Mir fiel nichts anderes ein, als daß er sich entschlossen haben könnte, mein Budget aufzustocken. Ich dachte darüber nach und erlaubte mir schließlich ein unverbindliches Lächeln. Arko strahlte mich an.

»Tig«, sagte er gönnerhaft, »es wird Zeit, daß du heiratest.«

Ich schluckte, und das Lächeln gefror auf meinem Gesicht.

Nun erst bemerkte ich den Primas, der mich von seinem kleineren Thron rechts hinter Arko beäugte.

Arko sah mir offen und unschuldig in die Augen. »Du bist jetzt, wie alt, neunundzwanzig?«

»Und?«

»Und – du kannst dich nicht dein ganzes Leben lang in den Archiven vergraben.«

»Warum nicht?«

»Das ist kein Leben für einen Mann.«

»Das hängt von dem Mann ab.«

»Du brauchst eine Frau.«

»Ich brauche eine anständige Versorgung mit Papier. Die letzte Lieferung aus Sathelforn . . .«

»Euer Lordschaft Tigrallef«, schnitt die Stimme des Primas durch mein Ablenkungsmanöver. Der Teufel soll ihn holen. Ich lehnte mich zur Seite, um ihn im Schatten von Arkos Robe besser sehen zu können.

»Habt Ihr etwas gesagt, Euer Exzellenz?« fragte ich und bemühte mich freundlich zu klingen.

Der Primas erhob sich und schritt mit gerunzelter Stirn ans Ende des Podiums. Er hatte das gleiche Gesicht aufgesetzt wie seinerzeit im Exil, als er sich entschlossen hatte, mich als Helden nach Gil zu schicken. »Lord Tigrallef«, sagte er. »Der Priesterkönig gibt Euch nicht einfach nur einen brüderlichen Rat.«

Ich seufzte. »Das ist unübersehbar, Euer Exzellenz. Wo ist der Haken?«

Der Primas reckte tadelnd das Kinn vor. »Der Priesterkönig erwägt . . .«, begann er, doch Arko unterbrach ihn.

»Tig, du solltest dich glücklich schätzen. Sie ist wunderschön.« Wieder strahlte er mich an, während der Primas leise mit den Zähnen knirschte.

Die kleinen Hämmerchen in meinem Schädel, die den

ganzen Morgen über friedlich gewesen waren, begannen erneut zu klopfen. »Sie?« fragte ich.

Arkos Hand fuhr mit einer grandiosen Geste durch die Luft. »Ja, natürlich. Und ihre Aussteuer ist superb, ebenso wie ihr Stand. Du bist ein wahrlich begüterter Mann.«

Um Zeit zum Nachdenken zu gewinnen, starrte ich auf meine tintenverschmierten Hände, ehe ich meinen Bruder wieder anblickte. »Soll ich das so verstehen, Priesterkönig von Gil, daß Ihr bereits eine Braut für mich gewählt habt?«

Arko lachte. »Habe ich vergessen, das zu erwähnen? Wie dumm von mir.«

Der Primas schüttelte unmerklich das Haupt und ging zu seinem Thron zurück.

Fast bedauerte ich ihn für seine Aufgabe, Arko als König zu beaufsichtigen. Arko winkte einem der Flemen vor dem Podium zu, der gleich darauf mit einem Porträt in einem protzigen Rahmen auf mich zukam. Ich trat einen Schritt zurück.

»Ich bin nicht interessiert.«

»Aber Tigrallef, du hast sie ja noch gar nicht gesehen. Schau dir das Bild an.«

Notgedrungen betrachtete ich das Porträt. Ein schmales, ebenmäßiges und irgendwie heimtückisches Gesicht über einem schlanken Hals blickte mir entgegen. Unter zierlichen Schultern wölbte sich ein hoher, weiß schimmernder Busen aus dem Ausschnitt eines Kleides, das ich als miishelisch identifizierte, wenngleich es fast vollständig hinter allerlei schmückenden Kinkerlitzchen verborgen war. Die Lippen waren zu einem süßen, vielleicht zu süßen Lächeln verzogen, das von dem spitzen Kinn, welches der Künstler offenbar nicht hatte retuschieren können, Lügen gestraft wurde. Dennoch war sie von lieblicher Schönheit. Sogar von außergewöhnlicher Schönheit und reich dazu. *Miishel, was?* dachte ich. Das erklärte die Galeere im Hafen.

»Ich bin nicht interessiert«, wiederholte ich.

Armer Arko. Zu diesem Zeitpunkt war er nicht einmal

enttäuscht, sondern lediglich vollkommen verblüfft. »Tig – sie ist eine miishelische Prinzessin.«

»Das habe ich bereits vermutet. Die Antwort ist nein.«

Er starrte mich mit weit aufgerissenen Augen von seinem Thron aus an. »Aber du kannst sie nicht zurückweisen. Es ist schon alles besprochen. Alles außer dem endgültigen Ehevertrag.«

»Jetzt schon? Ohne mich auch nur zu fragen?«

»Sie verlangten eine schnelle Antwort.«

»Du meinst, du solltest nicht an mich herantreten, bevor der Handel perfekt war.«

Arko wandte den Blick ab. Seine strenge Erziehung im Sinne des heroischen Ehrenkodex hatte ihn für einen König zu ehrlich werden lassen.

Der Primas räusperte sich. »Lord Tigrallef«, sagte er aalglatt, »was auch immer Ihr denken mögt, der Priesterkönig war lediglich um Euer Wohl besorgt ...«

»Gut. Ich habe mein Wohl bereits gefunden.«

»... und um das Wohl unseres Landes. Es geht um folgendes: Miishel ist an einer Allianz mit dem Archipelago interessiert; Sathelforn besteht aus Respekt für die Sprosse von Oballef und für die Lady Dazeene darauf, Gil ebenfalls aufzunehmen. Als Sproß von Oballef und Erbe des königlichen Blutes des sathelischen Herrschergeschlechtes durch Eure Mutter, die Lady Dazeene, könnt Ihr dieses Bündnis festigen, indem Ihr Euch einer kleinen und überaus erfreulichen Pflicht stellt – die Eheschließung mit der Prinzessin Rinn von Miishel. Natürlich werdet Ihr in der Heimat Eurer Braut leben.«

»Ich verstehe. Ich soll eine Art Geisel werden.«

»Ihr sollt der Gemahl der Prinzessin Rinn werden«, sagte er steif. »Ist das etwa zuviel verlangt?«

»Ja!«

»Ich weigert Euch noch immer?«

»Ja!«

Er seufzte, und Arko stimmte pflichtgemäß mit ein. Im Saal herrschte gespannte Stille. Schließlich geschah es äußerst selten, daß sich jemand öffentlich gegen den Primas stellte. Als würde er das ebenfalls gerade erst bemerkten, sah sich der Primas im Saal um. Dann winkte er den Musikern, die wieder zu spielen begannen. Im Schutz der musikalischen Untermalung kam er zu mir und lächelte. Es war kein freundliches Lächeln, mehr die Art von Lächeln, die man von einem Mann erwarten konnte, der sich hauptsächlich von kleinen Kindern ernährt. Er zog eine Schriftrolle hervor, die mit grünen und goldenen Bändern verschnürt war, und reichte sie mir.

Ich öffnete sie und las die ersten paar Zeilen. Ein Schock fuhr mir durch die Glieder. Schwer atmend zwang ich mich, weiterzulesen – der Text war nicht sehr lang –, und dann las ich ihn noch einmal. Und noch einmal. Die Worte wollten sich einfach nicht verändern. Stur und unbeugsam behaupteten sie, daß der Primas der Flemen nun außerdem die Stelle des Ersten Schreibers innehatte und überdies vom König selbst zum Hüter der Archive von Gil ernannt worden sei. Ich rollte das Schriftstück wieder zusammen und gab es dem Primas zurück.

»Hättet Ihr mich nicht einfach foltern können?« erkundigte ich mich.

»Davon würde ich nicht zu träumen wagen.« Der Primas kam noch näher und flüsterte mir zu: »Ich brauche Euch unverletzt und bei guter Gesundheit.«

»Wie habt Ihr Arko dazu bekommen, dies zu unterschreiben? Habt Ihr ihm etwas in den Wein gemischt?«

»Ich habe ihn nur darauf hingewiesen, daß Ihr uns verlassen werdet und wir einen neuen Ersten Schreiber finden müssen. Der Priesterkönig war höchst erfreut, als ich ihm angeboten habe, dieses Amt persönlich zu übernehmen. Schließlich können wir ein so wertvolles Gut nicht in den Händen Eures gezähmten Sheraners und dieses Irren, Angel, lassen.«

»Ich seid ein Heuchler«, sagte ich. »Noch nie habt Ihr den Büchern irgendeinen Wert beigemessen. Ihr hättet die Schriftstücke mit all dem Müll aus dem Gilgard entfernen lassen, so wie Ihr die Schriften aus dem Exil am Kai habt verrotten lassen, so wie ihr Arko nur widerwillig habt gewähren lassen, als er mir die Räume zum Arbeiten bewilligt hat, die Tinte zum Schreiben ...«

»Wirklich, Euer Lordschaft, das ist unziemlich«, schnurrte er wie eine Katze, die eine Maus in den Fängen hält. »Ihr könnt Euch nicht vorstellen, wie sehr es mich betrüben würde, wenn ich gezwungen wäre, die Archive zu veräußern.«

Ich starrte ihn an, sprachlos vor Schreck. Der Primas sagte noch etwas, doch seine Worte gingen im Crescendo der Trompeten unter. Endlich fand ich die Sprache wieder und zischte ihm ins Ohr: »Sagt mir, daß ich mich verhört habe.«

»Aber das habt Ihr nicht. Und warum auch nicht verkaufen? Die Lucianische Intelligenzija hat mir einen ordentlichen Preis dafür geboten.«

»Die Lucianische Intelligenzija!«

Ich schloß die Augen und verfluchte den Primas im Namen all der neuen Götter von Gil bis hin zu der *Brennenden Hand*.

»Ich werde sie nur verkaufen, wenn ich dazu gezwungen bin«, fuhr der Primas in aller Seelenruhe fort. »Gil braucht Geld, Tigrallef. Wenn Ihr die Prinzessin Rinn ehelicht, so werden wir ganze Schiffsladungen aus Miishel erhalten; wenn Ihr Euch aber weigert, was Euch natürlich auch jetzt noch freisteht, so werden wir die Archive verkaufen. Selbstverständlich würde ich lieber Euch verkaufen, denn Ihr bringt uns mehr ein, doch das ist Eure Entscheidung.« Siegesgewißheit sprach aus seinen Zügen. Hinter ihm beugte sich Arko auf seinem hohen Thron vor und versuchte vergeblich, unser Gespräch durch den Lärmpegel der Musik zu verfolgen.

Ich brachte meine Lippen nahe an das Ohr des Primas. »Das ist Eure Rache. Ihr wollt mich bestrafen, weil ich die Heilige zerstört habe.«

»Das ist Ökonomie, Tigrallef. Obgleich es stimmt, das keiner dieser Kulte, die Ihr so faszinierend findet, jemals hätte entstehen können, wenn wir die Heilige noch hätten. Es gäbe keine politischen Splittergruppen, keine Volksbewegungen, und niemand würde das Recht des

Priesterkönigs in Frage stellen, unser Land zu regieren. Die Heilige hätte für seine Macht garantiert.«

Für deine, Primas, korrigierte ich in Gedanken; das allein war ein hervorragender Grund, das verdammte Ding zu zerstören. Ich starrte in die Augen über seinen Tränensäcken.

»Hier ist mein Angebot, Tigrallef. Unterstützt Ihr die Allianz, so werden die Archive bleiben, wo sie sind, und Ihr dürft bestimmen, wer der neue Erste Schreiber sein soll. Weigert Euch, und die gesamte Bibliothek wird binnen einer Woche auf dem Weg zur Lucianischen Intelligenzija eingeschifft werden. Haben wir uns verstanden?«

Ich schwieg, doch nicht aus Unentschlossenheit; es konnte keinen Zweifel mehr daran geben, daß ich die Prinzessin heiraten würde.

Welchen Schmerz es mir auch bereiten würde, an Miishel verkauft zu werden, er verblaßte gegenüber dem Gedanken, daß meine wunderbaren Archive für Gil auf ewig verloren sein würden – schlimmer noch, sie würden in den Besitz der Intelligenzija, dieser kleingeistigen Pfuscher, diesem fanatischen Pack von Plagiatoren, geraten. Um das zu verhindern, hätte ich sogar den Primas persönlich geheiratet.

Nein, diesmal lähmte der Kummer meine Zunge, dieser schreckliche Kummer, der wie aus dem Nichts über mich kam, während der Priester weiterredete und meine Hochzeit mit der mit Gold bestückten Frau aus Miishel unvermeidlich wurde. Ich wollte Prinzessin Rinn nicht.

Ich wollte Calla, und so würde es immer bleiben. In meinem Kopf meldete sich eine Stimme zu Wort und erinnerte mich daran, daß Calla tot war. Ja, das war sie. Tot, eine Ansammlung von Fischen blankgefressener Knochen, irgendwo zwischen Gil und den versunkenen Türmen von Iklankish.

Doch das änderte nichts an meinem Verlangen nach ihr. Ja, ich bebte förmlich vor Kummer, und in meinem Bewußtsein öffnete sich ein dunkles Loch, ein Loch, an dessen Rändern goldene Lichter wie Sonnenstaub zu tanzen schienen.

»Nun? Werdet Ihr mein Angebot akzeptieren?« fragte der Primas.

»Was?« Ich sah ihn überrascht an, denn ich hatte vollkommen vergessen, daß er da war. »Natürlich nehme ich an.«

Das Loch öffnete sich noch weiter. Sonderbar entrückt starrte ich hindurch und beobachtete, wie die goldenen Lichter um den Kopf des Primas herumflackerten, als dieser den Musikern bedeutete, innezuhalten. Arko beugte sich vor.

»Nun, Tig?«

»Ich erbitte Euren Segen, Hoher König von Gil«, sagte ich matt.

Arko entspannte sich. Dann rief er nach dem Wein für die obligatorische Segnung. Durch den goldenen Dunst sah ich die Pagen mit den Tabletts, auf denen die Weinkrüge standen, sah, wie der Primas mir mit übertriebenem Eifer einen der Krüge in die Hand drückte, und hörte, wie Arko die Worte der Segnung anstimmte, ohne sie wirklich wahrzunehmen. Der Primas hob einen Krug an seine Lippen, während ich versonnen der Vorstellung nachhing, seine Exzellenz würde an diesem Schluck Wein ersticken.

Der Primas begann heftig zu husten. Ein Schwall Wein spritzte zwischen seinen Zähnen heraus und verströmte den scharfen Geruch toter Früchte. Dieser merkwürdige Zufall fiel mir gar nicht auf. Ich stellte nur interessiert fest, daß sich auf der grünen Robe des Primas mehr Wein zu befinden schien, als er überhaupt getrunken hatte. Ich blinzelte, und das Loch in meinem Bewußtsein schloß sich wieder, der goldene Dunst verschwand. Verwundert blickte ich mich um, als wäre ich gerade aus tiefem Schlaf erwacht.

Chaos herrschte in der großen Halle. Die Flemen waren völlig von Sinnen.

Sie umringten den Primas und klopften ihm eifrig auf den Rücken, während Arko widersprüchliche Anordnungen erteilte, die Pagen wild durcheinanderliefen, und die Musiker in alle Richtungen davoneilten. Ich blieb noch eine Weile stehen, um zu sehen, ob der Primas tatsächlich ersticken würde. Als es so aussah, als würde er überleben, verließ ich den Saal.

Kapitel 5

Mir blieb nichts anderes übrig, als ins Archiv zurückzukehren, also trottete ich zutiefst deprimiert die Stufen hinauf. Nur der Gedanke an das blau angelaufene Gesicht des Primas vermochte mich noch aufzuheitern. Angel und Shree begrüßten mich, als ich den Raum betrat. Da jedoch mit meiner Ausdrucksfähigkeit irgend etwas nicht in Ordnung war, ging ich wortlos an ihnen vorbei in das Lesezimmer. Leider empfand ich die Bücher um mich herum ebenfalls als furchtbar bedrückend. Auf der Suche nach einer Zuflucht, die mich davor schützen würde, mit jemandem sprechen zu müssen, sah ich mich um. Schließlich erklomm ich die Stufen einer engen Wendeltreppe, die in einen der zierlichen Türme des Tempelpalastes hinaufführte. Ganz oben befand sich ein leeres Zimmer mit einem großen Flügelfenster.

Nachdenklich betrachtete ich das Fenster, öffnete es und beugte mich hinaus. Der Weg bis nach unten war lang, und das erste, was ich treffen würde, war eine Reihe dekorativer Eisendornen auf einer Mauer des mittleren Palastes, die meinem Leben ordnungsgemäß ein Ende setzen würden. Und dann, nachdem der Bräutigam als Schaschlik geendet hätte, würden meine Bücher ohne Verzögerung ihren Weg in die Hände der Lucianischen Intelligenzija antreten. Nein, aus dem Fenster zu springen war keine Lösung.

Hinter mir wurde knarrend die Tür geöffnet. Ich

drehte mich nicht um, hoffte ich doch, daß wer immer dort auch war, schnell wieder gehen würde. Nach einem kurzen Moment der Stille legte sich eine Hand schwer auf meine Schulter.

»Du solltest von jetzt an mehr auf deine Rückendekkung achten«, sagte Shrees Stimme nah an meinem Ohr.

Langsam drehte ich mich um und sah ihn an. Dunkle Ringe zierten seine Augen, und an seinem Kinn entdeckte ich einige beeindruckende Wunden von unserem Besuch bei der *Brennenden Hand,* der nun schon eine Ewigkeit zurückzuliegen schien.

»Du siehst furchtbar aus«, sagte ich. »Wie geht es Lissula? Hat sie mir ihre Grüße ausrichten lassen?«

»Mehr als das.« Ich wartete darauf, daß er endlich ginge, doch er trat neben mich und sah ebenfalls zum Fenster hinaus. Ich folgte seinem Blick. Wappengeschmückt lag das miishelische Schiff mitten im Hafen vertäut wie eine barbarische Königin – oder wie eine Hure. Leise sagte ich: »Hätte ich öfter aus dem Fenster gesehen, dann hätte ich vielleicht erkannt, was auf mich zukommt.«

»So ist nun einmal das Leben eines Gelehrten«, entgegnete Shree. »Nun erzähle mir, Tig, wie hat dir die Prinzessin gefallen? Wie haben deine Lenden auf ihren Anblick reagiert? Ich weiß aus gut unterrichteter Quelle, daß ihre Brüste ...«

Ich starrte ihn so wütend an, daß er schwieg und mich angrinste.

»Woher weißt du das?« preßte ich zwischen meinen Zähnen hervor. »Was hast du gehört?«

»Nur das, was alle anderen auch gehört haben. Hauptsächlich Gerüchte, aber ich weiß, daß der Stoff für deine Hochzeitsrobe bereits bestellt wurde. Omelische Seide – auf Sathelforns Kosten, natürlich. Man sagt, Gil könne sich derzeit kein solches Gewebe leisten. Also, ist jetzt der richtige Zeitpunkt, dir zu erklären, wo die Babys herkommen?«

»Ich weiß, wo die Babys herkommen«, knurrte ich. »Verdammt, Shree, wenn du davon gehört hast, warum hast du es mir dann nicht längst gesagt? Vielleicht hätte ich Arko dann noch umstimmen können.«

Nun wurde er ernst. »Ich habe selbst erst vergangene Nacht davon gehört, nachdem ich dich abgeliefert hatte. Lissula hat es mir erzählt.«

»Lissula wußte davon?«

»Natürlich wußte sie es. Ich bin zu ihr gegangen, weil ich hoffte, sie könne etwas Licht in das Dunkel unserer Begegnung bei der *Brennenden Hand* bringen, und sie begrüßte mich voller Entzücken über deine bevorstehende Hochzeit.«

Ich war außer mir vor Entrüstung. »Warum erreichen solche Nachrichten die Hurenhäuser schneller als die Archive?«

»Nun hör aber auf, Tig! Die Shints erfahren doch alles zuerst. Allerdings wissen fast alle Menschen außerhalb der Archive bereits seit Tagen Bescheid, spätestens seit der Ankunft des Schiffes aus Sathelforn. Die Buchmacher nehmen bereits Wetten über den Umfang der Aussteuer an.«

Ich erinnerte mich an das Kichern der Wachen, an das geradezu grotesk väterliche Verhalten des Zweiten Flemen und seiner Pagen. Die Stücke des Puzzles fügten sich allmählich zusammen. Übung! Erfahrung! Ein bißchen Spaß, bevor der Ernst des Lebens beginnt! Sie alle dachten, ich sei unberührt. Shree wartete geduldig, bis ich aufhörte, mit den Zähnen zu knirschen, ehe er fragte: »Was wirst du nun tun?«

»Ich habe bereits mein Einverständnis gegeben. Mir bleibt keine andere Wahl. Der Primas hat meinen Bruder überredet, die Archive in seine Obhut zu legen, und er wird sie an die Lucianische Intelligenzija verkaufen, wenn ich nicht mitspiele. Das durfte ich nicht zulassen.«

Shree stieß einen anerkennenden Pfiff aus. »Ein gerissener Bursche, der alte Primas. Ich hatte mich schon gefragt, wie sie dich dazu bringen wollen, mitzuspielen.«

»Das klingt fast, als würdest du das gutheißen.«

»Du bist ein Prinz«, erklärte er schonungslos, »aus zwei Adelsgeschlechtern.«

»Und?«

»Und sie hätten dich so oder so irgendwann verheiratet. Wenigstens hast du eine hübsche und reiche Braut erwischt.«

Ich starrte ihn mißtrauisch an. »Hat der Primas dich dazu überredet, so zu mir zu sprechen?«

»Der Primas könnte mich nicht einmal zu einem Frühstück überreden. Aber als dein Freund rate ich dir, dein Schicksal so würdevoll wie möglich zu tragen.«

Doch ich fühlte mich betrogen und wandte mich wieder dem Fenster zu. Shree legte erneut seine Hand auf meine Schulter. »Hat der Primas dir wenigstens einen Lohn angeboten?«

»Ja, vorausgesetzt, man kann ihm trauen. Ich darf meinen Amtsnachfolger für die Archive selbst wählen. Ich schätze, das wird nun deine Aufgabe werden.«

Er schüttelte den Kopf. »Nein, bestimme Angel zu deinem Nachfolger.«

»Angel? Der ist dem Primas doch nicht gewachsen.«

»Ebensowenig wie du. Aber das ist nicht wichtig. Der Primas wird sich nicht weiter um die Archive kümmern, wenn er erst einmal hat, was er will.«

»Aber warum willst du nicht mein Nachfolger werden?«

»Weil«, erklärte er, »ich mit dir nach Miishel reisen werde.«

Ich starrte ihn überrascht an. Ein Mörder, ein Barbar, ein Betrüger, der sein Handwerk von wahren Könnern gelernt hatte; ich könnte mir in der Schlangengrube von königlichem Hof in Miishel keinen besseren Mann an meiner Seite wünschen. Dennoch hatte ich ihm noch nicht vergeben, daß er mein furchtbares Schicksal so ruhig aufgenommen hatte. »Ich kann mich nicht erinnern, dich eingeladen zu haben«, sagte ich.

»Ich komme auf jeden Fall mit. Es geht um deinen Schutz, Tig . . .«

»Schutz!«

Er schüttelte mich sanft an der Schulter. »Ja. Denkst du denn, was bei der *Brennenden Hand* geschehen ist, war

Zufall? Wenn du nicht vorsichtig bist, wirst du nicht lange genug leben, um deiner Braut gegenüberzutreten.«

»Na schön«, rief ich aus. »Dann soll es so sein. Sollen sie mich doch umbringen. Laß mich einfach in den Archiven sterben, mit einem Buch in meiner Hand. Laß mich einfach glücklich sterben.«

»Wen willst du hinters Licht führen? Du bist nicht glücklich. Du bist der unglückseligste Mensch in ganz Gil, also kannst du ebensogut heiraten.«

Ich legte meine Wange an die kühlen Steine am Fensterrahmen und schüttelte seine Hand ab.

»Laß mich allein.«

Er ging zur Tür und blieb dort stehen. Ich hielt den Blick abgewandt. Dann, sehr sanft, sagte er genau das, was ich gedacht, erwartet und am meisten gefürchtet hatte: »Tigrallef – Calla ist tot.«

»Das weiß ich«, entgegnete ich verbittert. »Ich habe sie umgebracht.«

»Du hast es nicht gewollt. Aber wenn du dich noch immer dafür geißeln willst, so ist Miishel dafür ebensogut geeignet wie Gil. Vielleicht sogar besser.« Mit diesen Worten verließ er mich.

Ich blieb noch eine lange, lange Zeit in dem Turmzimmer und beobachtete das miishelische Schiff, das in seiner ganzen Pracht dort unten vor Anker lag. Als ich schließlich wieder hinunterging, diskutierten Angel und Shree die Finessen eines neueren Werkes plavischer Ethik. Niemand erwähnte meine bevorstehende Hochzeit.

Zu meiner Erleichterung war die Prinzessin Rinn nicht an Bord des Schiffes. Die Darbietung gilanischer Größe galt ihrem Cousin, dem Frath Major, der sich nach Gil begeben hatte, um über die finanziellen Belange zu verhandeln. Ich wartete darauf, erneut von Arko und dem Primas zu einem offiziellen Gespräch gerufen zu werden, doch sie schienen ihren Tauschhandel auch ohne Ansehen meiner Person durchführen zu können. Das überraschte mich nicht. Es lag ganz einfach im Interesse und im Charakter des Primas, mich so lange er nur konnte von allem fernzuhalten.

Ich wartete. Den ganzen Abend wartete ich, während ich fortfuhr, wie ein Besessener mit Angel und Shree über plavische Ethik zu diskutieren. Doch schließlich klagte Shree, die Debatte würde ihn ermüden. Schon früh am Abend ging er hinaus in die Stadt. Angel dagegen war gerne bereit, bis Sonnenaufgang oder auch noch länger zu diskutieren, also setzten wir unser Gespräch fort. Ich bezweifle, daß plavische Ethik jemals zuvor oder danach so intensiv besprochen wurde wie an jenem Abend. Nicht einmal in Plav selbst.

Während unseres Gespräches arbeitete ich in Gedanken beständig an dem Auftritt, mit dem ich dem Frath-Major entgegentreten wollte. Die Allianz war noch nicht endgültig beschlossen; wenn der Frath-Major mich nicht akzeptierte, so konnte Miishel noch immer von dem Abkommen zurücktreten, und ich bekäme eine Chance, meine Bücher zu retten.

Vielleicht konnte ich dafür sorgen, daß er mich nicht akzeptierte. Ein improvisierter Hinweis auf eine unaussprechliche Krankheit; die bedauerliche Erwähnung befleckten Blutes. Vielleicht konnte ich auch ein wenig mit meinem Ruf, sonderbar zu sein, spielen. Oder Schwachsinn simulieren. Oder etwas Schaum an meine Lippen schmieren. Bellen wie ein Hund. In der Nase bohren. An meinen Geschlechtsteilen herumspielen. Vielleicht alles zusammen. Was, so fragte ich mich, mochte ihn wohl am meisten beeindrucken?

»Angel, du hast die Metapher über die Schildkröte nicht verstanden«, erklärte ich gereizt. »Die Schale ist nicht die Ursache für die Weichteile, sondern ihre Ergänzung. Genauso wie der Schlichte Wille und der Innewohnende Wille Schale und Weichteile des Absoluten Willens sind.«

Gleichzeitig überlegte ich, ob ich dem Frath Major vielleicht nackt und mit Färberwaid beschmiert entgegentreten sollte, als wäre ich einer dieser religiösen Fanatiker aus Calloon. Oder sollte ich ein Hurenhemd anziehen und mit dem Frath-Major schäkern? Aber womöglich gefiel ihm das. »Hast du verstanden?« fragte ich.

Versteckt unter seinem Bart sah ich Angel grinsen. Mir wurde bewußt, daß in meiner Argumentation eine Lücke klaffte, so groß wie ein Wagenrad, und es gab keine Hoffnung, daß Angel sie übersehen würde. Obwohl im allgemeinen furchtbar maulfaul, war er bei Diskussionen ein wahres Raubtier. Er atmete tief ein. Ich wußte, was er nun sagen würde, und ich hatte keine passende Entgegnung. Er öffnete gerade den Mund, als es an der Tür klopfte.

Ich sprang auf.

»Tut mir leid, Angel, aber wir werden es dabei belassen müssen«, sagte ich schnell. Erst auf halbem Wege zur Tür bemerkte ich, daß meine Hände zitterten und meine Knie weich waren.

Ich fragte mich, wer dort vor der Tür stehen mochte. Shree konnte es nicht sein, denn er hätte sicher nicht angeklopft. Meine Schüler vertrieben sich im Lesezimmer mit Däumchendrehen die Zeit. Meine Mutter war während des Sommers in Malvi. Das Wasser hatte man uns bereits gebracht, und ich hatte (wieder einmal) vergessen, unsere schmutzige Wäsche abzugeben. Besucher verirrten sich aber nur äußerst selten in die Archive. Sollte dies die drohende Aufforderung für mich sein. Wurde ich nun zur Begutachtung gerufen? Über mein künftiges Schicksal informiert? Zu den Schneidern geschickt, damit sie die Maße für meine Hochzeitsrobe nehmen konnten?

Ganz plötzlich begann etwas in mir sich aufzubäumen. *Schluß mit den Spielchen,* dachte ich. Ich war nicht mehr bereit, mitzuspielen. Mochte ich auch für den Rest meines Lebens Miishel gehören, so war ich in diesem Augenblick doch noch immer ein freier Mann. Sie würden mich in Ketten legen und bewußtlos ins Ratszimmer schleppen müssen, anderenfalls würde ich die Archive in dieser Nacht nicht verlassen, selbst wenn das bedeutete, daß ich mich erneut der Debatte mit Angel stellen mußte, die ich verlieren würde. Zitternd, doch dieses Mal vor grimmiger Entschlossenheit, öffnete ich die Tür.

Es war niemand da.

Ich starrte dumpf in die Dunkelheit des Vorraumes hinaus. Die Lampe, die üblicherweise im Treppenhaus brannte, war ausgegangen, aber ich erinnerte mich, daß ich gleich nach dem Abendessen einen meiner Schüler losgeschickt hatte, um sie wieder aufzufüllen. Zwischen den schattenhaften Konturen beschädigter Möbel ertönte ein gedämpftes Rascheln, als würde grober Stoff über eine staubige Oberfläche wischen. Es war keine Ratte. Ich hatte genug Erfahrungen mit Ratten, um zu wissen, was für Geräusche sie verursachen. »Wer ist da?« rief ich.

Angel bewegte sich hinter mir. »Da liegt etwas, unten an deinen Füßen.«

Ich sah hinunter und entdeckte einen kleinen braunen Beutel, der offenbar leer war. Neben der Öffnung lag die Schnur, mit der er zuvor verschlossen gewesen war. Wieder hörte ich ein Geräusch aus der Dunkelheit jenseits der Schwelle. Ich sah auf. Mir war bewußt, was für ein hervorragendes Ziel ich im Türrahmen des hell erleuchteten Raumes abgeben mußte. Etwas raschelte. Diesmal befand sich die Quelle des Geräusches direkt an meinen Füßen. Als ich erneut herabsah, erkannte ich, daß sich die Schnur bewegt hatte.

Ich erstarrte. Das war keine Schnur. Das todbringende Diamantmuster zog sich über die ganze Länge des schmalen Körpers. Nun konnte ich auch den Kopf erkennen. Er sah aus, wie eine kristallene Pfeilspitze, nicht größer als der Nagel meines kleinen Fingers, und er bewegte sich vor und zurück, bereitete den Vorstoß gegen meinen nur durch Sandalen geschützten Fuß vor. Eine perfekt gespaltene Zunge, so fein wie ein Seidenfaden, zuckte hervor und küßte meine Ledersohle. *Nur nicht bewegen,* dachte ich. *Keinen einzigen Muskel.* Ich hielt den Atem an und flehte meine Lider an, nicht zu blinzeln. Funken schossen durch das Innere meiner Augen.

Goldene Funken. *Verschwinde.* Die Schlange zögerte, glitt über meinen Fuß, über die gekreuzten Lederriemen der Sandale und schließlich hinter meine Ferse. Gleich darauf hörte ich ein lautes Donnern.

»Du kannst dich wieder bewegen«, sagte Angel.

Ich rührte mich nicht. Dann, nach einigen Sekunden, drehte ich mich gleich einem bibbernden Nervenbündel um. Hinter mir auf dem Boden lag *Ethik von Plav*, ein in jeder Hinsicht gewichtiges Werk, besonders angesichts des eisenverstärkten Holzeinbandes. Von der Schlange war nichts zu sehen, bis Angel sich bückte und das Buch aufhob. »Giftnatter«, sagte er in beiläufigem Ton.

»Sei gesegnet, Angel.« Ich stolperte zitternd zum nächsten Stuhl. Mein Körper erbebte vor Dankbarkeit darüber, daß die Plaviser keine Schriftrollen benutzt hatten. Der Geschmack des verkochten Fisches, den wir am Abend gegessen hatten, machte sich auf meiner Zunge bemerkbar. Plötzlich wurde mir bewußt, was geschehen war. Ich erhob mich mühsam, nahm eine Lampe, sprang über die Stelle hinweg, an der Angel die Überreste der Schlange vom Boden kratzte und schlitterte weiter bis zur Tür. Im Vorzimmer herrschte Stille. Das Licht strich über kaputte Tische, umgestürzte Stühle und zersplitterte Kisten und gab ihnen sonderbar architektonische Konturen vor den tiefen Schatten, die an eine zerstörte Stadt im Mondlicht erinnerten. Kein Mensch war zu sehen. Ich trat mit dem Fuß gegen den Beutel und hob ihn dann auf. Drinnen raschelte Papier. Nachdenklich schloß ich die Tür.

Angel wedelte vor meinen Augen mit dem zierlichen Leichnam herum. »Soll ich sie zu unseren Präparaten über Naturgeschichte legen?«

»Nicht nötig. Wirf sie nur einfach weg. Bitte.«

Er verschwand in der Küche. Während er fort war, faltete ich das Papier auseinander und legte es auf den Tisch. Die Nachricht war in schwarzer Tinte in gilanischer Sprache abgefaßt, und die Schrift war groß und ungeübt: *WENN DU NOCH AM LEBEN BIST UND DIESE WORTE LIEST; BLEIB BEI DEINEN BÜCHERN.*

Ich starrte den Zettel eine Weile stumm an, ehe ich ihn wieder zusammenfaltete und in meinen Hosenbund steckte.

Angel kehrte ohne Schlange zurück. Er setzte sich an den Tisch und lehnte sich begierig vor. Das mörderische Flackern stand erneut in seinen Augen. »Was nun deine Interpretation des Absoluten Willens angeht . . .«, begann er.

Ich setzte mich, stand wieder auf und ging einige Schritte auf und ab. Angel schwieg und beobachtete mich. Der Boden unter meinen Füßen schien bedrohlich zu schwanken, und die soliden Mauern um mich herum wirkten plötzlich so dünn und brüchig als könnte ein Windhauch sie zum Einstürzen bringen. Die Archive, die sechs Jahre lang mein Heiligtum gewesen waren, konnten mich nun nicht mehr schützen.

»Der Absolute Wille . . .?« wiederholte Angel hoffnungsvoll.

Ich starrte ihn an. Sonderbarerweise wünschte ich mir in diesem Augenblick nichts sehnlicher, als mich an den Tisch zu setzen und mich von Angel und seiner unbestechlichen Logik auseinandernehmen zu lassen. Denn schließlich konnte dies die letzte derartige Gelegenheit sein, wer wußte das schon? Ich setzte mich wieder zu ihm.

»In Ordnung, Angel«, sagte ich. »Was ist mit dem Absoluten Willen?«

Kapitel 6

Wieder ein Traum. Das grüne Rauschen des Meeres war um mich, die Wehrtürme erbebten in ihren Fundamenten, und der Chor der Verdammten hallte um den Vergnügungsturm herum. Calla sagte: »Wirklich, Tig, müssen wir das jede Nacht wieder durchmachen?« Ich starrte sie an – sie war noch nie zuvor bis zum Finale geblieben – und als ich meine Hand hob, um sie zu berühren, zersplitterten die Ketten wie dünnes Glas. Mein Arm war frei und wuchs golden in die Höhe wie eine himmelhohe Nebelsäule aus glänzendem Rauch; und ich erkannte, daß ich den Ozean zurückschicken konnte, die Winde in ihrem Zorn aufhalten und Feuerbälle aus der Handfläche meiner riesigen brennenden Hand werfen konnte, und Calla sagte: »Nun weißt du es.« Ich antwortete: »Nun weiß ich was?« Doch entweder hatte die Stille Callas Antwort verschluckt, oder sie war schon wieder verschwunden. Während ich mich fragte, wo um alles in der Welt sie nun war, schwang ich meine Beine herab vom Vergnügungsturm . . .

. . . und auf den kalten Steinboden meines Schlafgemaches. Ich erwachte mit den Füßen zuerst. Sonnenlicht fiel im spitzen Winkel des Vormittags zum Fenster herein. Ich sackte auf meine Pritsche zurück und rieb mir die Augen.

»Ich sagte, ich habe eine Nachricht für dich«, sagte Shree.

»Ich habe dich gehört.«

Auf seinem Schoß hielt er eine weitere dieser verdammten Schriftrollen. Ich schüttete mir Wasser aus dem Krug neben dem Bett ins Gesicht, und das eisige Naß vertrieb die letzten Fetzen des Traumes. Dann streckte ich die Hand aus. Shree warf mir die Schriftrolle zu. Diese war nur mit grünen, nicht aber mit goldenen Bändern verschnürt. Es war ein Liebesgruß des Primas. Gähnend bewunderte ich das grüne Band und untersuchte das Papier, während ich die Schriftrolle öffnete. Dann ließ ich meinen kritischen Blick über die Kalligraphie schweifen.

»Ich hatte schon immer den Verdacht, daß der Primas nicht gerade über eine besonders gute Bildung verfügt«, kommentierte ich. »Zweimal hat er den falschen Kasus benutzt, und hier ist auch noch ein Rechtschreibfehler.«

»Was steht denn drin?«

»Was da steht? Nun, wenn ich es richtig verstehe, dann steht da, daß ich von heute morgen an aus den Archiven verbannt werde.«

»Was? Wann hast du gesagt?«

»Heute morgen.« Ich gähnte erneut ausgiebig. »Sieh mich nicht so schockiert an. Irgendwann mußte das ja passieren.«

»Ich weiß, aber es ging so schnell.«

»Warum auch nicht. Ein sauberer, schneller Bruch – ich jedenfalls lasse mich lieber mit einem Hieb in zwei Hälften spalten, als durchgesägt zu werden, und diese Sache unterscheidet sich davon kaum.« Ich streckte mich und stand auf, wobei ich mich in der gewohnten Umgebung umsah, in der ich nun niemals wieder schlafen sollte. Wohl wissend, daß es eine Lüge war, sagte ich mir, es wäre mir gleichgültig.

»Das gefällt mir nicht«, sagte Shree.

»Nicht? Ich dachte, die Entscheidung des Primas, mich zu verheiraten, fände deine Zustimmung.«

»Nicht gerade Zustimmung – ich sagte nur, daß es irgendwann so kommen mußte. Aber hier gehen einige weitaus sonderbarere Dinge vor, Tig. Angel hat mir von der Schlange erzählt ...«

»Ja, unser kleiner Besucher.« Ich fummelte auf dem Boden in meiner achtlos abgelegten Hose nach der Nachricht. *BLEIB BEI DEINEN BÜCHERN.* »Das ist zusammen mit dem Tier angekommen. Guter Vorschlag, wenn ich mich bloß danach richten könnte.«

Mit Grabesmiene las Shree den Zettel und schleuderte ihn zurück auf den Boden. »Außerhalb der Archive wirst du noch mehr in Gefahr sein.«

»Das macht keinen Unterschied. Außerdem habe ich sowieso keine Wahl. Es wundert mich, daß die kleinen Helfer des Primas noch nicht hier sind.«

»Die Geier sind bereits hier.« Shree sah mit grimmigem Gesicht auf. »Sie warten im Lesezimmer auf dich. Aber laß sie noch etwas warten. Ich muß mit dir reden.«

»Sicher. Rede solange du willst. Rede von mir aus den ganzen Tag.« Ich streckte mich wieder auf der Pritsche aus und grinste so breit, daß meine Kiefermuskeln schmerzten.

In diesem Augenblick kamen schwere Schritte auf meine Kammertür zu. Shree setzte sich mit dem Rücken vor die Tür. »Ich habe letzte Nacht etwas gehört.«

Jemand klopfte kräftig.

»Du wirst dich ein wenig beeilen müssen.«

Er atmete tief ein. »Die *Brennende Hand* existiert nicht mehr.«

»Ist das alles?« fragte ich. Sein unheilverkündender Tonfall erstaunte mich. »Ich habe diesem Kult so oder so nicht viel Zeit gegeben. Dieser Priester hatte keine Ahnung, wie man einen Götzendienst aufzieht . . .«

»Sie sind alle ermordet worden.«

Ich sah ihn scharf an. Das Grinsen war mir vergangen. Das Klopfen wurde lauter und drängender. Ich rief etwas Unverständliches und bedeutete Shree, fortzufahren.

»Die Leichen wurden erst gestern gefunden. Sie sind alle erschlagen worden, der Priester und alle seine Anhänger. Es gibt allerlei düstere Gerüchte im alten Viertel. Die meisten Leute glauben, der Hohepriester hätte einen Dämon gerufen, den er nicht kontrollieren konnte.«

»Bestimmt nicht«, entgegnete ich grimmig. »Der hätte noch nicht einmal ein Küken herbeirufen können. Sie wurden meinetwegen umgebracht.«

»Wahrscheinlich. Ich vermute, daß die Burschen, die uns angegriffen haben, keine Zeugen hinterlassen wollten, obwohl sie dich nicht erwischt haben.«

Ich legte den Kopf in den Nacken und richtete meinen starren Blick an die Decke. »Also habe ich noch mehr Menschen auf dem Gewissen.«

Shree schnaubte. »Hör auf, Tig! Schließlich hast du diese Leute nicht zu Tode geprügelt. Das war jemand anderes. Diesmal warst du nicht einmal direkt beteiligt.«

»Ich war die Ursache.«

»Das bedeutet aber nicht . . .«

»Wenn ich in dieser Nacht nicht zu der *Brennenden Hand* gegangen wäre, dann wären all diese Menschen noch am Leben.«

»Gut, mach was du willst«, konterte Shree. »Geißel

dich nur, wenn du dich dann besser fühlst. Tatsache ist aber, daß irgend jemand hier ein verdammt tödliches Spiel spielt – tödlich genug, um gleich vierzehn oder fünfzehn unschuldige Zeugen zu massakrieren, nur damit sie nicht reden können.«

Ich überlegte. »Tata? Grisot? Die können über die geplante Allianz nicht besonders erfreut sein. Vielleicht haben sie sich entschlossen die Verhandlungen auf direktem Weg zum Scheitern zu bringen.«

»Die einzigen Schwerter, die ich gesehen habe, waren aber dreifach geschwungen, so wie die, die in Miishel hergestellt werden.«

»Miishel!« Der Gedanke erheiterte mich. »Aber die Miisheli besitzen mich doch bereits! Sie können mich doch in aller Ruhe nach der Hochzeit vergiften. Warum sollten sie so viel Mühe auf sich nehmen, um mich bereits vorher zu ermorden?« Ich lachte lauthals, woraufhin sogar draußen vor der Tür für einen Moment Ruhe einkehrte. Dann aber wurde das Klopfen noch lauter, und Shree stemmte seine Schulter gegen die Tür, um sie zuzuhalten.

»Bevor du ganz verrückt spielst«, sagte Shree bissig, »muß ich dir noch etwas sagen.«

Ich rollte mich von der Pritsche herunter, zog mir das Nachthemd über den Kopf und hob meine Hose und die zerknitterte Tunika vom Vortag auf. »Besser, du beeilst dich.«

Shree atmete tief ein.

»Hast du dich in letzter Zeit irgendwie sonderbar gefühlt?«

»Nicht mehr als sonst.«

Er blieb vollkommen ernst. »Es gab nichts Besonderes?«

»Nichts, was angesichts der Umstände erwähnenswert wäre.«

»Keine Visionen, keine merkwürdigen Empfindungen?«

»Nein.«

(Doch plötzlich blitzte eine Erinnerung in mir auf:

Funken vor meinen Lidern, ein stilles Kommando, die Schlange, die über meine Sandale kriecht ...)

»Na ja, vielleicht«, sagte ich.

(Der Primas, fast erstickt am Ende eines goldenen Tunnels ...)

»Der ein oder andere Zufall«, fügte ich nachdenklich hinzu. »Warum fragst du?«

Ich glaube, er hätte es mir fast erzählt, obwohl das am Ende nicht das mindeste geändert hätte. Doch gerade als er den Mund öffnete, wurde die Tür gewaltsam aufgestoßen und Shree flog quer durch den Raum. Er erholte sich schnell und nahm sofort die klassische sheranische Kampfhaltung ein. Seine Hand umklammerte bereits das Heft des Messers in seinem Gürtel, also packte ich seinen Arm und zog ihn zu mir heran.

»Wenn du diesen netten jungen Soldaten aufschlitzt«, flüsterte ich ihm ins Ohr, »dann nehme ich dich nicht mit nach Miishel.«

Shree beruhigte sich. Der Soldat, ein glattrasierter junger Offizier, schien gar nicht zu bemerken, daß ich gerade seine jugendliche Haut gerettet hatte. Er grüßte mich unter Anwendung aller entsprechenden Gesten viel zu höflich, insbesondere angesichts der Tatsache, daß er gerade erst meine Tür aufgebrochen hatte. Und er hatte tatsächlich noch eine von diesen verdammten, mit Bändern verzierten Schriftrollen in der Hand. Kein Wunder, daß Gil unter Papierknappheit zu leiden hatte. »Lord Tigrallef, der Priesterkönig befiehlt Euch ...«

»Spar dir deinen Atem, ich komme schon.«

»Und ich ebenfalls«, sagte Shree.

Der Offizier hüstelte höflich. Drei bewaffnete Soldaten tauchten plötzlich im Türrahmen auf, und hinter ihnen waren noch mehr Männer zu sehen.

»Ich fürchte, das wird nichts, Shree«, sagte ich, wobei ich ihm einen Blick zuwarf, der ihn auffordern sollte, sich zurückzuhalten und abzuwarten. Noch einmal sah ich mich in der Kammer um, ehe ich auf den Korridor hinausgeführt wurde. Der Offizier ging mir voran, zwei Soldaten flankierten mich an jeder Seite und weitere vier folgten. So war ich bereits ein Gefangener, ehe ich die Archive verlassen hatte.

Angel sah nicht einmal auf, als wir an ihm vorbeigingen. Er ging völlig in der *Ethik von Plav* auf. Vermutlich überlegte er sich gerade einige weitere vernichtende Argumente, um sich mit mir anzulegen, doch ich wußte, daß er diese Gelegenheit niemals bekommen würde.

Im Lesezimmer hielt ich meinen Blick starr geradeaus gerichtet. Rund um mich herum waren Bücher, und ich wagte es nicht, sie auch nur anzusehen. Die Seifenblase, die sich dort befand, wo mein Kopf hätte sein müssen, wäre sonst auf der Stelle geplatzt. Meine Schüler tuschelten in der Zimmerecke miteinander und warteten auf die Unterrichtsstunde, die ich nicht mehr halten würde. Auf meinem Schreibtisch, neben der furchtbaren lucianischen Schriftrolle, lag meine kritische Besprechung, die ich nie zu Ende schreiben sollte. Daneben lagen Bücher hoch aufgestapelt, Bücher, die ich nie lesen sollte.

Das ist mein Tod, dachte ich.

Und so ging ich, das Gesicht zu einer Grimasse verzogen, die ein tapferes Lächeln darstellen sollte, ohne Feierlichkeiten und Abschiedszeremoniell ein letztes Mal durch das Lesezimmer und schließlich zur Tür der Archive hinaus. Ich erinnere mich, während des ganzen Weges ständig gedacht zu haben, daß die Wände dringend frisch gestrichen werden müßten.

Ich erwartete, zum Zweck der Begutachtung in die Empfangshalle geführt zu werden, doch meine Eskorte geleitete mich direkt an ihr vorbei. Sie führten mich immer tiefer in den Tempelpalast hinein, vorbei an den Vorzimmern des Priesterkönigs, der anderen Sprosse von Oballef, vorbei am königlichen Hofsaal und dem Vestibül des Allerheiligsten, hin zu einem Quartier, in dem die Decken niedrig waren und die Tapeten direkt am gewachsenen Fels klebten. Die Düsternis, sowohl in meinem Kopf als auch im Palast, nahm mit jedem Schritt zu. Diese Räume waren fensterlos und lagen tief im Fels.

Theoretisch sollte dieser Bereich des Palastes durch ein geschickt angeordnetes Labyrinth verschiedener Lichtquellen und horizontaler Schächte, die das Tageslicht mittels bronzener Reflektoren in jeden Winkel des Raumes transportieren sollten, ausgeleuchtet sein. Die Sheraner, das muß ich zugeben, hatten diese Reflektoren peinlich sauber gehalten, doch Arkos Regierung setzte andere Prioritäten und mußte überdies auf Arbeitssklaven verzichten. So kam es, daß wir selbst an diesem strahlenden Frühlingsmorgen unseren Weg mit Hilfe von Lampen suchen mußten, die in regelmäßigen Abständen in den Korridoren angebracht waren. Und auf jede dieser Lampen kam mindestens eine Wache.

»Seine Exzellenz geht kein Risiko ein«, kommentierte ich. »Wenn man vom Kerker absieht, dann hat dieser Gebäudeteil im ganzen Gilgard die größte Ähnlichkeit mit einem Gefängnis. Dient das meinem Schutz, oder soll ich so an der Flucht gehindert werden?«

»Besteht denn die Gefahr, daß Ihr flüchten werdet, Euer Lordschaft?«

»Also wirklich, Soldat. Warum sollte ich denn weglaufen wollen? Ich sollte vor lauter Dankbarkeit auf die Knie fallen, weil mein lieber Bruder und der ehrenwerte Primas eine so liebliche Braut für mich ausgewählt haben«, entgegnete ich verbittert.

»Ist es wirklich so schlimm?« Der Offizier bedachte mich mit einem mitfühlenden Blick.

»Ich weiß nicht, wovon du sprichst.« Dies war der Mann, der keine zehn Minuten vorher die Tür zu meiner Kammer aufgebrochen hatte und bereit gewesen war, mich mit Gewalt aus den Archiven zu zerren. Auf sein Mitgefühl konnte ich verzichten. Ich verfiel in frostiges Schweigen. Endlich blieb er vor einer offenen Tür stehen und schickte mich hinein.

Die Raumausstattung sollte ganz offensichtlich meinem neuen Status angepaßt sein. Ich haßte den Raum auf den ersten Blick. Grüne Wandbehänge, die mit goldenen Fäden durchzogen waren, hingen an sämtlichen Mauern; auf dem Boden lag ein Teppich so dicht wie ein brachliegendes Feld im Frühjahr, doch der Teppich war unter dem Wald aus frisch geölten und mit allerlei Schnitzereien verzierten Möbeln kaum zu erkennen. Kaum traten wir ein, da kam auch schon der Zweite Flemen auf mich zu.

»Euer Lordschaft, Tigrallef, seid willkommen! Wie Ihr sehen könnt, sind wir noch rechtzeitig fertig geworden. Ich hatte schon befürchtet, wir würden es nicht mehr schaffen.«

Ich sah mich um. »Euer Werk, Zweiter Flemen? Wirklich hübsch.«

Geschmeichelt errötete er. »Wir haben nur das Beste für Euch ausgewählt, Euer Lordschaft.«

»Das sehe ich. Die Wandbehänge stammen aus den Räumen des Priesterkönigs, nicht wahr? Und diese Stühle dort kommen doch aus dem Empfangszimmer meiner Mutter? Worauf soll denn die Lady Dazeene sitzen, wenn sie aus Malvi zurückkehrt?«

»Sie sind nur vorübergehend hier, Euer Lordschaft«, erklärte mir der Zweite Flemen mit einem verunglückten Lächeln auf den Lippen. »Wenn Ihr abreist, werden wir alles wieder zurückbringen.«

»Wenn ich abreise. Ja, ich denke, meine Mutter wird es wohl ein paar Tage lang aushalten. Danke, Zweiter Flemen. Bitte geht jetzt.«

Er kam näher zu mir. »Euer Lordschaft, gibt es irgend etwas, das nicht zu Eurer Zufriedenheit ist? Sagt es mir nur. Der Primas hat angeordnet, daß Ihr alles bekommen sollt, was Euer Herz begehrt.«

»Wie rücksichtsvoll von ihm. Nun, zum ersten hätte ich gern die Archive zurück. Und ich möchte mein eigenes Leben wiederhaben.« Und ich wollte Calla. Irgendwo hinter meinen Augen schimmerten goldene Lichter. Ich schüttelte die Benommenheit ab und richtete meinen Blick wieder auf den Zweiten Flemen. Mitfühlend klopfte ich ihm auf die Schulter. »Nehmt es nicht so schwer, Zweiter Flemen. Ich weiß, daß es Dinge gibt, die Ihr nicht zuwege bringen könnt. Aber ich habe noch nicht gefrühstückt; außerdem hätte ich auch gern etwas

Papier, Tinte und Feder, ein paar Bücher und Schriftrollen. Vielleicht hat der Primas die Güte und überläßt mir einige Schriften aus den Archiven. Ich werde Euch eine Liste anfertigen.«

Sein Gesicht hellte sich auf. »Ich werde dem Primas Eure Wünsche vortragen.«

»Tut das nur.«

Ich sah ihm nach, als er den Raum verließ. Der Offizier schloß die Tür hinter ihm – von innen. Ich starrte den Mann mit wachsender Feindseligkeit an.

»Es gibt keine Grund für dich zu bleiben. Ich verspreche, ich werde nirgendwohin gehen.«

»Ich habe meine Befehle, Euer Lordschaft.« Unerschütterlich blieb er neben der Tür stehen.

»Und wenn ich dir befehle zu gehen? Gilt die Anweisung eines Sprosses von Oballef nicht mehr als die eines Flemen?«

»Meine Befehle tragen das Siegel des Priesterkönigs, Euer Lordschaft. Ich bin dauerhaft zu Euren Diensten abgestellt worden.«

»Dauerhaft? Soll das heißen, du begleitest mich nach Miishel?«

»Ja, Euer Lordschaft.«

»Egal, ob ich damit einverstanden bin oder nicht?«

Er zuckte mit keiner Wimper. »Ja, Euer Lordschaft.«

Angewidert wandte ich mich ab und betrachtete den gesammelten Prunk meines Raumes. Ich haßte den Mann für seine Gelassenheit, für seine unerschütterliche Höflichkeit und vor allem für das grüne Abzeichen des Primas an seinem Arm. Ganz ohne Zweifel wollte der Primas ihn als seinen persönlichen Spion in meinem Gefolge sehen.

»Sag mir, Soldat«, sagte ich, ohne mich umzudrehen, »haben Leute wie du einen Namen?«

»Chasco. Hauptmann, Dritte Wacheinheit, Zweite Kompanie«, antwortete er diensteifrig. Nach einer kurzen Pause fügte er hinzu: »Aus dem Hause Clanseri.«

»Ein Clanseri! Schön, schön.« Ich wandte den Kopf, um ihn mit eisigem Blick von oben bis unten anzusehen.

»Eine der großen alten Familien. Es gab einige hervorragende Dichter unter deinen Ahnen, obwohl ich vermute, daß dich das nicht interessiert. Vor der Invasion waren sie gute Freunde der Sprosse von Oballef – ich glaube, ein oder zwei Mitglieder der Familie Clanseri starben gemeinsam mit dem Priesterkönig in Malvi, mögen ihre Gebeine Blumen hervorbringen. Kaum zu glauben, was aus dir geworden ist.«

»Die Zeiten ändern sich, Euer Lordschaft.«

Achselzuckend durchquerte ich den Raum und legte mich auf das Bett, ein enormer Haufen aus Fellen und weichen Decken, die aus einem Großteil der edelsten Schlafgemächer des Gilgard stammen mußten. Still, aber ausführlich, verfluchte ich das Bett, bevor ich mich auf meine schwierige Aufgabe konzentrierte, nämlich nicht nachzudenken.

Vor nur drei Tagen waren meine größten Probleme Papiermangel und Schimmelpilze in den Ecken des Archivs. Ich hatte zwei Freunde, einige Schüler und über elftausend archivierte Objekte, die ich lieben und für die ich sorgen durfte, und ich hatte genug zu tun, um die Alpträume im Schach zu halten.

Nun hatte ich nichts mehr.

Kapitel 7

Beinahe sechs Wochen lang war es mir verboten, mein Quartier zu verlassen. Die ganze Zeit über langweilte ich mich, aß zuviel und war niemals allein. Aus den Archiven schickte man mir einen Kasten, in dem ich meine Notizbücher und Schreibmaterial, aber keine anderen Schriftstücke fand. Ich erhielt auch keinen unheilverkündenden Besuch, kein Mörder suchte mich auf, und Drohbriefe erreichten mich ebensowenig wie andere spezielle Geschenke potentiell gefährlicher Natur, die doch zumindest die entsetzliche Monotonie kurzfristig durchbrochen hätten. Auf dem Korridor vor meinem Raum stand ein kleines Heer aus miishelischen, gilanischen und sathelischen Soldaten Wache, und ein Vorkoster prüfte gewissenhaft jede Speise, die mir aus der Küche geschickt wurde. Wer auch immer (außer mir selbst) diese Allianz zu vermeiden suchte, war den Kräften, die sie unterstützten, anscheinend nicht gewachsen.

Der Primas hielt erstaunlicherweise Wort und machte Angel zum neuen Ersten Schreiber, doch ich mußte erst in Hungerstreik treten, bis Shree erlaubt wurde, bei mir zu sein. Vier Tage ohne Essen schadeten mir nicht. Tatsächlich tat mir diese Fastenkur sogar recht gut, nachdem die plötzlich so reichhaltige Speisekarte ihr Zerstörungswerk an meinem Körper bereits begonnen hatte. Der Primas jedoch hatte sich bereits am dritten Tag in ein nervöses Wrack verwandelt. Zum ersten Mal während unserer langen und problematischen Koexistenz war er wahrhaftig um meine Gesundheit besorgt. Obwohl ich noch tagelang hätte weiterhungern können, empfand ich doch Erleichterung angesichts seiner Kapitulation. Ich wollte Shree in meiner Nähe haben, weniger zu meinem Schutz als zu seinem. Nun wurde der Vorkoster noch fetter, mußte er doch auf mein Drängen hin auch Shrees Mahlzeiten überprüfen.

Nur zwei Vorfälle in diesen sechs Wochen blieben mir deutlich in Erinnerung, und der erste betraf meine Mutter. Schon zu Beginn des Frühjahres hatte Arko meine Eltern überraschend in eine Villa in der Nähe von Malvi geschickt und behauptet, der Aufenthalt diene nur der Gesundheit unseres Vaters. Sicher, mein Vater war nicht besonders kräftig, aber er war auch nicht krank. Im nachhinein wurde mir bewußt, daß dem Primas daran gelegen war, meine Mutter fortzuschaffen, während er sich um den Verkauf ihres Sohnes kümmerte.

Etwa einen Monat nach meinem offiziellen Einverständnis leistete meine Mutter, die aus Malvi zurück war, mir Gesellschaft, während die importierten omelischen Schneider meine Maße nahmen, obwohl ich dem Frath-

Major noch immer nicht vorgestellt worden war. Die Schneider umschwärmten mich und bedrohten mich mit großen Fetzen omelischer Seide, und meine Mutter sagte: »Du hast weise entschieden, Tig.«

Ich zuckte zusammen, als sich eine Nadel in meinen Oberschenkel bohrte. »Ich habe überhaupt nichts entschieden. Der sathelische Gesandte hat den Stoff ausgewählt, und warum auch nicht? Schließlich bezahlt ihn das Archipelago.«

»Ich spreche nicht von dem Stoff, mein lieber Sohn, sondern von der Hochzeit.«

»Ach, das. Mutter, ich habe dieser Vereinbarung nicht wirklich zugestimmt. Ich habe lediglich aufgehört, mich zu weigern.«

»Das kommt auf dasselbe hinaus.«

»Nicht für mich, nein, das tut es nicht«, entgegnete ich finster. Dann mußte ich schweigen, während eine Woge goldener Seide auf mich herabgesenkt und um meinen Kopf gewickelt wurde. Dann, als sie wieder entfernt wurde, schien die Sitzung vorbei zu sein. Die Schneidermannschaft packte zusammen und verschwand mit flatternden Zipfeln aufgerollten Stoffes, wobei sie eifrig den Schnitt meiner Ärmel diskutierte. Meine Mutter und ich blieben allein zurück.

Fast allein. Shree schlief auf seinem Bett neben dem Kamin, zwei wachsame Bewaffnete standen neben der Tür, und Chasco, der Clanseri, saß auf seinem gewohnten Stuhl in der Ecke und tat so als könne er weder hören noch sehen. Ich füllte zwei Becher mit Wein und reichte einen meiner Mutter. Sie strickte für Shree und mich wollene Unterhosen, die uns in den harten Wintermonaten in Miishel warmhalten sollten.

»Schau nicht so besorgt, Tig«, murmelte sie.

»Sehe ich besorgt aus?«

»Ja, das tust du.« Über ihr Strickzeug hinweg bedachte sie mich mit einem milden Blick. »Besorgt und unglücklich. Dafür gibt es keinen Grund.«

»Es geht mir gut, Mutter, wirklich.«

»Natürlich geht es dir gut«, sagte sie. »Und du wirst

sehr glücklich werden.« Sie lächelte mich wohlwollend an und sah zehn Jahre jünger aus als sie war. Ich lächelte zurück und beugte mich vor, um sie auf die Wange zu küssen.

»Du glaubst mir nicht«, stellte sie gelassen fest.

»Nicht wirklich.«

»Du solltest mir glauben. Erinnerst du dich an die Tage im Exil, als der Primas beschlossen hatte, dich nach Gil zu schicken? Habe ich dir nicht gesagt, du wirst die Heilige finden? Habe ich nicht gewußt, daß dein Vater noch am Leben war?«

»Dabei fällt mir ein: wo ist mein Vater?«

»Er schläft. Versuche nicht, das Thema zu wechseln. Ich habe damals recht gehabt, nicht wahr?«

»Ja, das hattest du«, gab ich widerstrebend zu. »Aber das hier ist etwas anderes.«

Sie schüttelte den Kopf.

Ihre flinken Finger hörten während unseres Gespräches nicht ein einziges Mal auf zu arbeiten. »Nicht so sehr, wie du vielleicht glaubst.«

Nachdenklich betrachtete ich sie. Meine Mutter lag mit ihren Vermutungen stets auf eine unheimliche Art richtig, fast als würden kleine Götter ihr die Zukunft zuflüstern, so wie sie es einst bei den Propheten des antiken Fathan getan haben sollten. Vielleicht war Rinn nicht das weibliche Gegenstück des Primas, das ich erwartete, vielleicht hatte ich jene Zeichen des Eigensinns und der Reizbarkeit auf ihrem Porträt mißdeutet. Ein starker Charakter konnte eine Frau durchaus begehrenswert werden lassen, um das zu wissen, mußte ich nur an Calla denken. Doch dieser Gedanke verstörte meinen Geist aufs neue. Welche Tugenden Rinn auch immer haben mochte, sie war doch nicht Calla.

»Du denkst wieder an das sheranische Mädchen, nicht wahr?«

Ich erschrak. »Mutter, ich wünschte, du würdest aufhören, meine Gedanken zu lesen. Außerdem war sie nur halbsheranisch, und sie war das Beste, was mir je begegnet ist, bis ...«

»Bis sie dich an Lord Kekashr verraten hat. Armes Ding.«

»Ich oder sie?«

»Ihr beide.« Meine Mutter legte ihr Strickzeug nieder und griff nach dem Weinglas, doch sie trank nicht. Stattdessen starrte sie so lange in ihren Becher, daß ich mich schließlich vorbeugte und selbst hineinsah, um herauszufinden, ob irgendwelche Prophezeiungen sich auf der Oberfläche des Weines spiegelten. Außer unseren eigenen Spiegelbildern konnte ich nichts entdecken, doch meine Mutter starrte weiter hinein. Eine Gänsehaut kroch an meiner Wirbelsäule entlang.

»Mutter?«

Sie sah verträumt auf, nippte an ihrem Wein und schenkte mir ein Lächeln. »Du wirst glücklich sein, Tig. Ich weiß es.«

»Natürlich, Mutter.« Mit einem Zug leerte ich mein Glas. In eben diesem Moment war mir bewußt geworden, daß das Wort ›glücklich‹ in zwei sathelischen Dialekten den Euphemismus für ›tot‹ bildete.

Der andere – und bedeutend schlimmere – Vorfall ereignete sich kurz vor der Morgendämmerung meines letzten Tages in Gefangenschaft. Noch immer war ich dem Frath-Major nicht vorgestellt worden, Arkolef hatte mich nicht einmal besucht, und niemand erzählte mir irgend etwas. Nach meinem derzeitigen Wissenstand sah es so aus, als müßte ich mein ganzes Leben ohne Sonnenlicht, Arbeit oder Hoffnung in diesem verhaßten Schmuckstück von einem Gefängnis zubringen, in dem ich täglich von einer Schwadron wildgewordener Schneider überfallen wurde. Die einzige Abwechslung bot mir ein Hauslehrer, der mich mehrmals in der Woche aufsuchte, um mich mit dem miishelischen Hochzeitszeremoniell vertraut zu machen. Zum ersten Mal in meinem Leben lernte ich nur widerwillig.

An diesem letzten Morgen schlief ich wie üblich nicht wirklich fest, nur ein leichter Schlummer führte mich in meinen angestammten Alptraum und wieder hinaus – das verdammte Bett war zu weich, das Feuer zu heiß und zwei der vier Soldaten, die in meinem Quartier schliefen, schnarchten ununterbrochen. So befand ich mich also wohlausbalanciert an der Schwelle zwischen Wachen und Schlafen, und die folgenden Geschehnisse hatten demgemäß zunächst die unwirkliche Qualität eines Traumes.

Die Tür wurde leise geöffnet, und zwei Männer schlichen herein. Beide waren in dunkle Umhänge gehüllt, die sie trotz der drückenden Hitze im Raum nicht ablegten. Desinteressiert glitt ich ein Stück weit zurück in meinen Traum, während sie sich meinem Lager näherten. Ihr Flüstern schien aus weiter Ferne zu kommen, aus einem Raum, jenseits der Streben des Vergnügungsturmes und jenseits der riesigen Woge, die sich schon bald am Himmel brechen sollte.

»Er sieht jünger aus als neunundzwanzig.«

»Das ist egal. Er ist der richtige. Jetzt mach schon!«

Calla kam und setzte sich zu mir, den Blick desinteressiert gen Himmel gerichtet. Gemeinsam beobachteten wir, wie die gigantische Welle sich in einem lichten Brennpunkt zusammenzog und langsam und weit entfernt immer größer wurde. Rundherum entstand aus dem Nichts eine ganze Galaxie goldener Sterne, doch ich wußte, daß diese Sterne in meinem Kopf waren, wogegen das einzig reale Licht sich in der Spitze eines von behandschuhter Hand geführten Messers brach, welches sich mit gleichmütiger Muße langsam herabsenkte. In meinem Traum sprengte ich die Ketten an meinen Handgelenken, goldene Fragmente explodierten, und ich hob die Hand, um dem Wasser Einhalt zu gebieten. Das Wasser zog sich zurück.

»Los jetzt«, flüsterte eine aufgeregte Stimme.

»Ich kann nicht.«

»Idiot. Gib mir das Messer!«

»Ich kann mich nicht bewegen.«

Die dem Untergang geweihte Stadt verharrte in Schweigen. Calla lächelte, nickte mir beruhigend zu und verschwand. Ich streckte die Hand aus, um nach ihr zu greifen, doch sie hatte nicht mehr Substanz als der Schatten eines Rauchfetzens, und meine Traumfinger schlossen sich um andere Dinge, Dinge, die fest, feindselig und mitleidslos waren. Doch meine Traumfinger hielten diese Dinge fest umklammert, bis endlich die Welle brach – rot, nicht grün, diesmal, und warm wie Blut, nicht salzig und kühl wie die Flut der anderen Alpträume. Und inmitten des Sturmes hörte ich Shrees Stimme.

»Großer Raksh! Tigrallef!«

Ich drehte mich auf die Seite. Die Felle waren feucht und rochen metallisch.

»Tig!«

»Was ist denn, Shree? Ich möchte noch etwas schlafen.« Gähnend setzte ich mich auf. Drei Gestalten beugten sich über mich. Shree, bekleidet mit seinem üblichen Nachtgewand – nämlich gar nicht – war eine davon. Die beiden anderen waren Springbrunnenfiguren, aus deren Mündern dunkles Wasser strömte. Eine hielt ein Messer in der erhobenen Hand, machte jedoch keine Anstalten, es zu benutzen. Sie bewegten sich überhaupt nicht. Am anderen Ende des Raumes murmelte einer der Soldaten im Schlaf vor sich hin. Shree sah sich aufgeschreckt nach ihm um.

»Was ist los, Shree? Was ist passiert?«

Er beugte sich vor und entwand der unbeweglichen Hand das Messer. Zu meinem Entsetzen schlitzte er gleich darauf die versteinerten Gestalten mit einer sonderbar methodischen Wut auf. Er achtete genau auf den jeweiligen Einstichwinkel und biß sich dabei auf die Lippen, als wäre er damit beschäftigt, ein kniffliges Problem mit den Mitteln der Logik zu lösen. »Das sollte reichen«, wisperte er, stieß die Gestalten zu Boden und ließ gleichzeitig das Messer fallen. Er hatte zugeschlagen wie eine Schlange: schnell und geräuschlos. Die Soldaten öffneten erst jetzt verwirrt die Augen.

Panische Schreie ertönten. »Der Sproß!« »Mord!« »Holt eine Lampe!« Die Tür wurde aufgestoßen und weitere Soldaten stürmten in das Zimmer, mehr Panik stieg auf und lautere Schreie erklangen. Ich glitt von meinem Bett herunter, das sich unangenehm feucht anfühlte. Als die Soldaten endlich eine Lampe hereinbrachten und anzündeten, war ich bereits vollkommen wach und hatte den metallischen Geruch im Raum als das scharfe Aroma frischen Blutes identifiziert.

Shree hatte sich inzwischen in eine Decke gewickelt und beschimpfte neben der Tür einen verwirrten Soldaten. »Ihr nennt euch Leibwächter? Zehn von euch lungern wie die Esel auf dem Korridor herum, und trotzdem können diese Burschen hier ungehindert herein? Vier eurer schwachsinnigen Männer hatten Wachdienst im Zimmer, und keiner von ihnen hat auch nur das geringste gehört? Wenn ich nicht schnell genug wach geworden wäre, dann wäre der Sproß von Oballef nun tot!«

Der Soldat, den Shree beschimpfte, war Chasco. Er betrachtete Shree lange und berechnend. Dann beugte er sich über die beiden Leichen am Boden und drehte eine von ihnen mit der Fußspitze auf den Rücken. Einem Soldaten befahl er, die Lampe über den Toten zu halten. Der Soldat blickte auf die Leiche und fuhr entsetzt zurück. Chasco nahm ihm die Lampe ab und hielt sie selbst mit ruhiger Hand, um den Toten genauer zu untersuchen.

Mir reichte ein einziger Blick. Der Anblick erinnerte mich an einen noch nicht ausgewachsenen Hasen, den ich einst am Rande eines Feldes im Exil entdeckt hatte, nachdem er zuerst von einem schweren Pflugpferd niedergetrampelt und dann von der Egge überrollt worden war. Der tote Attentäter hatte einen ähnlichen Gesichtsausdruck: die Augen waren vor Schreck weit geöffnet und traten blutunterlaufen aus ihren Höhlen hervor, seine Lippen schlossen sich um eine fast abgebissene Zunge, und blutige Spuren liefen überall dort über sein Gesicht, wo seine Ohren, seine Nase und seine Augen Blut geweint hatten – Shrees Messerhiebe waren offensichtlich überflüssig gewesen. Als Chasco sich mit bewundernswerter Ruhe herabbeugte, um dem Toten die Augen zu schließen, gelang es ihm nicht, die Lider über die Augäpfel zu schieben. Schließlich gab er auf und hockte sich hin.

»Kennt Ihr diesen Mann, Euer Lordschaft?«

Ich zwang mich, ihn noch einmal anzusehen, und schon lief mir der Schock wie ein kalter Schauer den Rücken hinunter. Chasco beobachtete mein Gesicht, also verzog ich keine Miene und betete, daß er meine zitternden Hände nicht sehen würde. »Ich glaube, nicht einmal seine Frau würde ihn jetzt noch erkennen«, entgegnete ich knapp. Ich hatte nicht die Absicht, dem Clanseri-Bastard zu erzählen, was ich wußte, oder seine Befehlshaber wissen zu lassen, was ich vermutete. Das Gesicht des Mannes mochte mir fremd sein, doch das Medaillon, das aus seiner Tunika herausgerutscht war, ließ keinerlei Zweifel zu.

Der tote Mann war ein Frathminorit von Miishel.

Die nächste Stunde war den Reinigungsarbeiten gewidmet. Shree und mich hatte man auf Kissen neben dem Kamin verfrachtet, doch wir hatten kaum Gelegenheit zu sprechen, da ständig ein oder zwei Soldaten nahezu auf meinem oder Shrees Schoß saßen. Schweigend saßen wir da und nippten ergeben an dem erhitzten Wein, den man meinen wertvollen Nerven verschrieben hatte. Bei der ersten sich bietenden Gelegenheit brachte ich meinen Mund an Shrees Ohr und wisperte: »Sie haben geblutet, bevor du sie aufgeschlitzt hast.«

»Gut beobachtet, Tig.«

»Ich glaube, sie waren bereits tot.«

»Glaubst du?«

»Shree ...« Ich unterbrach mich, als ein Soldat in sathelischer Uniform mit der Nase dicht über dem Boden hinter uns vorbeikroch, als wären wir gar nicht da. Weiß der Himmel, wonach er suchte. Als er wieder fort war, beugte ich mich erneut zu Shree hinüber.

»Shree – du hast diese Männer nicht getötet.«

Er bedachte mich mit einem langen, ermatteten Blick. »Stimmt. Ich habe sie nicht getötet.«

»Warum hast du sie dann aufgeschlitzt, wenn sie doch schon tot waren?«

»Ich wollte eine offensichtliche Todesursache liefern.«

Ich brauchte einen Moment, um diese Mitteilung zu verdauen. »Aber wer hat sie umgebracht? Einer von ihnen war ein Frathminorit von Miishel. Wer würde es wagen, einen Frathminoriten zu ermorden? Sie sahen aus, als wären sie zerquetscht worden. Nicht, daß sie mir leid täten, Shree, es ist nur, weil niemand nahe genug an ihnen dran war, außer dir und mir, und trotzdem ...«

»Vielleicht hast du sie getötet.«

»Das ist lächerlich. Ich habe geschlafen.«

»Das muß dich nicht gehindert haben.«

Diese Antwort war so absurd, daß mir kein Gegenargument in den Sinn kommen wollte. »Gib mir die Weinflasche«, waren meine einzigen Worte.

Er reichte sie mir.

Kapitel 8

Zwar wußte ich es in diesem Moment noch nicht, aber genau in dem Augenblick, als der tote und irgendwie komprimierte Frathsoldat aus meinem Zimmer hinausgetragen wurde, lief im Hafen von Gil das Segelschiff meiner Braut ein. Doch zu diesem Zeitpunkt gingen noch einige andere Dinge vor. Der Gilgard kochte förmlich über.

In den Ställen waren die Zimmerleute damit beschäftigt, eine alte Kutsche aus der Zeit vor der Invasion zu restaurieren, die die Prinzessin auf angemessen hochherrschaftliche Weise vom Hafen zum Palast bringen sollte. Gleichzeitig fanden in der Küche die letzten Vorbereitungen für ein grandioses Fest statt, das komplizierter, kostspieliger und unverdaulicher als jedes andere Fest sein sollte, daß jemals außerhalb der Zeit der sheranischen Herrschaft im Gilgard gegeben worden war. Natürlich gingen die Kosten zu Lasten Miishels. Drei Dutzend Hirsche und ein halbes Hundert Lämmer drehten sich bereits an Spießen über den Feuerstellen. Über einem enormen Feuer außerhalb des Nordtores wurden bereits seit Tagen drei gefüllte Wale geröstet. Im Laufe der Woche waren zwei Bäcker an Erschöpfung gestorben, und ein Hilfskoch war auf furchtbare Weise in einem Topf mit heißer Linsensuppe ertrunken. Das Schicksal eines Wurststopfers war unbekannt.

In der Stadt war man vorgewarnt worden – anders ausgedrückt, die frohe Kunde war verbreitet worden. Die Straßen wurden von lächelnden, frohlockenden, tanzenden Menschenmassen bevölkert – oder auch nicht. Nichts deutete auf Schwierigkeiten hin. Allenthalben herrschte großer Enthusiasmus. Um die Menschen zu diesem gebührenden Benehmen zu motivieren, hatte Arkolef an sämtlichen Straßenkreuzungen, die die königliche Kutsche auf ihrem Weg vom Hafen zum Palast passieren würde, Bier- und Essensstände errichten lassen, in deren Umgebung ganze Horden von Soldaten postiert waren, um ›für Ordnung zu sorgen‹. Außerdem waren unzählige Menschen dafür bezahlt worden, dem edlen Gast zuzujubeln. Bei Anbruch der Morgendämmerung begannen die Menschen bereits, sich auf den Straßen zu versammeln. Kostenloses Essen war eben ein machtvolles Lockmittel.

Von all dem unberührt trank ich zu dieser Zeit oben im Palast einen Krug Wein nach dem anderen, in der durchaus vernünftigen Annahme, den Tag über schlafen zu können. Was sollte ich schon anderes tun, nachdem zwei Männer über meinem Kopf wie nasse Handtücher ausgewrungen worden waren? Was sollte ich tun, so lange die Frathangehörigen sich nicht entscheiden konnten, ob sie mich kaufen oder mir die Kehle aufschlitzen sollten? Natürlich war das genau das, was ein Mann in meiner Lage erwarten konnte. Fast schien es beruhigend, in einem Strudel aus Verrat, Ränke, Verbrechen und Arglist gefangen zu sein, bewies das doch zumindest, daß alles ganz normal verlief. Mich beunruhigte die Frage, *wie* der Frathsoldat gestorben war, und ich betrank mich, um genau diese Frage zu vergessen. Niemand dachte daran, mir zu sagen, daß dies mein Hochzeitstag sein sollte.

Die ersten Anzeichen des Strudels der kommenden Ereignisse waren drei abgedeckte Menüplatten, die auf einem Servierwagen zur Tür hereingeschoben wurden. Unsicher setzte ich mich auf meinem Kissen auf und schubste Shree, der schon längst wieder schlief. Der Vorkoster, ein rotnasiger kleiner Satheli, machte sich mit seiner Gabel ans Werk, wobei ihn Chasco, der Clanseri, von der Tür aus beobachtete. Alle anderen Soldaten waren fort. Ich wollte nichts essen, und der Lärm, den der Vorkoster bei seiner Arbeit veranstaltete, löste tief in meinem Innern das Gefühl aus, daß der größte Teil des Weines ein furchtbarer Fehler gewesen war.

»Euer Lordschaft?« sagte der Vorkoster schließlich und rülpste herzhaft.

»Mm?«

»Heute gibt es einige ungewöhnliche Gerichte.«

»So?«

Beim Hinausgehen rülpste er erneut etwas Unverständliches. Shree erhob sich, ging zum Tisch und nahm den Deckel von der ersten Platte. Aus meinem Blickwinkel sah das Essen nach Ziegenkäse in einer dicken grünen Soße aus. Shree beugte sich herab und roch daran. Erkennen spiegelte sich in seine Zügen, und er winkte mich zu sich.

»Ich weiß, was das ist«, erklärte er. »In Seetang gegarte Walhoden. Ich habe sie einmal bei Lissula gegessen.« Weniger mißtrauisch nahm er den nächsten Deckel ab, unter dem lange, dünne Scheiben rosa Fleisches zum Vorschein kamen, die kunstvoll auf einem Bett aus Petersilie angerichtet waren. Er nickte und wedelte mit einer der Fleischscheiben vor meinem Gesicht herum. »Geschmorter Ochsenziemer.«

»O Gott«, stöhnte ich schlagartig ernüchtert.

»Das sind doch Aphrodisiaka, nicht wahr?«

»Richtig.«

Er nahm den letzten Deckel ab.

»Das sieht nicht so interessant aus. Kleine weiße Gebäckstücke.« Er nahm eines der Gebäckstücke und biß hinein. »Mandeln.«

»Man nennt sie Liebeskuchen«, sagte ich matt. »Zerstoßenes Büffelhorn mit gemahlenen Mandeln und Honig. Ein besonders starkes Aphrodisiakum.«

»Oh.« Geistesabwesend schluckte Shree den Bissen hinunter und legte den Rest zurück auf die Platte. »Iß du sie, Tig. Du mußt bei Kräften bleiben.«

»In der Tat«, sagte die Stimme des Primas. Shree wirbelte herum und sah zur Tür. Ich folgte seinem Beispiel, allerdings bewegte ich mich immer nur um ein paar Grad und legte regelmäßige Pausen ein.

Der Primas war nicht allein. Mein Onkel, der Prinz zu Sathelforn, begleitete ihn, und der Mann in der leichten Rüstung mit dem herrschaftlichen Barett auf dem hüftlangen grauen Haar, der soeben das Zimmer betrat, war an dem Medaillon vor seiner Brust klar als der Frath-Major zu erkennen. Ihm folgte ein unauffälliger Untergebener in einer schmucklosen grauen Tunika, dessen Gesicht teilweise von einer Mütze und teilweise von einem fransigen, hüftlangen weißen Bart verdeckt wurde. Ich grüßte den Primas gemäß der höfischen Etikette, meinen Onkel freundlich und die beiden Miisheli überhaupt nicht. Es war an ihnen, mit dem Austausch der Höflichkeiten zu beginnen.

Der Frath-Major trat vor und räusperte sich. »Sproß von Oballef«, schnarrte er hölzern. »Es ist mir eine große Freude, Euch an diesem Tage in der königlichen Familie von Miishel begrüßen zu dürfen.«

Er sah nicht gerade erfreut aus. Angespannte Linien hatten sich um seine kalten, blauen Augen gebildet, und seine beeindruckende, militärische Haltung war so straff, als sollte unser Zusammentreffen zu einem Duell und nicht zu einer Verschwägerung führen. Seine riesenhafte Hand blieb beständig auf dem Knauf seines Schwertes liegen. Er mißtraute mir. Ich konnte das überhaupt nicht verstehen. Mich befiel ein sonderbarer Impuls, ihn beruhigen zu wollen, und ich salutierte respektvoll in gilanischer Manier. Zur Antwort neigte er den Kopf und blieb, noch immer auf der Hut, einen Augenblick stehen, ehe er auf dem Absatz kehrtmachte und den Raum verließ. Der alte Schattenmann in Grau folgte ihm.

Verwirrt blickte ich meinen Onkel an. »Was hat er denn? Ich dachte, ich wäre derjenige, der nervös sein sollte.«

Mein Onkel lachte und kam mit ausgebreiteten Armen auf mich zu. »Mach dir nichts daraus. Die Miisheli sind nicht so wie wir, und ich bezweifle, daß wir ihre Verhaltensweisen jemals verstehen werden.«

»Wer war der andere Mann? Der, der aussah wie eine graue Maus?«

»Er ist keine Maus, Tig. Das ist Ardin, der Bequiin, die miishelische Ausgabe eines Ersten Schreibers. Vielleicht hast du schon von ihm gehört.«

»Mehr als das«, sagte ich erfreut. »Ich habe sogar vor einigen Jahren bezüglich eines Punktes der Geschichte der Fathidii mit ihm korrespondiert. Er war damals sehr hilfsbereit – aber warum hat er sich nicht vorgestellt? Warum hat er mich nicht besucht? Es gibt eine Menge Dinge, die ich gern mit ihm diskutieren würde.«

»Vielleicht später«, entgegnete mein Onkel ausweichend. »Wenn ihn seine offiziellen Pflichten nicht mehr beanspruchen. Er ist als Berater des Frath-Major hier.«

»Aber ...«

»Nicht jetzt, Tig.« Den Arm noch immer über meine Schultern gelegt, wandte er sich zum Primas um und sagte: »Wenn Ihr gestattet, würde ich gerne ein paar Worte allein mit dem Sproß von Oballef wechseln.«

Der Primas runzelte die Stirn. »Es ist der Wunsch des Priesterkönigs, daß Lord Tigrallef ...«

»Ich werde Arko schon besänftigen«, unterbrach der Prinz gelassen. »Geh nur, Mycri. Schmücke dich. Vergiß nicht, daß du heute nachmittag einen Auftritt hinter dich bringen mußt.«

Ich gluckste innerlich. Mycri! Ich hatte vollkommen vergessen, daß der Primas einen Namen hatte. Noch weniger konnte ich mir vorstellen, daß es auf dieser Welt irgendeinen Menschen geben konnte, der ihn bei seinem Namen nannte und das überlebte. Der Primas rührte sich nicht von der Stelle, statt dessen versteifte er sich wie eine langsam anschwellende Gallenblase, während sein Gesicht vor Entrüstung erbleichte. Nur die roten Flecken nahe den Wangenknochen hatten noch Farbe. Mein Onkel lächelte ihn strahlend an und zog eine Braue hoch. Der Primas starrte ihn nur an. Nun schob mein Onkel noch immer lächelnd den Unterkiefer vor und atmete tief ein. Die beiden Männer fochten einen subtilen Kampf aus, und ich verfluchte mich heimlich dafür, die Technik meines Onkels nicht schon vor Jahren gelernt zu haben, um so mehr, da er die Auseinandersetzung für sich entscheiden konnte. Mürrisch zog sich der Primas schließlich zurück. Lächelnd wandte sich mein Onkel nun Chasco zu, der dem Primas nach draußen folgte. Auch er verzog das Gesicht, doch ich hätte geschworen, daß sich in seinen Zügen Freude spiegelte. Nun blieb nur noch Shree, der sich ebenfalls in Richtung Tür in Bewegung setzte, doch der Prinz hob die Hand, um ihn aufzuhalten.

»Schließt die Tür – von innen«, sagte er.

»Ihr ehrt mich.«

Der Prinz antwortete nicht, bedeutete uns, ihm an den Tisch zu folgen, und setzte sich. »Wer hätte das vor achtzig Jahren gedacht«, sagte er und lächelte uns an. »Ein sheranischer Kriegsherr sitzt mit einem Sproß von Oballef und einem Prinz zu Sathelforn an demselben Tisch, während vor der Tür ein Frath-Major aus Miishel wartet.«

»Vergiß die Ironie der Geschichte, Onkel«, sagte ich. »Was ist los?«

»Nun, zum einen ist deine Braut heute morgen angekommen. Sie wird zur Mittagszeit an Land gehen.«

»Angesichts des überaus interessanten Frühstücks hatte ich bereits vermutet, daß sie hier ist. Was noch?«

Er sah mir in die Augen. »Du wirst heute heiraten.«

»Heute.« Mein Magen rebellierte, doch ich zwang einen Ausdruck höflicher Vorfreude auf mein Gesicht. Versuchsweise tunkte ich meinen Finger in die Seetangsoße und schnüffelte an einem Stückchen Walhoden. »Warum so plötzlich?«

Mein Onkel lächelte wieder. »Offiziell heißt es, das junge Paar, womit du und die Prinzessin gemeint sind, könnte es kaum erwarten, einander in die Arme zu fallen.«

»Ganz recht«, entgegnete ich trocken. Ich stopfte mir ein Stückchen Walhoden in den Mund und kaute darauf herum. Mit vollem Mund fragte ich: »Und inoffiziell?«

Sein Lächeln schwand. »Inoffiziell? Ja, nun, Miishel wird zweifellos seine Gründe dafür haben. Ich nehme an, der Frath-Major macht sich Sorgen, daß während seiner Abwesenheit bei Hofe Intrigen gesponnen werden könnten, und außerdem haben wir Gerüchte vernommen, nach denen Tata und Grisot sich bewaffnen. Sie werden der Allianz schon bald Schwierigkeiten bereiten. Du hättest auf der Fahrt nach Miishel einen Staatsbesuch in Sathelforn machen sollen, aber der Frath-Major besteht darauf, daß du direkt nach Cansh Miishel eingeschifft wirst.«

»Was soll diese Eile. Eine Woche mehr oder weniger kann doch nicht so viel ausmachen.«

»Wer weiß? Hör mir zu, Tig! Wenn es um einen so vorteilhaften Pakt geht, dann stellen wir nicht allzu viele Fragen. Wir wissen nicht einmal, warum Miishel überhaupt auf dich bestanden hat.«

Er lehnte sich bequem zurück, als hätte er nicht gerade einen Brandsatz in einen Heuhaufen geworfen. Ich kaute langsam weiter und starrte ihn an.

»Einen Augenblick, Onkel. Hast du gesagt, Miishel hat auf mich als Bräutigam bestanden? Ich dachte, es wäre Sathelforns glorreiche Tat gewesen, mich zu verkaufen.«

»Das ist es, was du glauben solltest.« Er schlug mit beiden Händen auf den Tisch. »Aber die Wahrheit lautet, daß Gil bereits Bedingung war, als Miishel den Pakt zum ersten Mal zur Sprache brachte. Genauer gesagt: deine Heirat mit der Prinzessin Rinn war von Anfang an Bedingung. Sie haben in diesem Punkt nicht mit sich reden lassen. Kein Tig, kein Pakt.«

»Warum habt Ihr ihm das nicht früher erzählt?« erkundigte sich Shree leise. Sein bleiches Gesicht drückte gespannte Wachsamkeit aus.

»Niemand in Gil sollte davon erfahren. Sogar der Primas glaubt, Sathelforn wäre der Urheber dieses Handels gewesen.«

»Warum erzählt Ihr es Tigrallef dann jetzt?«

»Weil, Kriegsherr, er der Sohn meiner Schwester ist, und weil ich ihn gern habe. Außerdem traue ich unseren neuen Verbündeten nicht ganz, und ich glaube, Tig könnte dieses Wissen später einmal brauchen, was kaum gegen die Interessen von Sathelforn sein kann. Und natürlich auch nicht gegen die von Gil«, beeilte er sich hinzuzufügen.

Ich spießte ein weiteres Stückchen auf die Gabel und steckte es in den Mund. »Und wie steht es mit meinen Interessen, Onkel?«

»Du bist ein Prinz, Tig, und ein Sproß von Oballef. Du hast keine Interessen, außer denen deines Volkes.«

Ich pickte eines der Liebesküchlein auf, die so klumpig und pappig wie Kleister waren und keine spürbare Wirkung auf meine Lenden erzielten. Ich konnte meinem Onkel nichts entgegnen. Die Resignation eines Mannes, der ein Sproß von Oballef war, würde ihn kaum beeindrucken, und schließlich ging es auch um den Schutz der Archive.

Als das Schweigen lange genug gedauert hatte, um peinlich zu werden, legte mein Onkel seine Hand auf meinen Arm. Sie wog so schwer, als wäre sie aus Stein.

»Hör mir zu, Tig!«

Artig sah ich ihn an.

»Es tut mir leid, Tig, aber Miishels Angebot war einfach zu gut, um abgelehnt zu werden. Wir brauchten diese Allianz, und du warst der Preis dafür.«

»Ein Preis, den ihr bereitwillig bezahlt habt.«

»Ja.«

»Obwohl du ihnen nicht traust.«

»Richtig.«

»Und ohne mich zu fragen.«

»Du bist ein Prinz«, wiederholte er.

Ich ging nicht darauf ein. »Und du weißt nicht, warum sie mich wollten?«

»Ich kann es mir ehrlich nicht erklären. Natürlich soll das nicht beleidigend sein.«

»Und du hast auch nie versucht, es herauszufinden?«

»Wir haben uns schon gewundert, aber zu viele Fragen hätten den Pakt gefährden können.«

Seine Miene war zu unbewegt und seine Antworten zu prompt. Ich konnte kaum glauben, daß dies derselbe Mann war, der vor fünfundzwanzig Jahren Honigkuchen für mich stibitzt und mich die sathelischen Namen der Sternbilder gelehrt hatte. Ich wußte nicht, was ich dem Mann, der einmal mein Onkel gewesen war, noch sagen sollte.

Shree war es, der schließlich die Stille durchbrach. »Was ist mit mir?« fragte er und beugte sich vor. »Waren sie damit einverstanden, daß ich Tig begleite?«

»Ja, Kriegsherr, das waren sie. Ein bißchen zu schnell, fürchte ich.«

»Was soll das heißen?«

»Das heißt, Lord Shree, daß ich, wäre ich an Eurer Stelle, mir Augen auf dem Hinterkopf wachsen lassen würde.«

Shree verzog die Lippen zu einem Grinsen. »Sie glauben, sie könnten mich einfach beseitigen, falls ich ihnen im Weg sein sollte.«

»So kam es mir vor. Dies war einer der Punkte, über den sie nicht erst lange diskutiert haben. Kein gutes Zeichen. Aber nachdem ich Euch eine Weile beobachtet habe, bin ich überzeugt, daß Ihr ihnen eine Überraschung bereiten könntet.«

»Ihr wollt, daß ich Tigrallef schütze?«

»Ich glaube, das wäre eine gute Idee, richtig. Und da

ist noch etwas.« Er griff unter seinen Umhang und zog einen schweren Lederbeutel von der Größe zweier Fäuste hervor, der klimperte, als er ihn auf den Tisch legte. »Das ist für dich, Tig. Zweihundert Goldpalots. Offiziell soll zwar ein Teil der Aussteuer zu deinem persönlichen Gebrauch sein, aber ich bezweifle, daß du irgend etwas davon zu Gesicht bekommen wirst.«

Ich betrachtete den Beutel, rührte ihn jedoch nicht an. »Ist das Bestechungsgeld, Onkel? Etwas, um dein schlechtes Gewissen zu beruhigen?«

»Das ist keine Bestechung, und mit meinem Gewissen ist alles in Ordnung, danke. Nenn es deine Notreserve, nur für den Fall.«

»Für welchen Fall?«

»Für den Fall, daß du eines Tages Geld brauchst, und es – unangenehm – ist, die Miisheli darum zu bitten. Du verstehst mich doch?«

»Ich verstehe, Onkel«, sagte ich sanft, während Shree den Beutel an sich nahm, ihn in der Hand wog und schließlich in einer Bücherkiste versteckte, die ich nach Miishel mitnehmen wollte. »Wie es scheint, bist du nicht davon überzeugt, daß ich lange und glücklich verheiratet sein werde.«

Er lachte. Es war ein dröhnendes Gelächter. »Ich hoffe, daß du ein langes und fruchtbares Leben haben wirst und soviele Kinder wie der Ozean Wellen hat – aber um deinet- und unseretwillen solltest du Shree stets in deiner Nähe haben, damit er dir den Rücken freihalten kann.«

»Sicher, Onkel«, sagte ich, und es gelang mir sogar, ihn anzulächeln. Doch als er sich erhob und mich mit einer liebevollen Umarmung und einem Haufen onkelhafter Weisheiten verließ, war ich nicht besonders traurig, ihn davongehen zu sehen.

Sicher wäre ich viel trauriger gewesen, hätte ich gewußt, daß er binnen vierzehn Tagen sterben würde.

Kapitel 9

Zu meinem Glück war omelische Seide das leichteste Material in der ganzen bekannten Welt. Meine Hochzeitsrobe hätte mich glatt zu Boden gerissen, wäre sie aus gewöhnlichen Stoff gefertigt worden. Dank der omelischen Seide schmorte ich dagegen lediglich im eigenen Saft. Ich mußte ganze drei Lagen zeremonieller Unterwäsche und weitere drei Lagen Oberbekleidung anlegen, deren Goldstickereien unter dem Umhang mit der neun Fuß langen Schleppe schlicht verschwendet waren. Ich sah aus wie ein Zelt.

»Ich würde mich wirklich gern hinsetzen«, erklärte ich hoffnungsvoll.

Chasco, der Clanseri, signalisierte mir mit den Fingern eine Ablehnung, was mich einigermaßen überraschte. Mir war nicht bewußt gewesen, daß er die Fingersprache beherrschte. »Die Schneider wären darüber sicher nicht erfreut, Euer Lordschaft«, fügte er laut hinzu.

»Die Schneider sind nicht hier, nicht wahr?« knurrte ich. »Außerdem, was soll diese Verzögerung? Wir sind jetzt schon seit Stunden hier.«

»Soweit ich es verstanden habe, mein Lord, sollt Ihr nicht in Erscheinung treten, bis die Kutsche mit Eurer Braut das Tor erreicht hat.«

Ich wippte auf meinen schmerzenden Füßen hin und her. Man hatte Chasco und mich in das kleine Empfangszimmer des Hofes abseits der großen Eingangshalle verfrachtet. Dort waren wir allein, abgesehen von den Schneidern, die hin und wieder einen Kontrollbesuch machten. Ich hatte mich nicht dazu herabgelassen, Chasco zu fragen, wie er zu dieser Ehre kam. Er trug eine prachtvolle Galauniform, seine sauber polierten Waffen glänzten in dem schwachen Licht, das durch die Vorhänge hereinfiel, und seinen ledernen Brustharnisch hatte er gegen eine goldglänzende Platte ausgetauscht, die nach einer echten gilanischen Antiquität aussah.

Die Tür wurde geöffnet, doch diesmal betrat kein Schneider den Raum, sondern der prachtvoll geschmückte und parfümierte Primas in einer Galarobe, wie sie die persönlichen Adjutanten Tallislefs des Zweiten im goldenen Zeitalters Gils vor langer Zeit getragen hatten. Bestimmt hatte Miishel auch dafür bezahlt.

»Mycri«, sagte ich strahlend. »Wie hübsch Ihr ausseht.«

Er bedachte mich mit einem mörderischen Blick, wandte mir den Rücken zu und rauschte wieder zur Tür hinaus. Chasco stieß mich sanft an. »Es wird erwartet, daß Ihr ihm folgt.«

Nur der Gedanke an die Archive veranlaßte mich, wohlwissend, was mich erwartete, die relative Sicherheit des Empfangszimmers hinter mir zu lassen. Widerstrebend folgte ich dem Primas hinaus auf die glänzenden Fliesen in der großen Halle, in der sich eine lange und ausgesprochen bunte Prozession formierte: Tänzer, Harfenspieler, Trompeter, Trommler, Menschen, die Rosenblütenblätter ausstreuten oder Lilienessenz verspritzten und andere, die große rauchende Kupferpfannen trugen, und natürlich die unvermeidliche Horde Flemen, gefolgt von ihren Meßdienern und Pagen. Chasco, der Primas und ich standen angespannt an einer Seite des Raumes, als die massiven Türflügel geöffnet wurden und die Prozession sich nicht ohne beachtliches Chaos auf den Weg nach draußen machte. Laute Jubelbekundungen erschallten auf dem Palasthof.

»Ein beachtliches Schauspiel, Mycri«, kommentierte ich. »Es ist wirklich schön, daß Gil nun reich ist.«

Er drehte seinen imposanten Kopf in meine Richtung, und ich bemerkte zum ersten Mal, daß er von den Augen aufwärts wie ein Fisch, von der Nase abwärts wie ein Ziegenbock aussah. Ich kicherte.

»Dies ist ein feierlicher Augenblick, Tigrallef. Es ist nicht der passende Zeitpunkt für leichtfertiges Benehmen.«

»Es ist eine Farce, Mycri. Warum soll ich also nicht lachen?«

»Lacht nur. Wir werden Euch bald genug los sein, der Heiligen sei Dank. Ihr habt immer nur Ärger gemacht, Sproß von Oballef, als Kind, als Heranwachsender und auch als erwachsener Mann. Wir werden sehen, wie die Miisheli mit Euch zurechtkommen.«

»Ihr hofft, daß ich im Zuge einer der berüchtigten Intrigen am miishelischen Hof ermordet werde, nicht wahr?«

»Ich hoffe, daß ich Euch niemals wiedersehe«, schnappte er. »Und es ist mir egal, auf welche Weise das geschieht.« Dann schien er plötzlich festzustellen, daß Chasco noch immer anwesend war, denn er wandte uns beiden den Rücken zu, bis wir aufgerufen wurden, uns der Prozession anzuschließen.

Endlich waren wir an der Reihe. Einem sathelischen Brauch folgend, verband der Primas mir nicht gerade vorsichtig mit einer Seidenbinde die Augen und führte mich an der Hand durch die mächtige Tür. Keinem von uns war diese Berührung angenehm, doch so waren nun einmal die Rollen, die wir in diesem Stück zu spielen hatten. Ich spürte die Hitze auf meinem Gesicht, als wir in das helle Sonnenlicht hinaustraten, und hörte das laute Getöse der versammelten Menschen. Hinter mir hörte ich Chascos eisenbeschlagene Stiefel auf dem Boden klappern. Nach einigen wenigen unsicheren Schritten im Schlepptau des Primas stieß ich mit dem Fuß an die unterste Stufe einer Treppe. Während ich die Stufen hinaufstolperte, erklang unter mir laute Musik, dann nahm mir der Primas die Augenbinde ab. Wieder erklangen Jubelschreie aus der Menschenmenge, und alle Augen, meine eingeschlossen, richteten sich auf das Tor.

Bald sollte die Prinzessin, gefolgt von ihren persönlichen Dienern, graziös aus der großen Kutsche steigen, die soeben in den Innenhof gezogen wurde. Ihre zierlichen Füße sollten über ein Bett aus Rosenblütenblättern schreiten, und Lilienessenz sollte die Luft erfüllen und ihrer empfindlichen Nase schmeicheln (tatsächlich stieg dank der Hitze von der großen Menschenmenge ein Gestank auf, der ein Schwein hätte umwerfen können), und meine Braut sollte durch ein Spalier aus sich windenden Tänzern und eifrigen Musikern zu einem Bräutigam geführt werden, der bereits atemlos der Enthüllung ihrer verschleierten Gestalt entgegenfieberte ...

Tatsächlich geschah überhaupt nichts. Die Tür der Kutsche blieb geschlossen. Einige Rosenblütenblätter wurden halbherzig auf das Pflaster geworfen, die Menschen setzten brav ihre Jubelgesänge fort, und auch die Musiker hörten nicht auf zu spielen, doch keine Prinzessin erschien. Nach und nach brachen die Musiker nun ihr Spiel ab, und die Jubelschreie verebbten allmählich. Schulterzuckend sahen die Menschen einander ab. Niemand wußte, was zu tun war.

Wir warteten. Wir standen auf einem Podest am Ende einer großartigen, vergoldeten Treppe in dem erhabenen Säulengang, von dem aus man den Innenhof überblicken konnte. Seitlich von uns standen die versammelten Edelleute von Gil und Sathelforn gemeinsam mit meinen Eltern auf ihrem Ehrenplatz. Ich sah, daß meine Mutter ihr Versprechen eingehalten und Shree und Angel in ihrer Nähe untergebracht hatte, allerdings war Angel trotz der Amtskette des Ersten Schreibers kaum wiederzuerkennen, nachdem er sich rasiert und das lange Haar ordentlich zurückgebunden hatte. Im stillen segnete ich meine Mutter voller Inbrunst.

Wir warteten. Ich sah mich in dem überfüllten Palasthof um, in dem tausend Flaggen in den Farben der drei Nationen in der heißen Sonne flatterten, unter denen die ergebenen Bürger von Gil schwitzten. Die meisten von ihnen sahen aus, als täte es ihnen leid, daß sie hergekommen waren. Der Enthusiasmus, mit dem mein Erscheinen begrüßt worden war, war in der Hitze des Tages leidender Verwirrung gewichen.

Wir warteten. Acht Minuten, neun Minuten, zehn Minuten. Ich hatte viel Zeit zum Nachdenken, während die Seidenmassen an meinem Körper Lage für Lage durchnäßt an mir zu kleben begannen; ein unerträgliches

Jucken überzog meinen Leib, bis es sich schließlich auf meinem Rücken häuslich niederließ. Neben mir trat der Primas unbehaglich von einem Fuß auf den anderen. Unglücklicherweise war es einfach undenkbar, sich der Kutsche zu nähern. Die Angehörigen der Braut hätten sich den unsterblichen Gebräuchen Miishels gehorchend wie die Berserker auf jeden gestürzt, der die Ehre der Prinzessin gefährdete, was wiederum dem ewigen sathelischen Gesetz zuwidergelaufen wäre, demzufolge jede Gewalttat während einer religiösen Veranstaltung mit dem Tode zu bestrafen war, womit sich ein Problem bezüglich der Statuten Oballefs ergeben hätte, die sich gegen die Todesstrafe richteten. Somit befanden wir uns eindeutig in einer Sackgasse.

Wir warteten. Endlich wurde die Kutschentür geöffnet. Ein Säuseln ging durch die Menschenmasse, als tausend Kehlen tief einatmeten. Ein leuchtender, silberner Wasserfall ergoß sich aus der Kutsche – und da war sie, meine Prinzessin, meine Braut, Rinn von Miishel. Der silberne Wasserfall war ihre Hochzeitsrobe, die sie beinahe unbekleidet wirken ließ, wenngleich auch meine Augen zu schlecht waren, um das auf die Entfernung genau erkennen zu können. Die Menschen aber atmeten erneut geräuschvoll ein und jubelnd wieder aus, als sie vorbeischritt. Was auch immer sie trug oder nicht trug, sie liebten es. Sie schienen auch die Prinzessin zu lieben. Ganz allein schritt sie durch die Gasse, die die Menschen für sie freigelassen hatten, ohne auf die jubelnden Zuschauer zu achten. Sie schaute weder nach rechts noch nach links, als sich die Menschen mit den Rosenblütenblättern und der Lilienessenz mit einiger Verspätung endlich auf ihre Aufgabe besannen und meine Braut in einen Schleier aus rosa und silbernem Regen hüllten. Blinzelnd verfluchte ich meine schlechten Augen.

»Chasco?«

»Ja, Euer Lordschaft?«

»Was trägt sie?«

Nach einer Pause entgegnete er: »Sie trägt eine Menge Gold, Euer Lordschaft.«

»Sonst noch etwas?«

»Ich kann weiter nichts erkennen.«

Ich warf einen Blick auf den Thron hinter mir. Arkolef hatte eine freundliche, diplomatische Miene aufgesetzt. Offensichtlich ging er davon aus, daß Rinn lediglich einem weiteren der wunderlichen miishelischen Hochzeitsbräuche nachging. Der Prinz zu Sathelforn folgte den Geschehnissen mit verständnisvollem Blick, nur der Frath-Major machte einen grimmigen Eindruck. Irgendwie hatte ich das Gefühl, daß seine wunderschöne Cousine nicht zum ersten Mal ein langweiliges altes Ritual durch ihre Nacktheit belebte.

Rinn erreichte den Fuß der vergoldeten Treppe und schritt soweit hinauf, bis sie über den versammelten Menschen stand. Dort blieb sie stehen, die Hände in die Hüften gestemmt, das Kinn vorgereckt und beäugte das Gedränge im Palasthof. Obwohl sie mir den Rücken zuwandte, konnte ich deutlich erkennen, daß dies keine huldvolle Anerkennung der Lobesgesänge der Menschen war. Der elegante Schwung ihres Rückens drückte gelangweilte Überheblichkeit aus. Ihre ganze Haltung schien zu sagen: ›Wer sind all diese häßlichen Menschen? Und was ist das für ein widerlicher Gestank?‹ Ihr Gesichtsausdruck bestätigte diese Vermutung noch, als sie sich umdrehte und die Stufen weiter hinaufstieg.

Ganz ohne Zweifel war sie eine wunderschöne Frau, obwohl sie immer weniger Ähnlichkeit mit ihrem Porträt hatte, je näher sie kam. Auf dem Bildnis war sie blond gewesen, doch nun schimmerte ihr Haar, das sie hoch am Kopf zusammengesteckt hatte, so daß es sich in Kaskaden über ihre Schultern ergoß, in allen Farben des Regenbogens, jede Locke in ihrer eigenen Farbe. Der Effekt war beeindruckend, aber leider erinnerte er mich an den Strickkorb meiner Mutter. Ihr Gesicht war so dreieckig wie das einer Katze, weit auseinanderstehende Wangenknochen über einem gefährlich spitzen Kinn; erstaunlich große, grüne Katzenaugen, umrahmt von festen, goldgefärbten Wimpern. Fangzähne und Schnurrhaare wären in ihrem Gesicht nicht weiter aufgefallen.

Was ihre übrige Erscheinung angeht, so trug sie doch noch etwas anderes außer ihren Juwelen. Ich erkannte einen dünnen Lendenschurz aus schimmerndem Stoff um ihre Hüften, und ihre Füße steckten in Sandalen. Davon abgesehen trug sie genausoviel Metall wie auf ihrem Porträt, wozu auch dieses interessante Ding gehörte, das ihre Brüste nach miishelischem Stil anhob, sie aber weithin unbedeckt ließ. Dank einer Unmenge Halsketten wäre sie fast sittsam erschienen, hätten ihre Brüste sich nicht ständig in den Vordergrund gedrängt, doch ihre Art sich zu bewegen, ließ nichts anderes zu. Ich hätte darauf gewettet, daß jeder Mann sich wünschte, er könnte an meiner Stelle sein – mit Ausnahme des Frath-Majors.

Rinn erduldete es, sich auf das Podest und an meine Seite führen zu lassen. Der Primas, erschüttert wie nie zuvor, legte unsere Hände ineinander und zögerte dann. Das Protokoll verlangte nun von ihm, Rinns äußeren Schleier zu heben, doch sie trug keinen, und er war nicht gut im Improvisieren.

Rinn gähnte, wobei sie mich wieder an eine Katze erinnerte. »Mach schon, Ziegengesicht!« forderte sie ihn auf Gilanisch mit einem charmanten Akzent auf. In diesem Augenblick kam ich der Möglichkeit, sie jemals zu mögen, so nahe wie später nie wieder. Aber als der Primas sich abwandte, um die Götter der drei Nationen anzurufen, punktierte sie mit ihren messerscharfen Fingernägeln spielerisch meine Hand und kicherte, als ich zusammenzuckte.

»Sie wollten, daß ich auch diese häßlichen, dummen Kleider trage«, flüsterte sie mit Blick auf meine Hochzeitsrobe, »aber ich wollte das nicht anziehen.«

»Nein, wirklich nicht?« murmelte ich.

»Nein! Ich habe sie in der Kutsche zerrissen – so!« Ihre Fingernägel rissen meinen Handrücken auf.

»Ich nehme an, das hat gereicht«, entgegnete ich zähneknirschend. »Haben deine Diener nicht versucht, dich aufzuhalten?«

»Ja! Aber ich habe ihnen die Gesichter zerkratzt – so!«

Wieder die verdammten Fingernägel. Ich schnappte mir ihre Hand und hielt sie mit meinen beiden Händen fest, ganz gleich, was die Zuschauer denken mochten. In der aufgeheizten Stimmung würden sie es vermutlich so oder so nur für ein Zeichen unkontrollierter Leidenschaft halten.

Rinn mochte etwas Ähnliches gedacht haben, denn sie schien zufrieden zu sein. »Heute nacht«, wisperte sie und drängte sich mit ihrer Hüfte gegen die meine, »werde ich dir den Rücken zerkratzen. So!«

Ich seufzte und schwor bei den Seelen meiner Vorfahren, daß meine erste private Handlung als Ehemann das Schneiden der Fingernägel meiner Frau sein würde.

Kapitel 10

Hätte ich das Geschehen nicht mit der Voreingenommenheit eines direkt Betroffenen verfolgt, so hätte ich mich sicher amüsiert. Irgend jemand, ich vermute, es war der Bequiin Ardin, der großartige miishelische Gelehrte, hatte aus den verschiedensten Einzelheiten der drei unterschiedlichen Traditionen eine Zeremonie zusammengestellt, die allen gerecht wurde. Da gab es nichts, was einem der Beteiligten unangenehm sein oder ihn gar beleidigen konnte. Alle wichtigen Gottheiten wurden mindestens einmal genannt, die endlosen religiösen Phrasen der Satheli waren auf einige entscheidende Punkte reduziert worden, und auf Menschenopfer wurde aus Rücksicht auf die sensible Haltung der Gilaner und der Satheli verzichtet.

Als Kritiker und Kenner kultischer Praktiken konnte ich nur einen einzigen Fehler ausmachen, der darin bestand, die miishelische Tradition der Weissagung aus Innereien einzubinden. Sechs Bullenbäuche wurden aufgeschlitzt, und wenn auch die Priester wunderbare

Dinge aus dem resultierenden Blutbad vorhersagten, so stank der Palasthof in der heißen Sonne doch noch stundenlang, nachdem das Blut weggespült worden war.

Davon abgesehen, war die Verbindung der einzelnen Traditionen hervorragend gelungen, und ich mußte diese Meisterleistung einfach bewundern, obwohl dieses Netz aus Schwüren und feierlichen Verpflichtungen gegenüber einer Unzahl verschiedener Götter mich für alle Zeiten an diese katzenhafte, klauenbewehrte miishelische Schlampe fesseln sollte. Ich dachte daran, daß diese Zeremonie ein interessantes Kapitel in unsere Abhandlung über die verschiedenen Kulte bilden konnte, doch dann erinnerte ich mich daran, daß dieses Buch nun nicht mehr geschrieben werden würde, daß die kleinen Kulte von Gil nun ohne mich erblühen und wieder sterben mußten, und schon versank ich erneut in meinem Elend, bis ein neuer folkloristischer Leckerbissen mich aufs neue von meinen Gedanken abzulenken vermochte.

Am Ende beförderte mich die einschläfernde Musik des sathelischen Aaltanzes in aufrechter Haltung ins Land der Träume. Der Innenhof verschwamm wieder und wieder vor meinen Augen; das monotone Jammern der Schilfrohrflöten schwoll an und ab, begleitet von einer Trommel, deren Klang dem mütterlichen Herzschlag, den ein ungeborenes Kind im Mutterleib vernehmen mochte, ähnelte. Der dünne Faden, der mich in der wachen Welt hielt, löste sich.

Plötzlich stand nicht mehr Rinn neben mir, sondern Calla; die Musik verwandelte sich in den verzweifelten Gesang aus der verdammten Stadt Iklankish, das Trommeln zu meinem eigenen Herzschlag, der die auf meine Brust herabsinkenden Speere des Vergnügungsturmes begleitete. Im Westen erhob sich die riesige Welle am Horizont. Von milchigweißem Schaum gekrönt trug sie Totenschiffe mit sich. Immer höher stieg sie auf und verdeckte den blutroten Himmel. Die Musik verstummte mit einem Wimmern, und eine vertraute, strenge, männliche Stimme begann zu sprechen, doch ihre Worte verwirrten mich: *nun sind die beiden eins*. Irgendwie ergab das einen Sinn, aber nicht in der Weise, wie der Sprecher anzunehmen schien, doch die wahre Bedeutung war für mich nicht greifbar. Dann kam die Welle.

Ich ließ Callas Hand fallen und hob die Arme, um das Wasser aufzuhalten – doch es brach über mich herein, donnernd und tobend, er schlug meine Ohren mit dem Nachhall tausender verlorener Stimmen. Ich öffnete die Augen und sah mich um, dann ließ ich langsam die Arme sinken. Ich hörte tatsächlich Stimmen. Die Menschen jubelten. Die Zeremonie war vorüber.

Ich war verheiratet.

Meine Braut und ich wurden gleich darauf getrennt. Sie wurde zum Bad in edlen Ölen geführt und für die Hochzeitsnacht vorbereitet, während ich auf der großen Hochzeitsfeier bis zum Platzen mit Essen vollgestopft wurde. Man ließ mir nicht einmal Zeit, die Seidenzelte abzulegen. Es ging direkt hinunter zur Halle der Harfen, in der ich zum Scheitelpunkt der hufeisenförmig angeordneten Tische gezerrt wurde, obgleich ich mich vor Erschöpfung kaum mehr auf den Beinen halten konnte. Neben mir nahmen Arko und der Frath-Major Platz. Es waren keine Frauen anwesend, aber etwa fünfhundert Männer, zu denen sämtliche Mitglieder der ausländischen Delegationen, die höchstgestellten Edelleute aus Gil und Satheli und natürlich all jene Angehörigen des miishelischen Hochadels, die Rinn und den Frath-Major nach Gil begleitet hatten, zählten. Überraschenderweise konnte ich den Bequiin Ardin nicht entdecken, aber Shree und Angel saßen an einer Seite des Hufeisens beisammen. Ich beneidete sie um ihre angeregte Diskussion, denn meine Tischnachbarn waren eher schwach auf dem Gebiet der Konversation.

Arkolef, die arme, einfältige Seele, strahlte derart, als wäre er selbst der Bräutigam. Er hörte nicht auf, sich selbst, mir, dem Frath-Major, dem Prinz von Sathelforn (der das Pech hatte, an seiner anderen Seite zu sitzen), dem Primas, den Flemen im allgemeinen und der gesamten Bevölkerung aller drei Nationen mit nichtssagenden, aber würdevollen Worten zu gratulieren. Das reichte fast aus, um mich erneut in Tiefschlaf zu versetzen, doch ich wollte lieber wach bleiben. Ich hatte das Gefühl, es könnte sich lohnen, den Frath-Major im Auge zu behalten.

Er war selbst bemerkenswert wachsam, einerseits, weil ich ihn noch immer nervös zu machen schien, doch andererseits drückten seine Blicke auch ein besitzergreifendes Element aus, als wollte er sagen: *Jetzt gehörst du uns.* Er beobachtete mich in einer Weise, die ich einst bei einem Tierbändiger gesehen hatte, der ein wertvolles Pferd beäugte, das noch gezähmt werden mußte – wachsam gegenüber den eisenbeschlagenen Hufen, doch eifrig darauf bedacht, die Kontrolle innezuhaben, während er auf den richtigen Augenblick wartete, um dem Tier die Bedeutung der Sporen beizubringen. Die Worte des Prinzen zu Sathelforn kamen mir in den Sinn: Kein Tig, kein Pakt. Eines wußte ich mit Sicherheit: Welches Ziel auch immer die Miisheli verfolgten, ich würde es ihnen so schwer machen wie möglich.

Ein Gang nach dem anderen wurde aus der Küche herangeschleppt. Der Frath-Major und ich tauschten einige nichtssagende Höflichkeiten aus, während wir hauptsächlich damit beschäftigt waren, einander aus den Augenwinkeln zu beobachten. Wir tranken beide wenig und aßen nur eine Kleinigkeit von jedem Gang – was bei immerhin fünfzehn oder sechzehn Gängen dennoch weitaus zuviel war. Es war, als wollten wir beide bei klarem Verstand bleiben, um für einen bevorstehenden Kampf unseres Geistes gewappnet zu sein. Bis zu der kurzen Atempause zwischen dem neunten und zehnten Gang des Menüs hatten wir kein bedeutsames Wort miteinander gesprochen.

Nun beugte er sich vor und sagte in seinem beinahe perfekten Gilanisch: »Wir sollten bald die Kaana zu sehen bekommen. Ich vermute, Ihr habt von der Kaana gehört.«

»Die Kaana! Ja, ja, sicher habe ich davon gehört.« Ich betrachtete ihn mit einem Anflug von Freude. »Wollt Ihr damit sagen, daß sie hier aufgeführt werden wird? Heute?«

Er bedachte mich mit einem tadelnden Blick. »Selbstverständlich. Ihr könnt doch nicht zu Eurer Braut gehen, ehe Ihr die Kaana gesehen habt. Das ist unser Brauch.«

»Oh, ich habe nichts dagegen – ich freue mich darauf. Der Bequiin Ardin hat vor einigen Jahren eine Abhandlung darüber geschrieben. Ich kann mich erinnern, sie in den Archiven unseres Exils gelesen zu haben, aber ich hätte nie erwartet, daß ich sie eines Tages mit eigenen Augen verfolgen dürfte, ganz besonders nicht im Gilgard. .«

»Es ist unser Brauch«, wiederholte er mißtrauisch. Meine Reaktion schien ihn zu verunsichern, was meine Freude noch steigerte. Die Kaana! Das war aus meiner Sicht das einzig Gute, was an diesem Tag geschehen sollte. Ich richtete mich auf meinem Stuhl auf und forschte in dem Chaos meines Gehirns nach den Details der Abhandlung des Bequiin Ardin.

»Laßt mich einmal überlegen – wenn ich mich recht erinnere, beinhaltet die Kaana einige überlieferte Traditionen des alten Fathan, richtig? Das ist faszinierend.«

»Ja.« Er trank einen kleinen Schluck Wein.

»Natürlich nur eine abgespeckte Version, gewissermaßen zum Gedächtnis. Schließlich sind schon über tausend Jahre vergangen, seit das Reich Fathan untergegangen ist.«

»Ja«, sagte er wieder. Argwohn und noch irgend etwas anderes standen in seinen Augen. Vielleicht Nervosität. Mein plötzlicher Enthusiasmus war offenbar nicht willkommen. Ich klopfte ihm mit einem beinahe freundschaftlichen Gefühl auf die Schulter und schaute mich erwartungsfroh im Saal um.

Ich war nicht der einzige. Als die Kaana begann, richteten sich alle Miisheli auf, die nicht zu betrunken, zu vollgefressen oder bereits bewußtlos waren, und sahen interessiert zu. Was für Barbaren sie doch waren! Das war schon an Äußerlichkeiten deutlich abzulesen. Je mehr Hörner und Dornen und andere zugespitzte Objekte eine Nation zu Schau stellte, desto blutrünstiger, kriegslüsterner und brandschatzender das Volk – und die Miisheli unterschieden sich in diesem Punkt kaum von den verhaßten Sheranern. Während ich sie beobachtete, dachte ich, daß das Metall am Leib der Prinzessin es schwierig machen würde, ihr näherzukommen. Nicht, daß mir das etwas ausgemacht hätte. Außerdem hatten mich die omelischen Schneider in meine Seidenzelte eingenäht, und ich hatte keine Ahnung, wie ich mich dieser Last entledigen könnte, wenn die Zeit dazu gekommen wäre, immer vorausgesetzt, ich überlebte den kulinarischen Angriff dieses Festes.

Ich würde mir später darüber den Kopf zerbrechen, denn zu diesem Zeitpunkt wurde das Innere des Hufeisens bereits für die bevorstehende Kaana gereinigt (zu der vorangegangenen Darbietung hatten auch einige recht alte und ziemlich inkontinente Raubkatzen gehört). Trommel wurden hereingetragen, Trommeln, so groß wie Waschzuber, viereckige Trommeln, die die Musiker sich mit Riemen vor den Bauch schnallten, Trommeln von der Größe von Baumstümpfen, Pfannkuchen oder Kochtöpfen, eine ganze Schiffsladung Trommeln, und in ihrer Mitte wurde ein runde Plattform mit dreißig Fuß Durchmesser und einer Höhe von drei oder vier Fuß aufgebaut, deren Seiten mit altfathanischen Messingschriften verziert waren. Ich warf einen Blick zu Angel und Shree hinüber und stellte erfreut fest, daß Angel seinen Teller gegen ein Notizbuch ausgetauscht hatte. Dann betraten die Trommler den Saal, und ich vergaß meine Freunde, vergaß, daß ich mit einer Frau verheiratet worden war, die ich nicht kannte und ganz sicher nicht mögen würde, und verlor mich ganz in der antiken Magie der Kaana.

Es war ein Schauspiel und doch mehr als ein Schauspiel, ein Ritual und doch mehr als ein Ritual, vorgetragen mit Trommeln und komplizierten Leibesbewegungen, deren Bedeutung sich in beinahe fünfzehn Jahrhunderten nicht verändert hatte. Die Trommler begannen, zunächst gedämpft, langsam und abwartend. Ruhe war unter den Zuschauern eingekehrt, und auch ich hielt gespannt den Atem an.

Aus dem Schatten am Ende der Halle kam eine fantastische Gestalt von gut zwölf Fuß Höhe und proportional passender Breite heran, die von den Schultern bis zum Boden in einen Umhang aus goldenem Gewebe gehüllt war. Der enorme Kopf trug ein flaches Gesicht aus Goldfolie, dessen Lippen in einem hochmütigen Lächeln gefroren und dessen Augenbrauen zu einer grausamen Miene hochgezogen waren – die Maske Fathans. Der Gigant stieg auf die Plattform und schwankte in sonderbar gestelzter Grazie hin und her. Ich wußte, daß er das fathanische Reich in den stolzen Jahren seiner größten Macht repräsentierte, von der Spirale aus Korruption und Gewalt ganz zu schweigen, als Fathan mehr als die Hälfte der bekannten Welt beherrschte und sich selbst in irregeleiteter Selbstherrlichkeit für glanzvoller als das Reich der Götter hielt.

Andere Gestalten, maskiert, doch von normaler Größe, kamen aus dem Schatten heran, tanzten zwischen den Trommlern hindurch und bestiegen nach und nach ebenfalls die Plattform: Fathans untergebene Nationen. Ihre Masken waren weiß und von übertrieben dargestellten Linien der Pein entstellt; ihre Umhänge bestanden aus künstlichen Lumpen. Meiner Ansicht nach fehlte es der Symbolik an Feinsinnigkeit. Als schließlich alle Nationen ihre Plätze auf der Plattform eingenommen und einen Kreis um die übermächtige Gestalt Fathans gebildet hatten, begann der Tanz der Tyrannei.

Es war ein gutes Drama. Nein, es war ein großartiges Drama. Zwölf Paar Füße stampften absolut synchron in einem komplizierten Rhythmus auf, der von meinen Knochen widerzuhallen schien und meine Nackenhaare aufrichtete – die Plattform selbst war nun zu einer gigantischen Trommel geworden, deren durchdringender Klang alle anderen übertönte. Der Tanz stellte diverse Episoden von der Bösartigkeit Fathans dar. Der Gigant beherrschte seine Opfer, schwang die Keule der Herrschaft in einer Hand und ein dreifach gekrümmtes Schwert in der anderen, während die Nationen in geordnetem Chaos flohen und fielen, sich krümmten und verfielen, ohne jemals ihren Einsatz zu verpassen. Es war ein wundervolles Schauspiel, und es war unglaublich grausam. Es fehlte nur noch echtes Blut.

Um mich herum ergaben sich die Miisheli dem Widerhall der Trommeln in ihren Eingeweiden, ihre Augen wurden glasig, und ihre Leiber wogten im Rhythmus der Musik. Jedesmal, wenn der Gigant zuschlug, wurden wilde Schreie im Publikum laut. Ich hätte geschworen, daß einer der Frathsoldaten einen Hirnschlag erlitt, doch seine Kameraden schoben ihn einfach unter den Tisch und folgten weiter dem Schauspiel. Das Publikum erschien mir kaum weniger faszinierend als die Tänzer und überdies tatsächlich verstörender zu sein: Die Spuren der Verwüstung auf der Riesentrommel waren Teil der Aufführung, doch die zunehmende Ekstase rund um die Tafel war real. Doch als Rauch vom Saum der Robe des Giganten aufzusteigen begann, verfiel das Publikum in atemlose Stille.

Ich habe mich stets gefragt, wie sie das machten. Die Abhandlung des Bequiin erwähnte nur vage geheime magische Fertigkeiten, doch ich vermute, daß die Robe mit einer Substanz präpariert wurde, die stark genug entflammte, um einen dramatischen Effekt zu erzielen, ohne dabei die Schauspieler unter dem Stoff zu rösten. Wie auch immer sie es angestellt haben mochte, die Robe flammte in einem blendenden roten Feuerball auf, als alle Trommeln auf einmal zu spielen begannen; der Gigant fiel auseinander, das heißt, er entpuppte sich als ein Mann auf den Schulter zweier anderer Männer. Der Mann obenauf, der die Maske Fathans trug, wurde von den unterworfenen Nationen ergriffen und von der Bühne getragen. Nun blieben nur noch zwei übrig: Grisot und Miishel.

Miishel und Grisot, die Bruderstaaten, die einander für alle Zeiten an der Kehle hängen sollten. In der Zeit des großen Reiches von Fathan hatten diese beiden Nationen das Kernland des Reiches gebildet. Sie hatten sich nur dem Oberbefehl Fathans zu unterwerfen. Nach dem Erdbeben oder dem Vulkanausbruch oder dem großen Feuer, das die rachedurstigen Götter gesandt hatten – oder was auch immer Fathan in eine Wildnis aus geschwärzten Ruinen, verkohlten Wäldern, rauchenden Gebirgszügen und entstellten Leichen verwandelt hatte –, begannen Grisot und Miishel mit ihrer langen, blutigen Fehde um das Erbe des untergegangenen Fathan. Glücklicherweise waren sie auf diese Weise fast ein Jahrtausend miteinander beschäftigt gewesen und hatten all ihre Kampfeslust und all ihre Mittel aufgebraucht, die sie anderenfalls gegen den Rest der bekannten Welt hätten richten können.

Der zweite Akt der Aufführung behandelte dann auch die Geschichte dieses Bruderzwistes, und ich hätte Bequiins Abhandlung gebraucht, um dem Geschehen genau folgen zu können. Die Tänzer rangen, stellten sich in Kampfespose, schlugen aufeinander ein und schleuderten sich gegenseitig herum, wobei manchmal Grisot und manchmal Miishel triumphierte. Miishel jedoch war ganz klar die Partei, die das Recht auf ihrer Seite hatte, denn Grisot (in der häßlichen Maske) errang stets nur durch schmutzige Tricks die Oberhand, wogegen Miishel (in der edlen Maske) als der bessere Kämpfer dargestellt wurde. Die Vorführung war brillant, wenn auch vorhersehbar, doch nach einer Weile erging sie sich nur noch in ständigen Wiederholungen. Aus purem Übermut beugte ich mich zu dem Frath-Major hinüber und tippte ihm auf die Schulter.

»Ich bin überzeugt, Ihr wißt, daß es in Grisot einen rituellen Tanz namens Binn-Al gibt, der dieser Vorführung sehr ähnelt, nur trägt dort Grisot die gute Maske.«

Er blickte mich ausdruckslos an. »Seht es Euch einfach an.«

Achselzuckend richtete ich meine Aufmerksamkeit wieder auf das Podest. Plötzlich ruckte ich vor. Auf der Bühne geschah etwas, von dem Bequiins Abhandlung nichts erwähnt hatte. Zwei zusätzliche Gestalten hatten das Podest betreten; die so oder so schon schweißüberströmten Trommler verdoppelten ihre Anstrengungen, bis es den Anschein hatte, daß sie ihre Trommeln zu Kleinholz zerhacken wollten. Ich sah zu dem Frath-Major hinüber – er beobachtete mich – und wieder auf die Tänzer, gerade noch rechtzeitig um zu sehen, wie Miishel mit weit ausgebreiteten Armen von den beiden Neuankömmlingen hochgehoben und auf ihre Schultern gestellt wurde. Wie von Geisterhand entrollte sich ein langer, glänzender Umhang, der von den Schultern Miishels bis auf den Boden reichte. Ein Raunen ging durch das Publikum. Der Gigant war wieder auferstanden.

Am Boden wälzte sich Grisot in einem geradezu spektakulären Todeskampf, doch mich interessierte vielmehr die Beschaffenheit des Umhangs. Die Zuschauer brüllten wild durcheinander. Schaum stand ihnen vor dem Mund, und sie stampften mit ihren eisenbeschlagenen Stiefeln auf den Boden. Erneut wandte ich mich dem Frath-Major zu.

»Darum ging es also, richtig? Ich muß sagen, ich finde es ein wenig voreilig, den Giganten in den herrschaftlichen Umhang des Reiches Fathan zu hüllen.«

»Was wollt Ihr damit sagen?«

»Nun, mein lieber Cousin, es ist offensichtlich, daß die beiden Tänzer am Boden für Sathelforn und Gil stehen, und daß dieses Stück nicht nur den Sieg über Grisot und seine Verbündeten darstellen soll, sondern überdies die Wiederauferstehung des Reiches Fathan, an dessen Spitze dieses Mal Miishel stehen soll, richtig?«

»Und?«

»Und niemand will Fathan zurückhaben. Sie waren schlimmer als die Sheraner. Davon abgesehen, sind große, tyrannische Staatssysteme nicht mehr in Mode.«

Er antwortete nicht, sondern nippte nur an seinem Wein. Dann erhob er sich, um das Ende der Kaana zu verkünden und den Tänzern zu gestatten, sich zurückzuziehen. Danach, während Arkolef sich ebenfalls erhob, um den Miisheli für diese interessante Darbietung folkloristischer Kunst zu danken, lächelte mich der Frath-Major gepreßt an und nippte wieder an seinem Wein. An diesem Abend wechselten wir kein weiteres Wort.

Kapitel 11

Es waren bereits sechs Jahre vergangen, seit ich zum letzten Mal neben einer Frau aufgewacht war. Mit offenen Augen lag ich auf der Bettkante unseres Brautgemaches, frierend und steifgefroren, und erinnerte mich daran, wie gut Callas Körper zu dem meinen gepaßt hatte, als wären es zwei Hälften einer zerbrochenen Münze gewesen. Neben mir hatte Rinn fünf Sechstel des Bettes und den größten Teil der Decken beschlagnahmt. Dann und wann klatschte ihr Arm auf mein Gesicht, oder sie trat mich mit ihren spitzen kleinen Fersen. Ständig mußte ich mir ihre verdammten Haare aus dem Gesicht streichen. Als ich es nicht länger ertragen konnte, löste ich vorsichtig eine der Decken aus dem Wirrwarr und wickelte mich darin ein. Dann setzte ich mich in einen Stuhl und beobachtete ihren Schlaf. So hatte bisher jeder Morgen begonnen.

Mit größter Willensanstrengung war es mir in der Nacht des Kaana gelungen, die Ehe zu vollziehen. Lachend hatte Rinn gekämpft wie eine Raubkatze, als ich sie gefesselt hatte, um ihre Fingernägel zu schneiden. Dann, als ich die Fesseln wieder löste, schien sie unglaublich enttäuscht zu sein und versuchte, erneut mit mir zu kämpfen, doch ich war zu zerschlagen, um ihr den Gefallen zu tun. Sie war gerade deswegen in Zorn geraten, als sie plötzlich und unvermutet innehielt und für einige Sekunden nachdenklich zu werden schien. Dann, ebenso unvorhersehbar, schmolz sie in zärtlicher Ergebenheit dahin. Irgendwie war das falsch, so falsch wie ihr süßer Anblick in dem Porträt, aber für mich bedeutete es in diesem Augenblick ganz einfach eine segensreiche Bequemlichkeit; zehn Minuten später, nachdem ich unsere Union besiegelt und die Zukunft der Archive sichergestellt hatte, war es mir endlich gestattet zu schlafen.

Nachdenklich betrachtete ich sie. Nicht Rinn selbst war der Grund meiner Nachdenklichkeit. Zwar war sie während der ganzen, ereignisreichen fünf Tage und Nächte unserer Ehe stets zwischen diesen beiden gegensätzlichen Verhaltensweisen hin- und hergependelt, doch mir war vollkommen klar, wer die wirkliche Rinn war. Ich fragte mich, was man ihr dafür versprochen hatte, sich selbst zu zügeln. Gold? Juwelen? Sie trug so oder so ständig genug für zehn Frauen, und dabei sah man sie selten dieselben Stücke zweimal tragen. Sexuelle Gefälligkeiten? Ich war weder taub noch blind. Es hatte gerade zwei Tage gedauert, bis ich wußte, daß Rinn die Hälfte des miishelischen Hofstaates zu ihren Exliebhabern zählte und die andere Hälfte zu ihren derzeitigen. Vielleicht übertreibe ich ein wenig, aber andererseits gab es in der miishelischen Sprache kein Wort für Keuschheit, und Treue gehörte nicht zum miischelischen Ehekonzept. Irgendwie konnte ich mir nicht vorstellen, daß Rinn sich sexuell bestechen lassen würde. Macht? Das schien mir schon eher ein reizvoller Ansporn für sie zu sein. Ich konnte mir gut vorstellen, wie meine Braut es genießen würde, Peitsche und Zügel in ihren zarten Händen zu halten.

Eine andere Frage, die mich beschäftigte, war, wie ich zu ihr stand. Ich würde sie bestimmt nie lieben, nicht einmal besonders mögen, doch ich entdeckte mit einiger Überraschung eine tolerante, kopfschüttelnde Art halbherziger Zuneigung zu ihr, die langsam in mir wuchs. Vielleicht galt sie lediglich der Tatsache, daß sie ein so reinrassiges, durchschaubares und wahrhaftiges Monstrum war, trotz ihrer geradezu rührenden Versuche, sich zu verstellen. Auf ihre eigene Weise und vollkommen unbeabsichtigt war sie durchaus recht unterhaltsam. Und zur Hölle, mir mangelte es gewaltig an Unterhaltung. Die fünf Tage unserer Ehe waren größtenteils mit rituellen Beglückwünschungen, rituellen Verabschiedungen, rituellem Dies und rituellem Das dahingegangen. Und über all dem hatte die furchtbare Aussicht gehangen, an die zu denken ich mir erst jetzt, kurz davor, gestattete: dies war mein letztes Erwachen in Gil.

Allmählich wurde es hell in dem vormals dunklen Rundbogen des Fensters. Ich zog mir die Decke über die Schultern und ging hinüber, um mir die noch immer schlafende Stadt anzusehen. Von den Karren, die aus dem Land zur Stadt hereinfuhren, glitten einige wenige Lichter durch die düsteren Straßen. Vor der Hafeneinfahrt ging eine kleinere Flotte vor Anker. Es waren hauptsächlich miishelische Schiffe, begleitet von drei großen sathelischen Galeeren und einem eher billigen gilanischen Schlachtschiff, das Arkolef seiner sogenannten Marine entliehen hatte. Im Dunkel der Morgendämmerung sahen sie alle gleich aus, ein Winterwald aus Masten, der sich schwarz gegen das graue Wasser abhob. Nur die Tasiil, ein prachtvoller miishelischer Segler, hob sich schon durch seine Größe von den anderen ab. Dies war das Schiff, auf dem Rinn und ich davonsegeln würden.

»Tigrallef? Liebling?«

Rinns Stimme vom Bett. Ich wandte mich vom Fenster ab und sah, daß sie sich nackt und golden auf den Bettdecken räkelte, durchaus recht verführerisch, wenn man diesen Typ bevorzugte. Sie versteckte ein Gähnen hinter der Fläche einer Hand und winkte mir mit der anderen zu.

»Komm zu mir, Liebling, ich friere.«

»Dann schlüpf unter die Decken zurück!« erklärte ich vernünftigerweise.

»Quäle mich nicht, mein Liebling. Ich möchte, daß du mich wärmst.«

»Jetzt nicht, Rinn.«

Ich wandte mich wieder dem Fenster zu. Die Dämmerung zog nun viel zu schnell herauf – bereits jetzt konnte ich die bunten Flaggen, Seile und Takelagen der einzelnen Schiffe erkennen. Das war nicht gut. Ich wollte nicht, daß dieser Tag begann.

Etwas berührte meinen Rücken. Rinn war hinter mich geschlichen und schaute mir nun süß schmollend über die Schulter. *Sie ist kleiner als Calla,* dachte ich. Calla war etwa so groß wie ich selbst. Ich rang mir ein Lächeln ab. »Jetzt nicht, Rinn«, wiederholte ich in freundlichem Tonfall.

Für einen Moment zeigte sich ihre wahre Höllenfeuer- und Donnerschlagpersönlichkeit auf ihren Zügen, verbarg sich aber gleich darauf wieder hinter einem Ausdruck honigsüßen Leidens. Sie legte die Arme um mich und gab sich redliche Mühe, verletzt auszusehen. »Aber Tigrallef, Geliebter – warum läßt du mich nur allein?«

»Weil du alle Decken gestohlen hast. Bitte, Rinn. Wir werden heute abreisen. Vielleicht sehe ich Gil nie wieder. Alles, was ich mir wünsche, ist, noch einen letzten Sonnenaufgang aus dem Gilgard zu betrachten.«

Sie schnaubte. Plötzlich war sie wieder ganz sie selbst. »Dann mach eben, was du willst! Eigentlich solltest du glücklich sein, Gil verlassen zu können, dieses schmutzige, kleine Loch! Ich werde jedenfalls bestimmt froh sein, wenn ich hier wegkomme!« Immer, wenn die wahre Rinn durchbrach, wurde ihr Akzent stärker. Nun stand sie neben mir und sah mit verächtlichem Gesichtsausdruck auf die Straße herab. »Häßliches, schmutziges, dummes kleines Loch«, erklärte sie noch einmal.

»Man nannte Gil einst die Perle der Welt«, sagte ich sanft. »Es war schöner, als du es dir vorstellen kannst – aber es konnte nicht überleben. Es war auf den falschen Grundlagen erbaut worden.«

»Häßliches, schmutziges, dummes Loch«, wiederholte sie boshaft und griesgrämig, doch dann fing sie sich wieder und runzelte die Stirn. Vielleicht suchte sie nach Worten, um etwas Angenehmes über Gil zu sagen. Offenbar wurde sie nicht fündig, denn sie gab mir einen nassen Kuß auf den Kehlkopf und versuchte, das Thema zu wechseln, indem sie mich in Richtung Bett zerrte.

»Nicht jetzt, Rinn.« Ich klopfte ihr sacht auf ihr delikates Hinterteil und drehte mich erneut zum Fenster um. Gleich darauf hörte ich sie zum Bett stampfen und unter die Decken kriechen. Ich vertrieb sie aus meinen Gedanken. Gerade krochen die ersten Sonnenstrahlen über die Mauern des unteren Palastes, und das graue Gestein leuchtete golden auf.

Sonnenuntergang. Rinn befand sich unten in unserer gewaltigen Kabinenflucht, um sich den Staub von Gil von ihrem perfekten Körper zu waschen. Chasco, der Clanseri, war bereits kurz nachdem wir abgelegt hatten unter Deck verschwunden, und ich hatte ihn seither nicht mehr gesehen. Gemeinsam mit Shree stand ich auf dem Achterdeck der Tasiil und starrte zurück in die Richtung, in der Gil lag. Inzwischen konnten wir nur noch den Gilgard selbst erkennen, einen schlichten, einsamen Felsen am westlichen Horizont, der sich gegen die Sonne abhob, die so rot leuchtete wie frisches Blut, so rot wie Rinns Lippen.

»Ich hasse das Meer«, sagte ich.

»Ich weiß. Du hast es mir erzählt.«

»Habe ich dir auch erzählt, wie seekrank ich war, als ich aus dem Exil nach Gil gesegelt bin? Während der Hälfte der Zeit auf See fürchtete ich, sterben zu müssen, während der anderen Hälfte hatte ich Angst zu überleben.«

»Du siehst aber nicht krank aus.«

»Das kommt noch, später. Im Augenblick bin ich dafür zu aufgewühlt.« Verbittert wandte ich den Blick von Gil ab und lehnte mich mit dem Rücken an die Reling. Ich hatte gelogen. Wenn überhaupt etwas, dann war ich wie betäubt. Ich fühlte gar nichts, nicht einmal beim Gedanken an Angels betroffenes Gesicht, während er versuchte, eines der Begleitschiffe zu erreichen, um mir zu folgen. Selbst der Gedanke an das Abschiedslächeln meiner Mutter ließ mich in diesem Moment kalt – *ich weiß, du wirst glücklich werden, und ich weiß, daß ich dich wiedersehen werde.* Glücklich! Sie hätte ebensogut behaupten können, daß ich schön werden würde. Ich verlagerte mein Gewicht, als sich die Tasiil auf die Seite legte.

»Tigrallef?«

»Ja, Shree?«

Er würgte. »Wie geht es dir jetzt?«

»Noch bin ich gesund.« Ich drehte mich wieder um. Plötzlich war mir etwas bewußt geworden. »Wir sind jetzt zwei Stunden von Gil entfernt, richtig?«

»Etwa.«

»Dann müssen wir ungefähr an derselben Stelle sein wie Calla, als ...« Ich unterbrach mich. Ich brachte es nicht fertig, laut auszusprechen, was ich dachte. In Gedanken stand ich mit der glitzernden Statue der Heiligen auf dem Gipfel des Gilgard. Noch war die grausige Tat nicht getan, noch lebte Calla, und ihr Schiff glitt wie ein weit entfernter Silberstreif über einen Ozean, so glatt wie eine Seidendecke. Sie mußte irgendwo in dieser Gegend gewesen sein, als die See um sie herum zu kochen begonnen hatte; wenn ich nur tief in das Wasser sah, so mochte ich vielleicht die Stelle sehen, an der ihre Gebeine damit beschäftigt waren, Blumen hervorzubringen – oder Krebse oder Quallen, was auch immer Gebeine in diesem nassen Grab hervorbringen mochten. Ich starrte in das trübe Wasser hinab, wohl wissend, wie absurd dieser Gedanke war. Das Schiff neigte sich erneut, und ich mußte mich an der Reling festhalten, um das Gleichgewicht halten zu können.

»Gnadenloser Raksh«, fluchte Shree unterdrückt und übergab sich in die See.

Ich starrte ihn ungläubig an. »Du bist grün, Shree. Bist du etwa krank?«

»Wie sehe ich denn deiner Meinung nach aus?« Er ließ sich auf die Planken niedergleiten und barg den Kopf zwischen den Knien.

Ich sah wieder auf das Wasser. Der Wind hatte aufgefrischt und die zuvor ruhige See rollte mit einer niedrigen Dünung in genau dem falschen Winkel auf uns zu. Rund um uns herum tanzten die anderen Schiffe auf den Wellen und neigten sich in einer Form zur Seite, daß allein der Anblick ausreichen sollte, um jedem Zuschauer den Magen umzudrehen, doch mein Magen bildete noch immer den vergnügtesten Teil meiner selbst. Die Galeeren lagen am Ruder, die Segel wurden eingezogen, das gilanische Schiff wälzte sich weit hinter uns durch die launischen Wogen. Shree übergab sich erneut, dieses Mal auf Deck.

»Bist du in Ordnung, Shree?«

»Nein, bin ich nicht.«

»Mir geht es gut.«

»Fahr zur Hölle, Tig.«

»Nein, hör zu! Der Punkt ist, daß . . .«

»Laß mich in Ruhe.«

Einer der unbedeutenderen miishelischen Adelsherren kam des Weges, betrachtete nachdenklich den Haufen Halbverdautes auf den Planken, fügte das Seine hinzu und ging weiter. Seufzend half ich Shree auf die Beine und stützte ihn auf dem Weg hinab zu seiner kleinen Kabine. Die kraftvollen Wogen ließen das Schiff schlingern und schleuderten uns von einer Seite des Ganges zur anderen. Ich hatte Shree noch niemals so hilflos erlebt. Ich zog ihm die Sandalen aus, säuberte ihn oberflächlich und verfrachtete ihn in sein Bett, den Nachttopf in Reichweite neben ihm. Während der ganzen Zeit wartete ich beinahe ungeduldig darauf, ebenfalls seekrank zu werden; es war irgendwie nicht natürlich, daß ich mich nicht übergeben mußte, wenn andere längst ihren Mageninhalt ausgespuckt hatten, besonders, wenn man meine entsetzliche Geschichte auf See in Betracht zog. Ich hätte gern mit Shree darüber gesprochen, doch er schien nicht in Stimmung zu sein. Als ich ihn verließ, erbrach er sich gerade in seinen Nachttopf.

Seine Kabine gehörte zu dem Labyrinth kleiner Kammern, in denen die niedriger gestellten Mitglieder des Hofstaates untergebracht waren. Direkt neben Shree lag die Kabine eines jungen Frathminoriten, von dem ich wußte, daß er zu den jüngsten Liebhabern meiner Frau gehörte, und vor einer Weile hatte ich gesehen, wie der Han-Frath, der Kommandeur der Truppe, die Kabine gegenüber betreten hatte. Nun lag der Korridor verlassen vor mir, doch ich konnte die würgenden Geräusche hinter der Tür des Soldaten hören. Mit einem mitfühlenden Kopfschütteln (ob er nun der Liebhaber meiner Frau war oder nicht, er schien ein netter und aufrichtiger junger Mann zu sein) ging ich zurück an Deck.

Die Wogen waren hoch und heftig; Spritzwasser und Regen gingen in einem nassen grauen Vorhang auf das Deck nieder. Über mir konnte ich die Rufe der Matrosen in den Takelagen hören. Offenbar korrigierten sie den Kurs, damit wir die Wellen in einem besseren Winkel nehmen konnten. Bereits jetzt schien die Tasiil ruhiger im Wasser zu liegen. Ich wartete ab, bis ein neuer Spritzwasserguß niedergegangen war, ehe ich zur hinteren Reling hinüberhetzte, um nach dem gilanischen Schiff zu sehen. Hinter mir hörte ich Schritte.

»Euer Lordschaft?«

»Ja?« Ich wollte mich umdrehen, doch etwas Schweres traf meine Beine unterhalb der Knie und schleuderte mich an die Reling. Meine Füße glitten unter mir über die glitschigen Planken, und ich rutschte über die Kante des Achterdecks hinaus. Im letzten Moment gelang es mir, die Reling zu packen und mich festzuklammern. Unter meinen strampelnden Füßen fühlte ich eine gähnende Leere, ehe sie plötzlich durch das Schaukeln des Schiffes knietief von Wasser umspült wurden. Aus den Augenwinkeln sah ich, wie etwas Langes, Helles unter der Reling an mir vorbei in die Fluten stürzte. Zornig klammerte ich mich weiter fest, bis das Schiff sich wieder in die andere Richtung neigte, dann zog ich mich wieder an Bord, ließ die Reling los und stolperte zu dem eleganten Eingangsportal über dem Zugang zu den Kabinen der Edelleute. Auf halbem Wege begegnete mir Chasco, der Clanseri.

Er packte meinen Arm und zog mich durch die Tür nach innen. Dann schlug er eilends die Tür zu. Sein Gesicht war blaß, und er atmete schwer. Er hielt mich weiterhin fest und zerrte mich nun den Gang hinunter durch das Labyrinth kleiner Türen, bis zu der, auf der in miishelischer Schrift sein Name stand. Er öffnete und schob mich hinein, ehe er sich keuchend von innen gegen die Tür lehnte. Noch immer sah er aus, als wäre er einem Gespenst begegnet.

Seine Kabine glich der von Shree. Ich setzte mich auf die Pritsche und starrte ihn an.

Er war zu sehr außer Atem, er konnte noch nicht sprechen.

»Ich mache deinen Boden naß«, stellte ich fest.

Er gestikulierte mit den Fingern: *Nicht der Rede wert.*

»Ich muß dir wohl für deine Hilfe danken, Clanseri. Hast du gesehen, was passiert ist? Ich weiß nur, daß ich fast noch viel nasser geworden wäre.«

Er setzte sich neben mich auf die Pritsche. »Dort oben ist es nicht sicher, Euer Lordschaft«, sagte er. Seine Gesichtsfarbe und Atemfrequenz normalisierten sich allmählich. »Ich dachte schon, wir hätten Euch verloren.«

»Nun, die See ist ziemlich rauh«, gab ich zu. »Aber es war nicht gefährlich, bis mich etwas von hinten gestoßen hat. Was war das? Ich glaube, ich habe es über Bord gehen gesehen.«

»Ich hatte keine Gelegenheit, ihn anzusehen.«

»Ihn?« Ich richtete mich kerzengerade auf.

»Ja, Euer Lordschaft, das heißt, ich bin ziemlich sicher. Es sah einfach nicht nach einer Frau aus.«

Mein Unterkiefer fiel vor Schreck herab. »Es war also jemand, nicht etwas?«

»Ja, Euer Lordschaft. Es war ein Matrose in einem weißen Umhang. Deshalb kann ich auch nicht mit Sicherheit sagen, ob . . .«

»Chasco!« Ich sprang auf. »Warum hast du mir das nicht gesagt? Vielleicht hätten wir ihn retten können! Bei der Heiligen! Wir müssen jemandem Bescheid geben. Wir müssen den Kapitän suchen und ein Seil, vielleicht kann der arme Kerl noch gerettet werden . . .«

Chasco, der diesen ganzen Ausbruch vollkommen ruhig verfolgt hatte, legte mir eine Hand auf die Schulter und schüttelte mich respektvoll, bis ich schwieg. Dann sagte er: »Beruhigt Euch, Euer Lordschaft. Und macht

Euch keine Sorgen um den armen Kerl im Wasser, er wird nicht ertrinken.«

»Was soll das heißen, er wird nicht ertrinken? Ist er etwa ein Fisch? Du hast doch die Wellen gesehen, Soldat. Es wird keine zehn Minuten dauern ...«

»Euer Lordschaft.«

»Was?«

»Er war tot, bevor er das Wasser berührte. Ich habe ihn mit einem Pfeil aus dem Blasrohr getötet.«

Ich schluckte. »Du hast was getan?«

»Ich habe ihn mit einem Pfeil getötet, Euer Lordschaft.«

»Warum hast du das getan?«

»Weil er Euch gerade ein Messer in den Rücken stoßen wollte.«

»Oh«, sagte ich.

Dort saß er nun, der Abkömmling der großen Dichter, und sah mich mit einer ruhigen Höflichkeit an, als hätte er mir nur gerade mitgeteilt, daß mein Bad eingelassen sei. Ich ließ mich wieder auf die Pritsche fallen und starrte die Kabinenwand an. Sie war hellgelb gestrichen, und knapp über dem Boden verlief ein Muster aus ineinander verschlungenen roten Spiralen. Miishelische Farben. Eine garstige Kombination. Garstige Menschen.

»Ich habe gerufen, um Euch zu warnen, Euer Lordschaft, dann habe ich geschossen. Ich hatte keine andere Wahl – er war zu nahe bei Euch. Aber es ist wirklich ärgerlich, daß er über Bord gegangen ist. Ich hätte gern gewußt, wer er war.«

»O ja«, stimmte ich zu. »Das ist wirklich ärgerlich. Ich hätte auch nichts dagegen gehabt zu wissen, wer meinen Tod so dringend will. Das ist jetzt mindestens der vierte Anschlag auf mein Leben gewesen.«

»Vier? Ich wußte nur von zweien«, sagte Chasco nachdenklich. »Die Sache mit dem Frathsoldaten im Gilgard ist noch nicht aufgeklärt worden. Die Miisheli sagen, sie würden noch ermitteln.«

»Tun sie das?«

»Ich weiß es nicht, Euer Lordschaft. Der sathelische

Kapitän und ich sind bei ihren Beratungen nicht willkommen.« Er runzelte die Stirn. »Sagt mir, Euer Lordschaft, wer würde von Eurem Tod profitieren und auf welche Weise?«

Ich dachte darüber nach. Nachdem ich nun beides verloren hatte, Calla und die Archive, gab es nicht mehr viel, wofür ich leben konnte; aber irgend etwas mußte dahinter stecken. »Ich nehme an, da der Frath-Major daran interessiert ist, daß ich lebe, wollen seine Feinde mich tot sehen. Damit steht allerdings der halbe miishelische Hof unter Verdacht. Tatsächlich könnte es unzählige voneinander unabhängige Gruppierungen geben, die mich aus dem ein oder anderen Grund aus dem Weg räumen wollen. Wie kommt es, daß du genau im richtigen Moment zur Stelle warst?«

Er ging auf meinen abrupten Themenwechsel ein. »Es war meine Aufgabe, dort zu sein, Euer Lordschaft. Ich hatte stets ein Auge auf Euch, seit wir an Bord gegangen sind.«

»Ich habe dich nicht gesehen.«

»Ich habe gelernt, unsichtbar zu sein«, sagte er leise, »als ich dem Netz gedient habe.«

»Oh.« Ich atmete tief durch. Natürlich hatte er dem Netz gedient. Ich hätte es mir denken können. Schließlich gab es genug Hinweise darauf: die Fingersprache, seine Vorsicht, seine Fähigkeit, geräuschlos zu gehen, die unglaubliche Wachsamkeit. Im Geiste schmierte ich eine Lage künstlichen Schmutzes auf sein Gesicht, kombiniert mit Kleidern aus zerfetzten, dreckigen Lumpen anstelle seiner makellosen Uniform. Nun wußte ich, daß er die Wahrheit sagte. Ich hatte Hunderte wie ihn in den alten Tagen kennengelernt, stille Rebellen, Schatten, die ihre Haut unter den scharfen Augen sheranischer Söldner riskiert hatten. Ich zögerte kurz, doch dann fragte ich ihn: »Warum hast du mir das nicht früher gesagt?«

»Ist das wichtig?«

»Für mich ist es wichtig. Ich schulde dem Netz eine ganze Menge, aber nach der Befreiung habe ich nur noch wenige gefunden, denen ich danken konnte.«

Er zuckte die Schultern. »Viele von uns sind in den letzten Tagen des sheranischen Reiches umgekommen, und die Überlebenden sind bald danach auseinandergegangen. Es gab keine Notwendigkeit mehr, das Netz beizubehalten, und wir mußten uns ein neues Leben aufbauen.«

Wieder atmete ich tief durch. »Kanntest du eine Frau namens Calla?«

»Ja, ich kannte sie. Jeder kannte Calla.«

»Ja«, sagte ich traurig. »Ja, so etwas hatte ich schon vermutet.« Wieder überwältigte mich die Trauer, die die vergangenen Jahre nicht zu lindern vermocht hatten. Ich starrte die verhaßte gelbe Wand an und folgte den scheußlichen roten Spiralen mit meinen Augen. Chasco saß still neben mir. Nach einer Weile berührte er meinen Arm.

»Euer Lordschaft? Ich glaube, ich habe die Messeglocke gehört. Der Frath-Major wird Euch erwarten.«

»Anzunehmen.« Ich richtete mich gerade auf und fragte mich, ob der Clanseri die Feuchtigkeit in meinen Augenwinkeln bemerken würde. Ich wollte seine Aufmerksamkeit nicht darauf lenken, indem ich mir über die Augen wischte. Falls er es bemerkt hatte, so ließ er es sich nicht anmerken, also gab ich mich dem wahrscheinlich recht kläglichen Versuch hin, einen sachlichen Eindruck zu erwecken.

»Eine Sache noch, Chasco. Hat irgend jemand gesehen, wie du das Blasrohr benutzt hast?«

»Ich glaube nicht, Euer Lordschaft.«

»Denn sonst müssen wir zwangsläufig mit neugierigen Fragen rechnen ...«

»Mit allem Respekt, Euer Lordschaft, aber das bezweifle ich. Die Komplizen dieses Mannes, sofern er welche hatte, werden kein Interesse daran haben, die Aufmerksamkeit auf sich zu lenken, und alle anderen werden glauben, daß er in dem Sturm über Bord gespült worden ist.«

Ich seufzte. »Ich hoffe, du hast recht, dann wäre diese Sache erledigt.« Verlegen schweigend saßen wir noch einige Augenblicke gemeinsam auf der Pritsche, dann sagte ich: »Ich schätze, ich sollte diese nasse Hose ausziehen, ehe ich zu Tisch gehe.«

»Ja, Euer Lordschaft.«

»Anderenfalls hole ich mir womöglich noch den Tod. Daß würde dann jemandem die Mühe ersparen, mich umzubringen.«

»Ja, Euer Lordschaft.«

»Ich will es ihnen aber nicht allzu leicht machen.«

»Nein, Euer Lordschaft.«

»Obwohl ich davon ausgehe, daß du mir so oder so weiterhin folgen wirst.«

»Ich werde Euch folgen, Euer Lordschaft.«

Ich nickte und erhob mich zum Gehen, doch an der Tür blieb ich stehen und wandte mich noch einmal um. Plötzlich fiel mir etwas auf.

»Chasco?«

»Ja, Euer Lordschaft.«

»Wo ist dein grünes Band?«

Er sah mich ganz ruhig an.

»Ich habe es abgenommen, als wir Gil verlassen haben. Ich bin nicht länger in den Diensten des Primas. Ich stehe nun in Euren Diensten.«

»Ich verstehe. Chasco?«

»Ja, Euer Lordschaft?«

»Ich wünschte, du würdest mich von nun an Tig nennen.«

Kapitel 12

Nur viereinhalb Edelleute hatten sich an diesem Abend im Salon zum Essen eingefunden: ich selbst, der Frath-Major, zwei seiner Untergebenen und der sathelische Gesandte, der flugs mit den Händen vor den Mund aus dem Raum flüchtete, als die gekochten Hühnerinnereien hereingebracht wurden. Obwohl das Schiff heftig schlingerte und das Essen über die Ränder der Teller und Schüsseln auf die Tische schwappte, aß ich enorme Mengen. Dabei hätten einige der miishelischen Delikatessen mir sogar auf festem Boden den Magen umdrehen müssen.

Der Frath-Major ließ mich nicht aus den Augen. »Wie ich sehe, schmeckt Euch die miishelische Küche«, sagte er in einem Tonfall, als würde ihm dieser Gedanke nicht gefallen.

»Tatsächlich«, entgegnete ich mit vollem Mund, »mag ich sie nicht besonders. Diese Schnecken sind widerwärtig. Worin werden sie gegart?«

»Knoblauch.«

Ich steckte mir eine weitere in den Mund, um mich davon zu überzeugen, daß sie tatsächlich so ekelhaft waren, wie ich bei der ersten gedacht hatte, und schluckte sie, ohne zu kauen, hinunter. Der Frath-Major betrachtete mich noch immer mit erstaunlicher Konzentration.

Mir ging auf, daß ich mich recht taktlos verhalten hatte, also aß ich eine weitere Schnecke und suchte nach einem anderen Gesprächsthema.

»Sagt mir doch, Cousin«, sagte ich schließlich, »wo hält sich der Bequiin auf? Ich würde mich gerne mit ihm unterhalten.«

»Warum?« fragte der Frath-Major scharf.

Überrascht von seinem Tonfall blickte ich auf. »Nun, ich würde mir gern etwas zum Lesen von ihm leihen. Vermutlich hat er einige Bücher mitgenommen.«

»Nein.« Wieder dieser scharfe Ton. Dann beruhigte er sich wieder und fuhr in einem freundlicheren Tonfall fort. »Der arme alte Ardin ist indisponiert. Er hat sich noch immer nicht von seiner Seekrankheit von der Reise nach Gil erholt, und ich nehme an, daß er seine Kabine nicht verlassen wird, bis wir Cansh Miishel erreicht haben. Dann könnt Ihr alle Bücher habe, nach denen es Euch gelüstet.«

»So? Was für erfreuliche Neuigkeiten.« Ich wischte mir

die Schneckensoße vom Kinn und strahlte ihn an. Trotzdem hatte ich beim Anblick seiner harten, durchtriebenen Züge das Gefühl, er hätte mir einen vergifteten Brocken zugeworfen oder einen mit einem Haken. Wie Rinn, das Fähnlein-im-Wind, schien auch der Frath-Major das wenig aufrichtige Spiel ›Haltet den Sproß bei Laune‹ zu spielen, was mir im Augenblick durchaus gelegen kam; dennoch hätte ich einen Arm dafür gegeben zu erfahren, um welchen Preis es dabei ging.

Rinn, das arme kleine Betthäschen, war in einem erbarmungswürdigen Zustand, als ich unsere Kabine zur Nachtruhe wieder aufsuchte.

Auch das Dienstmädchen, das die silberne Speischüssel für sie hielt, sah nicht viel besser aus, also schickte ich sie ins Bett und übernahm selbst den Dienst an der Schüssel und wechselte das feuchte Tuch, das ihre Stirn und Augen bedeckte. Es ging ihr wirklich furchtbar schlecht.

»Niil, Liebling, bist du das?« wimmerte sie in miishelischer Sprache.

Niil war ein Frathsoldat, nicht mehr ganz jung, aber sein vom ausschweifenden Leben gezeichnetes Gesicht war unbestreitbar attraktiv. Ich folgerte aus Rinns Worten, daß der Soldat einen Platz auf ihrer aktuellen Liebhaberliste ergattert hatte.

Ich tätschelte ihre Hand. »Ich bin es, Tigrallef, dein Ehemann.«

Sie zog sich das Tuch vom Kopf und starrte mich mit stumpfen Augen an. Vermutlich war sie zu krank, um mich wiederzuerkennen, außerdem wäre es ihr sowieso gleichgültig gewesen. Sie rollte sich auf die Seite und fuhr fort, die Silberschüssel zu füllen. Gleich darauf schlief sie ein, noch bevor ich mit der Reinigung ihres Gesichtes fertig war. Den Rest der Nacht verbrachte ich dösend neben dem Bett, hielt ihr bei Bedarf die Schüssel und wischte ihr ab und zu den Schweiß von der Stirn. Die ganze Zeit über knarrte und ächzte die Tasiil von den

Mühen der Fahrt durch die aufgewühlte See. Irgendwann während der Morgendämmerung legte sich der Sturm, und endlich fiel auch ich in unruhigen Schlaf.

Als ich am Morgen Shrees Kabine aufsuchte, war er bereits aufgestanden und angekleidet. Es ging ihm sogar gut genug, um einen Bediensteten mit der Aufgabe zu peinigen, den Raum vom Geruch der Krankheit zu befreien. Ich zerrte Shree mit hinauf an Deck und erzählte ihm im Flüsterton von dem kalten Bad, das ich fast genommen hätte, von dem Messer, das sich fast in meinen Rücken gebohrt hätte und von der rechtzeitigen Intervention von Chasco, dem Clanseri, ehemaliges Mitglied des Netzes und mein neuer, pflichtbewußter Gefolgsmann. Ohne eine Miene zu verziehen, lauschte er kommentarlos meinen Worten. Er protestierte auch nicht, als ich ihm mitteilte, daß ich Chasco nicht mehr zu meinen Feinden zählte und von Shree erwartete, er würde meinem Beispiel folgen. Er legte nur den Kopf auf die Seite und sah mich mit gerunzelter Stirn an – rebellisch, wie ich dachte.

»Chasco ist der Bastard, der dich aus den Archiven gezerrt hat.«

»Er hat mich nicht gezerrt, ich bin gegangen.«

»Der Bursche, der Dienst hatte, als diese Attentäter in dein Schlafzimmer eingedrungen sind und dich fast getötet hätten.«

»Ja, aber . . .«

»Der Kerl, der während der ganzen Zeit, in der dich der Primas gefangengehalten hat, den zweitbequemsten Stuhl im Zimmer in Beschlag genommen hat.«

»Ja, Shree, richtig, aber . . .«

»Der Mann mit der grünen Armbinde des Primas.«

»Nun nicht mehr. Vertraue auf meine Instinkte, Shree. Ich glaube nicht, daß er noch zu den Männern des Primas gehört, falls er das überhaupt jemals getan hat.«

»In Ordnung.«

»Er . . . Was hast du gesagt?«

»Ich sagte, in Ordnung. Ich werde auf deine Instinkte vertrauen.«

»Oh.« Irgendwie hatte ich mit größerem Widerstand gerechnet. Es war, als würde beim Tauziehen einer der Kontrahenten plötzlich das Seil loslassen. Er hatte mich durcheinandergebracht. »Warum?«

»Ich kenne diesen Typ aus der sheranischen Armee. Zu klug für gutes Speerfutter, zuviel Initiative, um auf gewöhnliche Weise vertrauenswürdig zu sein, und verdammt gefährlich, wenn man ihn unterschätzt.«

»Und was habt ihr mit diesen Leuten gemacht?«

»Wir haben sie befördert. Es war nicht allein die Bösartigkeit, die unsere Armee so stark gemacht hat, weißt du. Nein, ich denke, deine Instinkte werden dich nicht trügen. Chasco sieht nicht dumm genug aus, um seine Loyalität an einen miesen alten Puppenspieler wie den Primas zu verschwenden. Oder an eine Puppe wie deinen Bruder Arkolef.«

Ich zögerte. Mir kam es noch unwahrscheinlicher vor, daß er sie an einen tölpelhaften, kurzsichtigen, wenig prinzgemäßen und apolitischen Bücherwurm wie mich verschwenden würde, aber ich wollte die Harmonie nicht stören, indem ich Shree nach seinen Ansichten fragte; womöglich hätte er mir davon berichtet.

Ich mußte Shree allein lassen, um an dem Frühstück des Hochadels teilzunehmen, welches auch nicht viel besser besucht war als das Essen am vorangegangenen Abend. Der Frath-Major sprach kaum ein Wort mit mir; der sathelische Gesandte überstand aber nun die ganze Mahlzeit, wenn er auch erbleichte, als er dem Froschlaich in Aspik ausgesetzt wurde. So schnell wie möglich beendete ich mein Mahl und eilte zurück zu Shree, doch er war nicht an Deck und auch nicht in seiner Kabine, in der ein Weihrauchgestank hing, der schlimmer war als der Geruch von Erbrochenem der letzten Nacht. Ich versuchte es in dem kleinen Salon, ein Deck unter meiner Kabinenflucht, der für die jüngeren Höflinge vorgesehen war, und fand ihn verlassen vor. Nun fiel mir nur noch ein Ort ein: Chascos Kabine. Ich lief über den breiten Gang in der Mitte des Schiffs, an dessen Ende sich die Kabinenflucht befand, in der auch Chascos Raum lag. Ich erinnere mich, daß ich dachte, es sei nicht besonders klug, so allein durch die dunklen Gänge des Schiffes zu gehen, doch mein Unbehagen konnte man gewiß nicht als Vorahnung werten. Ich hatte keine Ahnung, was geschehen würde.

Halt!

Eine weibliche Stimme von der überzeugenden Gewalt eines Hammerschlages. Ich blieb auf der Stelle stehen.

»Wer ist da?«

Keine Antwort. Nichts rührte sich auf dem Deck am Fuß der Stiege; nichts rührte sich auf dem Deck über mir, auf dem drei Gänge von der Treppe abzweigten. Überzeugt, mir etwas eingebildet zu haben, schüttelte ich den Kopf und ging ein oder zwei Stufen weiter hinauf.

ACHTUNG!

Dieses Mal war sie so überzeugend, daß ich auf halber Höhe der Treppe auf die Knie sank, die Hände an die Ohren gepreßt. Kaum einen Moment später wirbelte etwas über mir durch die Luft, genau in der Höhe, auf der sich gerade noch mein Hals befunden hatte.

Verdutzt sah ich nach oben. Ein großer Miisheli, der ein sehr großes dreifachgekrümmtes Schwert über dem Kopf balancierte, stürzte auf mich zu. Auch er sah verdutzt aus, was an der Wurfscheibe liegen mochte, die sich zur Hälfte in seinen Bauch gebohrt hatte.

Ich sprang aus dem Weg und sah die Stufen hinunter. Unten hockte ein weiterer Miisheli und legte mit einer zweiten Wurfscheibe auf mich an. Bevor er sie werfen konnte, war der andere Mann mit dem Schwert voraus an mir vorbei getaumelt und hatte den Attentäter so sauber aufgespießt wie eine Wurst auf dem Grillspieß.

Ich verlor keine Zeit damit, ihren Gesundheitszustand zu überprüfen, sondern hechtete mit zwei großen Schritten die restlichen Stufen hinauf und rannte in vollem

Galopp in den rechten Korridor. Beim Anblick der in einen Umhang gewickelten Gestalt, die vor mir lief, blieb ich kurz stehen. Die Gestalt blickte sich nach mir um und verschwand um eine Biegung. Gleich darauf fiel eine Tür krachend ins Schloß. Zitternd wartete ich einen Augenblick. Dann, nachdem ich sicher war, daß mir niemand folgte, schlich ich eilends zu der Ecke und warf einen Blick in den Gang.

Acht verschlossene Türen, vier an jeder Seite, befanden sich zwischen mir und dem Ende des Ganges. Acht bedeutsame Namensschilder zierten die Türen: zwei Han-Fraths, vier Frathminoriten, der Bequiin Ardin und der sathelische Gesandte. Jedem dieser Männer konnte das schattenhafte Gesicht gehören, daß sich auf dem Gang zu mir umgewandt hatte, doch hinter allen Türen herrschte nur Stille.

Wie ich es erwartet hatte, saßen meine beiden Beschützer bei einem gemütlichen Plausch in Chascos Kabine. Sie schienen sich gut miteinander zu vertragen. Sie sorgten dafür, daß ich mich niedersetzte und erzählten mir, was sie besprochen hatten: Ihrer Ansicht nach war ich möglicherweise noch immer in Gefahr, darum sollte sich von nun an stets mindestens einer von beiden in meiner Nähe aufhalten. Schließlich, so erklärten sie, war es durchaus möglich, daß sich, außer dem Mann, den Chasco getötet hatte, noch andere Attentäter an Bord befanden.

Ich hatte schon lange nicht mehr so gelacht.

Endlich hatte ich mich genug gefaßt, um ihnen von meinem kleinen Abenteuer auf der Treppe zu erzählen. Dann führte ich sie an den Ort des Geschehens, um nachzusehen, ob die Attentäter, tot oder lebendig, noch dort waren. Wir waren nicht überrascht, als wir den Fuß der Treppe verlassen und recht feucht vorfanden, so als wäre er in aller Eile gewischt worden. Auch hörten wir später nichts von vermißten Besatzungsmitgliedern. Das alles war nicht besonders beruhigend, roch es doch sehr nach

Konspiration und Geheimnistuerei. Auch die zugehörige Frage nach der Gestalt im Korridor wurde sorgsam erwogen; schließlich notierten wir für zukünftige Verwendungszwecke heimlich die Namen der beiden Han-Fraths und der vier Frathsoldaten. Den Bequiin und den sathelischen Gesandten stuften wir als eher unverdächtig ein.

Nur eines verschwieg ich Shree und Chasco: die Stimme. Soweit es sie betraf, wurde ich dadurch gerettet, daß ich über meine eigenen Füße gestolpert war, in Einklang mit dem Glück, das die Götter von Zeit zu Zeit den Unschuldigen und Unbeholfenen schenken. Ich erzählte ihnen nichts von der Stimme, weil ich selbst nur halb an sie glaubte, und auch das ängstigte mich. Obwohl sie mir vermutlich das Leben gerettet hatte, empfand ich die Erinnerung an die Stimme als abstoßend.

Natürlich war dies nicht meine erste Seereise, doch ich war zum ersten Mal fähig, mich an Bord eines Schiffes umzusehen. Die Tasiil war ein wunderbares Schiff. Klare Linien und massive Aufbauten verliehen ihr eine Eleganz, die dazu gedacht war, die Mitglieder der königlichen Familie Miishels über die Ozeane zu fahren. Soweit ich wußte, war die Tasiil das größte, von Menschenhand gemachte Objekt im Angesicht der Großen Bekannten See. Auf dem unteren Vorderdeck des mächtigen Viermasters hatten problemlos vierzig Männer quer nebeneinander Platz, und die Länge reichte aus, um einen Wettlauf zu veranstalten. Das obere Vorderdeck war etwas kleiner und geschmückt mit allerlei Zieraufbauten, einem ganzen Garten aus Topfpflanzen und sogar einem kleinen Tempel mit eingebautem Altar, auf dem die Priester ihre Opfergaben verbrennen konnten, ohne dabei das ganze Schiff in Brand zu setzen.

Der Verzicht auf Ruderbänke ließ unter Deck Platz für ein Gewimmel aus Kabinen, Kombüsen und Gesellschaftsräumen, während sich unter dem Achterdeck zwei wahrlich sündhafte königliche Suiten befanden.

Rinn und ich bewohnten eine dieser Suiten, der Frath-Major die andere. Beide Suiten grenzten an einen großen Salon, der durch seinen blendenden Prunk alles andere auf dem Schiff um Längen schlug.

Der Raum war vollgepackt mit Marmortischen, Wandbehängen aus schwerem Brokat und seidenbezogenen Polstermöbeln in erschreckenden Farbkombinationen, die weitaus vulgärer waren als alles, was Arko sich erträumt hatte, als er vor zwei Jahren den Tempelpalast hatte renovieren lassen. Vor allem aber war diese Einrichtung erheblich teurer.

Ich verbrachte so wenig Zeit wie möglich unter Deck. Das lag teilweise daran, daß Rinn beschlossen hatte, den Rest der Reise mit einem nassen Handtuch auf dem Kopf im Bett zu verbringen und daß meine Anwesenheit dabei eine unerfreuliche Unterbrechung darstellte. Ich nahm allerdings an, daß sie in diesem Bett nicht nur ruhte, angesichts der vielen Frathsoldaten und Höflinge, die sich nie an Deck blicken ließen, aber das war mir wirklich vollkommen gleichgültig.

Mir gefiel es draußen. Ich sah gern der Eskorte von Begleitschiffen zu, die sich rund um uns herum durch die Wellen kämpften, und ich nahm die Gelegenheit wahr, um das Flaggenalphabet zu lernen. Ich mochte den Duft der frischen Seeluft, der von salzigem Sprühnebel durchzogen war, um so mehr, da ich unter Deck ständig einem stirnhöhlenverstopfenden Geruchscocktail aus Weihrauch und schweren Blütenparfums ausgesetzt war. Es gefiel mir, die kleinen Inselchen, Atolle, Navigationspunkte und niedrigen, unfruchtbaren Hügel zu betrachten, die aus dem Wasser ragten, ebenso wie die Schwärme silbriger Fische, die knapp unter der Oberfläche neben dem Schiffsrumpf zu schwimmen schienen oder die Wale, die die Schiffe untersuchten und sich nach reiflicher Überlegung wieder von uns entfernten. Es gefiel mir, nicht seekrank zu sein, und ich genoß den Sonnenschein und die frische Luft. In den Archiven hatten wir auf derartige Güter weitgehend verzichten müssen.

Glücklicherweise teilten auch Shree und Chasco mein Vergnügen, denn sie klebten während der nächsten drei Tage tatsächlich wie Kletten an mir. Sie ließen mich keinen Augenblick unbewacht – bei Tag flankierten sie mich zu beiden Seiten, und bei Nacht hielten sie abwechselnd in dem Salon vor meiner Kabinenflucht Wache. Chasco entwickelte während unserer Mußestunden auf Deck die beunruhigende Gewohnheit, sich seinen Messerwurfübungen zu widmen, während Shree viel Zeit damit verbrachte, sein Schwert möglichst auffällig zu schleifen. Anscheinend hielt das alle Möchtegern-Attentäter auf Distanz, obgleich wir oft das Gefühl hatten, verfolgt oder beobachtet zu werden.

Auf diese Weise vergingen drei Tage unserer Reise so angenehm, daß ich manchmal sogar vergaß, daß ich nicht hier sein wollte; daß jemand versucht hatte, mich zu töten; und daß wir schon in etwa einer Woche in Cansh Miishel anlegen würden. Daß überdies eine Braut, die ich nicht liebte, bereits jetzt regelmäßig damit beschäftigt war, mir Hörner aufzusetzen, betrachtete ich eher als schlechten Scherz.

Die ersten fremden Schiffe sichteten wir am fünften Morgen unserer Reise hoch oben im Norden. Es waren vielleicht vier oder fünf, die den sieben kampfbereiten Galeeren und den drei Schlachtschiffen unserer Eskorte sicher nicht gefährlich werden konnten. Ich war zu kurzsichtig, um sie überhaupt sehen zu können, aber Chasco und Shree, die neben mir an der Reling des unteren Vorderdecks entlangspazierten, konnten sie gerade gut genug erkennen, um sich über die genaue Anzahl zu streiten.

»Es ist doch gleichgültig, wie viele es sind«, sagte ich gelangweilt. »Jedenfalls, solange wir sie zählen können. Außerdem können das ebensogut Händler oder Fischer sein – nichts deutet darauf hin, daß sie uns feindlich gesinnt wären.«

»Es ist sicherer, wenn wir mißtrauisch bleiben«, belehrte mich Shree, während er vielsagende Blicke mit Chasco wechselte.

Ich blinzelte den nördlichen Horizont an. »Ich kann sie immer noch nicht sehen. Seid ihr sicher, daß sie überhaupt da sind?«

»Sie haben ihren Kurs geändert«, sagte Chasco, während er den Horizont beobachtete. »Sie bewegen sich jetzt parallel zu uns. Vielleicht wollen sie herausfinden, wie groß unsere Flotte ist. Was denkt Ihr, Lord Shree?« Er machte sich nicht die Mühe, mich nach meiner Meinung zu fragen.

»Vielleicht«, erklärte ich gleichmütig, »sind das Händler, die glauben, wir seien gefährlich, und uns deshalb aus dem Weg gehen wollen.«

»Vielleicht«, sagte Shree.

»Vielleicht«, wiederholte Chasco. Dieses Mal hatte ich das Gefühl, als würden sie bewußt vermeiden, sich verräterische Blicke zuzuwerfen. Sie machten sich über mich lustig.

»Was ist los?« schimpfte ich. »Verschweigt ihr mir etwas?«

»Nein, Tig«, sagte Shree.

»Nein, Lord Tigrallef«, erklärte auch Chasco. Dies war die persönlichste Form der Anrede, zu der er sich bisher hatte durchringen können. Gespannt und voller schwerwiegender Fragen wollte ich gerade loslegen, als ich von Rufen aus der Takelage unterbrochen wurde. Ich sah auf und entdeckte ein gutes Dutzend Matrosen, die durch die Wanten kletterten und irgendwelche hochkomplizierten und vermutlich irgendwie nützlichen Tätigkeiten an dem Netz aus Tauen weit oben an den Masten ausführten.

Auch Chasco sah nachdenklich auf.

»Das ist interessant«, bemerkte er. »Sie bereiten sich darauf vor, mehr Segel zu setzen. Ich war eigentlich der Ansicht, daß wir bereits genug für diese See gehißt haben.«

»Woher weißt du soviel darüber?«

»Ich war auch Matrose, Lord Tigrallef.«

»Wirklich? Ich hätte dich nie für einen Seemann gehalten. Wann war denn das?«

»Als sich das Netz aufgelöst hat und bevor ich mich der Garde angeschlossen habe. Ich bin zwei Jahre auf einem Segelschiff wie diesem gefahren, es war nur ein bißchen kleiner. Es war eines der ersten Handelsschiffe, die nach der Befreiung aus Malvi kamen.«

»Also dort hast du dir deinen seetüchtigen Magen erworben.«

»Ja, Lord Tigrallef.«

Weitere Rufe erklangen über unseren Köpfen, doch diesmal stammten sie nicht von den Matrosen, die in der Takelage ›Fangen‹ spielten, sondern von dem Posten in dem Aussichtskorb ganz oben auf dem Großmast. Er rüttelte an seinem Aussichtskorb, deutete aufgeregt nach Norden und brüllte eine Zahl: Siebzehn.

Wir hetzten nach vorn an die Reling. »Da!« rief Shree aus und deutete voraus. Ich konnte immer noch nichts anderes als trübgraue Schatten erkennen, doch Chasco nickte, und seine Hand glitt in einer unbewußten Geste hinab zu dem Messer in der Scheide an seinem Gürtel.

»Was ist los? Was meint er mit siebzehn?«

»Siebzehn Schiffe«, murmelte Shree. »Am Horizont. Ich kann nur fünfzehn erkennen, aber er hat bestimmt recht. Er kann von dort oben viel mehr sehen.«

»Piraten?«

»Unwahrscheinlich«, entgegnete Chasco. »Piraten reisen nicht mit so großen Flotten. Außerdem überfallen sie normalerweise nur einzelne, wehrlose Schiffe. Wie viele sind wir?«

»Zwölf, wenn du Wrack von gilanischen Schiff mitzählst, das Tigs Bruder uns mitgeschickt hat. Auf jeden Fall haben wir zehn gute Schlachtschiffe. Kein Pirat würde eine so große Flotte überfallen, auch dann nicht, wenn er zahlenmäßig überlegen ist.«

»Also sind es keine Piraten.« Chasco nickte mit gerunzelter Stirn, als wären seine schlimmsten Befürchtungen eingetroffen. »Was dann? Grisot? Tata? Wir werden die Farben erst sehen können, wenn sie näher sind.«

Ich kam mir wieder einmal überflüssig vor. »Warum Grisot? Wir liegen nicht mit ihnen im Krieg, jedenfalls noch nicht, und es ist zu spät für sie, um unsere Allianz zu zerstören. Ein Angriff würde unser Bündnis allenfalls noch stärken und die drei Nationen dichter zusammenrücken lassen. Die Grisoter mögen Barbaren sein, aber sie sind bestimmt nicht dumm.«

Shree lehnte sich mit dem Rücken an die Reling und betrachtete mich mit finsterem Blick. Seine Augen waren nur mehr glänzende, harte Schlitze, und er hatte noch nie zuvor mehr wie ein typischer sheranischer Irrer ausgesehen. »Natürlich können sie nichts mehr gegen die Allianz tun, Tig. Natürlich würde ein Angriff auf das Brautschiff einen Rachefeldzug von Miishel, Sathelforn und Gil provozieren. Und? Vielleicht machen sich die Grisoter über andere Dinge größere Sorgen. Vielleicht haben ihre Spione ihnen berichtet, daß es auf diesem Schiff etwas gibt, das jedes Risiko rechtfertigt.«

Mir gefiel nicht, wie die beiden mich anstarrten. »Was meinst du damit?«

Sie blickten einander an.

Chasco zuckte um Haaresbreite mit einer Augenbraue, woraufhin Shree den Kopf um Haaresbreite schüttelte, aber beide zuckten erschreckt zurück, als ich mit der Faust auf die Reling schlug.

»Werdet ihr jetzt endlich damit aufhören? Ganz so kurzsichtig bin ich nämlich nicht, und ich kann deutlich sehen, daß ihr mir etwas verheimlicht.«

Während der nun folgenden peinlichen Pause brüllte der Aussichtsposten einen Namen, der jeden Miisheli für einen Augenblick erstarren ließ: »Grisot! Es sind grisotische Farben!« Nur Sekunden später hallte die ganze Flotte von den kriegerischen Rufen der Matrosen wider. Das Deck erzitterte unter den Füßen der Soldaten, die aus ihren Kabinen stürmten. Eine Horde Söldner tauchte auf der Treppe aus der Tiefe des Schiffsrumpfes auf. Manche von ihnen waren noch dabei, sich anzuziehen. Ihre Gesichter strahlten die freudige Erwartung des bevorstehenden Gemetzels aus.

Etwas lauter, um den Lärm zu übertönen, sagte Chasco gelassen: »Ich denke, Ihr solltet ihm allmählich erzählen, was Ihr mir gesagt habt.«

»Vielleicht ist es an der Zeit«, antwortete Shree nachdenklich. »Er sollte nicht unvorbereitet sein. Verschwinden wir von hier, Tig, sonst werden wir noch niedergetrampelt.«

Kapitel 13

Die Beine ausgestreckt saßen wir in einer Reihe an der Wand des kleinen Tempels. Von hier aus hatten wir freie Sicht auf die näherkommende grisotische Flotte, die ich nun endlich als mehrere graue Punkte auf halbem Wege bis zum Horizont erkennen konnte. Unter uns, auf dem unteren Vorderdeck, bereiteten helläugige miishelische Soldaten lange Reihen von Brandschleudern und federbetriebene Speerwurfgeräte vor und breiteten Netze zum Schutz vor enternden Feinden aus, die mit unzähligen glitzernden Haken bewehrt waren.

»Es macht ihnen Spaß«, bemerkte ich voller Abscheu.

»Natürlich tut es das. Es gab eine Zeit, da hätte ich ebenso empfunden.« Shree zog seine silberne Feldflasche hervor und bot sie uns an. »Nimm lieber doch einen Schluck«, sagte er, als ich abwinkte. »Was ich dir zu sagen habe, wird dir nicht gefallen.«

»Sprich einfach.«

Er setzte sich kerzengerade auf und tätschelte die Feldflasche mit beiden Händen. »Du wirst es hassen.«

»Schön, jetzt rede endlich. Ich verspreche dir, ich werde lieben, was du mir sagst.« Ich grinste ihn an, um ihm zu zeigen, wie sehr ich seine Worte zu lieben gedachte.

Er erwiderte meinen Blick mit Grabesmiene. »Es hat etwas mit der Heiligen von Gil zu tun.«

»Die Heilige von Gil?« Ich lachte. »Die Heilige existiert nicht mehr, Shree. Ich selbst habe sie vor sechs Jahren zerstört und ihre Bruchstücke ins Meer geworfen. Du hast es doch selbst gesehen.«

»Ich habe gesehen, daß du ein Stück Glas zerbrochen hast.«

Ich brauchte einen Moment, um seine Worte zu verdauen, doch dann packte ich ihn so heftig an der Schulter, daß er zusammenzuckte. Die Flasche kippte und hinterließ einige Tropfen Likör auf seiner Tunika. »Was erzählst du da, du Fischkopf? Dieses sogenannte Stück Glas war die Heilige.«

Sehr bedächtig rieb er die Flüssigkeit tiefer in den Stoff, wohlwissend, daß sie Löcher in das Gewebe fressen würde. »Ich sah, wie du Feuer gefangen hast, aber du hast nicht gebrannt.«

»Das ist . . .«

»Sei still, Tig. Laß mich sprechen. Ich sah dich ein Stück Glas brechen. Ich sah, wie du Feuer gefangen hast, ohne zu brennen.«

»Das sagtest du bereits.«

Er ignorierte mich. »Ich sah, wie deine Poren das Feuer absorbierten; ich sah die Umrisse deiner Knochen, als wärest du ein Alabastergefäß mit einer brennenden Kerze; und ich sah dein Herz schlagen. Es sah aus wie eine Faust, die sich spannt und wieder entspannt.«

»Das ist doch ein Scherz, richtig?«

»Das ist kein Scherz. Ob es dir gefällt oder nicht, so hat es sich zugetragen. Später ist das Licht verschwunden, und du hast noch immer geatmet und ausgesehen wie ein normaler Mensch, also habe ich dich aufgeweckt.«

Ich streckte meine Hand nach seiner Flasche aus und nahm einen tiefen Zug. »Also ist die Zerstörung der Heiligen mit einigen interessanten und unerklärlichen magisch-physikalischen Phänomenen einhergegangen. Und?« Ich nahm noch einen trotzigen Schluck aus der Feldflasche und bekam einen Hustenanfall, als sich die Flüssigkeit durch den falschen Abgang brannte. Shree klopfte mir hilfsbereit auf den Rücken.

»Das werde ich dir gleich erklären. Ich wußte damals nicht, was das zu bedeuten hatte, also schwieg ich. Ich wußte nicht einmal, ob es überhaupt etwas zu bedeuten hatte. Seitdem habe ich sechs Jahre mit dir verbracht. Ich habe dich beobachtet und darüber nachgedacht, obwohl du nie etwas anderes als ein ganz normaler Mensch zu sein schienst. Aber nach dem, was in den vergangenen Monaten geschehen ist, setze ich sechs calloonische Tafeln gegen eine einzige lucianische Schriftrolle, daß du die Heilige nicht wirklich zerstört hast.«

»Du hast gesehen, wie ich es getan habe«, sagte ich duldsam.

»Ich sah dich ein Stück Glas zerbrechen«, entgegnete er weitaus weniger geduldig. »Ich sah, wie du Feuer gefangen und nicht gebrannt hast. Du hast nur das Gefäß zerbrochen, in dem sie sich verbarg, Tig, das ist so sicher wie der Tod – aber was die Kraft angeht, die du als die Heilige von Gil bezeichnet hast ...«

»Hör auf, Shree. Sprich es nicht aus.«

»... vielleicht konnte sie nicht zerstört werden. Vielleicht hat sie sich etwas Neues gesucht, ein neues Gefäß ...«

»Sie ist auf den Meeresboden gesunken«, widersprach ich wenig überzeugt. Während er gesprochen hatte, war etwas Eigentümliches in meinem Kopf geschehen. Ich erinnerte mich an den Schock, der durch meinen Arm gefahren war, als ich die Heilige zerbrochen hatte, an den Abgrund aus Dunkelheit, der sich unter mir geöffnet hatte; das Entsetzen über das Ausmaß meines Verbrechens, so viele Tote, Unschuldige und Schuldige, so viel Blut.

Und heute würde es noch mehr Blut geben, dachte ich voller Abscheu, während ich dem Klirren der Speere lauschte, die in die Wurfgeräte gesteckt wurden.

Shrees Blick war von einer brennenden Intensität. »Hör mir zu, Tig! Denke an den Frathsoldaten, der direkt über dir wie ein Schwamm voller Blut ausgepreßt worden ist. Wovon hast du geträumt, als das geschehen ist?«

»Das Übliche«, sagte ich, während die Störungen in

meinem Kopf mich immer stärker beeinflußten. Goldene Staubschwaden umgaben meine Wahrnehmung.

»Der Überfall bei der *Brennenden Hand* – du hast dort einige Hiebe an den Kopf bekommen, die deinen Schädel wie eine faule Tomate hätten zerquetschen müssen, aber du hast nicht einmal geblutet. Du bist einfach fortgegangen und hattest lediglich Kopfschmerzen.«

»Furchtbare Kopfschmerzen«, berichtigte ich geistesabwesend. Ich konnte Shree durch den goldenen Schleier vor seinem Gesicht kaum noch erkennen. Ich blinzelte und richtete meinen Blick auf die weit entfernte grisotische Flotte und stellte fest, daß ich sie ganz genau sehen konnte, als wären es detailgetreue Miniaturen von Schlachtschiffen, und am Ende endlos langer goldener Fahnenstangen flatterten die Kriegsflaggen im Wind.

»Und da ist noch etwas – der Vorkoster ist gestorben.«

»Hmm? Wer ist gestorben?«

»Der Vorkoster, Tig. Unter Qualen, an deinem Hochzeitstag. Es war ein langsam wirkendes Gift. Worin war das Gift, Chasco?«

»In den Walhoden.«

»Richtig. Die Walhoden, von denen der Vorkoster ein Stück gegessen hat, du aber zwei oder drei.«

»Vier, glaube ich«, korrigierte ich ihn. Nichts von dem, was er sagte, kam mir besonders bedeutsam vor.

»Vier sogar! Großer Raksh! Das hätte dich gleich viermal umbringen müssen! Und da wir gerade beim Thema sind: Du bist in den zurückliegenden sechs Jahren keinen einzigen Tag krank gewesen, nicht einmal, als die seltische Seuche ausbrach und Angel und ich eine Woche lang Blut gespuckt haben; und warum bist du nicht seekrank gewesen, in der Nacht, in der alle anderen Landratten flach auf dem Rücken gelegen haben? Das ist nicht normal, Tig.«

Ein Teil von mir lauschte großmütig Shrees Wortschwall, doch der größere Teil meiner selbst beobachtete die grisotische Flotte und die vergnügten Vorbereitungen auf dem unteren Vorderdeck und dachte an all das Blut; es wurde schon so viel Blut vergossen, und diese waffenvernarrten, barbarischen Läuse gelüstete es noch immer nach mehr. Jemand sollte sie aufhalten. Das Gold kräuselte sich nun in kleinen Wellen wie geschmolzenes Metall im Schmelztiegel eines Goldschmiedes.

»Das Entscheidende aber ist, wie wertvoll du plötzlich geworden bist – wertvoll genug, um Miishel zu veranlassen, eine enorme Mitgift für dich hinzulegen, und nur Raksh weiß, wie viele Mordanschläge es anderen Kräften wert ist, zu verhindern, daß die Miisheli dich bekommen; und gerade jetzt greift uns die grisotische Flotte wie ein Rudel ausgehungerter Wölfe an, und ich kann mir keinen Grund dafür vorstellen, außer vielleicht, daß du an Bord dieses Schiffes bist. Sie wissen es, Tig. Irgendwie haben sie es erfahren.«

»Was haben sie erfahren?« Ich erhob mich und schlenderte zur Reling hinüber. Stille herrschte hinter mir, ehe das Knirschen von vier Knien verriet, daß ihre Eigentümer mir folgten. Ich stand an der Reling und beobachtete, wie die Speerwurfgeräte geladen und die Schwefelklumpen für die Brandschleudern in einem großen Kupferkessel über einem Feuer erhitzt wurden. Mehr Blut. Ich schloß die Augen.

Shree jammerte mir erneut die Ohren voll, und Chasco packte meinen Arm, als fürchte er, ich wolle mich über Bord stürzen wollen. Ich ignorierte beide. Schließlich öffnete ich die Augen und sah zurück zum westlichen Horizont. Es überraschte mich nicht, dort eine gewaltige Wolke zu entdecken, die immer größer und größer wurde, sich auftürmte und langsam, eisengrau mit einem dunklen roten Glimmen in der Mitte, auf uns zu schwebte. Sie bildete eine Front, die breit genug war, um beide Flotten zu bedecken. In gewaltigen Wogen schob sie die See vor sich her, und Blitze hoben sich gegen das düstere Grau ab wie geschwollene Venen unter der Haut eines Giganten. Shree brabbelte noch immer. Er hatte die Wolke noch nicht bemerkt.

»Ich denke, wir sollten unter Deck gehen«, sagte ich zu ihm und unterbrach damit den Unsinn über die Heilige und ihr neues Gefäß. »Da kommt ein böses Gewitter auf.« Mein ganzer Körper prickelte, und der goldene Staub tanzte vor meinen Augen.

Shree sah an mir vorbei und entdeckte den Sturm. Er erbleichte. »Raksh! Wo ist denn das hergekommen? Vor einer Minute war der Himmel noch wolkenlos.«

Auch die Soldaten hatten das Unwetter inzwischen bemerkt. Ärgerliche Rufe wurden auf dem Vorderdeck laut. Befehle wurden gebrüllt. Jemand löschte das Feuer unter dem Kessel. Andere beeilten sich mit finsteren Mienen, die Speerwurfgeräte auseinanderzunehmen.

»Im Sturm kann man keine Spielchen spielen, was? Ist nicht gut für die Spielzeuge, nehme ich an.« Ich kicherte. Shree und Chasco betrachteten mich nachdenklich, sahen dann einander an, ehe sie ihre Blicke ungläubig auf den riesigen Wolkenberg richteten. Er kam nun schnell auf uns zu. Schon jetzt türmte sich die See um uns herum zu bösartigen Wellen auf, und die Matrosen hetzten durch die Takelage wie ein Rudel wahnsinniger Affen, um die Segel einzuholen.

Shree drehte sich zu mir um, starrte mir direkt in die Augen und schleuderte mir seine Worte wie Dolche entgegen. »Hast du das getan?«

»Wie sollte ich denn? Ich bin nur ein Mann wie du auch, nur ein bißchen schwächer.« Ich lachte leise. »Worüber haben wir gerade gesprochen? Egal, erzähle es mir später. Ich sollte jetzt erst einmal hinuntergehen und nachsehen, ob sich meine liebliche Rinn anständig in ihrem Bett verkeilt hat.«

Ich ließ die beiden reglosen Männer an der Reling zurück und trottete leise vor mich hin summend unter Deck zur königlichen Suite. Mehr Blut? Heute nicht. Heute würde es kein Blutvergießen mehr geben. Grinsend fühlte ich, wie sich die Tasiil unter dem ersten Ansturm des Windes auf die Seite legte. Heute kein Blut.

Der Salon war leer, doch er wies die Spuren einer eiligen Flucht auf. Spielsteine lagen auf dem Boden verstreut, und eine umgestürzte Karaffe rollte auf dem Tisch hin und her und hinterließ eine dunkle Spur ausgelaufenen Weines. Ein Umhang, den ich als den des Frath-Majors identifizierte, war bereits vollkommen durchnäßt. Ich lachte laut auf.

Als ich jedoch die Tür zu Rinns Boudoir erreichte, verschwand der goldene Nebel wie die Flamme einer Kerze, die in einen Eimer Wasser getaucht wurde, und mit ihm ging auch mein Hochgefühl. Auf einmal war ich wieder ich selbst, so erschöpft wie erschüttert, mit der Türklinke in der Hand, und in meinem Kopf war nicht mehr als das schmerzhafte Gefühl der Verdammnis und das Echo von Shrees lächerlicher Offenbarung.

Ich sah dich ein Stück Glas brechen. Ich sah, wie du Feuer fingst, ohne zu brennen.

Ich schüttelte mich. Das war Unsinn. Ich begann, die Klinke niederzudrücken.

Ist sehr plötzlich aufgetaucht, dieser Sturm. Merkwürdig, daß er gerade dann aufzieht, wenn du ihn willst.

Meine Hand rutschte von der Klinke. Das war die Stimme, die ich mindestens schon einmal gehört hatte.

Der goldene Nebel war auch nicht zum ersten Mal da. Erinnerst du dich an den Berggipfel . . .

Weit entfernt auf dem Gang erklangen Stimmen, die sich dem Salon näherten: Shree und Chasco. Ich wollte sie nicht sehen. Ich lief eilends durch den Salon und in einen Verbindungsgang, gerade einen Moment, bevor die beiden um die Ecke kamen, und machte mich auf den Weg zu der Treppe, die auf das Achterdeck führte. Shree und Chasco verschwanden im Salon, ohne mich zu bemerken.

Das Achterdeck war verlassen, vom Wind verwüstet und von Spritzwasserfontänen getränkt, die über die Reling auf Deck niedergingen. Doch das war erst der Anfang. Der eigentliche Sturm tobte draußen auf dem Meer, etwa zehn Minuten hinter uns. Ich klammerte mich an einen Pfosten im Schutz der Deckaufbauten und dachte nach.

Ich hatte die Heilige zerstört. Ich hatte sie zerstört, und dann hatte ich ihre verfluchten Scherben über den Rand des Gilgard hinaus aufs Meer geworfen. Was die Dinge anging, die Shree an jenem schicksalhaften Morgen zu sehen geglaubt hatte, so hatte er entweder zu großzügig vom Inhalt seiner silbernen Feldflasche genascht oder in der dünnen Luft auf dem Gipfel des Gilgard halluziniert oder auch beides, so sagte ich mir jedenfalls. In den Geheimnissen der Alten war nirgendwo verzeichnet, daß die Heilige außerhalb ihres kristallenen Heims existieren konnte, und es gab keinerlei historisch belegte Hinweise darauf, daß sie von einem lebenden Menschen Besitz ergreifen konnte.

Der Regen schlug mir ins Gesicht, während die Worte klar und deutlich in meinem Kopf erklangen. *Wie sollte es denn auch einen solchen Hinweis geben? Niemand hat je zuvor das Glas gebrochen.*

Richtig, dachte ich. *Aber warum sollte die Heilige sechs Jahre verborgen in meinem Kopf zubringen, ohne auch nur die mindeste Aufmerksamkeit auf ihre Existenz zu lenken?*

Vielleicht gab es dafür vorher keine Veranlassung.

Was soll das heißen, keine Veranlassung? Ich kann mich an genug Gelegenheiten erinnern, zu denen ich ein bißchen mehr Kraft gut hätte gebrauchen können, und wo war die Heilige da? Außerdem, hätte ich ihre Existenz nicht spüren müssen, wie einen Klumpen in meinem Gehirn oder eine unausgefüllte Leere oder ...?

Der Harasil, erklang die eisige Antwort, *ist weder ein Klumpen, noch eine Leere.*

Der was?

Für einige Sekunden herrschte Stille, dann hörte ich ein silberhelles Lachen, nicht in meinen Ohren, sondern zwischen ihnen, das sich mit dem Wehklagen des Windes mischte. Ich schloß die Augen und fand den goldenen Dunst vor, hinter dem sich eine schimmernde, silberhaarige Gestalt abzeichnete, die mir nur zu vertraut war, die pulsierte und flackerte und zurückwich, ehe sie in einen verborgenen Raum jenseits meines Gehirns zu verschwinden schien.

Komm zurück! Komm hierher zurück und zeige dich!

Stille.

Komm zurück!

Ein plötzlicher Windstoß ließ die Wanten wie Harfensaiten über meinen Kopf fliegen. Ein großes Stück Segeltuch flog auf das Deck nieder und zuckte einige Sekunden wie etwas Lebendes, etwas Sterbendes im Wind, bis es wieder aufgenommen und davongewirbelt wurde. Der dunkle Regenvorhang des Gewitters war nur noch wenige Bootslängen von uns entfernt.

»Ich werde verrückt«, erklärte ich laut, doch die Antwort erscholl direkt in meinem Kopf.

Nein, das wirst du nicht.

Kapitel 14

Etwa eine Stunde lang klammerte ich mich an den Pfosten, ohne darauf zu achten, daß der Regen mich bis auf die Haut durchnäßte und die See in großen Wellen über das Deck spülte. Gegen Ende dieser Stunde geschah etwas, was ich kaum mitansehen konnte, und dennoch zwang ich mich, hinzuschauen, und ich versuchte alles, um die Geschehnisse zu beeinflussen. Als es schließlich vorbei war, heulte ich dem mörderischen Sturm einige nutzlose und vollkommen unbeachtete Drohungen entgegen, ehe ich schließlich unter Deck ging.

Aus dem Salon konnte ich die Stimme des Frath-Majors hören, also ging ich an der Tür vorbei zu Shrees Kabine, doch sie war leer. Ich ging weiter zu Chascos Unterkunft. Von drinnen hörte ich Shrees Stimme. Ich riß die Tür auf.

Chasco sah mich zuerst. »Bei der Heiligen . . .«

Shree wirbelte herum und stürzte auf mich zu, aber nur zum Teil, weil das Schiff sich in diesem Augenblick auf die Seite legte. Er sah aus, als wüßte er nicht, ob er mich erwürgen oder in seine Arme schließen sollte, also entschloß er sich zu einem Kompromiß und umarmte mich so gewaltsam, daß er mich dabei halb erstickte. »Zur Hölle mit dir, Sproß von Oballef!« zischte er. »Wo warst du? Wir sind fast verrückt geworden. Wir haben jeden Winkel dieses verflixten Kahns nach dir durchsucht.«

»Ich war auf dem Achterdeck.«

»Was? Bei dem Wetter?«

»Natürlich bei dem Wetter. Es ist gerade kein anderes Wetter verfügbar. Beruhige dich, Kriegsherr.«

Das brachte ihn einem Schlaganfall so nahe, daß er immerhin für kurze Zeit schwieg. Ich nutzte diesen Moment der Ruhe, um die Feldflasche in seiner Tasche aufzuspüren, zog sie heraus und genehmigte mir einen anständigen Schluck. Gleich darauf nahm er mir die Flasche wieder ab, um selbst zu trinken. Schließlich schnappte sich Chasco die Flasche und leerte sie endgültig. Dann stellten sie sich breitbeinig zu beiden Seiten von mir auf und sahen mich an wie zwei zornige Tanten ihren reulosen Neffen. Ich zerstörte die Szene, indem ich mich auf das Bett niederließ.

»Worüber seid ihr so besorgt? Mir hätte überhaupt nichts passieren können.«

»Erzähl das mal der Welle, die dich über Bord hätte spülen können!«

»Soviel Glück habe ich nicht. Außerdem hätte mich die nächste Welle so oder so gleich wieder zurückgetragen.« Ich schloß die Augen und zitierte aus den Geheimnissen der Alten: »... und es ist gewoben in den Stoff aus dem ihre Macht erwächst, daß sie Oballef nicht schaden kann, noch seinen Nachfahren ...« Achselzuckend brach ich ab.

Chasco sah verwirrt aus, doch der gerechte Zorn in Shrees Augen verebbte und wurde durch etwas ersetzt, das mich gefährlich an Mitleid erinnerte. »Und was hast du da oben gemacht? Ausprobiert, ob die Ahnen zu ihrem Wort stehen?«

»Bestimmt nicht«, antwortete ich. »Die Ahnen haben niemals ihr Wort gebrochen. Ich war dort, um den Sturm zu beobachten. Und warum auch nicht? Kann denn ein

Künstler nicht sein eigenes Werk bewundern? Darf ein Koch nicht seine eigenen Gerichte genießen?«

Chasco blickte noch immer verwirrt mit gerunzelter Stirn zwischen Shree und mir hin und her. »Koch? Gerichte? Was redet der da?«

Shrees Schultern sackten herunter. »Er meint, warum hätte er nicht draußen sein und den Sturm beobachten sollen? Schließlich ist das sein Sturm.«

Stille; vielmehr, einige lange Momente, in denen die einzigen Geräusche in der Kabine vom Schiff selbst, dem Sturm und dem bösartigen Zischen des Windes und des Wassers herrührten, das sich mit dem Krächzen von Holz und Metall mischte. Die Tasiil ging durch rauhe See. Plötzlich bäumte sie sich auf, und der Bann brach. Shree fiel zu Boden und verkeilte sich mit dem Rücken zur Wand und den Füßen an der Pritsche. Chasco blieb dort, wo er hingeflogen war, nämlich neben mir auf der Pritsche.

»Du hattest recht«, sagte ich zu Shree.

»Was?«

»Wie es scheint, habe ich vor sechs Jahren nur ein Stück Glas zuerbrochen. Es scheint, als hätte ich Feuer gefangen, ohne zu brennen.«

Nun war auch Chasco wieder auf dem laufenden. »Lord Shree hatte recht – Ihr habt den Sturm verursacht.«

»Selbstverständlich habe ich das. Natürlich unbeabsichtigt; ich wollte lediglich, daß diese kriegerischen Idioten gar nicht erst damit anfangen, sich gegenseitig in Stücke zu reißen, und von diesem Augenblick an muß die Heilige die Dinge in die Hand genommen haben ...«

»Die Heilige von Gil«, murmelte Chasco leise.

»Höchstpersönlich, und zwar von meinem Kopf aus. Aber jetzt kann ich sie nicht spüren. Offenbar versteckt sie sich gern in dunklen Nischen.« Ich begann, mir die Schläfen zu reiben, zunächst nur sanft, um den Schmerz hinter ihnen zu vertreiben, doch dann immer heftiger, wobei ich mit bitterlich wünschte, daß genug Druck reichen würde, um den blinden Passagier durch die Poren meines Kopfes hinauszutreiben.

Die Tasiil schwankte heftig, als hätte eine monströse Hand ihren Kiel von unten geschüttelt. Gleich darauf hörten wir ein lautes Donnern, das irgendwo von oben kam, gefolgt von einer ganzen Serie kleinerer Aufschläge. Dann erklang ein entsetzliches Knirschen, das uns die Haare zu Berge stehen ließ. Das Schiff legte sich in einem beängstigenden Winkel auf die Seite, verharrte einige Augenblicke in dieser Lage, ehe es sich schließlich schwerfällig wieder aufrichtete.

Völlig gelassen erklärte Chasco: »Das dürfte einer der Masten gewesen sein.«

»Danke, Matrose«, entgegnete Shree verdrossen. »Tig? In Eshkarats Namen!«

»Ja, Shree?«

»Glaubst du nicht, der Sturm hat seine Aufgabe inzwischen erledigt?«

»Oh, ganz hervorragend.«

»Beide Flotten dürften auseinandergerissen worden sein. Die Männer an Bord werden viel zu beschäftigt sein, um noch aufeinander loszugehen.«

»Sehr richtig, Shree. Worauf willst du hinaus?«

Er sah mich an. Sein bemerkenswert blasses Gesicht drückte einen beginnende Unmut aus. »Ruf deinen Sturm zurück. Keines der Schiffe kann einem solchen Unwetter lange standhalten.«

Ich warf den Kopf zurück und heulte auf. Es war ein Lachen, wenn auch ein verbittertes. Nachdem ich eine Weile gelacht hatte und dem Anschein nach nicht wieder aufhören wollte, schlug Chasco mir vernünftigerweise zweimal auf die Wangen.

Ich hörte auf zu lachen.

»Du solltest lieber vorsichtig sein, Clanseri. Du könntest die Heilige verärgern.«

Er sah mich an und trat einen Schritt zurück.

»Nein, Chasco, das war keine Drohung meinerseits, aber für die Heilige kann ich nicht sprechen.«

»Hast du denn keine Kontrolle über sie?« Das war Shree, der uns aufmerksam beobachtete.

»Nicht so recht.«

»Du kannst ihr keine Befehle erteilen?«

»Ich glaube, so einfach ist die Sache nicht ...«

»Tig! Du hast diesen verfluchten Sturm gerufen; kannst du ihn jetzt nicht wieder fortschicken?«

Ich lächelte freundlich. »Ich habe die letzte halbe Stunde an Deck mit dem Versuch verbracht, genau das zu tun. Ich habe die kleine Beschwörung ausprobiert und versucht, mir die große ins Gedächtnis zu rufen. Ich habe die Prophezeiung rezitiert, nur für den Fall, daß sie irgendeinen Nutzen beinhaltet, was sie nicht tut. Ich habe befohlen, argumentiert, gewünscht, gebettelt ...«

»Und?«

»Nichts, und. Es ist trotz allem geschehen.«

»Was ist geschehen?«

»Mehr Tote. Ironie des Schicksals, nicht wahr – alles, was ich wollte, war, ein weiteres Blutvergießen zu verhindern, ein paar zu Leben retten, aber ...«

»Was ist geschehen?«

»... diese Macht ist so unberechenbar, Shree. Es ist, als würdest du einen brennenden Pfeil abschießen. Wenn er erst einmal unterwegs ist, dann gibt es keine Möglichkeit, ihn noch zu stoppen ...«

»Was ist geschehen?«

»... und ich konnte nichts anderes tun, als den Pfeil abschießen, mich zurücklehnen und zusehen, wie das Feuer ausbricht ...«

»*Was ist geschehen?*«

Endlich ließ ich mich dazu herab, ihm Gehör zu schenken. »Was geschehen ist? Das gilanische Schiff ist gesunken, das ist geschehen. Eine Welle brachte es zum Kentern, die nächste hat es in seine Einzelteile zerlegt. Keine Überlebenden. Oh, einige unserer Landsleute konnten sich noch eine Weile an den Wrackteilen festklammern und um Hilfe betteln, gerade einen Steinwurf von uns entfernt, aber es gab nichts, was wir für sie hätten tun können.«

Schockiert sahen sie mich an.

»Genau wie beim letzten Mal«, fügte ich hinzu, ehe ich begann, die ekliggelbe Wand von Chascos Kabine so lange mit der Faust zu traktieren, bis meine Knöchel blutige Spuren hinterließen, die sich wunderbar in die miishelische Farbgebung einpaßten. Dies war der Moment, in dem es den beiden Männern gelang, meine Hände zu packen und so lange festzuhalten, bis ich aufhörte, mich zu wehren, und statt dessen zu fluchen begann.

Der Sturm dauerte volle drei Tage und Nächte, und die Tasiil durchpflügte die Fluten, wie es sich für die standhafte, unsinkbare Matrone unter all dem extravaganten Plunder gehörte. Zwei der vier Masten gingen über Bord, ebenso wie die gesamte Takelage, der Garten und der größte Teil des eleganten Zierats, der noch bei unserer Abreise von Gil so strahlend geglänzt hatte. Unter Deck, jenseits der geschlossenen Luken, wo alle beweglichen Gegenstände fest vertäut worden waren, wirkte sich die Zerstörung vor allem auf Knochen, Mägen, Köpfe und Stimmungen aus.

Ich weiß nicht, ob wir jemals in ernsthafter Gefahr waren oder was die Heilige getan hätte, wenn die Tasiil unter der Wucht der anprallenden Wellen zerrissen worden wäre. Ich weiß aber sicher, daß wir auf sonderbare, ja auf schreckliche Weise in diesem bedauerlichen Moment der Geschichte auf hoher See sicherer waren als auf dem trockenen Festland. Der schlimmste Unfall auf der Tasiil war eine gebrochene Schulter, als einer der Matrosen aus seiner Hängematte auf die Kante eines Holztisches fiel; an Land aber starben die Menschen derzeit zu Tausenden.

Man nannte sie früher bei vielen Namen: das Khalingi-Fieber, die tanzende Pest, das grüne Schüttelfieber; am Ende wurde nur noch ein Name benutzt, ein harmloser Name, der den mit dieser Krankheit einhergehenden Sorgen und Leiden wahrhaftig nicht gerecht wurde und doch auf sonderbare Weise passend war: der Letzte Tanz.

Es begann in Storica, dort, wo viele Seuchen ihren Anfang zu nehmen schienen, etwa zu derselben Zeit, als der Primas mich aus den Archiven verbannt hatte. Von dort aus verbreitete sich die Krankheit innerhalb eines Monats über die Landverbindungen nach Maalas und Canzitar und erreichte über den Seeweg Calloon und Kuttumm. Nur wenige Tage, nachdem sich in Kuttumm die ersten Pusteln gezeigt hatten, erreichte die Seuche auch Luc und schwappte über das Meer nach Plav und Glishor. Gerade drei Tage nach meiner Heirat mit Rinn tanzten bereits die ersten Opfer durch das Archipelago, doch wir erfuhren vor unserer Abreise nichts davon. Tatsächlich schien es so, als hätten all die Schiffe, die Nachricht von der Seuche brachten, auch die Krankheit selbst an Bord. Flüchtlinge auf Schiffen und Wagenkolonnen verbreiteten die Krankheit noch schneller, denn sie trugen ihren verderblichen Keim mit sich, als sie aus den stinkenden Todesfallen der Hafenstädte flohen.

Es dauerte nur drei Tage, bis die Seuche von Sathelforn nach Gil kam. Zu dem Zeitpunkt, als die Heilige und ich den Sturm entfachten, tanzten die Menschen auf den Straßen von Gil, doch diesmal war ihr Tanz nicht feierlich. Die Schiffskapitäne im Hafen von Gil wehrten voller Panik die Bürger der Insel ab, die halbwahnsinnig vor Angst den Hafen stürmten. Schon flüchteten sich die Kapitäne auf die See hinaus, weshalb nur wenige Wochen später auch die Menschen in Tata, Grisot, Cansh Miishel und Zaine zu tanzen begannen.

Wir wußten von all diesen Dingen nichts. Erst später konnte ich die Daten und Orte der Ausbreitung des Desasters von seinem Ursprungsort Storica ausarbeiten und graphisch darstellen. Währenddessen bewegte sich die Tasiil durch ihre eigene kleine Welt, deren Grenzen sich in dem stetigen Regen gleich jenseits der Reling verloren, und ihre Besatzung und Passagiere waren völlig überzeugt davon, daß es niemandem auf der ganzen Welt schlechter gehen konnte als ihnen selbst.

Die meisten Passagiere hüteten das Bett, litten sie doch unter den verschiedenen Stadien der Seekrankheit und der Angst vor einem nassen Grab. Shree, Chasco und ich verbrachten die meiste Zeit des Sturmes in unbequemer Lage in Chascos Kabine und diskutierten flüsternd die Frage, ob die Miisheli oder die Grisoter tatsächlich etwas über die Heilige wußten, und wenn, dann woher. Als unsere Spekulationen uns zu langweilen begannen, verlegten wir uns aufs Däumchendrehen, und als schließlich auch das langweilig wurde, beschloß ich, meine Frau zu besuchen.

Es war der dritte und letzte Abend des Sturmes. Ganz pflichtbewußter Gatte hatte ich bereits einige Male vorher nach ihr gesehen, doch sie hatte geschlafen, möglicherweise unter Drogeneinfluß. Immerhin hatte sie wenigstens einmal allein geschlafen. Diesmal war sie nicht nur allein, sondern außerdem wach, und als ich zur Tür hereinkam, sah sie mir mit angsterfüllten Augen entgegen. Sie hatte sich in einer Ecke des Bettes unter der Decke zusammengerollt und schob fiebrig die Perlen eines miishelischen Gebetsrahmens vor und zurück.

»Raalis, bist du das?«

»Ich bin es, Tigrallef«, entgegnete ich frohgemut. Als ich mich neben ihr auf dem Bett niederließ, neigte sich das Schiff in trunkenem Winkel zur Seite, und Rinn kreischte angsterfüllt, ließ den Gebetsrahmen fallen und barg ihren Kopf unter der Decke. Ich klopfte beruhigend auf den Deckenhaufen. »Keine Angst, Frau meines Herzens, wir werden nicht sinken.«

Stille herrschte unter der Bettwäsche. Dann erschien ein Auge und eine regenbogenfarbene Haarsträhne. »Glaubst du das wirklich?«

»Ja, das glaube ich wirklich.«

Zweifelnd zog sie die Decke vom Rest ihres Gesichtes und starrte mich an. Sie war vor lauter Angst außer sich, fast schon wahnsinnig. Ihre Augen waren riesig und die Lippen fest zusammengekniffen. Mehr denn je erinnerte sie an eine Katze. Als das Schiff sich erneut auf die Seite legte, zog sie scharf die Luft ein und verdrehte die

Augen, bis nur noch das Weiße zu sehen war. Auf miishelisch schrie sie: »Ich habe Angst. Halt meine Hand, Raalis!«

»Ich bin es, Tigrallef«, wiederholte ich; trotzdem nahm ich ihre Hand und hielt sie besänftigend in der meinen, während sie sich unter der Decke wieder zu einem kleinen Knäuel zusammenrollte und fortfuhr, sich in den Schlaf zu weinen. Erst als sie ruhig atmete und es mir gelang, meine Hand aus ihrem Griff zu befreien, bemerkte ich, daß die Verletzungen meiner Fingerknöchel, die ich mir an Chascos Wand vor zwei Tagen zugezogen hatte, bereits verheilt waren.

Die blutigen Risse waren weg, die Haut wieder vollkommen gesund.

Einige Sekunden starrte ich meine Hand an, ehe ich in voller Bekleidung unter die Decke schlüpfte und mich nachdenklich an den Rand des Bettes legte. Lange Zeit lag ich mit offenen Augen da und versuchte, mich zu erinnern, wann ich zum letzten Mal den Schorf von einer Wunde gekratzt hatte.

Kapitel 15

Vor langer Zeit, in dem vergessenen ersten Zeitalter, als die Welt, wie wir sie kennen, geschaffen wurde – vermutlich von einer Art Ratsversammlung –, war entschieden worden, daß das Land in einige sehr große Bruchstücke und unglaublich viele kleinere zerlegt und durch gewaltige Meere verbunden sein sollte. Angenehmerweise arrangierte der Schöpfungsrat die Welt so, daß es kaum einen Punkt auf See gab, der weit von dem nächsten Stück Land entfernt war, seien es die massiven Berge eines Kontinents, die rauchenden Gipfel einer Inselgruppe oder ein jämmerlicher Felsbrocken, der gerade groß genug war, daß sich die Tiefsee-Schildkröten und die legendären Fischmänner darauf sonnen konnten.

Diese Welteinrichtung war ausgesprochen nützlich, erlaubte sie es doch unseren Vorfahren, Seeleute seit den ersten Tagen, am Tage nach Sicht und bei Nacht nach den Sternen zu navigieren. Ein erfahrener Seemann, der mitten auf der Großen Bekannten See, die sich von Storica im Westen bis nach Fathan und Zaine im Osten hinzog, in einem Boot ausgesetzt wurde, konnte seine Position mit größerer Genauigkeit bestimmen, als beispielsweise ein Storicaner, der irgendwo in der kontinentalen Wildnis Storicas ausgesetzt wurde. Wahrscheinlich würde er sogar wohlbehalten das nächste Ufer erreichen, vorausgesetzt, er fiel nicht vorher den Seebestien, Piraten oder Fischmännern zum Opfer. Theoretisch war es ziemlich schwer, sich auf See zu verirren.

»Und wo sind wir jetzt?« fragte Shree.

Chasco sah ihn unglücklich an. »Ich bin nicht sicher.«

»Du bist doch Seemann, richtig?«

»Ex-Seemann«, korrigierte Chasco. Langsam drehte er sich im Kreis und betrachtete, was für mich wie ein absolut konturloser Horizont unter der steinernen Kuppel des Himmelszeltes aussah. Seine Füße standen auf dem höchsten verbliebenen Punkt des oberen Vorderdecks, einer schmucken Aussichtsplattform, und über uns ragten die letzten beiden Masten nackt zum Himmel auf. Horden miishelischer Matrosen wühlten sich durch die Bruchstücke an Deck auf der Suche nach verwertbarem Holz, untersuchten die Masten und Deckplanken auf Beschädigungen und schleppten gewaltige Seilrollen und Segeltuchbündel herbei.

In einem anderen Bereich des Vorderdecks waren drei Männer, von denen ich wußte, daß sie Navigatoren waren, damit beschäftigt, das gleiche zu tun wie Chasco, und ihr Gesichtsausdruck glich dem seinen weitgehend. Unsicherheit, Verwirrung, Verwunderung und ein Hauch gekränkten professionellen Stolzes spiegelte sich auf ihren Mienen wider – Navigatoren halten sich selbst für die Elite unter den Seeleuten, was absolut ungerechtfertigt ist, wenn man bedenkt, daß jeder ordinäre Matrose ihre Aufgabe ebensogut erledigen könnte. Schließlich haben sie weiter nichts zu tun, als einen charakteristischen Punkt wiederzuerkennen und einen Kurs anzuraten, der, ohne diesen Punkt zu rammen, daran vorbei zum nächsten leicht erkennbaren Stück Land führt – ich hatte schon größere Probleme dabei, meine Schuhe wiederzufinden.

An diesem Tag gab es kein Land wiederzuerkennen.

Chasco sprang achselzuckend von seinem Aussichtspunkt herab. »Nichts. Nicht einmal ein Felsen. Ich habe keine Ahnung, wo wir sind.«

Unter den Navigatoren brach ein Streit aus, der eine Menge wilder Gesten, Geschrei und das plötzliche Auftauchen von Messern unter den geschniegelten Matrosenmänteln zur Folge hatte. Diskret zogen wir uns zurück, während eine Horde Soldaten den Streit beendete, ehe er blutig werden konnte.

»Diese Idioten wissen auch nicht, wo wir sind«, erklärte Chasco schnaubend. »Wenn der Sturm sich etwas früher gelegt hätte, dann hätten sie sich an den Sternen orientieren können – aber unsere Heilige mußte ja unbedingt bis zum Sonnenaufgang warten.«

»Sie hatte ohne Zweifel ihre Gründe dafür«, knurrte ich wütend.

Shree ging mit gesenktem Kopf und gerunzelter Stirn neben mir her. »Bei Raksh, Tig, ich habe es noch nie erlebt, daß sich ein Sturm so plötzlich, von einem Augenblick zum nächsten, legt. Wie hast du sie dazu gebracht?«

»Ich habe gar nichts getan. Ich habe geschlafen.«

»Wir haben doch schon festgestellt«, kommentierte er übertrieben sarkastisch, »daß du fähig bist, ganz erstaunliche Dinge zu bewirken, während du schläfst. Vergiß den Frathsoldaten nicht. Hast du zu dem Zeitpunkt geträumt?«

»Ich kann mich nicht erinnern.« Dann jedoch blieb ich abrupt stehen und legte eine Hand auf seine Schulter. Erinnerungsfetzen eines frühmorgendlichen Traumes gingen mir durch den Kopf – ich war wieder auf dem Gilgard, neben mir eine Frau, deren Gesicht sich hinter einem Schopf glatten, silbernen Haares verbarg. Ihre unnatürlich schmale Hand griff nach meinem Ellbogen; sie begann, sich umzudrehen, doch ich ahnte, was da kommen sollte, und schloß meine Augen, ehe sie mehr als ein Stück Kieferknochen erblicken konnten, der durch die dünne Haut hindurchschimmerte; eher eine bewegliche Erscheinung, gleich einer beweglichen Wolke aus glänzenden Schmeißfliegen, die dort herausquoll, wo Augen hätten sein sollen – und im Hintergrund erklang eine Stimme, volltönend wie die des Primas, die über den Hof schallte, auf dem die Menschen tanzten und stürzten, tanzten und stürzten: *nun sind beide eins*.

»Jetzt, da wir davon sprechen, ja, doch, ich habe geträumt, aber ich denke nicht, daß es wichtig war.«

Shree sah mir direkt in die Augen. »Der übliche Alptraum? Calla, das Kind, der Vergnügungsturm ...?«

»Nein«, gestand ich. »Ein anderer Alptraum, allerdings kann ich nicht sagen, daß es eine Wende zum Besseren wäre.« In meinem Kopf begann die Stimme der Heiligen leise Worte zu murmeln. In diesen Tagen hörte ich sie regelmäßig. Ich befahl ihr zu schweigen. »Es ist doch egal, wie schnell der Sturm sich gelegt hat. Tatsache ist, daß wir den Rest der Flotte verloren haben, es keinen Wind gibt, in dem wir segeln könnten und keine Segel, die den Wind fangen könnten. Wir treiben in einer nicht kartographierten Strömung, und wir werden vor heute nacht, wenn die Sterne sichtbar werden, nicht feststellen können, wo wir uns befinden. Habe ich das so korrekt wiedergegeben, Chasco?«

Chasco nickte. »Der Sonnenaufgang liegt schon einige Stunden zurück, aber ich kenne keine Position auf See, die, bei der Geschwindigkeit, mit der uns die Strömung trägt, mehr als eine halbe Stunde von der nächsten Landsichtung entfernt ist. Daraus könnt Ihr nun Eure eigenen Schlüsse ziehen.«

»Was ist mit der Strömung?« fragte Shree. »Wo könnte so eine Strömung fließen? Du kannst mir nicht erzählen, daß du nie zuvor von dieser mächtigen Strömung gehört hast.«

Ich setzte mich auf den Boden und lehnte mich mit dem Rücken an einen Maststumpf. Vor einiger Zeit hatte ich eine ziemlich umfangreiche Schriftrolle gelesen. Sie trug den Titel: *Königlich Sathelisches Amt für Strömungen, Wirbel und Sturmschwerpunkte in der Großen Bekannten See (Zur Warnung für alle Handelsschiffe des Archipelagos und die sathelische Schutzflotte im Bereich der GBS).* Das Werk war exakt so detailliert und ermüdend, wie der Titel versprach. Ich kannte die Antwort auf Shrees Frage, doch aus unerfindlichen Gründen berührte mich dieses Wissen nicht. Der Gedanke, für immer verloren zu sein, hatte etwas sonderbar Anziehendes für mich.

Chasco zögerte und wandte den Blick zur Sonne, ehe er etwas sagte. »Es gibt eine Strömung«, erklärte er schließlich. »Im Bereich des südlichen Endes der Großen Bekannten See. Sie wurde nie vollständig kartographiert, weil es ...« Er hüstelte entschuldigend. »Es ... es war zu gefährlich. Die Seeleute befürchteten, während einer Flaute abgetrieben zu werden. Das ist die einzige Strömung, von der ich weiß, Lord Shree, aber ich glaube, daß wir uns weiter nördlich befinden.

Shree ließ sich neben mich fallen und sah mit gerunzelter Stirn zu Chasco auf. »Nehmen wir an, es ist diese südliche Strömung. Wohin führt sie?«

Chasco setzte sich ebenfalls. »Das weiß niemand.«

»Dann sag mir, was du vermutest!«

Chasco zögerte. Offensichtlich widerstrebte es ihm zu antworten, also sagte ich leichthin: »Sie führt am südlichsten Zipfel von Zaine entlang.«

»Und dann?«

»Das ist das, was niemand weiß. Zaine markiert die Grenze der bekannten Welt«, erklärte ich fröhlich, lehnte mich zurück und grinste den gnadenlosen Himmel an. »Natürlich gibt es viele Geschichten. Die Lucianer glauben, die See würde jenseits von Zaine in einen riesigen Kochtopf fließen, in dem die Geister der Bösen bis in alle Ewigkeit ertränkt werden in kleinen Holzkäfigen – aber sicher hast du ebenfalls die Lucianische Maledikta gelesen, nicht wahr, Shree?«

»Ich kann mich erinnern, diese Lektüre vermieden zu haben«, entgegnete er trocken.

»Eine überaus weise Entscheidung. Die Lucianer haben wirklich eine erschreckende Phantasie. Die freundlichen Plaviser glauben dagegen, die Erde sei ein großer irdener Topf voller Wasser, der von einem Schildkrötenpanzer bedeckt wird, dessen Innenseite unseren Himmel bildet – in diesem Fall dürfte jenseits von Zaine nicht mehr viel sein, bis zu der Linie, auf der der Panzer auf den Rand des Topfes trifft. Dann hinge unser Schicksal ganz davon ab, mit welcher Geschwindigkeit wir gegen den Panzer krachen. Andererseits beinhaltet die storicanische Theorie über den Aufbau der Welt einen riesigen Feuerring ...«

»Tig?«

»Ja, Shree?«

»Was glaubst du, was sich hinter Zaine befindet?«

»Du willst meine Meinung hören?«

»Deine Meinung.«

»Mehr Wasser.« Ich lächelte. »Und vielleicht auch mehr Land. Die unbekannte Welt.«

Shree seufzte. Nun saßen wir still beisammen in der Sonne und beobachteten, wie einer der Navigatoren an dem vorderen Mast hochgezogen wurde, um sich einen besseren Überblick zu verschaffen. Ein Anblick, der recht unterhaltsam war, neigten doch Navigatoren nicht nur zu beachtlicher Arroganz, sondern auch zur Fettleibigkeit. Als die Aussicht schließlich ihren Reiz zu verlieren begann, zog Shree grunzend ein Spiel unter seiner Tunika hervor und sah mich fragend an.

»Warum nicht? Wir können so oder so nichts Nützliches tun, und ehe nicht die Sterne am Himmel erscheinen, werden wir auch nichts Sicheres wissen.«

Also begannen wir mit der ersten von vielen Runden. Wie aber das Schicksal wollte, mußten wir nicht warten, bis sich die Sterne zeigten.

Nicht lange, nachdem die Sonne den Zenit überschritten hatte, trat der Frath-Major an Deck. Ich gewann zur Abwechslung einmal, und Shree und Chasco schuldeten mir gerade knappe siebzehn Millionen calloonische Goldmünzen oder, grob geschätzt, sechsmal den Wert der Tasiil samt Ladung vor dem Sturm, Rinns Juwelen eingeschlossen. Da wir kein Gold hatten, benutzten wir Trümmerstücke der zerstörten Aussichtsplattform als Spielgeld. Jedes Stück stand für fünfzigtausend Goldmünzen, entsprechend hoch waren die Einsätze. Ich winkte dem Frath-Major freundlich zu, doch die Spieleinsätze waren zu hoch, als daß ich das Spiel abgebrochen hätte. Er stand allein an den Überresten der Reling und starrte auf die verhängnisvoll offene See hinaus, bis der Kapitän und die Navigatoren sich ihm mit demütigen Verbeugungen näherten und ihn mit ins Gespräch zogen.

Plötzlich erklang ein Schrei über das ganze Schiff: »Land in Sicht!« Wir sprangen auf, verstreuten unser Spielgeld über das Deck und rannten zum Bug. Wir waren nicht die einzigen. Direkt vor mir lief der Frath-Major und hinter mir einer der Navigatoren. Die kleine Gruppe Matrosen auf dem Vorderdeck wich respektvoll zur Seite, um uns durchzulassen.

Einige von ihnen sahen verwirrt aus, andere regelrecht verängstigt.

Das sogenannte Land war für meine schwachen Augen kaum erkennbar, nur eine weit entfernte Unterbrechung in der gleichförmigen Wasseroberfläche. Neben mir sagte der Frath-Major in miishelischer Sprache leise: »Nun, Navigator?«

Der Navigator schwieg zunächst, dann sagte er: »Wartet noch, Großer Frath, bis wir näher gekommen sind.«

»Dann erkennst du es also nicht?«

Wieder war die Stimme leise, doch ganz sicher nicht zufrieden.

Der Navigator sah den Frath-Major verzweifelt an. Ich hatte das Gefühl, daß in diesem Augenblick mehr als nur seine Ehre in Gefahr war. Hochgestellte miishelische Adelsherren reagierten üblicherweise recht gnadenlos auf die Inkompetenz ihrer Untergebenen. Doch als ich mich unter den anderen Matrosen umsah, während die Strömung uns immer näher an diesen Pickel auf dem großen, grünen Nichts des Meeres herantrieb, wurde mir bewußt, daß keiner dieser erfahrenen Seeleute ihn je zuvor gesehen hatte. Mit hochgezogenen Brauen blickte ich Chasco an, und er antwortete mir mit den Fingern: *Unbekannt.*

Das wurde ja immer besser, dachte ich mir. Für die bekannte Welt war es sicher besser, wenn ich und die Heilige nicht mehr zu ihr gehörten. Rinn wäre bitter enttäuscht – die Hälfte ihrer Juwelen hatte sie in Cansh Miishel zurückgelassen.

Auch der Frath-Major wäre enttäuscht – was für ein Spiel er auch spielte, es war vorbei, das Spielbrett umgekippt, die Spielsteine verstreut. Wir waren in der Fremde verloren.

Zumindest hoffte ich das.

Endlich waren wir dem Land nahe genug, daß auch ich die Umrisse erkennen konnte. Es war etwa so lang wie die Tasiil, ein massiver Felsbrocken mit zwei Gipfeln, der ohne Bucht, ohne sichtbare Anlegemöglichkeit, ohne Riff und ohne jede Spur von Vegetation aus dem Wasser emporragte, von einigen dunklen Punkten unter Wasser abgesehen, die auf Seegrasbüschel hindeuteten. Ein konischer Haufen aus weißen Felsbrocken auf dem höheren Gipfel, den ich auf etwa zwölf Fuß schätzte, war der einzige Hinweis darauf, daß hier vor uns bereits jemand gewesen war. Meine Hoffnung wuchs weiter. Hätten wir uns noch in der bekannten Welt befunden, dann wäre dieser Steinhaufen sicher ein Anhaltspunkt gewesen.

Wieder sah ich mich unter den Matrosen um und entdeckte eine Auswahl hochgezogener Brauen, geschürzter Lippen und verwirrter Mienen, bis mein Blick schließlich auf einen Mann fiel, von dem ich als letztes irgendeine Reaktion erwartet hätte, von mir selbst einmal abgesehen. Doch ausgerechnet in seinem Gesicht erblickte ich neben größtem Schrecken auch deutliche Zeichen des Wiedererkennens.

Unauffällig zog ich ihn zur Seite.

»Shree«, zischte ich ihm ins Ohr. »Was ist los mit dir? Du siehst aus, als hättest du ein Gespenst gesehen.«

»Das habe ich auch.« Er machte sich nicht die Mühe, leise zu sprechen, und sogleich drehte sich der Frath-Major mit finsterer Miene zu uns um.

»Ist Euch dieser Ort bekannt, Kriegsherr?«

Shree nickte, die Augen starr auf die kleine Erhebung gerichtet.

»Dann sprecht!« Der Frath-Major bedachte den Navigator mit einem finsteren Blick, woraufhin dieser zusammenzuckte. Vermutlich sah er sich schon das Deck schrubben.

Ohne die kleine Insel aus den Augen zu lassen, schob Shree sich durch die Menschenansammlung nach vorn. Als er die Bugreling erreicht hatte, beugte er sich vor und starrte suchend in das ruhige, klare Wasser hinab.

»Nun?« donnerte der Frath-Major in dem Tonfall eines Mannes, der es nicht gewohnt war, dieselbe Frage zweimal stellen zu müssen. »Sagt uns, wo wir sind, Kriegsherr!«

Aber Shree starrte noch immer in die Tiefe, dann wieder auf die Insel, als versuchte er, die Entfernung zum Schiff zu schätzen, und dann wieder in die Tiefe.

»Nehmt es Eurem Navigator nicht übel, Großer Frath«, sagte er. »Kein Seemann dürfte diesen Ort kennen.«

»Warum kennt Ihr ihn dann?« Der Frath-Major erreichte allmählich die Grenzen seiner Geduld, doch Shree lächelte nur.

»Ich bin in seinem Schatten aufgewachsen«, sagte er.

Seine Worte schienen in der allgemeinen Stille nachzuhallen. Was mich anging, so fühlte ich eine Eiseskälte, die sich von meinem Nacken in meinem ganzen Körper ausbreitete.

»An dem Tag, an dem ich ein Mann wurde, brachte

man mich hierher, um zu opfern«, fuhr Shree in ruhigem Ton fort. »Es war ein Kriegsgefangener, ein Glishoraner, glaube ich. Damals habe ich das erste Blut meines Daseins vergossen. Mögen die glishoranischen Götter mir vergeben, aber so liefen die Dinge nun einmal am Kriegshof von Sher.«

Kaum hatte er Sher erwähnt, als die Matrosen um uns herum aufgeregt zu tuscheln begannen. Der Frath-Major sah mit erbleichtem Gesicht zu dem Felsen hinüber, und in seinen Augen stand blanke Angst. Shree schien nichts davon zu bemerken; er sprach in demselben, leisen, nostalgischen Tonfall weiter.

»Wenn man den Schutz des Raksh erbitten wollte«, so erzählte er, »so mußte man ihm zuerst etwas geben, und Blut war das einzige, womit er etwas anfangen konnte. Als Schreiber aber weiß ich, daß dies für viele Dinge in der sheranischen Geschichte stehen kann.« Er kniff die Augen zusammen und starrte erneut in das Wasser unterhalb des Felsens. »Der Tempel müßte zu sehen sein, wenn das Wasser klar genug ist – er war nicht weit unter dem Gipfel.«

Ich mußte mich zu jeder Bewegung zwingen, als ich Shree herumdrehte und an den Schultern rüttelte.

»Wo sind wir?«

Er schüttelte meine Hände ab. Langsam kehrte die Farbe in sein Gesicht zurück. »Jetzt komm schon, Tig! Das muß dir doch inzwischen auch klar sein. Das ist der Zahn des Raksh, der heilige Berg von Sher und vermutlich alles, was oberhalb der Wasseroberfläche von Sher noch übrig ist.« Nun packte er mich an der Schulter und drehte mich zu dem Felsen, dem heiligen Berggipfel. Dann deutete er hinab in das klare Wasser, das in der Sonne glitzerte. »Sieh genau hin, Sproß von Oballef. Iklankish müßte direkt unter uns liegen.«

Kapitel 16

Die Matrosen murmelten Bannsprüche gegen Gefahren aller Art, gegen den Tod und gegen das düstere Heer rachedurstiger Geister, die angeblich die Gewässer bewohnen sollten, die Iklankish bedeckten, doch ich hörte sie kaum. Meine Augen folgten den Sonnenstrahlen in das Wasser hinunter, durch die tintig-grüne Klarheit der oberen Gewässerschichten, hinab in die trübe Tiefe, in der das Licht sich zwischen den schwebenden Partikeln und kleinen wandernden Schatten ausbreitete wie goldener Staub.

»Vorsichtig, Tig.« Shree hielt mich noch immer an den Schultern, doch ich befreite mich, um mich noch weiter über die Reling zu beugen und mit angestrengten Augen den Sonnenstrahlen zu folgen – ich bemerkte kaum, wie das Gold der Sonne mit einem anderen verschmolz, beide sich erhoben und mich in die Tiefe zogen. Ihr gemeinsamer Ruf war gleichsam unwiderstehlich.

»Tigrallef?«

»Euer Lordschaft!«

Die Stimmen verhallten. Das Wasser fühlte sich warm auf meiner Haut an, aber nicht besonders naß, und ich begann mich zu fragen, ob ein Fisch sich des Wassers bewußter sein konnte, als ein Vogel sich der Luft bewußt war. Außerdem fragte ich mich, was geschehen würde, wenn ich atmen mußte, doch der Impuls blieb ganz einfach aus.

Langsam, mit ausgebreiteten Armen und Beinen sank ich kreisförmig nach unten, wie ein Seestern, der sich in einer gleichförmigen Spirale hinabbewegt. Unter mir war es dunkel. Graue Schlammwolken und silbrige Fischschwärme glitten durch das Wasser. Aber manchmal, wenn die Wolken sich teilten, erkannte ich konzentrische Kreise, Verbindungslinien, die Andeutung eines Musters, einer Symmetrie, verborgen unter sandigem Sediment. Schließlich stieß ich durch die Wolken hindurch, und die versunkene Stadt Iklankish breitete sich wie eine verblaßte Karte unter mir aus.

Sie war auf einer Ebene erbaut worden, die einst den Berg mit dem Meer verbunden hatte – die Stadt selbst erinnerte an einen kleinen Berg, eine Art künstlichen Vulkankegel, wie sie da lag, mit ihren unzähligen, kreisförmig angeordneten Mauern, die zum Zentrum hin immer höher hinaufwuchsen, bis zu einer riesigen, runden, turmbewehrten Zitadelle. Ich sah mich nach der Trabantenstadt des Kriegshofes von Iklankish um, doch sie lag in dem undurchdringlichen Schatten des Zahnes des Raksh verborgen.

Und ich sank noch immer. Dieser Traum war so realistisch und so quälend interessant, daß ich fürchtete, ich würde zerschmettert, sobald ich den Grund erreichte. Die Türme kamen immer näher und näher; nun konnte ich bereits erkennen, daß sie abgedeckt, verfallen und von Algen überwuchert waren, deren lange Ranken sich wie Efeu üppig um die Gemäuer schlängelten.

Und ich sank weiter. Schon nach wenigen Augenblicken befand ich mich inmitten der Türme und blickte in leere, von Seetang polierte Fensteröffnungen, während ich immer tiefer hinabglitt. Im Inneren erkannte ich Wände, die so unglaublich waren, wie sie menschliche Kunstfertigkeit nie hätte zustande bringen können – ganze Mauern aus Seegras mit eingewobenen Muscheln und Anemonen in sanften, leuchtenden Farben. Ich sah die Straße näherkommen, wand mich wie eine Katze im Wasser und landete sanft auf den Füßen, die sogleich knöcheltief im Schlamm versanken.

Ich sah mich in dem grünschimmernden Zwielicht um. An der Straße standen die Häuser direkt aneinander. Eigentlich waren es nur noch die Außenschalen der Häuser, ihre Dächer waren fortgespült, ihre hölzernen Türen und Fensterläden zu Nichts zerfressen worden. Über den Hohlräumen, in denen einst Holzbalken gelegen hatten, balancierten übriggebliebene Steine so gefährlich, als könnte die kleinste Berührung die ganze fragile Konstruktion zum Einsturz bringen. Jenseits der vom Seegras zerfressenen Dächer konnte ich eine der großen Stadtmauern sehen, die so üppig bewachsen war, daß sie aussah wie die größte Hecke der Welt.

»Ist da jemand?« rief ich, doch ich erhielt keine Antwort. Nur die Strömung strich wie der Wind über mein Gesicht und ließ winzige Wirbelstürme rund um meine Füße entstehen. Aus den Augenwinkeln konnte ich ein paar neugierige Fische sehen, doch sie verschwanden, noch ehe ich mich umdrehen konnte.

Neben einer Tür war eine Metallplatte in eine Wand eingelassen. Ich wischte sie ab, wobei ich einen kniehohen Teppich aus Schlamm aufwirbelte, und stellte fest, daß die Inschrift noch immer lesbar war, obwohl die Platte selbst zu einem hauchdünnen Metallfilm auf dem Stein verwittert war: Kasakr, Apotheke. Wenigstens hatte eines meiner Opfer einen Namen. Mit dem Fingernagel kratzte ich an dem Metall und sah, wie es sich auflöste und in einem Strom winziger Splitter zu Boden sank.

»Hey! Kasakr? Jemand hier?« Niemand. Das erinnerte mich daran, daß dies mein Traum war, das Produkt meines schuldbewußten Geistes, und wenn ich mich von einem Heer furchterregender Phantome quälen lassen wollte, so war das mein gutes Recht. Ich konnte mir nicht vorstellen, warum ich sonst hier sein sollte. »Kommt raus, ihr armen, ermordeten Hurensöhne!« brüllte ich. »Ich bin hier! Kommt und holt mich!«

Hinter mir klapperte etwas. Voller Hoffnung wirbelte ich herum, doch es war nur ein loser Stein, der es aufgegeben hatte, an seinem angestammten Platz zu balancieren. Kein anklagendes Gesicht schaute zum Fenster heraus, keine Knochenhand streckte sich mir aus einer gähnenden Türöffnung entgegen. Allmählich frustrierte mich dieser Traum.

»Jetzt kommt schon!« rief ich. »Ich bin das gewesen. Ich habe euch ermordet. Ihr seid doch schon seit sechs Jahren hinter mir her – warum gebt ihr ausgerechnet jetzt auf?«

Ein glitzernder Fisch steckte seine Nase zu einer der klaffenden Fensteröffnungen heraus, um nachzusehen, was der Krawall zu bedeuten hatte, und bedachte mich mit einem langen, eisigen Blick. Das war auch schon die ganze Reaktion. Von plötzlichem Zorn erfüllt, trat ich gegen einen moosüberwucherten Stein neben einem Hauseingang. Zu spät bemerkte ich, daß es sich um einen Schädel handelte. Reumütig schlug ich meine eigene Stirn an den Türpfosten, nahm den Schädel in die Hände und befreite ihn sorgsam von Schlamm. Kasakr, der Apotheker? Vermutlich nicht. Der Schädel war zu klein. Wahrscheinlich war er das Relikt eines meiner jüngeren Opfer. Ich hielt ihn noch für einen Augenblick in Händen, ehe ich ihn vorsichtig dorthin zurücklegte, wo ich ihn gefunden hatte, mich abwandte und von dannen ging.

In einer Kurve führte die Straße zu einer der sternförmig angelegten, schnurgeraden Alleen, die Iklankish in vier gleichgroße Quadranten unterteilte. An der Straßenkreuzung blieb stehen. Für einen Moment war ich fest überzeugt, nicht allein zu sein, doch diese Illusion war nur von kurzer Dauer. In der Mitte der Prachtstraße befand sich eine lange Reihe grüner Monstermänner mit mißgestalteten Köpfen, enormen Kröpfen und gewaltigen Buckeln. Ihre gewaltige, herrische Darstellung wurde von dem dichten Moosbewuchs noch betont. Ich vermutete, daß es sich bei diesen Figuren um die Statuen der Hammer von Iklankish handelte; Shree hatte sie mir einmal als Statuen von zweifelhaftem Dekorationswert beschrieben, und das Altern hatte sie nicht gerade attraktiver gemacht. Ihre stillen, aufgequollenen Gesichter beobachteten mich, als ich an ihnen vorbeiging.

Ich ging nun stadteinwärts über die Allee und folgte der Straße zu einem riesigen Torbogen mit schweren, grünen Kupfertoren, die schief in den Angeln hingen. Das Laufen fiel schwer. Traum oder nicht, ich mußte mich durch hüfttiefes Seegras vorankämpfen, über schlüpfrige Pfeiler klettern und gefährliche Mooshügel überwinden, die einst Wagen, Pferde oder Menschen gewesen sein mochten. Da waren schwammige Grasbüschel zu durchqueren, die an meinen Füßen zerrten und *Dinge* festhielten, schreckliche, widerliche Dinge, scharfe Dinge, eisige Dinge, Dinge, die unter Druck zerplatzten. Ich versuchte, über sie hinwegzuschwimmen, doch das widersprach offenbar der Logik meines Traumes, und ich war gezwungen, es auf die harte Tour hinter mich zu bringen. Es schien Stunden zu dauern, bis ich das Tor erreicht hatte.

Endlich hingen die Überreste des Tores bedenklich weit über meinem Kopf, während der Rest auf dem Boden lag und den Durchgang teilweise blockierte. Darunter erkannte ich etwas, das aussah wie eine Pferdesänfte, die unter all dem Dreck irgendwie unpassend aussah. Als ich hinüberkletterte, sah ich, daß der Fahrgast noch immer auf den riesigen, modrigen Kissen saß, doch auch er war nicht der Ankläger, den ich suchte. Nur der Seetang hielt seine Knochen noch zusammen, und seine Bewegungen waren lediglich die Antwort auf die Strömung des Wassers. Ich trat durch das Tor.

Vor mir lag die Zitadelle, das Zentrum von Iklankish, einstiger Sitz der Prinzen von Sher. Ein großer Innenhof trennte das Tor von etwas, das wie der große Eingang zur inneren Zitadelle aussah, doch dieser Eingang war eingestürzt und unpassierbar.

Ich gab sofort auf und wollte umkehren – schließlich hatte ich eine ganze Stadt, durch die ich wandern und mich quälen konnte – doch dann erregte ein flackerndes Licht im Inneren der verfallenen Festungsruine meine Aufmerksamkeit.

Es war die Heilige. Ich hätte wissen müssen, daß sie irgendwo in der Nähe war. Sie glitt durch den zertrümmerten Torbogen der Zitadelle, und ich stellte mit Interesse und Neid fest, daß ihre Füße im Gegensatz zu meinen in einigem Abstand über den Trümmern schwebten. Ihre Züge hinter dem wallenden Silberhaar waren nur verschwommen erkennbar, doch ich hatte den Eindruck, daß sie diesmal wie Rinn aussah. Während sie sich mir näherte, sah sie sich um und bedachte den versunkenen

Schloßhof, den Schutt und die eingefallenen Türme der Zitadelle mit einer mißbilligenden Geste.

»Warum kannst du schwimmen, wenn ich gehen muß?« fragte ich.

Sie blickte mich durch einen Vorhang aus Haaren an, machte sich auf den Weg entlang der inneren Stadtmauern und winkte mir, ihr zu folgen. Ich dachte darüber nach und beschloß, dies zu tun. Vielleicht war diese extrem detaillierte Vision doch nicht das Werk meines schuldbewußten Selbst; vielleicht hatte die Heilige mich hergeführt, aus Gründen, die nur ihr selbst bekannt waren. Letzteres hätte zum einen meine Neugier geweckt, zum anderen den dringenden Wunsch, es so schnell wie möglich hinter mich zu bringen. Seufzend folgte ich ihr und suchte mir mühsam meinen Weg durch die Trümmer.

Das Geröll hatte sich innerhalb der großen Mauer zu einem trügerischen Hang aufgebaut, der hier und dort durch Seemoos und Kriechpflanzen stabilisiert wurde, aber dennoch so schwer zu überwinden war wie ein Schotterhang an einem Berg. Während ich mich hinaufquälte, erhaschte ich kurze Blicke auf die Bestandteile des Hanges. Es war ein kunterbunter Haufen aus Knochen, Schädeln, zertrümmerten Möbelstücken, unverkennbar sheranischem Geschirr (ich hatte zu meiner Zeit genug davon gespült), Becher und Krishanks, zerbrochene Töpfe und Mauerstücken, und alles war gleichmäßig mit einer Schicht aus Schlick bedeckt. Die Heilige kauerte auf halber Höhe des Berges und meditierte über etwas, das zu ihren Füßen lag.

Auf Händen und Füßen überwand ich die restlichen Meter und untersuchte die Stelle wenig beeindruckt. Es sah aus wie eine jämmerliche Mischung aus Schutt, so wie der Rest des Hanges. Ich sah zu der Heiligen auf.

»Also?« verlangte ich zu erfahren.

Sie antwortete nicht, sondern starrte nur weiter auf dieselbe Stelle hinunter. Leise murrend folgte ich ihrem Beispiel. Diesmal fegte die Strömung etwas von dem Schlick fort, und im trüben Licht kam das wahrhaftige und unverkennbare Glitzern echten Goldes zum Vorschein. Ich streckte die Hand aus und entwurzelte einige Wasserpflanzen, schob einen verärgerte Krebs zur Seite und wischte den Schlamm weg.

Er war bis zum Hals unter Trümmern begraben, und sein Kopf war zurückgelegt, als hätte er versucht, noch einen letzten Blick gen Himmel zu werfen, ehe er starb. Sein Unterkiefer war seitlich verschoben, was ihm anstelle des üblichen Totengrinsen einen eher höhnischen Ausdruck verlieh. Ein Goldring lag genau an der richtigen Stelle, um früher einmal sein inzwischen verschwundenes Ohrläppchen geziert zu haben, doch das war es nicht, was mir durch den Schlick entgegenschimmerte.

Auf der Wölbung seines Schädels lag ein schwerer goldener Reif – schwer und auffällig und gewiß nicht nach meinem Geschmack. Der Reif, hinter dem ein paar Haare hervorlugten, die einst rot gewesen sein mochten, war mit großen, grellen Kristallen und Jadebrocken gespickt. Es war eine sheranische Prinzenkrone. Vorsichtig nahm ich dem Prinzen von Sher die Krone ab und bewunderte für einen Moment den Nippes, ehe ich sie fortschleuderte und zusah, wie sie den Abhang hinabrollte, bis sie im restlichen Schutt verschwunden war.

»Reiche fallen, Sproß von Oballef.«

Erschrocken sah ich auf. »Aber normalerweise nicht ins Wasser, Heilige.«

»Und dennoch fallen sie immer«, beharrte sie.

»Ich weiß. Nur ein Zwinkern für die Augen der Ewigkeit, so was in der Art. Hast du mich hierhergebracht, nur um mir das zu erzählen?«

Sie schien durch mich hindurchzusehen, wenngleich ich ihr Gesicht nicht richtig erkennen konnte. »Ich habe dir etwas von großer Bedeutung zu sagen, Zweig des großen Baumes«, sagte sie. »*Reiche müssen niedergehen.*«

Ich ließ mich auf mein Gesäß fallen. »Na, dann erzähl mal! Ich schätze, du hast ein paar davon gesehen.«

Sie schien noch größer zu werden. »Ich habe sie alle

gesehen, du Saat des Exkommunizierten. Fathan vor Sher; Vizzath vor Fathan; Myr vor Vizzath; Itsant vor Myr; Khamanthana vor Itsant; Baul vor Khamanthana; Nkalvi und das Große Namenlose Erste vor Baul.«

»Soll ich mir Notizen dazu machen?« fragte ich. »Worum geht es?«

»Reiche fallen wie Äpfel, wenn der Wind den Baum schüttelt; und Naar ist der Baum, und Harashil ist der Wind, und – das mußt du dir merken, Sproß von Oballef – der Wind und der Baum sind eins.«

»Ist es deine Absicht, dich so undeutlich auszudrücken?« Mit gerunzelter Stirn sah ich zu ihr auf – etwas war anders als sonst. Ich mußte den Kopf weit in den Nacken legen, um die Stelle zu sehen, an der ihr Gesicht sich hinter dem Nimbus aus glänzendem Haar verbarg. Sie wurde tatsächlich größer. Bereits jetzt schien sie doppelt so groß zu sein wie ich, und als sie sich vorbeugte und ihre Hand nach mir ausstreckte, sah sie aus wie ein umstürzender Baum. Ich sprang zurück, wobei ich einen kleineren Erdrutsch aus Tonscherben und Gebeinen auslöste.

»Die Prophezeiung«, erklärte sie mir streng, »ist noch nie zuvor als undeutlich angesehen worden.«

»Was für eine Schande, daß sie heute niemand mehr lesen kann.«

Mißbilligend schaute sie mich an.

»Hör mir zu, Sproß von Oballef! Wenn du die Prophezeiung erfüllst, dann mußt du mit den Konsequenzen leben.«

»Was für eine verdammte Prophezeiung?« Ich mußte schreien, denn ihr Kopf befand sich inzwischen auf einer Höhe mit den verfallenen Köpfen der großen Pfeiler, wohingegen mein Kopf, nachdem ich mich auf dem schlüpfrigen Untergrund aufgerichtet hatte, gerade auf der Höhe ihrer Wade war. Sie setzte mich auf ihre Handfläche und hob mich, noch immer wachsend – die Breite in passender Proportion zur Höhe – auf Augenhöhe vor ihr Gesicht. Versuchsweise stampfte ich mit dem Fuß auf ihre Handfläche und stellte fest, daß sie recht solide war.

»Was für eine Prophezeiung?« wiederholte ich, doch sie antwortete nicht.

Sie sah hinunter. Unter mir schrumpfte die Zitadelle in sich zusammen. Der Schädel des Prinzen war nur mehr ein unkenntliches Stück Schutt in einem ganzen Haufen von unkenntlichem Geröll. Im nächsten Moment konnte ich in das abgedeckte Labyrinth im Inneren der Zitadelle sehen und über die große ringförmige Mauer, bis hin zu der stillen Prozession der Hammer von Iklankish, dann über die nächste kreisförmige Mauer und über die nächste und über die nächste, hinaus auf die schäbigen Straßen der Außenbezirke der Stadt. Schließlich glitten die Türme der Stadt unter mir hinweg, die Details schrumpften und entschwanden meinem Blick, und jenseits des Gesichtes der Heiligen erkannte ich den schwarzen Mittelhang des Zahnes des Raksh, der nun die Größe eines Kornfeldes hatte. Als ich aufsah, erblickte ich die dunkle fischförmige Kontur der Tasiil, die so schnell näherkam, daß ich instinktiv die Arme über dem Kopf verschränkte.

Die Heilige sprach: »Vergiß nicht, Zweig des großen Naar – der Wind und der Baum sind eins.«

»Soll das irgendeine Bedeutung haben?« schrie ich wutentbrannt, doch dann sah ich erneut auf und erkannte, daß ich jeden Moment gegen den Schiffsrumpf prallen mußte, also schloß ich die Augen. Als der Schmerz ausblieb, öffnete ich die Augen wieder und blickte direkt in den blauen Himmel über mir. Ich sah hinab, über die Bugreling, und erblickte die Sonnenstrahlen, die sich tief in grünen Wasser spiegelten. Shree hielt mich an der einen Schulter, der Frath-Major an der anderen.

»Tig?« Shrees Stimme klang angsterfüllt.

Ich schüttelte mich wie ein nasser Hund und stellte fest, daß meine Kleider gar nicht naß waren. Die Insel war nun näher, aber noch immer vor uns. »Wie lange haben wir hier gestanden?« fragte ich.

»Einige Minuten. Du warst benommen, erinnerst du dich? Du wärest fast über Bord gegangen.«

Ich ließ mich von ihm von der Reling weg in den Schutz der halbzerstörten Deckaufbauten führen. Der Frath-Major folgte uns. Ich nehme an, er war um das Wohlergehen seiner Investition besorgt. Die Matrosen blieben am Bug zurück und tuschelten miteinander, während wir uns dem Felsen näherten.

»Shree?«

»Halt die Klappe, Tig! Trink einen Schluck.«

»Nein – ich muß dich etwas fragen. Es ist wichtig.«

»Was?«

»Hatte einer eurer Prinzen rotes Haar?«

Er betrachtete mich mit gerunzelter Stirn, während er mir noch immer die Feldflasche an die Lippen hielt. »Ja, Prinz Ksher, der Bastard. Warum?«

»Vergiß es.« Ich ließ den Schnaps durch meine Kehle rinnen. »Aber du kannst den Matrosen sagen, sie müssen keine Angst haben – von Iklankish ist nichts mehr übrig, was sie fürchten müßten.«

Kapitel 17

Man könnte ebensogut dem Wind sagen, er möge aufhören zu blasen, wie einem Matrosen zu erzählen, er müsse sich nicht fürchten. Jedermann wußte, daß wir in verfluchten Gewässern kreuzten, und es gehörte schon mehr als nur meine Erklärung auf dem Vorderdeck dazu, irgend jemanden vom Gegenteil zu überzeugen. Wie eine unsichtbare Dunstglocke hing die Angst über dem Schiff, und noch lange, nachdem der Zahn des Raksh hinter uns am Horizont verschwunden war, konnte man keine sechs Schritte auf Deck tun, ohne über irgendeinen Bittsteller zu stolpern, der an einem Gebetsrahmen herumpfuschte oder den duldsamen Deckplanken ein Trankopfer darbrachte.

Nun, zumindest wußten wir nun, wo wir waren – in

einer Gegend, durch die kein Schiff mehr freiwillig gesegelt war, seit Sher im Ozean versunken war, ein großer, leerer Raum auf den neuesten Seekarten, aber doch wenigstens ein Ort innerhalb der bekannten Welt. Die Navigatoren hatten mit Iklankish als Orientierungspunkt schnell herausgefunden, daß wir gerade über die versunkene Zentralebene des Reiches Sher segelten und Cansh Miishel nur sieben oder acht Tagesreisen weiter nordöstlich lag.

Für die meisten waren das gute Neuigkeiten, aber nicht für mich; doch als der Tag vorüberging und die Nacht heraufzog, ging es den anderen allmählich schlechter, und ich begann aufzuatmen. Die Strömung trug uns noch immer nach Süden und damit weiter weg von Miishel. Erneut flackerte in mir die ernsthafte Hoffnung auf, daß wir in die große Strömung des Südens treiben würden, die uns an Zaine vorbei in die unbekannte Welt tragen würde. Nicht nur ich hegte diesen Gedanken. Die Mannschaft arbeitete eifrig an den neuen Segeln, die sie noch vor Einbruch der Nacht hatten setzen wollen, nur für den Fall, daß genug Wind aufkäme, um uns aus der Strömung zu lösen. Auf die dringende Bitte des Kapitäns hin wurde sogar der Bequiin Ardin aus seiner Kabine geholt und an Deck gebracht, um einen Windzauber auf dem Vorderdeck zu wirken, der weder das Wetter noch meine Meinung über miishelische Magie nennenswert beeinflußte. Schließlich wurde er wieder hinuntergebracht, und es hatte sich wieder keine Gelegenheit geboten, mit ihm zu sprechen.

In dieser Nacht, als ich neben Rinn im Bett lag, träumte ich, der Wind würde durch die Straßen der versunkenen Stadt wehen. Schlick wirbelte um die Köpfe der Hammer von Iklankish. Häuser bebten und zerfielen. Fische und Seebestien flohen in silbernen Schwärmen, die Türme stürzten ein, und die großen, kreisförmigen Mauern wurden gewaltsam von ihrer Begrünung befreit. Ich erwachte voller Schrecken und hörte von draußen das

Flüstern des echten Windes, das von dem gequälten Ächzen der Masten und der behelfsmäßigen Takelage begleitet wurde. Mit zusammengepreßten Lippen schlüpfte ich aus unserer Kabine hinaus, schlich auf Zehenspitzen durch den Salon, in dem Shree schlief, und hastete dann, drei Stufen auf einmal nehmend, zum Achterdeck hinauf.

Der Wind war warm, so warm wie Rinns Atem, allerdings nicht so wohlriechend. Die Segel blähten sich unter ihm, und das Schiff glitt unter dem Sternenhimmel dahin, als hätte es sich plötzlich an eine wichtige Verabredung erinnert. Voller Verzweiflung setzte ich mich auf die Planken.

Anscheinend war ich trotz allem dazu verdammt, nach Cansh Miishel zu fahren.

Sieh dir die Sterne an, du Zweig des großen Baumes.

Erschrocken sah ich auf. Der Himmel war wolkenlos, dennoch brauchte ich einen Augenblick, um seine gewaltige Ausdehnung zu erfassen und eine vertraute Konstellation zu finden; wir befanden uns viel weiter südlich, als ich jemals zuvor gewesen war. Plötzlich hielt ich den Atem an. Ich sah nach achtern, und dort fand ich einen alten Freund. Die Krone hing kopfüber direkt vor mir. Das Auge des Königs, jener Fixstern im Norden, um den sich die anderen Konstellationen zu drehen schienen, hing nur wenige Finger breit über dem Horizont, genau in einer Linie mit den Überresten der mittlerweile verschwundenen Reling – hinter uns. Ich sprang auf. »Wir segeln nach Südosten!« keuchte ich.

»In der Tat, Sproß von Oballef.«

Ich wirbelte um die eigene Achse und bereitete mich innerlich auf ein weiteres Attentat vor – doch die schattenhafte Gestalt, die aus der Luke heraustrat, hob nur grüßend die Hand. Es war der Frath-Major.

»Ganz ruhig, Sproß«, sagte er mit müder Stimme. »Ich hatte gerade ein Gespräch mit dem Kapitän. Ja, wir segeln nach Südosten, aber das ist besser, als direkt nach Süden zu fahren, und es gibt nichts, worüber wir uns Sorgen machen müßten.«

»Was wollt Ihr damit sagen, Cousin? Worüber müssen wir uns keine Sorgen machen?«

»Der Wind ist kräftig. Er hat uns aus der verdammten Strömung herausgeholt, und das ist gut, auch wenn wir nicht Kurs auf Cansh Miishel setzen können. Wir werden wohl zunächst einmal dorthin segeln müssen, wo er uns hinbläst.« Mitfühlend klopfte er mir auf die Schultern. »Tut mir leid, Euch sagen zu müssen, daß sich unsere Ankunft in Cansh Miishel verzögern wird – möglicherweise sogar um sechs Wochen.«

»Aha«, kommentierte ich, wobei ich mir alle Mühe gab, enttäuscht zu klingen.

Er ließ mich wieder los, verschränkte die Arme vor der Brust und starrte zum Himmel hinauf. Ich konnte gerade noch die scharfen Konturen seines Profils vor dem Sternenhimmel wahrnehmen. »Glücklicherweise haben wir genug Proviant an Bord«, fuhr er fort. »Das Frischwasser geht zur Neige, aber es wird noch für ein paar Tage reichen. Außerdem können wir es im Notfall mit Wein strecken, und an Wein herrscht kein Mangel, Sproß von Oballef.«

»Davon gehe ich aus«, sagte ich, wobei ich versuchte, mir vorzustellen, daß die edlen Tropfen aus dem Weinlager jemandem angeboten werden könnten, dessen Stand unterhalb dem eines Han-Fraths war. Ganz gleich wie durstig ein einfacher Mann auch sein mochte, ich konnte es nicht glauben.

»Außerdem hoffen wir, bereits morgen oder übermorgen anlegen zu können«, fügte der Frath-Major hinzu.

Ich blinzelte ihn an. »Anlegen? Wo? Soweit ich die Karten im Gedächtnis habe, sind die südlichen Gewässer das größte inselfreie Gebiet der gesamten Großen Bekannten See. Viele kleine, kahle Atolle, aber von denen dürfte uns kaum eines von Nutzen sein.«

Er drehte sich zu mir um, so daß ich das düstere Funkeln in seinen Augen sehen konnte. »Die Navigatoren haben eine Inselgruppe gefunden, wo sich das Anlegen lohnt. Es handelt sich um Inseln, die seinerzeit zum sheranischen Reich gehörten und die große Flut möglicherweise überstanden haben. Sie erwähnten auch einen Namen, aber der war mir unbekannt.«

Ich kramte in meinem Gedächtnis nach irgend etwas in diesem Gebiet, südöstlich von Sher, westlich von Zaine, ein Leidensgenosse unter dem Joch der Sheraner. »Vielleicht Vassashinay?« fragte ich.

»Vassashinay! Genau das ist der Name. Kennt Ihr es?«

»Nur dem Namen nach.«

»Nun gut, der Kapitän denkt, wir könnten dort an Land gehen, ehe uns dieser verdammte Wind bis zur Großen Südströmung hinunterweht. Ich hoffe es. Ich habe wenig Interesse daran, der unbekannten Welt einen Besuch abzustatten.«

Ich schon, dachte ich, doch zu dem Frath-Major sagte ich: »Euch ist aber bewußt, daß sich Vassashinay schon mehr oder minder in der unbekannten Welt befindet.«

»Das ist wahr, Sproß von Oballef, aber es ist wenigstens noch auf der richtigen Seite von Zaine. Wir können dort vor Anker gehen, unser Schiff reparieren und die Vorräte aufstocken. In einem Monat etwa können wir dann mit den Herbstwinden segeln. Das hat der Kapitän mir versichert.«

»Wunderbar«, sagte ich, doch in der Dunkelheit verzog ich das Gesicht.

»Nur keine Angst, Sproß, Ihr werdet die wundervollen Türme von Cansh Miishel noch früh genug zu sehen bekommen.« Wieder schlug er mir auf die Schulter, und die Geste hatte etwas Besitzergreifendes. Nur mein übermäßiges Taktgefühl hielt mich davon ab, ihn einfach abzuschütteln. »Natürlich verläuft das alles nicht nach Plan«, fuhr er verärgert fort. »Wer weiß, was diese grisotischen *Fliis* im Schilde führen – wer weiß, in welchem Zustand wir Miishel bei unserer Ankunft vorfinden werden.«

»Ich bin davon überzeugt«, erklärte ich heiter, »daß die Allianz gut eine Weile ohne uns zurechtkommen wird. Ich kann mir nicht denken, daß Miishel in den nächsten paar Monaten in ernsthafte Schwierigkeiten geraten wird, auch wenn es vorübergehend auf Eure Feldherrnkunst verzichten muß.« Ich verbeugte mich in seine Richtung und genoß das Wissen, daß jede Geste der Ironie von der Dunkelheit verschluckt wurde.

»Ich habe nicht an meine Feldherrnkunst gedacht«, murmelte er in seiner Muttersprache, doch ich nehme an, ich sollte seine Worte gar nicht verstehen, so leise sprach er. Aber ich hörte sie doch, und sogleich ging mein Verstand an die Arbeit. Ein hilfreiches Puzzlestück rückte an die richtige Stelle, und ich konnte nicht länger leugnen, daß Shree recht hatte: der Frath-Major wußte von der Heiligen. Wie konnte er davon wissen? Im Grunde war das egal. Vermutlich hatte er sein Wissen der akribischen wissenschaftlichen Arbeit des Bequiin Ardin zu verdanken. Viel wichtiger war, daß der Frath-Major mich offenbar als Geheimwaffe benutzen wollte – genauer gesagt, er wollte die Heilige als Geheimwaffe einsetzen, ich war nur ein Transportgefäß auf Beinen. Der Frath-Major plante, uns einzusetzen, um den Umhang des großen Reiches für den Giganten von Miishel zu erringen.

Ich grinste einer warmen Windböe entgegen. Seine Hoffnungen und Pläne waren so durchschaubar. Rinn ihrerseits sollte meinen Geist mit Hilfe ihres einzigartigen Körpers unterwerfen – wie sonst sollte der Frath-Major sich einbilden, mich beherrschen zu können? Und Rinn, das arme Püppchen, tat wirklich ihr Bestes.

Und auch ich wußte nun, was ich zu tun hatte. Bis zu einem gewissen Punkt mußte ich dem Frath-Major geben, wonach es ihn gelüstete. Er wollte, daß Rinn mich verhexte, also würde ich mich verhexen lassen. Morgen würde ich anfangen. Schließlich konnte der Frath-Major nicht wissen, daß ich nicht nur Rinns Charme zu widerstehen vermochte, sondern überdies längst einer anderen gehörte, einer Frau, die schon vor langer Zeit gestorben war.

Und es gab noch mehr, was der Frath-Major nicht wußte, was auch Rinn nicht wußte, etwas, das zu diesem Zeitpunkt nur Shree, Chasco und mir bekannt war.

Ich mußte mich zusammenreißen, um nicht laut loszulachen. Wie würde der Frath-Major wohl über seinen

Handel denken, wenn er erst herausfände, daß es ihm nicht einmal helfen würde, wenn Rinn mich unter Kontrolle bekäme, da ich auch dann nicht in der Lage wäre, die Heilige zu kontrollieren?

Vassashinay. Das war die Art Fleck auf der Seekarte, die man zunächst eher für eine zerquetschte Fliege, Schmutz oder einen Ausrutscher des Zeichners halten mochte, und es war die Art von Name, der zufälligerweise bei sämtlichen Niederschriften vergessen wird und, sollte er doch jemals auftauchen, stets falsch ausgesprochen wird. Ein wahres Nichts von einem Ort, absolut tiefste Provinz. Vassashinay war genau der Ort, an den kein vernünftiger Mann je freiwillig reisen würde, selbst wenn er davon gehört hätte, was freilich die meisten nicht hatten.

Teilweise lag das sicher an seiner unglücklichen geographischen Lage, schließlich war Vassashinay der nächste Nachbar Shers gewesen und damit die erste Nation, die unterworfen werden mußte, sobald sich in Sher der erste Funken imperialistischen Gedankenguts gerührt hatte.

Mehr wußte auch ich nicht über diese Insel, aber ich wußte, wie ich mehr erfahren konnte. Nach einigen Minuten belangloser Plauderei mit dem Frath-Major ging dieser zurück zum Kapitän, während ich unter Deck trottete, um Shree zu wecken.

Er lag noch immer ausgestreckt und voll bekleidet auf einem jener sagenhaften, seidenbezogenen Polstermöbel des großen Salons. Ich setzte mich an den Tisch und warf eine Elfenbeinfigur auf seine Brust.

Wie es sich für einen Soldaten gehörte, erwachte er auf der Stelle und hatte bereits sein Schwert gezogen und sich in Kampfesposition gestellt, noch ehe er die Augen ganz offen hatte. Als er jedoch feststellte, daß keine Gefahr drohte, bedachte er mich lediglich mit einem bösen Blick und ließ sich wieder auf das Sofa fallen. »Beim Barte des Raksh, Tig, was ist los?«

»Vassashinay«, sagte ich.

Er gähnte ausgiebig. »Bei den Göttern! Was ist mit Vassashinay.«

»Erzähl mir alles, was du darüber weißt!«

»Über Vassashinay? Hast du mich deswegen aufgeweckt?« Wieder gähnte er ausgiebig.

»Wir sind unterwegs dorthin.«

»Das ist doch Unsinn«, murmelte er. »Niemand fährt nach Vassashinay.« Dann riß er die Augen auf und setzte sich aufrecht hin. Plötzlich war er munter geworden. Der Wind war an seine Ohren gedrungen. »Wir sind unterwegs dorthin? Wer hat dir das erzählt?«

»Der Frath-Major, oben an Deck, gerade eben.«

Er betrachtete mich mißbilligend. »Was hast du ohne mich oder Chasco an Deck zu suchen?«

»Die Heilige hat mich begleitet«, konterte ich trocken. »Ich war also nicht in Gefahr. Und nun erzähle mir, was du weißt.«

»Bei den Göttern. In Ordnung. Vassashinay, richtig?« Er lehnte sich mit geschlossenen Augen zurück, und einen Augenblick später begann er zu kichern.

»Was ist so lustig?«

»Die Insel ist ein Witz. Als ich ein Junge war, haben unsere Ammen immer zu uns gesagt, wir kleinen Shrikköpfe sollten anständig sein, oder sie würden uns geradewegs nach Vassashinay schicken, wo die anderen Shrikköpfe lebten.«

»Sollte euch das Angst einjagen?«

»Nein. Sie hätten uns ebensogut sagen können, sie würden uns in Kuhscheiße tauchen, wenn wir uns nicht benehmen, oder etwas in der Art. Angst einjagen, also wirklich! Nichts war dazu gedacht, kleinen sheranischen Kriegsherren Angst einzujagen.«

»Also ist in Kuhscheiße getaucht zu werden ein Äquivalent dazu, nach Vassashinay geschickt zu werden«, sagte ich nachdenklich.

»Grob gesagt, ja.«

»Warst du jemals dort?«

»Natürlich nicht!« Er sah ernsthaft gekränkt aus.

»Dann weißt du also nichts über die Insel.«

Er runzelte die Stirn. »Nur wenig. Wir, ich meine Sher, hat die Insel so oft unterworfen, daß sie eigentlich als rechtmäßiger Teil des Reiches Sher angesehen werden kann, abgesehen davon, daß sie von den Sheranern nicht besiedelt wurde und es auch sonst kaum Verbindungen gab. Es gab zwar eine Garnison, aber dort taten vor allem irgendwelche Übeltäter Strafdienst. Außerdem war die Insel ein Auffanghafen für den Handel mit Zaine. Davon abgesehen . . .« Seine Stimme verlor sich.

»Weiter nichts?«

»Da war noch etwas – ich versuche gerade, mich daran zu erinnern, wenn du nur mal still sein könntest! Ach ja.« In Gedanken versunken blickte er durch mich hindurch. »Da war noch etwas, das mit den Magiern zu tun hatte, Wahrsager und so. Jetzt weiß ich es. Es gab ein Orakel auf einer der Inseln, die zu Vassashinay gehören, und einige der Priesterinnen sind in das Tempelbordell nach Iklankish gebracht worden. Ich kann mich vage erinnern, einmal eine von ihnen gehabt zu haben.«

»Und?«

Er zuckte die Schultern. »Sie war eben eine Tempelshint, das ist alles. Wenigstens hat sie mir hinterher die Zukunft vorausgesagt.«

Ich fragte nicht weiter, und das war auch nicht nötig. Shrees Gesichtsausdruck veränderte sich deutlich, während er sich wieder erinnerte.

»Sie sagte – und ich glaube, ich habe sie damals für ihre Frechheit gezüchtigt –, sie sagte, zwei Seelen würden in meinem Körper leben, und eine von ihnen würde durch die Hand der anderen sterben.« Er unterbrach sich und spielte einen Augenblick mit seinem Schwert. »Sieht fast so aus, als wäre in gewisser Weise genau das eingetroffen. Vielleicht hätte ich sie nicht schlagen sollen.«

»Sehr richtig«, sagte ich streng. »Sonst noch etwas?«

»Eine Sache noch.« Nachdenklich legte er das Schwert von einer Hand in die andere, immer hin und her, und das Licht der Lampe spiegelte sich in der scharfen Klinge. »Sie sagte, wir würden uns eines Tages wiedersehen, sie und ich.«

»Wo? In Sher?«

»Nein.« Er hatte eine Ecke der unbezahlbaren Brokatdecken ergriffen und polierte damit sein Schwert.

»Komm schon. Wo, hat sie gesagt, werdet ihr euch wiedersehen?«

Ein winziger Fleck auf der Klinge erregte seine Aufmerksamkeit, und er wischte ihn energisch fort, ehe er antwortete. »In Vassashinay«, sagte er.

Kapitel 18

Schließlich mußten wir den Wein doch nicht dazu mißbrauchen, die Wasservorräte zu strecken. Der starke, gleichmäßige Wind trieb uns über die versunkene Küste von Sher und zu den Untiefen von Kalish, wo wir zum ersten Mal seit dem Zahn des Raksh wieder Land sahen, was diesmal freudig begrüßt wurde. Es war ein trauriger kleiner, mit Vogeldreck bedeckter Felsenbuckel, der sich dort aus der Tiefe erhob. Sogar auf diese Entfernung stank er furchtbar nach Seetang, doch man hätte glauben können, die Mannschaft hätte den Himmel selbst vor Augen – den miishelischen Himmel, der mehr Ähnlichkeit mit einer ewigwährenden Orgie hat, wogegen der lucianische Himmel eher exklusiv und stinklangweilig ist. Es war nun einmal ein hilfreicher, trauriger, kleiner Buckel. Er zeigte der Mannschaft, daß wir die neugeschaffene Weite der sheranischen See hinter uns gelassen und die alten Seewege, die früher um die Südküste von Sher nach Zaine geführt hatten, wieder erreicht hatten; und welche Geister auch immer in der Gruft von Iklankish hausten oder auch nicht, wir waren zurück im Meer der Lebenden.

Zwar bestand noch immer die Gefahr, daß der Wind uns geradewegs an Vassashinay vorbeitreiben würde, doch der Kapitän erwies sich als gerissener und erfahrener alter Seebär, der jedes Abflachen des Windes zu nutzen wußte, um uns besser auf Kurs zu bringen. So schrumpfte meine Hoffnung, doch noch in die Große Strömung des Südens zu geraten, im Laufe des Tages immer weiter zusammen, und ich begann, meine Hoffnungen auf ein neues Fundament zu bauen. Schließlich war es besser, so sagte ich mir, auf Vassashinay anzulegen, als Cansh Miishel zu erreichen, und in sechs Wochen konnte viel passieren – vielleicht wurde einmal ein kleines Boot unbewacht zurückgelassen, ein paar Fässer Wasser und Käse gestohlen, und jemand würde in einer dunklen Nacht die Insel ohne Vorankündigung verlassen. Sechs Wochen boten eine Menge Spielraum, um zu entkommen. Ich begann, Pläne zu schmieden.

»Wir könnten in Vassashinay ein Boot stehlen und uns zur Strömung des Südens aufmachen.« Ich sprach leise, ein Auge stets auf die Luke vor der Treppe nach unten gerichtet.

Shree warf ein Spielholz mit einer geübten Bewegung seines Handgelenkes. Wir hatten auf dem Achterdeck eine Markise verzurrt, weil die Sonne in diesem südlichen Klima zu heiß war, als daß man sie lange hätte ertragen können. Unter Deck war die Luft jedoch noch drückender. Ich fühlte mich ein wenig schuldig, weil ich Chasco angewiesen hatte, unten zu bleiben, aber ich brauchte ihn nun einmal dort. Das Spielholz fiel zu Shrees Gunsten, also nahm er sich ein weiteres und machte seinen nächsten Wurf.

»Die Flucht könnte sich schwieriger gestalten, als du denkst.« Er unterbrach sich, ehe er leise fragte: »Siehst du irgendeine Möglichkeit, die Macht der Heiligen zu nutzen?«

Ich schnaubte. »Ich möchte mich nicht auf sie verlassen. Sie geht neuerdings ihre eigenen Wege, ist dir das noch nicht aufgefallen? Nein, ich denke, wir müssen die Heilige aus unseren Plänen raushalten, und ich hoffe bei Gott, daß sie auch draußen bleibt.«

»Dann wird es nicht einfach werden. Wenn der Frath-Major wirklich von der Heiligen weiß, dann wird er dich ebenso sicher verschnüren wie der Primas, um dir jede Fluchtmöglichkeit zu nehmen. Du wirst die ganze Zeit über unter Bewachung stehen – ich bezweifle sogar, daß man dir erlauben wird, das Schiff zu verlassen, während wir vor Vassashinay liegen.«

»Daran arbeite ich bereits, Shree.« Mit düsterem Blick betrachtete ich die Spielhölzer. Shree hatte alles zurückgewonnen, was er mir geschuldet hatte, und nun war ich dabei, Schulden zu machen. Wieder warf er, doch diesmal verlor er.

»Ich bin dran.« Ich warf ein Holz und fluchte leise, als es auf der falschen Seite landete. »Paß auf, ich muß nur den Frath-Major davon überzeugen, daß ich nicht die Absicht habe, zu verschwinden.«

»Und wie willst du das anstellen?«

Ich wog das nächste Spielholz in meiner Hand. »Ich werde mir den Bissen schnappen, den er mir vorwirft.«

»Welchen Bissen?«

Ich warf das Holz katastrophal verkehrt. »Verdammt. Du bist dran. Hör nicht auf zu spielen, für den Fall, daß wir beobachtet werden. Ich spreche von Rinn.«

Shree warf sein Holz. Es landete absolut perfekt auf dem Haufen. Dann sah er mich ärgerlich an. »Was ist mit Rinn?«

»Sie ist der Bissen. Offensichtlich hat sie die Aufgabe, mich zu becircen, also werde ich mich becircen lassen. Von jetzt an werde ich ihr mehr Aufmerksamkeit entgegenbringen. Ihr schmeicheln, sie anhimmeln. Bis jetzt war ich viel zu anständig. Sie werden womöglich noch denken, ich hätte kein Interesse an ihr.«

»Das hast du auch nicht.«

Wieder schnaubte ich. »Das ist doch egal. Schließlich bin ich ihr ebenso gleichgültig. Trotzdem muß ich nur den Frath-Major davon überzeugen, daß ich in ihren Händen so formbar wie feuchter Ton bin. Das ist es, was er unbedingt glauben will, also wird es nicht besonders schwierig sein.«

Shree bedeckte seine Augen mit der Hand. »Nicht schwierig, was? Vermutlich wäre es einfacher, wenn du einfach über Bord springst und davonschwimmst. Diese Frau bedeutet Ärger, Tig.«

»Nun, darauf zähle ich, und ich zähle auch auf dich, Shree.«

»Wozu?«

»Spiel weiter. Ich werde es dir erklären.« Wir warfen unsere Spielhölzer, und ich erklärte Shree, wie der Verstand des Frath-Majors meiner Ansicht nach arbeitete, erzählte ihm von der Illusion, der er erlag, wenn er glaubte, die Heilige sei leicht zu führen, von den Vorteilen, die wir erringen konnten, wenn ich nur Rinns ergebener Sklave war. Und ich erzählte ihm, was er zu sagen hätte. Als ich fertig war, grinste er.

»Das gefällt mir, Tig. Du mußt weiter nichts tun, als den Idioten zu spielen, und darin bist du gut. Worauf wartest du noch?«

»Chasco.«

»Wo ist er?«

»Er wartet darauf, ob Rinn Besuch von einem ihrer Liebhaber bekommt.«

Tatsächlich kam Chasco genau in diesem Augenblick die Stiege herauf. Leise trat er auf das Deck und winkte mir zu. »Es ist soweit, Lord Tigrallef. Gerade ist jemand hineingegangen.«

»Gut.« Ich begann, die Spielhölzer einzusammeln, um sie in ihre Schachtel zurückzulegen, als mich die erste Woge Lampenfieber packte. Einige Hölzchen entglitten meiner Hand und fielen auf die Planken. »Vielleicht sollte ich ihnen noch etwas Zeit lassen, damit sie anfangen können«, sagte ich.

Shree und Chasco wechselten verständnisvolle Blicke. »Nun komm schon, Tig«, sagte Shree. »Es ist schließlich deine Idee.«

»Ich denke, ich sollte sie zunächst etwas weiter ausarbeiten.«

»Sie ist perfekt, so wie sie ist. Was ist los? Du hast doch keine Angst vor ihr?«

»Seit ich ihr die Fingernägel geschnitten habe, nicht mehr.«

Shree grinste mich boshaft an. »Na, dann fürchtest du wohl, du könntest dich tatsächlich in sie verlieben, richtig?«

»Keinesfalls«, entgegnete ich grimmig. Das war die Wahrheit. Es wäre sogar dann wahr gewesen, wenn mein Herz nicht auf dem Meeresgrund bei Callas geliebten Gebeinen verrotten würde. Folglich konnte ich davon ausgehen, daß Rinns Zuneigung, vorausgesetzt, sie konnte so etwas empfinden, mir keinesfalls gefährlich werden konnte. Mein unwillkürliches Zögern hatte schon mehr mit Ehrbarkeit zu tun – es war eine Sache, wenn ich meinen ehelichen Pflichten nachkommen mußte, aber es war etwas anderes, vorzugeben, daß ich die kleine Hure anbeten würde. Und die Heilige würde diese Komödie die ganze Zeit über durch meine eigenen Augen beobachten können, was außerordentlich peinlich war. Während ich an die Heilige dachte, konnte ich fühlen, wie sich ihr Amüsement in meinem Kopf ausbreitete.

Brauchst du Hilfe, Sproß von Oballef?

»Nein, mach dir keine Gedanken.«

»Was?« fragte Shree.

»Nichts.« Ich hob ein Spielholz vom Boden auf, das er übersehen hatte, und reichte es ihm. Selbstverständlich hatte er recht. Meine Strategie war gut, und je eher ich loslegte, desto besser. »In Ordnung, an die Arbeit.«

Ich ging vor den beiden die Stufen hinab. Nun, da der Augenblick der Tat näherrückte, mußte ich dem dringenden Impuls widerstehen, einen Ausfall in Richtung Vorderdeck zu machen. Auf dem Gang begegneten wir einigen Frath-Minoriten, doch der Salon war verlassen, als wir dort eintrafen, möglicherweise lag das an der leidenschaftlichen Geräuschkulisse, die aus Rinns Gemächern in den Salon drang. Ich blieb auf der Schwelle stehen.

»Ich weiß nicht, wie ich anfangen soll.«

Gerade in diesem Augenblick hörten wir die Schritte etlicher Männer, die sich dem Salon näherten; die tiefe Stimme des Frath-Majors sagte etwas in ihrem charakteristischen Grummelton, und mindestens zwei Männer begannen zu lachen.

Shree trieb mich an. »Beeil dich, Tig. Das ist ein idealer Moment. Du kannst den Bastard dem Frath-Major direkt vor die Füße werfen.«

»Aber wie soll ich anfangen . . .?«

»Geh schon! Dir wird schon etwas einfallen.«

»Und das soll helfen?« Verärgert drehte ich mich um und atmete tief durch. In diesem Augenblick, Sekunden bevor der Frath-Major den Salon betrat, flammte die Inspiration wie ein Blitz in meinem Kopf auf. Dieser Inspiration folgend riß ich die Tür auf und schlug sie hinter mir wieder zu.

»Frau!« bellte ich so überzeugend wie möglich.

Augenblicklich verstummten die Geräusche; aus einem ganz unglaublichen Gewirr aus Körperteilen tauchten zwei verschreckt blickende Augenpaare auf. Ich ging festen Schrittes zum Bett hinüber, packte mir eine Handvoll Fleisch und zog daran. Rinns Liebhaber kreischte auf und stürzte zu Boden. Es war Zimin, der flaumgesichtige Han-Frath, der die Garde an Bord der Tasiil kommandierte, eigentlich nicht Rinns Typ; ich war überrascht und ein wenig entsetzt, daß sie mit einem Mann schlief, der nicht einmal im Rang eines Frath-Minoriten stand.

»Hinaus!« sagte ich in dem besonders leisen und gefährlichen Tonfall, den ich beim Primas abgekupfert hatte. Zimin begann hastig, seine Kleider einzusammeln. Für einen Augenblick vergaß ich meine Rolle und bückte mich, um ihm zu helfen, doch ich hatte mich schnell wieder gefangen.

»Hinaus!«

Er sah mich noch einmal an, verzichtete auf seine restlichen Kleider und rannte – so schnell wie möglich und nackt wie ein Neugeborenes, wobei er zwischen Bett und Tür Stück für Stück seine Kleider verlor. Ich lächelte innerlich.

Das war wirklich nicht schwer gewesen. Nun wandte ich mich Rinn zu.

Dieser Teil würde sich vermutlich nicht so einfach gestalten.

Man stelle sich eine Jungkatze von der Größe eines Panthers vor, mit proportional passenden Zähnen und Klauen; schlimmer noch, ein Panther, dem gerade seine letzte Beute gewaltsam aus den Klauen gerissen wurde. Fast hätte ich mich einfach abgewandt und wäre Zimin nach draußen gefolgt.

»Wie kannst du es wagen?« keuchte sie. Ich schluckte, doch mein Text fiel mir noch rechtzeitig wieder ein, also trat ich einen Schritt auf das Bett zu und setzte eine Miene leidenschaftlichen Kummers auf.

»Mein Leben ist nicht mehr lebenswert, wenn du weiter diesen Weg beschreitest«, intonierte ich inbrünstig. »Du mußt eine Wahl treffen, Liebste – entsage den anderen oder sieh zu, wie ich aus Liebe sterbe.«

Ganz offensichtlich war ihr der Text nicht bekannt: *die Tragödie der ehrlosen Frau,* eine klassische Tragödie über die Leidenschaft von dem großen calloonischen Poeten Ervard n'Ilthon, der mir besonders gut geläufig war, da ich seine Werke zur Übung übersetzt hatte, als ich die calloonische Sprache lernte. Ich war froh, daß ihr das Werk unbekannt war, denn das Stück endete mit einem gemeinschaftlichen Selbstmord nach einer Reihe von Mißgeschicken, doch die erste Konfrontation des betrogenen Ehemannes und seiner fremdgehenden Ehefrau enthielt einige äußerst passende Zeilen. Nun sollte sie sich vor meine Füße werfen und ganze Wasserfälle reumütiger Tränen vergießen.

Statt dessen warf sie mir ihren Gebetsrahmen an den Kopf.

Ich duckte mich. Unter diesen Umständen schien mir Ervard n'Ilthons nächste Zeile unpassend, also improvisierte ich. »Rinn, mein Engel, ich würde alles für dich tun!« Ein Krug folgte dem Gebetsrahmen, doch auch dem konnte ich entgehen. »Ich bin der Sklave meiner Leidenschaft!« fügte ich eilends hinzu, als ich bemerkte, daß sie ein schweres Silbertablett ergriffen hatte. »Dein Sklave«, ergänzte ich.

Mit dem Tablett über ihrem Kopf hielt sie inne, und der vertraute berechnende Ausdruck kehrte in ihre Augen zurück.

»Mein Sklave?« fragte sich nachdenklich und ließ das Tablett sinken.

Ich konnte die einfache Kette der Schlußfolgerungen in ihrem Schädel förmlich sehen: Der Sproß von Oballef schwört, er sei mein Sklave, also habe ich getan, was der Frath-Major von mir verlangt hat, also ist mir der Frath-Major nun etwas schuldig. Das Tablett krachte auf den Boden. Mit einiger Verspätung folgte sie nun doch Ervard n'Ilthons Text.

Kapitel 19

Wie Shree mir berichtete, harmonierte Zimins hastiger Abschied aus Rinns Liebesleben ganz wunderbar mit der Ankunft des Frath-Majors im Salon, und der größte Teil unserer improvisierten Aufführung von *der ehrlosen Frau* war durch die Tür hindurch deutlich vernehmbar. Der Frath-Major hatte zunächst einen skeptischen Eindruck gemacht – immerhin kam dieser Sinneswandel doch recht plötzlich –, doch Shree nahm ihn beiseite und erzählte ihm wie verabredet im Flüsterton von meinem verborgenen Herzensleid der letzten Tage, meiner wachsenden Besessenheit bezüglich Rinns fleischlicher Reize, und dem ebenso plötzlichen wie unkontrollierten Ausbruch der Leidenschaft und der Eifersucht. Shree neigt zu Übertreibungen, wenn er lügt, doch der Blödsinn, den er dem Frath-Major erzählte, paßte so gut zu dessen eigenen Wünschen, daß Shree seine Geschichte sogar noch blumiger hätte ausschmücken können, ohne daß sie an Überzeugungskraft verloren hätte. Als Rinn und ich zwei Stunden später unsere Kabine endlich wieder verließen, ich vor Erschöpfung zitternd, die Prinzessin dagegen triumphierend an meiner Seite, war der Frath-Major bereits geneigt zu glauben, daß ich zum Kult der Rinn-Anbeter konvertiert wäre.

Wir gingen wie zwei Verliebte an Deck, um den Sonnenuntergang zu betrachten. Der Frath-Major beobachtete uns derweil mit selbstgefälligem Gesichtsausdruck und diskret aus der Distanz. Nicht weit von ihm saßen Shree und Chasco. Auch sie machten einen recht selbstgefälligen Eindruck, wenn auch aus anderen Gründen. Allmählich wurde mir einer der Nachteile meines brillanten Planes bewußt – von nun an würde ich einen Großteil meiner Zeit mit der Prinzessin Rinn verbringen müssen, und wir würden nicht die ganze Zeit im Bett bleiben können.

Hand in Hand spazierten wir in der Abenddämmerung über das Deck, während nach und nach die Sterne am Himmel auftauchten und der Mond pflichtschuldig, die See in silbernen Schein tauchte. Es war die perfekte Nacht für Liebende – der Wind hatte nachgelassen, es ging nur noch eine sanfte Brise, das Meer umspielte musikalisch den Schiffsrumpf, im vorderen Teil des Schiffes zupfte jemand eines süße, melancholische Melodie auf einer hölzernen Daumenharfe. Sogar eine Sternschnuppe blitzte am Himmel auf.

Doch auch diese wunderbare Kulisse half mir bei weitem nicht so sehr, wie man es vermuten sollte. Selbst wenn mein Leben auf dem Spiel gestanden hätte, mir wollte einfach nichts Romantisches einfallen, was ich ihr hätte sagen können, obwohl Rinn schnell keinerlei Zweifel daran ließ, was sie hören wollte. Wie es schien, gehörten Spekulationen über die kristalline Struktur der stellaren Sphären ebensowenig dazu wie Betrachtungen über den mysteriösen Äther, der den riesigen Hohlraum des Universums ausfüllte. Sie interessierte sich nicht für Sternenkonstellationen, nicht für Planeten, die um ihre stillstehenden Brüder kreisten und auch nicht für die zelfische Methode, die Mondzyklen zu berechnen. Für sie bedeuteten die Sterne lediglich einen Kontrapunkt zu ihrer eigenen Pracht, und meine Aufgabe war es, ihr zu versichern, daß sie sie alle übertraf.

Ich versuchte es, doch im Gegensatz zu Shree bin ich ein jämmerlicher Lügner, und unter diesem Druck versagte meine Phantasie endgültig. Ich konnte Rinns zunehmende Ungeduld fühlen, während ich nach leidenschaftlichen Bekenntnissen und blumigen, feuchten Huldigungen ihrer Reize suchte. Es kamen mir aber nur Sätze in den Sinn, die nach Vorträgen über weibliche Anatomie klangen. Schließlich gab ich den Versuch auf, eigene Worte zu finden, und ließ mich statt dessen dankbar in die Arme der erotischen Literatur fallen. Stück für Stück arbeitete ich mich durch alle Passagen, die mir noch aus *Gilanische Oden an die Liebe, die Verführung der goldenen Cul, Passionale* und *das Seidentäschchen der Jungfrau* in Erinnerung geblieben waren. Gerade wollte ich mich an der *Erotischen Mistifalia* vergehen, als Rinn mir ihr wunderbares Gesicht zuwandte und mich mit einem schlanken Finger auf meinen Lippen zum Schweigen brachte.

»Sei mal einen Augenblick still, Sproß von Oballef«, sagte sie. »Was ist das dort für ein rotes Licht?«

Ich sah in die angegebene Richtung. Am Horizont entdeckte ich ein diffuses Leuchten. Ganz ähnlich hatte Sathelforn in einer klaren Nacht von einem Hügel des Exils aus ausgesehen; dieses Licht aber war rot und unbeständig, und nach wenigen Minuten leuchtete ein strahlendes, rubinrotes Licht über das Meer und verbreitete um sich herum einen glitzernden Glorienschein. Gleich darauf durchbrach der laute Ruf des Ausgucks die Stille der Nacht: »Land in Sicht!«

Schritte erklangen hinter uns. »Land – das muß Vassashinay sein«, sagte der Frath-Major, und seine Stimme klang erleichtert.

Rinn verlor sofort ihr Interesse an dem Licht. Sie schlang sich um mich und sah mir in die Augen. »Erzähle mir mehr darüber«, gurrte sie, »wie sehr du mich anbetest. Erzähle mir, wie du alles tun wirst, um mich glücklich zu machen.« Vermutlich wollte sie damit den Frath-Major beeindrucken. Die unausgesprochene Botschaft lautete: *Sieh nur, Cousin, ich habe ihn in die Tasche gesteckt.*

»Du hast meine Seele versklavt«, sagte ich pflichtgemäß. »Ich würde alles tun, um dich glücklich zu machen. Du bist die Sonne an meinem Himmel, der Mond, der mein Herz erleuchtet, die Sterne, die des Nachts zu mir sprechen. Wenn du es wolltest, dann würde ich mir mit eigenen Händen die Leber aus dem Leib reißen und sie dir in einer Goldschatulle überreichen.« Als könnte sie damit etwas anfangen. Und so ging es in demselben schleimigen Ton immer weiter. Ich betete darum, daß Shree kein Wort von diesem Geschwätz hörte, denn das hätte es mich bis an mein Lebensende verfolgt.

Während der Litanei beobachtete ich über Rinns Kopf hinweg das brennende Auge von Vassashinay, auf das uns der Wind in dieser schwülen Nacht langsam zutrieb. Die Heilige pflegte sich dann und wann bemerkbar zu machen, doch, ob es nun an dem sentimentalen Müll lag, den ich redete, oder an der Tatsache, daß wir uns Vassashinay näherten, nun schwieg sie.

Entfernungen sind bei Nacht nur schwer einzuschätzen. Das rote Leuchtfeuer von Vassashinay sah aus, als wäre es nah genug, um hinzuspucken, dennoch schien es für lange Zeit stets in derselben Distanz zu verharren. Der Wind hatte weiter nachgelassen und füllte kaum noch die Segel, darum kroch die Tasiil auch nur noch langsam voran, doch das allein war keine Erklärung für dieses Phänomen. Allmählich konnte ich erkennen, daß dieses Juwel aus Licht dort oben am Himmel auf der Spitze eines hochaufragenden, dunklen Dreiecks saß, das sich schwarz vor dem Sternenhimmel abzeichnete. Dann hörten wir über das Meer ein Rumpeln, ähnlich wie Donner, und helle Feuerfontänen stiegen aus der Mitte des Lichtjuwels auf. Das, was ich für ein Signalfeuer gehalten hatte, war in Wirklichkeit ein aktiver Vulkan. Da ich noch nie zuvor einen solchen gesehen hatte, verfolgte ich das Schauspiel voller Begeisterung.

Rinn nicht.

Ich wollte dort bleiben und zusehen, doch sie zerrte mich nach unten. Ihr stand der Sinn nach Essen und Trinken, noch mehr Zitaten und einer weiteren praktischen Demonstration meiner demütigen Verehrung. Und die Bindung an meine eigene verdammte Strategie machte es mir unmöglich, abzulehnen. So kam es, daß ich die letzten Meilen bis Vassashinay verpaßte und bis nach unserer Ankunft den Schlaf totaler Erschöpfung schlief, ohne zu bemerken, daß wir im friedlichen Hafen von Vassashinay ankerten und es auf den oberen Decks lebendig wurde. Ich verpaßte auch alle Äußerungen, die mir die Heilige über das Schicksal und etwas anderes, das mich an jenem stillen Ufer erwartete, zugeflüstert haben mochte.

Entgegen meiner Erwartungen entpuppte sich Vassashinay als luxuriös und voller üppiger Schönheit. Es gab nicht eine, sondern vier Hauptinseln. Drei davon duckten sich mit ihren kleinen Erhebungen in den Schatten der majestätischen vierten, der Vulkaninsel. Rundherum erhoben sich walrückengleich die Korallenriffe aus der See. Einige davon waren groß genug, kleine Buchten auszubilden, in denen Sträucher wuchsen und die Platz für dauerhafte Populationen von Seevögeln, Krebsen, Schildkröten und sogar wilden Hunden boten. Auch zwischen den Hauptinseln und rund um sie herum wuchsen Korallen und formten Dämme und Korallenfelder, die bei Ebbe trocken aus dem Wasser herausragten und, soweit man die Zeit beachtete, benutzt werden konnten, um von einer Insel zur anderen zu gehen.

Die Hauptstadt, Vass, befand sich auf der größten der drei flacheren Inseln, westlich der Vulkaninsel. Der Hafen bestand aus einer weiten Lagune und wurde von natürlichen Wellenbrechern aus Korallenbänken begrenzt, die mit glänzenden, dunklen Steinen durchsetzt waren. Später erfuhr ich, daß es sich bei den Steinen um vulkanischen Basalt handelte. Diese Mischung aus Korallen und Felsbrocken spielte auch eine dominante Rolle in der vassashinayischen Architektur.

Nicht, daß von der Architektur viel zu sehen war. Als ich an diesem Morgen erwachte, Rinns Haare aus meinem Gesicht und ihren schweren kleinen Schädel von meiner Brust entfernte und leise zum Bullauge hinübertrat, konnte ich weiter nichts sehen, als einen weißen Sandstrand, an dem die kleinen Wellen der ruhigen See plätscherten. Hinter ihm lag ein üppig grüner Dschungel. Diverse Kanus und Fischerboote lagen am Strand, andere waren an einem solide gebauten Landungssteg vertäut, der weit in die Lagune herüber. Am Rand des Waldes hatten sich einige Menschen versammelt, um die Tasiil zu bestaunen, doch von ihren Gesichtern konnte ich nur fahlweiße Ovale erkennen.

Einige der Menschen gruppierten sich zu einer feierlichen Prozession. Schwach drang der Klang von Trommeln und Flöten über die Lagune herbei. Außerdem hörte ich das Geräusch von Rudern, die ins Wasser eintauchten. Ich lehnte mich aus dem offenen Bullauge hinaus und sah, daß eines der kleinen Beiboote der Tasiil auf den Landungssteg zuhielt. Im Bug saß der Frath-Major, begleitet von einigen weniger ranghohen Edelleuten und einer erstaunlich kleinen Gruppe Soldaten.

Das Boot legte am Ende des Landungssteges genau in dem Augenblick an, als die Prozession das andere Ende erreichte. Für einen Augenblick gab ich mich der wilden Hoffnung hin, die Vassashinayer würden sich auf den Frath-Major stürzen und irgend etwas Barbarisches mit ihm tun, doch sie warteten nur geduldig am Strand, schlugen ihre Trommeln und bliesen ihre Flöten, während er und seine Gefolgschaft aus dem Boot kletterten und über den Steg schritten. Als sie den Strand erreichten, wurden sie dort zwar sofort umringt, doch gab es keine Gewalt. Ich fluchte still in mich hinein.

Eine große Teppichrolle wurde durch den Wald herbeigeschafft und am Strand ausgebreitet. Dorthin wurde der Frath-Major von einem großen Mann mit einem eigentümlichen, zapfenförmigen Hut geleitet. Ihnen folgte die ganze Versammlung am Strand, Miisheli und Vassashinayer gemeinsam. Die vertrauensselige Haltung des Frath-Majors versetzte mich in Erstaunen.

Leise sammelte ich meine herumliegenden Kleider ein und ging in den Salon, wo mich Shree und Chasco bereits erwarteten. Rinn rührte sich nicht, als ich sie verließ, was ich zutiefst erleichtert zur Kenntnis nahm, denn ich fühlte, daß ich es nicht fertigbrächte, sie schon vor dem Frühstück anzuhimmeln. Wir suchten in Shrees Kabine Zuflucht, wo Chasco und ich uns wie gewöhnlich rasierten, Shree jedoch nicht – er hatte sich nun schon seit drei Tagen nicht mehr rasiert und sah bereits richtig schurkisch aus –, dann überfielen wir die Kombüse auf der Suche nach Frühstück, das wir auf Deck essen wollten.

Als wir aus der Luke an der Treppe hinaustraten, blieben wir überrascht stehen. Trotz der frühen Stunde waren wir nicht die einzigen Leute an Deck. Während wir geschlafen hatten, waren Flammenschleudern und Speerwerfer in einer Reihe auf dem unteren Vorderdeck aufgestellt worden, und alle zielten auf die Bucht. Jeder Soldat an Bord war nicht nur einfach anwesend, sondern in voller Rüstung. Ihre Aufstellung war dazu gedacht, jeden Beobachter an Land mit einer herausfordernden Kriegsmacht zu konfrontieren, ein ganzer Wald aus Speeren und Helmfedern und Flaggenstöcken stand angriffsbereit an Deck. Nun wußte ich, warum der Frath-Major so vertrauensselig war.

Achselzuckend ging ich zum Bug voran und schlängelte mich durch das Dickicht der in Reih und Glied stehenden Soldaten. Wenn sie einen so wundervollen Morgen auf diese Weise verbringen wollten, mir sollte es gleich sein. Nahe der Bugreling war ein bißchen Platz, gerade genug, damit wir uns setzen und unser Frühstückspicknick verzehren konnten. Überdies war die Stelle günstig, um während des Essens die Vorgänge am Strand zu beobachten.

Jemand tippte mir auf die Schulter. Mit vollem Mund sah ich auf. Leicht verlegen schluckte ich den Bissen hinunter, als ich den Mann erkannte. Es war der jüngste Exliebhaber meiner Frau.

»Guten Morgen, Han-Frath Zimin«, sagte ich freundlich auf Miishelisch. »Was machst du hier?«

Der Han-Frath der Garde sah mich höflich an. Sollte ihm die Erinnerung an unsere letzte Begegnung peinlich gewesen sein, so ließ er es sich nicht anmerken. »Ihr solltet Euch hier nicht so offen zeigen, Euer Lordschaft. Wir wissen bisher noch nicht, wie uns die Vassashinayer empfangen werden.«

»So?« sagte ich und reichte Chasco einen Kanten Brot. »Darum geht es hier also. Stärke zeigen. Was kommt denn als nächstes – steckt ihr den Wald in Brand?«

»Nein, Euer Lordschaft. Jedenfalls nicht, wenn die Verhandlungen gut verlaufen. Aber wenn etwas passiert ...« Er berührte den Griff seines Schwertes. »... dann werden wir sie schlachten.«

»Wirklich, ich bewundere die miishelische Diplomatie«, kommentierte ich. »Etwas Käse, Han-Frath Zimin?«

»Nein, Euer Lordschaft.« Er trat von einem Fuß auf den anderen. Offenbar war ihm nicht wohl zumute. »Euer Lordschaft, der Frath-Major hat klare Anweisungen darüber gegeben, wer sich auf Deck blicken lassen darf. Ihr müßt in Eure Räume zurückkehren.«

Ich aß eine Kirsche und spuckte den Stein über Bord. »Es ist ein wundervoller Morgen, Han-Frath.«

Zimin seufzte. Hinter ihm schwitzten die Soldaten reihenweise in ihren schweren Rüstungen. Ich war darauf gefaßt, von einigen von ihnen davongeschleppt zu werden, und wartete darauf, daß Zimin einen entsprechende Befehl erteilte, doch er tat es nicht. Er gab einfach auf und blieb in meiner Nähe. Er sah so wachsam aus, als wolle er mich persönlich verteidigen, falls die Vassashinayer etwas Unschönes tun sollten. Nachdenklich kaute ich vor mich hin, ehe ich den Arm ausstreckte, um ihm auf die Schulter zu tippen.

»Han-Frath Zimin, wegen gestern abend ...«

Mit einer Würde, die in krassem Kontrast zu seinem nackten Hinterteil vom Vorabend stand, blickte er zu mir herab und sagte steif: »Ich bitte demütigst um Vergebung, Euer Lordschaft.«

»Oh, nicht nötig«, begann ich, woraufhin Shree mir seinen Ellbogen schmerzhaft in die Rippen rammte. »Ich meine«, fuhr ich hastig fort, »daß ich es nur zu gut verstehen kann, wenn du den Reizen meiner Frau nicht widerstehen konntest, und ich werde keinen Mann strafen, der sich ihnen in der Vergangenheit ergeben hat. Ich vergebe dir, Han-Frath.«

»Ihr seid sehr großzügig, Euer Lordschaft«, sagte Zimin hölzern. Für einige Augenblicke war ich davon überzeugt, mir einen schrecklichen Feind geschaffen zu haben, als ich ihn aus dem Bett meiner Frau hinausgeworfen hatte. Dann sah ich in seine Augen. Ich erkenne die Erleichterung, wenn sie mir direkt ins Gesicht starrt, und ich begann mich zu fragen, wie viele der Liebhaber meiner liebreizenden Gattin freiwillig bei ihr gewesen waren und wie viele sie gezwungen hatte.

Es dauerte über eine Stunde, bis der Frath-Major von den Verhandlungen zurückkehrte. Auf die Signale vom Strand hin war in der Zwischenzeit ein zweites Beiboot zur Küste geschickt worden, schwer beladen mit allerlei kostbaren Geschenken: Gold, sowohl in Form von Geschmeide als auch als Barren, edler Wein aus dem persönlichen Vorrat des Primas, ein großer Ballen weißer Pelze und zwei Ballen omelischer Seide, die ich als Teile meines persönlichen Besitzes wiedererkannte.

Kurz nachdem das zweite Beiboot angelegt hatte, hallte ein wilder Chor lauten Geschreis über die Bucht. Der Han-Frath versteifte sich und winkte den Soldaten zu, die die Flammen- und Speerwerfer bedienten; gleich darauf aber ließ er die Hand wieder sinken und nickte den Männern beruhigend zu. Wieder klangen Trommeln und Flöten auf, und die vassashinayische Volksversammlung, die uns zunehmend den Blick versperrt hatte, wich zur Seite und gab den Blick auf den Frath-Major und seinen Verhandlungspartner frei, die beide inmitten der Geschenke aus dem Beiboot auf dem Teppich standen. In feierlicher Prozession wurde der Frath-Major sodann zum Anlegesteg zurückgeleitet, von wo aus er sich auf den Rückweg zur Tasiil machte. Er war zu weit weg, als daß ich seinen Gesichtsausdruck hätte erkennen können, doch die Haltung, mit der er sich am Bug des Bootes niederließ, wirkte selbstgefällig genug. Ganz offensichtlich hatte er einen Handel abgeschlossen.

Hinter mir seufzte der Han-Frath Zimin enttäuscht auf. Heute kein Blut.

Kapitel 20

Da waren wir also nun sicher in Vassashinay gelandet, und Vassashinay hatte uns mit offenen Armen empfangen. Es vergingen noch einige Tage, ehe ich zum ersten Mal einen Fuß an Land setzen konnte, und den größten Teil der Zeit mußte ich gezwungenermaßen meiner lieblichen und unersättlichen Braut widmen. Dies belastete nicht nur meinen Körper und meine Erfindungsgabe, sondern auch Rinn, die es schließlich gewohnt war, ihre Liebhaber ähnlich zu behandeln, wie die Tatakilen ein Schwein, ehe sie seine Eier verspeisen. Es war ihr fremd, sich mehr als zwei Tage am Stück von derselben Person unterhalten zu lassen. Dennoch spielte sie ihre Rolle mit einer geradezu lobenswerten Haltung und fand sich mit mir in der meinigen ab – wenn sie gähnte, so tat sie es nur hinter vorgehaltener Hand.

Die Heilige selbst schien während dieser Zeit zu ruhen. Ich hörte keine inneren Stimmen, sah keinen goldenen Dunst und erlebte keine plötzlichen Ausbrüche magischer Kräfte. Trotzdem hegte ich keinerlei Hoffnung, sie könnte mich verlassen haben. Allmählich lernte ich, ihre Anwesenheit zu erkennen wie einen unendlich schwachen Duft oder das geisterhafte Gefühl, beobachtet zu werden.

Wann immer ich die Gelegenheit hatte, mich von Rinn zurückzuziehen, erfreute ich mich am Wachstum von Shrees Bart – was deutlich genug zeigt, wie sehr es uns an Abwechslung mangelte. Die einzig aufregenden Augenblicke bot uns der Vulkan mit seinen regelmäßigen Aktivitäten. Zumeist spuckte er Lava oder schwarze Rauchschwaden aus, und gelegentlich entwich ihm ein spektakulärer Funkenhagel, gepaart mit lautem Donnergrollen. Es war interessant zu beobachten, daß die Vassashinayer in der Bucht dieses, für uns so erstaunliche und beängstigende Schauspiel gar nicht beachteten, sondern ihrem Tagewerk nachgingen, ohne auch nur aufzusehen.

Ich achtete darauf, mich nicht allzusehr an einem Landgang interessiert zu zeigen. Früher oder später würde ich geradezu zwangsläufig die Chance dazu erhalten. Wenn die Tasiil auch seefest genug gewesen war, um uns hierher zu bringen, so mußte sie doch dringend repariert werden. Im Frachtraum gab es Lecks, die langsam, aber unaufhaltsam größer wurden, und irgend etwas war mit den Kalfatern im vorderen Teil des Schiffes. Irgendwie konnte ich mir nicht vorstellen, daß Rinn bereit war, den Lärm und den Gestank zu ertragen, der mit größeren Reparaturarbeiten einhergehen mußte – und wo Rinn hinging, da würde ich ganz bestimmt auch hingehen.

Drei Tage nach unserer Ankunft suchte mich der Frath-Major auf dem oberen Vorderdeck auf, während Rinn gnädig ihr Nachmittagsschläfchen hielt. Gemeinsam mit meinen Freunden saß ich dort und ließ mir von Chasco erzählen, was er über die Sicherheitsvorkehrungen auf der Tasiil herausgefunden hatte. Shree sah den Frath-Major auf uns zu kommen und hüstelte diskret, das Signal für uns, sofort das Thema zu wechseln und über die Natur und Geschichte von Vulkanen zu diskutieren.

»Natürlich«, sagte ich gerade, als der Frath-Major sich zu uns gesellte, »kann ich nicht beweisen, daß keine Gottheit beteiligt ist – und wenn du glauben willst, daß du dort das Rumpeln eines enormen, göttlichen Bauches hörst, dann kann ich dich nicht davon abhalten. Aber ich habe schon von Vulkanen gehört, die auch dann ausgebrochen sind, wenn sie zuvor regelmäßig gefüttert wurden – wie erklärt die Theorie über die hungrigen Götter das?«

»Das ist doch offensichtlich«, erklärte Shree. »Man hat ihnen die falsche Nahrung angeboten. Beispielsweise heißt es, daß der Vulkan Zza nur mit Jungfrauen gefüttert worden ist, ehe er in glühenden Flammen aufging. Jungfrauen, bei Raksh! Jeder weiß, wie nutzlos es ist, Jungfrauen zu opfern!«

»Warum?« fragte Chasco pflichtgemäß.

»Nun, anscheinend schmecken sie ganz einfach nach nichts ...«

»Jedenfalls für manche Götter«, unterbrach ich. »Das scheint eine Geschmacksfrage zu sein. Manche Götter scheinen sogar gerade Jungfrauenopfer zu bevorzugen, andere dagegen Hühner oder Äpfel oder ...«

»Tigrallef.«

Ich tat, als zuckte ich erschreckt zusammen. »Cousin! Ich habe Euch nicht kommen gehört. Vielleicht könnt Ihr uns schlichten helfen.«

Er sah uns streng an. »Tigrallef, wir müssen miteinander reden.«

»Ja, sicher, Cousin. Aber sagt mir doch vorher, was könnt Ihr uns über den Vulkan erzählen?«

Der Berg wählte genau diesen Augenblick aus, um erneut zu beben und ein schmales Rinnsal geschmolzenen Gesteins auszuspucken. Nachdenklich betrachtete der Frath-Major den Vulkan.

»Fürchtet Ihr ihn, Tigrallef?«

»Nein, er interessiert mich.«

»Da gibt es nichts zu fürchten«, sagte er und beobachtete, wie sich die Lava ihren Weg über den kahlen Bergrücken bahnte. »Man hat mir erzählt, daß er das immer tut. Die Feuergeister, die ihn bewohnen, werden wöchentlich mit Früchten, Fischen und Ziegen beschwichtigt.«

»Keine Jungfrauen, habt ihr gehört?« sagte Shree zufrieden. Ich sah ihn an, und auch der Frath-Major widmete ihm seine Aufmerksamkeit.

»Nein, Kriegsherr, keine Jungfrauen. Aber vielleicht solltet Ihr wissen, daß viele der Überlebenden aus der sheranischen Garnison schon bald nach dem Untergang Shers entweder in den Krater geworfen oder in die Todeshöhlen angekettet wurden.«

Shree sah ihn lauernd an, und ich beeilte mich die peinliche Stille auszufüllen.

»Man sollte annehmen«, sagte ich, »daß eine ganze Garnison ausreichen dürfte, um auch die gierigsten Feuergeister für mindestens eine Dekade zu besänftigen.«

Doch der Frath-Major betrachtete Shrees Mienenspiel. »Ich sage Euch das aus gutem Grund. Es soll Euch daran erinnern, daß die Vassashinayer die Sheraner nicht besonders mögen.«

»So? Nun, niemand hatte einen Grund, die Sheraner zu mögen, besonders nicht die Vassashinayer . . .«

»Tigrallef. Ich muß Euch unter vier Augen sprechen«, unterbrach er entschlossen, wobei er Shree und Chasco vielsagend anblickte. Sie verstanden den Wink und gingen das Deck hinunter, bis sie sich außer Hörweite befanden. Dann blieben sie an der Reling stehen und unterhielten sich leise.

Der Frath-Major fixierte mich mit stechendem Blick. »Euer Freund ist ein sheranischer Kriegsherr.«

Seine groben Äußerungen überraschten mich. »Er war es einmal, Cousin. Nun ist er ein gilanischer Schreiber. Außerdem war seine Mutter Gilanerin.«

»Wenn die Vassashinayer von seiner Herkunft erfahren, dann macht es keinen Unterschied mehr, ob seine

Mutter Gilanerin war oder ob er lesen und schreiben kann. Er war ein Kriegsherr von Sher, und es wird mir nicht möglich sein, ihn zu schützen.«

Für einen Augenblick starrte ich den Frath-Major schweigend an, während sich die Gedanken in meinem Kopf überschlugen. Das war keine unausgesprochene Drohung. Er hatte nichts zu gewinnen, wenn er Shree hinterging, aber er muß gewußt haben, daß wir diese Warnung nicht benötigten: warum sonst sollte Shree sich einen Bart wachsen lassen, wenn nicht, um seine eigene Geschichte zu tarnen? Die ranghöheren Sheraner pflegten sich seinerzeit stets zu rasieren.

Nein, meine eiligen Überlegungen gingen in eine andere Richtung. Schon lange hatte ich geduldig auf eine Gelegenheit gewartet, herauszufinden, was der Frath-Major über die letzten Augenblicke des Reiches Sher wußte. Netterweise bot er sie mir nun ganz freiwillig an. »Aber die Vassashinayer sollten Lord Shree dankbar sein«, sagte ich also. »Immerhin war er an der Vernichtung Shers beteiligt ...« Dann biß ich mir auf die Lippe und bemühte mich, so auszusehen, als fürchtete ich, zuviel gesagt zu haben.

»Was wollt Ihr damit sagen, Sproß von Oballef?« Interesse funkelte in den Augen des Frath-Majors. »Sher wurde durch die vereinten Götter der Nationen in einem Racheakt vernichtet, als seine Grausamkeit und Gier sie zu sehr erzürnt hatte. Welche Rolle sollte dabei dieses sheranische Halbblut gespielt haben?« Er blickte mich forschend an.

»Die gleiche Rolle, die wir alle gespielt haben, Cousin«, sagte ich lammfromm. »Er betete inbrünstig um die Vernichtung des Bösen, obwohl er selbst im gleichen Sinne großgezogen worden war. Was sollte ich sonst meinen?«

»Man hört so manches«, wich er aus, doch in seinen Augen las ich gespannte Aufmerksamkeit.

»Was hört man, Cousin?«

»Absurde Geschichten, Sproß von Oballef. Mythen und Legenden. Ihr wißt ja um den Lauf der Welt.« Nun wurde sein Blick regelrecht bohrend. »Ich habe sogar einmal gehört, Ihr höchstpersönlich, Tigrallef, hättet Sher zerstört, ehe Ihr die Heilige von Gil vernichtet hättet. Aber das ist natürlich auch völlig absurd.«

Zeit, den Mann zu beruhigen. Ich sah zu Boden und spielte mit meiner Gürtelschnalle. »Absurd«, stimmte ich mit einem verstohlenen Unterton zu, während ich meine Hand, die an dem polierten Leder herumzupfte, ein wenig zittern ließ.

»Ich nehme an, die Geschichte enthält keinen Funken Wahrheit«, entgegnete er prompt mit sanfter Stimme.

Ich wich seinen Blicken aus. »Nein, na ja, doch, ich fürchte, die Sache mit der Heiligen stimmt. Ich bin ein bißchen ungeschickt.«

»Ungeschickt?« Er beugte sich zu mir herab und sprach beinahe im Flüsterton weiter. »Eine der vier großen magischen Mächte der Welt, und Ihr habt sie durch Eure Ungeschicklichkeit zerstört? Das überrascht mich. Es würde mir nicht gefallen, von dem Gatten meiner geliebten Cousine schlecht denken zu müssen.«

Ich wand mich. Schuldbewußt sah ich auf, ehe ich erneut den Blick senkte. Einige Male hüstelte ich, als würde ich nach passenden Worten suchen. Überhaupt zeigte ich alle Anzeichen des Unbehagens, die mir einfallen wollten. Endlich legte er die Hand auf meine Schulter.

»Für den Augenblick sollten wir es gut sein lassen, Tigrallef«, sagte er. Seine Stimme troff vor Zufriedenheit. »Wir sollten uns über diese Dinge später einmal unterhalten, denn ich würde mich freuen, mehr über die Legenden unserer neuen Brüder und Schwestern in Gil zu erfahren. Heute aber bin ich nur gekommen, Euch zu sagen, daß Lord Shree momentan in Sicherheit ist. Der Stadtregent von Vass fragte mich, ob wir sheranische Flüchtlinge an Bord hätten. Da Lord Shree nur ein halber Sheraner ist, mußte ich ihm auch nur eine halbe Lüge auftischen. Soweit es die Vassashinayer betrifft, ist er ein Gilaner und Mitglied Eures persönlichen Gefolges. Dennoch solltet Ihr ihn warnen, vorsichtig zu sein in allem, was er sagt oder tut, und Ihr müßt einen neuen Namen für ihn finden.«

»Ich bin Euch sehr zu Dank verpflichtet, Cousin«, sagte ich unterwürfig.

»Ich werde Euch zu gegebener Zeit daran erinnern.« Wieder war der Besitzanspruch in seinen Augen sichtbar. »Morgen werden wir an Land gehen. Macht Euch bereit, Cousin.« Er sah mich noch einmal prüfend an, ehe er mir gönnerhaft zunickte und von dannen ging. Ich grinste ihm freudig hinterher.

»Was war denn los?« fragte Shree, als ich mich zu ihm und Chasco an die Reling gesellte.

»Mein erhabener Cousin versucht Anstandspunkte zu sammeln. Er ist mir so weit entgegengekommen, dich nicht als Vulkanfutter an die Vassashinayer auszuliefern.«

»Wie überaus nett von ihm. Warst du auch angemessen dankbar?«

»Aber natürlich. Ich fürchte aber, du bist nur so lange sicher, wie ich brav meine Rolle spiele.«

»Das ist anzunehmen. War sonst noch etwas?«

Verträumt schenkte ich dem brodelnden Vulkan ein Lächeln. »Er war nahe dran, mich nach der Heiligen zu fragen – nach den Geschehnissen, die der Vernichtung Shers und der Zerstörung der Statue folgten. Ich mußte das Thema allerdings selbst zur Sprache bringen. Er ist wirklich sehr vorsichtig.«

»Warst du wenigstens auch vorsichtig genug?«

»Ich denke schon. Jedenfalls werden wir morgen an Land gehen dürfen, Shree, und du brauchst einen Namen, der dich nicht das Leben kosten wird. Harmlos und gilanisch. Tasolef?«

»Danke, aber ich verzichte lieber auf die Oballefsche Endung. Denk nur an den Ärger, den sie dir schon bereitet hat.«

»Wie wäre es mit Selki, Lord Shree?« schlug Chasco vor. »Das ist ein wunderbarer Name für einen Gelehrten.«

Ich stieß einen anerkennenden Pfiff aus. »Dein Ururururgroßvater, einer der bedeutendsten Poeten aus dem Hause Clanseri. Chasco ehrt dich, Shree.«

»Dann fühle ich mich geehrt«, sagte Shree. »Also Selki.«

Der Berg rumpelte wieder, und sowohl Shree als auch Chasco betrachteten die aufsteigende Funkenkrone. Ich dagegen behielt Shree im Blick. Mit dem Haarwuchs auf Kinn und Wangen sah er wie etwas zwischen einem lucianischen Eremiten und einem miishelischen Höhlenbewohner aus, aber an einen sheranischen Kriegsherrn erinnerte er kaum mehr. Der Bart verdeckte die einst grausamen Linien, füllte die Senkungen seiner Wangen und schien seine hochangesetzen Wangenknochen um gute zwei Zentimeter zu senken. Die vassashinayische Shint würde es nicht leicht haben, zu erkennen, wer der gilanische Gelehrte Selki wirklich war, immer vorausgesetzt, sie hatte es überhaupt geschafft, noch vor dem sheranischen Desaster nach Vassashinay zurückzukehren.

Am nächsten Nachmittag, dem vierten im Hafen von Vass, saß ich mit Rinn und meinen Wachhunden, dem sathelischen Gesandten und einigen hochwohlgeborenen Miisheli im Bug eines Beibootes und betrachtete den näherrückenden Landungssteg. Der Frath-Major, der Bequiin Ardin und einige weitere Leuchten der Gesellschaft saßen vor uns in einem anderen Boot. Wir sollten die hochverehrten Gäste von Lillifer, dem Stadtregenten, persönlich sein, dessen Stand dem eines unbedeutenden Königs in diesem Inselreich am nächsten kam.

Er erwartete uns bereits am Strand. Lillifer war ein großer, kräftig gebauter Mann in mittleren Jahren, dessen Körpergröße noch durch den zapfenförmigen Kopfputz unterstrichen wurde, den er als Symbol seiner gesellschaftlichen Stellung trug. Dank des Hutes erkannte ich ihn als den Mann, mit dem der Frath-Major am Strand verhandelt hatte. Hinter ihm hatten sich diverse Würdenträger versammelt, und zu seiner Linken stand eine zierliche Gestalt in einem flammenfarbigen Kapuzenmantel, die ich auf den ersten Blick für ein Kind hielt.

Unzählige Menschen hatten sich versammelt, um zuzuschauen, wie wir das Boot verließen. Ich ließ meinen Blick über die Gesichter wandern, während ich Rinn galant aus dem Boot hinaushalf. Die Vassashinayer waren ein attraktives Volk mit kräftigem Körperbau und einer Haut, die fast so dunkel wie die der Storicaner war. Langes rotbraunes Haar fiel auf ihre Schultern, und ihre knappen Kleider waren mit Muschelschalen, Korallen und glänzenden Steinen verziert. Eine Vielzahl auffallend gesunde Kinder rannte nackt um die Erwachsenen herum, und am Waldrand röstete jemand Fische auf einem Spieß über dem Feuer. Die Menschen waren in Festtagsstimmung. Dies hatte nichts mit dem gemeinsam, was ich von einer Nation erwartet hatte, die den größten Teil ihrer Geschichte damit verbracht hatte, von den furchtbaren Sheranern ausgeplündert und unterdrückt zu werden. Wo war das Geschwür der Verbitterung, das in Gil, Tata, Glishor und Kuttumm noch immer eiterte? Wo waren all die verhärteten, gequälten Mienen, denen man in den Straßen von Gil begegnete?

Stadtregent Lillifer trat vor, um uns in aller Form zu begrüßen. Ich erwiderte seine Verbeugung, legte meine Hände mit der Handfläche gegen seine Handflächen, da das anscheinend erwartet wurde, und währenddessen, fiel mein Blick wieder auf das Kind neben ihm. Es war gar kein Kind. Dicke weiße Strähnen liefen durch den Zopf, der von der scharlachroten Kapuze halb verdeckt wurde; harte, braune Augen schauten aus einem Netzwerk aus Falten heraus, und betrachteten mich eingehend, als ich nach der Begrüßung des Stadtregenten zurücktrat.

Es war sonderbar: Ich hatte das Gefühl, sie zu erkennen. Nicht das Gesicht, nicht den winzigen Körper, nicht die erstaunlich kräftige Stimme, die wenige Augenblicke später ein Gebet an die Feuergötter anstimmte – das alles war mir fremd, und dennoch berührte sie etwas in meinem Gedächtnis. Wieder sah ich sie an und stellte fest, daß ihre Blicke noch immer mit derselben unangenehmen Intensität auf mir ruhten.

Als die Willkommenszeremonie ihre Aufmerksamkeit erforderte, wandte sie endlich den Blick ab. Offenbar war sie unter den Vassashinayern eine Person von großer Bedeutung. Ihre letzte Handlung im Verlauf des Rituals, nach dem bereits erwähnten Gebet, war eine recht provinzielle Beschwörung. Sie streute dem Frath-Major eine Handvoll schwarzen Pulvers vor die Füße, das sich in einem weißen Lichtblitz entzündete. Funken stiegen auf und hüllten für kurze Zeit Kopf und Schultern des Frath-Majors ein, ehe sie verloschen und die Partikel zu Boden fielen. Es sah aus, wie ein billiges Zainer-Feuerwerk. Dennoch gelang es den Miisheli, nicht zu kichern oder zu spötteln, während die vassashinayischen Zuschauer beeindruckt den Atem anhielten. In absoluter Stille lauschten sie den letzten Segnungen der kleinen Frau. Dann teilte sich die Menschenmenge, um sie hindurchzulassen. Noch immer verwirrt beobachtete ich, wie sie am Rand des Gedränges mit einer Phalanx rotgekleideter Gestalten zusammentraf und schließlich zwischen den Bäumen verschwand.

Plötzlich: *Sproß von Oballef – diese ist mehr als sie scheint.*

Das waren die ersten Worte, die die Heilige seit einigen Tagen an mich gerichtet hatte, und zur Abwechslung waren sie einmal nicht verwirrend. Tatsächlich verstand ich nun.

Du kennst sie, sagte ich zu der Heiligen. *Dieses Gefühl des Erkennens gehörte zu dir, nicht zu mir.*

Beide sind eins, Sproß von Oballef. Der Wind und der Baum sind eins, und sie ist mehr als sie scheint.

Kryptisch wie eh und je, und mehr würde sie nicht dazu sagen. Nach einer Weile gab ich es auf und richtete meine Aufmerksamkeit wieder auf die reale Welt.

Inzwischen hatte der Stadtregent Lillifer mit einer formellen Begrüßungsrede begonnen. Auch ohne den Übersetzer, einen jungen Vassashinayer namens Coll, konnte ich den Großteil seiner Worte verstehen. Die vassashinayische Sprache entpuppte sich als sheranischer Dialekt mit nur wenigen fremden Vokabeln und veränderten Endungen und einer Betonung, die weitaus melodiöser war als das rauhe sheranische Knurren. Ich schaute Shree an. Er gab recht überzeugend vor, kein Wort von Lillifers Rede zu verstehen, ehe nicht Coll sie ins Miishelische übersetzt hatte.

Die Rede ging immer weiter und weiter. Vassashinay wurde geehrt. Mehr als nur geehrt – Vassashinay wurde belohnt durch unsere Hoheit, war dankbar für das Privileg, uns zu Diensten sein zu dürfen, beschämt ob der bescheidenen Gastfreundschaft, die alles war, was sie uns bieten konnten. Vassashinay war verzaubert und mehr als das – die hochgeachteten Gäste waren mehr als wunderbar, mehr als edel, mehr als weise und mehr als machtvoll; Vassashinay bedeckte geblendet die Augen und wagte nicht, zu unserem strahlenden Glanz aufzusehen. Und so weiter.

Endlich, nach einer ganzen Reihe ganz besonders blumiger und strahlender Metaphern, die von der Menschenmenge durch Jubelrufe bestärkt wurden, schien Lillifer am Ende zu sein. Meine Mitreisenden stießen unisono Seufzer der Erleichterung aus und machten sich dankbar bereit, weiterzuziehen. Lillifer jedoch wandte sich einem der hinter ihm stehenden Edelleute zu und winkte ihn heran. Monoton und unaufhaltsam begann der Elende zu sprechen.

Innerlich ächzte ich. Ich zählte die offensichtlich bedeutenden Bürger hinter Lillifer: es waren dreizehn, den Mann, dessen Leier wir derzeit hörten, nicht mitgezählt. In einer müden, schwitzenden Ecke meines Gehirns wußte ich, daß jeder dieser guten Männer uns mit einer Rede willkommen heißen würde, und ich sollte recht behalten.

Kapitel 21

Erst bei Sonnenuntergang war die standesgemäße Begrüßung beendet. Jeder von uns, angefangen beim Frath-Major bis hin zu dem unbedeutenden Pagen des sathelischen Gesandten, hatte vor Langeweile die Augen verdreht und litt vom langen Stillstehen unter schmerzenden Muskeln und Eigenweiden. Mindestens einer der Frath-Minoriten wurde von dem verzweifelten Bedürfnis geplagt, sich endlich Erleichterung verschaffen zu dürfen, und der Bequiin Ardin begann bereits, zu schwanken. Rinn benahm sich hervorragend, trotz ihres bemerkenswerten Talents, Zeremonien zu stören. Sie zeigte eine so tadellos apathische Haltung, daß ich glatt befürchtete, ich könnte womöglich einen guten Einfluß auf sie haben.

Die Bewohner von Vassashinay schienen sich dagegen außerordentlich wohl zu fühlen. Ihr Enthusiasmus war ungebrochen, und ihre Jubelrufe, die jeden einzelnen Redner begleitet hatten, ließen bis zum Schluß um keinen Deut an Lautstärke nach. Allmählich wurde mir bewußt, daß die Vassashinayer Ansprachen offenbar mochten.

Gerade, als ich überlegte, daß wir wohl den Han-Frath Zimin einschließlich seiner Speerwurfgeräte und Soldaten brauchen würden, um endlich von dieser Bucht wegzukommen, war es vorbei. Trommeln, Flöten und Gesang erklangen in der Bucht, und eine Unzahl von Fackeln wurde entzündet, um die Schatten der einsetzenden Dämmerung zu vertreiben. Hinter Lillifer und dem Frath-Major bewegten wir uns nun endlich auf den Waldrand zu, doch ich konnte noch immer nichts entdecken, das Ähnlichkeit mit einer Stadt gehabt hätte.

Nichtsdestotrotz gab es eine Stadt. Zwischen den Bäumen führte eine mit Basaltgestein gepflasterte Straße in sanften Kurven zu einer fernen Lichtung, auf der sich ein bienenstockartiges Haus erhob. Zunächst war dies das einzige sichtbare Gebäude jenseits des Waldes, der drohend zu beiden Seiten der Straße aufragte, doch schon eine Minute später erkannte ich, daß sich zwischen den Bäumen schattenhafte, kleine Häuser verbargen, aus deren Fenstern bereits abendliche Beleuchtung herausdrang. Die Häuser waren klein und eng aneinander gebaut, während der umgebende Dschungel nur darauf zu warten schien, jeden Zentimeter freien Bodens in Besitz zu nehmen. Als ich wieder nach vorn sah, erkannte ich in dem Bienenstockhaus vier Reihen beleuchteter Fenster. Es war größer und weiter entfernt, als ich zunächst angenommen hatte.

Rund um uns herum rauschten die Bäume in der abendlichen Brise; und die lautstarke Ankunft der Prozession hatte Vögel aufgeschreckt, die sich laut kreischend in die Lüfte erhoben. Die Stadt selbst lag dagegen so verlassen und friedlich vor uns, als hätte sich die Mehrheit der Bevölkerung dem trommelnden, trampelnden und singenden Mob hinter uns angeschlossen. Die Luft war schwer von fremdartigen Blumendüften, doch ich erkannte darüber hinaus auch noch Spuren anderer Gerüche: Essen, Fisch und Holzrauch und natürlich der unvermeidliche Hauch von Abwässern und Moder.

Endlich erreichten wir den Platz vor dem Bienenstockhaus. An einer breiten Treppe, die zu einem großen, von Pfeilern gestützten Eingangsportal führte, blieben wir stehen. Dort hieß uns Lillifer in einer erstaunlich kurzen Ansprache in seinem bescheidenen Heim willkommen. Ich versuchte, Shrees Aufmerksamkeit auf mich zu lenken, mußte aber feststellen, daß er einen Punkt am Rande des Vorplatzes fixierte, also folgte ich seinem Blick.

Drei große Pfosten waren dort in die Erde eingelassen worden, dick und massiv wie alte Baumstümpfe und fast neun Fuß hoch. Auf jedem der Pfosten befand sich ein Käfig, nicht ganz groß genug, um einem Mann aufrecht stehend Platz zu bieten, und in jedem der Käfige hockte eine zusammengesunkene Gestalt. Die Silhouetten waren mir sonderbar vertraut. Während ich noch versuchte, herauszufinden, was ich da sah, kam der Mond hervor und beleuchtete den Platz und die Käfige. Ein spitz zulaufender Helm; hohe, schwarze Stiefel; eine sheranische Rüstung, die leer gewesen sein könnte, wäre da nicht dieses weiße Schimmern im Mondlicht gewesen, dort, wo die Ärmel endeten. Wie es schien, waren wenigstens drei sheranische Söldner nicht an den Vulkan verfüttert worden.

Die Zimmer im dritten Stock des Gebäudes, die uns zugewiesen wurden, waren klein, aber gemütlich. Kurz nach Sonnenaufgang wachte ich auf und stellte fest, daß sie einen guten Ausblick auf den Platz vor dem Haus, boten. Jenseits des Platzes erstreckte sich ein ungleichmäßiger grüner Teppich aus Baumkronen, der hier und da von kleinen, dunklen Bienenstockhäusern unterbrochen wurde. Es gab einige wenige Lichtungen, auf denen ich mehrere erdfarbene Markisen entdeckte, die möglicherweise zu Marktständen gehörten, doch es gab keine erkennbaren Straßen, von der breiten gepflasterten Allee abgesehen, über die wir am Vorabend hergekommen waren. Jenseits der Bäume erstreckte sich die glänzende Weite der sheransischen See, und nur die Mastspitzen der Tasiil markierten die Lage des Hafens in der Bucht.

Es war ein schläfriger, goldener Morgen, an dem sogar das Rumpeln des Fenster irgendwie besänftigend klang. Obwohl ich von meinem Standort aus niemanden sehen konnte, drang leises Stimmengemurmel von draußen an mein Ohr.

Leise, um Rinn nicht zu stören, legte ich mich wieder ins Bett. Unberechenbar und widerspenstig wie sie war, erwachte sie auf der Stelle. Sie setzte sich auf, streckte sich, legte dann eine Hand an ihre Wange und blickte mich aus glänzenden Augen unter langen, gebogenen Wimpern fragend an.

»Was hast du geträumt, Tigrallef? Du hast im Schlaf gesprochen.«

»Habe ich das? Tut mir leid.« Ich bedeckte meine Augen mit dem Arm.

Sie stieß mich an. »Wovon hast du geträumt?«

»Ich kann mich nicht erinnern.« Das war eine Lüge. Die ganze Nacht hatten irgendwelche Menschen in meinen Träumen getanzt, sie hatten getanzt und waren auf dem öffentlichen Platz von Vass unter den grausigen Skeletten der sheranischen Kämpfer in den Käfigen zusammengebrochen. Blutlachen hatten auf dem dunklen Basaltpflaster geglänzt, und Calla hatte gemeinsam mit mir und dem hübschen Knaben in ihren Armen zugesehen. Ich erinnerte mich, daß sie das Gesicht des Knaben an ihrer Schulter geborgen hatte, um ihm den Anblick des Blutbades zu ersparen. Tränen hatten auf ihren Wangen geschimmert.

»Tigrallef?« Rinn zerrte an meinem Ellbogen.

»Was ist denn, Rinn?«

Sie rückte näher, bis ich ihren warmen Atem auf meiner Wange spüren konnte. Ich öffnete die Augen und blickte direkt in ihre selbstzufriedenen Züge. »Du hast von mir geträumt.«

»Nein. Nicht von dir.«

Sie sah überrascht aus – und gekränkt. Ich tätschelte ihre Wange und strich eine Haarsträhne aus ihrem Gesicht.

»Es war kein schöner Traum, Rinn. Es hätte dir nicht gefallen, eine Rolle darin zu spielen.«

Auch das konnte sie nicht ganz besänftigen; sie schien es als Zügellosigkeit meinerseits anzusehen, daß ich es wagte, einen Alptraum zu haben, anstatt von ihr zu träumen. Schmollend wich sie zurück. Offensichtlich hatte sie für den Augenblick vergessen, daß sie nett zu mir sein sollte. Allerdings erinnerte das mich daran, daß auch ich nett zu ihr sein sollte.

»Das war nur ein Scherz, meine liebste Rinn. Natürlich habe ich von dir geträumt.«

Sie reckte mit wütender Miene den Kopf vor. Offensichtlich hatte sie mir nicht verziehen. »War es ein schlechter Traum?«

»Ein wundervoller Traum.«

»Erzähle mir davon.«

Schnell ließ ich mir etwas einfallen. »Ich träumte, wir wären endlich in Cansh Miishel, und die Menschen tanzten auf den Straßen, um unsere sichere Ankunft zu feiern. Du bist mit Gold überschüttet worden, und ich glaube, du hast ein Diadem getragen.«

»Ein Diadem?« Aus irgendeinem Grund erregte das ihr Interesse. Sie setzte sich auf und starrte begierig auf mich herab. »Was für ein Diadem?«

»Oh, einfach ein Diadem«, sagte ich. Ihre Eitelkeit zu pflegen ermüdete mich, und ich fühlte mich nicht sehr einfallsreich. Erneut bedeckte ich meine Augen mit dem Arm.

Sie zerrte ihn wieder weg. »Blaue Brillanten?«

»Schon möglich.«

»Goldgefaßt, auf einem silbernen Reif? Sag es mir, Tigrallef!«

»Vielleicht. Ich habe nicht so genau darauf geachtet. Ich war zu sehr von deiner Schönheit geblendet . . .«

»Vergiß das mal. Waren am unteren Rand des Reifs kleine goldene Vipern?«

»Schon möglich.«

»Ah.« Ein berechnendes Lächeln stahl sich auf ihre Lippen. »Du hast von der Krone Miishels geträumt.«

»Was?«

»Die Krone von Miishel. Zur Zeit sitzt sie noch auf der Stirn meines Onkels, des Königs. Häßlicher alter Dummkopf. Er hat Warzen und schlechten Atem, und er schielt, und die Krone paßt überhaupt nicht zu ihm.« Ihre Mundwinkel sanken herab. »Mein Cousin, der Frath-Major, will die Krone für sich, Sproß von Oballef. Ist es nicht sonderbar, daß du geträumt hast, ich würde sie tragen?« Bei den letzten Worten bebte ihre Stimme, und ein erregtes Funkeln trat in ihre Augen.

»Augenblick mal!« Ich setzte mich entsetzt auf. Daß der Frath-Major ganz eigene Interessen in bezug auf die Krone von Miishel und den Mantel des fathidischen Reiches hatte, war so klar wie crosthischer Kristall; und die verschiedenen Anschläge auf mein Leben zeigten deutlich, daß auch andere von seinen Plänen wußten und sie mißbilligten. Das Leben war schon kompliziert genug, ohne daß Rinn auch noch eigenen Ehrgeiz entwickelte.

Oder vielleicht doch nicht?

Nachdenklich betrachtete ich meine Braut, die sich vor heimtückischer Freude beinahe die Hände gerieben hätte. Vielleicht wäre es gar nicht so übel, Cousin und Cousine gegeneinander intrigieren zu lassen. Zumindest versprach es, unterhaltsam zu werden.

»Weißt du, je länger ich darüber nachdenke, desto mehr scheint mir, daß du das Diadem aus meinem Traum bis ins Detail beschrieben hast – glaubst du, das ist ein Omen?«

Rinn antwortete wortlos. Sie wandte sich mir zu und lächelte wie eine Schlange, die gerade dabei war, ein Küken zu verspeisen, und dann fuhr sie fort, wirklich sehr, sehr nett zu mir zu sein.

Soweit ich das einschätzen kann, starb mein Onkel, der Hohe Prinz zu Sathelforn, an demselben Morgen. Später, am Nachmittag, folgte ihm mein armer Vater. Nur die Götter wissen, wie er noch die Kraft finden konnte, zu tanzen. Der Primas hingegen schritt noch immer im großen Audienzsaal auf und ab und erließ durch meinen Bruder nutzlose Edikte. Der letzte Tanz hatte auch in Gil begonnen.

Am dritten Tag nach Ausbruch der Seuche auf Gils Straßen waren die Tore des Gilgard versiegelt worden. Dies war eine umsichtige, wenn auch einigermaßen herzlose Maßnahme des Primas gewesen, doch sie kam zu spät. Keine zwei Tage, nachdem die Tore vor den Massen verschlossen worden waren, die verzweifelt um Einlaß flehten, begann ein junger Flemen mit Eiterbeulen im Gesicht durch den Meditationssaal der Novizen zu tanzen, ehe er vor den Füßen des Primas zusammenbrach. Der nächste ließ nicht lange auf sich warten. Und dann folgte ein dritter und ein vierter und ein fünfter;

und schon bald gab es zu viele Tote, um sie noch zu zählen.

Der Tod hatte die Mauern des Gilgard so leicht überwunden, wie ein Kind eine in den Straßenschmutz gemalte Linie zu überspringen vermochte. Wenige Tage später gab es keinen Grund mehr, den Gilgard verschlossen zu halten, und die Tore wurden wieder geöffnet, doch jetzt wollte niemand mehr hinein.

Ich habe gehört, die Bewohner von Gil und Malvi seien aus den Städten in die Dörfer geflohen, doch auch dort tanzten die Menschen auf den Straßen, also flohen sie weiter hinaus aufs Land, und dort endeten viele von ihnen tanzend zwischen Kornfeldern und Obstgärten. Andere gaben auf und kehrten in die Städte zurück. Dort waren sie zu Hause und konnten zumindest den zweifelhaften Trost der Priester, der Beichte und der Prediger der Verdammnis beanspruchen.

Es war eine großartige Zeit für Kulte aller Art. Die Propheten des Weltuntergangs standen an jeder Straßenecke und auf allen öffentlichen Plätzen und predigten über die Schlechtigkeit, die diese Geißel über die Menschheit gebracht hätte. Natürlich konnten sie sich nicht einigen, welche Schlechtigkeit den größten Anteil an der Schuld trug oder welche der unzähligen Gottheiten um Hilfe angefleht werden sollte. Man sagt, daß mehr als nur ein Prediger die Krankheit hintergangen haben soll, indem er sich im Verlauf eines theologischen Gerangels ermorden ließ. Zumindest in dieser Hinsicht hatte sich kaum etwas geändert.

Meinen Berechnungen zufolge tanzten sechzig Prozent der Bevölkerung von Calloon, Canzitar und der storicanischen Hafenstädte und fünfzig Prozent in Glishor, Luc und Plav in den Tod. Gil und Sathelforn kamen etwas glimpflicher davon und verloren nur etwa vierzig Prozent ihrer Bevölkerung, doch auch das war zuviel für die Wagen, die die Toten auf den eilends eingerichteten Leichenacker im Großen Garten schaffen sollten. Vor meinem geistigen Auge sehe ich, wie die Heilige mit einem leeren Lächeln auf die stillen, rottenden Reihen hinabblickt; wie ein Weltuntergangsprediger zu ihren Füßen predigt, bis er sich verwundert umsieht und langsam zu tanzen beginnt.

In den Straßen herrscht tödliche Stille.

Kapitel 22

Durch das Eingangsportal zu Lillifers Anwesen sah ich hinaus auf die staubige, flirrende Hitze des Platzes. Drinnen, in der Haupthalle, war es kühl und dunkel wie in einer Höhle. Die wenigen Fenster waren kaum mehr als schmale Schlitze in den Mauern, und die Pfeiler, die die hohe Decke stützten, warfen große Schatten.

Coll, der vassashinayische Übersetzer, bemerkte mein Zögern. »Wir müssen nur den Platz überqueren«, sagte er beruhigend in miishelischer Sprache. »Dann sind wir unter den Bäumen, dort ist es wieder kühler.«

Chasco zuckte die Schultern. Shree schob sich neben mich und beäugte den Platz aufmerksam, ehe er über die Schwelle trat. Mir entging nicht, daß er die Augen zu Schlitzen zusammenkniff, als sein Blick dorthin fiel, wo die toten Sheraner für alle Zeit in der Sonne schmoren sollten. Ich berührte Coll an der Schulter und deutete auf die Käfige, als wir über den heißen Basalt hetzten.

»Wer waren diese Männer?« fragte ich.

Coll hatte ein langes, fröhliches Gesicht, attraktiv wie das aller Vassashinayer. Grinsend bückte er sich nach einem Kieselstein und warf ihn in einen der Käfige, wo er mit einem leisen Klirren an dem sheranischen Helm abprallte.

»Das waren unsere Herrscher, Gilaner. Der sheranische Kommandant und seine Brüder. Die anderen haben wir an den Vulkan verfüttert oder auf andere interessante Weise getötet. Habt Ihr gewußt, daß wir einst zum sheranischen Reich gehört haben?«

»Ja, ich habe davon gehört. Aber der Untergang von Sher liegt bereits über sechs Jahre zurück. Warum hängen diese trostlosen Überreste immer noch da? Soll das eine Art Mahnmal darstellen?«

»Gewissermaßen«, sagte er und hob einen weiteren Stein vom Boden auf. »Aber vor allem hängen sie dort, damit wir sie bewerfen können.« Der Kieselstein verfehlte sein Ziel, doch Coll bedachte den toten Sheraner nur mit einer rüden Geste und lachte wieder.

Mir fiel die steife Haltung von Shrees Rücken direkt vor mir auf. Nun erst wurde mir bewußt, daß diese Männer Verwandte von ihm gewesen sein könnten, bedachte man das wirre Netz der Blutsverwandtschaften am Hof von Iklankish.

Inzwischen hatten wir den Schatten der Bäume erreicht. Nun endlich konnte ich die schlichten Häuser deutlich erkennen, und ich stellte fest, daß Vass anders war als alle anderen Städte, die ich bisher gesehen oder von denen ich gelesen hatte. So hatte ich zum Beispiel den Eindruck, daß die Bäume nie gerodet worden waren. Die Häuser verteilten sich wie zufällig im Unterholz; willkürliche kleine Hütten, erbaut aus Vulkangestein und Korallen mit Dächern aus Blättergeflecht. Nur wenige von ihnen waren freistehend gebaut. Sie sahen aus, als wären sie in Klumpen gewachsen oder wie gärende Hefe aus dem Boden gekrochen. Unzählige Wege wanden sich labyrinthartig durch dieses architektonische Durcheinander, doch es gab nichts, was die Bezeichnung ›Straße‹ verdient hätte. Durch das dichte Flechtwerk der Baumkronen drang nur gedämpftes Sonnenlicht; Kletterpflanzen und Moose überzogen die Bäume und krochen über die Häuser, und überall wuchsen Blumen, die die Luft mit ihrem schweren Duft füllten.

Coll führte uns durch einen Irrgarten aus unzähligen Wegen. Wir bekamen nur wenige Erwachsene zu sehen. Es war Vormittag, und ich nehme an, die meisten von ihnen waren entweder fischen oder auf dem Markt. Aber es dauerte es keine zwei Minuten und uns folgte ein immer länger werdender Rattenschwanz an Kindern. Leise kamen sie uns nach, blieben stehen, wenn wir stehenblieben, beobachteten in stiller Faszination, wie Chasco niederkniete, um einen Riemen seiner Sandale festzuziehen, begafften uns, wenn ich mein Notizbuch zückte, um einige Beobachtungen schriftlich festzuhalten. Wann immer wir länger an einem Ort verweilten, konnten wir sehen, wie sie sich an uns heranpirschten. Dann berührten sie mit den Fingern unsere Tuniken oder unsere Haare, deren Farbe ihnen fremd war. Hin und wieder schimpfte Coll mit ihnen, woraufhin sie auseinanderliefen, nur um sich gleich darauf wieder zusammenzufinden, sobald er ihnen den Rücken kehrte.

»Ihr müßt ihnen vergeben«, sagte Coll. »Euer Schiff ist seit zwei Jahren das erste, das im Hafen von Vassashinay eingelaufen ist. Manche von diesen Kleinen haben noch nie einen Ausländer gesehen.«

Ich nickte. Derweil näherten wir uns der ersten Lichtung, seit wir den Platz verlassen hatten. Durch die Bäume hindurch erkannten wir die dunklen Umrisse eines weiteren bienenstockförmigen Gebäudes. Noch ein paar Schritte, und schon waren wir auf der Lichtung und starrten staunend auf einen kleinen Berg aus feinstem, schwarzem Mauerwerk. Das Gebäude war nicht so groß und beeindruckend wie Lillifers Anwesen, dennoch war es ein Steinberg von beachtlichen Ausmaßen. Dieser Bienenstock sah verlassen aus. Grüne Zweige schoben sich vorsichtig aus den oberen Fensteröffnungen, und das Unterholz auf der Lichtung wucherte ungezähmt hüfthoch. Hier hatte seit langer Zeit niemand mehr die Pflanzen zurückgeschnitten.

»Coll?« fragte ich. »Wohnt hier jemand?«

»Hier? Nein.«

»Warum nicht? Das Gebäude macht doch einen ganz soliden Eindruck.«

Coll versetzte dem Mauerwerk einen beinahe liebevollen Stoß. »Sicher, das ist es. Es wurde für die Ewigkeit gebaut. Aber es wird nicht mehr benutzt, seit die Sheraner besiegt wurden – hier sind zu viele schreckliche

Dinge geschehen. Dieses Haus haben sie als Gefängnis benutzt.«

»Aber das Haus des Stadtregenten ...«

»Das war der Hauptsitz der Sheraner. Das einzig Schlimme, was dort geschehen ist, ist den Sheranern widerfahren. Aber auf diesen Steinen hier ist vassashinayisches Blut vergossen worden.« Obwohl die Sonne heiß auf unseren ungeschützten Köpfen brannte, begann er zu zittern. »In der Nacht hört man hier draußen seltsame Geräusche, Gilaner. Kein Mann und keine Frau und kein Kind kommt nach Anbruch der Dunkelheit hierher.«

Ich versuchte, mir den Blick aus meinem Fenster ins Gedächtnis zu rufen.

»Aber es gibt hier acht oder neun solche Bauten. Ist Lillifers Haus das einzige, das ihr euch wieder zunutze macht?«

»Nein, da sind noch zwei andere – die Sheraner haben sie als Lagerhaus und Kornspeicher benutzt. Dort ist kein vassashinayisches Blut geflossen. Aber die anderen lassen wir verfallen.«

Shree hatte nachdenklich zu der gleichmäßigen Parabel hinaufgestarrt, in der sich das Gebäude von dem strahlendblauen Himmel abhob. Nun fuhr er mit dem Finger über die schmalen Fugen im Mauerwerk, ehe er sich mit gerunzelter Stirn Coll zuwandte. »Wer hat das gebaut? Ihr wart es offenbar nicht, wenn man eure anderen Bauten betrachtet.«

»Nun, Gilaner, ich weiß nicht, wer das gebaut hat. Ich weiß nur, daß diese Bauten sehr alt sind. Soweit wir wissen, stehen sie bereits seit Anbeginn der Welt hier.« Die Frage schien Coll ebenso in Erstaunen zu versetzen, als hätte Shree sich erkundigt, wer den Vulkan gebaut und das Salz ins Meer geschüttet hätte.

Reiche fallen immer.

Erschrocken sah ich mich nach dem Sprecher um, doch außer uns vier und gut hundert vollkommen hingerissenen Kindern war niemand dort.

Hörst du mich, Sproß von Oballef? Reiche fallen immer.

Seufzend kühlte ich meine Stirn an der glatten Steinmauer.

Ja, Heilige, ich habe dich gehört. Du bist so informativ wie immer.

Es gibt Dinge, die du selbst herausfinden mußt, Abkömmling des Exkommunizierten. Suche Valsoria auf.

Was soll ich suchen?

Nicht was, wen. Suche Valsoria auf. Es gibt manches, was dir in ihrem Haus klarwerden wird.

Was?

Keine Antwort; doch die Wand an meiner Stirn wurde allmählich furchtbar heiß, ebenso wie die Luft immer heißer und trockener wurde und nach Schwefel zu stinken begann. Die Sonne brannte wie ein gleichmäßiger Strom geschmolzenen Metalls auf meinem Gesicht. Ich schrie auf und wirbelte um meine eigene Achse; Shree war fort, ebenso wie Coll und Chasco und die Kinder. Die Wand aber war noch immer da, doch sie wurde von einem Holzgerüst begrenzt und endete nur wenig über meinem Kopf.

Keine Bäume wuchsen in der Erde, nicht einmal ein einzelner Grashalm war zu sehen. Der Boden war eine einzige öde, schwarze Fläche aus gehärteter Lava und rauchenden Erdspalten, blubbernden Schlammpfuhlen und grauer Asche, die leise im Wind verwirbelte und über den kahlen Boden zu meinen Füßen kroch. Auch der Vulkan, den ich von dieser Stelle aus hätte sehen müssen, war nicht mehr da. Statt dessen erhob sich am anderen Ende der Insel ein kegelförmiges, schwarzes Gebilde von der Größe eines durchschnittlichen Berges, von dessen Gipfel eine dunkle Rauchfahne aufstieg. Zu meiner Linken ragte einige hundert Fuß entfernt eine weitere bienenstockförmige Struktur aus dem Boden auf. Auch sie war von Gerüsten umgeben, schien jedoch fast fertig zu sein. Ich sah Arbeiter, doch sie sahen nicht wie Vassashinayer aus. Ihre Haut war glatt und schwarz, noch dunkler als die der Storicaner, und sie trugen lange Kleider und Kopftücher, die mit Kupferhaken befestigt waren. Ich hörte sie reden, verlorene Stimmen gleich dem Flüstern eines weit entfernten Meeres, doch es gelang mir nicht, ihre Worte einer Sprache zuzuordnen.

Sieh hin, Sproß von Oballef.

Ein Mann ging allein über die verbrannte Ebene. Er war zu weit entfernt, als daß ich ihn hätte klar erkennen können. Nur seinen Kilt und den langen weißen Umhang konnte ich deutlich sehen. In seiner Hand leuchtete ein blendendes Licht auf, vielleicht war es auch ein Spiegel, der die Sonnenstrahlen reflektierte. Dort, wo er entlangschritt, schien sich die ausgehärtete Lava schimmernd zu bewegen. Er hielt das Licht hoch über seinen Kopf ...

»Lord Tigrallef?«

Dies war eine reale Stimme, deren Urheber sich außerhalb meines Kopfes befand. Blinzelnd öffnete ich die Augen und starrte direkt in Chascos besorgte Miene. Für einen Augenblick verschwamm sein Bild vor meinen Augen, ehe ich wieder scharf sehen konnte.

»Lord Tigrallef? Was ist los?«

In meinen Beinen waren keine Knochen spürbar, und die Fleischgebilde, auf denen mein Leib balancierte, bogen sich unter dem Gewicht meines Körpers. Ich lehnte mich mit dem Rücken an die Wand des Gebäudes und sank langsam in das hohe Gras. Drei Gesichter waberten vor meinen Augen: Shree, Chasco und Coll. Ich streckte einen knochenlosen, wassergefüllten Arm aus. Irgendwie gelang es mir, die Muschelkette an Colls Hand zu packen.

»Wer ist Valsoria?«

»Was hat er gesagt?«

»Was ist los, Tig?«

Der goldenen Nebel füllte erneut mein Blickfeld, und ich mußte mir auf die Unterlippe beißen, um nicht erneut das Bewußtsein zu verlieren. »Wer ist Valsoria?«

»Hat er Valsoria gesagt? Sie ist die Divinatrix. Ihr habt sie beim Begrüßungsritual gesehen.«

Die Divinatrix. Der Dunst verlor sich, ebenso wie alles andere auch.

»Das ist eine ernste Angelegenheit, Prinzessin. Ich fürchte, er wird sterben. Ihr müßt sofort nach dem Frath-Major schicken.«

Eine Hand hob meinen Kopf hoch, und etwas wurde an meine Lippen gehalten. Eine große Menge einer bittersüßen Flüssigkeit wurde mir in den Rachen geschüttet, bis ich ausspuckte und die Augen aufschlug. Der Bequiin Ardin ließ meinen Kopf fallen, sprang mit einem schockierten Aufschrei zurück und griff sich an die Brust.

Ich setzte mich im Bett auf und fühlte mich gut. »Bequiin Ardin!« rief ich, erfreut ihn endlich zu Gesicht zu bekommen. Ich befand mich wieder in meinem Zimmer in Lillifers Haus. Jemand hatte mit einer Decke vor dem Fenster den Raum abgedunkelt.

Rinn blickte den Bequiin Ardin über das Bett hinweg schmollend an.

»Geht es dir wieder gut, mein Gatte?« flötete sie. »Dummer alter Bequiin! Er muß immer übertreiben.« Sie küßte die Luft in der Nähe meiner Wange. Dann ging sie zum Tisch, auf dem sie ihre Flakons mit Duftstoffen und Töpfe mit Salben und Pülverchen aufgebaut hatte. Ich hörte Deckel klappern.

Es blieben also nur ich und der Bequiin, dessen Gesicht eine erschreckend graue Farbe angenommen hatte. Sogar aus den Lippen war das Rot gewichen. Nach einem Augenblick stammelte er: »Wie ... wie geht es Euch, Lord Tigrallef?«

»Viel besser«, sagte ich freundlich. »Tut mir leid, wenn ich Euch erschreckt habe.«

Er schnüffelte an dem offenen Glasfläschchen, das er in der Hand hielt, sah mich verwundert an, verschloß das Fläschchen und steckte es ein. Dann wandte er sich, Entschuldigungen murmelnd, zur Tür, doch ich griff eilends nach einer Ecke seines mausgrauen Umhangs. Zum ersten Mal war es ihm erlaubt worden, sich mir zu nähern, eine wahrhaft seltene Gelegenheit. Wenn außer dem Frath-Major noch jemand etwas über die Heilige wußte, dann mußte es der Bequiin sein, und damit stand er ganz oben auf der Liste der Personen, mit denen ich sprechen wollte.

»Bitte, bleibt noch, verehrter Bequiin«, sagte ich. »Warum habt Ihr mich nie zuvor besucht? Erinnert Ihr Euch denn nicht, daß wir vor ein paar Jahren miteinander korrespondiert haben?«

Zweifelnd betrachtete er mein Gesicht und kam einen Schritt näher. Oberhalb seines weißen Bartes hatten seine Wangen wieder etwas Farbe angenommen. »Doch, ich erinnere mich«, sagte er. Noch ein vorsichtiger Schritt. »Ich erinnere mich sogar sehr gut.« Dann sagte er in einem irgendwie merkwürdigen Tonfall: »Wie fühlt Ihr Euch jetzt?«

»Viel besser«, wiederholte ich. »Das muß an dem Trank liegen, den Ihr mir eingeflößt habt.«

»Ja«, sagte er matt. Er sah noch immer so aus, als wollte er jeden Moment flüchten. Nachdem er mich aber noch eine Weile mißtrauisch beäugt hatte, während ich ihn angegrinst und einladend auf die Bettkante geklopft hatte, lächelte er mich ein wenig reumütig an und setzte sich zu mir. »Ich kann nicht lange bleiben, Lord Tigrallef. Aber ich erinnere mich an Eure Briefe. Ihr habt Euch nach Lakshi Cor Cahns Abhandlung über die letzten Tage des fathidischen Reiches erkundigt.«

»Richtig. Ich fand seine Ausführungen nicht überzeugend und wollte wissen, ob ein so überragender Gelehrter wie Ihr, verehrter Bequiin, möglicherweise ähnlich denkt. Dem war nicht so.«

»Ich habe Eure Argumente erwogen, doch ich konnte Euch nicht zustimmen«, sagte der Bequiin noch etwas entspannter, während er sich eine bequemere Position auf dem Bett suchte.

»Ihr habt mir zugestimmt, daß er zu oberflächlich und seine Niederschrift zu huldigend war«, sagte ich. »Mir schien es, als hätte er versucht, die Wahrheit über das Ende des fathidischen Reiches zu verschweigen – als ob das noch etwas ausgemacht hätte, schließlich lag Fathan bereits in Schutt und Asche. Die ehemaligen Herrscher hätten ihm nichts mehr tun können, sie waren alle tot.

Ich dachte, er hätte Lügen niedergeschrieben, doch ich wollte wissen, warum er das getan haben sollte.«

»Wirklich, Lord Tigrallef, Eure Argumentation ist faszinierend, und Ihr seid ein kluger junger Mann – aber Cor Cahn hat seine Abhandlung kurz nach dem Untergang Fathans geschrieben, und wir werden ihm wohl oder übel Glauben schenken müssen.«

Das war der Anfang, auf den ich gehofft hatte. »Ich frage mich, ob in tausend Jahren jemand etwas Ähnliches über die Berichte der lucianischen Intelligenzija und dem Untergang Shers sagen wird, von denen wir beide wissen, daß sie barer Unsinn sind«, erklärte ich beiläufig.

Der wachsame Ausdruck kehrte in seine Augen zurück.

»Sind sie das?«

»Aber natürlich sind sie das. Ein Geflecht aus diplomatischen Lügen, nur dazu gedacht, jedem einen Teil der Ehre zukommen zu lassen. Die Wahrheit dagegen dient niemandem im besonderen – aber sie ist doch die Wahrheit, und ist es nicht die Aufgabe der Schreiber, der Wahrheit zu dienen?«

»Wohlgesprochen, Lord Tigrallef. Dennoch, Ihr seid noch jung.« Sein Gesicht war wieder fast so grau wie vorher. Mit flackerndem Blick betrachtete er Rinn, die jedoch nicht zuhörte. Ihr Desinteresse schien ihm dabei zu helfen, eine Entscheidung zu treffen. Er beugte sich vor und murmelte: »Was ist die Wahrheit, Lord Tigrallef? Was hat Eurer Meinung nach den Untergang Shers bewirkt?«

Ich sprach nun ebenso leise wie er. »Das wißt Ihr sehr gut, Bequiin. Und Ihr wißt, daß ich das verantwortliche Objekt danach vernichtet habe. Ich vermute, Ihr wißt auch, was später geschah.«

»Was ist später geschehen, Sproß von Oballef?« fragte der Bequiin so leise, daß ich ihn kaum verstehen konnte.

»Ich fing Feuer, doch ich brannte nicht«, antwortete ich ebenso leise. »Aber ich denke, daß Ihr bereits etwas über diese Dinge wißt. Ihr und der Frath-Major.«

Hastig sprang er auf. »Ich muß jetzt gehen«, sagte er laut.

»Nein, geht nicht. Sprecht mit mir, Bequiin Ardin.«

Er zauderte, doch dann setzte er sich wieder. Rinn ließ er nicht mehr aus den Augen. Auch ich blickte zu ihr hinüber. Sie summte vor ihren kleinen goldenen Töpfen leise vor sich hin.

»Was wißt Ihr, verehrter Bequiin?« wisperte ich. »Was erhofft sich der Frath-Major? Was habt Ihr noch für Geheimnisse entdeckt?«

Wieder schien er einen innerlichen Kampf zu führen; er beugte sich vor, lehnte sich wieder zurück, sah angstvoll zu Rinn und kam dann doch näher. Sein Atem war unruhig. »Lord Tigrallef«, murmelte er endlich, wobei er sich so weit vorbeugte, daß seine Lippen beinahe meine Ohren berührten. »Der Frath-Major ...«

... war plötzlich von draußen zu hören. Er sprach direkt vor der Tür mit Shree.

»Schnell, Ardin. Was ist mit dem Frath-Major?«

Doch er zuckte bereits wieder zurück. »Ich kann Euch nichts sagen, Sproß von Oballef, gar nichts«, sagte er schnell und leise; dann, noch leiser: »Nichts, außer folgendem: Ich mag Euch, und ich wünsche mir sehnlichst, ich würde es nicht tun. Was auch immer geschieht, vergeßt niemals, daß wir hätten Freunde sein sollen.« Dann verließ er mich, und ich mußte einfach bewundern, wie er sich innerhalb weniger Sekunden wieder faßte, ehe die Tür geöffnet wurde und der Frath-Major hereinmarschierte. Draußen konnte ich Shree und Chasco sehen, die vor der Tür Wache hielten.

»Seid mir willkommen, Cousin«, sagte ich strahlend. »Nur keine Sorge, es war nur ein leichter Sonnenstich. Der Bequiin war so freundlich, sich um mich zu kümmern. Wir müssen unbedingt wieder einmal plaudern, Bequiin«, sagte ich und wandte mich zu Ardin um. »Ich bin begierig, Eure Ansichten über Karforth von Miishel, den großen Barden, zu hören. Ist es wahr, daß er ein geborener Einsiedler ist?«

Ein Lächeln, offenbar sogar echt, huschte über das

Gesicht des Bequiins. »Über ihn gibt es verschiedene Lehrmeinungen, Lord Tigrallef. Ich habe irgendwo noch Noten von Karforth – wenn wir uns das nächste Mal sehen, dann werde ich sie mitbringen, und wir können dieses Kapitel gemeinsam diskutieren.«

Der Frath-Major blickte forschend zwischen Ardin, mir und Rinn hin und her. Er war nicht gerade erfreut, aber er schien auch nicht übermäßig mißtrauisch zu sein. Nachdem er mir gute Besserung und eine rasche Genesung gewünscht hatte, beförderte er den Bequiin zur Tür hinaus und ließ mich mit meinen Gedanken allein.

So, der Bequiin mochte mich also und wünschte sich, er täte es nicht. Seine Worte waren ganz anders, als ich es erwartet hatte. So trivial sie auch erschienen, die verzweifelte Offenheit, die ich herausgehört hatte, verlieh ihnen das Gewicht eines Omens. Außerdem hatte ich nun das starke Gefühl, daß der Bequiin Ardin kein williger Mitspieler im Spiel des Frath-Majors war.

Kapitel 23

»Es war ein furchtbares Risiko, so mit dem Bequiin zu reden«, sagte Shree. Er ging wütend in dem Zimmer auf und ab, das er sich mit Chasco teilte. Ich war trotz meines Sonnenstiches meines Zimmers verwiesen worden, damit Rinn sich auf das große Fest vorbereiten konnte, das an diesem Abend zu unseren Ehren gegeben werden sollte.

»Was denn für ein Risiko«, entgegnete ich. »Ich bin sicher, daß der Bequiin so oder so weiß, was ich weiß; ich habe ihn nur wissen lassen, daß ich darüber Bescheid weiß. Außerdem ist es nicht von Bedeutung, ob er das nun wieder dem Frath-Major erzählt. Ich vermute, daß der sowieso längst im Bilde ist.«

Shree und Chasco blickten einander mit gerunzelter

Stirn und verdutzter Miene an. »Worüber Bescheid weiß?« fragte Shree.

Ich seufzte. »Also, noch einmal von vorn, ganz langsam ...«

»O nein«, sagte Shree. »Ganz allmählich ahne ich, wovon du sprichst. Du und der Frath-Major, ihr umkreist euch wie zwei Hunde, und er weiß von der Heiligen, vermutlich durch den Bequiin, obwohl nur Raksh weiß, wie der Bequiin davon erfahren hat, aber der Frath-Major weiß nicht so viel, wie du weißt, also läßt du ihn Stück für Stück wissen, daß du alles weißt ...«

»Nun fangt Ihr nicht auch noch an, Lord Shree«, unterbrach Chasco.

»Ich freue mich, daß du mich jetzt verstehst«, sagte ich. »Es geht nicht darum, was der Frath-Major weiß, sondern darum, was er nicht weiß: Er weiß nicht, daß ich nicht verrückt nach Rinn bin und er folglich keine Kontrolle über mich hat, daß ich nicht daran interessiert bin, ihm dabei zu helfen, den Umhang des fathidischen Weltreiches zu erringen und daß ich keinerlei Kontrolle über die Heilige habe. Solange ihm all diese lästigen Tatsachen unbekannt sind, sind wir sicher.«

»Vor dem Frath-Major vielleicht«, konterte Chasco.

»Schon richtig«, sagte ich vergnügt. »Aber inzwischen hat schon seit einiger Zeit niemand mehr versucht, mich umzubringen. Vielleicht sind inzwischen bereits alle Gegner des Frath-Majors zum Schweigen gebracht worden. Und wenn Rinn anfängt, eigene Intrigen zu spinnen, wird es nicht in ihrem Interesse sein, mir etwas anzutun. Das Gegenteil ist der Fall. Nein, meine Freunde, ich glaube, wir sind sicher. Jedenfalls für den Augenblick.«

Chasco ging zum Fenster, blickte mit finsterer Miene auf den Platz hinunter und drehte sich wieder zu mir um. »Lord Tigrallef ...«, begann er, doch dann unterbrach er sich und sah Shree bedeutungsvoll an.

»Ja, Chasco?«

»Lord Shree und ich haben uns etwas überlegt.«

»Und?«

»Lord Shree wird es Euch erzählen.«

Unwillig begann Shree zu sprechen. »Du hast recht, Chasco, ich sollte es ihm sagen. Tig, dieses Spiel, das du mit dem Frath-Major spielst, ist zu gefährlich – außerdem ist es kompliziert und nicht sehr wirkungsvoll, und das bereitet mir Unbehagen. In der sheranischen Armee hatten wir keinen Bedarf an mangelnder Effizienz.«

»Wir sind nicht in der sheranischen Armee. Hast du eine bessere Idee?«

Er zögerte kurz. »Du hast die Heilige. Du mußt keine Spielchen mit dem Frath-Major veranstalten.«

Ganz sanft fragte ich: »Was schlägst du also vor?«

Mein Tonfall irritierte ihn, dennoch fuhr er entschlossen fort: »Einige dich mit der Heiligen, vielleicht kannst du sie einsetzen – mit ihr mußt du verhandeln, Tig. Finde heraus, wie du sie kontrollieren kannst, und wenn du sie nicht kontrollieren kannst, dann handele etwas mit ihr aus . . .«

Der goldene Nebel lockte mich mit seinem Schimmer, und ich vernahm ein Flüstern: *Beide sind eins*. Ich drängte beides fort und biß mir wütend auf die Hand, wobei ich feststellte, daß der Schmerz half, ihre Stimme zu verdrängen. »Ich bin anderer Meinung, Shree.«

»Aber, Tig . . .«

»Das ist keine gute Idee. Ich würde die Heilige nicht einmal dann benutzen, wenn ich es könnte.«

»Tig . . .«

»Nein. Wir haben darüber schon früher gesprochen. Um es ganz deutlich zu sagen: Ich bin eher bereit, mit dem Frath-Major zu spielen, bis die Sonne erlischt, als irgendwelche Verabredungen mit der Heiligen zu treffen. Eher würde ich sterben.«

»Aber . . .«

»Überlege doch, was bis jetzt bereits passiert ist, Shree. Sie ist ein zweischneidiges Schwert – allem Guten, was sie bewirkt, folgt Böses. Wie viele Kontinente soll ich noch im Meer versenken, bis du das begreifst? Mir hat einer gereicht.«

Du kannst dich nicht auf ewig gegen mich stellen, Zweig des großen Naar. Gehe zu Valsoria.

Ich knirschte mit den Zähnen. *Das werde ich, aber um meinetwillen, nicht um deinetwillen.*

Beide sind eins, Sproß von Oballef.

Sie sind zwei, Heilige von Gil.

Sie zog sich in meinen Hinterkopf zurück, und ich stellte fest, daß ich keuchte. Schweiß lief mir über das Gesicht, meine Fäuste waren ebenso fest geballt, und meine Zähne fest zusammengebissen. Shree und Chasco beobachteten mich äußerst besorgt. Ich wischte mir mit dem Ärmel über die triefende Stirn.

»Warum seht ihr mich so an?«

»War die Heilige ... war sie gerade da?«

»Wie kommt ihr denn darauf?« fragte ich erbittert.

»Was hat sie gesagt?«

»Sie ist ganz auf eurer Seite. Ihr drei solltet euch zusammentun.«

»Hör auf damit, Tig!« Shree schlug so fest mit der Faust auf den Tisch, daß der Weinkrug beinahe umfiel. »Wir haben nicht vor, uns gegen dich zu stellen. Ich sorge mich um dich! Und zwar nicht nur wegen der Miisheli – ich befürchte, die Heilige selbst wird dich am Ende vernichten, wenn du dich mit ihr nicht einigst.«

»Das kann sie nicht«, murmelte ich. »Sie kann keinem Sproß von Oballef etwas zuleide tun. Das ist eine der Regeln, an die sie gebunden ist. Ich weiß nicht, warum das so ist, aber wahrscheinlich werde ich auch das am Ende bedauern.«

Lange herrschte Stille, bis Shree sich so beiläufig äußerte, daß das Ausmaß seiner Sorge nicht mehr zu übersehen war. »Gibt es irgendeine Regel, die sie davon abhält, dich in den Wahnsinn zu treiben?«

»Keine Ahnung. Außerdem ist es dafür ohnehin schon zu spät.«

»Nein«, widersprach Shree düster. »Du bist sogar außergewöhnlich gut bei Verstand. Wenn du mich fragst, war das schon immer dein Problem.«

Nur ich lachte darüber. In diesem Moment erklangen

auf dem Platz unten die unsichtbaren Trommeln und Flöten, die die Gäste zum Fest rufen sollten. Ich stand auf.

»Ich nehme an, Rinn ist inzwischen schön genug. Wir sehen uns auf dem Fest, Freunde.«

Chasco packte mich am Arm. »Denkt wenigstens einmal über das nach, was Lord Shree Euch gesagt hat.«

»Ich werde darüber nachdenken – und ihr zwei denkt über das gesunkene gilanische Schiff nach – denkt über den Untergang Shers nach. Denkt daran, wie Calla gestorben ist.«

Ich wandte mich ab, ging zur Tür hinaus und den mit Fackeln beleuchteten Korridor hinunter. Das Ende des Ganges, wo Rinn und ich untergebracht waren, war inzwischen durch Rinns auffällige Duftmischung markiert wie das Territorium eines Rüden: Weihrauch von hervorragender Qualität, Blütendüfte und Moschuspülverchen.

Ich klopfte an die Tür zu unserem Schlafzimmer und trat ein.

Rinn hatte nur drei Zofen bei sich, denen sie das Leben schwer machen konnte. Sie waren gerade damit fertig, ihre Haare durch die Öffnungen einer am miishelischen Hof sehr modernen Schädelhaube zu ziehen, so daß sie von der Stirn bis zum Nacken weit vom Kopf abstanden und ihr wallend über die Schultern fielen. Die enganliegenden Seiten der Haube waren mit einem komplizierten Muster verziert, das sich bei näherem Hinsehen als die Abbildung dutzender kleiner, miteinander verschlungener Schlangen vor einem Hintergrund aus blauen Brillanten entpuppte.

»Diese Schädelhaube ist nicht sehr feinsinnig, meine liebste Rinn«, sagte ich, während ich in meinem Gepäck nach einer frischen Tunika suchte.

»Was um alles in der Welt willst du damit sagen?«

»Schlangen und blaue Brillanten? Du könntest dem Frath-Major ebensogut gleich sagen, daß du hinter der

Krone von Miishel her bist. Vielleicht leiht er dir seinen fathidischen Reichsumhang.«

Aus ihrem polierten Kupferspiegel blickte sie mich mit zusammengekniffenen Lippen giftig an. Sie wartete, während eine der Zofen noch einige Juwelenketten zu denen hinzufügte, die schon jetzt klimpernd gegen die goldene Bruststütze schlugen und eine zweite sich bückte, um die goldenen Sandalen an ihren kleinen goldenen Füßen zu schließen, dann scheuchte sie sie mit einer herrischen Geste davon und wandte sich mir zu. Diesmal gab es keinen Spiegel, der mir ihr wahres Gesicht hätte offenbaren können. Sie lächelte mich süß an.

»Tigrallef, Liebling, das ist meine beste höfische Haube, und ich will die Vassashinayer ehren, indem ich sie trage, das ist alles.«

»Aber natürlich, meine Liebste. Nur ein kleiner Scherz meinerseits.« Nun beugte ich mich zu ihr hinunter, und flüsterte ihr ins Ohr: »Aber ich glaube, die Krone von Miishel würde dir gut stehen. Wir werden sehen, was wir tun können.«

Meine Worte erfreuten sie, doch sie legte mir spielerisch die Hand auf die Lippen. »Still, mein Liebling – du weißt doch, daß nur die Götter bestimmen, wessen Kopf die Krone schmücken soll.«

»Aber ja, meine Blume – aber die Götter könnten einen Wink bekommen – oder geben. Vergiß nicht, was ich geträumt habe.«

Rinn schob sich an mir vorbei, um sich im Spiegel zu begutachten. Ihr Gesicht strahlte vor Selbstzufriedenheit. Ich glaube, sie sah sich bereits mit der Krone geschmückt anstelle der Schädelhaube. »Wir sollten uns darüber noch einmal unterhalten, mein Gatte«, sagte sie. »Wir werden herausfinden müssen, was die Götter mir zugedacht haben – was sie uns zugedacht haben.«

»Ja, sicher. Ist es nicht erstaunlich, Liebste, ich hörte, in Vassashinay gäbe es eine Frau, die die Zukunft vorhersagen kann. Vielleicht sollten wir sie aufsuchen.«

Rinn formte mit zwei Fingern und dem Daumen eine

miishelische Geste, die abgrundtiefe Verachtung signalisierte. »Soviel zu den Wahrsagern in diesem kleinen Dreckloch. Wir brauchen einen richtigen Wahrsager.«

Ich lächelte. »Du hast recht. Außerdem war ich gestern auch nicht gerade sehr beeindruckt von ihr. Es war die Frau, die diesen jämmerlichen Lichtblitz am Strand vorgeführt hat.«

»Das war die Frau? Dieses kleine Äffchen?«

»Ihr Name ist Valsoria, sie wird hier als Divinatrix bezeichnet. Aber du hast wahrscheinlich recht, mein Liebling. Wir brauchen keine Bäuerin, die irgendwelche Knochen herumwirft, also vergessen wir sie einfach. Außerdem haben wir auch so genug zu tun.«

Meine Frau starrte mit gerunzelter Stirn in den Spiegel. »Was meinst du damit? In diesem langweiligen, stinkenden Loch gibt es doch nichts zu tun.«

»Da irrst du dich, mein Liebling. Dies ist unsere Chance, einander besser kennenzulernen. Ich habe mir alles genau überlegt. Wir werden lange Spaziergänge am Strand unternehmen, und ich bin sicher, Lillifer wird uns gern ein Boot leihen, damit wir zum Fischen hinausfahren können. Und ich werde dir vorlesen – ich habe eine ganz interessante Schriftrolle über calloonischen Philosophie und ein sehr gut besprochenes Geometriebuch des großen Mathematikers Mosphor von Zelf in meinem Gepäck ...«

Sie schauderte. »Genug, Tigrallef. Vielleicht ist es ja ganz unterhaltsam, diese ... Divinatrix zu besuchen.«

»Reine Zeitverschwendung, mein süßer Liebling.«

Gewitterwolken sammelten sich auf ihrer Stirn. »Aber unterhaltsam. Ich denke, es könnte mir gefallen, die Divinatrix zu konsultieren. Ja, wir sollten sie besuchen. Vielleicht schon morgen.«

»Natürlich, meine Blume, wenn du es möchtest.« Ich rang mir ein Lächeln ab, doch das war vollkommen unnötig. Sie war schon wieder ganz in ihr eigenes Spiegelbild versunken.

»Gut, dann bleibt es dabei«, sagte sie geistesabwesend. Dann, mit aufkeimendem Interesse: »Sieh mich an,

Tigrallef. Schön wie eine Kaiserin. Siehst du, wie schön ich bin?«

»Natürlich. Du siehst – unglaublich aus.« Das war die Wahrheit. Ich war tatsächlich verblüfft. Es versetzte mich einfach in Erstaunen, daß jemand freiwillig so aussehen wollte und ganze drei Stunden damit zubrachte, dies herbeizuführen. Rinn jedoch war mit meiner Antwort vollauf zufrieden.

Lillifers Vorstellungen von einem Fest beinhalteten unzählige Ansprachen, etliche Fässer von etwas, das wie ein harmloser, sprudelnder Fruchtsaft schmeckte und riesige Kupfertabletts mit Bergen einer haferbreiähnlichen Substanz, die verschwenderisch mit kleinen, spitzen Knochen gespickt war. Dem Geschmack nach hätte es Huhn sein können, obwohl es auch einen Hauch von Fisch hatte. Den festeren Bestandteilen entnahm ich, daß die Basis dieses Gerichtes eine schlichte Wurzel sein mußte. Dem Beispiel unserer Gastgeber folgend, aßen wir direkt von den Tabletts unter Einsatz unserer Finger, mit Ausnahme von Rinn, die sich weigerte, die Speise auch nur anzurühren.

Die große Halle, in der das Fest stattfand, nahm den größten Teil des Erdgeschosses von Lillifers antikem Bienenstock ein, über dessen tatsächliches Alter ich nicht einmal nachzudenken wagte. Allerlei Matten und Kissen bildeten auf dem Boden große und kleine Kreise. Auf dem Ehrenplatz in der Mitte des Raumes lagen die dicksten Kissen, die man sich vorstellen konnte, auf einem wirklich exquisiten Teppich, der aussah, als hätten ihn die besten tatakilischen Weber hergestellt. Vermutlich ein Erbstück der Sheraner, ebenso wie die goldenen callroonischen Kerzenhalter, die Stielbecher aus Kuttumm und die gilanischen Alabasterflakons. Angenommen, das Gebäude war ein Erbstück eines längst vergessenen Vorbesitzers, so mußte man sich fragen, ob die Vassashinayer überhaupt irgend etwas außer ihrer Sprache selbst gemacht hatten.

Lillifer höchstpersönlich führte den Frath-Major, den Bequiin Ardin, Rinn und mich zu dem herrlichen Teppich in der Mitte des Raumes, was gleichzeitig das Signal für alle anderen war, sich in einem der Kissenkreise niederzulassen. Shree und Chasco ergatterten einen Platz in einem Kreis, der direkt an den Ehrenkreis angrenzte, so daß Shree direkt hinter mir saß. Links von mir hatte Rinn Platz genommen, und auf ihrer anderen Seite ließ sich ein vassashinayischer Edelmann nieder. Zu meiner Rechten saßen Lillifer, der Frath-Major und eine sehr hübsche, junge Vassashinayerin, die uns als Lillifers Erstfrau Moscala vorgestellt wurde. Lillifer hatte sieben Ehefrauen. Moscala war zwar nicht die älteste, aber die bevorzugte Gattin, und ich konnte mir denken warum. Der Bequiin Ardin saß auf der gegenüberliegenden Seite des Kreises zwischen einigen vassashinayischen Würdenträgern, und Coll, der Übersetzer, kauerte hinter uns und wartete darauf, sich nützlich zu machen.

Das Essen wurde ohne feierliche Handlungen aufgetischt – die großen Tabletts wurden einfach in die Mitte jedes Kreises gestellt und die Becher mit Saft gefüllt. Bald waren sämtliche Gäste fürchterlich betrunken, was daran liegen mochte, daß der sprudelnde Saft nicht so harmlos war, wie er schmeckte. Rinn, die nichts aß, war sehr schnell sehr betrunken. Ich dagegen trank ebensoviel wie alle anderen und blieb doch deprimierend nüchtern. Nachdem ich eine Weile die Ansprachen und Trunkenheitspossen rund um mich verfolgt hatte, widmete ich mich wieder meinen eigenen Gedanken.

Ganz allmählich wurde mir bewußt, daß bereits seit einiger Zeit niemand mehr eine Rede gehalten hatte und der Lärm sich gelegt hatte. Ich sah mich um und stellte fest, daß die Stimmung im Raum umgeschlagen war. Moscala weinte leise an der Brust des Frath-Majors, während Lillifer neben mir schnarchte; Rinn wechselte zwischen Kichern und Schluckauf hin und her; der Bequiin Ardin verdrehte geradezu beängstigend die Augen, und einer seiner Nachbarn gab sich ernsthaften Anstrengungen hin, die Flamme einer Kerze einzufangen. Als ich hinüberkroch, um die Kerze aus seiner Reichweite zu bringen, lächelte er und schlief friedlich an der Schulter des Bequiin ein. Ardin drehte seine Augen für einen Moment wieder in Normalstellung, doch das war auch schon seine ganze Reaktion. In der ganzen Halle huschten Bedienstete zwischen den herumliegenden Gästen umher, brachten Kerzen und Becher aus dem Gefahrenbereich, schoben Kissen unter Köpfe, wischten Gesichter ab und räumten die Tabletts weg. Hinter mir lag Shree flach auf dem Rücken und zählte verträumt seine Finger. Besonders interessant war, daß er seine Finger zwar immer wieder zählte, aber nie zum richtigen Ergebnis kam. Chasco schlief tief und fest. Achselzuckend stellte ich meinen Becher ab.

Eine Bewegung am anderen Ende des Raumes, genau in der Mitte der runden Mauer, gegenüber dem großen Portal, etwa sechzig Fuß entfernt, erregte meine Aufmerksamkeit.

Auf einem Podest, das wenigstens sechs Fuß hoch war, saß eine schattenhafte Gestalt auf einem hohen Stuhl – so sah es zumindest aus, was mich verwirrte, denn ich konnte mich nicht an das Podest erinnern. Blinzelnd richtete ich mich auf.

Vor dem Podest standen weitere Schatten in zwei Reihen und hielten Kerzen, deren Flammen irgendwie leblos schienen. Ihre Silhouetten schimmerten grau in dem tiefen Schatten; der Schattenmann auf dem Podest erhob sich und schritt langsam die Stufen hinunter, an die ich mich ebenfalls nicht erinnern konnte, blieb dann vor einem dunklen, durchscheinenden Altar stehen und stellte eine Schachtel aus vollkommener Dunkelheit auf ihm ab, so schwarz, daß ich das Gefühl hatte, meine Augen würden in sie hineinfallen wie in einen tiefen, ausgedörrten Brunnen. Es fiel mir schwer, den Blick wieder abzuwenden.

Vor mir tauchten nun andere Gestalten auf, die in einer langsamen Prozession aus Richtung des Portals kamen – Gestalten, deren graue Umhänge weiß gewesen sein mögen, Gesichter, die nicht mehr als nur dunkle Ovale waren, verhüllt von grauen Kapuzen, und in den Händen trugen sie grauflammige Kerzen.

Fasziniert sah ich zu. Dies war keine gewöhnliche Prozession. Ich begann allmählich daran zu zweifeln, daß sie überhaupt real war. Die Männer in den grauen Roben schritten durch die schnarchenden, brabbelnden, kichernden Folgen des Festes, als wäre der Weg vollkommen frei; durch sie hindurch konnte ich die gelben Flammen der Kerzen hinter ihnen sehen, deren Lichtschein kaum gedämpft war, und die ganze Zeit über gingen die Diener sorglos zwischen den Prozessionsteilnehmern ihrer Arbeit nach.

Als die grauen Gestalten eine ununterbrochene Reihe bildeten, die sich vom Portal bis zu dem Altar erstreckte, trat der Schattenmann von dem Podest erneut vor. Langsam griff er nach der Schachtel aus Dunkelheit und öffnete den Deckel. Licht drang heraus, pures Licht, gleißendhell wie das Innere eines Blitzes, und das schmutzige Durcheinander des Festes verschwand wie Schatten in der Sonne. Fort waren die Teppiche und Matten, die Festgäste, die ununterbrochene schwarze Mauer, die Decke und der Boden; die Decke war nun blendendweiß, der Boden mit weißen Fliesen bedeckt, die Wände und Pfeiler glänzten silbern. Der Mann am Altar, in dessen Robe nun silberne Fäden aufblitzten, hielt einen vertrauten, glänzenden Zylinder in Händen …

Aufhören!

Das Licht verlosch, und das Fest kehrte zurück. Ich starrte finsteren Blickes auf die konturlose Rundung der Wand gegenüber dem Portal: kein Podest, kein Altar.

Heilige, du machst mich allmählich krank.

Die Vergangenheit ist dein Beruf, Schreiber. Ich dachte, du würdest das gern sehen.

Laß mich einfach in Ruhe.

Vor langer Zeit wurzelte der große Baum an diesem Ort.

Das habe ich auch schon begriffen. Ich bin ja nicht blöd. Als nächstes wirst du mir sagen, daß Reiche immer fallen.

Reiche fallen immer, Sproß von Oballef.

Ach, sei doch still.

Überraschenderweise gehorchte sie. Ich rollte mich auf einem Kissen zusammen und wartete verdrossen auf das Ende des Festes. Nach einer Weile schlief ich ein, so wie beinahe alle anderen. Ich träumte von – nichts.

Kapitel 24

Am Tag nach dem Fest war es still in Lillifers Haus. Die Vassashinayer litten unter Kopfschmerzen und sprachen nur sehr leise. Ab und zu verzogen sie die Gesichter. Die Besucher von der Tasiil lagen im Koma. Da ich selbst, dank der Heiligen, nicht betroffen war, verbrachte ich den Morgen als gute Fee. Ich flößte Rinn Wasser ein und schwärmte ihr vor, wie ätherisch sie aussehe; ich kühlte Shree und Chasco die Stirn, vergewisserte mich, ob der Bequiin Ardin noch atmete und stellte fest, daß er noch nicht so tot war, wie er aussah. Ich besuchte sogar den Frath-Major, wobei ich es selbstverständlich nicht versäumte, lautstarkes Aufhebens um sein Wohlergehen zu machen. Schließlich verhinderte ich ein Massaker, als der Han-Frath Zimin an Land kam, um sich zu erkundigen, warum er nichts von dem Frath-Major gehört hatte und aus offensichtlichen Gründen zu dem Schluß kam, wir seien alle vergiftet worden.

Nachdem ich den Han-Frath wieder sicher auf der Tasiil verstaut hatte und Lillifer unversehrt in sein Bett zurückgekehrt war, war ich endlich allein und frei zu tun, was ich wollte. Ich nahm mein Notizbuch von dem Bücherstapel, stahl mich aus dem Zimmer, in dem Rinn im Schlaf stöhnte, und beschloß, den Nachmittag damit zu verbringen, mir in aller Ruhe Fluchtwege und Verstecke in Vass zu notieren. Weder auf der Treppe noch in der großen Halle rührte sich etwas, also ging ich sorglos zum Eingangsportal hinaus, ohne auch nur einer Seele zu begegnen, wenngleich ich die Kinder hinter den Bäumen auf der anderen Seite des verlassenen Platzes spielen hörte. Mein erstes Ziel war ein Tor in der Einfriedungsmauer des Bienenstockhauses, gleich neben den grausigen Andenken an Sher.

Bei dem Tor handelte es sich um einen steinernen Bogengang, der aller Wahrscheinlichkeit nach aus derselben Zeit stammte wie der Bienenstock. Angesichts der Furchen an den Torpfosten vermutete ich, daß sich hier vor langer Zeit Inschriften befunden haben mochten, die inzwischen Wind und Wetter zum Opfer gefallen waren. Voller Bedauern zog ich sie mit den Fingerspitzen nach und blickte durch das Tor. Dahinter befand sich ein Garten, ein gebogener grüner Streifen, der an der einen Seite von dem Bienenstockhaus und auf der anderen von der Einfriedungsmauer begrenzt wurde. Hier waren Gärtner am Werk gewesen. Das Gras war erst vor wenigen Tagen gemäht worden, die schimmernden schwarzen Pflastersteine waren von den wuchernden Kletterpflanzen befreit worden, die gerade erst begannen, sich erneut vorzutasten. Hier war die Luft kühler, grün und schlicht verlockend. Ich wog meine Pflicht gegen die drückende, schwere Nachmittagshitze ab; dann verließ ich das Pflaster, trat auf den samtenen Rasen und ließ mich an einem Baumstamm nieder, das Notizbuch achtlos neben mir auf dem Boden.

Sandalen klatschten auf das Pflaster. Ich blickte erschreckt auf. Erst jetzt wurde mir bewußt, daß ich zum ersten Mal seit Tagen unbewacht war.

»Ha, da seid Ihr ja. Ich dachte doch, ich hätte Euch in den Garten gehen gesehen.« Coll, der Übersetzer, kam mit einer ledergepolsterten Tonflasche und zwei Bechern zu mir und strahlte mich freudig an. Er sah müde, aber zufrieden aus. Coll setzte sich zu mir und schenkte jedem von uns ein.

Ich schnüffelte an meinem Becher. Der Geruch erinnerte an Ziegenmilch mit Fischmehl.

»Was ist das?«

Coll schluckte die Flüssigkeit in einem einzigen Zug hinunter und schenkte sich ein weiteres Mal ein. »Das trinken wir nach einem Fest. Es spült den Masollar weg, und man fühlt sich wieder besser. Trinkt aus, Gilaner.«

»Mir geht es sowieso gut.« Ich stellte den Becher auf dem Rasen ab. »Was ist Masollar?«

»Masollar! Der Wein der Feuergötter, sie seien gepriesen. Habt Ihr denn nicht gewußt, was ihr letzte Nacht getrunken habt, Gilaner?«

»Du meinst diesen prickelnden Fruchtsaft, richtig? Ja, ich dachte mir schon, daß da mehr als nur der Geschmack drinsteckt. Das ist wirklich ein starkes Gebräu.«

Entsetzt riß er die Augen weit auf. »Das ist kein Gebräu. Die Götter geben es den Töchtern im Sacellum, und die verteilen es an die Menschen in Vass, damit jeder von uns das Echo der Götterstimmen hören kann.«

»Entschuldigung.«

Wieder schenkte er sich aus der Flasche nach. »Wie könnt Ihr den Masollar von den Töchtern kosten und nicht wissen, was er ist? Habt Ihr denn nicht das Echo der Feuergötter (mögen sie stets gesättigt werden) gehört, das zu Euch gesprochen hat?«

»Ist mir nicht aufgefallen. Von wessen Töchtern sprichst du?«

Er verschluckte sich an seinem Trank. »Wessen Töchter? Gilaner, weißt du denn gar nichts? Die Töchter des Feuers, natürlich! Im Sacellum, oben auf dem Berg der gesegneten lebendigen Feuergötter. Sie sind überall berühmt – sogar die verfluchten Sheraner haben das Orakel der Feuergötter geachtet! Manchmal haben sie die Töchter nach Iklankish gebracht, um ihren Prinzen das Wissen der gesegneten Feuergötter zu bringen. Wie ist es nur möglich, daß du noch nie von den Töchtern des Feuers gehört hast?«

Ich seufzte innerlich.

Dies war nicht der richtige Ort, ihm zu erzählen, wie groß die bekannte Welt und wie unbedeutend Vassashinay war oder warum die Töchter tatsächlich nach Iklankish gebracht worden waren.

Außerdem war ich begierig, mehr zu erfahren. Für

mich gab es nichts Schöneres als einen guten alten Kult.

»Du mußt meine Unwissenheit verzeihen«, sagte ich demütig. »Erzähl mir mehr über die Töchter! Ist jemals eine von ihnen aus Iklankish zurückgekehrt?«

»Aye, Gilaner. Überhäuft mit Ehrbezeugungen.«

»Oh.« Ich dachte an Shree. Sein Bart hätte ruhig ein bißchen schneller wachsen dürfen. »Und das Orakel? Ist das die Aufgabe der Divinatrix?«

»Nicht nur das! Die Divinatrix regiert das ganze Sacellum!«

Coll schüttelte den Kopf, angesichts meiner Unwissenheit, und nippte zur Stärkung wieder an seiner scheußlichen Mischung aus Ziegenmilch und Fischmehl, während er mir von den Töchtern des Feuers erzählte. Im großen und ganzen schien der Kult ganz typisch für die Klasse der Vulkanfütterer zu sein. Er erinnerte mich an die Flammen von Zza und an einige Aspekte aus der fathidischen Tradition, doch es gab auch einige interessante Abweichungen. Außerdem machten die Opferungen zur Beschwichtigung der Feuergötter des Vulkans nur einen kleinen Teil der Pflichten dieser Töchter aus. Ich fand heraus, daß die Töchter sich den größten Teil ihres Einkommens durch den Verkauf von Masollar und durch die Erträge des Orakels beschafften. Hinzu kamen die Gaben, die die Menschen vertrauensvoll einem Bewohner des Sacellums überreichten, der der Kalkissann genannt wurde, was soviel wie ›Großer Erlöser‹ bedeutete.

Diese Person mit dem bescheidenen Namen erinnerte mich sehr an den Heiligen Narren von Zza, dessen einzige Pflicht es war, den Reichtum des Kultes zu mehren. Mehr und mehr nahm die Divinatrix in meinen Gedanken die Gestalt einer gerissenen alten Geschäftsfrau an.

»Wie funktioniert das Orakel?« fragte ich Coll. »Sprechen die Götter direkt mit der Divinatrix?«

»Nein, nein, nein. Nein, die Götter, sie seien gepriesen, sprechen im Orakelzimmer zu einer der Töchter. Später kommt dann die Tochter wieder heraus, und die Divinatrix interpretiert, was sie ihr erzählt.«

»Warum? Ist es denn gefährlich, mit den Göttern zu sprechen?«

Coll sah überrascht aus, so, als wäre ihm ein derartiger Gedanke noch nie in den Sinn gekommen. »Gefährlich? Vielleicht. Manche Töchter bleiben zu lange im Orakelzimmer – ich habe gehört, daß die Worte dann aus ihnen heraus bluten, und daß die Worte dann mehr Macht haben als sonst, aber die Tochter stirbt dann meist in den folgenden Tagen. Ja, ich nehme an, man könnte behaupten, daß es gefährlich ist.«

»Dann haben es die Töchter aber nicht leicht.«

»Ach.« Ein wehmütiger Ausdruck trat in sein Gesicht. »Es ist eine große Ehre, die Götter hören zu dürfen – eine Ehre, die den Männern nie zuteil werden kann. Man sagt, wir könnten das Echo der Götter hören, wenn wir Masollar trinken, und es ist wahr. Nach nur sieben oder acht Bechern habe ich schon wundervolle Dinge gehört, aber die Töchter können sie so klar vernehmen, wie ich Euch und Ihr mich hören könnt.«

»Aber nur die Divinatrix versteht den Sinn ihrer Worte?«

»Richtig.«

Ich lehnte mich im Gras zurück und betrachtete die blühenden Äste. Die dunkle Rauchfahne und die aufsteigenden Funken hinter den Zweigen waren alles, was ich von dem Vulkan sehen konnte. Valsoria schien sich da eine gute Sache aufgebaut zu haben – ihr gebührten alle Vorteile eines direkten Kontaktes zu den Göttern (preiset und füttert sie), doch sie mußte die Risiken nicht tragen. Allmählich hielt ich sie für die wahre Herrscherin von Vassashinay. Vermutlich stand sie in einer ähnlichen Beziehung zu Lillifer und seinen Kumpanen wie der Primas zu meinem Bruder.

»Wie lange ist Valsoria schon die Divinatrix?« fragte ich.

»Oh, schon viele Jahre. Schon seit meines Großvaters Zeit.«

»Also war sie schon da, als die Sheraner hier waren?«

»Natürlich.«

»Ich verstehe.« Bei meiner nächsten Frage mußte ich taktvoll vorgehen. »Als die Sheraner mein Land überfallen haben«, begann ich vorsichtig, »haben sie beinahe die gesamte Priesterschaft ausgelöscht. Sie haben unsere Tempel übernommen oder zerstört, unser Heiligtum entweiht, und jeder, der auch nur von der Heiligen von Gil sprach, wurde noch am gleichen Tag auf den Vergnügungsturm gebracht.« Coll schnalzte mitfühlend mit der Zunge. »Und nachdem Gil wieder befreit wurde, erlebten all jene, die mit den Sheranern kollaboriert hatten, eine schwere Zeit. Viele von ihnen wurden gemeinsam mit den Überlebenden der Sheranischen Garnison ermordet. Deshalb kommt es mir sonderbar vor, daß die Divinatrix sowohl vor als auch nach dem Untergang des sheranischen Reiches im Amt war.«

Ich hatte umsonst taktiert.

Coll zog eine verständnislose Miene und blickte über seine Schulter zurück.

Jenseits der Einfriedungsmauer konnten wir die Oberkante des Käfigs sehen, in dem der letzte sheranische Kommandant den Platz schmückte. Coll sammelte einige herabgefallene Nüsse auf und warf sie über die Mauer; wir hörten, wie sie zwischen den sheranischen Knochen klapperten. »Das ist nicht sonderbar, Gilaner«, sagte er dann. »Die Sheraner glaubten an das Orakel. Valsoria und Hassana, ihre Vorgängerin, sagten ihnen stets große Dinge voraus, Eroberungen, Reichtum und ein Weltreich.«

»Ich verstehe. Sie wollten die Kuh nicht schlachten, die sie melken ...«

»Nein, nein! Alles, was die Götter ihnen sagten, war wahr. Sher hat ein Weltreich geschaffen, oder etwa nicht? Die Götter haben nicht gelogen, ebensowenig wie die Divinatrix.«

Achselzuckend akzeptierte ich seine Erklärung. »Hat die Divinatrix auch den Untergang Shers vorausgesehen?«

»Vorausgesehen? Gilaner, sie und die Feuergötter haben ihn bewirkt!«

»So?«

»Ja. Wißt Ihr das denn nicht? Weiß denn nicht die ganze Welt, daß die geheiligten Feuergötter von Vassashinay Sher zerstört haben?«

Hüstelnd wich ich seinem Blick aus. »Ja, nun, eigentlich hat es viele verschiedene Geschichten über diese Sache gegeben, seit Sher im Meer versunken ist. Und es hat eine Menge Streit darüber gegeben, wem der Dank für diese Tat gebührt ...«

»Alles Lügen.« Mit einer einzigen Handbewegung tat er die ganze Welt als Lügenpfuhl ab. »Wie sollten denn andere mehr wissen als die Menschen in Vassashinay?«

»Und woher wißt ihr, was geschehen ist?«

»Die Divinatrix hat es uns gesagt.«

»Ach so, jetzt verstehe ich.« Seufzend blätterte ich die vollgeschriebene Seite um. »Erzähl mir davon!«

Zwar hatte Coll sich bereits als unbefriedigender Informant erwiesen, als wirrer, abschweifender Erzähler, der stets den Kern einer Geschichte aus dem Auge verlor, bis er schließlich schon über etwas ganz anderes redete, doch dieses Mal lag das Problem in der Natur der Sache. Wie es schien, glaubten die Vassashinayer folgendes ohne sich durch Widersprüche beirren zu lassen: Erstens hatten die Feuergötter Valsoria über ihre Absichten, Sher betreffend, in Kenntnis gesetzt; und/oder zweitens hatte Valsoria den Göttern gesagt, was sie tatsächlich mit Sher anstellen sollten; und/oder drittens hatten Valsoria und die Feuergötter schließlich gemeinsam beschlossen, was mit Sher geschehen sollte; außerdem hatten die Feuergötter ihre Macht über Valsoria kanalisiert, und/oder Valsoria hatte ihre eigene beachtliche Macht, die sie von irgendwelchen, nicht näher benannten Alten bezog, durch die Feuergötter kanalisiert. Coll drückte sich nicht besonders klar aus.

Das einzige, was ich Colls Erzählung klar und deutlich entnehmen konnte, war, daß Valsoria ihre Prophezeiung erst nach dem Eintreten des Ereignisses bekanntgegeben hatte. Auf mein Drängen erzählte mir Coll, daß sie zunächst geschwiegen hätte, weil sie nicht wollte, daß die Sheraner etwas davon erfuhren – schön und gut, aber es waren über achthundert Vassashinayer ertrunken, als die Flut, in der Sher untergegangen war, die Inseln überschwemmte. Ich dachte, wenigstens irgend jemand hätte sich fragen müssen, warum Valsoria ihrer Anhängerschar nicht wenigstens einen kleinen Hinweis gegeben hatte, eine Andeutung, daß es an diesem schicksalhaften Morgen gesünder wäre, sich in höheren Lagen aufzuhalten. Wie auch immer, ihre prophetische Macht wurde jedenfalls von niemandem angezweifelt.

In ganz Vassashinay waren lediglich die Sheraner über die mangelnde Warnung verärgert. Kurz nach dem Untergang Shers schickte Kommandant Skran dreißig Soldaten aus, um Valsoria auf den Vergnügungsturm zu zerren – ihm war noch nicht aufgegangen, daß der Untergang Shers auch der seine war. Keiner seiner Männer kehrte lebend zurück.

»Sie haben gedacht, wir wären verrückt geworden, Gilaner. Sie sind durch die Menschenmassen geritten und haben versucht, uns mit ihren Schwertern zurückzutreiben, aber wir haben sie einfach überrannt und von ihren Pferden gezerrt. Manche haben wir zu Tode getrampelt, manche haben wir mit Bootshaken und Hacken umgebracht, und, oh, Gilaner, was haben sie überrascht geguckt!« Coll lachte bei diesen Worten so herzhaft, daß er rücklings ins Gras fiel.

»Hoho«, entgegnete ich. »Und die anderen? Die, die in der Garnison geblieben sind?«

»Die haben wir uns lebend geschnappt«, erzählte er noch immer kichernd und setzte sich wieder auf. »Valsoria wollte es so – wir anderen wollten sie gleich an Ort und Stelle umbringen, aber das wäre große Verschwendung gewesen. Es war besser, sie erst später zu töten.« Strahlend beendete er seine Erzählung und fuhr sich mit einem imaginären Messer über die Kehle, wobei er ein vielsagendes Zischen ertönen ließ.

Ich seufzte und legte den Stift weg.

»Ihr mochtet die Sheraner nicht besonders, was?«

»Oh, wir mochten sie schon. Wir haben noch nie zuvor solche Todesarten gesehen.«

»Schon gut, ich kann es mir vorstellen.«

Aber er erzählte es mir dennoch, wobei er sich einer beachtlichen Vielfalt satanisch-technischer Informationen bediente. Und dabei schienen die Vassashinayer so nette Leute zu sein! Eigentlich wollte ich entsetzt reagieren, doch dann erinnerte ich mich an die einfallsreichen Mordmethoden, die den sheranischen Überlebenden auf Gil zuteil wurden – und wir hatten nur sieben Dekaden sheranischer Blutherrschaft zu rächen, wogegen die Vassashinayer mehr als sieben blutige Überfälle erlebt hatten.

Ich versuchte einige Male, das Thema zu wechseln.

»Das wichtigste landwirtschaftliche Exportgut dieser Inseln? Wir haben keines. Aber was ich noch über den Wandbehang aus Augäpfeln sagen wollte: Könnt Ihr Euch vorstellen, wie lange es dauert, einen Augapfel zu präparieren?« Ich erfuhr weitaus mehr als mir lieb war über die verschiedenen prä und post mortem Präparationsmethoden von allerlei Körperteilen, und am Ende hatte Coll erreicht, was der Masollar nicht geschafft hatte – mir war übel.

Weit draußen auf der sheranischen See holten in der Nacht desselben Tages zwei vassashinayische Fischer, Vater und Sohn, deren Namen ich nie erfuhr, einen guten Fang in ihren Netzen ein. Von allen Seeleuten der bekannten Welt fürchteten nur die Vassashinayer den Ozean über dem verlorenen Iklankish nicht; in der Tat galten ihnen die Fische, die sich an den Gebeinen der Sheraner genährt hatten, als besonders fett und wohlschmeckend. Der Mond stand hoch am Himmel, und die See war trotz einer leichten Brise so ruhig, daß sich die Sterne in ihr spiegelten.

Als ihr Boot voll beladen war und sie daran dachten, sich auf den Heimweg zu machen, drang ein Geräusch an ihre Ohren, das ganz aus der Nähe zu kommen schien. Sie sahen auf und hatten eine Vision – ein großer, dreiköpfiger Drache mit stolz gewölbten Hälsen, und sechs glühenden Augen stürzte über die glatte Wasseroberfläche auf sie zu. Der Sohn keuchte entsetzt auf und ließ das Netz in seiner Hand fallen. Der Vater rettete es mit seinem Bootshaken und versetzte dem Sohn einen väterlichen Klaps auf die Ohren.

»Er hat Masten, du jämmerlicher Trottel. Das ist ein Schiff«, erklärte er nicht unfreundlich. (Die Geschichte verbreitete sich mitsamt Dialog und allen reizlosen Details binnen weniger Tage in ganz Vassashinay.) Er stieß einen Warnruf aus, um das Schiff über ihre Anwesenheit in Kenntnis zu setzen – auf seinem derzeitigen Kurs hätte es sie direkt gerammt –, und als niemand antwortete, gab er seine Meinung über die Kapitäne großer Schiffe zum besten und wies seinen Sohn an, das Boot aus der Gefahrenzone zu rudern.

Das Schiff war schon beinahe über ihnen, das Wasser teilte sich geräuschlos an seinem Bug und entlang der glatten Seitenplanken: es war ein mittelgroßes Segelschiff, ein Zweimaster in gutem Zustand, dessen drei Drachenköpfe aus der Galionsfigur erwuchsen. Der Mond spiegelte sich in ihren blauen Glasaugen. Der Beschreibung nach mußte es ein calloonisches Handelsschiff gewesen sein wie die, die im Hafen von Gil Stoffe und Teppiche zu löschen pflegten. Auf einem Schiff dieser Größe mußten einschließlich der Ruderer wenigstens dreißig oder vierzig Männer dienen, doch die beiden Fischer konnten niemanden an Deck sehen, und die Segel flatterten haltlos an den Tauen, als wären sie für ganz andere Windverhältnisse gesetzt worden. Der Vater brüllte erneut, ehe er, als das Schiff ganz nahe war, das Seil mit dem Bootshaken hinüberschleuderte und sein Boot längsseits an das Schiff heranzog.

Nur das Knirschen der Segel an ihren schlaff herabhängenden Tauen durchbrach die Stille, als sich die beiden Fischer die Reling hinaufzogen und über das verlassene Deck blickten. Für ein verlassenes Schiff war es an

Deck erstaunlich ordentlich. Seile waren gewissenhaft aufgerollt, und die an Deck gelagerte Fracht war sauber vertäut. Nur eine Geldkassette, die am Fuß des Fockmasts lag und ihren Inhalt an Goldmünzen beinahe bis zum Speigatt auf dem Boden verteilt hatte, schien sich nicht am rechten Platz zu befinden. Dem Fischer kam es vor, als läge dort genug Gold herum, um ganz Vassashinay zu kaufen, und dann wäre immer noch genug für ein ordentliches Mahl übrig. Er stürzte sich so erstaunt auf den Reichtum, daß ihm der Mann im Schatten entging, bis er über ihn stolperte.

Der Sohn war nicht weit hinter dem Vater; nun sahen sie einander über den verrenkt am Boden liegenden Leichnam hinweg verwundert an. Die Stille schien plötzlich schwer über dem Schiff zu lasten, die Sterne ferner und weniger freundlich zu sein, und der Wind reichte nicht aus, um den Hauch der Verderbtheit wegzublasen, der über dem Schiff hing. Ohne ein Wort zerrten sie den Leichnam aus dem Schatten ins Mondlicht und starrten sein Gesicht lange an. Dann aber beeilten sie sich, über die Reling das verdammte Segelschiff zu verlassen und wieder in ihr eigenes Boot zurückzuklettern. Dort angekommen legten sie sich Richtung Vassashinay in die Riemen, als wären alle Teufel der lucianischen Hölle hinter ihnen her.

Nachdem sie das Gesicht des toten Mannes gesehen hatten, gaben sie klugerweise auch das Gold verloren; wenn andere sich ebenso verhalten hätten, wären die Leben vieler Menschen, mein eigenes eingeschlossen, anders verlaufen. Wie auch immer, als die beiden Fischer bei Tag an der Bucht von Vass zum ersten Mal ihre Geschichte erzählten, legte sich bei einigen Menschen die Stirn in Falten – und nur wenige Tage später tauchten kleine Goldstücke auf dem Markt auf, manche davon ganz formlos und noch warm vom Schmelztiegel. Und noch ein paar Tage später stand ein Fischhändler nachdenklich von seinem Stuhl auf dem Markt von Vass auf und begann auf einem Teppich aus getrocknetem Fisch langsam zu tanzen.

Kapitel 25

Bei Ebbe führte eine schmale, kurvenreiche Straße zwischen Atollen und tiefen Wasserlöchern voller Algen und bizarr glänzender Fische über das Korallenfeld zwischen Vass und dem Vulkan. Die Straße selbst war ein wirres Pflasterwerk aus grob gehauenen schwarzen Steinen und ganz offensichtlich ein vassashinayisches Werk, das keine Spuren der meisterlichen Maurer aus meiner Vision zeigte. Unter der blendenden Nachmittagssonne kämpften wir uns auf dem Pflaster voran, rutschten immer wieder auf den heimtückischen Steinen aus und erstickten beinahe in dem Gestank, der von Unmengen angeschwemmten Seetangs herüberwehte.

Nicht so Rinn. Sie hatte sich geweigert, zu gehen. Hinter den Vorhängen der geschlossenen Sänfte erteilte ihre Stimme in gereiztem Ton Befehle, jammerte über die holprige Reise, die Hitze und vor allem über den Gestank, obwohl ich wußte, daß sie sich ein parfümgetränktes Handtuch unter die Nase hielt. Die vier unerschütterlichen Vassashinayer, die ihre Sänfte trugen, beachteten ihr Gejammer überhaupt nicht.

Wir waren endlich auf dem Weg zu der Divinatrix Valsoria. Ohne die Träger bestand unsere Gruppe aus siebzehn Leuten: Rinn und ich, Coll, der Übersetzer, Shree und Chasco, zwei von Rinns Zofen, vier schwer bewaffnete miishelische Gardisten in leichter Rüstung und ein halbes Dutzend vassashinayischer Edelleute, die die Divinatrix ebenfalls konsultieren wollten. Ich hatte gehofft, der Bequiin Ardin würde uns ebenfalls begleiten, doch der Frath-Major hatte erklärt, der alte Mann sei zu schwach für die Reise. Wir hatten keine weitere Gelegenheit gehabt, miteinander zu sprechen.

Als wir die Markierung auf der Mitte des Korallenfeldes erreichten, blinzelte ich im grellen Sonnenschein zu dem Vulkan hinauf, der sich über uns erhob: samtiges Grün überzog die unteren Hänge, während sich oberhalb der Baumgrenze bis hinauf zu dem rauchenden Gipfel ein stumpfer, dunkelgrauer Kegel erhob, dessen schroffe Oberfläche von tiefen Rissen durchzogen war. Nur einige weiße Gebäude in Höhe der Baumgrenze, die nun in unser Blickfeld gerieten, deuteten darauf hin, daß hier Menschen lebten. Als ich sicher war, daß es sich bei den Häusern nicht um Luftspiegelungen handelte, lief ich zu Coll vor, um ihn danach zu fragen.

Er sah zu dem Berg auf, ohne langsamer zu werden. »Ja, Gilaner, wir können das Sacellum von hier aus sehen. Nicht mehr lange, und wir werden dort sein.«

Ich betrachtete das ununterbrochene Grün unterhalb des Sacellums. »Wie kommen wir dorthin?«

»Von Villim aus führt eine Straße hinauf. Ihr werdet sie schon bald sehen.«

Ich kam zu dem Schluß, daß eine Straße dorthinauf fürchterlich steil sein mußte, und fragte mich, ob Rinn aussteigen und auf ihren eigenen zarten Füßchen hinaufsteigen würde. Ich hoffte es; das wäre eine gute Lektion für sie. Als ich zurückblickte, sah ich die Reihe der Träger, die sich fast bis zur Bucht von Vass über das Korallenfeld schlängelte. Etwa ein Drittel der Männer trug Opfergaben für das Orakel, gut die Hälfte mühte sich mit Rinns Gepäck ab. Wir sollten fünf Tage und Nächte als die geehrten Gäste der Divinatrix im Sacellum verbringen; Rinn hielt es für nötig, für diesen Zeitraum sechzehn verschiedene Kleidergarnituren mitzunehmen. Allmählich ging sie mir wirklich auf die Nerven.

Sie hatte ganze drei Tage gebraucht, um sich von den Nachwirkungen des Masollar zu erholen, und weitere drei, bis sie endlich mit der Zusammenstellung unserer Expedition zufrieden war. Zuerst hatte sie verlangt, die Beiboote der Tasiil zu benutzen, aber der Frath-Major hatte sich geweigert, sie auch nur für wenige Stunden zu entbehren. Dann bot Lillifer uns sein eigenes Boot an, was Rinn mit der Begründung ablehnte, daß es stank, was zwar stimmte, aber doch recht taktlos war. Für eine Weile hatte es so ausgesehen, als müßte unsere Expedition ausfallen; doch schließlich hatte der stets hilfsbereite

Lillifer eine sheranische Damensänfte aus den Gewölben seines riesigen Anwesens hervorgebracht, der nur eine kleine Nachvergoldung fehlte, bis sie den Ansprüchen einer miishelischen Prinzessin gerecht wurde. Sie war mit genug Schnörkeln und nutzlosen Ornamenten verziert, um sogar meine liebreizende Rinn zufriedenzustellen.

Und so waren wir nun endlich unterwegs zu meinem Rendezvous mit Valsoria und ihren wie auch immer gearteten Geheimnissen. Im Grunde war ich überrascht, daß die Heilige diese sogenannte Divinatrix überhaupt ernst nahm. Nichts in Colls atemlos vorgetragenen Erzählungen deutete darauf hin, daß sie mehr als nur eine erfahrene Überlebende war, die die Menschen durch ihren Aberglauben manipulierte, eine äußerst durchtriebene Geschäftsfrau. Diese Sorte Menschen hatte ich schon oft in den kleinen Kulten Gils getroffen.

Sei achtsam, Sproß von Oballef. Valsoria ist mehr und sie ist weniger als sie scheint.

Ich zuckte zusammen und rutschte auf einem Stein aus. Grollend rappelte ich mich auf. Chasco bückte sich, um mir aufzuhelfen, doch ich winkte ab.

Kannst du mich nicht warnen, ehe du anfängst zu sprechen, Madame? Räuspere dich, scharre mit den Füßen, irgend etwas.

Das kann ich nicht. Ich habe weder eine Kehle, mich zu räuspern, noch Füße, um zu scharren. Und ich sage es dir noch einmal: Nimm dich vor Valsoria in acht!

Das war zuviel.

Bei den Göttern, Heilige, es war doch dein Vorschlag, sie aufzusuchen. Was meinst du damit, ich soll mich vor Valsoria in acht nehmen? Kannst du denn nicht wenigstens konsequent sein?

Stille. Doch ich fühlte ein entsetzliches Prickeln an meiner Wirbelsäule und wirbelte so schnell herum, daß ich Chasco erschreckte, der direkt hinter mir war. Mit plötzlichem Unbehagen blickte ich zu dem Durcheinander aus Gebäuden hinauf; das mittlere Haus, das von zwei Türmen gehörnt wurde, ragte bedrohlich vor dem unheimlichen grauen Berghang auf. Ich dachte, daß von dort oben jemand beobachtete, wie wir uns der Küste näherten, jemand, der vielleicht auf der Suche nach einer sich abplagenden Ameise namens Tigrallef war.

Villim unterschied sich von Vass hauptsächlich durch seine steile Hanglage. Anders ausgedrückt, war Vass ein horizontales Labyrinth, wogegen Villim ein vertikales war, dessen baufällige Behausungen sich treppenförmig auf schmale Terrassen am Berg kauerten, die aus der vulkanischen Erde gehauen worden waren. Üppige Vegetation überwucherte die Gebäude. Ein Netzwerk aus Trampelpfaden und steilen Treppen verwob die einzelnen Gebäude miteinander, und viele dieser Wege zweigten von einem nicht ganz so schmalen Pfad ab, den Coll mit unbewegter Miene als Straße bezeichnete.

Diesen Pfad stiegen wir hinauf. Oft führte er auf einer Seite an einer Grundmauer und auf der anderen an einem Dachfirst vorbei; an manchen Stellen wurde der Weg von stinkenden, offenen Abwasserkanälen gekreuzt; an anderen überragten ihn freitragende Gebäudeteile, die anscheinend solider waren, als sie aussahen, denn sie stürzten nicht auf uns herab, als der Berg wieder einen seiner regelmäßigen Tänze aufführte. Natürlich versammelten sich auch dort die üblichen Kinderhorden, doch sie folgten uns nicht wie in Vass, sondern gafften uns aus dem Unterholz an, um gleich darauf den Berg hinaufzurennen und dort zu warten, bis wir die nächste Serpentine überwunden hatten. Offenbar fanden sie Rinns Zetereien und Flüche bei jedem Schwanken der Sänfte besonders unterhaltsam. Ich glaube, die Träger brachten die Sänfte mit voller Absicht zum Schwanken, denn Coll hatte einige der laufenden Kommentare Rinns in die vassashinayische Sprache übersetzt.

Was ich nirgends entdecken konnte, waren Spuren jener alten Baumeister, doch das hatte ich nicht anders erwartet. Als die großen, steinernen Parabeln von Vass errichtet worden waren, hatte dieser Berg noch gar nicht existiert. Zum Ausgleich hatten die Sheraner ein Monument hinterlassen: ein weiterer Leichnam hockte in einem Käfig auf einer kleinen Ebene, die dem oberen Teil Villims als Marktplatz diente.

Während wir weiter hinaufkletterten, lichtete sich das Durcheinander aus Bauten und Terrassen, und der Dschungel bemächtigte sich des Geländes. Auch die Kinderhorden schmolzen zusammen, obwohl uns das letzte von ihnen erst verließ, als wir uns schon weit von Villim entfernt hatten. In dieser Höhe war es spürbar kälter. Die Straße wand sich zwischen stillen Hainen mächtiger Bäume hindurch, die an übergroße Farne erinnerten. Viele sprossen wie Parasiten aus den Stümpfen ihrer Vorgänger, wurzelten in purem Verfall, und ich grübelte betrübt über die Zyklen der Geschichte nach, während wir immer weiter hinaufstiegen: über den Untergang von Reichen, die Entstehung neuer Reiche auf den Trümmern der alten und über die Tatsache, daß mich das Treppauf-, Treppabklettern im Tempelpalast nicht ausreichend für die Besteigung eines ausgewachsenen Vulkans vorbereitet hatte. Je höher wir kamen, desto weniger dachte ich an Geschichte und desto mehr an die Muskeln in meinen Waden.

Schließlich machten die Bäume einem gleichmäßigen Dickicht aus aromatisch duftendem Strauchwerk Platz, und ich sah, daß das Sacellum nicht mehr weit entfernt war. Wie ein vertikaler Schnitt zog sich die Straße durch das Grün. Hier war sie in eine schmale Böschung gehauen worden, von der aus wir erstmals auf die hinter uns liegenden Hänge hinabblicken konnten. Gemeinsam mit Shree, Coll und Chasco sah ich auf den schwarzen Kies in der Bucht hinunter, der zum Wasser hin von sanften Bögen schimmernden Sandes abgelöst wurde. Etwa ein halbes Dutzend Fischerboote lag am Strand und trocknete in der Sonne. Aus dieser Höhe sahen sie aus wie silbrige Pflastersteine. Rechter Hand grenzte der Strand an einen schwarzen Felsfinger, der sich weit in die See hineinstreckte und auf einer Linie mit unserer Position lag. Wahrscheinlich war er vor nicht allzu vielen Dekaden aus einem Lavastrom entstanden, der vom Krater bis hinaus ins Meer geströmt war. Hinter ihm lag eine kleine, verlassene Bucht. Villim selbst war unter den Baumkronen nicht zu sehen.

Plötzlich rührte sich über uns etwas. Eine kleine Prozession kam vom Sacellum zu uns herunter. Als sie uns erreicht hatten, traten wir zur Seite, um sie passieren zu lassen: drei Frauen, die von Kopf bis Fuß in feuerrote Roben gehüllt waren, ein großgewachsener junger Mann in einem weißen Umhang mit einem goldenen Gürtel und ein Kind von vielleicht vier oder fünf Jahren in einem Kapuzenmantel. Ohne uns zu beachten gingen sie vorbei. Die Reaktion der vassashinayischen Mitglieder unserer Gruppe fiel dagegen wahrhaft dramatisch aus: Die Sänftenträger ließen ihre Last krachend zu Boden fallen, und alle, vom Edelmann bis zum einfachen Träger, knieten nieder und beschrieben ehrfürchtige Gesten mit den Händen.

Als sie an uns vorbei waren, beugte sich Coll zu mir und flüsterte voller Scheu: »Gilaner, das war der Kalkissann, der Große Erlöser.«

Ich starrte dem großen jungen Mann in der weißen Robe nach, der eben um eine Straßenbiegung verschwand. »Wirklich?« sagte ich dann. »Aber er ist doch nicht mehr als ein Knabe. Er sieht zu jung aus, um irgend etwas zu erlösen.«

Coll war entsetzt. »Seine Zeit ist noch nicht gekommen, aber die Divinatrix sagt, er wird Vassashinay eines Tages aus schrecklicher Gefahr erretten; deshalb wird er der Kalkissann genannt.«

Armer Junge, dachte ich. Ich wußte, was es bedeutete, als Retter einer ganzen Nation angesehen zu werden, aber wenn ich Valsorias prophetische Macht richtig einstufte, so gab es nicht viel, worum er sich Sorgen machen mußte.

Die Träger nahmen ihre Last wieder auf. Die Stille im Inneren der Sänfte ließ mich vermuten, daß Rinn zu wütend war, um zu sprechen. Wir gingen die letzten Serpentinen hinauf zu der von niedrigem Strauchwerk bewachsenen offenen Fläche vor dem Sacellum. All meine Gedanken kreisten um die Frage, was nun geschehen würde, doch ich verschwendete nicht einen auf die triviale Begegnung, die eben hinter mir lag.

Später wurde mir klar, daß die Heilige ein kleines Spielchen mit mir trieb. In diesem Fall spielte sie mir einen Streich, indem sie schwieg, obwohl sie mir eine Menge hätte erzählen können.

Vor uns ragten die geschlossenen Tore und die Doppeltürme des Sacellums auf. Zu beiden Seiten befanden sich niedrigere Gebäude – ein Ziegenstall mit weit geöffneten Toren, eine Gießerei, ein langer verwitterter Schuppen, von dessen Dach Wäschestücke herabhingen, eine offene Scheune voller Regale mit bauchigen Keramiktöpfen aus der Töpferwerkstatt nebenan. Andere Gebäude mochten Fabriken oder Lagerhäuser gewesen sein, und eines, das höher als die anderen Häuser war, erinnerte an eine Kaserne. Alles in allem wirkte dieser Ort wie das Gewerbegebiet einer kleineren Stadt, nicht wie der Außenbereich eines abgeschiedenen Heiligtums auf halber Höhe eines Vulkans. Nur das Sacellum selbst machte einen anderen Eindruck.

Es war nicht besonders groß – von den Doppeltürmen abgesehen, die sich immerhin fünfhundert Fuß über uns erhoben, hätte das ganze Gebäude in der Halle der Harfen im Gilgard Platz gefunden. Der Rest des Gebäudes war ein langes, ebenes Rechteck, das in den Berghang hineingebaut war. Der freistehende Teil des Gebäudes war etwa zwei Stockwerke hoch, doch das ließ sich nur schwer einschätzen, denn die wenigen, vergitterten Fenster waren in verschiedenen Höhen angebracht. Die weißen Verblendsteine des Hauptgebäudes waren sauberer als an allen Außengebäuden und glänzten blauviolett im abnehmenden Licht der Nachmittagssonne. Ich vermutete, daß das Sacellum bei Sonnenaufgang in blendendem Licht erstrahlte. In der Mitte der ebenmäßigen Fassade führten drei breite Steinstufen zu einer soliden Holztür hinauf.

Shree wandte sich mir zu und grinste mich unter seinem Bart an. Niemand sonst war in der Nähe. Leise sagte er: »Ich bin schon ganz aufgeregt.«

»Worüber«, schnaubte ich rüde. »Darüber, daß du deine alte Freundin wiedersehen könntest? Ich hoffe nicht. Ich habe mich daran gewöhnt, dich in meiner Nähe zu haben, sogar mit dem ganzen Haar im Gesicht. Ich wäre nicht sehr erfreut, wenn sie dich an den Vulkan verfüttern würden.«

Er lachte. »Wie war noch mein Name?«

»Selki. Bei der Heiligen, Mann, merk dir das endlich! Und hör auf, dauernd an deinem Bart herumzuzupfen, sonst merkt jeder, daß du nicht an ihn gewöhnt bist! Und sorge dafür, daß man dein Messer nicht sehen kann. Was versuchst du hier eigentlich? Willst du unbedingt auffallen?«

»Beruhige dich, Tig. Falls du mit meiner Freundin die vassashinayische Shint meinst, so ist es wahrscheinlicher, daß sie mit den anderen untergegangen ist.«

»Wie schön«, knurrte ich erbittert, während ich eine Reihe großer Holzpfosten neben der Treppe betrachtete. Ein weiteres Andenken an Sher. Coll hatte mir erzählt, daß einige sheranische Soldaten an diesen Pfosten einen langsamen Tod gestorben waren, festgebunden und mit hochgenähten Lidern, damit sie zuschauen konnten, als sich der Ozean dort ausbreitete, wo die Küste Shers hätte sein sollen. Gerade wollte ich Shree – Selki – davon berichten, als die Türen des Sacellums sich langsam öffneten.

In der offenen Tür standen zwei Säulen in roter Seide, die durch die Schleier, welche ihre Köpfe bedeckten, auf uns herabsahen. Schweigend drehten sie uns sodann den Rücken zu und entfernten sich. Mir kam diese Begrüßung ziemlich unterkühlt vor, doch die vassashinayischen Edelleute gingen ganz selbstverständlich zur Tür hinein, wobei sie die Köpfe beinahe bis zum Boden senkten, während sie zwischen den weißverkleideten Türpfosten hindurchschritten. Ich bot Rinn meinen Arm – sie hatte sich endlich doch entschlossen, die Sänfte zu verlassen und stand nun mit umwölkter Stirn neben mir, während ihre Zofen um sie herumwirbelten – und gemeinsam betraten wir gleich hinter Shree und Chasco das Sacellum.

Die beiden Töchter des Feuers schritten langsam voran und führten uns durch einen kurzen, unbeleuchteten Gang mit glatten, weißen Wänden. Am Ende des Ganges traten wir auf einen tiefer gelegenen Innenhof hinaus, der im tiefen Schatten der hohen Mauern lag, die ihn umgaben. Die gegenüberliegende Wand bestand zum Teil aus Naturfels und zum Teil aus Ziegelsteinen, die an den Fels angepaßt waren. Direkt vor uns erhob sich der Berggipfel mit seiner düsteren Rauchfahne. Von einigen Töchtern abgesehen, die Wasser aus einer gewaltigen Regentonne in der Ecke holten, war der Hof leer, doch bald wurde direkt gegenüber des Säulenganges, in dem wir standen, eine Tür aufgestoßen, und eine kleine Prozession trat feierlich auf uns zu.

Die Divinatrix, die dank ihrer zierlichen Statur und der goldenen Robe unverkennbar war, schritt voran, flankiert von zwei größeren Töchtern in scharlachroten Gewändern und Chorhemden aus Goldbrokat, die runde Keramikkrüge in Händen hielten. Hinter ihnen schritt eine noch größere Tochter mit einem schwarzen Schleier und einem Ölkännchen, gefolgt von etwa einem Dutzend weiterer Töchter in schlichten, scharlachroten Roben. Nur Valsorias runzliges Gesicht war unverschleiert, und ihre Miene drückte würdevolles Willkommen aus.

Die Prozession erreichte die Mitte des Innenhofes. Nun näherten sich die vassashinayischen Edelleute einer nach dem anderen ehrfürchtig der Divinatrix. Jeder wurde rasch gesegnet und bekam von den drei Frauen mit den Krügen einige Tropfen Flüssigkeit auf den Kopf gespritzt. Ganz in sich versunken gingen sie dann zur Seite und warteten. Ich vermutete, daß dies eine Art Reinigungszeremonie war, wie es auch die Bittsteller beim Priesterkönig und der Heiligen von Gil in der guten alten Zeit hatten über sich ergehen lassen. Coll stolperte, als er eifrig den vassashinayischen Edelleuten folgte; und dann waren wir an der Reihe.

Rinn aber rührte sich nicht und hielt mich am Arm fest. »Nein!« zischte sie. »Die werden meine Frisur ruinieren.«

Ich seufzte. »Es sind doch nur ein paar Tropfen, Rinn. Komm jetzt und laß es über dich ergehen, oder die Feuergötter werden dir nichts zu sagen haben, und du willst doch etwas über die Krone Miishels erfahren, oder?«

Sie schmollte, ließ sich aber von mir mitziehen, wobei sie symbolisch mit den Füßen über den Boden schabte. Als Shree den Segen der Divinatrix erhielt, blickte ich auf – und dann gab es einen schrecklichen Knall, so laut, daß ich zunächst dachte, der Vulkan wäre ausgebrochen; doch ich erkannte, daß das Pflaster zu Füßen Valsorias mit Tonscherben übersät war und ölig glänzte. Dem Geruch nach mußte es ein scharfes Öl gewesen sein.

Hinter Valsoria stand die großgewachsene Tochter mit dem schwarzen Schleier vollkommen erstarrt. Sie hielt die Hände ausgestreckt, als würde sie noch immer den Ölkrug halten, und sie hatte sich Shree zugewandt. Zögernd trat sie einen Schritt auf ihn zu, schien dann an ihm vorbeizuschauen und erstarrte erneut. Dann wirbelte sie herum und schob sich eilends zwischen den anderen Töchtern durch und verschwand wieder dort, wo sie hergekommen war.

Kapitel 26

So viel zu Selki, dem Gelehrten.

Es schien an der Zeit zu sein, einmal mehr auf unsere alte Rücken-an-Rücken-Strategie zurückzugreifen, mit deren Hilfe wir uns früher aus feindlichen Kultstätten zurückgezogen hatten. Der Zeitpunkt war gut. Die Töchter waren verwirrt, und die Vassashinayer waren entsetzt darüber, daß ihr vertrautes Ritual gestört wurde. Wenn wir nur schnell genug den Berg hinunterkamen, so würden wir sicher ein unbewachtes Fischerboot finden, und ich war durchaus bereit, mir den Diebstahl eines Bootes auf das Gewissen zu laden. Ich zischte Shree zu, doch es war Valsoria, die sich statt dessen zu mir umwandte. Sie sah mich erstaunlich zufrieden an, ohne Shree auch nur eines Blickes zu würdigen. Als ich ihren Blick erwiderte, verzog sie ihre Lippen zu einem breiten Lächeln.

»Das ist ein Omen großer Macht«, sagte sie auf miishelisch gerade laut genug, um das Tuscheln der Töchter zu beenden. Sie bückte sich und tauchte ihre Finger in das ausgelaufene Öl am Boden, dann trat sie vor und malte eine Art Rune auf Rinns Stirn. Rinn richtete sich zu voller Größe auf und sah aus, als wüßte sie nicht, ob sie auf diese Anmaßung gekränkt reagieren sollte. Die Divinatrix aber stellte sich auf die Zehenspitzen und brachte ihre Lippen nahe an Rinns Ohr. Was auch immer sie ihr sagte, es brachte Rinn zum Lächeln.

In der Zwischenzeit versuchte ich weiterhin, die Aufmerksamkeit dieses Dummkopfes, Shree, zu erregen. Ich konnte Chasco hinter mir fühlen, bereit, meiner Führung zu folgen. Jeden Augenblick rechnete ich damit, daß eine Horde wütender Schwestern aus der Tür herausstürzen und meinen besten Freund in kleine Häppchen für die Feuergötter zerlegen würde. Ich wagte es, ihm angesichts dieses drohenden Blutopfers noch einmal zuzuzischen, und dieses Mal ließ er sich dazu herab, mich wahrzunehmen. Er zuckte mit den Schultern und signalisierte mit seinen Fingern: *Zu groß für meinen Geschmack.*

Ich knirschte mit den Zähnen. Was sollte das heißen, zu groß für seinen Geschmack? Ich signalisierte ihm: *Vergiß die ästhetischen Betrachtungen und lauf zur Tür.*

Der verdammte Idiot grinste mich nur an und gesellte sich dann mit blasiertem Gesichtsausdruck zu den anderen, bereits gesegneten Männern. In diesem Augenblick hätte ich ihn mit größter Freude selbst ermorden können.

Später an diesem Abend, es war schon beinahe Mitternacht, saßen wir nebeneinander auf Chascos Pritsche, und das Mondlicht fiel durch die Ritzen des Fensterladens herein. Dies war seit unserer Ankunft im Sacellum die erste Gelegenheit für uns, miteinander zu sprechen. Rinn und die anderen waren schon früh zu Bett gegangen, nachdem die Töchter sie mit einem exzellenten Mahl und einer großen, aber noch nicht gefährlichen Dosis Masollar eingelullt hatten. Von den Schritten einer Tochter abgesehen, die im Innenhof unter Chascos Fenster Wachdienst hatte, war es still im Sacellum. Nur dann und wann erklang ein Rumpeln aus dem Vulkankrater. Shree war gerade beim dritten von vielen geduldigen Seufzern angelangt.

»Das ist nicht die Frau, Tig. Wie oft muß ich dir denn noch sagen, daß die Shint in Iklankish kleiner war?«

»Wie kannst du da so sicher sein? Du kannst dich ja nicht einmal an ihr Gesicht erinnern. Wie willst du dann wissen, wie groß sie war?«

»Weil ich meinen Geschmack kenne. In dieser Zeit hätte ich niemals eine so große Shint ausgewählt. Ich mochte immer gern die kleineren, wohlgerundeten Frauen, wie Lissula. Diese Frau war aber mindestens so groß wie du.«

»Und mager«, warf Chasco mitfühlend ein.

Ich bedachte ihn mit einem wütenden, aber nutzlosen Blick und wandte mich wieder Shree zu. »Aber sie ist bei deinem Anblick davongelaufen . . .«

»Da ist sie nicht die erste.«

»Das ist ein ernste Angelegenheit, Shree!«

Wieder seufzte er.

»Nicht so ernst, wie du denkst. Es gibt viele mögliche Erklärungen. Sie hat gepatzt, der Krug ist ihr entglitten, es war ihr peinlich, vielleicht hatte sie sogar Angst, bestraft zu werden, nachdem sie die Willkommenszeremonie gestört hatte – hast du sie während dieser Zeit beobachtet?«

»Nein«, gestand ich.

»Und ich auch nicht. Wie können wir dann sicher sein,

daß mein Anblick sie erschreckt hat. Was sagt denn die Heilige?«

»Die Heilige sagt gar nichts, und ich will sie auch nicht fragen.«

Eine Weile saßen wir unbehaglich schweigend beisammen und lauschten den Schritten der Wache im Innenhof.

»Wie lautete noch der Name der Tochter?« fragte Chasco.

»Carrinay. Coll sagte, sie würde auch die Frau-von-Jenseits-des-Meeres genannt, zusammengeschrieben wie bei einem Titel. Von Jenseits des Meeres, wirklich, Shree, das riecht aber heftig nach einem Beweis. Iklankish war schließlich jenseits des Meeres.«

»Von hier aus ist alles jenseits des Meeres«, entgegnete Shree gelassen. »Und bei dem Name Carrinay klingelt es absolut nicht.«

Ich schlug mit der Faust auf die Pritsche. »Ich sage trotzdem, wir sollten von hier verschwinden.«

Er beschloß, meine Worte zu überhören. »Außerdem ist da noch etwas. Sie mag mich vielleicht angesehen haben, als sie den Krug fallenlassen hat, aber sie hat nicht mich angesehen, ehe sie davongelaufen ist.«

»Was soll das heißen?«

»Sie hat an mir vorbeigeschaut, möglicherweise hat sie dich angesehen. Ihr habt genau in der richtigen Richtung gestanden.«

»Sie war doch verschleiert, also wie kannst du ...«, begann ich hitzig.

Chasco legte mir eine Hand auf den Arm. Dann erhob er sich und trat ans Fenster. »Still«, flüsterte er. »Da kommt jemand.«

Wir beeilten uns, ebenfalls hinauszusehen. Der Mond stand hoch am Himmel und tauchte den Innenhof in silbernes Licht. Eine kleine Gruppe bewegte sich vom Außentor über den Hof zur Zeremonientür: drei Frauen in Roben, die im Mondlicht schwarz aussahen, ein junger Mann in einer weißen Robe, der ein ebenfalls weißes Bündel trug. Die Zeremonientür wurde geöffnet, und zwei Gestalten traten ohne Eile heraus. Eine der Gestalten war außergewöhnlich klein. Im Schatten nahe der Tür warteten sie.

»Das ist der Kalkissann«, wisperte ich. »Er ist aus Villim zurück.«

»Ja, und die Divinatrix ist gekommen, ihn zu empfangen. Was trägt er denn da?« Chasco beugte sich vor, um besser sehen zu können. »Sieht aus wie ein Kind.«

»Heute nachmittag war ein Kind bei ihnen.«

»Ach ja, das hatte ich vergessen. Dann ist es das wohl.« Chasco schwieg, als die Gruppe die beiden Gestalten erreicht hatte und ihre Stimmen klar und deutlich durch die Stille zu uns heraufdrangen.

Die Divinatrix sagte in scharfem Tonfall auf vassashinayisch: »Ihr seid sehr spät dran. Ich wollte gerade schon Lorosa schicken, damit sie nach euch sieht.«

Der junge Mann übergab seine Last der Gestalt neben Valsoria. »Er wollte einfach nicht heimgehen – Ihr wißt ja, wie er ist, wenn seine Mutter nicht bei ihm ist, mit allem Respekt, gnädige Frau. Wir haben gedacht, es könnte ihm nicht schaden. Wie Ihr wißt, bedeuten ihm diese Ausgänge sehr viel, besonders wenn er mit den anderen Kindern zusammensein kann.«

Die Frau, die das Kind hielt, legte die Hand auf Valsorias Schulter und murmelte etwas, das wir nicht verstehen konnten. Dann ging sie zur Tür und verlagerte das Gewicht des Kindes so, daß es aufrecht in ihrem Arm lag und den Kopf an ihrer Schulter barg. Das Haar des Kindes hob sich im Mondschein beinahe weiß vor der dunklen Robe ab. An irgend etwas erinnerte mich das. Als die beiden im Inneren des Gebäudes verschwanden, unterstrich der Vulkan das Geschehen mit einem mächtigen Grollen.

Erst jetzt spürte ich, daß die Heilige sich hartnäckig in meinem Hinterkopf bemerkbar machte. Selbst als ich mir heftig in den Handballen biß, blieb sie weiter spürbar. Sie hatte nun einmal ihre eigenen Ansichten darüber, wann sie etwas sagen sollte. Ich sah erneut in den Hof hinab, der nun verlassen unter mir lag. Sogar die Wache war

Valsoria in das Gebäude gefolgt. Dort gab es nichts, was mir die gespannte Aufregung der Heiligen zu erklären vermochte. Ich schloß die Augen, in der Erwartung, wie schon so oft einen Blick auf sie zu erhaschen, auf ihr schattenhaft unlesbares Gesicht, die knisternde Wolke langer Haare, in Nebel eingehüllt, doch alles, was ich vor meinem geistigen Auge erblickte, war die Vision eines kleinen Kopfes, der sich im Mondschein an eine seidenschwarze Schulter lehnte.

Jemand rüttelte an meinem Arm.

»Zum letzten Mal, Tig, was denkst du?«

»Worüber?« Ich blinzelte Shree an.

»Hast du denn gar nicht zugehört? Was hältst du von Chascos Plan?« Als ich ihn weiterhin ausdruckslos anstarrte, stöhnte er und schlug sich mehrfach mit der Faust an die Stirn. Dann sagte er: »Hör mir genau zu! Wenn wir jetzt versuchen zu fliehen, dann müssen wir ein Boot stehlen und mit Proviant beladen, den wir ebenso stehlen müssen. Das Risiko, entdeckt zu werden, ist sehr hoch, und eine zweite Chance werden wir nicht bekommen, richtig? Der Frath-Major würde dich von diesem Augenblick an einsperren, bis wir Cansh Miishel erreicht haben – ganz zu schweigen von dem, was diese Teufelin, die du geheiratet hast, alles anstellen könnte.«

Der Gedanke ließ mich schaudern. »Gut. Was sollen wir statt dessen tun? Ein Boot kaufen?«

»Warum nicht? Du hast doch den Beutel Goldpalots von deinem Onkel – zweihundert Goldmünzen sollten reichen, eines dieser mickrigen Fischerboote samt Proviant für die Reise nach Zaine zu kaufen.«

»Stimmt, aber wenn der Frath-Major Wind davon bekommt . . .«

»Wie sollte er? Erklär es ihm, Chasco!«

Chasco beugte sich vor und sprach mit leiser Stimme: »Euer Lordschaft Tigrallef, es gibt einen Brauch unter den Zainern. Sie schleppen mit ihren großen Schiffen kleinere Schiffe mit, wenn sie in dem Bereich der Südströmung segeln. Sie bezeichnen diese geschleppten Schiffe als ›Lorsk‹, was soviel heißt wie Geschenk.«

»Ich habe davon gehört. Wenn das Schiff in der Strömung in Schwierigkeiten gerät, dann kappen sie das Schlepptau um das Zweitschiff den Seegöttern zu opfern, in der Hoffnung, selbst wieder aus der Strömung zu entkommen. Und?«

»Wir können von einem der Fischer in Villim ein Boot kaufen und behaupten, wir bräuchten es als Lorsk. Und sie werden es uns sogar komplett mit Proviant verkaufen, denn die Boote für die Seegötter werden grundsätzlich mit allerlei Gütern und manchmal sogar mit Sklaven oder mit sehr jungen Mannschaftsangehörigen beladen. Wir müssen den Leuten nur weismachen, es sei ein Geschenk für den Frath-Major ...«

»Moment. Mein verehrter angeheirateter Cousin ist nicht dumm genug, das zu schlucken.«

»Er wird gar nichts davon erfahren. Wir erzählen den Leuten, es solle eine Überraschung werden und geben ihnen reichlich Gold als Lohn für ihre Schweigsamkeit. Sie müssen ja auch nur ein paar Tage lang den Mund halten, sagen wir, bis zu der letzten Nacht, die wir im Sacellum verbringen.«

Beide beobachteten mich aufmerksam, während ich über den Plan nachdachte. Er gefiel mir, mit einer Einschränkung: So lange zu bleiben barg die Gefahr, daß Carrinay uns in die Quere kommen konnte. Was Shree auch immer über ihre Größe sagte, es war trotzdem noch möglich, daß sie die Shint aus Iklankish war und ihn bereits erkannt hatte. Warum also warten, bis er ein Messer an der Kehle hat? Dennoch ... Chascos Plan war einfach besser.

»In Ordnung«, sagte ich schließlich. »Kaufen wir uns eine Lorsk.«

Jeder Knochen im Leibe tat mir weh, als ich endlich wieder in meiner eigenen Kammer war. Zu meinem Glück war ich von Rinn getrennt untergebracht worden, weil der divinatorische Prozeß Enthaltsamkeit erforderte, und ich muß gestehen, daß allein der Gedanke an eine schmale Pritsche ganz für mich allein unglaublich verlockend war – aber trotzdem konnte ich nicht schlafen. Es lag an der Heiligen. Sie war noch immer wegen irgend etwas aufgeregt. Mir war, als fühlte ich den wispernden Flügelschlag eines ganzen Mottenschwarmes in meinem Hinterkopf, und das schlimmste war, daß in diesem Flüstern Worte mitschwangen, Worte, die gerade eben nicht mehr verständlich waren, und ich konnte nicht anders, ich mußte einfach versuchen, sie zu verstehen. Ich war zu müde gewesen, mich zu entkleiden, und nun lag ich wütend in meiner Hose auf dem Rücken, die Augen geöffnet, die Arme steif neben dem Körper, während das Mondlicht langsam über die Wand am Ende der Pritsche wanderte. Schließlich setzte ich mich verärgert auf, legte mein Kinn auf den Fenstersims und starrte verärgert durch das Gitter auf den leeren Innenhof.

Etwas knirschte leise; die Zeremonientür wurde geöffnet, und eine große Gestalt erschien in dem schwach beleuchteten Rechteck. Ich versteifte mich, und meine Nerven erwachten wieder zum Leben. Als sie die Tür hinter sich ins Schloß zog, bewegte sich die Gestalt, so daß sie für einen Augenblick direkt im Lichtschein stand, der aus der Tür kam und mit dem Mondlicht verschmolz – gerade lange genug, daß ich die schwarze Seide über dem Scharlachrot ihrer Robe erkennen konnte, ehe das Licht wieder verschwand und die Gestalt das silbrige Pflaster überquerte. Nun sah sie wieder ganz schwarz aus, ein Pfeiler, geschaffen aus Dunkelheit, aber es war Carrinay, es sei denn, es gab mehr als nur eine hochgewachsene Tochter, die einen schwarzen Schleier trug. Fast geräuschlos überquerte sie den Hof Richtung Außentür.

Ich packte meine Stiefel und die Tunika, verlor aber keine Zeit damit, sie anzuziehen. Barfuß und ohne Hemd hastete ich in weniger als zwei Sekunden aus meiner Kammer hinaus, flog förmlich den düsteren Gang hinunter, verpaßte die Treppe, rannte wieder zurück und eilte dann drei Stufen auf einmal nehmend die Treppe hinab, bis ich an ihrem Fuß mit dem Rücken zur Wand stehenblieb. Der Gang, der zur Außentür führte, befand sich rechts von mir. Vorsichtig streckte ich den Kopf um die Mauerecke und hörte, wie das Tor geöffnet wurde, fühlte den Windzug auf meinem Gesicht und lauschte dem Geräusch, als sie wieder geschlossen wurde. Die Frau, die ich für Carrinay hielt, hatte das Sacellum verlassen.

Ohne recht zu wissen, was ich tun wollte, wenn ich sie einholen sollte, folgte ich ihr. Mein Messer lag noch immer in meiner Kammer, und selbst wenn ich es bei mir gehabt hätte, wäre das Blut der armen Frau ein zu hoher Preis für unsere Sicherheit gewesen. Ich dachte, ich könnte an einem stillen Ort mit ihr sprechen, um herauszufinden, ob sie tatsächlich Shree Shint am sheranischen Kriegshof gewesen war; und wenn das der Fall sein sollte, so wollte ich ihr erklären, daß Shree nun Selki war, ein Gilaner, ein ganz veränderter Mensch, ein Ausbund an Tugendhaftigkeit, der begierig war, sich bei ihr persönlich für die Hiebe entschuldigen zu dürfen, die er ihr in Iklankish versetzt hatte.

Als ich zum Tor hinaus kroch, verschwand Carrinay eben zu meiner Linken um eine Mauerecke des Sacellums. Ich blieb gerade lange genug stehen, um mir Stiefel und Tunika anzuziehen, dann schlich ich an der Wand entlang und blickte vorsichtig um die Ecke. Zwar war sie nicht mehr in Sichtweite, doch es gab nur einen Weg, den sie hatte nehmen können, einen schmalen Pfad zwischen dem Sacellum und einem benachbarten Lagerhaus; wenn ich ganz still war, konnte ich noch ihre Schritte hören.

Ich folgte dem Geräusch durch den Wirrwarr der Nebengebäude in der Umgebung des Sacellums. Als ich in der Ruine eines Kuhstalles im Außenbereich der Bauten kurz stehenblieb, entdeckte ich sie wieder. Sie hatte die Ansiedlung bereits verlassen und kletterte einen steilen Hang zu einem Feld voller Geröll und kümmerlichen toten Sträuchern hinauf. Gleich darauf verlor ich sie erneut aus den Augen, doch ich konnte das hohle Echo ihrer Schritte auf dem nackten Fels hören.

Ich beeilte mich, sie einzuholen. Da das Geräusch meiner Schritte meine Ankunft verraten mußte, wollte ich ihr grüßend zuwinken, sobald sie wieder in Sicht war; als ich jedoch die Schattenzonen zwischen den Felsbrocken erreicht hatte, waren ihre Schritte nicht mehr zu hören. Ich sah auf und stellte fest, daß sie keine dreißig Fuß vor mir war und vom Rand einer niedrigen Lavaklippe zurückblickte, doch ich stand im tiefen Schatten, und sie konnte mich nicht erkennen. Leise rief sie in vassashinayischer Sprache: »Wer ist da? Wer da? Folgt mir jemand?«

Ich erstarrte. Diese Stimme war mir vertraut, aber das war vollkommen unmöglich.

»Ich weiß, daß dort jemand ist. Kommt heraus und zeigt Euch.«

Ich konnte mich nicht rühren, was vor allem an meinem unbeschreiblichen Unglauben lag, aber auch an der geradezu lähmenden Kälte, die mir über den Rücken kroch. Von den Toten wurde nun einmal nicht erwartet, daß sie sprechen.

»Wer ist dort? Zeigt Euch sofort.« Sie sprach nun lauter, und ein Hauch von Ungeduld schwang in ihrer Stimme mit.

Auch diese ganz besondere Art der Ungeduld war mir bekannt.

Endlich konnte ich mich wieder bewegen, also ging ich ein paar Schritte vorwärts, bis ich im Mondlicht stand, und starrte sie mit offenem Mund an.

Sie gab ein leises Geräusch von sich, etwas zwischen einem Stöhnen und einem Keuchen, trat einen Schritt zurück und wandte sich ab, um davonzulaufen.

»Nein!« rief ich, stürzte auf den Rand der Klippe zu und gab mein Bestes, um die aufragende Wand ohne Umweg direkt hinaufzuklettern und nach ihr zu greifen. Tatsächlich gelang es mir auf wundersame Weise, die Hälfte der Distanz hinter mich zu bringen, ehe ich in einem Hagel aus Kieselsteinen wieder abstürzte. Über mir erklang ein Aufschrei. Keuchend lag ich zwischen den Felsbrocken auf dem Bauch, als ich die eiligen

Schritte hörte und aufsah, um festzustellen, daß niemand mehr auf der Klippe stand.

»Nein!« brüllte ich. »Komm zurück!«

Ich mühte mich auf Hände und Knie und sog rasselnd die Luft in meine Lungen. Auf den Steinen war eine ganze Menge Blut, und ich stellte beiläufig fest, daß es meines war. Während sich alles in meinem Kopf zu drehen schien, bezwang ich die Herausforderung aufzustehen, schwankte einige Male hin und her und prallte schließlich direkt auf ein weiches, aber solides Objekt. Nach einem Augenblick der Verwirrung schlang ich meine Arme darum.

»Es gibt einen Weg dort hinauf«, sagte das Objekt auf gilanisch.

Ich zerrte an dem Schleier, bis er sich endlich aus seiner Befestigung löste und zu Boden fiel. Nun wieder ruhig und so blaß wie das Mondlicht, starrte sie mich an.

»Du bist es wirklich«, keuchte ich. »Calla, du bist es wirklich.«

Kapitel 27

»Du wußtest sehr genau, daß ich es bin«, sagte sie. »Bist du verletzt?«

Ich war so verblüfft, sie lebend wiederzusehen, daß es mir zunächst die Sprache verschlagen hatte und ich ihren Tonfall ebensowenig bemerkte wie ihre steife Körperhaltung in meiner Umarmung. Der goldene Dunst, der schon so oft die Einmischung der Heiligen in meine Angelegenheiten begleitet hatte, begann sich im Inneren meiner Augen aufzubauen, und innerhalb weniger Minuten knospte und erblühte das trockene Strauchwerk um uns herum, doch diese unwichtigen Begleitumstände interessierten mich zunächst nicht. Ich konnte nur mit einem Wunder auf einmal umgehen.

Ich wollte singen; ich wollte Calla halten, sie berühren, sie hochheben und mit ihr herumspringen und dann mit ihr gemeinsam ins Gras stürzen, das auf mysteriöse Weise auf dem kahlen Felsen unter unseren Füßen zu sprießen begonnen hatte. Und ich wollte ein für alle Male den Kummer der letzten sechs Jahre fortwischen. Sie trat einen Schritt zurück, und ich folgte ihrer Bewegung.

Sie schob meine Arme von ihrem Körper und stieß mich fort.

»Hör auf damit. Laß mich in Ruhe.«

Völlig verblüfft starrte ich sie durch den goldenen Dunst hindurch an. Endlich war mir aufgefallen, daß sie nicht besonders glücklich über unser Wiedersehen zu sein schien. Sie hielt das Kinn vorgereckt, die Augen zusammengekniffen, und ihr Gesicht glitzerte kühl im Mondschein. Dennoch war sie in meinen Augen so schön, daß ich kaum atmen konnte, wenn ich sie anblickte. Für einen Augenblick dachte ich, ich würde träumen, doch diesen Gedanken ließ ich schnell wieder fallen. Dies war kein Traum. In meinen Träumen war Calla freundlicher.

»Calla, ich bin es. Erkennst du mich denn nicht? Ich bin's, Tigrallef.«

»Selbstverständlich weiß ich, wer du bist. Ich habe dich im Sacellum erkannt.«

»Aber warum . . .?«

»Warum bist du mir gefolgt?« unterbrach sie mich. »Warum konntest du mich nicht einfach in Ruhe lassen?«

Meine Ehrlichkeit obsiegte. »Ich dachte, du wärst jemand anderes.«

»Jemand anderes?«

»O ja. Ich dachte, du wärst tot.« Die Erinnerung an meinen Kummer ließ mich erneut auf sie zu taumeln, halb verrückt von dem dringenden Bedürfnis, sie zu berühren. Sie trat erneut einen Schritt zurück.

»Wärest du doch in diesem Glauben geblieben.« Sie wandte sich ab.

»Calla!«

Der qualvolle Ton in meiner Stimme veranlaßte sie dazu, mich noch einmal anzublicken. Lange und nachdenklich sah sie mich an, ehe der harte Zug in ihrem Gesicht sich ein klein wenig löste. »Es tut mir leid. Ich hatte viele Stunden Zeit, darüber nachzudenken, und ich fürchte, du mußtest darauf verzichten, wenn du wirklich nicht gewußt hast, daß ich es bin. Und nun hast du dir schon wieder Schmerz zugefügt. Du bist keine Spur geschickter als damals.« Tadelnd deutete sie mit ihrer Hand auf meine zerschundene, blutende Brust.

Ich zuckte zurück. Nicht, weil ich fürchtete, ihre Berührung könnte schmerzen, sondern weil ich wußte, daß die Wunden unter meiner blutverschmierten Tunika dank der Heiligen bereits mit einer unglaublichen Geschwindigkeit zu heilen begonnen hatten, und ich wollte Calla nicht gleich wieder erschrecken. Ich griff mit beiden Händen nach ihrer Hand. Sie war weicher als früher.

»Mach dir um mich keine Sorgen, es ist kaum mehr als ein Kratzer. Aber wie steht es mit dir? Calla, sieh mich an, und hör auf, mich wie einen Fremden zu behandeln.«

Zwar zog sie ihre Hand nicht weg, doch ich empfand bei ihrer Berührung nicht mehr Wärme, als hielte ich einen leeren Handschuh. »Es tut mir leid, Sproß von Oballef. Natürlich ist es schön, dich wiederzusehen.« Ihre Stimme klang freundlich und furchtbar formell. »Ich freue mich, daß wir uns als Freunde entgegentreten können.«

Ich starrte sie mit großen Augen an.

»Was?«

»Ich sagte, ich freue mich, daß wir uns nach all dieser Zeit als Freunde wiedersehen dürfen.«

»Freunde?«

»Das hoffe ich. Um ganz ehrlich zu sein, ich hatte nicht erwartet, daß du dich meiner so wohlwollend erinnerst. Ich war nicht sicher, ob du dich überhaupt erinnerst.« Ihre Lippen verzogen sich zu einem Lächeln, so winzig und kalt wie ein Riß in einem Eisblock.

»Was?« Meine eigenen Lippen imitierten einen Fisch

auf dem Trockenen. Ich befahl ihnen, damit aufzuhören und versuchte, ruhig zu atmen. Plötzlich war ich furchtbar wütend. »Wohlwollen! Freunde! Was soll dieser frömmelnde Unsinn?«

»Tigrallef ...«

Ich war viel zu wütend, sie zu hören. »Mich an dich erinnern!« schnaubte ich, zornig über diese unvorstellbare Untertreibung. »Erinnern! Wie hätte ich dich vergessen können? Ich hätte eher meinen eigenen Namen vergessen als deinen. In den letzten sechs Jahren hat es keine einzige Nacht gegeben, in der ich nicht von dir geträumt habe. Keinen Tag, an dem ich nicht um dich getrauert habe. Wohlwollen! Freunde!«

Ihre Züge verhärteten sich wieder, und sie zog ruckartig ihre Hand zurück. »Sprich nicht so. Du machst es uns beiden nur noch schwerer.«

»Was mache ich schwerer?«

»Uns auch als Freunde wieder zu trennen«, schnappte sie.

Meine Wut gefror zu Furcht, entsetzlicher Furcht, sie noch einmal zu verlieren. Der goldene Nebel in meinen Augen wurde immer dichter, und der Berg erbebte unter unseren Füßen. Die Blüten an dem Strauchwerk erzitterten unter einem kurzlebigen, eisigen Wind. Calla zitterte und strich sich das lange, windzerzauste Haar über die Schulter. Die Geste war mir schmerzlich vertraut.

»Hör zu«, sagte sie. »Sechs Jahre sind eine lange Zeit. Unsere Lebenswege haben sich in unterschiedliche Richtungen entwickelt, wir haben uns verändert. Ich möchte nur vernünftig sein.«

Eine Weile sah ich sie nur an. Auf den ersten Blick sah es tatsächlich so aus, als versuche sie sich lediglich mit Vernunft zu wappnen. Die auf so unfaßbare Weise wiederbelebte Calla preßte ihre Lippen zu einer strengen, roten Linie zusammen, hielt das Kinn vorgereckt und die Arme abwehrend vor der Brust verschränkt. Eine wahrhaftige Ein-Personen-Festung, deren Zugbrücke hochgezogen und fest verschlossen war. Ich starrte sie noch immer an. Irgend etwas ließ mich an dieser Haltung zweifeln – zum Beispiel die Tatsache, daß sich ihre Fingernägel tief in ihre Handflächen gruben. Mit gerunzelter Stirn blickte ich sie so lange durch den goldenen Dunst hindurch an, bis sie als erste die Augen abwandte.

»Sieh mich nicht so an.«

»Ich glaube, daß du lügst.«

»Das tue ich nicht. Du erwartest einfach zuviel. Ich führe jetzt mein eigenes Leben. Es geht mir gut, hier in Vassashinay, und ich habe dich nicht darum gebeten, herzukommen. Geh zurück ins Sacellum, und versuche nicht noch einmal, mich wiederzusehen.« Mit einer theatralischen Geste, die ganz und gar nicht ihr Stil war, deutete sie den Pfad hinunter.

Hätte ich glauben können, daß auch nur ein Teil ihrer Worte der Wahrheit entsprach, so hätte ich mein Leid hinuntergeschluckt, ihre Wange getätschelt und wäre zurückgegangen; aber ich weiß genau, wann ich unerwünscht bin, darin hatte ich mehr als genug Erfahrungen gesammelt, und Calla zeigte keines der verräterischen Zeichen. Mir kam es vor, als wäre das Gegenteil der Fall, als würde es ihr jenseits ihrer kühlen Fassade das Herz brechen, mich fortzuschicken.

»Ich werde gehen, wenn du es wirklich willst«, sagte ich langsam. »Aber vorher möchte ich wenigstens ein bißchen mit dir sprechen. Ich habe so viele Fragen. Wie konntest du den Schiffsuntergang überleben? Wie bist du nach Vassashinay gekommen? Warum bist du nicht nach Gil zurückgekehrt?«

Sie sagte nichts.

»Sechs Jahre, Calla! Warum hast du mich so lange leiden lassen? Warum hast du mir keine Nachricht darüber zukommen lassen, daß es dir gutgeht . . .?«

Sie blickte zu Boden. »Ich konnte nicht ahnen, daß du so dumm bist und um mich trauerst«, unterbrach sie mich nun. »Immerhin war ich diejenige, die dich an die Sheraner verraten hat.«

»Komisch, daran habe ich während der ganzen Jahre nicht gedacht. Ich hatte dir im Grunde nichts vorzuwerfen.«

Sie sah auf. »Damals schon, Sproß von Oballef. Außerdem wußte ich, wenn ich mich nicht bei dir melde, dann würdest du mich im Laufe der Jahre vergessen und eine Frau finden, mit der du glücklich werden kannst. Und was ist passiert? Ich hatte recht.« Ihr Tonfall war ebenso steinhart wie ihre Züge, doch in ihrem Augenwinkel entdeckte ich eine einzelne Träne, und ihre Wange war feucht. Allmählich begann ich zu verstehen.

»Du meinst Rinn?«

Noch eine Träne. Ich glaube, ihr war nicht einmal bewußt, daß sie weinte.

»Ja, natürlich. Ich habe dich mit ihr im Hof gesehen. Sie ist sehr schön. Ich freue mich für dich, Tigrallef, wirklich, das tue ich.«

Ich streckte die Hand aus und wischte ihr eine Träne von der Wange. »Ja, du siehst aus wie jemand, der sich freut.« Ein herzhaftes Lachen drängte sich durch meine Kehle, und ich bebte am ganzen Leib.

»Das ist nicht lustig. Hör auf zu lachen!«

»Jetzt verstehe ich. Du denkst, ich würde dieses vergoldete weibliche Monstrum lieben. Du glaubst, ich hätte sie aus freien Stücken geheiratet. Du versuchst sogar, würdevoll damit umzugehen – das ist wirklich großartig.«

»Hör auf!«

»Ich wette, du hast den ganzen Nachmittag damit zugebracht, dir zu überlegen, wie du dich verhalten sollst. Du bist hierhergekommen, weil du vor lauter Kummer nicht schlafen konntest. Du hattest nicht vor, dich zu erkennenzugeben, richtig? Du hättest dich die ganze Zeit über hinter deinem Schleier versteckt, bis wir wieder abgereist wären.«

»Nein!« Pause. »Ja.« Nun flossen die Tränen ungehindert. Plötzlich warf sie sich in meine Arme und zitterte heftig. Ich zog sie ins Gras hinunter, hielt sie in meinem Arm und streichelte sanft über ihr Haar, wobei mein Blick über den Himmel und die weiße Blütenfülle strich, die mir sogar in diesem herrlichen Moment ein angstvolles Gefühl des Unbehagens bereitete. Schließlich hörte

Calla auf zu schluchzen. Sie setzte sich unsicher auf und sah mich an.

»Soll das heißen, du liebst diese Frau nicht?«

»Habe ich nie getan«, sagte ich glücklich und streckte die Hand aus, um eine Haarsträhne aus ihrem Gesicht zu streichen. »Meine Hochzeit war ein politisches Arrangement, das der Primas der Flemen eingefädelt hat. Du hast ihn nie kennengelernt, nicht wahr? Du Glückliche. Nein, ich liebe Rinn nicht. Ich liebe dich. Liebst du mich auch noch?«

»Du verfluchter Dummkopf, warum sonst sollte ich mich wohl so schlecht fühlen?« sagte sie in zärtlichem Ton. Dann aber begann sie erneut zu schluchzen, was ich ziemlich verwirrend fand.

»Was ist denn nun los? Ich dachte, wir hätten alles geklärt. Wir haben einander wiedergefunden, wir sind beide am Leben, ich liebe dich, und du liebst mich. Was willst du noch mehr?«

»Du wirst Vassashinay bald wieder verlassen.«

»Wenn ich Vassashinay verlasse, wirst du mich begleiten, nicht Rinn«, erklärte ich entschlossen. »Ich werde dich nicht noch einmal verlieren. So, geht es dir jetzt besser?«

Sie sah nicht gerade begeistert aus, eher nachdenklich. »Das wird nicht einfach werden – du weißt noch nicht alles.«

Ich setzte mich auf und sah ihr in die Augen. »Du auch nicht.« Ich dachte an die Heilige, die sich, wie mir nun auffiel, erstaunlich zurückhaltend verhielt. Takt war nicht gerade ihre Stärke. Zum ersten Mal seit langer Zeit sprach ich im stillen ein Dankesgebet und schob den Gedanken an die Heilige von mir. »Nun, wir können unsere Geheimnisse später austauschen, Calla. Wir werden viel Zeit haben. Alle Zeit der Welt.«

»Aber es ist wichtig . . .«

Ich verhinderte weiteren Protest durch die einfache, wirkungsvolle und mir persönlich sehr angenehme Taktik, ihre Lippen mit den meinen zu verschließen. Für einen Moment versuchte sie, weiterzusprechen, doch dann legten sich ihre Arme um mich, und sie preßte sich so fest an mich, wie ich es mir schöner nicht vorstellen konnte; und in diesem Augenblick wurde aus einer schwachen Glut, die ich über sechs lieblose Jahre unterdrückt, begraben und beinahe vergessen hatte, ein prasselndes Feuer.

Nach dem Großbrand lagen wir lange Zeit im weichen Gras unter der unerklärlichen Blütenfülle beieinander, Kopf an Kopf und Körper an Körper. Erst als die Dämmerung einsetzte und die sheranische See mit einer grauen Linie nachzeichnete, streichelte ich Calla über den in Seide gehüllten Rücken und fragte: »Was wolltest du mir denn Wichtiges mitteilen?«

»Ach«, entgegnete sie schläfrig. »Ich wollte dir nur von deinem Sohn erzählen.«

Kapitel 28

Wie eine frische Schneewehe leuchtete das Sacellum im Licht des frühen Morgens. Vor der Tür blieb ich einen Moment stehen, um eine Gruppe weißverschleierter Novizinnen passieren zu lassen, von denen jede eine Keramikamphore über der Schulter trug. Gähnend streckte ich mich und versuchte auszusehen, wie ein Mann, der gerade von einer raschen Frühgymnastik zurückkehrte, doch sie schienen mich ohnehin kaum wahrzunehmen. Calla war eine Viertelstunde vor mir durch einen anderen Eingang zurückgekehrt, damit ihr Erscheinen nicht mit dem meinen in Verbindung gebracht werden konnte. Vorsicht, so hatte sie mir erklärt, war nun entscheidend.

Natürlich hatte ich das schon vorher gewußt, doch hatte ich dummerweise angenommen, daß das nur meinetwegen galt. Nun aber mußte ich feststellen, daß Calla und das Kind auf ihre eigene Weise ebenso Gefangene waren wie ich; und ich mußte erkennen, in welch großer Gefahr wir uns befanden.

Im Innenhof waren einige Töchter mit ihren morgendlichen Aufgaben beschäftigt. Ich ging ganz ungezwungen in das Treppenhaus, das zu unseren Quartieren führte. Dann aber rannte ich drei Stufen auf einmal nehmend hinauf. Noch lag alles in tiefem Schlaf, und auf dem Korridor war niemand zu sehen. Rinn hatte sich von der Divinatrix zusichern lassen, daß wir bis zur Mittagszeit nicht gebraucht würden, und es schien, als würde die ganze Reisegruppe, einschließlich der Vassashinayer, die Gelegenheit wahrnehmen, sich der Trägheit hinzugeben. Ich vermutete, daß in einigen Fällen die Nachwirkungen des Masollar dafür verantwortlich waren. Ich schlüpfte in Shrees Kammer und fand ihn ebenfalls schlafend vor. Erfüllt von einem hemmungslosen Glücksgefühl schüttete ich ihm einen halbvollen Becher Wasser ins Gesicht. Er hustete fürchterlich, als er erwachte und mich vor sich stehen sah. Ich strahlte ihn an.

»Eines Tages«, knurrte er, »werde ich dich nicht früh genug erkennen, und dann werde ich dir den Hals aufschlitzen, und zwar ...«

»Calla lebt.«

»... vom Kinn bis zum Nacken, einmal ganz herum – was hast du gesagt?«

Ich nahm ein Taschentuch aus dem Regal und warf es ihm zu. »Calla lebt. Sie ist hier, im Sacellum.«

Shree starrte mich an, während er sich das Gesicht abtrocknete, dann schloß er die Augen. »Ja, sicher.«

»Wirklich. Es ist wahr. Sie hat den Schiffsuntergang überlebt, und seitdem ist sie hier. Ich habe fast die ganze Nacht mit ihr verbracht – wir haben uns erst vor einer halben Stunde getrennt.«

Ohne die Augen zu öffnen, schnalzte er mitfühlend mit der Zunge. »Ich dachte, der Masollar hätte keine Wirkung auf dich.«

»Das hat nichts mit Masollar zu tun.« Ich schüttelte ihn, doch seine einzige Reaktion war, sich abzuwenden um weiterzuschlafen, also benutzte ich diesmal einen vollen Becher Wasser. Shree setzte sich so ruckartig auf, daß er mir beinahe mit der Stirn einen Kinnhaken versetzt hätte.

»Tigrallef«, sagte er drohend. »Du hattest wieder einmal einen deiner verdammten Träume. Du kannst mir später davon erzählen, aber jetzt möchte ich noch ein bißchen schlafen, wenn du gestattest.«

Ich wandte mich zu seinem Wasserkrug um, um den Becher erneut zu füllen, doch dieser Anblick allein reichte vollkommen aus, um ihn auf die Beine zu bringen. Er baute sich bedrohlich vor mir auf, und ich stellte den Becher ab.

»Hör mir zu«, sagte ich. »Die Frau im Hof, gestern, die, die ihren Ölkrug fallengelassen hat – ich sah, wie sie mitten in der Nacht das Sacellum verließ und bin ihr gefolgt. Ich dachte, sie wäre doch die Shint aus Iklankish und hoffte, mit ihr reden und ihr erzählen zu können, was für ein freundlicher und sanftmütiger Mensch aus dir geworden ist – ja, in Ordnung, ich wollte die Wahrheit ein bißchen dehnen – aber als ich sie eingeholt hatte, war es Calla. *Calla.*«

Shree blickte mich noch immer skeptisch an. Dann bemerkte er meine zerfetzte Tunika, auf der noch immer die Reste trockenen Blutes klebten. Er nickte grimmig.

»Wie ich sehe, hast du es geschafft, dich, kaum daß du außer Sichtweite warst, wieder einmal zu verletzen. Hast du dir dabei vielleicht auch den Kopf angeschlagen?«

»Nein.« Trotz meiner großen Freude fühlte ich, wie ein Gefühl des Ärgers von mir Besitz ergriff. Rechts von mir klimperte etwas. Überrascht sah ich hin und entdeckte eine kleine Rauchwolke, die an der Stelle über dem Tisch schwebte, an der zuvor der Becher gestanden hatte. Während ich sie beobachtete, ließ sie sich langsam in Form eines sauberen Haufens aus terrakottafarbenem Staub auf der Tischplatte nieder. Gleich darauf geschah etwas Ähnliches mit dem Wasserkrug, während das

Wasser selbst einfach verdampfte. Shree und ich standen beisammen und starrten den Tisch an. Dann räusperte sich Shree.

»Hast du das getan?«

Auch ich mußte mich räuspern. »Nicht, daß ich wüßte.« Wenn auch erst spät, so begann ich doch ein Muster in den unwillkommenen Eigenmächtigkeiten der Heiligen zu erkennen, angefangen mit der beinahe tödlichen Begegnung des Primas mit einem Becher Wein, bis hin zu den Blüten an totem Strauchwerk. Mit einigem Unbehagen behielt ich den Tisch im Auge, für den Fall, daß auch er sich in Bewegung setzen sollte, während ich begann, Shree in groben Zügen von meinem Erlebnis zu berichten. Anfangs schien es, als wäre sein Mißtrauen gemeinsam mit dem Wasserkrug verschwunden, doch als ich ihm davon erzählte, wie Calla in meine Arme gesunken war, unterbrach er mich.

»Bist du wirklich sicher, daß es Calla war? In Fleisch und Blut, meine ich; die echte Calla?«

Ich war verwirrt. »Natürlich war es Calla. Wie sollte ich sie verwechseln können?«

»Und es war kein Trick der Heiligen – oder deines eigenen Wunschdenkens?«

Ich blinzelte ihn verständnislos an.

»Ich habe gesehen, welche Wunder du mit der Heiligen bewirken kannst, Tig«, sagte er sanft. »Was, wenn das auch nur . . .«

»Nein.« Aus den Augenwinkeln sah ich, daß der Tisch zu zittern begann. Als ich ihn mit gerunzelter Stirn direkt anblickte, hörte er auf, war nur mehr ein unschuldiges Gebilde aus Holz und Eisen, auf dem zwei kleine Staubhaufen lagen. Er machte keinerlei Anstalten, sich noch weiter danebenzubenehmen, also fuhr ich fort: »Ich bin sicher, daß es nicht so ist.« Etwas überheblich fügte ich hinzu: »Außerdem gibt es einige Details in ihrer Geschichte, die nicht einmal ich mir hätte träumen lassen.«

»Erzähl!«

Ich ging zum Fenster und öffnete den Fensterladen.

Von zwei Töchtern abgesehen, die Wasser aus dem Brunnen holten, war der Hof leer. Die Zeremonientür war offen, und ich konnte in dem dahinterliegenden Raum vage eine Gestalt erkennen, die auf Händen und Knien damit beschäftigt war, den Boden zu wischen. Es war eine friedliche, häusliche Szene.

»Shree, du solltest fragen, wie Calla überleben und nach Vassashinay kommen konnte, nicht, ob sie ein Produkt der Heiligen oder meiner eigenen überreizten Vorstellungskraft ist.«

»In Ordnung.« Er stellte sich neben mir ans Fenster und folgte zweifelnd meinem Blick zu der offenstehenden Zeremonientür. »Erzähl!« wiederholte er.

Ich atmete tief durch. »Fangen wir damit an, daß sie sich nicht an den Schiffsuntergang erinnern kann. Ich erinnere mich aber daran, daß Lord Kekashr sie wegen des Durcheinanders, das sie vorher angerichtet hatte, unter Drogen setzen ließ, kurz bevor sie den Gilgard verlassen mußte.«

»Ja, daran erinnere ich mich auch«, sagte Shree düster.

»Sie erinnert sich aber nur daran, auf einem der Beiboote des Silberschiffes aufgewacht zu sein, in dem sie ganz allein auf hoher See war. Sie hatte keine Ahnung, wo sie sich befand oder was geschehen war oder warum das Beiboot nicht ebenso wie das große Schiff zu Kleinholz zerschmettert wurde und warum sie nicht mit allen anderen ertrunken ist. Sie war durchnäßt, also mußte sie zumindest zeitweise im Wasser gewesen sein, doch das Boot hatte nicht das kleinste Leck und war vollkommen trocken, und unter der Ruderbank lag ein Krug mit frischem Wasser und ein Proviantbeutel von der Art, wie sie euer Heer in den Kampfgebieten benutzt hat.«

Shree runzelte die Stirn. »Unsere Beiboote waren immer voll ausgerüstet, für den Fall, daß wir sie schnell einsatzbereit machen müßten. Die Boote waren auch ziemlich solide, aber ich erinnere mich auch noch an die gewaltigen Wellen, Tig, und ich kann mir nicht vorstellen ...«

»Darauf komme ich gleich«, sagte ich. Die Gestalt war

fertig mit dem Bodenschrubben jenseits der Zeremonientür und widmete sich nun der Stufe zum Innenhof. Wir hatten nicht mehr viel Zeit. »Sie trieb tagelang auf hoher See; möglicherweise in derselben Strömung, die auch die Tasiil erwischt hat, denn sie kann sich daran erinnern, eine Insel gesehen zu haben, deren Beschreibung auf den Zahn des Raksh paßt. Außerdem sagte sie, daß sie dort unzählige Trümmer und treibende Leichen gesehen hätte ...«

An dieser Stelle unterbrach ich mich, denn nun konnte ich es selbst sehen: Callas kleines Boot inmitten der treibenden Trümmer Shers, gleich neben den kieloben treibenden Überresten eines großen Schiffes, die sich einem Walrücken gleich aus dem Wasser erhoben. Büsche und Sträucher bildeten kleine Inseln, die sich vor ihr teilten und hinter ihr neu zusammenfügten; und überall trieben die stillen, aufgedunsenen Leichen des Volkes von Sher. Ein kunstvoll verzierter Holzstuhl mit einem Sitzbezug aus Satin schwamm eine Weile mit dem Boot mit, ehe er sich in einer jener schwimmenden Inseln verfing; ein Gobelin schaukelte sanft auf den Wellen nahe dem Boot. Calla holte ihn aus dem Wasser und benutzte ihn dazu, sich vor der Sonne zu schützen. Wie konnte ich das wissen? Sie hatte mir nichts davon erzählt. Das einzige Geräusch, das an meine Ohren drang, war das Kreischen der Seevögel, die sich über den kostbarsten Müll ereiferten, den sie je gesehen hatten ...

»Sprich weiter«, sagte Shree.

»Was? Entschuldige. Wo war ich? Ach ja, sie hat gesagt, daß sie tagelang über das Meer getrieben ist, bis der Proviant aufgebraucht war und das Wasser zur Neige ging. In dieser Zeit muß sie Sher überquert haben, denn sie wurde bald darauf von vassashinayischen Fischern an Bord genommen, die über Kishti Treibgut sammelten. Sie sagt, die meisten Häuser in Vassashinay sind mit Möbeln aus dem Nachlaß Shers eingerichtet. Natürlich haben die Fischer die Fetzen ihres Kleides gesehen und sie für eine Sheranerin gehalten. Einige von ihnen wollten sie gleich an Ort und Stelle den Seegöttern opfern, aber andere dachten, sie wäre ein lohnender Leckerbissen für den Vulkan – da, schau, Shree.«

Ein junger Mann in einer weißen Robe überquerte den Hof. Er blieb kurz stehen und unterhielt sich mit der Frau, die noch immer die Türschwelle putzte. Dann lachte er und ging an ihr vorbei durch die Zeremonientür. Mein Herz hämmerte wie verrückt.

»Und?« fragte Shree ungeduldig. »Das ist der Kalkissann, richtig. Den haben wir doch gestern schon gesehen.«

»Nein, er ist nicht der Kalkissann.« Grimmig hielt ich die Tür unter Beobachtung, doch niemand zeigte sich.

Shree seufzte. »Du wirst jeden Tag schlimmer. Raksh mag wissen, wie du dich als alter Mann verhalten wirst. Jetzt sprich endlich weiter, ich fange immerhin schon an, dir Glauben zu schenken.«

»Sie haben sie nach Vassashinay gebracht und im Sacellum abgeliefert«, erzählte ich gehorsam, ohne dabei die Zeremonientür aus den Augen zu lassen. »Sie hat ihnen gesagt, daß sie Gilanerin sei und nach Iklankish verschleppt werden sollte – also hat die Divinatrix sie vernommen und schließlich ihre Geschichte bestätigt. Valsoria hat sie als eine Tochter im Sacellum aufgenommen ...«

»Warte einen Moment. Was soll das heißen, sie hat ihre Geschichte bestätigt. Die Vassashinayer kannten unsere Bräuche gut genug, die armen Kerle. Sie hätte eine schwangere Konkubine sein müssen, damit der Gouverneur von Gil sie nach Iklankish geschickt hätte.«

»Ganz recht.«

»Aber Calla war nicht ...«

Ich wandte den Blick gerade lange genug von der Tür ab, um ihn strahlend anzulächeln. Sein Unterkiefer sackte herab.

»Du willst doch nicht sagen ...«

Ich brachte ihm mit einem sanften Stoß zum Schweigen. Der junge Mann kam mit einer Bogenschützenzielscheibe und einem Sack wieder zur Tür heraus. Gleich hinter ihm folgte der Knabe. Shrees Blick wanderte zwischen ihm und mir hin und her, dann stützte er sich auf den Fenstersims und stieß einige sheranische Verwünschungen aus. Absolute Verwunderung schwang in seiner Stimme.

»Dieses Kind«, sagte ich, »ist der Kalkissann, der Große Erlöser. Aber Calla hat ihn Verolef genannt – wie es sich für einen Sproß von Oballef gehört. Die Heilige konnte sie nicht ertrinken lassen, solange sie dieses Kind in sich trug. Deshalb sind sie nun beide hier.«

Hinter uns begannen Tisch und Bett über den Boden zu tanzen. Ich wirbelte herum und starrte die Möbelstücke erbost an. »Schluß damit«, sagte ich, und sie standen wieder still.

Ich wandte mich wieder dem Fenster zu, ohne einen weiteren Gedanken an das Mobiliar zu verschwenden, und verlor mich in der Beobachtung meines Sohnes während seiner Lektionen.

Das erste, was mir auffiel, war, dem Himmel sei Dank, daß mein Sohn mehr aussah, als wäre er Arkolefs Kind. Er trug ein kurzes, braunes Gewand, das kurz über dem Knie endete. Diesmal verdeckte keine Kapuze sein gelbblondes Haar, das in der Sonne leuchtete. Als er seinem Lehrer den kleinen Weidenbogen aus der Hand nahm, bewegte er sich wie ein geborener Athlet, kraftvoll und geschmeidig, und gleich sein erster Schuß traf die Zielscheibe knapp neben dem Schwarzen.

Während wir zuschauten, legte mir Shree den Arm um die Schultern, eine seltene Geste. Er hatte aufgehört zu fluchen, und als ich mich umdrehte, um noch einmal nach den Möbeln zu sehen, sagte er nichts, doch auf seinem Gesicht prangte ein breites Lächeln.

Nachdem wir eine Weile zugesehen hatten, sagte er: »Ein vielversprechender Bursche, aber sein Lehrer ist ein fingeramputierter Clown. Wenn wir hier raus sind, dann werde ich ihm zeigen, wie man schießt und kämpft.«

Auch ich lächelte. »Und ich werde dafür sorgen, daß er Rechnen und Schreiben lernt.«

Eine lange Zeit standen wir so am Fenster, bis Chasco hereinkam und ich noch einmal die willkommene Gelegenheit erhielt, von meinem Wiedersehen mit Calla zu berichten, während die Sonne wie ein gutes Omen auf das Sacellum herniederstrahlte und der Vulkan weit über uns grollte und Feuer spie.

Kapitel 29

Zur verabredeten Zeit, eine Stunde, bevor die Sonne ihren Zenit erreicht hatte, kamen die Novizinnen, um uns aus den Betten zu jagen und auf die ersten Rituale der Divination vorzubereiten. Sie brachten uns Kübel mit warmem Wasser, das mit Kräutern angereichert war, damit wir uns waschen konnten, schlichte weiße Roben, in die wir uns kleiden sollten und, anstelle von richtigem Essen, eine bittere Brühe, in der ich einen Hauch von Masollar zu schmecken glaubte. Als wir passend gesäubert, gekleidet und genährt waren, führten uns die Novizinnen in den Innenhof.

Die Zielscheibe war fort, und auch von meinem Sohn und seinem Lehrer war nichts zu sehen, doch ich entdeckte Calla unter den anderen Töchtern; ich erkannte sie nicht nur an ihrem schwarzen Schleier, sondern auch an der Begrüßung, die sie mit ihren Fingern signalisierte, während sie scheinbar ihren Schleier richtete. Shree saugte geräuschvoll die Luft in seine Lungen, und ich wußte, daß auch er ihren Gruß gesehen hatte. Von Chasco war dagegen nichts zu hören, doch das war typisch für ihn – er hatte die Nachricht von ihrem Überleben mit vornehmer Zurückhaltung und einigen sachlichen Fragen aufgenommen.

Nun erst fiel mir auf, was ich in meiner vorhergehenden Verwirrung gar nicht bemerkt hatte: Calla war keine gewöhnliche Tochter. Einerseits unterschied ihr schwarzer Schleier sie von den anderen, andererseits gehörte sie zu jenen drei Töchtern, denen es gestattet war, direkt hinter der Divinatrix zu stehen. Eine Woge des Stolzes durchflutete mich,

Stolz, daß sie aus eigener Kraft in der Fremde zu so hohem Rang aufgestiegen war und Stolz, daß mein Sohn Verolef, der Kalkissann, von einem ganzen Volk in Ehren gehalten wurde. Ich konnte immer noch nicht besonders klar denken.

Rinn war für ihre Verhältnisse recht fügsam, und ich fragte mich, wie sie wohl in Callas Augen aussehen mochte. Ihr Haar fiel einem glitzernden Regenbogen gleich offen über ihren Rücken, und die weiße Robe verlieh ihr eine jungfräuliche Note, die mir unvorstellbar komisch erschien.

Sie stand leicht schwankend neben mir, was auf die Nachwirkungen des Masollar zurückzuführen sein mochte, während vor uns die Divinatrix ihre Stummelarme in den langen, flammendroten Ärmeln hob und zu sprechen begann.

Auf der anderen Seite neben mir stand Shree, und ich spürte, wie er sich versteifte, einen Augenblick, ehe es mir ebenso ging.

Was wir hörten, konnte einfach nicht richtig sein – doch je länger ich lauschte, desto sicherer wurde ich, daß meine Ohren mich nicht täuschten. Die sinnlosen Laute, die in einem endlosen Strom über Valsorias Lippen kamen, waren mir vertraut und fremd zugleich, und sie waren ganz gewiß nicht unsinnig. Mit einer Kraft, die für so kleine Lungen erstaunlich war, rief sie die Worte aus, und die Töchter antworteten ihr mit einem sonderbaren, aber melodischen Chorus am Ende jeder Zeile, was sich etwa so anhörte:

Elas aro aro tili
Pilian aro elian
Elas caro calos pili
Aro aro elian
Pili pilian varo eli
Pilian aro elian
Elian aro calos vili
Aro aro elian …

Und so weiter. Valsorias dunkle Augen fixierten mein Gesicht, während sie Zeile um Zeile, Strophe um Strophe einer fremdartigen Sprache intonierte, die ich noch niemals verstanden hatte, die ich mir aber seit frühester Kindheit eingeprägt hatte. Es war die verlorene Sprache, die Oballef nach Gil gebracht hatte, die Sprache, in der die Beschwörungen und die Prophezeiung verfaßt waren. Obwohl die Sequenzen und Wortkombinationen mir fremd waren, gab es keinen Zweifel an den Vokabeln selbst. Tief in meinem Inneren kämpfte instinktive Abscheu gegen das Gefühl, den Schlüssel zu einer seit langem verschlossenen Schatzkammer überreicht zu bekommen.

Dann sprach die Heilige zu mir, und ihre Worte erklangen volltönend im Singsang Valsorias. *Sproß von Oballef – ich habe dir gesagt, daß der Große Baum, der Naar, dareinst an diesem Ort gewurzelt hat.*

Das hast du, das hast du. Was auch immer der Naar sein mag. Aber das hier – bei den Herren von Fathan, das ist eine unglaubliche Entdeckung. Und all die Jahre war dieses Wissen im Nichts verschollen …

Hüte dich vor Valsoria. Sie ist mehr und sie ist weniger, als sie scheint. Ich habe dich hierher geführt, damit du jenen Anderen findest, und jetzt, da wir ihn gefunden haben, müssen wir ihn nehmen und gehen.

Ja, das hatte ich vor – aber das ist einfach unglaublich. Womöglich könnte die Divinatrix die Prophezeiung für mich übersetzen …

Die Divinatrix ist geringer, als sie scheint. Sie spricht die Sprache des Naarhil, doch sie kennt nicht die volle Bedeutung.

Sie kann dir nicht helfen. Und sie würde dir nicht helfen – sie ist mehr, als sie scheint. Der Harashil war nicht für ihre Art gedacht. Denke an Itsant. Denke an Myr. Denke an Fathan. Denke an Gil ...

Ruhe. Ich denke, wenn nicht einmal Valsoria die Prophezeiung übersetzen kann, dann hat sie vielleicht doch genug Texte hier, um mich in die Lage zu versetzen, es selbst zu tun. Und vielleicht erfahre ich so, wie ich dich loswerden kann. (Den letzten Satz hatte ich eigentlich gar nicht formulieren wollen, aber es ist recht schwer, etwas zu verschweigen, wenn das Gespräch nur innerhalb des eigenen Kopfes stattfindet.)

Die Heilige antwortete: *Beide sind eins, Saat des Exkommunizierten. Und wenn du wissen mußt, was die Prophezeiung dir zu sagen hat, dann werde ich es dir erzählen.*

Was war das? Was hast du gesagt?

Frage mich, und ich werde es dir erzählen – wenn die Zeit gekommen ist.

Plötzlich herrschte Stille, während außerhalb meines Schädels Valsorias Stimme immer höher und lauter wurde. Noch immer erklangen die Worte in endlosem Strom in der heißen Mittagsluft. Verdammt sollte die Heilige sein! Ich zitterte vor Wut. Mag sein, daß ich sie nie direkt danach gefragt hatte, was die Prophezeiung zu bedeuten hatte, doch sie kannte schließlich meine Gedanken. Sie war in mir, im Namen von Fathan! Sie wußte sehr gut, daß ich begierig war zu erfahren, was in der Prophezeiung stand, und zwar nicht nur in meiner Eigenschaft als Gelehrter. Ich hätte um die Natur jener sonderbaren Vorgänge wissen können, die über mich hereingebrochen waren und sich mit jedem Tag verstärkten. Im stillen beschimpfte ich sie, wobei ich vermutlich die Lippen bewegte und mit den Zähnen knirschte, denn ich bemerkte, wie Rinn mich verwundert von der Seite betrachtete. Als Shrees Ellbogen sich warnend in meine andere Seite bohrte, grunzte ich nur. Valsoria hielt noch immer in gleichbleibendem Rhythmus ihren Singsang, doch sie beobachtete mich wie ein Adler einen Fuchswelpen, der sich aus seinem Bau gewagt hatte. Hinter ihr hielt Calla vollkommen unbewegt den Ölkrug, doch ihre Knöchel traten weiß unter der Haut hervor. Ich hatte den Eindruck, daß auch sie mich durch ihren Schleier hindurch beobachtete, und fragte mich besorgt, was sie wohl sehen mochte. Mit größter Anstrengung entspannte ich meine Züge und preßte die Lippen zusammen.

Heilige von Gil – Harashil – was auch immer – warum hast du mir das nicht früher gesagt?

Hast du denn nicht gewußt, daß du mich fragen kannst? Beide sind eins, Zweig des Großen Naar – dein ist der Wille, mein sind die Werkzeuge, unser ist die Macht. Frag mich, was du willst!

Ich schluckte meinen Ärger hinunter. *Gut, ich werde dich fragen: Was beinhaltet die Prophezeiung? Was haben die Worte zu bedeuten?*

Die Zeit ist nicht reif, Sproß von Oballef.

Ich wäre ihr an die Kehle gesprungen, wenn sie eine gehabt hätte. Andererseits wurde ich zu diesem Zeitpunkt bereits durch die ersten Erdstöße eines recht beachtlichen Erdbebens abgelenkt, von dem ich nicht wußte, ob es mein Verdienst war oder nicht; immerhin standen wir auf den Hängen eines ruhelosen Vulkans, der durchaus in der Lage war, die Erde ohne mein Zutun beben zu lassen. Ob es nun ein Werk der Feuergötter war oder ob ich es verursacht hatte, es hatte den ganz erstaunlichen Effekt, mich zu beruhigen, wogegen Rinn panikerfülltes Kreischen von sich gab. Die Divinatrix unterbrach ihren Singsang, und auch die Töchter, die Derartiges gewohnt sein sollten, wirkten während der anhaltenden Erschütterungen beunruhigt. Als das Beben schließlich wieder aufhörte, schien die Heilige fort zu sein, und kein noch so lautes mentales Gebrüll konnte ihre Aufmerksamkeit erregen.

Zumindest stützte das Erdbeben, so es mein Werk gewesen sein sollte, die Theorie, die ich in Gedanken ausgearbeitet hatte: daß die magischen Aktivitäten der Heiligen immer dann hervortraten, wenn mein rationelles Denken der Gewalt machtvoller Emotionen ausgesetzt war. Ich ging noch einmal alle Vorfälle in Gedanken durch, an die ich mich erinnern konnte – Kummer und Wut konnten möglicherweise daran schuld gewesen sein, daß der Primas fast an einem Schluck Wein erstickt wäre, Angst mochte die Schlange dazu gebracht haben, sich zusammenzurollen, Wut die Erde zum Beben, Freude mochte die toten Sträucher erblühen und das Gras auf dem kahlen Felsen wachsen lassen haben, Keramikgefäße pulverisiert und Möbel zum Tanzen gebracht haben. Der Sturm, der die Tasiil vom Kurs abgebracht hatte, mag aufgekommen sein, weil ich unter dem Schock litt, die Heilige nicht zerstört zu haben, verbunden mit meiner Abscheu vor den Miisheli, die sich voller Vorfreude auf weiteres Blutvergießen vorbereitet hatten. Zugegeben, ich war noch nicht richtig wach gewesen, als der Frath-Minorit und Möchtegern-Attentäter einen grauenhaften Tod erleiden mußte, doch das war kein Gegenbeweis: Auch Schlaf konnte möglicherweise die Barrieren der Vernunft in ähnlicher Weise herabsetzen wie starke Emotionen.

Vor allen Dingen beunruhigte mich, daß sich dieser Effekt zu verstärken schien, als würde der Funken meiner eigenen Seele mit jedem Tag, der verging, immer näher an die große Flamme der Heiligen geraten, bis er schließlich ganz verschluckt würde; als würden die beiden sich trotz meiner Gegenwehr am Ende doch vereinen. Und wenn das der Fall sein sollte und ich keinen Weg fand, diesen langsamen, heimtückischen Verschmelzungsprozeß aufzuhalten – wer oder was würde dann am Ende übrigbleiben?

Shree stupste mich von hinten an. Valsorias Singsang war beendet, und sie hatte sich bereits umgewandt und schritt durch eine Gasse zwischen den Töchtern, gefolgt von Calla und den beiden Töchtern mit den scharlachroten Schleiern. Obwohl niemand etwas gesagt hatte, schienen alle davon auszugehen, daß wir Bittsteller den Frauen folgen würden, also nahm ich Rinn beim Ellbogen und ging langsam hinter der Divinatrix her zur Zeremonientür.

Wir betraten den Raum, den ich von draußen gesehen hatte. Es war ein kleiner, leerer Raum, länger als breit, mit einer schweren Holztür in jeder Wand. Die seitlich gelegenen Türen waren klein und ebenmäßig, und ich vermutete, daß sie zu den Unterkünften der Töchter führten, doch die Doppelflügeltür am anderen Ende war groß und breit. Sturz und Türpfosten bestanden aus schwarzglänzendem Gestein, das von ferne ganz schlicht aussah. Erst, als wir hindurchtraten, erkannte ich das flache Relief aus aberhundert Hieroglyphen. Ich hatte das Gefühl, daß dieser Türrahmen viel älter als das Gebäude sein mußte, in dem er stand.

Er führte in einen Gang, der breit genug war, um vier Menschen nebeneinander Platz zu bieten. Nach einigen Schritten ging es abwärts, aber bald darauf wurde es wieder eben. Vor uns, weit jenseits der Reichweite des Lichtes aus dem Vorraum, hoben sich die Silhouetten der Divinatrix und ihrer drei Adjutantinnen gegen ein schwaches, rötliches Licht ab. Ich zählte meine Schritte, während wir durch den Korridor liefen, und errechnete aus ihrer Anzahl, daß wir beinahe zweihundert Fuß weit gegangen waren, bis wir das Ende erreichten. Wir befanden uns tief im Inneren des Berges. Nun verstand ich allmählich, wie das Sacellum, das von außen so klein wirkte, so vielen Töchtern Raum bieten konnte.

Die Luft wurde schwer und heiß, während wir durch den Korridor auf das mattrote Licht zu gingen. Hinter uns hörte ich den Singsang der Töchter, die uns folgten, und der Chor wurde undeutlich und immer lauter, bis er klang, als käme er aus tausend Kehlen. Plötzlich schienen die dunklen Silhouetten der vier Gestalten vor uns zu schrumpfen und schließlich im Boden zu versinken, und nach einigen Schritten erkannte ich, wieso.

Rinn und ich standen an einem Portal in der Mitte einer gerundeten Felswand in einer großen Höhle, eines vergrabenen Amphitheaters, dessen Decke sich im Schatten verlor. Der Boden senkte sich langsam zu einem fächerförmigen Bereich inmitten eines Felsentrichters, und die Seitenwände waren bis auf eine keilförmige Rampe terrassenförmig zu Bänken ausgeformt. Es gab genug Felsbänke in dieser Höhle, um allen Töchtern Platz zu bieten, ohne auch nur die Hälfte der Sitzplätze zu füllen.

Das rote Glimmen kam aus einem runden Loch, das sich an der Stelle befand, wo das Gelenk des Fächers hätte sein müssen. Während wir über den Felsboden darauf zu gingen, schätzte ich seine Größe auf etwa achtzehn Fuß im Durchmesser. Ein niedriges Geländer trennte den Abgrund von den unteren Bänken. Zunächst sah es aus, als würde die runde Öffnung durch einen Streifen tiefschwarzer Dunkelheit in zwei Teile getrennt, doch beim Näherkommen erkannte ich, daß es sich um eine schmale Steinbrücke handelte, die sich vom Fuß der Rampe zu einer erhobenen Plattform spannte. Diese war gleich einer Bühne noch tiefer in den Felsen hineingeschnitten worden, und auf dieser Plattform kniete eine Tochter in einer schlichten scharlachroten Robe vor einem massiven, schwarzen Altar. Ich stellte fest, daß der Boden unter unseren Füßen warm war.

Valsoria ging allein über die Brücke zu der einzelnen Tochter hinüber, während Calla und ihre beiden Kolleginnen Schulter an Schulter auf der Brücke stehenblieben und den Weg versperrten. Aus reiner Neugier ging ich zu dem Geländer und blickte in den Abgrund. Heiße Luft schlug mir ins Gesicht. Die Bodenöffnung war eine steinerne Schlucht, auf deren Grund flüssiges Feuer schimmerte und blubberte und nur wenige Fuß unter uns unheimliche Rauchgestalten erzeugte. Lebendige Lava, flüssige Lava. Eine der Töchter, es war nicht Calla, packte mich am Arm und zog mich weg. Calla selbst bedeutete mir unauffällig, mich auf die unterste Bankreihe nahe dem Abgrund zu setzen, mit Rinn auf der einen und Shree auf der anderen Seite neben mir. Chasco und die vassashinayischen Bittsteller saßen ebenfalls auf der unteren Bank, aber auf der anderen Seite der Bodenöffnung.

Ich betrachtete die Plattform über das Feuerloch hinweg. Die Divinatrix stand mit dem Gesicht zu uns zwischen der knienden Tochter und dem Altar. Sie hatte die Augen geschlossen, und ihre Hände lagen auf dem verschleierten Kopf des Mädchens. Wieder hatte sie einen Singsang angestimmt. Mit brennenden Kerzen in Händen betraten die anderen Töchter die Höhle und verteilten sich in den Bankreihen. Ihr Gesang hallte von den Wänden wider. Nie zuvor hatte ich eine schwierigere und reinere Harmonie gehört, und jedes Wort, das ich verstehen konnte, entstammte Oballefs Sprache.

Shree versetzte mir einen Stoß, und ich lenkte meinen Blick eilends wieder auf die Plattform. Calla und die beiden anderen Töchter überquerten soeben die Brücke. Mir fiel auf, daß es kein Geländer auf ihr gab; nur ein falscher Schritt, und sie würden binnen Sekunden als kreischende Schlacke enden. Valsoria hatte uns nun den Rücken zugekehrt und die Arme hoch über ihren Kopf erhoben, als wende sie sich jemandem im tiefen Schatten hinter dem Altar zu, den ich nicht sehen konnte. Voller Unbehagen fragte ich mich, ob etwas Grausames, Endgültiges das kniende Mädchen erwarten mochte, etwas, wie ein schneller Sturz über das Geländer, hinein in die brodelnde Flammenhölle; doch ich sollte bald lernen, daß Menschenopfer verschiedene Formen haben konnten, von denen nicht jede sofort mit dem Tode endete.

Kapitel 30

Valsoria zog einen langen Stab hinter dem Altar hervor und hielt ihn mit der Spitze in den Lavabrunnen. Flammend kam er wieder heraus. Sie wirbelte ihn durch die Luft und zog feurige Bogen in die Dunkelheit, während der Singsang weiter anschwoll, intensiver wurde und von den Wänden widerhallte, bis er sich beinahe qualvoll anhörte. Dann berührte Valsoria mit dem Stab den Altar, und er fing knisternd Feuer, obgleich die Flammen ihn nicht zu verzehren schienen. In dem unruhigen Licht der Flammen wurde ein hoher Bogengang am hinteren Ende der Plattform sichtbar, der mit einer metallisch glänzenden Doppelflügeltür verschlossen war.

Calla und eine der Rotverschleierten gingen zu der Tür und öffneten sie gerade weit genug, um eine schlanke Gestalt hindurchzulassen. Valsoria und ihre verbliebene Helferin nahmen dem knienden Mädchen den Schleier ab, zogen sie zwischen sich hoch, drehten sie zu dem Bogengang um und schoben sie sanft hinein. Sie bewegte sich, als wäre sie in Trance. In dem Augenblick, in dem die Tür hinter ihr geschlossen wurde, verstummte der Gesang, und alle Lichter verloschen. Auch das Feuer auf dem Altar erlosch so plötzlich, als hätte jemand ein schwarzes Tuch darüber gesenkt, und die Töchter mußten im selben Augenblick ihre Kerzen gelöscht haben, so daß das sonderbare, Kopfschmerzen verursachende rote Glühen der Lava das einzig verbleibende Licht war.

Dann warteten wir. Nachdem meine Augen sich an die diffuse, blutrote Beleuchtung gewöhnt hatten, konnte ich vage vier reglose Gestalten als Schatten auf dem Podest erkennen. Noch etwas später konnte ich Valsorias Gesicht als dunkelroten Kreis mit zwei dunklen Flecken, wo ihre Augen waren erkennen, und es schien mir, als würden diese Augen mich noch immer unbeirrbar fixieren. Unbehaglich rutschte ich auf meinem Platz hin und her. Das einzige Geräusch in der riesigen Höhle war das unterschwellige Zischen und Gurgeln aus den Tiefen des vulkanischen Abgrundes.

Die nahezu vollkommene Stille und die Dunkelheit hielten an, doch allmählich erklangen neue Geräusche. Rinn begann neben mir sanft zu schwanken; als ich mich umwandte, erkannte ich, daß ihre Augen geweitet waren und das rote Glimmen starr fixierten. Das Rascheln ihrer

Robe erzeugte ein mehrfaches Echo. Zuerst kaum wahrnehmbar, dann immer deutlicher, nahm ich einen Geruch in der Luft war, der mich an den Geschmack des Masollar erinnerte. Gleich darauf vernahm ich den ersten Schrei.

Es klang gedämpft und wie aus weiter Ferne, ein hoher, schriller Klageruf; niemand außer mir schien ihn zu hören. Als ich mich zu Shree umwandte, sah ich, daß auch seine Augen so starr und blicklos wie Rinns waren. Ich mußte ihn an der Schulter rütteln, um seine Aufmerksamkeit zu wecken. Er blinzelte mich in diesem höllischen Licht an, als wäre er aus einem nicht sehr erfreulichen Traum erwacht. Sein Körper versteifte sich, als ein weiterer Schrei durch die Höhle gellte. Er machte Anstalten, aufzustehen, doch ich zog ihn zurück auf die steinerne Bank.

In diesem Augenblick flackerten die Flammen auf dem Altar nach der langen Dunkelheit schmerzhaft hell wieder auf und rissen Rinn abrupt aus ihrer Trance. Diesmal bewegten sich Calla und ihre Kolleginnen sehr rasch. Sie rannten förmlich auf die große Tür zu und rissen die gebogenen Flügel auf, die nun furchtbar schwer zu sein schienen und sich den Bemühungen der Frauen hartnäckig widersetzten, während die Schreie hinter der Tür immer lauter und gepeinigter klangen. Dann war die Tür offen, und die unverschleierte Tochter stürzte hinaus und landete in Callas Armen, was sie davor bewahrte mit dem Kopf voran in den brennenden Altar zu fallen.

Nun hörte sie auf zu schreien, und begann, schrill und atemlos zu quasseln. Ich konnte kein einziges Wort verstehen. Das war weder Vassashinayisch noch Sheranisch, und es war auch nicht die alte Naarhilsprache von Oballef. Das Mädchen wäre zusammengebrochen, hätten Calla und die andere Frau sie nicht gestützt, doch die beiden Töchter schleppten sie zwischen sich zu dem Altar und ließen sie zu Valsorias Füßen auf die Knie sinken. So leise, daß ich es zunächst gar nicht wahrnahm, begannen die übrigen Töchter um uns herum wieder mit ihrem Gesang. Der deliriöse Wortschwall des Mädchens steigerte sich zu einem schrillen Schrei, der erst verstummte, als sie zuckend vor dem Altar zusammenbrach. Wenigstens bewiesen die Zuckungen, daß das unglückliche Mädchen noch am Leben war. Nun war Valsoria wieder an der Reihe.

Rinn, nun hellwach, verkrallte sich in meinem Arm. Die Feuergötter hatten gesprochen – bald würden uns ihre Worte übersetzt werden. Ich wußte, was Rinn hören wollte, und ich war ziemlich sicher, daß Valsoria das ebenfalls wußte.

Ich vermutete, daß die Diener, die uns in Vass versorgt hatten, und die Novizinnen, die hier für unser Wohlergehen zuständig waren, gute Ohren hatten und über ausreichend Erfahrung verfügten, um alle Informationen aufzunehmen, die das Orakel benötigte. Tatsächlich hatte ich selbst einige zwar falsche, aber harmlose Hinweise fallenlassen, nur um zu sehen, ob sie in Valsorias Vorhersagen wieder auftauchen würden.

Doch an diesem Tag wurden wir enttäuscht. Valsoria sprach leise und mit einer durchdringenden Kraft, doch ihre Worte galten einem der vassashinayischen Edelmänner, die uns aus Vass hierher begleitet hatten. Die Botschaft informierte ihn darüber, daß die zusätzliche Gattin, die er sich zu nehmen gedachte, das Wohlwollen der Götter finden würde, vorausgesetzt natürlich, der Bräutigam übergab ihnen ein angemessenes Opfer und dem Sacellum einen beachtlichen Prozentsatz der Mitgift der Braut. Als es um die finanziellen Details ging, verlor ich rasch das Interesse – derartige Enthüllungen schienen mir viel zu trivial zu sein, um ihretwegen das Leben eines jungen Mädchens in Gefahr zu bringen.

Und so endete der erste Tag der Weissagungen.

Als wir wieder im Freien waren, schmollte Rinn sichtlich, während wir den Hof in Richtung unserer Quartiere überquerten.

»Ich will die Haut dieser Hexe gegerbt haben«, schimpfte sie. »Kein Wort an mich – an mich! Da sitze ich die ganze Zeit in diesem dunklen, stinkenden Loch und wozu? Für nichts! Ich werde ...«

»Rinn, mein Liebling.«

»Was?« Sie blickte mich herausfordernd an.

»Sei nicht böse mit der Divinatrix. Vergiß nicht, sie übersetzt lediglich, was die Feuergötter sagen. Wir werden noch drei Tage hier sein – ich bin überzeugt, die Feuergötter werden vor unserer Rückkehr nach Vass zu dir sprechen.«

»Aber ich bin Rinn von Miishel! Die Feuergötter sollten zuerst mit mir sprechen! Ich ehre dieses miese kleine Loch allein durch meine Anwesenheit!«

Ich beeilte mich, ihr zuzustimmen. »Zweifellos sind sie sich der Ehre bewußt, meine liebliche Blume. Wahrscheinlich wollen sie nur zuerst die weniger wichtigen Anfragen erledigen. Vielleicht ist ihre Botschaft an dich auch von solcher Macht und Größe, daß sie gar nicht anders können.« Ich unterbrach mich kurz, um nach eindrucksvollen Argumenten zu suchen, doch ich gab es bald wieder auf. »Vielleicht müssen sie einfach langsam anfangen. Oder so was in der Art.« Ich war in Gedanken einfach nicht bei der Sache. Ich hatte wichtigere Dinge zu bedenken, Calla, mein Sohn Verolef, die Texte von Naarhil, die ich in Valsorias Besitz vermutete.

Rinn schnaubte. »Es war schon entehrend genug, diesen stinkenden Fischhändlern zu gestatten, mit uns zu kommen. Vielleicht sollte ich sie alle töten lassen. Genau, dann wären alle Botschaften für mich, ja?«

Ich gab vor, darüber nachzudenken. »Vielleicht lieber nicht; das ist ein bißchen zu extrem, mein Stern. Und du weißt, daß man Götter nicht bedrängen soll – nicht einmal so geringe Götter wie die von Vassashinay.«

»Das ist für die Götter von Vassashinay ...«, begann sie, doch ihre nächsten Worte gingen im Donnern des Vulkankraters unter. Diesmal war es gewiß nicht mein Werk, aber auch ich hätte keinen besseren Zeitpunkt wählen können.

Der Boden bebte, und Rinn flüchtete sich kreischend in meine Arme, bis die Erdstöße verebbten.

Die Wut war förmlich aus ihr herausgeschüttelt worden.

»Sei vorsichtig, mit dem, was du sagst, mein Liebes«, sagte ich, um der Lektion zusätzliche Tiefe zu verleihen. »Götter sind Götter, egal wo du sie findest. Nun komm, ich werde dich zu deinem Schlafgemach geleiten, dann kannst du dich ein wenig ausruhen.«

Später am Nachmittag gingen Shree und Chasco um einiger Besorgungen willen nach Villim, während ich schlief, um den Schlaf der letzten Nacht und den, den ich sehnlichst in der folgenden zu verlieren hoffte, auszugleichen. Erfolgreich und selbstgefällig kehrten die beiden bei Einbruch der Dämmerung zurück. Ich erwachte unsanft mit einem nassen Gesicht und sah, daß Shree mit einem Becher in der Hand und einem breiten Grinsen im Gesicht neben meiner Pritsche stand. Hustend setzte ich mich auf.

»Und, wie ist es gelaufen?« fragte ich und wischte mir mit einem Zipfel meiner Decke das Gesicht ab. »Habt ihr eine passende Lorsk gefunden?«

Shree setzte sich auf die Bettkante. »Wir haben eine gefunden, mit der Chasco recht zufrieden ist. Sie stinkt zwar zum Himmel und braucht ein neues Segel, aber Chasco sagt, der Rumpf ist in Ordnung. Sie wird uns jedenfalls an Zaine vorbeibringen können.«

»Wie steht es mit dem Proviant?«

Er zählte an seinen Fingern ab: »Fünf Fässer Frischwasser, vier Laib Brot, drei Fässer Käse und eines mit Wein, zehn Lagen Trockenfleisch und fünfzehn Fässer Trockenfrüchte, sortiert natürlich, und einen Ölschlauch. Wenn wir ein paar Fische fangen und das Wasser rationieren, dann können wir laut Chasco mit vier Erwachsenen und einem Kind zwei Monate auf See bleiben, ohne an Land gehen zu müssen.«

»Das habt ihr wirklich gut gemacht«, sagte ich mit ehrlicher Bewunderung. »Wann wird das Boot zum Auslaufen fertig sein?«

»Wir haben dem Händler fünf Goldmünzen extra versprochen, wenn das Boot in den nächsten zwei Nächten fertig und beladen ist – eine Nacht, bevor wir nach Vass zurückkehren sollen. Und jetzt kommt das Beste: Die Tasiil wird morgen an Land gezogen.«

Ich kreuzte die Arme hinter meinem Kopf, lehnte mich zurück und grinste die Zimmerdecke an. »Der Frath-Major wird tagelang gar nicht in der Lage sein, uns zu verfolgen.«

Chasco kam gerade rechtzeitig herein, um meine Worte mit anzuhören. Er zog die Tür hinter sich zu und stellte sich mit gebührendem Respekt neben meiner Pritsche auf. »Seid nicht zu sicher, Lord Tigrallef. Die Tasiil ist nicht das einzige Schiff in Vassashinay, und manche der Boote in der Bucht sind dazu gebaut, schnell zu sein. Wenn sie sich entschließen sollten, uns zu folgen, dann brauchen wir einen guten Vorsprung vor ihnen.«

»Das ist kein Problem«, sagte ich. »Wir werden kurz vor Mitternacht abfahren. Bis zum späten Vormittag wird uns niemand vermissen. Ich werde heute nacht mit Calla alles besprechen, damit sie und Verolef fertig sind, wenn es soweit ist. Was für ein Plan, Chasco! Nur eines bedaure ich.«

»Was? Rinns herrlich-goldenen Körper?«

Ich sah Shree tadelnd an. »Nein. Valsorias Naarhil-Texte. Ich bezweifle inzwischen, daß ich die Gelegenheit bekommen werde, sie danach zu fragen.«

»Ist doch egal«, entgegnete Shree. »Hat die Heilige dir denn nicht gesagt, daß sie dir eines Tages die Prophezeiung übersetzen will?«

»Ich traue der Heiligen nicht.«

»Soll das etwa heißen, du traust Valsoria?«

Sollte es das wirklich? Ich runzelte die Stirn und versuchte, unter Verwendung vieler Wenns und Vielleichts, eine vorsichtig positive Antwort zu formulieren, als ein lauter Aufschrei in Verbindung mit einer verheerenden Explosion weißen Lichtes durch meinen Kopf hallte und sämtliche Überlegungen zunichte machte.

Nein! Nein! Nein!

Ich schnappte nach Luft und hielt mir mit beiden Händen meinen Brummschädel. »Ich weiß es noch nicht«, sagte ich ermattet. Shree und Chasco sahen mich nicht an. Sie untersuchten gerade den terrakottafarbenen Staubhaufen, der an der Stelle auf dem Tisch lag, an der noch vor einem Augenblick ein Krug gestanden hatte. Shree wandte sich mir kopfschüttelnd zu.

»Du mußt damit aufhören, Tig«, sagte er. »Womöglich müssen wir noch für den Schaden aufkommen.«

An diesem Abend verließ ich das Sacellum, kaum daß sich niemand mehr im Innenhof aufhielt, und machte mich sogleich auf den Weg zu dem Geröllfeld, auf dem ich Calla in der vorangegangenen Nacht getroffen hatte. Es war eine windstille, friedvolle Nacht, und die einzigen Wolken kräuselten sich an der Rückseite des Vulkans. Ich streckte mich im weichen Gras aus und verlor mich so sehr in güldenen Zukunftsträumen, daß ich Callas näherkommende Schritte erst bemerkte, als die Heilige in meinem Kopf wisperte: *Sie kommt.*

Ich richtete mich auf. *Gut. Wenn du dich nun ein bißchen zurückziehen könntest?*

Sproß von Oballef, du kannst mir nicht ewig ausweichen.

Meinst du? Nun, darüber können wir später diskutieren. Und jetzt, verschwinde!

Ich erhielt keine Antwort, doch das hatte noch nichts zu sagen. Seufzend fragte ich mich, ob ich mich wohl je wieder unbeobachtet und im Vollbesitz meiner Selbst fühlen würde – dann kam Calla in Sichtweite, zog sich im Gehen den Schleier vom Gesicht, und mein Herz wollte mir vor Freude, sie auf so wundersame Weise wiedergefunden zu haben, aus der Brust springen. Plötzlich war es mir vollkommen egal, ob die Heilige uns beobachtete oder nicht; selbst wenn die gesamte Bevölkerung der bekannten Welt um uns herumgestanden und Zoten gerissen hätte, wären wir doch die einzigen beiden Menschen unter dem funkelnden südlichen Himmel gewesen.

Kapitel 31

Calla war nicht mit leeren Händen gekommen. Sie hatte einen kleinen Schlauch Wein – richtigen Wein, keinen Masollar –, einen Laib frisches Brot, zwei Becher und einige merkwürdige, süße vassashinayische Früchte mit einer dicken Schale mitgebracht, doch all das lag für einige Zeit vollkommen vergessen dort, wo sie es abgelegt hatte. Erst als der Mond seit ihrer Ankunft schon erstaunlich weit gewandert war, befreite sie sich aus meinen Armen und holte den Beutel zu uns.

»Nun gut«, sagte sie, während sie uns beiden Wein einschenkte, »dann erzähl mir von deinem narrensicheren Plan!«

Ich erzählte ihr von der Lorsk, und mit jedem meiner Worte wurde ihre Miene ernster.

»Wann?«

»Am dritten Abend von heute an. Einen Abend, bevor wir in Vass zurückerwartet werden, direkt nach der letzten Orakelsitzung – ich nehme an, Rinn wird ihre Botschaft an diesem Abend erhalten?«

Calla grinste ein wenig verschämt. »Deine Prinzessin zahlt tageweise – die Divinatrix wird es sicher nicht riskieren, sie zu früh zufriedenzustellen, nicht unsere Valsoria.«

Ich hob meinen Becher. »Auf Valsoria! Möge sie lange herrschen. Du könntest ihr aber sagen, daß sie Rinn schon während der nächsten Zusammenkünfte ein paar kleine Brocken zuwerfen sollte, damit die Gute nicht das Interesse verliert.«

»Ich glaube, Valsoria hat schon etwas in der Art eingeplant«, entgegnete Calla trocken und reichte mir ein Stück Brot.

»Bist du mit den Geheimnissen des Sacellums vertraut?« fragte ich, wobei ich an die Naarhil-Texte dachte.

Das Mondlicht reichte gerade aus, mir ihr Erröten zu

zeigen. »Ich weiß, wie das Orakel arbeitet, falls du das meinst. Es steckt nicht gerade viel dahinter.«

»Es ist nicht meine Absicht, dich zu verurteilen, Calla. Ich bin überzeugt, daß Valsoria einen anständigen Gegenwert anbietet. Außerdem scheint sie einigermaßen gütig zu sein.«

»Mehr als das«, sagte Calla. »Sie hat Veros Leben gerettet, mußt du wissen. Dafür stehe ich in ihrer Schuld. Wir stehen beide in ihrer Schuld.«

Ich schluckte einen Bissen Brot hinunter. »Inwiefern hat sie ihm das Leben gerettet?«

Calla lehnte sich bei mir an und kuschelte ihren Kopf an meine Schulter. »Indem sie ihn im Augenblick seiner Geburt als den Kalkissann benannt hat. Anderenfalls wäre er den Feuergöttern geopfert worden, weil die Vassashinayer dachten, er wäre das Kind eines sheranischen Vaters. Selbst wenn ich ihnen die Wahrheit gestanden hätte, wäre er noch für das sheranische Blut, das er von mir geerbt hat, getötet worden.«

»Haben sie dir das gesagt?«

»Das mußten sie nicht, es war offensichtlich. Sie haben noch immer sheranische Soldaten ermordet, als ich hierherkam. Hinter diesen lächelnden Gesichtern verbirgt sich eine Menge Verbitterung.«

»Ich habe ihre Vorstellung von einem Kriegsdenkmal kennengelernt. Hast du versucht zu fliehen?«

»Ich hatte dazu nie eine Chance. Ich wurde zwar gut behandelt, aber trotzdem kann ich mir heute vorstellen, wie sich eine Sau auf einer Zuchtfarm fühlen muß. Ich war bereit, mich selbst zu denunzieren, als er geboren wurde, um gemeinsam mit meinem Sohn zu sterben, aber Valsoria war dabei. Sie hat mir die Hand auf den Mund gelegt und mir befohlen zu schweigen.«

»Und dann hat sie ihn zum Kalkissann erklärt.«

»Richtig.« Calla hob ihren Becher zu einem weiteren Salut.

Ich enthielt mich. »Aber bis dahin hast du geglaubt, er würde bereits bei seiner Geburt getötet werden?«

»Ich hatte keinen Grund, etwas anderes anzunehmen.«

»So«, murmelte ich nachdenklich. »Dann hat also Valsoria plötzlich ihre Meinung geändert.«

»Möglich. Zumindest scheint es so.«

Ich blickte mit gerunzelter Stirn zum Mond auf. »Aber warum? Ich halte sie nicht gerade für eine sentimentale Frau, eher für das Gegenteil.« Ich dachte an Colls blutrünstige Geschichten.

Calla zuckte die Schultern. »Ich bin nicht sicher, aber ich glaube, sie hat uns aus Herzensgüte das Leben gerettet. Sie scheint Vero sehr gern zu haben, fast wie eine Großmutter.«

»Trotzdem bist du nicht überzeugt?«

Sie verzog das Gesicht. »Ich weiß nicht, was sie wirklich mit ihm vorhat. Vassashinay erlösen? Was erwartet sie denn bloß von dem armen kleinen Vero? Oder hat sie sich das zu dem Zeitpunkt nur ausgedacht, um sein Leben zu schützen?«

»Du traust ihr nicht, richtig?« Ich drehte Callas Kopf zu mir, um ihren Gesichtsausdruck zu betrachten. Sie sah besorgt aus.

Sie seufzte. »Bei all ihren guten Absichten ist die Divinatrix trotzdem gewiß nicht uneigennützig. Das ganze Sacellum basiert auf einer Lüge. Es gibt keine Magie in dem Vulkan; es gibt nur eine Art vergifteter Luft, die aus dem Berginneren kommt und den Orakelraum erfüllt. Jeder, der diese Luft zu lange atmet, plappert hinterher für eine Weile wie ein Verrückter, und das ist auch schon alles. Und Masollar ist ganz ordinärer Wein, der mit dieser Luft versetzt wird.«

»Und die Divinatrix kann aus dem Geplapper verstehen, was sie will, richtig?«

»Sie meint es gut mit ihrem Volk, Tig.«

»Sicher tut sie das. Außerdem ist diese Art der Wahrsagerei kein Einzelfall. Die Traumblumen des Nilthakultes außerhalb von Canzitar erzielen eine ganz ähnliche Wirkung. Außerdem glaube ich mich an einen unbedeutenden kleinen Kult auf den sathelischen Inseln zu erinnern ...«

Sie lachte laut auf und durchbrach so unsere gedrückte

Stimmung. »Du hast dich überhaupt nicht verändert.« Sie küßte mich heftig, so als wolle sie mich zum Schweigen bringen oder wenigstens das Thema wechseln. Mit einem sanften Lächeln auf den mondbeschienenen Lippen betrachtete sie mich eingehend. »Es ist wirklich wahr. Du bist noch genauso wie vor sechs Jahren – vielleicht ein bißchen dünner.«

»Du hast dich auch nicht verändert«, beeilte ich mich, ihr zu versichern.

»O doch, das habe ich. Ich habe Falten auf der Stirn bekommen.« Sie legte meine Hand an ihre Stirn. »Und ich bekomme ein kleines Doppelkinn. Außerdem habe ich vor zwei Jahren, an meinem achtundzwanzigsten Geburtstag, mein erstes weißes Haar entdeckt. Aber du ...«

Du kannst den Zahn der Zeit nicht fühlen, solange ich in dir bin. Beide sind eins, Sproß von Oballef.

Sei still und laß mich in Ruhe! Zu Calla sagte ich: »Für mich siehst du immer noch so aus wie früher.« Ich küßte sie, dann jedoch seufzte ich. Die Nacht verging so schnell, und wir hatten noch wichtige Dinge zu besprechen. »Calla, wir haben nicht mehr viel Zeit. Wir müssen über die Lorsk sprechen. Du mußt einen Weg finden, um in dieser Nacht mit Verolef zum Anfang der Straße zu gelangen, damit wir gemeinsam zum Hafen hinuntergehen können. Wirst du das schaffen?«

Auch sie war nun wieder ganz sachlich geworden. Ein Seufzer, der tief genug klang, um aus ihren Zehenspitzen aufgestiegen zu sein, drang aus ihrer Kehle. »Ja, ja. Aber ich fühle mich nicht sehr gut dabei.«

»Warum? Chasco sagt, die Lorsk sei ein solides kleines Schiff, und er muß es schließlich wissen.« Ein unangenehmer Gedanke ging mir durch den Kopf. »Du willst doch mit uns kommen, nicht wahr?«

»Natürlich will ich.« Sie nahm sich eine der vassashinayischen Früchte und begann gedankenverloren, sie zu schälen, als müßte sie ihre Finger beschäftigen. »Es ist nur, weil Valsoria gut zu uns war, ganz gleich, welche Gründe sie dafür hatte, und ich weiß nicht, was geschehen wird, was die Vassashinayer tun werden, wenn sie feststellen, daß ihr Großer Erlöser sie einfach verlassen hat.«

»Ich kann dir sagen, was schlimmstenfalls geschehen wird«, sagte ich. »Das Einkommen des Sacellums wird schrumpfen.«

Sie sah noch immer besorgt aus. »Ist es nicht ziemlich undankbar, ohne ein Wort der Erklärung zu verschwinden? Vielleicht ...«

»Vielleicht was?«

»Vielleicht irre ich mich, wenn ich Valsoria nicht traue. Ob sie nun eigennützig ist oder nicht, sie ist mehr, als sie nach außen hin zeigt. Vielleicht können wir ihr vertrauen – wie könnten sie fragen, ob sie dir Zuflucht im Sacellum gewähren würde. Vielleicht läßt sie uns gemeinsam hierbleiben ...«

Ich drehte ihr Gesicht zu mir und sah ihr in die Augen. »Ich muß gehen.«

»Warum? Wir könnten hier in Vassashinay glücklich werden.«

Ungeduldig brachte ich sie zum Schweigen, indem ich ihr die Hand über den Mund legte. »Du verstehst mich nicht. Selbst wenn wir Valsoria trauen könnten, dann ist da immer noch der Frath-Major, der das Sacellum nicht verschonen würde. Wenn es sein muß, dann wäre er bereit, die Vassashinayer scharenweise abzuschlachten, um mich zurückzubekommen. Und ich bin davon überzeugt, daß irgendwann, wenn ihm das gelungen ist, etwas Furchtbares geschehen wird. Furchtbarer, als wir uns vorstellen können. Nein, ich muß gehen.«

Sie schüttelte meine Hand ab. »Warum?« fragte sie mit gerunzelter Stirn. »Die Heilige ist zerbrochen und zerstört. Die Nachkommen von Oballef sind nun genauso wie alle anderen Menschen auch, wie kannst du den Miisheli dann so viel wert sein? Und wenn sie das Sacellum nicht respektieren, dann könnte Valsoria dich auch auf einer der anderen Inseln verstecken, bis sie fort sind.«

Ich zögerte. »So unbedeutend ist die Heilige nicht.«

»Was meinst du damit? Du hast sie doch zerbrochen, das hast du mir selbst erzählt.«

Wieder zögerte ich. Fast erwartete ich, daß die Heilige sich bemerkbar machen und mich zum Schweigen bringen würde, doch in meinem Kopf blieb es ruhig. In knappen Worten erklärte ich Calla, warum ich gegen meinen Willen noch immer die Mächte anzog, die die Weltherrschaft anstrebten. Ihr Gesichtsausdruck wurde finsterer und finsterer.

Als ich fertig war, streckte sie die Hand aus und brach eine der bislang unerwähnten Blüten von dem Strauch über unseren Köpfen.

Ihre Finger strichen über die üppigen Blütenblätter und den trockenen, abgestorbenen Ast, der die Blüte hielt.

»Also sind die Nachkommen Oballefs noch immer verflucht«, sagte sie sanft.

»Ich bin wirklich froh, daß du das sagst«, erklärte ich ebenso überrascht wie erfreut. »Ich habe große Schwierigkeiten, Shree und Chasco davon zu überzeugen, daß es ein Fluch ist.«

»Ich dachte nicht nur an dich, sondern auch an Vero.«

Ihre Stimme klang matt, und ich spürte einen schmerzhaften Stich in meinem Herzen. An diesen Aspekt hatte ich bisher noch gar nicht gedacht. Mein Sohn war ebenfalls ein Sproß von Oballef. Ganz plötzlich nahmen andere Gefahren in meinen Gedanken Form an, düstere, spekulative Strukturen, erbaut aus den Wahrheitsfragmenten, die sich mir bereits offenbart hatten und in denen sich hier und dort große, tiefschwarze Löcher auftaten. Wer außer mir, so fragte ich mich unbehaglich, kannte die Wahrheit? Der Bequiin Ardin vermutlich, durch ihn wohl auch der Frath-Major; die diversen Attentäter; vielleicht sogar die Divinatrix selbst? Immerhin bestand die Möglichkeit, daß sie die Naarhil-Texte gelesen hatte ...

»Calla«, sagte ich eindringlich, wobei ich mich aufrichtete und die Hände auf ihre Schultern legte. »Die Geschichte des Sacellums, die Worte des Divinationsrituals – du mußt mir alles sagen, was du darüber weißt! Es ist sehr wichtig.«

Sie wußte gerade genug, um eine Seite meines Notizbuches zu füllen, nachdem ich in der Morgendämmerung ins Sacellum zurückgekehrt war, doch für meine eigenen Überlegungen brauchte ich noch vier weitere Seiten. Nun wußte ich, wo wir wirklich waren: Einer der vielen, selten benutzten und weithin unbekannten Titel der Divinatrix war der einer Heretrix von Vizzath. Also, spekulierte ich, dürfte dies das Vizzath des Altertums gewesen sein, und die Heilige war unter anderem Namen tatsächlich schon früher hier gewesen, ebenso wie meine Vorfahren. Das Reich von Vizzath war einst sehr mächtig, doch dann war es untergegangen, so wie es Reiche anscheinend gewohnheitsmäßig zu tun pflegten. Aufgeregt kritzelte ich die Zeilen in mein Notizbuch, wobei ich mich des Gefühls nicht erwehren konnte, daß mir die Heilige ununterbrochen über die Schulter sah.

Calla wußte nichts von Büchern oder Schriftrollen in Valsorias Besitz. Die Beschwörungsgesänge mußten bereits die Novizinnen auswendig lernen, und es war unter Androhung von Strafen, deren Härte zu wildesten Phantasien Anlaß bot, verboten, sie niederzuschreiben. Auf jeden Fall – mein Stift zitterte, während ich diese Worte schrieb – gab es ein Heiligtum, das seit dem Tode Hassanas, der vorherigen Divinatrix, niemand außer Valsoria hatte betreten dürfen, ein Heiligtum, in das keine der Töchter einen Fuß setzen und in dem keine Novizin je putzen durfte. Während all der Jahrhunderte unter sheranischer Gewaltherrschaft war dieses Heiligtum ein gut gehütetes Geheimnis geblieben. Vermutlich war dies der einzige Raum in ganz Vassashinay, der den Sheranern stets verschlossen geblieben war. Calla wußte, wo es sich befand, und sie hatte die Tür tief im Inneren des Berges gesehen, doch sie war verschlossen, und nur Valsoria hatte einen Schlüssel. Dort, so sagte ich mir, würde ich die Naarhil-Texte finden, falls es sie wirklich gab.

An dieser Stelle unterbrach Shree meine Niederschrift. Er rieb sich noch den Schlaf aus den Augen, als er meine

Kammer betrat. Gähnend ließ er sich auf meine noch immer ungenutzte Pritsche fallen.

»Laß mich raten, ein Liebesgedicht.«

»Ich wünschte, es wäre so«, sagte ich stirnrunzelnd. Dann löschte ich die noch feuchte Tinte sorgfältig ab und reichte Shree das Buch. »Sieh dir die letzten paar Seiten an.«

Während er las, wurde er allmählich wacher, doch schließlich blätterte er die letzte Seite um, als würde er noch etwas Handfestes zu finden hoffen. »Vizzath, ja? Du hast diesen Namen schon einmal erwähnt. Schön, schön.« Er gab mir das Notizbuch zurück. »Das ist ja alles wirklich interessant, Tig, aber ich verstehe nicht, warum du so besorgt bist.«

»Alles, was mit der Heiligen und ihrer Geschichte in Zusammenhang steht, bereitet mir Sorge, und ich wünschte, wir könnten schon heute nacht von hier verschwinden.«

»Das könnten wir bestimmt, wenn du die Heilige um Hilfe bitten würdest.«

»Darüber haben wir doch schon gesprochen.« Verärgert schlug ich mein Notizbuch wieder auf und begann erneut zu schreiben, ohne Shree weiter zu beachten.

»Vergiß, was ich gesagt habe.« Er erhob sich. »Wir sind gerade auf dem Weg zum Hafen, um nachzusehen, wie weit die Lorsk ist. Und mach dir keine Sorgen, wir werden rechtzeitig für das Orakel wieder zurücksein. Eine Sache noch: Gibt es irgendeine Möglichkeit für die Divinatrix, dich mit Calla oder dem Kind in Verbindung zu bringen?«

Ich ließ mich erweichen und legte den Stift nieder. »Nein, den Göttern sei Dank. Calla schwört, daß sie mich nie erwähnt hat. Die Vassashinayer glauben noch immer, daß Verolefs Vater ein Sheraner war. Es gibt nichts, was uns beide in Verbindung bringen kann.«

»Und was ist mit Callas Reaktion, als sie uns hier zum ersten Mal gesehen hat? Wie hat sie das erklärt?«

»Sie hat ihnen erzählt, ihr wäre plötzlich schlecht geworden.«

»Ich hoffe, sie haben ihr geglaubt.«

Ich lächelte gequält. »Sie hat den größten Teil des Abends damit zugebracht, sich gewaltsam zu übergeben, um ihre Geschichte etwas farbiger zu gestalten.«

»Gut gemacht.« Shree nickte anerkennend. »Meine Cousine war schon immer ein einfallsreiches Mädchen. Ich freue mich schon darauf, sie wiederzusehen.«

Nun hörten wir Chascos Stimme auf dem Korridor. Er sprach mit Coll; Shree ging zur Tür und blieb neben ihr stehen. »Mach dir nicht so viele Sorgen, Tig«, sagte er. »Sofern sich die Heilige für die nächsten paar Tage zusammenreißt, dürften wir sicher sein.« Er winkte mir zu und ging hinaus. Dann hörte ich, wie die drei gemeinsam den Gang hinunterpolterten. Seufzend wünschte ich mir, ich könnte so sicher sein, daß sich alles zum Guten wenden würde.

Die nächsten zwei Tage und Nächte vergingen ereignislos. Die Heilige ließ mich weitgehend in Ruhe, wenngleich die Keramikgefäße weiterhin zu leiden hatten. Meine Tage brachte ich damit zu, Rinn abwechselnd zu schmeicheln und zu besänftigen, Seite um Seite meines Notizbuches mit wirren Spekulationen zu füllen, möglichst häufig einen Blick auf Calla und meinen Sohn zu erhaschen und mir Sorgen zu machen – vor allem, mir Sorgen zu machen. Eine unbestimmte Gefahr lag in der Luft, doch ich konnte mir nicht vorstellen, welche – ich wußte nicht einmal, ob die Heilige mein Gefühl teilte. Auf jeden Fall tat es sonst niemand.

Rinn war glücklich. Am ersten dieser Nachmittage, mitten in einem Haufen wirrem Zeug über irgendwelche Besitzstreitigkeiten in den Außenbezirken von Vass, gab Valsoria einen dramatischen Hinweis auf Schlangen im Haar meiner Liebsten – sicher sollte man glauben, daß eine derartige Prophezeiung allenfalls Abscheu erregen würde, doch Rinn faßte sie genau so auf, wie Valsoria erwartet hatte. Soweit es sie betraf, saß die Schlangenkrone schon so gut wie auf ihrem Haupt. Am nächsten

Nachmittag erfuhr sie nichts Interessantes mehr, doch da war sie bereits willens, auf die letzte Zusammenkunft zu warten. Die Feuergötter hatten ihren guten Willen schließlich schon bewiesen.

Die Divinatrix schenkte mir weiterhin keine besondere Beachtung und erschien stets nur zu den Ritualen des Orakels. Ich wußte nicht, wie ich weitere Informationen über die Naarhil-Texte erhalten konnte, und ich bezweifelte, daß der Versuch überhaupt die Mühe lohnte. Schließlich mußte ich meine Begierde und die vage Chance, etwas über die Prophezeiung zu erfahren, gegen das Risiko, unsere Flucht zu gefährden, abwägen. Auch auf die wiederholten Warnungen der Heiligen konnte ich verzichten, ich war ohnehin mißtrauisch in bezug auf Valsoria und ihre Motive.

Ich werde nicht mehr über meine Zusammentreffen mit Calla auf dem mondbeschienenen Hang schreiben. Ich bin eben ein Schreiber und kein Dichter. Auf jeden Fall gingen die langweiligen Tage und die wundervollen Nächte irgendwie vorbei, und schließlich brach der Morgen jenes Tages an, an dem wir Vassashinay des Nachts in aller Stille verlassen wollten; der Morgen, an dem alles begann, sich ernsthaft in die falsche Richtung zu entwickeln.

Kapitel 32

An diesem Morgen machte ich mir nicht die Mühe, mich auszuziehen, sondern ließ mich einfach nur auf das Bett fallen, als ich die Augen nicht mehr länger offenhalten konnte. Ich schlief sofort ein. Es war mir furchtbar schwergefallen, mich im Morgengrauen von Calla zu trennen. Die unbestimmte Furcht, die mich schon seit Tagen belastet hatte, wurde immer stärker; unser Fluchtplan kam mir durchschaubar und tollkühn vor wie der

Plan eines Kindes, das vorhatte, seine Eltern hereinzulegen. Da mir jedoch keine andere Möglichkeit einfiel, ließ ich zu, daß Calla fortging und folgte ihr nach der vereinbarten Zeit, um dann, kaum in meiner Kammer angekommen, meine Ängste meinem Notizbuch anzuvertrauen. Als ich einige Stunden nach Sonnenaufgang endlich einschlief, plagten mich sorgenvolle Träume.

Ich erwachte von lautem Radau, der vom Innenhof unter meinem Fenster kam – Gebrüll, schwere Schritte, krachende Türen – und Füße, die eilig über den Korridor vor meiner Tür trappelten. Für einen Moment blieb ich still liegen und versuchte, die Reste meines Iklankish-Traumes von den Eindrücken meiner Ohren zu trennen. Mein erster klarer Gedanke war, daß das Sacellum angegriffen wurde. Das schien sich zu bestätigen, als ich wach genug war, um zum Fenster zu stolpern. Auf dem Innenhof wimmelte es von miishelischen Uniformen, und die roten Roben der Töchter wirbelten zwischen blitzenden Waffen herum. Ein furchtbarer Schreck erfaßte mich und zersplitterte sämtliche Möbelstücke in meiner Kammer, bis nur noch Kleinholz übrig war.

Beruhige dich, Sproß von Oballef.

Der zweite Blick offenbarte mir, daß niemand jemanden tötete. Alle sichtbaren Waffen steckten sicher in Scheiden oder hinter Gürteln. Die Töchter schrien nicht und verteidigten sich nicht; tatsächlich huschten die meisten von ihnen mit großen Bündeln Leinenwäsche oder Töpferwaren zwischen den Soldaten hin und her. Die einzig sichtbare Konfrontation spielte sich zwischen dem Han-Frath Zimin, der in einer Haltung sturer Beharrlichkeit mit dem Rücken zu mir stand, und Lorosa, einer rotverschleierten Priesterin Valsorias, ab. Zwar konnte ich ihre Worte nicht hören, doch sie hatte die Hände in die Hüften gestemmt und den Kopf in den Nacken gelegt, und immer wieder hob sie die Hand, um zur Bekräftigung ihrer Worte an den Brustpanzer des Han-Fraths Zimin zu pochen. Der Han-Frath dagegen hielt tapfer die Stellung.

Mein nächster Gedanke war genauso schlimm wie der

erste: Ich fürchtete, der Frath-Major hätte irgendwie von Rinns Absichten in bezug auf die Schlangenkrone Wind bekommen und eine kleine Armee Soldaten geschickt, um uns in Ketten nach Vass zurückzubringen, und wir hätten uns die Lorsk sparen können. Das aber erklärte die Leintücher nicht; und während ich noch verwirrt darüber nachdachte, senkte sich Stille über den Innenhof, und alle Augen wandten sich dem Eingang zu. Gleich darauf trat eine kleine Gruppe Männer in mein Blickfeld und bewegte sich zur Mitte des Hofes. Gleichzeitig erschien Valsoria, um die Männer zu begrüßen. Ich zählte sieben Frath-Minoriten, den sathelischen Gesandten, den Bequiin Ardin, Lillifer, den Stadtregenten von Vass – und den Frath-Major.

Shree und Chasco stürzten in mein Zimmer. An der Tür blieben sie abrupt stehen und betrachteten die Möbelbruchstücke, ehe sie einander kopfschüttelnd ansahen. Shree schnalzte mit der Zunge, während sie sich einen Weg zum Fenster bahnten.

»Raksh mag wissen, wie du das der Hausdienerin erklären willst«, sagte er. »Die Töpfe waren eine Sache . . .«

»Vergiß die Hausdienerin«, schnappte ich. »Hast du gesehen, wer da ist?«

»Dein ehrenwerter angeheirateter Cousin ist vor ein paar Minuten die Straße heraufgekommen. Meinst du den?«

»Sieh selbst.«

Lillifer und der Frath-Major beugten sich ein paar Schritte von den anderen entfernt zu der Divinatrix herab und redeten ernsthaft auf sie ein. Dann richtete sich der Frath-Major wieder auf und winkte dem Han-Frath Zimin zu. Nach einigen wenigen, leisen Worten in das Ohr des Han-Fraths, bellte jener einige Befehle, worauf sich die Soldaten im Innenhof formierten. Mit Ausnahme einer etwa zwölf Mann starken Truppe, die sich in der Nähe der Gruppe um den Frath-Major aufhielt, marschierten sie auf das Tor zu.

»Was ist da los? Wißt ihr das?« Ich wandte mich vom Fenster ab und erblickte den Wasserschlauch, den Chasco sich über die Schulter geschlungen hatte. Beide, er und Shree, waren von Kopf bis Fuß mit Straßenstaub bedeckt.

Shree verzog das Gesicht, während er weiterhin zum Fenster hinaussah. »Wir waren unterwegs zum Hafen, um ein letztes Mal nach der Lorsk zu sehen, als wir diese Leute da trafen. Es gibt Ärger in Vass, Tig. Großen Ärger.«

»Was ist denn los? Spielen die Soldaten verrückt? Gibt es einen Aufstand? Was?«

Er schüttelte den Kopf, ohne die Menschen im Innenhof aus den Augen zu lassen. »Krankheit. Eine Seuche.«

Ich schloß die Augen, und für einen Moment sah ich die Menschen auf den dunklen Plätzen von Vass tanzen – oder war es Gil? »Was für eine Seuche? Welche Art von Krankheit?«

»Mehr weiß ich nicht«, sagte Shree grimmig. »Der Han-Frath Zimin hat uns auf der Straße aufgehalten und angewiesen, nicht weiter bergab zu gehen. Sie haben Angst, daß die Seuche auch in Villim ausbricht.«

»Was für eine Seuche?«

»Ich sage doch, ich weiß es nicht.«

Ich setzte mich schon in Bewegung, um mich auf den Stuhl zu setzen, als mir einfiel, daß es keinen Stuhl mehr gab. Statt dessen suchte ich in dem Schutt nach meinem Notizbuch, wobei ich fieberhaft nachdachte.

»Was sollen wir jetzt machen, Tig?«

Ich fand mein Notizbuch und pustete das Holzmehl herunter. »Ich schätze, wir werden wie geplant heute nacht von hier verschwinden.«

»Ab heute mittag wird eine kleine Armee miishelischer Soldaten draußen vor dem Haupttor lagern«, wandte Shree ein.

»Es gibt noch ein anderes Tor – ich weiß nicht, wo es ist, aber Calla benutzt es, wenn sie von unseren nächtlichen Treffen ins Sacellum zurückkehrt.«

»Aber . . .«

»Sei still, Shree. Ich versuche, nachzudenken.« Ich ging im Zimmer auf und ab und wirbelte Wolken aus Sägemehl auf, die mich an etwas erinnerten – an was nur? Endlich fiel es mir ein: es waren die Schlammschwaden, die jedem meiner Schritte auf den untergegangenen Straßen Iklankishs gefolgt waren. Ich blieb stehen und zwang mich, mich zu konzentrieren.

»Tig?«

»Alles in Ordnung. Wir gehen heute nacht, ehe diese verdammte Seuche Villim befällt und sich im Sacellum ausbreitet. Ich werde Calla informieren und mit ihr ein Treffen im Innenhof vereinbaren, und dann werden wir alle zusammen heute nacht von hier verschwinden. Nein, wartet! Chasco.«

»Ja, Euer Lordschaft?«

»Du wirst sofort hinuntergehen; wir müssen uns etwas einfallen lassen, um deine Abwesenheit zu entschuldigen. Wenn die Miisheli noch dabei sind, ihr Lager aufzubauen, dann werden sie konfus genug sein, daß du an ihnen vorbeikommst. Du warst im Netz, wenn es jemand schaffen kann, dann bist du das. Geh nach Villim, und nimm das Boot in Empfang – kannst du es allein segeln?«

»Ja, Euer Lordschaft.«

»Gut. Bring es aus Villim heraus. Ich erinnere mich, daß wir vom Hafen aus eine kleine Bucht abseits der großen sehen konnten, hinter einem schwarzen Felsen – weißt du, welche Bucht ich meine?«

»Ja, Euer Lordschaft.«

»Ankere dort, und warte auf uns. Wir werden kommen. Heute nacht, wenn wir können, anderenfalls morgen nacht oder übermorgen nacht, aber du mußt auf uns warten.«

Chasco grinste und setzte zu der formellen Grußgeste eines wachhabenden gilanischen Gardisten an – doch dann ließ er es sein und signalisierte statt dessen in der Fingersprache des Netzes: *Möge die Heilige mit Euch sein.*

»Das wird sie«, grummelte ich. »Oh, und Chasco! Warte.«

Er blieb an der Tür stehen und blickte mich fragend an. Ich lief zu den Überresten meiner Kleidertruhe und wühlte darin herum, bis ich das Bündel mit den wenigen Stiften, Schriftrollen und Büchern fand, die ich mitgebracht hatte. Ich schob mein Notizbuch ebenfalls hinein und legte das Bündel dann vertrauensvoll in Chascos Hände.

»Nimm das mit. Wie viele Goldmünzen hast du noch?«

Er sog die Luft scharf in seine Lungen. »Achtunddreißig, Euer Lordschaft.« Er sah Shree an, der eine Tasche unter seiner Tunika hervorzog. Ich nahm sie an mich und zählte fünf Goldstücke ab, ehe ich Chasco den Rest gab.

»Wir behalten ein bißchen, falls wir jemanden bestechen müssen. Du nimmst den Rest mit und schaust, was du an Kräutern und Arzneien auf dem Markt auftreiben kannst, die den Kauf lohnen. Wurzeln, die gegen verschiedene Seuchen wirken, Melissenpulver und getrocknete Kormusblätter, Blütenessenzen, falls du welche siehst. Aber Chasco – verlaß den Marktplatz so schnell wie möglich! Bleib auf Distanz zu den Leuten, mit denen du sprichst, und sprich mit möglichst wenigen. Hast du mich verstanden?«

»Ich habe sehr gut verstanden, Euer Lordschaft.«

Ich klopfte ihm auf die Schulter und fügte einen leidenschaftlichen Segen in der Fingersprache hinzu. Als er gegangen war, überraschte mich Shree mit einem anerkennenden Fingerschnippen.

»Wirklich gut, Tig. Ich hatte völlig vergessen, daß ich die Goldmünzen habe. Er wäre nicht weit gekommen, wenn er versucht hätte, die Lorsk abzuholen, ohne dem Händler seinen Bonus geben zu können.«

»Falls der Händler noch da ist, um seinen Bonus entgegenzunehmen«, entgegnete ich unglücklich. »Diese Seuche bereitet mir Sorgen.«

»Mir bereiten diese Möbel Sorgen«, konterte Shree. »Ich frage mich, was der Frath-Major wohl davon halten wird.«

»Der Frath-Major wird entzückt sein, falls wir nicht verhindern können, daß er das zu sehen bekommt, denn das wird all seine Hoffnungen in bezug auf mich bestätigen. Jetzt komm.« Ich war bereits dabei, mich abzustauben und zur Tür hinauszustürmen.

Wir erwischten den Frath-Major und seinen pflichtgetreuen Schatten, den Bequiin, am Fuß der Treppe. Ich blieb mit einer dramatischen Bewegung stehen, ehe ich auf den Frath-Major zurauschte, um ihn, gemäß miishelischer Sitte, zu umarmen.

»Cousin«, rief ich. »Was für eine Überraschung!«

»So?« Er sah mich durchdringend an. Ich versuchte, an ihm vorbeizukommen, um den Bequiin Ardin zu grüßen, doch der Frath-Major verstellte mir sogleich den Weg. Der Bequiin hielt den Kopf gesenkt und hatte sich die Kapuze weit in die Stirn gezogen.

»Ja, mein lieber Cousin«, sagte ich. »Eine große Überraschung. Ich hatte nicht erwartet, Euch vor morgen abend in Vass zu sehen. Seid Ihr gekommen, Euch ebenfalls die Zukunft weissagen zu lassen?« Ich sah, wie der Bequiin bei diesen Worten aufblickte. Für einen winzigen Moment trafen sich unsere Blicke – seine Augen waren stumpf und hoffnungslos.

»Wir sind gekommen, um der Seuche zu entgehen«, sagte der Frath-Major matt. »Habt Ihr denn nicht gehört, was geschehen ist?«

»Nicht ein Wort, Cousin.«

Er beäugte mich voller Mißtrauen, als hätte er den Verdacht, daß ich die Seuche höchstpersönlich verursacht hätte. »Diese Inseln sind verdammt«, sagte er bitter, nachdem er mich ausgiebig gemustert hatte. »In Vass sind alle verrückt geworden – sie tänzeln durch die Straßen, während ihnen der Eiter über das Gesicht läuft, pfui! Seit gestern liegen Leichen unter den Büschen, und niemand bringt sie weg oder verbrennt sie. Miese Organisation! Eigentlich gar keine Organisation! Wenn Miishel diese Inseln regieren würde, dann würde ich hier so einiges ändern.«

»Das haben, glaube ich, schon die Sheraner versucht.«

Er nahm meine Naivität mit Verachtung zur Kenntnis. »Ihr solltet nicht scherzen, Sproß von Oballef. Ich habe schon viele Seuchen erlebt, doch niemals eine wie diese. Wenn die Tasiil seetüchtig ist . . .«

»Wann wird das sein?«

Er runzelte die Stirn. »Vielleicht morgen, vielleicht übermorgen. Leider war sie schon auf die Bucht gezogen worden, ehe die Seuche bekannt wurde. Ich habe angeordnet, daß nur die notwendigsten Arbeiten durchgeführt werden, damit sie schnell wieder zu Wasser gelassen werden kann. Wir . . .«

Er unterbrach sich und wirbelte herum, als Coll sich mit einer der Töchter von hinten näherte. Als sie vortrat, um den Frath-Major zu grüßen, erkannte ich den schwarzen Schleier. Kluge Calla, dachte ich erleichtert – ich hatte mich schon gefragt, wie ich Kontakt mit ihr aufnehmen könnte, und nun war das Problem bereits gelöst. Sie wandte mir den Kopf nicht zu, doch ich beobachtete nur ihre Finger. Sie hielt die Hände vor ihren Bauch, außerhalb des Blickfeldes des Frath-Majors, und jeder, der sie gesehen hätte, hätte angenommen, daß sie aus Nervosität mit ihren Fingern spielte.

Tig, mein Liebster, dies ist unsere einzige Möglichkeit, miteinander zu sprechen. Was soll ich tun?

Inzwischen hatte sie eine lange und komplizierte Willkommensansprache zu Ehren des Frath-Majors begonnen – in fließendem Vassashinayisch via Coll. Coll brauchte gute fünf Minuten, um ihre Worte zu übersetzen und einige blumige Ausdrücke hinzuzufügen, denen anscheinend kein gebürtiger Vassashinayer widerstehen konnte. Ja, es gab noch einen anderen Weg, daß Sacellum zu verlassen. Ja, sie konnte Verolef noch immer aus seinem Schlafzimmer fortschaffen in dieser Nacht. Nein, sie hatte dem Kind nichts gesagt. Nein, Valsoria hatte kein Mißtrauen zu erkennen gegeben. Nein, Calla wußte nichts über die Seuche, sie hatte ebenfalls erst jetzt davon gehört. Und ja, sie würde uns im Schatten des großen Regenfasses in der Ecke des Innenhofes eine Stunde vor Mitternacht mit Verolef treffen, und viel Glück für uns alle – wir würden es brauchen. Zu diesem Zeitpunkt war Coll bei einigen Metaphern eigener Denkensart angelangt und weit von Callas Ansprache abgekommen, was uns die Zeit für einige Botschaften persönlicher Natur einräumte (Shree wandte taktvoll den Blick ab), ehe Colls Redefluß schließlich versickerte.

Der Frath-Major murmelte einige unverkennbar unaufrichtige Dankesworte, die dank Colls Übersetzung unglaublich ausuferten; nach diesem gebührenden Austausch der Höflichkeiten, kam Calla zum Thema, was bedeutet, daß sie nun den Frath-Major über die trivialen und ermüdenden hausinternen Details über Schlafräume, Essenszeiten, rituelle Angelegenheiten und die Lage der sanitären Einrichtungen für die Besucher informierte. Dann fügte sie noch eine kurze höfliche Schlußrede hinzu und ging davon, während Coll noch immer damit beschäftigt war, ihre Worte auf miishelisch wiederzugeben. Seine Übersetzung, einschließlich Ausschmückungen, dauerte so lang, daß der Frath-Major einen äußerst interessanten purpurfarbenen Teint bekam, ehe Coll fertig war.

»Diese verdammten Langweiler«, knurrte er, als Coll endlich davongegangen war. »Ich sage Euch, jeder miishelische Gouverneur auf diesen Inseln würde damit anfangen, einigen Leuten die Zunge herauszuschneiden.«

Ich konnte mir nicht helfen, ich sympathisierte in dieser Frage mit dem Frath-Major, doch ich mußte auch feststellen, daß sein Lösungsansatz einem typisch miishelischen Extrem entsprach. Während wir beisammen standen, vermied der Bequiin Ardin, mir noch einmal in die Augen zu sehen.

Nun erschienen Rinn und ihre Zofen auf dem Gang. Das Verhalten meiner Gattin entsprach exakt dem, was man von einem Veteranen unzähliger miishelischer Hofintrigen erwarten sollte. Sie grüßte den Frath-Major mit der gleichen Mischung aus Ehrerbietung und Arroganz wie stets, sie zeigte keine Angst, keine Ergüsse, keinen Hinweis darauf, daß sie etwas zu verbergen hatte oder wegen seiner Ankunft im Sacellum besorgt gewesen wäre. Die Nachricht von der Seuche interessierte sie überhaupt nicht. Seuchen waren etwas, das nur gewöhnliche Menschen betraf. Sie war schließlich Rinn von Miishel.

Kapitel 33

Ich konnte nicht frühstücken, weil mein Magen beschlossen hatte, sich krampfartig zu verknoten. Ich konnte nicht zurück in mein Bett, weil es zerstört war. Shree war in einer Sheramischen Schmollphase, die Hitze war erstickend und der erzwungene Mangel an Aktivität kaum auszuhalten. Nach dem kurzen Vergnügen, Calla im Innenhof zu erblicken, kehrte mein Unbehagen in noch stärkerer Form und noch düstereren Farben zurück – welches Risiko bat ich sie, auf sich zu nehmen? Welchen Gefahren würde ich meinen Sohn aussetzen? Und außerdem, vorausgesetzt, wir schafften es, zu fliehen, würde mein Sohn mich akzeptieren? Die letzte Frage zehrte mehr und mehr an meiner Seele, während sich dieser lange trostlose Morgen endlos hinzog.

Dem langen eintönigen Vormittag folgte ein langes unerfreuliches Mittagessen. Alle Frath-Minoriten waren anwesend, nur der Frath-Major und der Bequiin fehlten. Rinn war ohne Zweifel ebenfalls dort, gelangweilt und quengelig, weil sie gehört hatte, daß das Orakel seine Tätigkeit vorläufig eingestellt hatte, solange, bis die Feuergötter (mögen sie gesegnet und gesättigt sein) bereit wären, eine Weissagung über die Seuche zu geben. Das aber bedeutete, daß meine Gattin an diesem Nachmittag ohne ihre reguläre Unterhaltung auskommen mußte. So entwickelte sich die Seuche von einer reinen Unbequemlichkeit zu einem persönlichen Affront, und Rinn war nicht der Mensch, der einen solchen Affront still erleidet.

Ich stocherte in meinem Essen herum und stimmte jedem ihrer Worte zu. So schnell wie möglich verabschiedeten Shree und ich uns mit einem artigen Bäuerchen und gingen zurück nach oben. Noch immer mußten wir zehn Stunden totschlagen, ehe wir etwas tun konnten.

Der Korridor lag beinahe verlassen vor uns. Nur eine alte Putzfrau schrubbte auf Händen und Knien die Dielen vor Shrees Zimmertür. Die Tür daneben stand offen, und ich schaute hinein, als wir vorbeigingen. Dann blieb ich abrupt stehen, ging zurück und sah noch einmal genauer hin. Hinter ihr lag ein dunkler, schmaler Gang, an dessen Ende unter einem Rundbogen der Fuß einer steilen Treppe aus schwarzem Stein zu sehen war. Shree und ich blickten einander an. Wie hätten wir die Wartezeit besser hinter uns bringen sollen als mit einer kleinen Erkundungstour? Vorausgesetzt, so sagte ich mir, daß es erlaubt war – dies war sicher kein guter Tag für uns, um unnötigen Ärger oder Aufmerksamkeit zu wecken.

Ich ging zu der Putzfrau und fragte sie, wohin die Treppe führte, wobei ich mich bemühte, mein Sheranisch soweit abzurunden, daß es als einigermaßen passables Vassashinayisch durchgehen konnte.

Sie blickte auf, während sie ihren Wischlappen auswrang. »Zum Südturm, Pilger. Aber dort wollt Ihr sicher nicht hinauf. Es ist eine mühsame Kletterei.«

Sie schleuderte den Lappen schwungvoll auf den Boden und schob ihren ergrauenden Zopf über die Schulter zurück.

»Was ist da oben?« fragte ich.

Sie starrte mich völlig überrascht an. »Nichts.« Unausgesprochen blieb ihr Entsetzen über die unglaubliche Ignoranz von Ausländern. Ihr Tonfall erinnerte mich sehr an den von Coll.

»In diesem Fall«, erklärte ich Shree, »wird es eine wunderbare Abwechslung sein, ähnlich wie ein schlechtes Buch – es ist vollkommen unnütz, aber man kann sich die Zeit damit vertreiben. Laß uns gehen.«

»Es ist nicht ungefährlich«, erklärte die Putzfrau, ohne aufzublicken.

»Um so besser«, sagte Shree. »Mir ist langweilig.«

Nun sah die Putzfrau doch auf und hockte sich auf die Fersen, um uns nachzuschauen.

Die Stufen (einhundertundsiebenundvierzig nach meiner Zählung und zu schlecht gebaut, als daß sie ein Werk der alten Erbauer hätten sein können) führten zu einem kleinen Zimmer. Es erinnerte an eine Kiste mit nur einer offenen Seite, die dem Berg abgewandt war. Eine Brüstung aus schwarzem Gestein begrenzte die offene Seite, doch sie war stark verwittert und machte einen eher fragilen Eindruck, betrachtete man insbesondere den langen, vertikalen Riß an einer Seite.

Vorsichtig näherten wir uns der Brüstung, während unter unseren Füßen die Bodenbretter knirschten und ächzten. Die Putzfrau hatte recht gehabt, es war nicht ungefährlich, und es war eine anstrengende Kletterei. Unrecht hatte sie mit der Behauptung, hier oben sei nichts zu sehen, denn hier gab es einen Ausblick, sogar einen ganz herrlichen Ausblick. Den größten Teil unseres Blickfeldes nahm die silbrige Spiegelfläche der sheranischen See ein, doch nachdem ich mich weit genug hinausgelehnt hatte, daß Shree ein verärgertes Zischen von sich gab und mich an meiner Tunika festhielt, konnte ich auf die freie Fläche vor dem Sacellum hinabsehen. Ich stieß einen leisen Pfiff aus.

»Sieh dir das an, Shree.«

Murrend ließ er mich los und beugte sich vorsichtig über die Brüstung. »Was ist das? Ein Fest?«

»Das glaube ich nicht.«

Statt dem kahlen Boden erblickten wir etwas, das an irgend etwas zwischen einem Massenpicknick und einem verwüsteten Schlachtfeld erinnerte. Die roten und gelben Banner von Miishel flatterten über der kleinen Enklave der Ordnung nahe dem Tor. Dort war auf einem präzise abgesteckten, viereckigen Areal ein sauberes kleines Lager aus dunklen Zelten aufgebaut worden. Rundherum herrschte Chaos: Eilig an die Wände gebaute

Unterschlupfe, zerfetzte Zelte, Menschenmassen, die sich um aufgeregte Redner oder behelfsmäßige Essensstände versammelt hatten, und überall lagen Strohmatten kreuz und quer auf dem Boden, als sollten sie einen winzigen Bereich privaten Territoriums markieren. Ich sah zwei Raufereien, jede mit einem eigenen Zuschauerkreis. Hier und da huschten die Töchter des Feuers in ihren unübersehbaren roten Roben durch den Pöbel. Auf dem kurzen Abschnitt der Straße nach Villim, der durch die Baumkronen sichtbar war, erkannte ich einen steten Menschenstrom, der zum Sacellum hinaufkletterte.

»Flüchtlinge. Sie fliehen vor der Seuche«, sagte Shree.

»Bittsteller«, korrigierte ich ihn. »Sie wollen die Feuergötter um Schutz bitten. Vermutlich ist das das Schlimmste, was sie tun können. Nach allem, was ich über Seuchen gelesen habe, verbreitet sich eine Seuche besonders stark, wenn viele Menschen zusammenkommen. Diese Leute sollten sich verteilen, nicht versammeln. Valsoria sollte – was ist, Shree?«

Er hatte sich versteift. Nun knurrte er und griff nach meinem Arm, um mehr Halt zu haben, ehe er sich sogar weiter hinauslehnte, als ich es zuvor gewagt hatte. Nicht der vassashinayische Pöbel zog seinen Blick auf sich, sondern das Meer nahe der Küste, an einer Stelle, die sich nach meinen Berechnungen etwa gegenüber den wichtigsten Fischgründen bei Villim befand. Ich selbst konnte dort nichts Interessantes entdecken.

»Was ist los, Shree?«

»Sieh weiter hin – es ist außer Sicht. Nein, da ist es wieder! Dort, zwischen den Bäumen, Tig – draußen auf dem Wasser.«

Nun sah ich es: Teilweise von den Bäumen verdeckt glitt eine dunkle Bootssilhouette über das Wasser, verschwand für einige Augenblicke, ehe sie jenseits des Waldes wieder auftauchte, ein kleiner Zweimaster unter vollen Segeln. Er schien auf die See hinaus zu segeln.

»Das ist ein Schiff.«

»Das ist die Lorsk. Aber wo in Rakshs Namen will der verdammte Idiot hin?«

»Die Lorsk? Bist du sicher?«

Er grunzte, was ich als Bestätigung einordnete. Ich reckte den Kopf vor, um besser sehen zu können. »Wenn das Chasco ist, dann fährt er an der Bucht vorbei, an der er auf uns warten sollte.«

»Das sehe ich selbst.«

»Sieht aus, als wollte er auf die See hinaus.«

»Ja.«

»Er läßt uns zurück.«

»Scheint so«, knurrte Shree mit zusammengebissenen Zähnen.

Wir beobachteten die Lorsk noch einige Minuten, ich schweigend, Shree lebhaft giftspritzend, bis sie aus unserem Blickfeld entschwand. Zunächst war ich nur verwirrt. Ich stellte fest, daß ich mir beinahe wünschte, ich würde Schiffe sehen können, die unsere Lorsk verfolgten, doch sie war ganz allein auf See. Dennoch konnte ich mir nicht vorstellen, daß Chasco uns hintergehen wollte – ein ehemaliges Mitglied des Netzes, ein Landsmann, ein Nachkomme der großen Dichter der Clanseri-Familie. Ein Freund. Jeden Augenblick erwartete ich, daß er kehrtmachen und auf die Küste zuhalten würde, und das tat ich noch immer, als die Lorsk bereits hinter den Flanken des Vulkans in Richtung Zaine unseren Blicken entschwunden war. Shree stieß beeindruckende Flüche aus und schlug mit der geballten Faust auf die Balustrade.

Soll ich ihn töten, Saat des Exkommunizierten? Beide sind eins.

Die Worte hallten in meinem Schädel wider und immer wieder. Ich spielte mit dem Gedanken und stellte erstaunt fest, daß auch ich wütend war, fast wütend genug, um zuzustimmen. Hätte die Heilige nicht den Beide-sind-eins-Unsinn gefaselt, hätte ich es vielleicht getan. Doch ihre Stimme in meinem Kopf hatte zu eifrig geklungen – in mir wuchs der Eindruck, daß sie aus dieser Sache eigenen Nutzen ziehen wollte. Bisher war jeder Ausbruch ihrer Macht unfreiwillig von mir verursacht worden, und, wenn ich auch nicht zu sagen vermochte, warum, ich war davon überzeugt, daß es wichtig war, dies nicht zu ändern.

»Nein.«

»Was hast du gesagt, Tig?«

»Ich habe nicht mit dir gesprochen. Aber du wirst die Brüstung zertrümmern, wenn du nicht aufhörst, so heftig mit der Faust darauf zu schlagen.« In meinem Kopf wiederholte ich: *Nein.*

Der Clanseri hat dich betrogen. Er hat dein Fluchtschiff gestohlen. Befiehl mir, ihn zu töten und das Boot zurückzubringen.

Ich werde dir nicht befehlen.

Schwere lastende Stille. Dann: *Er ist vor der Seuche geflohen. Er hat dich im Stich gelassen, und es war ihm egal, ob du stirbst oder ob der andere Sproß stirbt. Befiehl mir, ihn zu bestrafen.*

Das werde ich nicht tun.

Shree schüttelte mich an der Schulter. »Hör mir zu, Tig! Er ist weg. Der Bastard ist weg und hat sich selbst in Sicherheit gebracht. Uns hat er zurückgelassen, und es gibt nichts, was wir dagegen tun könnten.« Dies waren die ersten vollständigen und wiedergabefähigen Sätze, die er in den letzten Minuten gesprochen hatte. Ich starrte ihn an. Nur am Rande bemerkte ich die Wut in seinen Augen. Dann fiel mir auf, wie mein eigener Zorn verrauchte; ich traute dem Anschein nicht ganz, und ich hatte noch genug Vertrauen zu Chasco, um mich mit meinem Urteil zurückzuhalten. Vor allem aber mißtraute ich dem Feuereifer der Heiligen, wenn es darum ging, ihn zu verurteilen und zu zerstören.

»Es gibt schon etwas, das ich tun könnte, Shree, aber ich werde es nicht tun. Wir werden eben doch ein Boot stehlen müssen. Irgendwie werden wir ihn schon einholen, und dann ...«

»Und dann werden wir eine Schlinge für ihn knüpfen, und zwar aus seinen eigenen verräterischen Eingeweiden.«

»Du wirst nichts dergleichen tun. Wenn wir ihn finden, werden wir ihn fragen, warum er uns zurückgelassen hat. Möglicherweise gibt es dafür sehr gute Gründe.«

Shree starrte mich ungläubig an. »Was für Gründe? Was für ein Grund sollte dafür gut genug sein?«

»Wir werden ihn auf jeden Fall fragen.«

»Aber er hat uns betrogen.«

»Das wissen wir nicht mit Sicherheit.«

Nach einigen Augenblicken ließ Shree seine Arme geschlagen sinken. »In Ordnung. Wir werden ihn fragen. Und *danach* werden wir ihn an seinen Gedärmen aufhängen.«

Ich sagte nichts weiter, nachdem ich meinen Standpunkt bereits dargestellt hatte. Außerdem war das gute alte sheranische Temperament durchgebrochen und Shree in einer gefährlichen Stimmung. Ich wollte verhindern, daß er die Balustrade noch ein weiteres Mal mit seinen Fäusten traktierte. Gleiches galt für die Wände. Ich fürchtete, er würde den ganzen Turm über den Köpfen der Pilger am Boden zum Einsturz bringen.

Als wir die Treppe halb hinuntergestiegen waren, trafen wir Coll, der voller Aufregung auf der Suche nach uns war, um uns seine neueste Geschichte zu erzählen. So erfuhren wir von dem Drachenschiff, den Fischern und der Truhe voller Goldmünzen.

Wenn die Toten beschließen, ihr Gold mit auf die Reise in die Unterwelt zu nehmen, wer würde es dann wagen, es zu rauben. Und jene, die sich erdreisteten, hätten doch nur sich selbst geschadet, sollten die Toten sich entscheiden, daß Verbrechen zu strafen. Das war die allgemeine Ansicht über die Ursprünge der Seuche, und dieser Glaube hatte schon zu einigen Massakern unter den engeren Verwandten der Grabräuber geführt – die Räuber selbst waren nicht greifbar, hatten sie doch zuerst in den Straßen getanzt. Nachdem nun dieser Versuch, die Toten zu beschwichtigen, fehlgeschlagen war, wollten sich die Menschen von Vassashinay von den Feuergötter Hilfe erbitten.

Seit dem frühen Morgen kamen Einzelpersonen, Paare und ganze Familien vertrauensseliger Vassashinayer die Straße herauf und versammelten sich auf dem freien Feld vor dem Sacellum. Schauergeschichten über die Zustände auf Korviss, der nächsten Insel westlich von Vass, machten die Runde. Über die vierte und entfernteste Insel, Masslivan, wo das Drachenschiff hingebracht und die Münzen eingeschmolzen worden waren, hatte sich ein Leichentuch bedrohlicher Stille gesenkt. Auf der Hauptinsel war Vass die am meisten betroffene Stadt, obwohl der erste Schrecken bereits am Abend zuvor in den Dörfern Alssorvan und Tinnas an der Südseite der Insel ausgebrochen war. Villim war bisher noch nicht betroffen, doch ich hatte das ungute Gefühl, daß das nur eine Frage der Zeit war.

Coll schien mehr aufgeregt als ängstlich zu sein. Er hatte absolutes Vertrauen zu der Macht der Feuergötter, die den üblen Einfluß dieser toten und rachedurstigen Ausländer auslöschen würden. Sicher, Valsoria hatte angeordnet, die Tore des Sacellums von innen zu verriegeln, doch das diente nur dem Schutz der Menschen außerhalb, nicht aber innerhalb des Sacellums. Manchmal, so erklärte er uns geduldig, wenn die Feuergötter in Aktion traten, geschahen zunächst unvorhersehbare Dinge – so wie damals, als sie sich erhoben hatten, um die Türme von Iklankish und mit ihnen einige hundert Vassashinayer im Meer zu versenken. Nein, Coll verkündete vertrauensvoll und überaus stolz, daß die Divinatrix gemeinsam mit den Feuergöttern diese höllischen, zornigen Geister aus dem Westen samt ihrer verdammten Seuche mit einem einfachen Fingerschnippen an Zaine vorbei in den Süden schicken würde. Ich fragte ihn, wann das geschehen würde. Er sagte, wenn sie soweit sei. Zumindest wußte Valsoria, wie sie sich selbst zu schützen vermochte.

Als Coll seine Geschichte beendet hatte und davonsauste, um sie jemand anderem zu erzählen, machten wir uns tief in Gedanken auf, Shrees Zelle zu reparieren. Nicht nur, daß wir unser Fluchtschiff verloren hatten, hinzu kam die immer größer werdende Menschenmenge, die vor dem Tor lagerte und unsere Flucht aus dem Sacellum sicher nicht leichter machen würde. Und da war noch etwas – zu diesem Zeitpunkt hatte ich noch keine Ahnung von dem Ausmaß dieser Katastrophe, wußte nicht, daß der Rest der bekannten Welt bereits den Gestank des Todes trug und unter dem dumpfen Hämmern von Millionen tanzender Füße widerhallte, doch ich konnte die Zeichen lesen. Das Drachenschiff war zweifellos ein calloonisches Handelsschiff, und es war offensichtlich für den Ausbruch der Seuche in Vassashinay verantwortlich. Folglich fragte ich mich, wie es zu diesem Zeitpunkt in Calloon aussehen mochte. Schlimmer noch, kein calloonisches Schiff würde bis nach Vassashinay segeln, ohne das Archipelago und Gil anzulaufen, weshalb ich überlegte, wie es um Sathelforn und Gil stehen mochte. Ich konnte mir irgendwie nicht vorstellen, daß diese Seuche ausschließlich Vassashinay betraf, mit freundlichen Grüßen von einer Schiffsladung voller verärgerter Leichen.

Ich saß angespannt auf der Kante von Shrees Pritsche, während er sich ruhelos über die andere Seite wälzte. »Ich frage mich«, sagte er nach einer Weile, »ob diese Seuche auch anderenorts zugeschlagen hat.«

»Zum Beispiel in Calloon, Sathelforn oder Gil? Ja, darüber habe ich auch gerade nachgedacht.«

Finster blickte er mich an. »Schon möglich, daß wir gut damit fahren, an Zaine vorbeizusegeln – vorausgesetzt, wir können ein Boot stehlen.« Ein harter Ausdruck trat in seine Augen, und ich dachte, er würde erneut über Chasco und die Lorsk nachdenken, doch ich irrte mich. »Vermutlich tun wir auch gut daran«, fuhr er fort, »noch heute nacht abzureisen. Ich kann mir nicht vorstellen, daß die Mauern des Sacellums die Seuche lange in Schach halten können, auch wenn Valsoria die Tore geschlossen hält.«

»Dafür war es sowieso schon ein bißchen spät«, sagte ich gezwungen heiter. »Seit Sonnenaufgang sind neben dem Frath-Major, dem Stadtregenten von Vass und ihren

Leuten Dutzende von Pilgern in das Sacellum hineingekommen. Jeder von ihnen könnte die Seuche eingeschleppt haben.«

In diesem Augenblick klopfte es sacht an der Tür, leise genug, um verstohlen zu wirken. Shree setzte sich auf, zog sein Messer und verbarg es in einer Falte der Bettdecke. Er bedachte mich mit einem finsteren Blick, woraufhin ich nach kurzem Zögern seinem Beispiel folgte. Nicht gerade freundlich rief er dann: »Wer da?«

Die Tür öffnete sich einen Spalt weit, und eine graugekleidete Gestalt schob sich eilends hinein, um die Tür sofort wieder zu schließen. Gleich darauf lehnte sich die keuchende Gestalt mit dem Ohr an das Türblatt.

Ich sah Shree an. Er sah mich an. Dieser Tag wurde allmählich wirklich interessant.

»Seid gegrüßt, verehrter Bequiin«, sagte ich. »Setzt Euch doch.«

Ardin antwortete, indem er sich quer durch die Kammer auf mich stürzte. Daß er einen Dolch trug, merkte ich erst, als dieser sich in meinen Brustkorb bohrte.

Kapitel 34

Ich starrte auf das Heft des Dolches, der aus meiner Brust hervorragte. Von den heftigen Schmerzen abgesehen, empfand ich einige sonderbare Dinge an Stellen, an denen niemand etwas fühlen sollte. Üblicherweise ist ein Mensch viel zu tot, um die Kälte des Metalls im eigenen Herzen zu spüren. Außerdem war meine beste Tunika ruiniert. Ich bedachte den Bequiin Ardin mit einem finsteren Blick, während ich mit beiden Händen das Heft umfaßte und die Klinge aus meiner Brust zog.

Zu diesem Zeitpunkt war der Bequiin bereits ein mit dem Gesicht nach unten liegender grauer Lumpenhaufen. In seinen Rücken bohrte sich Shrees Knie, während sein Messer gleichzeitig eine Abwärtsbewegung ausführte, die eine tödliche Wirkung erzielen sollte. Shree war außer sich; er sah aus wie ein canzitrinischer Berserker, welcher als einziger Krieger der bekannten Welt noch blutrünstiger als ein Sheraner sein mochte. Gerade noch rechtzeitig warf ich mich auf ihn, wimmerte vor Schmerzen und schlug seine Messerhand beiseite. »Töte ihn nicht«, sagte ich rasch. »Wir müssen ihm ein paar Fragen stellen.«

»Du lebst!« Die Verblüffung, die plötzlich den irren Ausdruck in Shrees Zügen ablöste, entlockte mir ein Lachen, das sogleich wieder verstummte, da es doch nur weitere Schmerzen verursachte. Wenn die Heilige schon so weit ging, mich unsterblich zu machen, so dachte ich verbittert, dann hätte sie mir immerhin freundlicherweise auch die Schmerzen ersparen können. Tatsächlich begann die Wunde bereits zu heilen, und der Schmerz ließ nach. Es gab nur sehr wenig Blut.

Shree kletterte von dem alten Mann herunter und hob ihn unsanft auf den einzigen Stuhl im Zimmer. Ich zog seine Kapuze zurück und entdeckte einen großen, pflaumenblauen Bluterguß auf seiner Stirn über dem linken Auge. Er atmete flach und rasselnd, und seine Hände krallten sich so fest um die Armlehnen, daß seine von blauen Venen überzogenen Knöchel weiß hervortraten. Meine gewaltige Verärgerung über diesen Stich in mein Herz verebbte allmählich.

»Verehrter Bequiin«, sagte ich leidlich freundlich. »Warum habt Ihr das getan? Ich dachte, Ihr mögt mich.«

Er blickte verzweifelt zu mir auf. »Zu spät«, schluchzte er. »Zu spät! Nun könnt ihr nicht mehr getötet werden!«

»Laß mich ihn befragen«, sagte Shree drängend.

»Nein, danke. Ich weiß, bei wem du die Technik der Befragung gelernt hast.« Ich setzte mich auf die Pritsche, so daß meine Augen auf einer Höhe mit denen des Bequiins waren. Mit dem Nachlassen der Schmerzen wurde mein Kopf wieder klar, und eine Vielzahl angesammelter Puzzleteile fügte sich ganz allmählich zu einem sinnvollen Bild zusammen. Ich starrte den alten

Mann an und versuchte ihn mir als die schattenhafte Figur auf dem Kajütgang der Tasiil vorzustellen. Nachdem ich einen Moment damit zugebracht hatte, mir die Dinge zusammenzureimen, legte ich meine Hand auf sein Knie. »Sagt mir die Wahrheit, Ardin. Habt Ihr schon vorher versucht, mich zu töten?«

Er nickte unter Tränen, ohne mich anzusehen.

»Die Schlange? Das Gift? Der Frath-Minorit im Gilgard?«

Er wischte sich mit dem Ärmel seiner grauen Robe die Tränen aus dem Gesicht. Langsam schien er ruhiger zu werden. »Billiils Anschlag war nicht mein Werk; er hat sein eigenes Feld beackert; er wußte über Euch nur, daß der Frath-Major Euch für wichtig hielt.«

Ich akzeptierte seine Antwort. »Und die anderen Vorfälle?«

»Ja, ich habe einige Male versucht, Euch zu töten, solange das noch möglich war. Und es wäre besser für Euch gewesen, Tigrallef, es wäre besser gewesen, wenn einer meiner Versuche zum Ziel geführt hätte, doch nun ist es zu spät.« Er begann, leise zu weinen. »Es hat bereits begonnen, nicht wahr, Sproß von Oballef?«

Ich war verwirrt. »Was meint Ihr damit? Die Seuche?«

»Die Prophezeiung, verflucht soll sie sein! Ich habe zuerst in Eurer eigenen Kammer nach Euch gesucht, und ich habe gesehen, was dort geschehen ist.«

»Ach«, sagte ich. »Die Möbel. Das kann ich Euch erklären.«

Einige Tränen rannen über sein zerschlagenes Gesicht. »Nicht nötig. Ihr habt erklärt, daß die beiden eins sind, richtig?«

Ich biß mir überrascht auf die Lippe. Wieder diese Worte, die Worte, mit denen die Heilige mich bereits einige Male verunsichert hatte. »Bis jetzt«, entgegnete ich vorsichtig, »habe ich es vermieden, etwas Derartiges zu sagen.«

Er betrachtete mich mit offenstehendem Mund, und auf seinem Gesicht zeigten sich abwechselnd Unglaube, Hoffnung und Erleichterung. »*Marrich!* Ich hatte große

Furcht als ich es sah – aber die Prophezeiung ist noch nicht erfüllt. *Marrich Frath!*« Und er schloß die Augen und plapperte einige dankbare Gebete in miishelischer Sprache, ehe er von dem Stuhl glitt, um vor mir auf die Knie zu fallen. Dann fuhr er auf gilanisch fort: »Sproß von Oballef, Ihr dürft die Prophezeiung nicht erfüllen. Ihr dürft die Worte der Zustimmung nicht aussprechen, denn anderenfalls gibt es vielleicht kein Zurück mehr für Euch. Das Große Namenlose Letzte, Sproß von Oballef. Reiche fallen immer, doch dieses eine wird nicht . . .«

An dieser Stelle verlor ich den Faden. Sie werden sich vorstellen können, daß die Heilige mir nicht gestattete, ihm zuzuhören, ohne dabei ihre eigenen Ansichten zum Besten zu geben. Im Inneren meines Schädels erhob sich ein Wind, der mir ihr Flüstern herantrug: *Er ist ein blasphemischer Dummkopf. Er gehört nicht zu denen des Naar. Er sollte nichts von diesen Dingen wissen. Befiehl mir, ihn zur Strafe für seine Arroganz und seine Vermessenheit zum Schweigen zu bringen, Sproß von Oballef. Befiehl mir, die beiden sind eins, sie sind eins, befiehl mir . . .* Ich biß mir so heftig in die Hand, daß Blut aus dem fleischigen Hügel des Ballens hervortrat, und zwang mich, mich auf den Schmerz zu konzentrieren. Endlich konnte ich die Stimme des Bequiin wieder hören.

Unzählige Emotionen spiegelten sich auf seinen Zügen. Noch immer faselte er von etwas, das er das Große Namenlose Letzte nannte – es war mir unbekannt, doch seine Worte brachten eine Saite in mir zum Klingen. Ich nickte Shree zu, der sich erhob und den alten Mann wieder auf den Stuhl hob, dieses Mal etwas sanfter, und ihm Wasser aus dem neuen Krug auf dem Tisch in einen Becher goß. Der Bequiin unterbrach seine Rede und starrte den Becher an, als hätte er nie zuvor einen gesehen, also nutzte ich die Pause.

»Trinkt, Bequiin Ardin, dann werdet Ihr Euch besser fühlen. Und dann könnt Ihr uns erklären, wovon Ihr sprecht, denn, ehrlich gesagt, ich habe kein Wort verstanden.«

Es war ihm anzusehen, wie schmerzlich schwer es ihm

fiel, ruhiger zu werden. Nach einigen Augenblicken nahm er den Becher von Shree entgegen und trank. Ganz langsam wichen die hektischen Flecken aus seinem Gesicht. Shree und ich beobachteten geduldig seinen Kampf um Selbstkontrolle. Als er schließlich wieder das Wort ergriff, sprach aus ihm die ganze Würde und Distanziertheit eines großen Gelehrten.

»Tigrallef – wo soll ich nur anfangen –, Ihr hattet recht, den Ausführungen Cor Cahns zum Untergang Fathans zu mißtrauen. Und Ihr hattet recht, seine Abhandlung mit den Lügen der Intelligenzija über das Ende von Sher zu vergleichen.«

Nach einem Augenblick nickte ich im Vertrauen darauf, daß dies kein so vollständiger Themenwechsel war, wie es sich anhörte. »Gut. Lakshi Cor Cahn hat Lügen über den Untergang Fathans verbreitet. Aber was hat das damit zu tun, daß Ihr mich töten wolltet?«

Er überging meine Frage mit einer schulmeisterlichen Geste. »Warum habe ich also Euch gegenüber behauptet, Cor Cahn hätte nicht gelogen? Nun, zum Zeitpunkt unseres Briefwechsels hatte ich noch keinen Grund, ihn der Lüge zu bezichtigen. Das kam später. Zwar hatte ich aus ähnlichen Gründen meine Zweifel an ihm wie Ihr, doch auch Spekulationen bedürfen einer soliden Basis, ehe sie weiter verfolgt werden können.«

»Da stimme ich nicht zu«, begann ich, doch er hob wieder die Hand.

»Ich bin nicht hier, um mit Euch über die Philosophie der Wissenschaft zu diskutieren«, sagte er mit einer erstaunlichen Lebhaftigkeit. »Hört mich an. Es ist zwanzig Jahre her, seit ich zum ersten Mal eine Expedition zusammenstellen wollte, um die Geheimnisse der Alten zu ergründen – ich werde Euch gleich sagen, wo ich sie zu finden glaubte. Leider drohte Sher zu diesem Zeitpunkt den Vertrag mit dem Bund freier Nationen zu brechen, und der Hof hatte Besseres zu tun, als sich über die Erforschung historischer Wahrheiten den Kopf zu zerbrechen. Derartige Spielereien sind, wie ihr sicher wißt, nur für Gelehrte und andere Spinner von Interesse. Sie sagten mir, ich sollte zu meinen Büchern zurückgehen und dankbar für diesen Vorzug sein. Also tat ich, wie mir geheißen, und die Angelegenheit ruhte beinahe fünfzehn Jahre lang.«

»Ich kenne das Gefühl. Unser Budget in Gil – aber das ist nicht wichtig.« Der Ausdruck seiner Augen brachte mich schnell zum Schweigen.

Er lehnte sich auf dem Stuhl zurück und faltete die Hände vor dem Bauch. »Vor fünf Jahren«, sagte er leise, wobei er die Tür nicht aus den Augen ließ, »machte sich ein machtvoller Prinz und General namens Liithis von Shiilk auf, den Posten des Frath-Majors zu erringen – genauer gesagt, er schwamm durch ein Meer aus Blut in seine neue Position, Tigrallef. Viele Jahre vorher war er mein Schüler gewesen, ein intelligenter und vielversprechender Schüler, was mich zunächst hoffen ließ. Ich dachte, er würde der Wissenschaft gegenüber aufgeschlossener sein als der ungebildete Barbar, der vor ihm Frath-Major war – und so war es auch, so war es.«

Shree und ich blickten einander verwirrt an. »Und das war nicht gut?« fragte ich.

Ardin seufzte. »Nein, Tigrallef. Wie sich herausstellte, war es nicht gut. Er rief mich zu sich, als er ein halbes Jahr Frath-Major war, und sagte mir, er hätte sich einige der Aufzeichnungen des Hofes angesehen und sei interessiert an meinem Antrag für eine Expedition, den ich fünfzehn Jahre vorher gestellt hatte. Er sagte, die Verantwortlichen bei Hofe seien Dummköpfe gewesen, mein Anliegen abzulehnen. Weisheit um der Weisheit willen, sagte er. Wissen um des Wissens willen. Es gäbe so vieles, sagte er, was wir noch von den Alten lernen könnten. *Marrich Frath!*«

Ardins Stimme war lauter geworden, doch nun fing er sich wieder, hielt den Atem an und lauschte. Wir lauschten notgedrungen mit ihm – auf dem Flur herrschte beruhigende Stille. Im meinem Kopf hingegen murrte die Heilige verdrossen vor sich hin.

»Es war eine großartige Expedition«, fuhr Ardin beinahe flüsternd fort. »Ich bekam alles, was ich wollte.

Tausend der besten Tiere, fünfhundert Mann aus der besten Truppe des Frath-Majors, genug Nahrung und die Ausrüstung für eine einjährige Reise und das Versprechen, nach meiner Rückkehr noch mehr zu erhalten, viel mehr, als ich es mir jemals hätte vorstellen können. Als wir Cansh Miishel verließen, füllte unsere Expedition eine Strecke von zwei Stunden Fußmarsch auf der Straße, und unser Lager war so groß wie eine Stadt.« Er verfiel in nachdenkliches Schweigen.

Ich streckte die Hand aus, um seinen Arm zu berühren. »Und habt Ihr gefunden, wonach Ihr suchtet?«

Leise: »Ja, Sproß von Oballef.«

»Wo habt Ihr es gefunden?«

Ruckartig sah er auf. »Könnt Ihr Euch das denn nicht denken?«

Ich konnte, doch Shree sprach es zuerst aus. »Fathan«, sagte er bestimmt. »Ihr habt nichts von Schiffen erzählt, und es gibt nur zwei Orte, die eine Karawane von Miishel aus zu Fuß erreichen kann – Grisot und Fathan. Ihr seid nach Cansh Fathan gegangen.«

Ardin blickte ihn gedankenverloren an. »Cansh Fathan, ja.«

Feste Schritte hallten über den Flur. Ardin erhob sich halb, die Hände vor sich zu Fäusten geballt. Mit bleichem Gesicht wagte er nicht zu atmen, bis die Schritte an der Tür vorbeigezogen waren. Shree seufzte und begann, sich mit dem Messer Fingernägel zu schneiden.

Ich beugte mich vor. »Bequiin Ardin, was habt Ihr in Cansh Fathan gefunden?«

Ardin ließ sich auf den Stuhl zurücksinken. Er war noch immer bleich, doch er hielt meinem Blick stand. »Ich habe die imperialen Archive gefunden.«

Falls er eine dramatische Wirkung hatte erzielen wollen, so war ihm das gelungen. Mir stockte der Atem, und Shree ließ das Messer fallen. Die imperialen Archive von Fathan! Die lange verloren geglaubten Schriftstücke des korruptesten, grausamsten, strahlendsten und glanzvollsten, herzlosesten und prächtigsten, barbarischsten und kompliziertesten Machtgefüges aller Zeiten! Ich war benommen vor Erstaunen – aber nur einen kurzen Moment lang, bis einige naturgemäße Zweifel in mir erwachten.

»Ardin, es fällt mir schwer, das zu glauben. Fathan wurde durch das Feuer vollständig zerstört – alle historischen Schulen stimmen in diesem Punkt überein, von Storica bis Zaine; und die wenigen Reisenden, die die Grenzen von Fathan überschritten haben, haben alle berichtet, daß ...«

»Daß sie ein schwarzes, ein verfluchtes Land vorgefunden hätten«, unterbrach Ardin leidenschaftlich. »Ein Land, in dem die Erde verbrannt war bis auf den nackten Felsen, in dem der Fels selbst geschmolzen, zerflossen und schließlich in weiten Feldern heißen schwarzen Glases wieder erstarrt war, daß sogar das noch zu heiß war, um es zu berühren, und daß nichts mehr dort gewachsen wäre, seit – ja, ja, es ist alles wahr, Tigrallef, es ist alles wahr.«

Ich untersuchte die Tintenflecke auf meinen Fingern, um seinem Blick ausweichen zu können. »Wie konnten dann die Archive gerettet werden?« Ich sah auf.

Ein verträumtes Lächeln spielte auf den Lippen des Bequiins. Ich erkannte die Bedeutung dieses Lächelns; ich hatte es auf Shrees und Angels Gesichtern gesehen, auf dem Gesicht des Ersten Schreibers im Exil, und ich hatte es hin und wieder auf meinem eigenen Gesicht gefühlt; das Lächeln eines Gelehrten, der sich an einen persönlichen Sieg im Dienste der Wissenschaft erinnert, groß oder klein, ein zusammengesetztes Puzzle, eine signifikante Verbindung, eine enthüllte Wahrheit.

»Zwanzig Tage«, erzählte er, »durchquerten wir ein Land gleich der tiefsten storicanischen Hölle. Flache Ebenen aus schwarzem Glas, endlose schwarze Bergketten, bedeckt von Felsbrocken, groß wie meine Faust, die wie Kohlestücke aussahen und Wälder aus geschwärzten Baumstümpfen, die sich soweit erstreckten, wie ein Adler zu sehen vermag, und nirgends wuchs etwas, kein Wasser floß durch dieses Land; doch am einundzwanzigsten Tag, Sproß von Oballef, erreichten wir die Ruinen

Cansh Fathans selbst, die kein Reisender in über tausend Jahren gesehen hatte – und Tigrallef, das ist das Wundersame.« Mit funkelnden Augen blickte er mich an. »Tigrallef, Cansh Fathan hat niemals gebrannt.«

Ich vernahm ein Grunzen aus Shrees Richtung. »Oh«, sagte ich nach kurzem Zögern.

»Hat niemals gebrannt«, wiederholte er. »Ruinen, ja, verfallen und überwuchert, aber kein Anzeichen für einen Brand, keine verrußten Steine, keine verbrannten Balken, keine Spur von Ruß und kein Hauch alten Brandgeruches. Und das in der Mitte des Landes, im Herzen des Landes. Es hat niemals gebrannt. Oh, ich könnte Euch noch viel über die wundersamen Dinge an diesem Ort erzählen und von all den merkwürdigen und schrecklichen Geschehnissen, die uns dort widerfahren sind – mit fünfhundert Mann kam ich dort an, mit gerade noch knapp zweihundert verließ ich den Ort – aber dafür ist jetzt keine Zeit. Ich will Euch sagen, daß ich bei meiner Rückkehr nach Cansh Miishel ganze zweiunddreißig Wagenladungen an höfischen Schriftstücken aus dem imperialen Fathan bei mir hatte. Zweiunddreißig Wagenladungen, Tigrallef!« Er blickte mich gespannt an.

»Wirklich beeindruckend, Bequiin. Das ist ein Schatz jenseits aller Vorstellungen, was mich zu meiner zweiten Frage bringt«, sagte ich vorsichtig. »Warum habt Ihr niemandem davon erzählt? Warum hat kein Schriftgelehrter außerhalb Miishels jemals auch nur gerüchteweise davon gehört?«

Ein Ausdruck von Scham trat in seine Züge. »Liithis – der Frath-Major – hat mich davon überzeugt, zu schweigen.«

»Überzeugt? Ihr meint, gezwungen? Gefoltert?«

»Nein, nein, wenn ich unter Zwang gehandelt hätte, dann würde ich mich jetzt nicht so sehr dafür verachten.« Er erhob sich gequält von seinem Stuhl und kam zu uns, um sich zwischen uns auf der Pritsche niederzulassen. Trotzdem hatte ich Schwierigkeiten, ihn über dem Murren der Heiligen zu verstehen, so leise sprach er nun.

»Er hatte Visionen, Liithis, meine ich. Das gestehe ich ihm zu. Grisot übte an unserer Nordgrenze gewaltigen Druck aus – und diese gespannte Waffenruhe ist sehr teuer. Und so verlief unsere ganze Geschichte seit dem Untergang Fathans, ganze tausend Jahre Grenzstreitigkeiten. Liithis hat mich davon überzeugt, daß die Schriften des alten Fathan ein Geheimnis bergen könnten, welches die Waage zu unseren Gunsten beeinflussen könnte, das uns helfen ...« Er unterbrach sich und errötete, wie es nur ein alter Mann tun kann, ein feines Netzwerk geröteter Adern unter papiertrockener Haut.

»Uns helfen ...?« drängte Shree.

»Uns helfen, das Reich wieder aufzubauen«, flüsterte Ardin, den Blick starr auf seine Hände gerichtet. »So blind können wir uns gegen die Lehren der Geschichte stellen.«

»Und habt Ihr ein Geheimnis entdeckt?« fragte ich.

Er hob die Hände und ließ sie wieder sinken; eine miishelische Geste der Resignation. »Ich habe Euch gefunden, Tigrallef.«

»Mich?« Ich lachte laut auf. »In Cansh Fathan?«

Er ergriff meine Hände. »Nicht namentlich, natürlich. In dieser Form.« Er schloß die Augen und intonierte einen leisen, monotonen Singsang, Wort auf Wort kam flüssig über seine Lippen: Oballefs Sprache. Einen Augenblick später heulte die Heilige in meinem Kopf laut auf und verursachte mir so unendlichen Schmerz, daß ich dachte, mein Schädel würde zerspringen – halb verrückt vor Pein griff ich nach Ardin und packte ihn am Kragen.

»Was soll das bedeuten? Sagt mir, was es bedeutet!«

Shree verhinderte, daß ich den Bequiin aus Versehen erwürgte; er löste meinen Griff und schob mich weiter auf die Pritsche, ehe er den keuchenden Ardin wieder auf den Stuhl zurückverfrachtete. Dann schüttelte er mich. Ich war noch immer halb verrückt, dank der Explosionen im Inneren meines Schädels, und Shree erzählte mir später, daß der Berg furchtbar zu beben begonnen hatte und erst damit aufhörte, als ich mich endlich beruhigt hatte. Ich aber erinnere mich nur daran, daß der Bequiin sich vorgebeugt hatte, ganz ohne Angst, und sanft, aber bestimmt in der tödlichen Stille des Nachmittags zu sprechen begann.

»Die Texte waren nur noch fragmentarisch erhalten – in Fathidisch, Altmiishelisch und Altgrisotisch, zum Teil auch in Naarhil, der geheimen Sprache Eures Vorfahren Oballef.« Er lächelte schwach angesichts des Schocks, der sich auf meinem Gesicht abzeichnete. »Ja, Sproß von Oballef, ich wußte schon lange von Euren Geheimnissen der Alten – aber von diesen Texten konnte ich manche lesen, manche enträtseln und manchen mußte ich mich geschlagen geben. Folgendes habe ich herausgefunden: Es gab ein altes Volk namens Naar. Dieses Volk verfügte über einen Glücksbringer, der der Harashil genannt wurde. Gemeinsam gestalteten sie die Erschaffung und den Untergang vieler großer Nationen. Ich konnte die Geschichte ihrer Ursprünge nicht verstehen, aber, Tigrallef, ich konnte einen Teil der Berichte über ihren Untergang entziffern.«

»Die Prophezeiung?« Ich hielt gespannt den Atem an, während der Bequiin sein Gesicht ganz nahe an meines brachte.

»Die Prophezeiung, ganz richtig: Eines Tages würde ein Mann, ein Nachfahre der Naar, den Harashil von seinen stofflichen Fesseln befreien, sich seiner Macht ergeben, und die beiden würden eins werden; und gemeinsam würden sie eine Nation gründen, die niemals untergehen wird, bis die Welt selbst untergeht – das Große Namenlose Letzte Reich.« Seine Stimme verhallte.

Mein Kopf verwandelte sich urplötzlich in eine schmerzerfüllte Zone der Stille. Kein Flüstern mehr. »Ist das alles?«

»Nein, da war noch mehr, möglicherweise sogar viel mehr, aber die Schriften waren zu sehr beschädigt, um sie zu entziffern.«

»Und was hat das alles mit mir zu tun?« Diese Frage diente nur dem Zweck, es ihm nicht zu leichtzumachen, denn ich wußte zu diesem Zeitpunkt schon sehr gut, welche Verbindung es zwischen mir und der Prophezeiung gab.

Der Bequiin nahm mein Gesicht in seine Hände und sah mich bedauernd an. »Tigrallef. Ihr seid der Mann, der Nachfahre der Naar; die Heilige von Gil ist der Harashil. Das habe ich bereits begriffen, ehe ich mit der Entzifferung fertig war – das große Unglück dabei war, daß auch der Frath-Major es verstanden hat. Wir wußten, was wirklich mit Sher geschehen ist. Jeder wußte das. Und als Ihr dieses Ding, das als die Heilige von Gil bekannt war, zerstört habt, habt Ihr den ersten Teil der Prophezeiung erfüllt.«

Ich nahm seine Hände von meinem Gesicht und hielt sie in den meinen. »Was ist mit meinem Vorfahren Oballef? Wie sind die Naar zu den Nachfahren von Oballef geworden?«

»Wer weiß? Fathan ist bereits über ein Jahrhundert vor Oballefs Landung auf Gil gefallen – wer weiß, was in der Zwischenzeit geschehen ist? Vielleicht kam er aus den Ruinen Fathans nach Gil; aber wer kann das sagen? Die Schriften enden alle lange vor Fathans Untergang.«

»Natürlich tun sie das.« Ich schloß die Augen und versuchte, meine Gedanken zu ordnen, doch der Bequiin begann erneut zu sprechen.

»Der Frath-Major glaubt, sich den Harashil mit Eurer Hilfe nutzbar machen zu können – er will Miishel zum Mittelpunkt des Großen Namenlosen Letzten Reiches machen und es beherrschen, indem er Euch beherrscht. Er erhofft sich Macht und Unsterblichkeit, aber er ist ein Dummkopf! Er kennt die Natur der Macht nicht, mit der er spielt, und er weiß nicht, welches Übel aus ihr erwachsen kann. Ein Reich, das niemals untergehen wird! Ein Reich, das erst mit dem Ende der Welt sterben wird? Ein Reich, das das Ende der Welt mit sich bringen wird … denkt an die Lektionen der Vergangenheit, Tigrallef, und dann denkt an die Zukunft.«

»Das braucht Ihr mir nicht erklären«, entgegnete ich niedergeschlagen. »Das ist mir längst bekannt.«

Der Bequiin erhob sich und ging unruhig zwischen der

Pritsche und dem Fenster auf und ab. »Dann seid Ihr weiser als ich – denn als ich die Gefahr erkannte, war ich bereits des Frath-Majors hörige Kreatur und steckte in der Falle, die er mir gestellt hatte.« Mit den Fingerspitzen berührte er die geschwollene, dunkle Stelle auf seiner Stirn. »Vergebt mir, Tigrallef. Ich konnte Liithis nicht aufhalten, also«, Scham ließ seine Stimme zu einem Flüstern werden, »habe ich versucht, Euch aufzuhalten.«

»Grämt Euch nicht«, sagte ich. »Ein Teil von mir wünscht sich nichts sehnlicher, als daß Ihr erfolgreich gewesen wäret. Aber Ardin, warum fühlt Ihr Euch schuldig. Ihr habt den Frath-Major einbezogen, aber das ist auch alles. Ihr seid nicht verantwortlich für die Prophezeiung; und ich habe das Glas gebrochen, noch bevor Ihr nach Fathan gegangen seid. Außer, meinen Tod herbeizuführen, gab es nichts, was Ihr hättet für mich tun können.«

Offenbar doch. Er beugte sich über mich und starrte mich mit brennenden Augen an. Schweiß lief über seine Stirn. »Hört mir gut zu. Die Prophezeiung wird nicht vollständig erfüllt sein, solange Ihr Euch nicht als eins mit dem Harashil erklärt – solange Ihr nicht wissentlich und willentlich seine Macht akzeptiert; dieser Teil des Textes war äußerst deutlich. Und bisher habt Ihr das noch nicht getan.«

»Das ist wahr, das habe ich nicht. Aber sie hat einige Male versucht, mich hereinzulegen.«

»Dann habt Ihr sie gefühlt – ihn – den Harashil?«

»Ja«, sagte ich. »O ja.«

Die Kraft schien ihn zu verlassen. Er brach förmlich auf dem Stuhl zusammen und wischte sich mit der Hand den Schweiß von der Stirn. Als er wieder sprach, klang seine Stimme viel schwächer. »Ihr könnt nicht getötet werden, soviel steht fest. Aber ich glaube, es gibt noch Hoffnung für Euch, wenn Ihr folgendes tut: Zuerst, geht fort von hier. Bringt soviel Distanz zwischen Euch und den Frath-Major wie möglich. Und zweitens – widersteht dem Harashil, brecht die Ketten, die Euch an ihn binden, wenn Ihr eine Möglichkeit findet . . .«

»Ist das denn möglich?« unterbrach ich.

Er zögerte. »Ich gestehe, ich bin nicht ganz sicher. Aber die Schrift enthielt Andeutungen dieser Art, leider war der Text an dieser Stelle beschädigt, und ich kann Euch nicht mehr darüber sagen. Sproß von Oballef, ich bin müde, und ich habe Angst. Ich habe nicht mehr lange zu leben. Gebt mir Euer Wort, Euch an meine Ermahnung zu halten.«

»Was Ihr wollt«, sagte ich. Einen Moment dachte ich darüber nach, was ich ihm Beruhigendes sagen könnte, und in diesem Augenblick begann er zu husten. Es war ein Geräusch, wie das Röcheln eines Pferdes, daß sterbend zu Boden sinkt, und er sackte auf seinem Stuhl in sich zusammen. Ich rang mich zu einem Entschluß durch. »Bequiin Ardin, ich werde Euch etwas erzählen: wir werden noch heute nacht aus Vassashinay fliehen. Kommt mit uns.« Ich ignorierte Shrees warnende Geste und atmete tief durch. »Kommt mit uns, Ardin. Auch Ihr könnt der Falle des Frath-Majors entrinnen.«

Er sah auf und schien für die Dauer einiger Lidschläge nachzudenken. Dann aber erhob er sich unter Qualen, legte eine Hand auf meinen und die andere auf Shrees Kopf, als wollte er uns auf altgilanische Art seinen Segen geben. Ich konnte mich vage erinnern, daß diese Geste in Miishel die gleiche Bedeutung hatte.

»Für mich ist es zu spät«, sagte er. »Ich kam her, Euch zu töten, und ich blieb, Euch zu warnen – eine geringe Sühne für das Böse, an dem ich teilhatte – doch nun bin ich fertig und muß Euch verlassen. Ich hoffe, ich werde Euch morgen früh nicht mehr wiedersehen. Gute Reise, Sproß von Oballef.«

Shree sah dem Bequiin gedankenversunken hinterher. »Ich verstehe nicht ganz«, sagte er nach einer Weile, »warum du und Ardin so besorgt über das Große Namenlose Letzte Reich seid. Für mich klingt das ganz gut. Ist es denn nicht die Hoffnung eines jeden Reiches, auf ewig zu bestehen?«

»Hoffnungen haben nichts mit historischen Wahrheiten zu tun«, entgegnete ich scharf. »Alle großen Reiche der Geschichte schienen zu Beginn gut zu sein, ehe sie in Laster und Grausamkeit verfielen und schließlich in Feuer oder Flut endeten. Das ist keine beeindruckende Leistung. Und wenn ich Ardin richtig verstanden habe, dann wird das Große Namenlose Letzte Reich für alle Zeiten in Laster und Grausamkeit verfallen, bis es schließlich die ganze Welt zerstört. Ich finde das ziemlich besorgniserregend – du nicht?«

Er verzog das Gesicht. »Aber es hat doch schon vorher Ausnahmen von der Regel gegeben. Sher ist nicht durch den Harashil entstanden; Gil ist nicht in Grausamkeit und Laster versunken.«

»Sher ist durch den Harashil zerstört worden. Und Gil wurde weich statt böse.« Ich runzelte die Stirn. »Aber ich gebe zu, daß Gil nicht so ganz in dieses Bild paßt. Ich würde gern mehr über meinen Vorfahren Oballef wissen und darüber, wie er mit dem Harashil zurechtgekommen ist.« Die Worte, nach denen ich suchte, erklangen ungefragt in meinem Kopf. *Saat des Exkommunizierten*. Ich schüttelte ein Frösteln ab. »Die Sache ist die, Shree: die Heilige scheint nicht mit einem Sinn für moralische Belange ausgestattet zu sein. Sie war ebenso wirkungsvoll, als es darum ging, Sher im Meer zu versenken, wie bei dem Aufbau Gils als Heimstatt der Kultur und der Wissenschaft. Sie hat Calla gerettet, aber nur weil ein Sproß von Oballef, ein Nachfahre der Naar, in ihrem Leib heranwuchs. Anderenfalls wäre sie ertrunken.«

»Aber ...«

»Nein, laß mich ausreden. Die Heilige mag wundervolle Dinge bewirken – aber sie ist ebenso fähig, Böses und Grausames hervorzubringen. Im großen und ganzen bin ich davon überzeugt, daß die Welt ohne sie besser zurechtkommen wird. Wenn ich den Zyklus durchbrechen kann, dann werde ich es tun.«

»Aber du hast doch einen gut ausgebildeten Sinn für Moral, Tig. Übertrieben gut ausgebildet, wenn du mich fragst. Mehr als genug für dich und die Heilige.«

»Ach, wirklich? Ich wünschte, ich könnte das glauben.« Ich sank an der Wand nieder. »Und wie lange denkst du, könnte ich mein moralisches Leben beibehalten, wenn mir die Macht erst zur Gewohnheit geworden ist? Außerdem hast du noch etwas anderes übersehen.«

»Was?«

»Wer den Untergang Shers verursacht hat.«

Langes Schweigen. »Ach ja«, sagte er schließlich.

Nie wieder hat Shree sich für die Heilige eingesetzt.

Kapitel 35

»Sie kommt nicht«, keuchte ich.

»Sei leise. Natürlich kommt sie.«

»Sie hat sich schon verspätet.«

»Ein paar Minuten. Sei doch nicht – still!«

Drei Novizinnen überquerten vom Haupttor aus den Innenhof und gingen direkt auf unser Versteck im Schatten der großen Regentonne zu. Ich erstarrte und hielt den Atem an; doch sie zwitscherten aufgeregt und laut auf vassashinayisch und gingen auf der anderen Seite der Regentonne vorbei, ohne uns zu bemerken. Ich blickte gerade noch früh genug um die runde Wand der Tonne, um zu sehen, wie sie durch eine kleine Seitentür wenige Fuß von uns entfernt verschwanden. Der Innenhof lag wieder verlassen da.

Ich begann zu zählen, um mir die Zeit zu vertreiben. Während ich bis fünfzig zählte, versicherte ich mir selbst, daß Calla noch kommen und sie Verolef bei sich haben würde, und daß ich keinen von beiden jemals wieder aus den Augen lassen würde.

Neunundvierzig, fünfzig. Keine Calla. Im Sacellum selbst herrschte Stille. Nur wenige Fenster in den Kammern der Töchter waren beleuchtet. Doch von draußen, aus dem Lager der gepeinigten Gläubigen, drang ein Geräusch wie das Rauschen einer fernen Brandung.

Einhundert.

Kurz nach Sonnenuntergang hatten die armen Teufel versucht, das Sacellum zu stürmen. Ein Mann, man sagte, er käme aus Villim, hatte sich von seiner Matte erhoben und begonnen zu tanzen. Die Eiterbeulen, die in seinem Gesicht aufquollen, hatten wilde Panik verursacht, und ein Dutzend oder mehr Menschen waren kurz darauf gegen das verschlossene Tor des Sacellums angerannt. Das Tor hatte jedoch gehalten.

Einhundertfünfzig.

Die miishelischen Soldaten, die einem guten Kampf niemals abgeneigt waren, waren freudig aus ihrer Enklave herausmarschiert, um den Aufstand unter Kontrolle zu bringen. Ich fragte mich, ob sie auf diese Weise wohl ihren eigenen Untergang eingeleitet hatten. Eine der rot verschleierten Töchter hatte vom Fenster über dem Tor zu den Gläubigen gesprochen, sie aufgefordert, Ruhe zu bewahren, ihnen Schutz zugesichert und versprochen, die Feuergötter würden sich von nun an der Seuche annehmen – doch auch sie konnte nicht verhindern, daß der unglückliche einsame Tänzer bei lebendigem Leibe in eines der großen Feuer gestoßen wurde, die sich über das ganze Lager verteilten. Diese Tat versuchten auch die miishelischen Soldaten nicht zu verhindern.

Zweihundert.

Wo war Calla? Mir war, als würden wir uns schon seit Stunden in den kleinen Schattenfleck auf dem vom Licht des abnehmenden Mondes gefluteten Innenhof kauern, obwohl ich wußte, daß tatsächlich erst wenige Minuten vergangen waren. Vielleicht konnte sie noch nicht gehen – vielleicht hatte Valsoria sie zur Ausführung einer rituellen Aufgabe in dieser Zeit der Verzweiflung in ihr unterirdisches Amphitheater befohlen, vielleicht war sie bei dem Versuch, Verolef unter den Augen seiner Bewacher zu entführen, ertappt worden, vielleicht . . .

Der Berg begann zu rumpeln und zu beben. Shrees

Hand schoß vor und packte meine Schulter. »Hör auf. Beruhige dich.«

»Das war ich nicht. Wir sitzen verdammt noch mal auf einem Vulkan.« Tatsächlich war die Heilige geradezu unheimlich kooperativ; entweder das, oder sie schmollte einfach nur still vor sich hin. Ich dachte kurz darüber nach und kam zu dem Schluß, daß letzteres wohl eher zutreffen dürfte. Nachdem der Bequiin Ardin uns verlassen hatte, war sogar ihr Murren verstummt. Seither waren Stunden vergangen, in denen ich sie weder gehört noch gefühlt hatte. Zwar hätte mich das eigentlich mit Besorgnis erfüllen müssen, doch zu diesem Zeitpunkt war ich lediglich erleichtert.

Dreihundert.

Hinter zwei weiteren Fenstern in den Quartieren der Töchter verlosch das Licht. Aus dem Lager ertönte ein schriller Schrei, der plötzlich abbrach.

Dreihundertfünfzig.

Die Zeremonientür glitt auf, und zwei düstere Gestalten, die Divinatrix und jemand anderes, traten heraus. Ich hörte Valsorias leise Stimme und konnte einige wenige Worte verstehen: die Wogen glätten – alle Zeit, die wir brauchen – dieser arrogante Idiot – und schon verschwanden die beiden in dem Gang, der zum Haupttor führte. Ich glaubte nicht, daß sie vorhatte, das Tor zu öffnen und die Bevölkerung im Inneren des Sacellums willkommen zu heißen, eher schon wollte sie sich vom Fenster über dem Tor einen Überblick über die versammelten Flüchtlinge verschaffen.

Vierhundert. Nichts.

Vierhundertfünfzig. Shree zerrte an meinem Ärmel. Der Schatten, der uns vor fremden Blicken verbarg, wurde kürzer, während der Mond am Himmel höher stieg, weshalb unsere Füße beinahe gefährlich deutlich sichtbar wurden. Gerade wollte ich Shree hinter die Regentonne folgen, als ein Knirschen aus der Hofecke uns beide wie angewurzelt stehenbleiben ließ. Ich riß den Kopf herum, doch Shree war mir im Weg, und ich konnte nichts erkennen. Nur eine Sekunde später packte er einen Zipfel meiner Tunika und zerrte mich hinter sich her zu der Nebentür hinter der Tonne, die halb offenstand. Hinter uns glitt sie mit einem leisen Knirschen wieder ins Schloß.

Die Luft im Inneren des Gebäudes war feucht und stickig und roch nach Lampenschmiere, so als wäre erst vor kurzem dort ein Licht gelöscht worden. Nach dem hellen Mondschein im Innenhof war es drinnen stockfinster, und in der Dunkelheit berührte eine Hand mein Gesicht.

»Tig? Shree?« Es war Callas Stimme. Aus wenigen Fuß Entfernung hörte ich Shree einen Gruß flüstern. Zitternd vor Erleichterung tastete ich mich von der Hand über den Arm zu ihrem Leib vor und versuchte, sie zu umarmen, doch in ihrem Armen lag ein in eine Decke gewickeltes Hindernis.

»Hier, nimm ihn. Er wird allmählich ziemlich schwer«, sagte sie, und plötzlich lag das eingewickelte Etwas in meinen Armen. Feines Haar kitzelte meinen Hals, der sanfte Hauch regelmäßiger Atemzüge strich über meine Brust, und ein schlanker Arm legte sich über meine Schulter und baumelte an meinem Rücken herab.

»Ich habe ihm ein Mittel verabreicht, das ihn schlafen läßt«, wisperte Calla in der Dunkelheit. »Hier entlang – beeilt euch.«

Allmählich gewöhnten sich meine Augen an die Lichtverhältnisse, und ich konnte erkennen, daß wir uns in einem schmalen, gefliesten, scheinbar recht langen Korridor befanden, an dessen Ende kaum wahrnehmbar ein graues Licht zu sehen war. Meine Last fest an mich gedrückt, trottete ich, gefolgt von Shree, so leise wie möglich hinter Calla her. Meine Anspannung hatte sich nicht gelöst, doch zumindest ein Teil meiner selbst war voll und ganz mit dem Bündel in meinen Armen beschäftigt, und der sonderbare Druck auf meiner Brust hatte nichts mit Angst zu tun. Mein Sohn. Ich hielt meinen Sohn in den Armen.

Unsere Füße scharrten über den groben Steinboden. Das Licht am Ende des Ganges entpuppte sich als gedämpftes Mondlicht, das durch ein quadratisches Fenster in einem der abzweigenden Räume hereinfiel. Es war gerade hell genug, damit ich die großen Regale mit Weinkrügen erkennen konnte, die den ganzen Raum ausfüllten. Calla blieb an der Tür stehen und lauschte, ehe sie geräuschlos in das Zimmer schlich und gleich darauf hinter einem der Regale verschwunden war. Shree schob mich von hinten hinein.

Calla erwartete uns an der Tür auf der anderen Seite des Raumes. Mit einem Finger auf den Lippen bedeutete sie uns, still zu sein. Leise öffnete sie die Tür. Hinter ihr kam flackerndes Licht zum Vorschein. Das Knistern eines Feuers mischte sich mit gedämpften Stimmen. Nach einigen Augenblicken glitt Calla mit uns auf den Fersen durch die Tür. Nun befanden wir uns in einem weiteren Gang, der vom Licht eines Feuers in einem Raum zu unserer Linken erhellt wurde, wohingegen sich der Gang auf der rechten Seite in endloser Dunkelheit verlor. Ich fühlte Callas Hand auf meiner Schulter, als sie mich tiefer in die Finsternis führte. Verolef regte sich in meinem Arm.

Wir gingen den Gang hinunter, bis ich ahnte, ohne es sehen zu können, daß der Korridor nicht mehr weiterführte. Tatsächlich hörte ich sogleich das Knarren einer Tür; Callas Silhouette hob sich vor dem Licht eines weiteren Feuers ab. Ich identifizierte Zwiebeln, frisches Brot, Essig, Bohnen, Fisch und den Hauch alter Küchengerüche. Der Raum, in den wir nun hineinschlichen, war dunkel und leer, doch in seiner Rückwand sah ich hinter einer offenen Tür eine alte Frau neben einer offenen Feuerstelle, die ziemlich gelangweilt in einem Schmortopf herumstocherte.

»Wartet hier«, flüsterte Calla. Wir sahen zu, wie sie selbstbewußt in den Nebenraum trat und die alte Köchin begrüßte. Für einen Augenblick verschwand sie aus unserem Blickfeld, ehe sie mit einem langen Holzlöffel wieder zu dem Topf zurückkehrte. Sie tauchte den Löffel in den Kessel und kostete die Zutaten, während ihr die alte Frau mit schiefgelegtem Kopf zusah; und dann, schlagt mich, wenn ich lüge, ließen sich doch tatsächlich alle beide auf Stühle neben dem Feuer plumpsen, um sich einem langen, trauten Gespräch hinzugeben. Verolef wurde immer schwerer und schwerer, also setzte ich mich auf den Boden, so daß ich Calla weiterhin im Auge behalten konnte, und legte mir meinen Sohn in den Schoß, den Kopf auf meinen Arm gebettet.

»Beim Barte des Raksh – was tut sie denn da?« keuchte Shree, während er sich neben mich hockte. Er war so gespannt wie eine Sprungfeder, wohingegen ich sonderbar ruhig war.

Dann blickte ich auf das schlafende Kind in meinen Armen hinab und wagte kaum mehr zu atmen – wie zerbrechlich, wie unschuldig, klein und schrecklich verwundbar er aussah. Nicht, daß ich mich irgendwelchen Illusionen hingab. Dank meiner Beobachtungen in den letzten Tagen wußte ich sehr gut, was für eine Plage er im Wachzustand sein konnte; doch jetzt, da er schlief, die Augen fest geschlossen und die Lippen leicht geöffnet, rührte es mich, wie wenig Schutz ihm seine zarte Haut gegen die grausame Welt zu bieten hatte, wie unglaublich leicht er zerstört werden konnte. Ich dachte daran, wie weit ich gehen würde, um ihn zu beschützen. Vermutlich war das der Moment, in dem ich angsterfüllt, hilflos und unheilbar in meine Rolle als Verolefs Vater und Sklave glitt.

Daraus resultierte das Wiedererwachen meiner Ungeduld. »Was, in Oballefs Namen, tut diese verrückte Frau da?« zischte ich Shree zu. »Rezitiert sie die endlosen Zerstreuungen von Belforell? Tauscht sie Rezepte aus? Wir müssen endlich weiter!«

Wie auf Kommando erhob sich Calla in diesem Augenblick und ließ ihren Löffel noch einmal lässig in den Topf gleiten. Diesmal schnüffelte sie prüfend und wechselte einige weitere Worte mit ihrer guten alten Freundin und zeitraubenden Konversationspartnerin, die daraufhin selbst probierte und verständig nickte. Einen Augenblick später entschwand die alte Frau aus unserem begrenzten Blickfeld.

Calla blieb noch einige Sekunden stehen und starrte in die Richtung, in der die alte Frau verschwunden war. Schließlich blickte sie zu uns und winkte uns heftig zu.

Wir stürmten durch die Tür wie zwei Pfeile, die gleichzeitig von demselben Bogen abgeschossen wurden. Calla packte meinen Arm und drängte mich durch die höhlenartige Küche. »Wir müssen uns beeilen. Dort entlang!«

»Jetzt müssen wir uns plötzlich beeilen?« murrte ich.

»Was erwartest du eigentlich von mir? Hätte ich der armen alten Vianna vielleicht den Schädel einschlagen sollen? Ich habe sie zum Kräuterkeller geschickt, damit sie etwas sucht, das sie nicht finden wird, aber uns bleiben nur ein paar Minuten. Shree, hilf mir.«

Im Schatten hinter der Feuerstelle befand sich eine doppelflügelige Holztür. Sie war mit einem Querbalken gesichert, den Shree und Calla nun herunternahmen und in einer dunklen Ecke verbargen – so war es durchaus möglich, daß Vianna das Fehlen des Balkens nicht sofort bemerken würde. Calla schob einen der schweren Türflügel auf und blickte hinaus. Als sie sich wieder zu uns umwandte, hatte sie die Stirn in Falten gelegt.

»Keine Wachen.«

»Ist die Tür denn sonst bewacht?« erkundigte sich Shree heiser.

»Nein – aber heute hatte ich damit gerechnet, wegen der Seuche . . .«

»Was soll's«, sagte Shree. Gleich darauf erstarrten wir, als wir die Schritte hörten, die sich der Küche näherten. Nur eine Sekunde später waren wir draußen. Shree schloß die Tür und legte einen Stein davor, um sie am Aufschwingen zu hindern. Wir befanden uns nun im Küchengarten. Vor uns führte ein von Wagenrädern zerfurchter Weg zwischen dem Sacellum und einem grob gemauerten Gebäude hindurch, das nach einem Stall roch. Am Ende des Weges konnten wir im Mondschein ein Feld mit niedrigem Strauchwerk erkennen.

Auf sonderbare Weise hätten wir uns vermutlich alle wohler gefühlt, wäre der Küchengarten des Sacellums in dieser Nacht bewacht gewesen. Ich brauchte weder Shrees sheranische Instinkte noch den siebten Sinn einer geborenen Netzangehörigen wie Calla, um das zu fühlen. Den Weg hinunterzugehen war wie ein Spaziergang durch einen Wald, der zu still war, einen Wald, in dem kein Vogel sang und nichts außer dem Wind in den Blattkronen raschelte. Wir wären leicht mit ein paar überraschten Wachen fertig geworden – entschieden schwerer fiel es uns, das Gefühl abzuschütteln, beobachtet, erwartet und unsichtbar eingekreist zu werden.

Angespannt und mißtrauisch erreichten wir endlich das Ende des Weges und betrachteten die strauchbewachsene Ebene zwischen uns und der Straße. Leer. Wenn wir uns klein genug machten, so konnten wir darauf hoffen, daß uns die Büsche vor jedem zufälligen Beobachter verbergen würden. Shree bückte sich und wollte gerade die Deckung der Mauer verlassen, als Calla ihn zurückhielt.

»Nur einen Moment«, sagte sie. Sie stand am Ende des Weges, eine unbewegliche Silhouette; raschelnde Seide, und ihre Gestalt wirkte nun viel menschlicher und deutlich weiblicher als zuvor. Sie hatte sich – zum letzten Mal, wie ich hoffte – aus ihrer vassashinayischen Robe und dem Schleier geschält und trug nun Hosen und eine Tunika. Im hellen Mondlicht sah ich ein Messer in ihrer Faust aufblitzen. Ich lächelte in mich hinein. Sie war noch immer dieselbe wilde und einfallsreiche Calla, ganz gleich, wie weich ihre weißen Hände geworden waren.

Sie blickte mich an. Offenbar hatte sie meinen Gesichtsausdruck bemerkt, denn sie grinste nun ebenfalls – ein angestrengtes, nervöses Grinsen. Sie legte ihre Arme um mich und Verolef und küßte uns flüchtig, mich auf den Mund und Verolef auf die Stirn. Dann packte sie Shree und küßte auch ihn. »Auf daß das Glück uns gewogen ist«, flüsterte sie. »Ich fange an zu glauben, daß wir es schaffen können.«

Und kaum hatte sie geendet, als hinter uns ein schallendes Krachen ertönte – die Küchentür flog auf und gegen die steinerne Wand. Fackeln flackerten über den Küchengarten, und eine donnernde Stimme rief in miishelischer Sprache: »Bleibt, wo ihr seid!«

Shree wirbelte herum, Messer und Schwert angriffsbereit in Händen. »Geht weiter!« Calla griff nach meinem freien Arm und zerrte mich mit sich. Verolef begann sich zu rühren und leise im Schlaf zu wimmern. Von seinem Gewicht behindert, versuchte ich, nach meinem eigenen Messer zu greifen, doch ich kam nicht heran. Wir befanden uns am Rand der Ebene, als Shree, der direkt hinter mir war, wütend zu fluchen begann. Einen Augenblick später hörte ich direkt hinter mir das Klirren von Metall auf Metall.

Ich blickte über die Schulter zurück und sah gerade noch, wie Shree sein Schwert auf den Hals eines gewaltigen Angreifers niedergehen ließ, der sogleich aus meinem Sichtfeld stürzte, doch schon waren drei oder vier andere da, um Shree anzugreifen – und Calla, die gerade ihr Messer aus jemandes Bauchhöhle zerrte und die neuen Angreifer nicht zu bemerken schien.

Verzweifelt verlagerte ich Verolefs Gewicht in meinen Armen, bis es mir beinahe gelang, nach meiner Waffe zu greifen. Schließlich gab ich auf und legte ihn im Schutz eines Strauches zu Boden, sprang auf die Beine, zog mein Messer, als ein Fuß aus dem Nichts auftauchte und mich sogleich wieder entwaffnete. Der nächste Tritt traf meine Schulter und schleuderte mich zurück. Der dritte und vierte Tritt landete in meinen Rippen. Möglicherweise gab es noch einen unnötigen fünften Fußtritt, doch zu diesem Zeitpunkt konnte ich bereits nicht mehr feststellen, ob und wo er traf. Direkt neben Verolef brach ich zusammen und hatte gerade noch genug Kraft, mich halb über ihn zu stemmen, in dem verzweifelten Versuch, ihn mit meinem Körper zu schützen. Ich konnte Blut schmecken. Als ich auf die Beine gezerrt wurde, gelang es mir, meine Arme um Verolef zu schlingen und ihn mit hochzuziehen. Sein Gewicht ließ mich schwanken. Ich schüttelte den Schweiß in meinen Augen ab und sah mich um.

Es war vorbei. Sie waren überall um uns herum. Die gekreuzten silbernen Riemen der Frath-Garde schimmerten im Mondlicht an mindestens einem Dutzend breiter Oberkörper. Ihren Standorten nach zu urteilen, mußten einige von ihnen sich bereits im Gebüsch versteckt gehalten haben, noch bevor wir das Sacellum verlassen hatten. Wir waren in eine Falle gegangen.

Auf der Schulter eines Soldaten entdeckte ich Shree. Für einen Moment fürchtete ich, er könnte tot sein, doch als der Soldat ihn zu Boden fallenließ, rollte er sich benommen ab und setzte sich auf. Seine Tunika war zerfetzt, und er blutete aus Schnittwunden über seinem Auge und auf der Brust. Sekunden später wurde Calla von zwei beachtlich angeschlagenen Soldaten mit dem Gesicht nach unten herbeigeschleift. Es gelang ihr, sich aus dem Griff zu befreien. Vorsichtig nahm sie mir Verolef ab. Sie schien unverletzt zu sein, doch auf ihren Wangen schimmerten Tränen.

Saat des Exkommunizierten. Eine leise, kalte Stimme in meinem Kopf.

Ich stöhnte, wenn auch nicht vor Schmerzen. Der Schmerz wich bereits aus meinem Körper, und ich konnte fühlen, wie sich die gebrochenen Rippen geschäftig wieder zusammenfügten. Mein Stöhnen galt allein der Heiligen.

Sproß von Oballef, so muß es nicht sein. Befiehl mir. Gestehe ein, daß die beiden eins sind. Befiehl mir, dieses Ungeziefer zu vernichten.

Bei Oballef, ich war in arger Versuchung! Es war das Glück der Frathsoldaten, daß sie weder versuchten, Shree zu töten, noch Verolef von seiner Mutter zu trennen, denn ich bin sicher, sie wären im nächsten Augenblick unter grauenhaften Umständen zu Tode gekommen. So aber starrte ich nur auf die Gewitterwolken am Himmel, wohlwissend, daß ein einziges Wort meinerseits oder auch nur ein Nachlassen meines Widerstandes reichen würde, Blitz und Donner herbeizurufen, doch dann hätte ich mit einem kurzfristigen Sieg alles verloren.

Befiehl mir, Mann vom Volke Naar. Gestehe ein, daß beide eins sind.

Ich zögerte. Ich war so nahe dran, so furchtbar nahe dran, die Worte zu sagen, doch dann brüllte ich so laut, daß der mir am nächsten stehende Miisheli vor Schreck sein Schwert auf seine eigenen Füße fallen ließ. »Nein! Ich werde nicht befehlen! Ich werde nichts eingestehen! Die Prophezeiung wird nicht erfüllt werden.«

Lange herrschte Stille, während die Miisheli erst mich und dann einander anschauten, kicherten und sich ob meines offensichtlichen Irrsinns wissend an die Helme tippten. Nur der Mann, der sein Schwert hatte fallen lassen, verfluchte mich wegen seines schmerzenden Fußes.

Dann: *Du wirst mir befehlen, wenn die Zeit gekommen ist. Beide sind eins, Sproß von Oballef.*

Und die Heilige verfiel erneut in Schweigen.

Kapitel 36

Die Soldaten fesselten Shree und mir die Hände auf dem Rücken, doch Verolef überließen sie Callas Obhut. Wir wurden durch die Küche zurückgeleitet, vorbei an einer bleichen und verängstigten Vianna und hinaus in den Innenhof, der nun nicht mehr verlassen war. Han-Frath Zimin erwartete uns dort gemeinsam mit den übrigen Frathsoldaten, denen es gestattet worden war, im Sacellum zu bleiben. An den Fenstern der Schlafräume der Töchter und Bediensteten zeigten sich unzählige neugierige Gesichter. Zimin nahm uns vier in Gewahrsam und brachte uns die Treppe hinauf zu der Unterkunft des Frath-Majors, welcher uns bereits erwartet hatte.

Er sah nicht einmal verärgert aus; im Gegenteil, er wirkte sogar recht zufrieden. Trotz der späten Stunde war er vollständig angezogen. Sogar seine leichte feierliche Rüstung samt passender Hofkappe hatte er angelegt. Er begrüßte mich so inbrünstig, als wäre ich ein lange verloren geglaubter Schuldner. Als ich zur Tür hereinkam, sprang er auf und streute mir eine Handvoll grünes Pulver auf den Kopf. Dann trat er zurück und betrachtete mich schadenfroh.

Er war nicht in einer einfachen Zelle, sondern in einem angemessenen Gemach untergebracht, dessen Boden mit Teppichen ausgelegt war. Es bot Raum genug für einen runden Tisch mit einer polierten Holzplatte, an dem einige samtbezogene Stühle standen. Auf dem Tisch stand ein Weinservice aus Bergkristall, das ich als Produkt der auserlesensten crosthischen Kunsthandwerker erkannte, und die Amphore daneben trug das Etikett eines der besten calloonischen Weingüter aus einem hervorragenden Jahrgang.

»Kommt und setzt Euch, Tigrallef. Ihr auch, Carrinay – das ist doch Euer Name, richtig? Vielleicht wollt Ihr das Kind hinlegen?« Er ignorierte Shree, während wir alle drei ihn ignorierten. Calla schloß ihre Arme fester um Verolef und starrte kalt vor sich hin. Der Frath-Major seufzte.

»Ich hoffe, Ihr werdet mir keine Schwierigkeiten mehr machen, Tigrallef. Ich denke, Ihr wißt, warum Ihr hier seid. Spielt also nicht den Unwissenden, oder Ihr werdet Euch meinen Ärger zuziehen.«

»Wißt ihr«, sagte ich zu Calla und Shree, »das ist wirklich nicht das erste Mal, daß ich jemanden treffe, der die Welt beherrschen will, und allmählich stelle ich Übereinstimmungen in den Verhaltensweisen fest.«

»Sproß, Sproß«, tadelte der Frath-Major und täuschte ein freundliches Lächeln vor. »Vielleicht seid Ihr Euch über Eure Lage nicht im klaren.«

Ich beschloß, ihn wahrzunehmen. »Vielleicht seid Ihr das.« In diesem Augenblick hörte ich in meinem Inneren ein leises Lachen der Heiligen. Ich mußte mir auf die Lippe beißen, um es unter Kontrolle zu bekommen, was der Frath-Major sah und möglicherweise mißverstand.

»Ihr müßt mich nicht fürchten, Tigrallef«, sagte er

freundlich. »Euch wird nichts geschehen – gemeinsam werden wir uns eine unbegrenzte Macht teilen. Könnt Ihr Euch nicht vorstellen, wie das sein wird?«

»Im Augenblick«, entgegnete ich, »dachte ich gerade, wie großzügig es doch von Euch ist, die Macht teilen zu wollen.«

Seine Miene verfinsterte sich, doch noch ehe er antworten konnte, wurde die Tür aufgerissen, und Rinn rauschte herein. Sie sah aus, als käme sie direkt aus dem Bett, was bedeutete, daß sie wunderbar schlampig und splitternackt unter ihrer dünnen Leinenrobe aussah. Fuchsteufelswild stampfte sie zum Frath-Major hinüber und begann mit schriller Stimme in miishelischer Sprache zu schimpfen. Uns anderen schenkte sie keinerlei Beachtung.

»Wie könnt Ihr es wagen! Wie könnt Ihr es nur wagen! Zu dieser nächtlichen Stunde – mich aus dem Bett zu zerren, als wäre ich eine Dienstmagd, nach mir schicken zu lassen – wie könnt Ihr es wagen! Selbst Ihr! Wie könnt Ihr es wagen, mich herbeizuzitieren!«

Der Frath-Major griff mit beiden Händen in die bunte Lockenpracht auf ihrem Kopf und schüttelte sie so lange, bis sie schwieg. Dieser Vorgang dauerte eine Weile und war recht unterhaltsam, bis Rinn schließlich aus dem Stadium der Wut in das der Hysterie wechselte und dann endlich in einen weniger lautstarken Schockzustand verfiel. Nun zog der Frath-Major ihren Kopf so nahe zu sich heran, daß sich ihre Nasen beinahe berührten.

»Ich danke Euch, daß Ihr gekommen seid, Cousine«, sagte er. »Ich dachte, Ihr würdet darüber informiert sein wollen, daß Euer Gatte heute nacht versucht hat, ohne Euch aus Vassashinay zu fliehen.«

Rinns Unterkiefer sackte herab. Dann klappte sie den Mund wieder zu. Für einen Augenblick dachte ich, sie würde dem Frath-Major gleich die Nase abbeißen, doch statt dessen riß sie den Kopf samt der Hände ihres Cousins herum und starrte mich finster an. Ihre Katzenaugen waren riesig vor Wut. Für einige Sekunden fixierten sie Calla und beurteilten sie mit ihrer schmucklosen Tunika und Verolef auf den Armen als unwert, ehe sie zu mir zurückkehrten.

»Du wolltest mich verlassen? Mich?« Beginnend mit einer Art animalischem Schrei steigerte sich ihre Stimme zu noch schrilleren Tönen. »Ich bin Rinn von Miishel – kein Mann verläßt mich! Kein Mann! Wie kannst du es nur wagen? Wie ...«

Wieder schüttelte der Frath-Major sie, was den erfreulichen Effekt hatte, ihre Aufmerksamkeit von mir abzulenken. Dann führte er sie zu einem der Stühle und drückte sie gestreng auf die Sitzfläche nieder. Böse sah sie zu ihm auf.

»Ihr habt versagt, meine liebe Cousine«, murmelte er. »Das hat mich verärgert. Nun müßt Ihr den Mund halten und Euch sehr brav und still verhalten, und vielleicht werde ich entscheiden, Euch am Leben zu lassen. Zumindest für eine Weile. Ich möchte, daß Ihr seht, was geschehen wird, auf daß Ihr die erste seid, die lernt, mich zu fürchten.« Er legte eine kurze Pause ein, dann fuhr er fort: »Denkt Ihr denn etwa, ich hätte nicht gewußt, was Ihr im Schilde führt?«

Sie öffnete den Mund, schien dann sehr ernsthaft nachzudenken und schloß ihn wieder. Erstaunlicherweise tat sie mir leid, denn allmählich kam mir der Gedanke, daß es nicht ihre Wahl gewesen war, ein Monster zu werden.

Der Frath-Major beugte sich noch einige Augenblicke über sie. Vermutlich kostete er den Vorgeschmack seiner künftigen Macht aus. Dann wandte er sich wieder an mich, wobei seine Augen in eisigem Glanz strahlten. »Nun, Tigrallef, mein guter Freund und Cousin«, begann er, als der nächste Besucher eintraf. Jemand klopfte gebieterisch an die Tür.

Der Frath-Major winkte Zimin zu, die Tür zu öffnen und bedachte mich mit einem beinahe entschuldigenden Blick: *Es tut mir so leid, Cousin. Dauernd werden wir gestört, doch fürchtet Euch nicht, wir werden noch früh genug zur Sache kommen.*

Valsoria betrat den Raum, begleitet von den beiden

Rotschleiern und einer älteren Dienerin. Die Divinatrix sah nicht erfreuter aus als Rinn, doch ihre Anwesenheit war weitaus würdiger und beeindruckender. Sie trat direkt auf den Frath-Major zu. Trotz des Größenunterschiedes wirkte sie nicht im mindesten unterlegen.

Sie sprach ein abgehacktes, verärgertes Miishelisch. »Die Tochter Carrinay und der Kalkissann, ihr Sohn, waren nicht Teil unseres Abkommens.«

»Gnädige Frau . . .«

»Ihr werdet sie mir auf der Stelle übergeben. Der Gilaner geht mich nichts an, aber die Frau und das Kind stehen in Diensten der Feuergötter, mögen sie gepriesen sein. Gebt sie heraus.«

Sie war eine gestrenge und resolute kleine Frau, doch ich konnte mir nicht vorstellen, daß sie großen Einfluß auf die Entscheidungen des Frath-Majors haben würde. Ich glaube nicht, daß er etwas über Calla und Verolef wußte. Sicher hatte er nicht damit gerechnet, sie gefangenzunehmen und wußte nun auch nichts mit ihnen anzufangen. Er zögerte. Dann wandte er sich mit einem höflichen Lächeln an mich.

»Tigrallef, was bedeutet diese Carrinay für Euch?«

»Sie ist eine Landsmännin«, sagte ich ohne jedes Zögern, wobei ich sie keines Blickes würdigte. »Eine gebürtige Gilanerin, die ihre Heimat wiedersehen wollte. Ich sagte ihr, sie könne mit uns reisen.«

»Und das Kind?«

»Ihr Sohn. Sicher erwartet Ihr nicht, daß sie ihr eigenes Kind einfach zurückläßt, großer Frath.«

Sein Lächeln wurde noch breiter, und er streckte die Hand aus, um den Kopf des schlafenden Kindes zu tätscheln. »Schön, schön.« Calla starrte ihn wutentbrannt an. Ich wußte, daß der Frath-Major mir nicht glaubte, doch aus irgendeinem Grund war er sich sehr sicher – was auch immer ihm vorschwebte, es schien ohne Calla zu gehen. Voller Unbehagen fragte ich mich, was er wußte oder hatte, das ihn so verdammt selbstsicher handeln ließ.

Mit einer Geste großen Respekts, so übertrieben, daß

es schon einer Verhöhnung gleichkam, verbeugte er sich vor der Divinatrix. »Ich erkenne Eure Ansprüche auf die Frau und das Kind an, Priesterin; nehmt sie nur mit. Glaubt mir, ich hatte nicht die Absicht, unsere Abmachung zu brechen.« Er winkte den Soldaten zu, die beinahe auf Callas Füßen standen, woraufhin sie sofort zurückwichen.

Calla blieb einige Augenblicke stehen, so als wäre sie nicht sicher, ob sie nun gehen durfte, und streichelte das Haupt des schlafenden Kindes mit zitternden Fingern. Mit sprechenden Fingern. *Tig? Ich kann dich nicht verlassen. Ich kann nicht.*

Meine Hände waren gefesselt, also bemühte ich mich, meine Blicke sprechen zu lassen, wobei ich die Worte in Gedanken immer wiederholte. *Doch, du kannst. Denk an Verolef. Geh, rasch, ehe der Frath-Major es sich anders überlegt.*

Calla erbleichte, doch ihre Finger sagten: *Ich werde gehen.*

Mehr Zeit blieb uns nicht, ehe Valsoria Calla am Ellbogen faßte und zur Tür geleitete. »Geh mit Lorosa, Carrinay, mein armes Kind. Ich sehe Blut – bist du verletzt? Gelobt seien die Feuergötter, mögen sie stets gesättigt sein, daß der Kalkissann unverletzt ist. O Carrinay, welcher Wahnsinn hat sich deiner nur bemächtigt? Lorosa, sorge dafür, daß Carrinay Breiumschläge und ein heißes Bad bekommt, und bring ihr eine frische Robe. Nun geht.«

Und so, scheinbar in guten Händen, wurde Calla fortgeführt. Ich betete, daß sie klug genug sein würde, sich nicht umzusehen, und sie ging hinaus, ohne zurückzuschauen. Als sie fort war, seufzte ich innerlich vor Erleichterung. Was immer auch in diesem Raum geschehen würde, sie wäre nicht beteiligt, ebensowenig wie der kleine Verolef. Dafür hätte ich die kleine Divinatrix in meine Arme schließen und mit Dankesküssen bedecken können, wären da nicht zwei Dinge gewesen: Erstens waren meine Hände noch immer auf meinem Rücken gefesselt, und zweitens erbebte in dem Platz in meinem

Schädel, den die Heilige noch immer bewohnte, eisiges Mißtrauen.

Und Furcht.

Das Mißtrauen mag zu ihrem Verhalten gehört haben, doch die Furcht konnte ich mir nicht erklären. Was konnte die Heilige von Gil, allwissend und viel zu übermächtig, von Valsoria, diesem kleinwüchsigen Scharlatan, zu fürchten haben? Von der Frau, die gerade erst meine Frau und mein Kind aus einer entsetzlichen Gefahr befreit hatte? Ich hatte keine Zeit, mir darüber Gedanken zu machen. Außerdem verging mir in den nächsten Minuten bereits die Dankbarkeit.

Kaum hatte sich die Tür hinter Calla geschlossen, da wandte sich die Divinatrix schon wieder mit eisigem Gesichtsausdruck an den Frath-Major. »Da ist noch etwas.«

Der Frath-Major konnte seine Ungeduld kaum mehr verbergen. »Was noch, Priesterin?«

Sie richtete ihren kalten Blick auf Shree und verrenkte sich den Kopf, um in sein Gesicht sehen zu können. Dann wandte sie sich nach der Dienerin um, die sie begleitet hatte. Die alte Frau verbarg sich zusammengekauert unter ihrem Chorhemd. »Komm zu mir, Hava – schnell, meine Liebe, niemand wird dir etwas tun. Ist das der Mann?« Sie deutete auf Shree.

Hava nickte verhalten.

»Bist du sicher?«

Erneut nickte sie.

Valsoria verschränkte die Arme vor der Brust. »Sehr gut. Das hast du gut gemacht, und ich werde dir das nicht vergessen. Nun kannst du wieder zu Bett gehen.«

Ich wechselte verwirrt einen Blick mit Shree, während die alte Dienerin regelrecht aus dem Raum hinausgaloppierte. Hava war die Putzfrau, mit der wir am vorangegangenen Nachmittag im Korridor gesprochen hatten, die, die uns unsere Fragen bezüglich der Treppe und des Turmes beantwortet hatte. Plötzlich erinnerte ich mich, wie ihr Blick Shree gefolgt war, als wir sie verlassen hatten. Aber Shree hatte ihr nichts getan. Er hatte nur ein paar Worte in ihrer Gegenwart gesagt, und das war schon alles. Mit einem schmerzhaften Gefühl im Herzen fragte ich mich, ob das schon zuviel gewesen war.

»Frath-Major«, sagte die Divinatrix streng. »Ihr müßt mir diesen Mann ebenfalls übergeben.«

»Warum?« Der Frath-Major war zum Tisch gegangen und schenkte großzügig von dem calloonischen Wein ein. Einen Becher reichte er Valsoria.

Sie winkte ab. »Er ist kein Gilaner, Frath-Major. Er ist ein sheranischer Kriegsherr. Ihr müßt ihn mir ausliefern.«

»Ein sheranischer Kriegsherr, tatsächlich? Und wie kommt Ihr darauf?« Der Frath-Major nippte an seinem Wein.

»Ich weiß es. Hava war die Dienerin einer Tochter, die vor einigen Jahren über die See nach Sher verschleppt wurde, wo sie am Hof als Hure arbeiten mußte. Die Tochter kehrte nie zurück, aber Hava kam ein Jahr, bevor der Kriegshof ein Tummelplatz für die Fische wurde, zu uns zurück, und sie ist bereit zu beschwören – sie hat bereits in Gegenwart der Feuergötter, mögen sie gepriesen und genährt sein, beschworen –, daß sie in diesem Mann, Selki, einen der hochrangigen Kriegsherren, des Hochadels von Iklankish erkannt hat. Übergebt ihn mir.«

Shree stand angespannt und wachsam da und beobachtete mich. Offensichtlich erkannte er bereits die Veränderung in meinen Zügen, die mit dem Auftauchen des goldenen Nebels einherging. Er hatte es inzwischen oft beobachtet, und er sah es auch jetzt.

»Nein, Tigrallef«, sagte er leise. »Tu das nicht. Halte dich zurück, Tig. Halte dich zurück.«

Auf ein Zeichen des Frath-Majors trat einer der Soldaten neben Shree vor und schlug ihm die Faust mit schmerzlicher Wucht in den Magen. Shree schaffte es irgendwie, auf den Beinen zu bleiben, obgleich sich auf seiner Oberlippe ein feiner Schweißfilm bildete. Ein Schwall frischen Blutes ergoß sich aus der Wunde auf seiner Brust. Der Frath-Major winkte erneut, worauf der Soldat hinter Shree ihm einen Stoß versetzte, der ihn aus dem Gleichgewicht brachte. Er fiel auf die Knie, richtete sich jedoch sofort störrisch wieder auf. Der Soldat packte ihn brutal in der Armbeuge und zerrte ihn mit sich.

»Er gehört Euch, Priesterin«, sagte der Frath-Major gnädig. »Außerdem möchte ich mich demütigst entschuldigen. Glaubt mir, hätte ich auch nur geahnt, daß dieser Mann ein Sheraner ist, so hätte er seine verdammten, schmutzigen Füße nicht auf mein Schiff gesetzt.«

»Nun, dann ist es gut, daß Ihr es jetzt wißt.« Valsoria betrachtete Shree mit einem halbherzigen Lächeln auf den Lippen. »Die gesegneten Feuergötter, mögen sie gepriesen sein, werden sich über ein Stück frischen Fleisches freuen. Sie danken Euch, und ich danke Euch, und nun überlasse ich Euch Euren eigenen Angelegenheiten.«

Sie wandte sich zur Tür um. Der Soldat folgte ihr, wobei er Shree vor sich her schubste. Mir blieb vor Angst um ihn beinahe die Luft weg. Der goldene Dunst verdichtete sich; der Boden begann beinahe unmerklich zu vibrieren. Valsoria blieb mit einem verträumten Gesichtsausdruck stehen, so als genösse sie das Beben. Auf dem Tisch zerfiel das crosthische Kristallservice zu glitzerndem Staub. Schwerer Weingeruch erfüllte die Luft. Shree blieb abrupt stehen, wirbelte herum, befreite sich von dem Soldaten und schwankte auf mich zu.

»Nein, Tig! Hör auf damit! *Hör auf!*«

Er schrie noch immer, als sie ihn zur Tür hinauszerrten. Was mich angeht, so biß ich mir auf die Lippe, bis sie blutete. Es machte mir nichts aus, wußte ich doch, daß sie in wenigen Minuten wieder geheilt sein würde.

Valsoria nickte dem Frath-Major kurz zu, ehe sie Shree mit der zurückgebliebenen Tochter folgte. Auf ein Zeichen des Frath-Majors verließen die übrigen Soldaten ebenfalls den Raum. Nun blieben nur noch Rinn, Han-Frath Zimin, der Frath-Major und ich selbst, und von diesen vier Personen machte nur der Frath-Major einen zufriedenen Eindruck.

»Endlich, Sproß von Oballef. Ich dachte schon, die alte Schlampe wollte gar nicht mehr gehen. Gut, wo waren wir stehengeblieben?«

Kapitel 37

Der Frath-Major ging um mich herum und betrachtete mich eingehend von allen Seiten. Dann zog er eine Phiole aus der Tasche und schüttete noch mehr giftgrünen Puder auf meinen Kopf. Er sah unverschämt selbstgefällig aus. Ich nieste.

»Ihr müßt wissen«, sagte der Frath-Major, »daß Ihr das elende Leben dieses sheranischen *Fliis* noch immer retten könnt, wenn Ihr meine Regeln befolgt. Ihr könnt auch die kleine Gilanerin wiederhaben, wenn Ihr sie meiner liebreizenden Cousine vorzieht. Ihr könnt auch alle beide haben und noch tausend andere, zehntausend – die ganze Welt wird Euch unterworfen sein.«

»Mit Ausnahme von Euch, nehme ich an. So etwas Ähnliches habe ich schon einmal mit den Sheranern erlebt. Und ich habe gewonnen.«

Er tauchte seinen Finger in das grüne Pulver und zeichnete damit etwas auf meine Stirn. Als er zurücktrat, um sein Werk zu bewundern, fühlte ich eine eisige, wachsame Spannung im Nest der Heiligen. Han-Frath Zimin, der möglicherweise eine Spiegelung dieser Empfindung in meinen Augen gesehen hatte, kam näher, wobei er die Hand stets an seinem Schwert behielt, doch der Frath-Major winkte ihn zurück.

»Das ist nicht nötig, Zimin. Tigrallef, dieses Pulver ist eine Kleinigkeit, die Euer Kollege, der Bequiin, für mich vorbereitet hat. Wacht auf, Ardin! Der Augenblick ist gekommen. Ihr müßt jetzt aufpassen.«

Aus den Augenwinkeln nahm ich eine Bewegung aus der Ecke des Raumes wahr, in der die Pritsche des Frath-Majors aufgestellt worden war. Ich wandte den Kopf, um mehr sehen zu können. Zuerst erkannte ich nur einen Haufen zerwühlter Bettücher. Es sah aus, als hätte der Frath-Major bereits geschlafen und wäre noch einmal aufgestanden. Dann aber hörte ich ein Stöhnen, und der Haufen bewegte sich; ein dürrer Arm kam zum Vorschein und verschwand gleich wieder unter der Decke. Der Frath-Major ging zu der Pritsche und zog die Decke weg.

»Wacht auf, alter Freund. Denkt an die Nachwelt. Denkt an die Gelehrten des Großen Namenlosen Letzten Reiches, die die Annalen dieser Zeit lesen und Euren Namen ehren werden. Eure Finger müssen doch bereits nach Schreibgerät gieren.«

Langsam und unter Schmerzen erhob sich der alte Mann auf der Pritsche in eine sitzende Position und schwang mühsam die Füße aus dem Bett. Es war tatsächlich der Bequiin Ardin, doch seit meiner letzten Begegnung mit ihm, hatte ihn offenbar jemand grausam mißhandelt. Der dunkle Bluterguß über dem Auge zog sich nun über sein ganzes Gesicht, seine Nase war gebrochen und blutig, und seine mausgraue Robe war steif von geronnenem Blut. Er stieß einen schwachen Schmerzensschrei aus, als der Frath-Major ihn an seiner Robe auf die Füße zerrte.

»Dieser Augenblick ... der Geschichte ...«, keuchte er, »sollte besser ... nicht niedergeschrieben werden.«

Der Frath-Major verzog das Gesicht und schleuderte ihn brutal gegen die Wand. Dort fing er ihn wieder auf, zerrte ihn zum Tisch und packte ihn auf den Stuhl neben Rinn. Rinn zuckte vor dem Gestank zurück, den der Bequiin verbreitete. Einen Augenblick später roch ich es auch – es war eine üble Mischung aus Schweiß, Blut, Erbrochenem und Angst. Mit Bedauern und Entsetzen betrachtete ich ihn, wohingegen er es vermied, mich anzusehen, bis der Frath-Major ihn am Kinn packte und ihn mit Gewalt dazu brachte. Ich habe niemals, weder vor noch nach diesem Zusammentreffen, eine so unendliche Trauer in einem menschlichen Augenpaar gesehen.

»Er schämt sich zu sehr, um Euch anzusehen, Tigrallef. Und er fürchtet sich zu sehr, um mich anzusehen. Ardin, du hättest mich nicht hintergehen dürfen – du weißt, wie sehr ich es hasse, wenn meine Kreaturen vergessen, wer ihr Herr und Meister ist. Erinnerst du dich, was aus Han-

Frath Mollis geworden ist? Transh von Siimin? Erinnerst du dich an die Turmverbrüderung im letzten Jahr und an das Komplott des blutigen Kreises im Jahr davor? Erinnerst du dich, was mit diesen Menschen geschehen ist?«

Ardin nickte unter Schwierigkeiten, da der Frath-Major noch immer sein Kinn festhielt. Beinahe resigniert erwartete ich die Reaktion der Heiligen auf meinen zweifachen Gefühlsausbruch von Abscheu gegenüber dem Frath-Major und Mitgefühl für den Bequiin – nichts geschah, nur das Wispern einer leisen Stimme verlor sich in der Stille meines Kopfes: *Befiehl mir.* Der Frath-Major beugte sich noch einige Sekunden drohend über Ardin, spuckte ihm ins Gesicht und ließ ihn endlich los.

»Der ehrenwerte Bequiin hat mich enttäuscht, Tigrallef«, sagte er. »Aber ich denke, ich werde ihn am Leben lassen. Schließlich hat er versucht, sich zu bessern. Er war derjenige, der mir erzählt hat, was Ihr in dieser Nacht vorhattet. Damit hat er es mir leicht gemacht, Euch aufzuhalten. Und das hier«, er hob die Glasphiole, und wir konnten uns alle daran erfreuen, wie das grüne Pulver das Lampenlicht reflektierte, »ist fast schon ein Grund, ihm zu vergeben. Wie fühlt Ihr Euch, Sproß von Oballef?«

»Unbeugsam«, erwiderte ich.

Der Frath-Major legte den Kopf in den Nacken und lachte. »Das war der alte Ardin am Anfang auch. Aber wie fühlt Ihr Euch?«

Ich wußte nicht recht, worauf er hinaus wollte. Grob gesagt, fühlte ich mich furchtbar – ängstlich, geschlagen, unsicher was die Zukunft betraf, verwirrt bezüglich dessen, was die Heilige tun oder nicht tun würde und vollends im unklaren darüber, was ich selbst als nächstes tun sollte – aber das konnte der Frath-Major sich auch so denken. »Könntet Ihr Eure Frage etwas genauer stellen?« fragte ich.

Der Frath-Major lachte noch immer. »Sag es ihm, Ardin. Von dir wirkt es besser. Warte, laß es mich dem Sproß erst etwas bequemer machen.«

Er winkte Zimin zu, der die Fesseln an meinen Händen durchtrennte. Zimin schien meinetwegen beunruhigt zu sein, und während ich mir das Blut in meine schmerzenden Hände zurückmassierte, fiel mir in aller Deutlichkeit auf, daß sein dreifach gekrümmtes Schwert ganz in der Nähe meiner Nieren lauerte. Der Frath-Major schien auch das für amüsant zu halten.

»Zimin, Zimin, er ist unbewaffnet, und er ist kein Krieger – und wenn es einen Grund geben sollte, ihn zu fürchten, dann könnte dein Schwert so oder so nichts dagegen ausrichten. Ebensogut könntest du versuchen, die Tasiil mit Hilfe einer Stecknadel zu versenken, wie den Harashil mit einem solchen Spielzeug zu besiegen. Setzt Euch, Tigrallef, und horcht, was die Zukunft für Euch bereithält. Sprich, Ardin.«

Ein Auge stets auf den schwertvernarrten Han-Frath gerichtet, der trotz des Frath-Majors Spott bezüglich meiner Kampfeskunst nicht gerade einen beruhigten Eindruck machte, zog ich mir einen Stuhl heran und setzte mich direkt neben den Bequiin. Ardin scheute vor mir zurück und verbarg sein Gesicht vor meinem Blick.

»*Sprich*, Ardin.«

Das Wrack eines Gelehrten blickte jämmerlich zu mir auf. »Sproß von Oballef, es ... es tut mir so leid. Er hat mich überwachen lassen ... er wußte, daß ich bei Euch war ...«

»Und dann hat er die Wahrheit aus Euch herausgeprügelt.« Ich legte meine Hand auf seine Schulter, und er zuckte zusammen. »Ardin, glaubt mir, ich werfe Euch nichts vor.«

»Nur ein Dummkopf kann so großmütig sein«, sagte der Frath-Major aalglatt. »Nun, was soll es, wir werden noch viele Jahre gemeinsam verbringen, und es wird vieles geben, was ich Euch noch beibringen muß. Fahr fort, Ardin.«

Ardins Stimme war nicht mehr als ein schwaches Krächzen. »Es steht mehr in den Texten, Tigrallef, die ich in Cansh Fathan gefunden habe ...«

Er unterbrach sich, das Kinn sank ihm auf die Brust und seine Augen starrten gedankenverloren zu Boden.

Ich dachte schon, er wäre mitten im Satz gestorben, bis ihm der Frath-Major eine Ohrfeige versetzte. Ohne weiter auf den Frath-Major zu achten, nahm ich Ardins trockene, brennende Hand in die meine.

»Was habt Ihr in den Texten von Naarhil gefunden, Ardin?« fragte ich sanft. »Ihr könnt es mir ruhig sagen. Ich verspreche, ich werde nicht verärgert sein.«

Er schien sich ein wenig zu erholen. »Ich habe etwas darüber gelesen, wie man die Macht des Harashil kontrollieren kann.«

»Die Beschwörungen? Aber die kannte ich schon . . .«

»Nicht die Beschwörungen, Tigrallef. Die Beschwörungen gelten nur für die Naar, aber es gibt noch einen anderen Weg.«

Schweigend versuchte ich, das zu verarbeiten, während der Frath-Major erneut zu kichern begann.

»Einen Weg«, fragte ich schließlich, »der, sagen wir, meinen geschätzten Cousin hier in die Lage versetzen würde, den Harashil zu kontrollieren?«

Er nickte.

»Mich zu kontrollieren?«

Er nickte wieder; einige Tränen liefen über seine blutverschmierten Wangen und tropften wäßrig-rot von seinem Kinn herab.

Ich tätschelte seine Hand und ließ sie sanft in seinen Schoß sinken. Dann lehnte ich mich mit geschlossenen Augen auf dem Stuhl zurück. »Warum habt Ihr mir gestern davon nichts erzählt, Ardin? Als ich noch Zeit gehabt hätte, von einem Turm zu springen?«

»Ich bin sicher«, mischte sich der Frath-Major ein, »daß der Harashil Euch sanft wie eine Feder zu Boden gebracht hätte. Außerdem, Sproß von Oballef, Ardin hat auch mir erst vor einigen Stunden davon erzählt. Ich mußte ihn erst überzeugen.«

»Hat es etwas mit dem grünen Pulver zu tun?«

»Das grüne Pulver, wie Ihr es zu nennen beliebt, ist ein Gift, das den Harashil lähmt, bis ich die Kontrolle über ihn habe.«

»Ach, tatsächlich? Für mich sieht es aus wie pulverisierte Wurzel mit Glimmer vermischt, damit sie schön glitzert. Glaubt Ihr wirklich, daß das funktioniert?«

»Der Bequiin wird mir einiges zu erklären haben, wenn es nicht funktioniert«, entgegnete der Frath-Major leise. »Er hat es gemäß der Aufzeichnungen aus Cansh Fathan für mich zubereitet.«

»Aha.«

»Die Schwäche, die Ihr empfindet«, fuhr der Frath-Major fort, »ist eine Folge des Naarhilpulvers, aber Ihr müßt Euch keine Sorgen machen. Wenn Ihr erst eins mit dem Harashil seid und ich die Macht über Euch erlangt habe, dann wird das Pulver nicht länger notwendig sein. Außerdem, Tigrallef, hoffe ich, daß Ihr noch Geschmack am Großen Namenlosen Letzten Reich finden werdet – ich hoffe, daß Ihr und ich noch rechtzeitig Freunde werden, ebenso wie Herr und Diener.« Mit einem scheinheiligen Lächeln auf den Lippen und Kälte in den Augen klopfte er mir auf die Schulter. »Ardin! Es ist an der Zeit.«

Er hatte Rinn den Rücken zugewandt, die sich still auf dem Stuhl zusammengekauert hatte. Erst im Verlauf all dieser Offenbarungen war wieder etwas Farbe in ihr Gesicht zurückgekehrt. Nun plötzlich trat sie explosionsartig in Aktion. Mit beiden Beinen trat sie kräftig nach dem Frath-Major und traf genau in seine Kniekehlen, so daß er fluchend zusammenklappte; dann, in einer fließenden Bewegung, sprang sie von ihrem Stuhl auf, hob diesen hoch über ihren Kopf und schwang ihn mit einer Art verwerflicher Begeisterung auf den Rücken des Frath-Majors. Er stürzte unter dem Hieb zu Boden.

Der Rest von uns beobachtete die Vorgänge mit einem Gefühl dümmlicher Überraschung, aber ich war der erste, der sich von seinem Schrecken wieder erholte. Während Rinn noch versuchte, den Stuhl zu einem zweiten Schlag anzuheben – nach ihrem ersten erstaunlichen Ausbruch schien sie nicht mehr die Kraft zu haben, ihn noch einmal hochzuheben –, packte ich mir eine Handvoll kristallines Pulver, das einst eine einmalige crosthische Karaffe gewesen war, und schleuderte sie dem Han-

Frath ins Gesicht, wobei ich gleichzeitig nach seinem Schwert griff. Zimin war von meinem Angriff überrascht worden, doch er verfügte über einen ausgeprägten Instinkt und hervorragende Reflexe; ich fühlte, wie die Klinge mir den rechten Handballen aufschlitzte, ehe ich mit der anderen Hand sein Handgelenk umfassen und ihm die Waffe entreißen konnte. Zimin konterte mit einem heftigen Tritt, doch er verfehlte mich, da er durch das Kristallpulver in seinen Augen beinahe blind war. Tränen strömten über sein Gesicht. Ich zog das Schwert im hohen Bogen durch die Luft und hätte ihm den Bauch aufgeschlitzt, hätte ich ihn nicht vollkommen verfehlt, also fiel er unverletzt zu Boden und rieb sich die Augen.

Der Frath-Major lag noch immer unter dem Stuhl, wo Rinn ihn mit systematischen Tritten traktierte. Der Bequiin Ardin hatte sich dagegen überhaupt nicht bewegt; er starrte wieder mit der gleichen intensiven Gedankenverlorenheit zu Boden und sah noch toter aus als vorher. Ich nahm das Schwert in die linke Hand, da meine Rechte mit Blut verschmiert und glitschig war, legte einen Arm um Ardins Schultern und half ihm auf.

»Rinn, das reicht! Wenn du mitkommen willst, dann komm jetzt!« Sie sah nicht einmal auf. Mir wurde klar, daß die Freude daran, ihren Cousin zu treten, die geringe Aussicht, entkommen zu können, in den Schatten stellte. Noch einmal rief ich ihren Namen, und diesmal schien sie mich wahrzunehmen. Ich packte den Bequiin fester und zerrte ihn zur Tür.

In der Aufregung hatte ich gar nicht gehört, daß sie geöffnet worden war. Nun aber stand ich vor einem ganzen Lattenzaun glänzender Schwertklingen, eine Reihe feindseliger Gesichter starrte mir unter unfreundlichen Helmen entgegen – die miishelischen Soldaten mußten am Schlüsselloch gelauscht haben. Während meines kurzen Zögerns blitzten Klingen auf und gruben sich mit grausiger Weitsicht in die Kehle des Bequiin Ardin statt in meine. Ich stöhnte auf. Einen Augenblick später ließ ich Zimins Schwert zu Boden gleiten.

Der Frath-Major lernte rasch aus seinen Fehlern. Innerhalb weniger Minuten war ich sicher auf einem Stuhl festgebunden und Rinn auf einem anderen – oberhalb ihres Auges bildete sich ein großer Bluterguß an der Stelle, an der der Frath-Major sich von seinem Zorn über ihre Tritte erleichtert hatte. Es gab keinen Anlaß, auch Ardin zu fesseln. Ich war überzeugt, daß der alte Gelehrte starb. Nur zwei miishelische Soldaten waren mit wachsamen Augen und gezogenen Schwertern im Raum zurückgeblieben, während die anderen draußen vor der Tür Wache hielten. Der Frath-Major humpelte leicht und betastete vorsichtig die empfindlichen Stellen in seinem Gesicht, doch während er im Raum auf und ab ging, sah er bei weitem nicht so wütend aus, wie man erwarten sollte.

Direkt vor mir blieb er stehen und verabreichte mir eine weitere Dosis glitzerndgrünen Pulvers. »Nun, Tigrallef«, sagte er, »solltet Ihr Euch endgültig zu schwach fühlen, Euch noch zu bewegen – aber vielleicht hat Ardin das Pulver nicht stark genug gemacht, oder vielleicht habe ich nicht genug genommen. Wie fühlt Ihr Euch jetzt?«

Ich fühlte mich vollkommen normal, nur müde und hoffnungslos. »Zu schwach, mich zu bewegen«, antwortete ich mit entkräfteter Stimme.

»Natürlich werde ich Euch das nicht einfach so glauben«, erklärte der Frath-Major in süßem Ton und prüfte die Knoten auf der Rückseite des Stuhles. »Aber ich glaube, wir haben Euch diesmal sicher genug verpackt. Und ich habe allen Grund zu glauben, daß das grüne Pulver wirkt. Ist Euch aufgefallen, daß der Harashil sich nicht in das kleine Spektakel eingemischt hat?«

Es war mir aufgefallen, und ich war besorgt. Ich hörte keine Stimmen mehr in meinem Kopf – ich stellte mir die Heilige unter dem Einfluß von Drogen vor, zu einer fötalen Haltung zusammengerollt in der Ecke eines dunklen Raumes in meinem Geist wartete sie auf die Worte, die sie dem Kommando dieses machthungrigen Irren unterstellen sollten und mich mit ihr. Warum hatte Ardin mich davor nicht gewarnt? Es paßte nicht so recht zu der Prophezeiung, und für einen Augenblick zweifelte ich – doch dann erinnerte ich mich sinkenden Mutes, daß der Bequiin viel Wert darauf gelegt hatte, daß ich soviel Abstand wie möglich zwischen mich und den Frath-Major brachte, was zumindest einer indirekten Warnung entsprach – aber warum, warum hatte er mir nicht mehr erzählt?

Ich sah ihn an. Er war auf seinem Stuhl seitlich zusammengesunken, und nur die Armlehne bewahrte ihn davor, zu Boden zu gleiten. Flatternd öffneten sich seine Lider, und unsere Blicke trafen sich; seine Augen wirkten gelassen, beinahe verträumt. Während der Frath-Major die anwesenden Soldaten mit einer kleinen Ansprache zu diesem historischen Augenblick ehrte, empfand ich eine sonderbare Beruhigung beim Anblick dieser sorglosen Augen.

Plötzlich erkannte ich schockiert, daß die Worte, die der Frath-Major nun sprach, Worte waren, die ich selbst schon benutzt hatte, einmal und nur einmal, dann hatte ich sie vergessen. Sie zu hören versetzte mich zurück, sechs Jahre zurück. Ich schloß die Augen: Erneut befand ich mich auf dem sonnenverbrannten Gipfel des Gilgard. Vor mir erstreckte sich die ebenmäßige blaue See, und am Horizont erkannte ich einige silbrige Flecken auf dem Wasser. Ein entsetzlicher Wind drang an meine Ohren. Ich drehte mich um, auf der Suche nach Shree, der Teil dieser Bilder sein sollte, doch ich entdeckte nur die Heilige. Sie war nicht weit von mir. Ihr Haar umzüngelte ihren schiefgelegten Kopf, während sie kritisch den Worten lauschte, die vom Himmel über uns zu fallen schienen.

Die große Beschwörung.

Ich öffnete die Augen. Bis zu diesem Moment hatte ich nicht bemerkt, daß der Frath-Major seine Hände auf meinen Kopf gelegt hatte. Er sprach die letzten Worte der großen Prophezeiung, hob seine Hände und trat zurück, wobei er mich gespannt beobachtete. Einen Augenblick lang herrschte vollkommene Stille.

Dann bewegte sich Ardin. Er erhob sich von seinem Stuhl und schlurfte einen Schritt auf den Frath-Major zu. Und noch einen.

Er *tanzte*. Seine Augen fixierten noch immer gedankenverloren den Boden, doch seine Lippen hatten sich zu einem verträumten Lächeln verzogen, und er *tanzte*. Er erreichte den Frath-Major, der vor Entsetzen wie angewurzelt stehengeblieben war, schlang die Arme um seine Taille und zog ihn dicht an sich heran.

»Ich habe dich belogen, Liithis«, sagte er, ließ seinen Kopf an die Brust des Frath-Majors sinken und hielt ihn fest in seinen Armen.

Der Frath-Major öffnete den Mund, doch sein Schrei war verloren in der wachsenden Wut des Windes. Die Soldaten standen mit offenen Mündern da und blickten sich wild im Raum um; ihre Schwerter fielen klirrend zu Boden. Der Raum erbebte – mein Stuhl wackelte, die Soldaten wurden von ihren Füßen gerissen, als wären wir wieder auf der Tasiil und mitten im schlimmsten Sturm, der jemals über das Antlitz der Großen Bekannten See gezogen war, der Kristallstaub stieg in einem Wirbel vom Tisch auf und tanzte durch die rasende Luft – ich aber behielt den Frath-Major im Auge, der so still und fest wie ein Fels im Auge des Sturms stand. Dann hörte ich Rinn kreischen und erkannte, daß der Wind sich bereits wieder legte. Der Boden schien sich einige Male zu kräuseln, ehe er wieder fest wurde. Die plötzliche Stille war erschreckend.

»*Marrich Frath.*« Das war Zimin, der sich soeben aus seiner knienden Position erhob und voller Schrecken auf die Mitte des Raumes starrte. Rinn begann zu wimmern. Ardin und der Frath-Major standen noch immer in ihrer tödlichen Umarmung vereint wie Statuen, doch ihre Roben waren im Wind erstarrt. Das Gesicht des Frath-Majors war kaum noch zu erkennen – eine Maske des Entsetzens und der Qual, schauerlich, mit gebleckten Zähnen, nach hinten gezogenen Lidern und Schweißperlen, die direkt an den Poren gefroren waren. Ardins Gesicht dagegen drückte Frieden aus. Ich konnte seine

Augen unter den halbgeschlossenen Lidern leuchten sehen.

Dieses Bild blieb nicht lange bestehen. Ehe ich ihn aufhalten konnte, stürzte Zimin vor und griff nach des Frath-Majors Schulter. Die folgende Explosion war geräuschlos, doch sie schleuderte den Zimin keuchend an die Wand zurück. Als der Blitz verlosch, hatten sich der Frath-Major und der Bequiin auf dem Boden zu einem großen Haufen Staub vereint.

Ich nahm meine fünf Sinne zusammen und räusperte mich. »Ich befehle dir, Han-Frath Zimin«, grollte ich, »mich zu befreien, ehe ich mit dir das gleiche mache.«

Kapitel 38

Du hast gelogen, Sproß von Oballef.

Wo warst du? Vergiß es, ich will es gar nicht wissen.

Aber nicht du hast den Blasphemisten getötet, Saat des Exkommunizierten, ich war es. Er hat sich in die Gefilde der Naar gewagt . . .

Ich weiß, ich weiß. Halte dich doch ganz einfach da raus.

Aber die Heretrix von Vizzath . . .

Halte dich raus. Laß mich nachdenken.

Die Heilige gab nach. Zurück in der wirklichen Welt,erblickte ich Zimin, der auf halber Strecke zwischen mir und den Überresten Ardins und des Frath-Majors verharrte, wahrscheinlich versuchte er zu entscheiden, ob er mich nun befreien sollte oder nicht. Ich fixierte ihn mit kaltem Blick und begann mit leiser, gefährlicher Stimme eine schwierige mathematische Formel in mittelalterlichem Zelfisch zu intonieren. Das half ihm bei seiner Entscheidung.

Die miishelischen Soldaten starrten in Erwartung ihrer Befehle den Han-Frath an, und ich konnte ihre Angst fühlen wie die Hitze eines Herdfeuers. Als Zimin schließlich sein Schwert vor meine Füße legte und ergeben vor mir niederkniete, seufzten jeder einzelne von ihnen erleichtert auf, und sie beeilten sich, seinem überaus klugen Beispiel zu folgen. Diese Männer waren mit jeder Art des Sterbens vertraut, schnell und blutig oder langsam und erfinderisch, doch das eigentümliche Ende des Frath-Majors hatte sogar sie erschüttert.

»Prinzessin Rinn auch«, sagte ich, als der Han-Frath meine Fessel durchschnitten hatte. Er ging zu Rinn, die mit herabhängendem Unterkiefer auf den traurigen grauen Staubhaufen am Boden starrte. Selbst, als ihre Fessel zu Boden fiel, rührte sie sich nicht.

»Hast du das getan, Tigrallef? Hast du das getan? Du hast meinen Cousin getötet?«

»Tut mir leid.«

Sie blickte mich mit glänzenden Augen an. »Als nächstes mußt du die Frath-Minoriten töten. Alle außer Raalis und Honn.«

»Was?«

»Na gut, dann eben auch Raalis. Es ist mir egal.«

»Rinn ...«

»Und den da auch!« unterbrach sie, wobei sie Zimin böse anstarrte. »Er hat es gewagt, Hand an mich zu legen! Er hat mich an diesen Stuhl gefesselt!«

»Rinn ...«

»Alle diese stinkenden *Fliis* müssen sterben – töte sie, sofort, Tigrallef, damit ich zusehen kann. Und wenn wir nach Cansh Miishel zurückkehren, dann werde ich eine Liste vorbereiten ...«

»Rinn, hör mir zu. Ich werde nicht nach Cansh Miishel gehen.«

Sie starrte mich verständnislos an. »Natürlich gehst du nach Cansh Miishel. Die Schlangenkrone ...«

»... wird dir gut stehen, dessen bin ich mir sicher«, beendete ich ihren Satz. »Rinn, ich werde niemals vergessen, daß du heute nacht versucht hast, mir zu helfen.« Sie sah verwirrt aus. Vermutlich hatte sie gar nicht versucht, mir zu helfen, sondern sich selbst, aber ich war dennoch beeindruckt und sonderbar berührt. »Ich werde fortgehen«, fuhr ich fort. »Aber ich werde alles tun, um deine Sicherheit und die der Tasiil zu gewährleisten, ehe ich gehe.«

»Fortgehen?« sagte sie langsam. »Was meinst du damit? Wohin willst du gehen?«

»Fort«, wiederholte ich.

Ihre Augen verengten sich zu unheilverkündenden Schlitzen. »Es ist diese Frau, richtig? Diese dürre Hexe mit dem Balg auf der Schulter – richtig?«

»Bitte, Rinn, mach es nicht noch schwieriger.«

»Schwierig? Ich werde es unmöglich machen. Kein Mann verläßt mich! Kein Mann!« Sie bückte sich und hob Zimins Schwert vom Boden auf, schwang es unbeholfen, aber in gleichmäßigem Bogen, der einen tiefen Schnitt in meinem Bauch verursachte und ein oder zwei meiner Rippen durchtrennte, ehe es wieder aus meiner Brust heraustrat. Triumphierend warf sie das Schwert zu Boden.

»Au«, sagte ich.

Ihr Mund klappte auf.

»Han-Frath Zimin«, fügte ich hinzu. »Bitte fessele sie wieder.«

Und so kam ich ganz plötzlich zu meiner eigenen kleinen Truppe. Ich wußte genau, was ich mit ihr anfangen würde. Zuerst mußte ich Shree, Calla und Verolef aus Valsorias Gewalt befreien, möglichst ohne Blutvergießen. Dann konnte ich meine Soldaten abkommandieren, uns und den Rest der Frathsoldaten nach Vass zurückzubringen und dort ein Boot für uns auszustatten. Schließlich würde ich die Tasiil in die eine Richtung davonschicken, während wir in die andere segeln würden. Zu diesem Zeitpunkt schien alles ganz einfach zu sein.

In kurzen Worten erklärte ich Zimin den ersten Akt meiner Wünsche. Es war äußerst befriedigend zuzusehen, wie zum ersten Mal in meinem Leben jedermann sich beeilte, mich zufriedenzustellen. In wenigen Augenblicken hatte Zimin die Soldaten formiert und war bereit zum Abmarsch. Einer der Männer trug Rinn auf seiner Schulter und machte sich sofort auf den Weg zur Tasiil. Rinn war darüber keineswegs erfreut, doch sie konnte kaum dagegen protestieren, angesichts des Knebels in ihrem Mund. Mit ihren gefesselten Füßen trat sie nach mir, als sie an mir vorbeigetragen wurde – das Wunder meiner gleichgültigen Reaktion auf eine potentiell tödliche Bauchwunde hatte sie nicht sonderlich lange eingeschüchtert. Ich hielt den Soldaten, der sie trug, auf und küßte sie auf die Wange.

»Lebwohl, Rinn, meine Liebste«, sagte ich. »Ich wünsche dir Glück und die Schlangenkrone auch, wenn es das ist, was du willst.« Sie gab einige wutentbrannte Geräusche von sich und versuchte verzweifelt, mich durch den Knebel hindurch zu beißen. Seufzend sah ich zu, wie sie durch die Tür geschleppt wurde. Fast empfand ich Zuneigung für sie, und wenn es nur wegen ihrer Energie war, doch ich würde sie nie wiedersehen.

Zimin erwartete mich bereits an der Tür, aber ich wollte zunächst noch einen Tribut entrichten. Als die letzten Soldaten den Raum verlassen hatten, kniete ich nieder und starrte nachdenklich auf den gemischten Staub meines Feindes und meines Freundes. Ich nahm eine Handvoll davon und ließ ihn durch meine Finger rieseln. Ich fühlte keine Trauer um Ardin. Er hatte einen guten Tod gehabt, hatte für seine Fehler gebüßt und noch im selben Augenblick sein eigenes Leiden und seinen Tod gerächt. Und er war schnell gestorben, ohne noch mehr Schmerzen erleiden zu müssen; das zumindest konnte ich aus dem makabren letzten Tanz des Bequiin Ardin mit dem Frath-Major schließen.

»Das hast du gut gemacht, Ardin«, flüsterte ich der Asche zu. Dann erhob ich mich und folgte Zimin hinaus auf den Gang.

Zurückblickend konnte ich das Kommando über meine kleine Truppe gerade knapp siebzehn Minuten halten. Als ich in den dunklen Gang trat, wurde mir ein süßlich riechendes Tuch über Nase und Mund gestülpt. Das letzte, woran ich mich erinnere, ehe der Boden meinen Sturz auffing, war ein vom Knebel gedämpfter Aufschrei Rinns.

Ich erwachte im Himmel – einem Schreiberhimmel. Es war ein behaglich beleuchteter Raum, an dessen Wänden Regale voller Schriftrollen bis zur Decke hinauf reichten. Mehrere hundert Schriften lagerten in diesem Raum. Leider mußte ich feststellen, daß viele davon in schlechtem Zustand waren, und die Regale an der gegenüberliegenden Wand waren sogar beinahe leer.

Ich lag auf einem durchgelegenen Bett, das früher einmal recht prachtvoll gewesen sein mußte, doch nach dem Zustand der Bettpfosten zu urteilen, waren seither schon einige Jahrhunderte vergangen. Neben meinem Lager stand ein abgenutzter Holztisch, der, aufgearbeitet und poliert, jedem hochherrschaftlichen Bankett zur Ehre gereicht hätte; zwei hochlehnige Stühle mit wertvollen Ornamentschnitzereien, die sehr alt und irgendwie vertraut aussahen, standen davor. Als ich mich mit zwar klarem, aber schmerzendem Kopf aufrichtete, erinnerte ich mich an die Schnitzereien an dem Türrahmen auf dem Weg in das unterirdische Amphitheater des Sacellums, und alles fügte sich zusammen. Ich betrachtete die religiösen und schlecht erhaltenen Relikte des einstigen Reiches Vizzath.

Die Tür auf der anderen Seite des Raumes wurde geöffnet; mit Hilfe des Tisches richtete ich mich vollends auf und spähte in die Dunkelheit. Valsoria selbst kam mit einem Tablett herein. Die nächste Erkenntnis entlockte mir ein Grunzen: Dies war der geheime Raum, das verbotene Heiligtum der Divinatrix von Vassashinay, und ich war umgeben von unsagbar alten Naarhil-Texten, dem Erbe des alten Vizzath. Unter anderen Umstände wäre ich vor Freude durch das Zimmer gehüpft und hätte nach einer Leselampe verlangt. Diese Umstände jedoch machten mich nervös, sehr, sehr nervös.

Die Divinatrix nickte mir freundlich zu und stellte das Tablett schweigend auf den Tisch. Auf ihm stand eine kunstvolle Karaffe aus seltenem blauen Kristall, die jedoch arge Sprünge aufwies und bereits einen Henkel eingebüßt hatte. Auch die Becher waren ebenso schön wie beschädigt und paßten weder zueinander noch zu der Karaffe. Die Divinatrix streckte sich, um jeden der Becher mit Wein zu füllen. Dann drehte sie sich um und kletterte wie ein kleines Kind auf einen der hochlehnigen Stühle. Noch immer hatte sie keinen Ton von sich gegeben. Höflich reichte ich ihr einen der Becher.

»Ihr ehrt mich, Divinatrix«, sagte ich vorsichtig in meinem angenäherten Vassashinayisch.

»Ich denke«, entgegnete sie auf gilanisch, »ich bin diejenige, die sich geehrt fühlen darf. Setzt Euch, Prinz von Gil und Sathelforn und Miishel.«

Ich blieb stehen. »Nicht von Miishel, nicht wirklich, hochwürdige Dame.«

»Warum nicht von Miishel, mein Lieber?«, sagte sie. Das Netzwerk aus Falten, aus dem ihr Gesicht bestand, verzog sich zu einem erstaunlich charmanten Lächeln. »Warum nicht von Miishel und der ganzen bekannten Welt? Ja, und der unbekannten Welt außerdem.«

»Ich weiß wirklich nicht, wovon Ihr sprecht«, sagte ich steif.

»Ihr wißt es nicht? Ich denke, Ihr wißt es ganz genau, Sproß von Oballef. Wir beide haben einiges zu besprechen. Dabei fällt mir ein, vor der Tür steht ein Dutzend bewaffneter Wachen, die dafür Sorge tragen werden, daß wir nicht gestört werden.«

Ich zögerte, doch dann setze ich mich mit meinem Becher in der Hand auf den Stuhl. Mir war durchaus bewußt, daß Valsoria sich nicht auf meinen guten Willen verlassen hatte (nicht, daß ich auch nur davon zu träumen gewagt hätte, einer lieben kleinen alten Dame etwas anzutun, die gerade halb so groß war wie ich). Außerdem dachte ich, daß es recht erfreulich werden konnte, sofern sie über die gleichen Dinge zu sprechen gedachte wie ich. Die Freiheit von Calla und Verolef. Shrees Sicherheit. Warum hatte sie mich nur unter Drogen gesetzt und mit Gewalt hierhergebracht, wenn sie mich ebensogut hätte einladen können – ich lechzte danach, es so zu sehen. Valsoria jedoch hockte mit baumelnden Beinen auf der Kante des Stuhles und hatte andere Dinge im Sinn.

»Man sagte mir, Ihr seid ein großer Gelehrter und versteht Euch auf religiöse Praktiken, Tigrallef. Darf ich Euch Tigrallef nennen? Wart Ihr denn von unserem Orakel und unserem kleinen Kult der Feuergötter, mögen sie stets gesättigt sein, beeindruckt?«

»O ja«, versicherte ich, »sehr beeindruckt.«

»Ihr müßt nicht taktvoll sein, mein Sohn. Ihr wart absolut nicht beeindruckt, und das solltet Ihr auch nicht sein. In Vassashinay gibt es keine wahre Magie, außer in Euch.«

»In mir?«

»O ja. Ich weiß über den Harashil Bescheid, mein Lieber, vielleicht sogar besser, als Ihr Euch vorstellen könnt.« Sie betrachtete mich spöttisch, zweifellos auf der Suche nach Anzeichen von Überraschung oder Erkenntnis, also gab ich mir alle Mühe, möglichst gelangweilt auszusehen, trotz meines heftig klopfenden Herzens. Sie seufzte und fuhr fort. »Der Harashil, Tigrallef. Ich weiß, daß er in Euch ist, seit Ihr das Glas gebrochen habt, welches Euer irregeleiteter Vorfahre zur Heiligen von Gil umgetauft hat. Er hat auf Euch gewartet, damit Ihr die Prophezeiung erfüllt.«

»Ach, Ihr meint die Heilige. Das sind doch alles nur Märchen und Gerüchte, gnädige Frau«, erklärte ich vergnügt. »Ich bin überrascht, daß eine so erfahrene Frau wie Ihr so etwas ernst nimmt.«

»Eine erfahrene Frau wie ich«, sagte sie und lächelte mir über den Rand ihres Trinkbechers zu, »kann sehr gut unterscheiden, ob jemand die Wahrheit sagt oder nicht. Seht Euch um, Tigrallef.«

»Danke, das habe ich bereits getan.«

»Seht noch einmal hin. Die Schriften in diesem Raum sind von einer Heretrix an die nächste Heretrix in einer ununterbrochenen Kette weitergereicht worden, seit das Reich Vizzath untergegangen ist und die Naar diese

Inseln verlassen haben. So ist es bis heute geblieben. Wir haben lange Zeit auf die Rückkehr gewartet, mehr als zweitausend Jahre.«

»Wie geduldig Ihr seid«, entgegnete ich höflich. »Ich nehme an, Ihr könnt diese Texte lesen?«

Sie sah ein wenig verstimmt aus. »Ich kann sie lesen.«

Ich erhob mich und ging zu dem nächststehenden Regal hinüber. Ohne auszuwählen zog ich eine Schriftrolle heraus. Sie war über und über mit Staub bedeckt, und kaum hatte ich sie angefaßt, da zerfiel sie auch schon in unzählige schmutziggelbe Flocken.

Die Divinatrix seufzte. »Einige davon sind seit Jahrhunderten nicht mehr gelesen worden.«

»Offensichtlich nicht.« Ich legte die Fragmente in das Regal zurück und wischte mir den Staub von den Händen. »Ihr wart ein wenig nachlässig bei der Verwaltung dieses Reichtums. Nicht, daß ich mich beklagen wollte – schließlich hat das alles nichts mit mir zu tun.«

»Tigrallef, es hat sehr viel mit Euch zu tun.« Wieder das schmeichelnde Lächeln.

Ich widerstand ihren Schmeicheleien. Mit wachsendem Unbehagen fragte ich mich, wieviel sie tatsächlich wußte – diese Priesterin war kein schlichter Provinzscharlatan. Wie hatte ich sie nur so gewaltig unterschätzen können? Wie hatte ich mich den Warnungen der Heiligen verschließen können? Nun endlich wurde mir bewußt, daß Valsoria eine gefährliche Frau war, eine verschlagene, machtvolle Frau mit eigener Magie, deren Wurzeln in der Vergangenheit Vassashinays lagen, und das machte sie weitaus gefährlicher, als es sich der Frath-Major auch nur hätte erträumen können. Überdies war sie rücksichtslos und unbarmherzig. Ich dachte an die Schicksale, die sie den sheranischen Söldnern zukommen lassen hatte – ich dachte an Shree und ahnte, daß die Zeit davonlief, wie der Sand aus den Säcken des Vergnügungsturmes gerieselt war. Eine entsetzliche Kälte erfaßte meine Eingeweide. Es brachte mich nicht weiter, noch länger den Unwissenden zu spielen. Allmählich wurde es Zeit, selbst in die Offensive zu gehen.

Ich schob das Kältegefühl beiseite, riß mich zusammen und blickte voller Strenge auf die Divinatrix herab.

»Das ist wirklich interessant, Divinatrix, aber mich interessieren einige andere Dinge mehr – und wenn Ihr über den Harashil informiert seid, dann wißt Ihr auch, daß es nicht klug ist, mich zu verärgern und daß Eure Waffen nichts gegen mich ausrichten können. Ich verlange, daß Ihr meine Leute sofort zu mir zurückbringt und uns sicheres Geleit bis zum Hafen gebt.«

»Eure Leute?«

»Meine Frau, die Prinzessin Rinn, die miishelische Delegation und ihre Wachsoldaten, der sathelische Gesandte und seine Berater«, plötzlich wurde meine Kehle furchtbar trocken, »sowie meinen Kollegen, den Schreiber Selki von Gil und die Gilanerin, die mit uns gehen wollte. Oh, und natürlich auch ihr Kind.« Mit einem einzigen Schluck stürzte ich den Wein hinunter und setzte den Becher mit einem entschlossenen Klirren auf dem Tisch ab.

Valsorias kleines runzeliges Affengesicht nahm einen liebenswürdigen Ausdruck an. »Seid unbesorgt wegen Eurer Frau und den anderen Passagieren des miishelischen Schiffs. Ich habe sie schon vor Stunden zum Hafen hinunter geschickt; das Schiff wurde bereits zu Wasser gelassen, und sie sollten inzwischen schon an Bord sein und sich zum Auslaufen fertigmachen. Wenn sie sich nicht mit dieser Seuche infiziert haben, dann sind sie in Sicherheit. Eure Frau läßt Euch ihrer Liebe und ihres Bedauerns versichern.«

Also war ich Rinn los. Im stillen wünschte ich ihr alles Gute und vergaß sie. »Und die anderen?«

»Der sheranische Kriegsherr, Carrinay und das Kind?« Valsoria zog die Brauen hoch, als versuchte sie sich an etwas Wichtiges zu erinnern. »Verolef, meint Ihr? Euren Sohn?«

Ich versuchte, meine Überraschung auf Kosten meiner Würde zu verbergen, indem ich über die Teppichkante stolperte.

Sie rollte den Weinbecher zwischen ihren Handballen

hin und her. »Euer Sohn, der Kalkissann, der auch der Sproß Verolef genannt wird«, fuhr sie fort. »Ein prachtvolles, kräftiges Kind. Ihr müßt sehr stolz auf ihn sein.«

Ich hielt eine Aura gleichgültiger Nonchalance für angebracht, also schenkte ich uns beiden Wein nach und nippte an meinem Becher wie ein Sachverständiger im Steuerjahr. Dann sagte ich: »Wie kommt Ihr darauf, daß er mein Sohn ist?«

»Wollt Ihr ihn denn etwa nicht? Tigrallef, wie könnt Ihr nur?« Sie sah ehrlich entsetzt aus. »Ich bin überzeugt, wenn wir beide uns erst geeinigt haben und Ihr den Jungen besser kennt, dann werdet Ihr glücklich sein, daß ich ihn nicht den gesegneten Feuergöttern geopfert habe.«

»Wie«, quetschte ich gepreßt zwischen zusammengebissenen Zähnen hervor, »kommt Ihr darauf, daß er mein Sohn ist?«

»Trinkt Euren Wein, mein Lieber. Es ist nicht das hiesige Gebräu aus Früchten, dieser Wein ist importiert. Und ich weiß, daß Verolef Euer Sohn ist, weil ich bei seiner Geburt die Hebamme war.«

»Und?«

»Nun – es war keine einfache Geburt. Es hat viele Stunden gedauert, und ich habe ernsthaft befürchtet, die arme Carrinay würde sterben, noch ehe er geboren wäre – ihr Männer wißt ja nicht, was leiden bedeutet, übergroße Kinder, die ihr seid – und als Carrinay immer schwächer wurde und vor Schmerzen nicht mehr bei Sinnen war, hat sie immer wieder einen Namen gerufen. Es war Euer Name, Tigrallef.«

»Mein Name?« Ich setzte mich, damit sie nicht sehen konnte, wie sehr meine Knie zu zittern begonnen hatten. »Sie hat nach mir gerufen?«

Valsoria grinste mich an. »Manchmal hat sie nach Euch gerufen, manchmal geschrien, manchmal geweint, und manchmal hat sie Euch verflucht – für mich war das ein klarer Beweis dafür, daß Ihr der Vater des Kindes seid. Ich war schon bei vielen Geburten als Hebamme dabei, und ich weiß, daß der Vater oft im Verlauf der Geburt als wahrer Verursacher all diesen Leidens geschmäht wird, was ja auch richtig ist. Als ich also Euren Namen aus Carrinays Mund hörte – ein Name, den ich bereits im Zusammenhang mit dem Untergang Shers und der Zerstörung eines bestimmten antiken Glasgegenstandes vernommen hatte – wußte ich, daß dieses Baby ein Sproß von Oballef, ein Zweig des Naar, der Sohn des Geweissagten ist; und ich wußte, der Harashil würde Euch eines Tages hierherführen, um ihn zu suchen. Und das, Sproß von Oballef, ist der Grund, warum ich dieses wertvolle junge Leben beschützt habe.«

»Statt ihn den Feuergöttern zu opfern.«

»Richtig.«

»Um mich nach Vassashinay zu locken.«

»Genau. Und hier seid Ihr nun.«

»Und hier bin ich nun«, sagte ich. »Und was habt Ihr nun im Sinn?«

»Darüber sollten wir uns dringend unterhalten.« Valsoria strahlte mich an und lehnte sich behaglich auf dem viel zu großen Stuhl zurück. »Schenkt Euch noch Wein ein, Tigrallef. Und mir bitte auch, wenn es Euch beliebt.«

Valsoria redete lange freundlich und mütterlich auf mich ein. Ich hörte ihr aufmerksam zu. Als sie fertig war, sagte ich: »Nein.«

Sie sah mich gequält an. »Ihr könnt Euch am Ende so oder so nicht gegen den Harashil wehren. Es ist prophezeit, mein Lieber.«

»Prophezeiungen«, sagte ich gestreng, wobei ich versuchte, so zu klingen, als würde ich eine alte Weisheit rezitieren, »werden gemacht, um gebrochen zu werden.«

»Nicht diese.«

»Ganz besonders diese.« Ich fühlte, daß ich allmählich wütend wurde. »Wißt Ihr eigentlich, was dem Frath-Major von Miishel widerfahren ist, als er versuchte, ein ähnliches Spiel mit mir zu spielen? Geht nur und werft einen Blick in sein Zimmer – der jämmerliche Staubhaufen *ist* der Frath-Major.«

»Ich weiß, mein Sohn. Ich habe Euch durch die Wand beobachtet. Schließlich habe ich ihm diesen Raum nicht nur deshalb zugewiesen, weil Teppiche auf dem Boden liegen.«

»Und mit diesem Wissen, seid Ihr trotzdem noch dumm genug ...«

»Tigrallef«, unterbrach sie freundlich. »Sagt mir, spricht der Harashil jetzt gerade zu Euch?«

Ich erschrak. Erst jetzt wurde mir klar, daß die Heilige, bereits seit ich in diesem Zimmer erwacht war, geschwiegen hatte, so daß ich ihre Anwesenheit tatsächlich vorübergehend vergessen hatte. »Ja, das tut sie«, sagte ich.

»Er, nicht sie. Seht Ihr ihn so in Eurem Geist? Als Frau? Daran ist vermutlich Oballef schuld. Den Naarlingen von Vizzath ist er als leuchtende Schlange erschienen, und in Fathan war er ein glühender Schädel – und ich habe Grund zu der Annahme, daß er als nächstes in Form von Euch, Tigrallef, in Erscheinung treten wird, und zwar dann, wenn Ihr beide eins sein werdet. Und: Nein, er spricht zur Zeit nicht mit Euch. Er verliert allmählich die Geduld. Ihr werdet nichts mehr von dem Harashil zu hören bekommen, bis Ihr endlich bereit seid, ihn anzuerkennen und Euch mit ihm zu vereinen.«

»Wie kommt Ihr darauf?«

Sie bemühte sich, bescheiden und nicht allzu triumphierend auszusehen. »Seht Ihr, mein Sohn, der Frath-Major ist von seinem zahmen Gelehrten nicht gut unterrichtet worden, ich dagegen – ich bin die Heretrix von Vizzath, und ihm Gegensatz zum Frath-Major weiß ich, was ich tue.«

»Ihr werdet einen sehr kleinen Staubhaufen hinterlassen, Divinatrix.«

»Gar keinen, mein Lieber. Ich würde es gewiß nicht wagen, den Harashil herbeizurufen oder unter Kontrolle bringen zu wollen – noch nicht. Er ist noch nicht kontrollierbar. Aber es ist möglich, ihn bis zu einem gewissen Grad abzulenken.«

Ich hielt die Luft an. Allmählich befürchtete ich, daß Valsoria ihre Behauptungen wahrmachen konnte. Womöglich konnte sie mich tatsächlich zwingen, mit dem Harashil zu verschmelzen, und dann würde sie die Einheit zu ihren eigenen Zwecken benutzen, die im großen und ganzen mit den Zielen des unglücklichen Frath-Majors übereinstimmten. Leider war Valsoria besser informiert als er. Wer konnte schon wissen, welche geheimnisvollen Mächte, satanische Riten und kraftvollen Zauber in den vielen hundert Schriftrollen um uns herum dargelegt worden waren. Wenn Valsoria die Heilige für so lange Zeit zum Schweigen bringen konnte, dann mußte sie wohl das ein oder andere wissen, was mir nicht bekannt war.

»Ihr scheint sehr zuversichtlich zu sein«, sagte ich.

»Das sollte ich auch, mein Lieber. Ich habe die letzten fünf Jahre damit zugebracht, die wichtigen Texte herauszusuchen und zu verstehen.«

»Aber wie könnt Ihr so sicher sein, daß Ihr sie auch richtig verstanden habt? Oder daß sie korrekt sind? Diese Schriftrollen müssen doch schon über zweitausend Jahre alt sein.«

Im Grunde wollte ich sie nur piesacken, doch ich hätte schwören können, daß ein Schatten der Unsicherheit über ihr Gesicht huschte. Für einen Augenblick schwieg sie, dann beugte sie sich abrupt vor und verteilte einige Tropfen Wein auf dem Boden. »Das ist für die Feuergötter, mögen sie stets gesättigt sein – falls es sie gibt. Nun haben wir lange genug geredet. Wir werden erwartet. Wie sollen wir also vorgehen? Werdet Ihr den Harashil aus freien Stücken herbeirufen, oder muß ich Euch erst dazu zwingen?«

Ich seufzte. Plötzlich fühlte ich mich müde. Was, so fragte ich mich, war so interessant an absoluter Macht, daß diese Leute Schlange standen, sie zu erringen? »Ihr könnt versuchen, mich zu zwingen, Divinatrix, aber es wird nicht funktionieren. Ganz gleich, was Ihr mir auch antun werdet, ich werde die Prophezeiung nicht erfüllen.«

»Ich denke, Ihr vergeßt die Warnung.«

Für einen Augenblick flackerte mein Interesse wieder auf. »Nein, die vergesse ich nicht, aber ich gehe davon aus, daß ich weiß, was sie bedeutet. Sie warnt davor, das Glas zu brechen.«

»Nein, mein Lieber.« Sie glitt von ihrem Stuhl herab und trappelte durch das Zimmer, wobei sie mir winkte, ihr zu folgen. »Sie warnt davor, die Prophezeiung nicht zu erfüllen.«

Kapitel 39

Sanfte Dämmerung brach herein, als Valsoria und ich aus der Zeremonientür traten. Auf dem Innenhof umfing uns eine wahre Flut von Geräuschen. Es war das Dröhnen unzähliger Stimmen in einem Stadium entsetzlicher Furcht und Verzweiflung, und es erinnerte mich an meine Träume von der Versenkung Iklankishs. Valsoria und ich blieben lauschend stehen. Valsoria, weil sie es wollte, ich dagegen wegen der beiden großen, dürren Vassashinayer, die mich zwischen sich gefangenhielten. Ganz in der Nähe standen etliche verschleierte Töchter.

»Hört nur«, sagte Valsoria zufrieden. »Es sieht so aus, als wären sie bald soweit.«

Das Dröhnen verstummte, und nur eine klare Stimme war noch zu hören, die scheinbar immer und immer wieder dieselben Worte wiederholte; ich versuchte angestrengt, sie zu verstehen, doch da stimmte auch schon die Menschenmenge mit ein, und die Vielzahl der Stimmen verzerrte den Klang der Worte.

Valsoria schien es plötzlich eilig zu haben. Sie winkte eine der Töchter heran, die näherkam und schließlich vor ihr niederkniete. »Ist alles bereit, mein Kind?«

Die Frau nickte.

»Gut. Noch zehn Minuten«, sagte Valsoria, »dann werdet Ihr anfangen. Aber sag Lorosa, sie muß streng mit ihnen sein, damit keine Panik ausbricht.«

Die Tochter eilte über den Innenhof in Richtung Haupttor. Valsoria lächelte mir direkt ins Gesicht.

»Ich muß Euch nun verlassen, Tigrallef, aber diese beiden werden sich um Euch kümmern. Wir sehen uns bald wieder.«

Sie verschwand durch die Zeremonientür. Meine Bewacher warteten einen Moment, ehe sie und ich ihr folgten. Ohne Verzögerung drängten sie mich durch den geschnitzten Türrahmen, mit seiner Last uralter Hieroglyphen, und den langen heißen Gang zum Amphitheater hinunter. Noch bevor wir das innere Rundbogenportal erreicht hatten, stieg mir der Masollarduft in die Nase.

Flackerndes Licht erhellte das menschenleere Amphitheater. An jeder Ecke und an den Rampen, die die fächerförmigen Sitzreihen begrenzten, standen Öllampen, die den karmesinroten Schein des Lavabrunnens verblassen ließen. Nur die Plattform jenseits der Brücke lag in tiefer Dunkelheit, als würde das Licht es nicht wagen, noch tiefer in die Geheimnisse des Sacellums vorzudringen.

Meine Bewacher, große stille Männer, deren Kleider nach Fisch stanken, brachten mich zum Fuß der Rampe und zerrten mich zwischen sich in die erste Reihe der Bänke. Wir hatten uns gerade erst gesetzt, als der Boden zu beben begann und ein tiefes Donnern durch das Sacellum hallte. Es warf uns alle drei zu Boden, und ich prallte mit dem Kopf gegen die steinerne Begrenzung des Lavabrunnens. Durch die tanzenden Sterne und bunten Lichtblitze hindurch erkannte ich das Funkeln des goldenen Dunstes, der gerade begann, sich zu dichteren Flecken schwererer Goldes zusammenzufügen. »Bist du da?« wisperte ich. Stille. Einen Augenblick später wurde ich auf die Bank zurückgezerrt, und die Lichter zogen sich tiefer ins Innere meines Kopfes zurück.

Das Beben des Berges hatte meinen Bewachern die Zungen gelöst. Nervös saßen sie neben mir und sprachen über mich hinweg in einem umgangssprachlichen Vassashinayisch, das ich kaum verstehen konnte. Nur

Teile ihres Gespräches fing ich auf: seit Sonnenuntergang sechs Tänzer im Lager – Tiv bei lebendigem Leibe verbrannt worden – geschieht ihm recht, dem fetten Wucherer, nachdem er letztes Jahr versucht hat, den Markt mit faulem Fisch zu unterwandern – erstaunliche Vorzeichen geben die Feuergötter – Rauchwolken sehen aus wie kämpfende Giganten – Stimmen aus den Schloten oben auf dem Berg – Stimmen der seligen Verstorbenen – Borans Großtante Dava, kein Zweifel – die Erlösung rückt näher – und der Ausländer, der entkommen ist? – keine Sorge, die Seegötter werden ihn holen, falls es Sanvils Leute nicht schaffen – die Divinatrix – der Kalkissann –

An dieser Stelle brach ihre Unterhaltung zu meinem Leidwesen ab. Spätestens seit der Erwähnung des Ausländers (Chasco?) hatte ich die Ohren gespitzt. Außerdem war ich begierig, mehr über meinen Sohn zu erfahren, doch statt dessen hörten wir den Singsang näherkommender Stimmen und Schritte vom Eingang des Amphitheaters. Meine Bewacher hielten den Mund und richteten sich zu einer auffallend steifen Haltung auf.

Ich sah mich um und erkannte die rotgewandeten Töchter, die in Zweierreihen singend durch das Portal hereintraten. Diesmal nahmen sie jedoch nicht auf den Bänken Platz, sondern verteilten sich am Rand des Amphitheaters, bis sie das ganze Rund ausgefüllt hatten. Ihnen folgte der Pöbel der gemeinen Leute von Vass, die allesamt an der Türschwelle dieses heiligen Ortes angstvoll zögerten, ehe sie die Rampen hinabliefen und die Bankreihen eroberten. Zwei Reihen hinter mir sah ich Coll und hinter ihm Lillifer, den Stadtregenten von Vass, außerdem einige der Edelleute, die gemeinsam mit Rinn und mir zum Sacellum hinaufgestiegen waren. Heute betraten weitaus mehr Menschen das Amphitheater, als das Sacellum beherbergen konnte. Endlich begriff ich, daß die Tore geöffnet worden sein mußten, um den Flüchtlingen, die draußen lagerten, Zutritt zu der heiligen Stätte zu gewähren. Valsoria setzte alles auf eine Karte.

Schließlich, nachdem alle Besucher, grob geschätzt

waren es mehr als tausend Menschen, sich so dicht wie Samenkörner eines Granatapfels in den Bänken drängten, traten drei weitere Töchter herein. Die ersten gingen Seite an Seite und trugen rote Schleier; die Dritte – mein Herz wollte zerspringen, als ich sie sah – trug einen schwarzen Schleier. Calla! Ich sprang auf und rief sie über den widerhallenden Lärm der Massen hinweg an, doch meine Bewacher rissen mich zurück und hielten mich fest, bis ich mich nicht mehr wehrte. Als die drei Töchter die Brücke erreichten, die nur einen Fuß von mir entfernt war, starrte ich verzweifelt auf Callas Hände, doch ihre Finger hatten keine Botschaft für mich, sie hielt die Hände vor der Brust gefaltet und das verschleierte Gesicht abgewandt.

Sie gingen über die schmale Brücke und verschwanden im tiefen Schatten auf der Plattform. Eine fast vollkommene Stille senkte sich über das Amphitheater. Nur hier und da raschelten ein paar Füße, klapperte Muschelschmuck. Das leise Flüstern, einige Reihen weiter hinten, verstummte schnell. Sonst hörte ich nichts, außer dem ständig blubbernden Murmeln der Lava. Die Sekunden dehnten sich, und die wachsende Anspannung begann sich durch Schweißgeruch Ausdruck zu verschaffen, der fast den tückischen Hauch des Masollar verdrängt hätte. Ich stellte fest, daß ich die Sekunden zählte – wenn Valsoria die Dramatikerin war, für die ich sie hielt, so würde sie den passenden Moment erkennen, sobald er da war, und dieser Moment kam immer näher. *Jetzt,* dachte ich, und nur einen Sekundenbruchteil später brach der Altar in Flammen aus.

Beinahe hätte ich applaudiert. Hinter mir entstand ein Chor verwunderter, tiefer Atemzüge. Valsoria, eingerahmt von einer goldenen Robe und züngelnden Flammen, schien über dem Altar zu schweben; sie thronte regelrecht über den drei dunklen Silhouetten der verschleierten Töchter vor dem Altar. Mit ihrer klaren und kraftvollen Stimme intonierte sie einen Singsang in der Sprache Naarhils, der in meinem Kopf eine Regung, ähnlich dem Erwachen aus einem unruhigen Schlaf, verursachte. Der Rhythmus von Valsorias Sprache war ebenso besänftigend wie zwingend, beinahe hypnotisch, und ich war so mit dem sonderbaren Erwachen in meinem Schädel beschäftigt, daß ich beinahe gar nicht bemerkt hätte, wie sie plötzlich zur vassashinayischen Sprache wechselte.

»Das Böse hat überlebt«, brüllte sie mit ihrer so erstaunlichen Stimme. »Die Türme des Kriegshofes liegen viele Faden tief unter Wasser, und nasser Ruin blüht in den Gärten von Iklankish. Fische reisen durch Untiefen, wie einst Wagen durch die Straßen, und dennoch hat das Böse überlebt. Habt ihr geglaubt, Menschen von Vassashinay, das Gewicht so vieler Jahre könnte so leicht abgeschüttelt werden? Habt Ihr geglaubt, allein das Wasser des Meeres würde reichen, Raksh und seine Günstlinge zu vernichten? Nein!«

»Nein! Nein! Nein!« erklang es hinter mir im Chor, nur hier und dort ein paar Stimmen, dann ein paar mehr; viele mehr.

»Wasser!« brüllte Valsoria verächtlich. »Wasser! Ein so altes Übel kann nicht allein mit Wasser fortgewaschen werden. Für wie viele Jahrhunderte hat sich nun der eisenharte Absatz von Iklankish in das Antlitz Vassashinays gebohrt? Wie viele Jahrhunderte mußten wir leiden? Wie lange Zeit? Und nun haben sich die bösen Götter von Iklankish aus der Tiefe erhoben und diese widerliche Krankheit geschickt, um uns in unserem eigenen Land zu ermorden, um uns wieder leiden zu lassen – wie lange noch, meine Kinder, wie lange noch?«

Sie unterbrach sich und holte tief Luft, und das war auch nötig, schrie sie doch die nächsten Worte so laut sie nur konnte. »Blut, meine Kinder! Die Feuergötter von Vassashinay verlangen Blut! Eine Woge von Blut! Eine blutige Flut, die Raksh und seine Seuchendämone hinforttragen und in den tiefsten Abgründen der fernsten Hölle versenken wird! Blut! Blut! Blut!«

Und so ging es weiter. Sie sprach noch eine ganze Weile in diesem Stil, wobei sie stets noch nicht vernichtete Geister aus Iklankish für die Seuche verantwortlich machte. Währenddessen dachte ich darüber nach, wieviel Blut bereits vergossen worden war, wieviel davon sheranisches Blut war und woher die Divinatrix genug Blut bekommen wollte für die beachtliche Flut, von der sie sprach. Auf der ganzen Welt lebten nicht mehr genug Sheraner für so viel Blut, um so weniger in Vassashinay.

Dann fühlte ich eine eisige Hand nach meinem Herzen greifen. Sie hatte Calla – Halbsheranerin. Shree – Halbsheraner. Verolef – Viertelsheraner. Nicht einmal genug, um ein durchschnittliches Bierfaß zu füllen, aber immerhin ein Anfang. Andererseits sah ich Calla auf der Plattform, wo sie ihren üblichen Pflichten nachging; und Verolef, nun er war bestimmt in Sicherheit, er war schließlich der Kalkissann, der Große Erlöser, den die Vassashinayer aus mir unerfindlichen Gründen zutiefst verehrten. Damit blieb allein Shree. War Valsoria rhetorisch geschickt genug, um den Menschen einzureden, daß ein einziger Mann reichen würde, ihre Flutwelle aufzubauen? Bestimmt war sie das, doch darum ging es gar nicht. Sie *wollte,* daß ich ihn rettete, und das konnte ich ganz sicher nicht, ohne den Harashil herbeizurufen. Kluges Mädchen.

Im Namen Fathans, wie diese Frau reden konnte! Sie brauchte gerade zehn Minuten, um ihre Zuhörer in ein wildes Rudel verängstigter, rachsüchtiger und blutdurstiger Menschen zu verwandeln. Sie wollten Blut, möglichst sheranisches Blut, aber Valsoria erweckte in mir den Eindruck, als wäre ihr jedes Blut recht, wenn sie erst einmal angefangen hätte, Hauptsache, es war warm und im Namen der Feuergötter verströmt worden, mögen sie niemals Hunger leiden. Allmählich fragte ich mich, ob sie auch vassashinayisches Blut im Sinne hatte. Vielleicht gedachte sie die Menge in Stimmung für das große Ereignis zu bringen, indem sie vorab das ein oder andere Gemeindemitglied opfern ließ. Von Shree war jedenfalls noch nichts zu sehen.

Flankiert von meinen Bewachern ertrug ich das haßerfüllte Geschrei des Pöbels schweigend. Ich lauschte auf etwas anderes, und schließlich hörte ich es: eine leise Stimme, schwach und fern, aber klar verständlich: *Befiehl mir.*

Nein.

Ich stellte fest, daß Valsoria auf mich herabsah und die Stirn runzelte, als hätte sie diese Worte mitangehört und wäre enttäuscht, aber nicht überrascht; sie blickte zur Seite der Plattform und nickte.

Dann sprach die Heilige erneut zu mir, und das Amphitheater trat hinter einem anderen Bild zurück, das sich in meinem Kopf formte: In der Ferne erkannte ich die Türme einer Stadt, die sich weiß und golden in einem breiten grünen Tal erhob; unter mir breiteten sich goldene Kornfelder aus, zwischen denen eine Straße hindurchführte, auf der unzählige vollbeladene Karren, große Schaf- und Rinderherden und strahlende Krieger in ihren Rüstungen unterwegs waren. Die Soldaten sangen, während sie marschierten, und an der Einfahrt zu dem großen, weißen Hafen der Stadt flatterten die goldenen Segel einer gewaltigen Flotte.

Das Große Namenlose Letzte Reich. Befiehl mir, Nachfahre der Naar, und wir werden diese Stadt erbauen.

Ich seufzte. *Wirklich hübsch, Harashil, aber sieh genau hin.*

Das folgende Bild hatte ich unter Kontrolle, und es war weit weniger nett anzusehen. Die weißen Mauern und Türme der Stadt verdunkelten sich, bis sie eine schmutziggraue Farbe hatten. Auf den Feldern verrotteten die toten Halme zwischen metallenen Pfosten; langsam sank ich tiefer herab, bis die sonnenverbrannten Körper auf jedem der Pfosten sichtbar wurden. Auf der Straße marschierte eine erbitterte Armee in schwarzsilberner Rüstung, und diese Männer sangen nicht. Aus tausend Feuern stieg Rauch auf und verdunkelte den Himmel. Ohne Anstrengung schwebte ich über die zerstörten Felder und die grimmigen Wehrmauern der Stadt bis zu dem höchsten der dunklen Türme, in dem ein zu früh gealterter Mann in einem düsteren Raum grübelnd auf einem großen, dunklen Thron saß. Er hatte mein Gesicht.

So wird es enden, Harashil. Ich werde dir nicht befehlen, denn damit würde ich es beginnen.

Keine Antwort. Das Bild verschwand. Ich war wieder im Amphitheater. Etwas benommen versuchte ich, meinen Blick auf das gute Dutzend vassashinayischer Männer zu konzentrieren, die damit beschäftigt waren, zwei Gestalten in die Mitte der Plattform zu zerren, die sich heftig zur Wehr setzten. Die Menschenmenge, die so oder so schon laut genug war, brach nun in wütendes Geschrei aus. Als meine Augen endlich wieder ihre Arbeit taten, erkannte ich den Grund für diesen Zorn.

Sheraner und Sheranerin. Valsoria war wirklich gewitzt. Vom Stiefel bis zum Helm hatte sie eine vollständige sheranische Kriegerrüstung aufbewahrt, die so prachtvoll glänzte, als würde ihr Träger an einer Parade vor den Prinzen Iklankishs und dem ganzen versammelten Hofstaat von Sher teilnehmen. Das Kleid der Frau war nicht ganz so prachtvoll, aber es entsprach genau dem geschmacklosen, übertriebenen und gewalttätigen Stil der Sheraner, zu dem die Panzerkettenbordüren ebenso gehörten wie der riesige Kopfschmuck, der etwa halb so groß war wie die unglückselige Frau unter ihm.

Die auf dem Rücken gefesselten Hände des Mannes steckten in Panzerhandschuhen, doch es gelang ihm, den Helm abzuschütteln. Wütend starrte er den Pöbel an und knurrte ihm seine Verachtung entgegen. Trotz des Blutes und der blauen Flecken in seinem Gesicht erkannte ich Shree. Seine Augen weiteten sich, als er mich ebenfalls entdeckte; er stürzte auf die Brücke zu und wurde sogleich zurückgestoßen und von einer undurchdringlichen Mauer aus Häschern eingekreist. »Halte dich zurück, Tig! Tu es nicht!« Er hörte erst auf zu schreien, als jemand ihm einen Lumpen in den Mund stopfte. Sie brauchten vier Männer, um ihn festzuhalten.

Befiehl mir.

Ich schloß die Augen, doch die Bilder, die ich sah, waren so beängstigend, daß ich das Amphitheater vorzog und die Augen wieder öffnete. Gerade wurde der

Sheranerin der Kopfschmuck abgenommen. Die schwarzverschleierte Tochter (der ich im stillen zu ihrem plötzlichen und äußerst raschen Aufstieg gratulierte) arbeitete sich durch ein System aus Schnallen und Bändern, mit denen das scheußliche Ding befestigt war, während die Sheranerin – Calla – mit hocherhobenem Kopf unbewegt stehenblieb. Kaum aber war das Ding von ihrem Kopf genommen worden, da riß sie es der Tochter auch schon mit einer schlangenartigen Bewegung aus der Hand und schleuderte es direkt in den Lavabrunnen – ich vermute allerdings, sie hätte es lieber noch weiter fliegen und ein paar Köpfe in den Zuschauerrängen demolieren sehen.

Befiehl mir.

Der Nebel zog wieder auf; ich hatte nicht die Kraft, ihn aufzuhalten. Wie rasend sprang ich auf und stürzte auf die Brücke zu – oder auf den Lavabrunnen; ich vergaß vollkommen, daß ich an zwei große und unbewegliche Vassashinayer gefesselt war, bis die Fessel an meinen Handgelenken mich ruckartig zum Stehen brachte. Wie einen Fisch an der Angel zerrten sie mich auf die Bank zurück.

Du kannst sie retten. Befiehl mir.

Die Divinatrix beobachtete mich erwartungsvoll, Calla ausdruckslos und Shree überhaupt nicht, sank er doch gerade an den Armen seiner Häscher zu Boden, während frisches Blut über sein Gesicht floß. Der Berg begann zu beben. Nach und nach begannen die Tonlampen am Rand des Abgrundes zu flackern, ehe sie ganz erloschen und schließlich in einer Staubwolke explodierten.

Befiehl mir. Gestehe ein, daß beide eins sind.

Allmählich bemerkten die Menschen, daß der Boden unter ihren Füßen zitterte; die Schreie des Hasses hatten sich in Angstschreie verwandelt.

Befiehl mir.

Aus irgendeinem Grund sprach die Heilige plötzlich mit Valsorias Stimme. Müde sah ich auf, um mich zu vergewissern, daß Valsoria noch immer dort war, wo ich sie zuvor gesehen hatte, gleich, was mein inneres Hören auch behaupten mochte. Da erkannte ich, daß Calla an den Rand des Lavabrunnens gebracht wurde. Die beiden Vassashinayer, die sie an der Schulter hielten, sahen aus, als wären sie durchaus in der Lage, sie statt dessen über die Kante zu stoßen. Ihr Gesicht war wutverzerrt, und als sie meinen Blick bemerkte, begann sie zu schreien.

»Nein, Tig! Gib ihr nicht, was sie will. Laß mich sterben.«

Stöhnend biß ich mir auf die Unterlippe, bis ich fühlte, daß etwas Warmes über mein Kinn herablief. Dennoch barst der große Steinaltar mit einem donnernden Geräusch und stürzte zu rauchenden Trümmern zusammen. Valsoria schwankte, stolperte und fiel mit rudernden Armen inmitten der Flammen zu Boden, wo sie wütend, aber unverletzt direkt neben den Überresten des großen, schwarzen Stuhles landete, auf dem sie zuvor gethront hatte.

Befiehl mir.

»Tig! Tu es nicht! Gib nicht nach!«

Befiehl mir. Gestehe ein, beide sind eins. Befiehl mir, Sproß von Oballef, befiehl mir ...

»Nein!«

Ich brüllte das Wort, und dann brüllte ich es wieder und wieder, in meinem Kopf, in der großen Höhle, bis der Berg zu Beben aufhörte, der goldene Dunst verschwand und die Stimme des Harashil zu einem fernen Flüstern geschrumpft war. Ich brüllte, bis einer meiner Bewacher mir auf Valsorias Wink hin einen Hieb an den Kopf versetzte. Dann, nach einem weiteren Wink Valsorias, zerrten sie mich auf die Füße, über die Brücke und auf die Plattform, auf der mich Valsoria mit Gewittermiene erwartete. Shree war nirgends zu sehen; Calla sah mir mit einem stolzen Lächeln auf den Lippen direkt in die Augen, während sie hinter den zerstörten Altar geführt wurde. Für mich war es zu früh zum Lächeln – die Sache war noch nicht vorbei. Was, wenn sie sich entschließen sollten, Shree vor meinen Augen zu foltern? Was, wenn sie Calla über den Lavabrunnen hängen würden? Wie sollte ich dann noch widerstehen?

Die Erkenntnis traf mich schmerzhaft und kalt: Was auch immer geschah, ich mußte widerstehen! Auch wenn es bedeutete, Calla zu verlieren. Auch, wenn es bedeutete, Shree zu verlieren. Und ganz besonders dann, wenn es meine eigene Vernichtung bedeutete.

Der Divinatrix, die tatsächlich erbost war und nach ihrem Sturz unter leichtem Nasenbluten litt, schien das ebenfalls bewußt zu werden. »Ich hatte gehofft, diese beiden würden reichen«, zischte sie. »Aber Ihr laßt mir keine andere Wahl, Tigrallef. Ich werde den Harashil bekommen. Bringt ihn dort hinüber, und sorgt dafür, daß er still ist.«

Nun wurde ich an den Rand der Plattform gezerrt, von wo aus ich einen besseren Überblick über das Amphitheater hatte, als mir lieb sein konnte. Der Pöbel bildete ein Meer wild rollender Augen und bedrohlich schwingender Fäuste, das im Licht der verbliebenen Öllampen an eine Massenszene aus der lucianischen Hölle erinnerte. Sie wollten Blut sehen – und ich hoffte tatsächlich, Valsoria würde ihnen das meine anbieten, was beweist, wie sehr ich sie noch immer unterschätzte.

Irgendwie schaffte sie das Unmögliche, indem sie nur ihre Arme hob und mit sanfter, überzeugender Stimme zu sprechen begann – ebenso erfolgreich, wie sie zuvor Wut unter den Menschen ausgelöst hatte, gelang es ihr nun, sie wieder zu beruhigen. Als nur noch das unablässige Blubbern der Lava und ein gedämpftes Schluchzen von den Bankreihen zu hören war, breitete Valsoria die Arme weit aus, als wollte sie die ganze Versammlung an ihre Brust drücken.

»Die Zeit ist gekommen«, rief sie. »Die gesegneten Feuergötter fordern den Glücksbringer zurück, den sie uns geschickt haben. Dies, meine Kinder, ist die Erlösung von Vassashinay! Dies ist das Blut, das die Dämonen von Sher ertränken wird!«

Nun entdeckte ich zum ersten Mal die zwei weißgewandeten Gestalten, eine groß, die andere klein, die sich in einer Nische auf der anderen Seite der Plattform vor den Augen der Menge verborgen hielten. Die große

Gestalt bückte sich und schien die kleinere in die Arme zu schließen; dann drängte sie sie vorwärts, hinaus aus der Nische. Valsoria winkte.

Mein Herz erstarrte.

Mit einem verwirrten, aber durchaus interessierten Gesichtsausdruck angesichts dieser sonderbaren Vorgänge trottete Verolef auf die Plattform und betrachtete die Menschenmenge. Der plötzliche Tumult schien ihn zu überraschen, doch er zeigte keine Anzeichen von Angst. Vertrauensvoll ging er auf Valsoria zu und ergriff ihre ausgestreckte Hand.

»Sehet den Kalkissann!« schrie Valsoria. »Sehet den Erlöser von Vassashinay!«

Der Pöbel heulte auf. Verolef blickte die Menschen ganz ruhig an, und seine Stirn legte sich ein kleines bißchen in Falten; Valsoria aber wandte sich zu mir um und lächelte.

Befiehl mir.

Ich senkte den Kopf. Ich hatte keine Antwort darauf.

Kapitel 40

Befiehl mir.

Meine Bewacher hielten mich an der Wand fest, so daß ich nicht einmal den Kopf abwenden konnte. Ich versuchte, meinen Geist abzuschirmen, doch es gelang mir nicht einmal, die Augen zu schließen.

Befiehl mir.

Vage hörte ich Calla schreien – nur einmal. Verolef hörte sie auch. Ich sah, wie er ruckartig den Kopf drehte, um sie zu suchen; er entriß Valsoria seine Hand, doch sie strich ihm nur sanft über das Haar (ich knirschte mit den Zähnen) und griff erneut nach seiner Hand.

Ich hörte ihn auf vassashinayisch sagen: »Wo ist meine Mutter?«

Valsoria antwortete ihm freundlich: »Das ist jetzt nicht wichtig. Geh mit Valsoria, Verolef. Du mußt jetzt ganz tapfer für mich sein.«

Mein Sohn war nicht dumm. Mißtrauisch blickte er die Divinatrix an. »Aber wo ist meine Mutter? Warum hat sie geschrien? Hat ihr jemand weh getan?«

»Aber natürlich nicht, mein Liebling. Wir werden später zu ihr gehen. Willst du jetzt nicht erst einmal deiner lieben Tante helfen, mein Kind?«

»Nein«, erklärte er bewundernswert geradeaus. »Ich will zu meiner Mutter.«

»Vero...«

»Laß mich los! Ich will meine Mutter!«

Nun kämpfte er gegen ihren Griff an. Er schaffte es, freizukommen und wollte um den zerstörten Altar herum in die Richtung laufen, aus der er Callas Schrei vernommen hatte; Valsoria bellte einen Befehl, und vier Männer stürzten auf den Knaben zu. Dem ersten wich er aus, dem zweiten rannte er zwischen den Beinen hindurch, und dem dritten biß er in die Hand, sobald sie in seiner Reichweite war – er war zweifellos das Kind seiner Mutter. Der vierte Mann jedoch packte ihn, riß ihn in die Höhe und hielt den kleinen Körper fest in seinen haarigen Armen. Die Menge johlte vor Begeisterung.

Valsoria sah mich über ihre Schulter hinweg an, als wollte sie sagen: *Du kannst das alles verhindern, wann immer du willst*. Laut sagte sie: »Bringt den Bengel zu mir. Und haltet ihn fest.«

Als der Mann Verolef neben ihr absetzte, ohne seinen Arm von seiner kleinen Brust zu lösen, lächelte Valsoria und sagte sanft und so leise, daß die Menschen jenseits des Lavabrunnens es nicht hören konnten: »Du hattest recht, Verolef, jemand tut deiner Mutter weh. Und wir werden auch dir weh tun müssen, wenn dieser Mann dort«, sie deutete auf mich, »nicht tut, was ich von ihm verlange.«

Zum ersten Mal blickte Verolef seinen Vater an, und seine Miene drückte Mißbilligung aus. »Warum tut er es dann nicht?«

»Weil er böse und halsstarrig ist, und weil es ihm egal ist, was mit dir geschieht«, sagte sie gleichmütig. »Und wenn dir oder deiner Mutter etwas Schlimmes passiert, dann ist es seine Schuld. Verstehst du das, Verolef?«

Ich fühlte, wie meine Kontrolle zerriß, Saite für Saite, wie eine Harfe in der trockenen, heißen Luft einer Wüste.

»Sie lügt, Verolef«, sagte ich leise.

»Ich weiß.«

Nun war Valsoria ebenso überrascht wie ich. Sie hob die Hand, als wolle sie ihm eine Ohrfeige versetzen – doch als der Berg erneut zu beben begann, überlegte sie es sich anders. Drohender Donner drang unter unseren Füßen herauf, und der Boden zitterte heftig, als sich die Luft um uns mit goldenem Dunst zu füllen begann. Ich war daran gewöhnt, diesen Anblick ganz für mich allein zu haben, daher verblüffte es mich sehr, daß nun auch andere den Nebel sehen konnten. Verolef betrachtete das Phänomen verwundert mit offenstehendem Mund. Die Vassashinayer auf der Plattform reagierten entnervt und murmelten leise angsterfüllte Worte, doch von der anderen Seite des Lavabrunnens hörte ich das Keuchen und die Beifallslaute der Menschenmenge, die anscheinend glaubte, dies wäre nur ein weiterer von Valsorias berühmten Tricks, wenn nicht gar das Strahlen der Feuergötter selbst, mögen sie niemals hungrig und ganz bestimmt nicht gepriesen sein.

Valsoria warf mir einen kurzen, besorgten Blick zu, als hätten sie und ich eine falsche Abzweigung in dem Labyrinth der Ereignisse gewählt, das uns gefangenhielt. Dann aber zog sie die Schultern hoch, und schon war sie wieder so agil und geschäftstüchtig wie zuvor. Mit einer ungeduldigen Geste winkte sie die beiden rotverschleierten Töchter zu sich.

»Beeilt euch – nehmt das Kind – bringt es zu dem sheranischen Kriegsherrn und der undankbaren, verräterischen Carrinay. Rasch! Rasch!«

Eine der Frauen hob Verolef hoch und trug ihn an dem rauchenden Trümmerhaufen vorbei, der einmal der Altar gewesen war. Die andere folgte ihr. Das Kind ließ sich friedlich davontragen und beobachtete über die Schulter der Tochter hinweg ganz hingerissen den goldenen Dunst. Einmal blickte er mich beiläufig an.

Die große Tür wurde geöffnet. Ich sah Shree und Calla. Beide lagen blutend und kraftlos wie achtlos weggeworfene Säcke in der Dunkelheit. Ich sah, wie Verolef sanft, aber bestimmt hineingeschoben wurde, eine einsame kleine Gestalt in einer weißen Robe, die uns den Rücken zuwandte. Bevor sich aber die Tür hinter ihm schloß, wandte er sich um und sah mir direkt in die Augen. Seine Mundwinkel hingen scheinbar mißbilligend herab. Dann schlossen sich die Türflügel.

In der Zwischenzeit hatte die Divinatrix ihre Arme ausgebreitet und redete erneut auf ihre Gemeinde ein. Blut. Opfer. Erlösung. Die Worte durchdrangen den dichter werdenden Nebel und die geistlosen, blutrünstigen Rufe der Massen.

Ich rief sie selbst an und versuchte, Valsorias beachtliche Stimme zu ersticken. »Sie benutzt euch nur, ihr Idioten! Sie würde keinen Finger für euch krumm machen. Die Seuche interessiert sie gar nicht. Es ist ihr egal, ob ihr euch alle zu Tode tanzt, wenn sie nur kriegt, was sie will. Den Kalkissann umzubringen, wird euch nicht helfen. Glaubt ihr nicht ...«

Ich verstummte, nachdem mir klar wurde, daß mir niemand zuhörte. Valsoria kam näher und lachte mich aus. »Es wird nicht funktionieren, Sproß von Oballef. Es gibt nur eine Möglichkeit für Euch, Euer Kind und die anderen zu retten, falls sie noch am Leben sind, und Ihr wißt genau, was ich meine.«

»Und wenn ich mich weigere?«

»Dann wird Euer Sohn gemeinsam mit seiner Mutter unter Qualen ersticken. Aber glaubt nicht, daß dann alles vorbei wäre, denn Ihr seid noch immer in meiner Hand. Diese Seuche ist wirklich ein schrecklicher Glücksfall für mich. Mir scheint, ich könnte jedes beliebige Opfer für die Feuergötter fordern, ohne daß sich mir irgend jemand widersetzen würde.«

Ich starrte sie wütend an. Angewidert fragte ich mich,

wie viele Morde sie in Kauf nehmen würde, um meinen Geist dem ihren zu unterwerfen. Und das war die Frau, die das Große Namenlose Letzte Reich beherrschen wollte, die die Macht über Leben und Tod der ganzen bekannten Welt anstrebte! Ich schloß die Augen, um ihr verhaßtes Gesicht nicht mehr sehen zu müssen, während meine Wut und meine Furcht immer weiter wuchsen und der Berg bebte. Ich erwartete, den Harashil vorzufinden, doch statt dessen sah ich Verolef.

Obwohl es um ihn herum absolut dunkel war, konnte ich ihn klar und deutlich erkennen, so als hätte das Tageslicht einen Weg durch das Bergmassiv gefunden. Tränen rannen über seine Wangen, Tränen, die, wie ich glaubte, ebensosehr seinem Zorn wie seiner Angst zuzuschreiben waren. Schon jetzt hustete er. Er stolperte über das zerfetzte sheranische Kostüm Callas, folgte dem Stoff zu ihrem Körper und kroch an ihm entlang, bis er ihr Gesicht gefunden hatte, dann ließ er sich neben ihr auf die Knie nieder.

»Mutter?«

Verzweifelt schüttelte er sie an der Schulter, ehe ein heftiger Hustenanfall ihn zwang, innezuhalten. Er hustete so schrecklich, daß ich fürchtete, es würde seine Brust zerreißen.

»Mutter?«

Calla bewegte sich nicht, und ich fragte mich voller Kummer, ob sie womöglich schon tot war und Shree ebenso. Ich sah, daß Verolef unter den Auswirkungen der giftigen Luft zu leiden hatte; er wischte sich etwas Unsichtbares aus dem Gesicht, schlug in die Luft, fixierte ein Nichts in der Dunkelheit der Höhle und stieß einen kurzen, scharfen Schrei des Trotzes aus. »Geh weg! Mach, das es weggeht! Mutter!« Er warf sich neben ihr auf den Boden und drängte sich an ihren Leib. Sein nächster Hustenanfall ließ ihrer beider Körper erzittern.

Befiehl mir.

Ich öffnete die Augen. Noch immer lag dieses verabscheuungswürdige, selbstsichere Lächeln auf Valsorias Lippen, doch in der Tiefe ihrer Augen erkannte ich einen

Schatten der Angst, ein Phantom des Zweifels. »Tut es jetzt, Sproß von Oballef, ehe das Kind stirbt. Gebt zu, daß beide eins sind. Die Prophezeiung . . .«

»Die Prophezeiung«, unterbrach ich in einem klangvollen Tonfall, der sogar mir selbst fremd war, »geht weit über alles hinaus, was Euer Geist erfassen kann, Divinatrix.«

»Tatsächlich?« Noch immer lächelnd richtete sie sich zu voller Größe auf und sprach einige Worte in der alten Sprache Naarhil zu mir, wobei sie sich den Anschein gab, etwas Endgültiges zu tun, auf das es keine Antwort gab. Ich legte den Kopf schief und lauschte; diese Worte bedeuteten mir nichts. Sie prallten an meinen Ohren ab wie ein Hagel schwungloser Pfeile.

»Divinatrix, sollte jetzt irgend etwas geschehen?«

Das Lächeln gefror. Schrill wiederholte sie die Naarhilworte, wobei sie die Betonung variierte. Ich betrachtete sie kopfschüttelnd. Welchen Schlüssel sie auch in Händen hielt, er befand sich im falschen Schloß.

»Vielleicht«, sagte ich, »hättet Ihr schonender mit den alten Schriftrollen umgehen sollen. Oder vielleicht hättet Ihr auch nur die verbliebenen Texte sorgfältiger lesen müssen. Was meint Ihr?«

Sie starrte mir in die Augen – ich weiß nicht, was sie dort sah, doch es trieb ihr die Farbe aus dem Gesicht. Im nächsten Augenblick riß sie dem neben ihr stehenden Vassashinayer kreischend das Messer weg und wollte es mir in den Bauch rammen. Es zersplitterte in ihren Händen zu einer kleinen Wolke metallischen Staubes.

Befiel mir.

Eine männliche Stimme, die mir vage bekannt vorkam, doch ich konnte sie nicht recht einordnen, bis ich ihn hinter Valsoria erblickte. Ein schlanker junger Mann mit einem unscheinbaren, aber freundlichen Gesicht, meines, wie es der Zufall wollte, und einem Gelehrtenbuckel, der den Eindruck vermittelte, daß er zuviel Zeit damit verbrachte, sich über Bücher und Schriften zu beugen. Bemerkenswert war, daß er mindestens zwölf Fuß maß und leuchtete. Er trat vor, als Valsoria, die Hände wie ein

Schild gegen mich gerichtet, zurückwich, und für einen Augenblick umrahmte sein Leib den ihren. Dann war sie hinter ihm, doch ich konnte sie noch immer sehen, als wäre er nicht mehr als eine Spiegelung auf einer Kristallglasscheibe. Niemand außer mir schien ihn wahrzunehmen.

»Soweit sind wir also schon«, sagte ich laut.

Der Harashil nickte und breitete in einer für mich charakteristischen Geste die Hände aus. *Befiehl mir. Beide sind eins.*

»Fast«, sagte ich. »Fast. Warte noch.«

Stellen Sie sich das physikalisch Unmögliche vor: eine papierdünne Oberfläche schwarzen Eises, glatt, ebenmäßig und konturlos, die ganz oben auf einem Kessel mit brodelndem, sprudelndem, kochendem Wasser schwimmt. Das war ich, und das Eis begann zu schmelzen.

Jenseits der großen Tür erklang ein lauter werdendes Wimmern, das für kurze Zeit die Lautstärke hielt, ehe es wieder schwächer wurde. Es war Verolef, und er litt entsetzlich.

Ich nehme an, Verolef war der Tropfen, der am Ende den Damm zum Bersten brachte, doch da war noch mehr, viel mehr. In diesem Augenblick fühlte ich wie nie zuvor die vernichtende, betäubende, tragische, seelenzermalmende Unausweichlichkeit dieser Sache – wie der Harashil es mir schon auf den Straßen des versunkenen Iklankish gesagt hatte: Wenn man einfach so nolens volens eine Prophezeiung erfüllt, dann muß man auch mit den Konsequenzen leben; und, so dachte ich, die ganze Welt ebenso. Ich atmete tief durch und begann.

»Beide . . .«

Wieder erklang das Wimmern aus dem Orakelzimmer, der bedauernswerte Schrei eines Kindes, das herausfinden mußte, daß Monster nicht nur real, sondern überdies anwesend waren. Der Pöbel ahmte ihn aus voller Kehle nach, und ich hörte sogar Gelächter.

»... sind ...«

Valsoria versuchte noch immer verbissen, mich umzubringen. Ihre Stimme klang schrill, und bis auf die beiden Männer, die mich an die Wand preßten, wichen ihre Diener vor mir zurück. Der Berg schwieg, explosionsbereit, zeitweise innehaltend, wartend. Verolef weinte wieder.

»... eins.«

Zunächst verwirrten uns die sich überlagernden Bilder: eine schwindelerregende Aussicht über ein langes, schwarzes, glitzerndes Meer des Nichts, ohne Anfang, Mitte oder Ende und gleichzeitig ein schmales Blickfeld durch Löcher in einem Schrein aus Gebeinen, der ein irgendwie bekanntes, doch sonderbar begrenztes Empfinden verursachte, nicht unangenehm, begrenzt und klein.

Dann spürten wir eine neue Empfindung – einerseits das Pulsieren des Blutes, das Atmen, das ebenmäßige Spannen und Entspannen der Muskeln und die vielen, wenngleich nicht zahllosen Schläge des Herzens, andererseits ein Übermaß an Tagen, Jahren, Jahrhunderten und Jahrtausenden, in die Vergangenheit und in die Zukunft, kein Anfang, keine Mitte, kein Ende. Und schließlich wollten wir weiter nichts mehr, als uns still irgendwohin setzen, den Kopf auf die Hände stützen und uns an unser neues Dasein gewöhnen; dann aber erinnerten wir uns daran, zu sehen, und da erkannten wir, daß wir nicht allein waren.

Was für armselige Kreaturen.

Schwärmten umher, schrien und krochen umeinander wie Maden in einer flachen, schmutzigen Schüssel voll schlammigem Wasser, die wir in unserer Hand hielten. Blökten unnützes Zeug, bluteten unnützes Blut, dachten unnütze Gedanken, die wie Asche durch die Luft schwebten und vom Wind fortgetragen wurden, flüchtig, trivial, nichtig. Sie waren nichts.

Mit einer Ausnahme.

Ja, wir dachten, daß es da noch etwas Wichtiges gab, eine Pflicht, die wir zu erfüllen hatten. Wir rieben uns mit der Hand die Stirn und versuchten, uns in all dem wirbelnden Chaos des Neuen zu erinnern. Irgendwo unter diesen armseligen Kreaturen war jene, die gerettet werden mußte, aus gutem Grunde gerettet werden, wenn wir uns in diesem wirren Moment auch nicht erinnern konnten, was das für ein Grund war, wir wußten nur, daß sie etwas mit den Bedingungen und Vereinbarungen jenes langen, Generationen alten Vertrages zwischen dem Harashil und dem Volk der Naar zu tun hatten, obwohl wir nunmehr weder Naarling noch Harashil waren, wir waren mehr, wir waren viel fremdartiger.

Wir erinnerten uns. Ein Kind aus der Linie der Naar war in Gefahr, es starb – er war dort hinter dieser steinernen Eierschale. Das war leicht, sehr leicht. Wir fanden eine Faust am Ende eines Armes – unsere vermutlich, auch wenn es uns irgendwie schien, als hätten wir sie nie zuvor aus diesem Blickwinkel gesehen. Wir schlugen sie durch die Eierschalenwand und die Türblätter, die so substanzlos wie Mottenflügel waren, und zogen das Naarlingkind heraus, das Kind, das sich warm anfühlte und uns erfreute, weil wir uns erinnerten, daß dies ein zufriedenstellendes Stadium der Körperlichkeit war.

Allmählich beherrschten wir unseren Körper besser. Wir beugten unsere Finger, strichen mit den Kuppen sanft über das Gesicht des Naarhilkindes. Es bewegte sich in unseren Armen, und auch das gefiel uns. Wir hatten den unseren geschützt. Nun konnten wir gehen – es gab noch so viel zu tun, ein Reich mußte errichtet werden, eine Prophezeiung erfüllt, ein Schicksal vollendet. Aber zuerst ...

Angewidert blickten wir uns um. Laute, stinkende Parasiten, die nicht zum Volke Naar gehörten, verseuchten diesen Ort; wir erinnerten uns, daß dieses Ungeziefer es gewagt hatte, das Kind der Naar zu bedrohen, daß es nach seinem Blut geschrien und sich an seiner Not geweidet hatte, und deswegen hatten diese Parasiten verdient, was wir mit ihnen tun würden. Wir streckten unsere Hand aus. Tief im Inneren der Erde, weit unter den Wurzeln des Berges, begannen viele neue Ströme flüssigen Feuers sich an die Oberfläche heraufzuschlängeln.

Ein Heer Nicht-Naar-Kreaturen kämpfte darum, vor dem Blubbern im Inneren des Berges zu flüchten; natürlich hätten wir sie aufhalten können, doch wir ließen sie ziehen, nur gehindert durch ihre eigene Panik. Ob sie nun im Inneren des Berges waren oder nicht, es machte keinen Unterschied. Das flüssige Feuer würde schon bald durch Risse im Fels herausdringen und vom Himmel herabregnen; für diese Kreaturen gab es kein Entkommen, für keine von ihnen. Für den Schmerz des Naarlingkindes würden sie in gleicher Münze bezahlen müssen.

Da war eine, die nicht versuchte zu fliehen. Valsoria – der Name tauchte plötzlich in einer Woge besonderen Widerwillens in unserem Bewußtsein auf. *Sie hat das Naarlingkind verletzt*. Sie kauerte auf der Plattform und versuchte mit dem massiven Felsgestein zu verschmelzen. Noch immer plapperte sie Worte, die fast richtig und doch vollständig und anstößig falsch waren, Worte, die ohne jede Wirkung an dem glatten, glasharten Panzer unseres Willens kratzten.

Wir streckten die Hand so weit aus wie nötig, umfaßten ihre Hüfte mit den Fingern und brachten sie ganz nahe an unser Gesicht heran. Für einen Moment verfiel sie in Schweigen und starrte uns an; dann begann sie erneut zu sprechen, langsam und deutlich. Und korrekt.

Wir fühlten uns unwohl. Das war keine Beschwörung. Sie hatte den Versuch aufgegeben, uns Befehle zu erteilen. Jetzt konzentrierte sie sich nur noch darauf, sich selbst zu retten. Wir kannten diese Worte gut, wenn wir auch nie gehört hatten, daß sie ausgesprochen wurden. Sie waren unser Bann, unser Tod, unsere Vernichtung, verpackt in fünf kurze Naarhil-Vierzeiler.

Sie beschmutzte diese Worte, indem sie sie mit ihrem unreinen Mund sprach, der nicht Naar war, und dennoch legte sich ihre Macht wie ein stählerner Reifen über unsere Schultern, nötigte uns, fesselte uns; und unsere wachsende Angst vor ihr zwang uns in die Knie.

Sie kostete unsere Furcht aus, und ihre Stimme wurde kräftiger.

Die Worte umspannen uns – spannen ein Netz, blankes Gold, blendendes Silber, eisblauer Stahl. Langsam, schonungslos legte es sich über uns. Der zweite Vierzeiler. Der dritte. Das Ende kam näher. Die Kraft entströmte unserem Leib; sie begann mit dem vierten Vierzeiler – der fünfte würde uns töten. Wir brüllten voller Wut und Angst.

Triumphierend und mit starker Stimme begann Valsoria mit dem fünften Vierzeiler.

Und in einer Ecke jenes Netzes erschien ein Bruch in dem wirbelnden Muster metallischer Farben; hoffnungsvoll beobachteten wir, wie er immer größer wurde. Schmutziges Braun, flechtenähnliches Grün; milde rottende Stränge, die herabsanken, zerrissen und sich unter ihrem eigenen aufgedunsenen Gewicht auflösten – Valsoria hatte ihren Fehler noch nicht bemerkt. Der verderbliche Einfluß setzte sich von Strang zu Strang, Knoten zu Knoten immer weiter fort. Das Netz verrottete. Wir hoben den Kopf.

Valsoria schwieg.

»Fast«, sagten wir, und unsere Stimme ließ den Berg erzittern. »Fast, aber nicht ganz.« Dann drückten wir zu, und als sie leer war, schleuderten wir ihre verhaßten Überreste in den zweckdienlichen Kessel glühenden Gesteins, der uns von der brodelnden Herde der Nicht-Naar-Kreaturen trennte, und sahen zu, wie sie in Rauch aufging.

So endete die lange, durchgängige und nicht ganz ungefährliche Linie der Divinatrixe von Vassashinay, und wir vergaßen sie auf der Stelle.

Wir hatten ein Reich zu errichten.

Kapitel 41

Die Plattform war nun leer. Nur wir und das Kind waren noch dort. Auch die nächsten Bänke jenseits des Kessels waren leer. Kreischende Massen Nicht-Naar-Kreaturen stapelten sich vor dem fernen Portal, kratzten und traten, kämpften gegeneinander, um ins Freie zu kommen. Nur ein Mann ging gegen den Strom. Wir konzentrierten uns auf diesen einen, weil wir neugierig waren und um uns die Zeit zu vertreiben, bis unsere geschmolzenen Gesteinsflüsse bereit waren, das Ungeziefer fortzuwaschen. Wir sahen, wie er das Ende der brodelnden Masse vor dem Portal erreichte und sich auf dem Weg auf die freie Fläche durchkämpfte, bis er schließlich die Rampe zu dem steinernen Bogen über dem siedenden Kessel halb hinunter lief, halb stolperte. Er brüllte, doch unsere Neugier war nicht groß genug, daß wir uns die Mühe gemacht hätten, ihn zu verstehen.

Er machte sich daran, die Brücke zu überqueren. Auf Händen und Füßen hing er an dem schmalen Sims, während der Berg hin und her schwankte. Mit müßigem Interesse schauten wir ihm zu, um zu sehen, ob er es schaffen würde.

Einmal schien es, als würde er scheitern. Er rutschte zur Seite, bis er mit dem halben Körper über der hungrigen Lava hing, die ihre heißen Finger nach ihm streckte – doch er hangelte sich zurück, fand das Gleichgewicht wieder und glitt auf dem Bauch über die Brücke, bis er schließlich sicher auf dem Boden der Plattform landete, fast direkt vor unseren Füßen.

»Tigrallef, hör auf! Hör auf! Erinnere dich, wer du bist!« Unsicher kam er auf die Füße, packte unsere Schultern und schüttelte uns; er brüllte uns direkt ins Gesicht.

Wir waren mehr als ein bißchen überrascht. Was für ein sonderbares Benehmen! Sonderbar genug, daß wir davon absahen, ihn gleich an Ort und Stelle zu zerquetschen, jedenfalls für den Moment. Er war keine Gefahr für uns, und wir wollten abwarten, was er als nächstes tun würde.

Er schien des Brüllens überdrüssig zu werden. Mit wildem Blick sah er sich um und stolperte dann zu dem Loch, welches wir in der Eierschalenwand hinterlassen hatten, zu dem Trümmerhaufen, in den wir die Tür verwandelt hatten, und verschwand in der Dunkelheit. Einen Augenblick später tauchte er wieder auf und zerrte etwas mit sich – noch eine dieser Nicht-Naar-Kreaturen, es war eine Frau mit blau angelaufenem Gesicht, vermutlich tot. Dann noch eine, ein Mann. Der Verrückte von der Brücke hetzte wie wild zwischen ihnen hin und her, schlug sie ins Gesicht und pustete Luft in ihre Münder. Nur dann und wann machte er eine Pause, um mich weiter anzubrüllen.

Mich?

»Tigrallef! Erinnert Euch, wer Ihr seid! Versucht es! Tigrallef, helft mir!«

Ein sonderbares Gefühl der Vertrautheit. Sein Name war Chasco, und ich – wir – kannten ihn von irgendwoher. Der Name Tigrallef rührte ebenfalls eine Saite in unseren Erinnerungen, und wenngleich ein Teil von uns hartnäckiges Mißfallen zeigte, bestand doch der andere darauf, den Namen immer und immer wieder in Gedanken zu wälzen, seine abgenutzten Enden und die unzähligen Kerben zu untersuchen, bis wir – ich – mich zu erinnern begann. Tigrallef war unser Name. Nein. Tigrallef war *mein* Name.

Der Name des anderen Mannes lautete Shree. Die Frau wurde Calla genannt.

Schnellen Schrittes überquerten wir die Plattform. Wir schienen die drei Gestalten gleichzeitig aus der Nähe und aus immenser Höhe zu betrachten, so als könnten wir uns nicht entscheiden, wie groß wir sein wollten. Wir sahen zu, wie sie zur Seite rollten, als der Berg bebte. Unsere Ströme der Vergeltung waren nun sehr nahe, wir konnten bereits ihre Hitze unter dem steinernen Boden spüren, konnten die Qualen des Berges spüren, der versuchte, Dutzende wütender Ströme durch seine wenigen, schmalen Öffnungen zu pressen. Überrascht empfanden wir einen Hauch des Bedauerns, weil diese drei mit den anderen sterben mußten, aber sie waren nicht vom Volk der Naar, und es gab keinen Grund, sie zu schützen, auch wenn wir ihre Namen kannten.

»Euer Lordschaft, Tigrallef – hört auf! Erinnert Euch an Sher! Erinnert Euch.«

Sher? Natürlich erinnerten wir uns an Sher. Klar und deutlich. Wir hatten Sher mit Wasser vernichtet, so wie wir Myr, Itsant und Baul vernichtet hatten. Dagegen hatten wir Fathan durch Feuer zerstört, so wie Khamanthana und Nkalvi und das einstige Vizzath, so wie wir nun die wiederauferstandenen Schatten Vizzaths durch Feuer zerstören würden. Warum sollten wir uns gerade an Sher erinnern?

Doch ein Teil von uns wollte sich unbedingt erinnern. Ein Teil von uns war auf einen harten Kern aus Schuld und Bedauern gestoßen und ermutigte ihn zu wachsen. Die gepeinigten Schreie der Nicht-Naar hallten von der hohen, dunklen Decke des Amphitheaters wider, und sie hallten von der großen grünen Woge aus Wasser wider, die eine gequälte Stadt unter sich begrub; die See kochte über Iklankish. Wir erinnerten uns.

So viele Tote.

Nicht-Naar.

Aber so viele.

Ja, sicher. Und heute wird mehr Blut fließen.

Vielleicht . . .

Ein riesiger, weißglühender Lavaschwall schoß aus dem Abgrund heraus, schlug an die Decke und kam als gefährlicher Regenguß wieder herab. Die Brücke war fort. Chasco beobachtete das Verschwinden dieses Fluchtweges und zuckte die Schultern, ehe er sich wieder Shree zuwandte und ihm erneut Luft in den Mund blies. Plötzlich wurde er durch ein Husten und eine schwache Bewegung belohnt. Shree versuchte, sich aufzusetzen, doch er fiel keuchend wieder zurück und starrte Chasco an. Dann streckte er den Arm aus und packte Chascos Kehle. Er schien weder uns noch das Beben des Untergrundes wahrzunehmen.

»Bastard«, krächzte er. »Tig und ich haben dich gesehen, als du ohne uns davongesegelt bist.«

Chasco entfernte seine Hand mühelos von seinem Hals. »Ich hatte Schwierigkeiten – eine ganze Menge Leute wollten dieses Boot ebenfalls haben. In der Bucht, in die Tig mich geschickt hat, hat mich eine ganze Meute erwartet, deshalb habe ich einen sichereren Ankerplatz gesucht und bin zurückgekehrt, um euch zu holen.«

Wir schauten weiter zu und lauschten. Der Dialog schien recht spannend zu sein.

Shree starrte Chasco noch etwas länger an, ehe er erneut mit geschlossenen Augen zusammenbrach. Seine Haut war so weiß wie Papier. »Natürlich bist du zurückgekommen, sonst wärest du nicht hier. Ich dachte – ach, vergiß, was ich dachte. Aber Tig hatte mehr Vertrauen zu dir als ich. Ich war bereit, dich umzubringen.« Er schwieg einen Moment. Seine Augen hielt er noch immer geschlossen. »Wo ist Tig?«

Über seine Schulter hinweg blickte Chasco uns – mich – verzweifelt an, doch er sagte nichts. Wir sagten auch nichts. Shree stöhnte, legte den Arm über seine Augen und fragte dann: »Was ist mit Calla?«

»Ich bin zu spät gekommen. Ich fürchte, sie ist tot.«

Tot, tot, tot. Das Wort schien von den Wänden widerzuhallen. Plötzlich verloren wir das Interesse an dem Gespräch der beiden Männer. Wir empfanden Kummer.

Ich empfand Kummer.

Nein!

Aber sie ist nicht vom Volke Naar.

Nein!

Sie bedeutet nichts.

Nein!

Tot, tot, tot. So viele Tote.

»Nein«, flüsterte ich.

Ja. Sher durch Wasser, Vizzath durch Feuer. Und heute wird noch mehr Blut fließen, und morgen beginnen wir mit dem Aufbau des Großen Namenlosen Letzten Reiches.

»Nein! Nein! Nicht mehr!« Meine Stimme ließ den Fels um uns herum erzittern.

Plötzlich versuchte sich die erste Woge geschmolzenen Gesteins an den Wurzeln des Berges; das folgende heftige Beben riß etliche der Menschen, die noch immer das Portal belagerten, von den Füßen. Fast bis über den Rand des Lavabrunnens stürzten sie von den Rampen. Eine unglückselige Frau traf so heftig an der Brunnenmauer auf, daß sie hinübergeschleudert wurde und kreischend in das flüssige Feuer fiel. Ohne nachzudenken streckte ich hastig die Hand aus, ich streckte sie weit, weit aus, und fing die Frau auf, ehe sie die blubbernde Oberfläche erreicht hatte, hob sie über die Begrenzungsmauer und setzte sie lebendig auf der Mitte der Rampe ab.

Wir protestierten: *Nicht-Naar.* Hauptsächlich empfanden wir aber erfreute Verwunderung – wie es schien, konnten Macht und Wille einander bekämpfen, und der Wille hatte eine faire Gewinnchance, wenn es ihm gelang, die Macht zu überraschen. Beeindruckt von dieser Erkenntnis und unter Mißachtung etlicher innerer Impulse, sanken wir auf die Knie und legten das Naarlingkind sacht auf den Boden neben seiner Mutter.

Wieder erblickten wir zwei Perspektiven. Wir beugten uns über Calla, waren nur wenige Handbreit entfernt und sahen sie doch auch als kleine, zerknitterte Gestalt weit unter uns. Mit einiger Anstrengung erzwang ich die nahe Perspektive. Es war verdammt schwer, diesen Zustand beizubehalten. Ich hörte Shree rufen und fühlte Chascos Hand auf meiner Schulter.

»Tigrallef?«

»Im Augenblick, aber ich weiß nicht, wie lange ich das durchhalten kann.«

Ich nahm Calla in die Arme. Erleichterung durchflutete mich. Sie sah zwar aus, als wäre sie bereits tot, doch meine neugewonnenen Sinne sagten mir, daß sie noch am Leben war, kaum noch, ihr Herz vergaß zu schlagen, und ihr Atem vermochte sich nur mühsam, seinen Weg an getrocknetem Blut auf ihren Lippen vorbei zu bahnen. Ganz sicher konnte ihr kein Mensch mehr helfen. Ich hauchte ein sehr sehr altes Wort in ihren Mund – sie rührte sich und öffnete die Augen. Dieser Erfolg hatte die Balance zwischen uns zunichte gemacht. Plötzlich waren wir verwirrt und unwahrscheinlich groß. Im Geiste suchten wir nach einem Namen, an dem wir uns festhalten konnten.

»Tig?« flüsterte sie.

Ich wiegte sie in meinen Armen. Sie richtete sich auf und schlang die Arme um mich, um mich gleich darauf von sich zu schieben.

»Vero – wo ist Vero?«

»Es geht ihm gut. Er ist gleich neben dir.«

Tatsächlich krabbelte Verolef in diesem Augenblick auf Callas Schoß zu und kuschelte sich zwischen uns. Sanft schaukelte ich beide, wobei ich die Augen offenhielt – mit geschlossenen Augen fiel es mir schwerer, den Namen festzuhalten.

»Euer Lordschaft, wir können nicht hierbleiben.« Chasco half Shree auf die Beine. Ich wandte gewaltsam den Blick von Calla und Verolef ab und sah mich in der Höhle um.

Die Wände sahen sonderbar aus – sie vibrierten wie die Schwingen eines Kolibris, so gewaltig waren die Erschütterungen an der Wurzel des Berges. Ich wußte, was Chasco nicht wußte: daß Verolef und ich, beide Naarlinge, immun waren gegen alle Gefahren, die jenes uralte Wesen entfesselt hatte, mit dem ich nun vereint war. Außerdem konnte ich jeden schützen, den ich schützen wollte. Wir fünf konnten an diesem Ort bleiben und gefahrlos den Untergang Vassashinays beobachten, zuschauen, wie die Menschen wie Fackeln in Flammen aufgingen, der Berg unter uns schmolz und zischend in die See strömte. Dies war unsere Vergeltung. Wir waren die Herrscher. (Der Boden gab unter uns nach.) Wir waren die prophezeite Gemeinschaft des Harashil mit dem alten Volke Naar; wir konnten tun, was immer wir wollten. Wir . . .

»Tig?« flüsterte Calla.

Ich zog sie fester an mich. Tief in meinem Inneren

sprach eine Stimme aus dem Kern aus Schuld und Abscheu leise zu mir. Es war meine eigene Stimme. *Denke an die Warnung.* Dies war keine Drohung, und es war nicht länger eine Warnung. Es war ein Rettungsseil für einen Ertrinkenden.

Denke an die Warnung.

Denke an Valsoria.

Mehr mußte ich nicht wissen.

Ich, Tigrallef, schob Calla und Verolef sanft von mir und richtete mich auf – zu meiner normalen Größe.

Mein Schädel war ein Schlachtfeld; jede Bewegung ein Kampf; das Heben einer Hand ein Sieg über widerstreitende Kräfte. Und das, noch bevor der Harashil auch nur auf meine Herausforderung eingegangen war.

Auf dem Gipfel des Gilgard standen wir uns gegenüber. Die Sonne brannte auf das spärliche Gras unter unseren Füßen herab und blendete uns von der spiegelnden Weite des Meeres. Dann wieder wuchs um uns herum der Seetang in den Straßen von Iklankish, das halberrichtete Zentrum des alten Vizzath, die abschreckenden eisernen Wehrtürme von Fathan, die Kuppelbauten von Baul, die Pyramidenstümpfe von Khamanthana, die Glasminen von Myr mit ihren zehntausend runden Toren. Das Große Namenlose Letzte Reich war nur ein Schatten, den ich nicht zu berühren wagte.

»Wir können das nicht tun«, sagte der Harashil.

»Sieh uns doch an«, entgegnete ich.

»Aber beide sind eins. Wir sind eins.«

»Das kann schon sein, aber *ich* bin Tigrallef.«

Er zuckte zurück, und ich wiederholte den Namen wie eine Beschwörung. Für einen Augenblick schien der Harashil zu schrumpfen, doch ich vertraute noch nicht auf meinen Sieg – und das war gut so.

Plötzlich wuchs der Harashil zum Doppelten meiner Größe an. Ungeheure Macht strahlte von ihm aus, der unerbittliche Wille, der forderte, daß ich mich wieder unterordnete, wieder eins wurde, diesmal für die Ewigkeit. Er streckte mir die Hände entgegen, und ich konnte nichts tun, als hilflos seine Geste erwidern – doch ehe sich unsere Fingerspitzen unabänderlich berührten, ballte ich meine Hände zu Fäusten und zog sie langsam, unter entsetzlichen Qualen, zurück an meine Seite. Die Miene des Harashil verfinsterte sich vor Wut und grenzenloser Verblüffung.

»Wir müssen tragen, was uns bestimmt ist«, sagte er. »Wir haben keine Wahl.«

»Es muß eine Wahl geben – warum sonst sollten die Alten eine Warnung geschrieben haben? Wenn es nie eine Möglichkeit gegeben hat, die Prophezeiung abzuwehren, warum dann eine Strafe für denjenigen, der es versucht? Ich habe doch recht, nicht wahr?«

»Teilweise«, entgegnete er widerstrebend.

»Wir haben eine Wahl?«

Widerwilliger, als würde er sich meiner Frage wegen die eigenen Fingernägel ausreißen: »Ja.«

»Dann sage mir, wie sie lautet. Du hast gesagt, wenn unser Tag käme, würdest du mir von der Warnung berichten. Ich glaube, dies ist unser Tag.«

Er zögerte. »Es gibt keinen Vorteil für dich. Du kannst es hinauszögern. Du kannst sogar dominieren. Du kannst meine Macht deinem Willen unterwerfen, gegen den meinen – eine Zeit lang. Aber während dieser Zeit wirst du leiden.«

»Das ist nichts Neues. Damit kann ich leben.«

Er kam näher. Unsere Häupter waren nun auf gleicher Höhe, und seine Augen, umrandete Kopien meiner eigenen, waren dunkle und unergründliche Abgründe.

»Du wirst durch mich leiden, Sproß von Oballef. Ich werde dich nicht verlassen, niemals. Ich werde dich aufstacheln und peinigen. Ich werde der Stein in deinem Schuh sein, der Sand in deinem Brot ...«

»Der Knoten in meiner Matratze? Der Knorpelrest zwischen meinen Zähnen?«

»... der Aschegeschmack in deinem Mund, die düsteren Träume, die dich in jeder dunklen Stunde verfolgen«, beendete er erbittert seinen Satz, ohne auf die Unterbrechung einzugehen. »Du wirst mich bekämpfen müssen, Saat des Exkommunizierten, jede Sekunde jedes Tages, im Wachen wie im Schlaf, und am Ende wirst du wahnsinnig werden – du selbst wirst all das werden, was du auf dieser Erde am meisten fürchtest und verabscheust, ein grausamer Gott, gewalttätig, herzlos und verrückt. All das und mehr wirst du sein.«

Mein Mund fühlte sich plötzlich sehr trocken an. Die Sonne brannte auf meinem Kopf, während der Schlamm meine Füße umspielte.

»Und dann?«

»Und dann werden wir das Große Namenlose Letzte Reich errichten, du und ich, und eines Tages werden wir die Welt ihrem vorbestimmten Ende zuführen; doch das glorreiche Zeitalter davor wird es nicht geben, denn das Große Namenlose Letzte Reich wird auf deinem Wahnsinn gebaut sein, und es wird schrecklicher sein, als du es dir jemals vorstellen kannst. Überlege es dir gut, Saat des Exkommunizierten.«

Pflichtgemäß überlegte ich gut. Dies war nicht die Art Drohung, auf die ich gefaßt gewesen war. Dies war weitaus schlimmer.

»Es ist sicher besser«, fügte der Harashil in etwas freundlicherem Ton hinzu, »der Welt ein paar Jahrhunderte des Lichtes zu schenken, ehe wir die große Dunkelheit über sie bringen. Laß uns beginnen.«

Er kam näher. Er lächelte, doch es war ein fremdartiger Zug, der um diese Kopie meiner Lippen spielte. Ich hatte noch nie auf diese Art gelächelt.

Ich erwiderte sein Lächeln. *Denke an die Warnung. Denke an Valsoria.* Die Geschichte mußte nicht so enden, wie der Harashil es behauptet hatte. Das Spiel war nicht vorbei. Ich hatte noch immer ein As im Ärmel, das ich jederzeit spielen konnte.

»Weißt du«, sagte ich leichthin, »mir ist aufgefallen, daß es Valsoria beinahe gelungen wäre, uns zu bannen.«

Der Harashil zuckte erschrocken zurück.

»Ich kann es verzögern, sagtest du. Das ist gut, sogar sehr gut – wenn ich mir meine geistige Gesundheit lange genug erhalten kann, dann werde ich doch noch über dich und die Prophezeiung siegen, von den Alten ganz zu schweigen.«

Noch während ich sprach, begann der Harashil zu wachsen. Der goldene Dunst trat aus den Poren seiner Haut. Wieder griff er nach mir und drängte mich mit erbitterter Verzweiflung, seine Hände zu ergreifen. Seine Macht war stark und furchtbar zugleich. Seine Augen dehnten sich zu großen, goldenen Brunnen ...

Und ich *wollte* mich ihm erneut hingeben, wollte mich wieder in der Größe und Ehre verlieren, der prophezeite und machtvolle, der vollendete Erbauer und Zerstörer, Stamm des großen Baumes zu sein. Ich *wollte* mein Reich erbauen. Warum Wahnsinn und Schrecken riskieren, wenn am Ende doch dasselbe dabei herauskommen würde – falls es nicht noch schlimmer kommen würde. War es nicht besser, mich jetzt geschlagen zu geben, zu verschmelzen, zu erbauen und zu regieren, während einer Zeit des Lichtes, um später den Niedergang in der Finsternis als den vorbestimmten Weg der Dinge anzunehmen ...

»Nein.«

Ich biß mir auf die Lippe, ich kämpfte, erinnerte mich an Sher, nutzte Schuld und Abscheu und sturen, dumpfen Eigensinn als einzige mir verbliebene Kraft, und wieder gelang es mir, meine Fäuste bei mir zu behalten. Der Harashil tobte, doch ich befahl ihm zu schweigen, was er überraschenderweise auch tat. Er stürzte sich auf mich, und ich befahl ihm, zurückzuweichen, was er ebenfalls tat. Dann legte er seinen großen leuchtenden Kopf zur Seite und wartete darauf, daß ich sprechen möge. Ich war bereit.

»Hör mir zu«, sagte ich. »Ich werde den Bannspruch finden. Ich weiß, daß es ihn gibt, denn Valsoria hatte eine verfälschte Version davon. Ich weiß, daß es funktionieren kann, denn ich habe deine Angst gespürt. Und ich werde ihn finden. Und wenn der Weg mich in jede Grube führt, die du in den letzten zehntausend Jahren gegraben hast, und wenn es hundert Generationen dauert, ich werde diesen Bannspruch finden. Und wenn ich ihn gefunden habe, dann werde ich dich vernichten.«

Drohend ragte er vor mir auf. »Und riskieren, dich selbst dabei zu zerstören?«

»Ja, wenn das die Art ist, wie es geschehen soll. Eines Tages werden wir es erfahren.«

Der Harashil nickte. »Du hast deine Wahl getroffen – für den Augenblick. So soll es sein – für den Augenblick.«

Er senkte abwartend den Kopf. Der Kampf war vorbei – für den Augenblick. Etwas war noch zu tun. Ich hob die Hände und streckte sie aus. Mit einer Geste der Resignation spiegelte der Harashil meine Bewegung. Seine Hände fielen auf die meinen herab. Unsere Finger berührten sich.

Schreie, Donner und glühende Hitze begleiteten mein Erwachen. Entsetzliche Müdigkeit zerrte an jedem meiner Muskeln. Es gelang mir gerade noch, den Kopf zu heben und den Berg anzuweisen, sich zu benehmen; der Magma zu befehlen, in den Felsspalten zu gefrieren, den glühenden Strömen, nicht mehr zu fließen und dem Boden, ruhig zu sein. Hinterher verbannte ich gewissermaßen als Wiedergutmachung die Seuche aus Vassashinay, und schwor beim Kopf meines Sohnes Verolef, die Macht des Harashil nie wieder zu benutzen; dann fiel ich auf den Füßen stehend in Schlaf, genauer gesagt, glaube ich, daß ich das tat, denn Schreie und Donner wurden nicht leiser, sondern lauter, und am Rande meines Sehfeldes pirschten sich abstoßende Schatten heran.

Ich kann mich nicht mehr an den dunklen Weg erinnern, der die Plattform mit den geheimen Räumen des Sacellums verband, nicht an das Labyrinth geheimer Gänge, das uns ans Tageslicht zurückbrachte, oder den heimtückischen, überwucherten Pfad, der uns in die Bucht hinabführte, in der Chasco unser Boot vertäut hatte. Calla erzählte mir später, daß ich sie ein gutes Stück des Weges getragen hätte, doch auch daran kann ich mich nicht erinnern. Als ich die Augen wieder öffnete, streckten wir uns bereits auf den warmen Deckplanken unter wirklichem Sonnenschein aus, und nur einige dunkle Wolken über der Bergkuppe erinnerten noch an die Verdammnis, die beinahe über Vassashinay gekommen wäre. Doch schon erfaßte auch sie der Wind und trieb sie auf das Meer hinaus. Stöhnend setzte ich mich auf und hielt mir den Kopf.

Calla hatte sich neben mir zusammengerollt. Shree lag mit geschlossenen Augen und bleichem, blutverschmiertem Gesicht, aber gesunder Atmung an dem Deckaufbau. Neben ihm war Verolef offenbar fest entschlossen, kopfüber über die Reling zu stürzen. Ich streckte die Hand aus, packte den Saum seiner Robe und zog ihn auf sicheren Boden zurück.

»Ich habe Fische gesehen«, erklärte er. »Ich werde welche fangen.«

»Gut«, sagte ich. »Aber bleib trotzdem im Boot.«

Er dachte darüber nach und nickte. Dann war er schon wie ein kleiner Wirbelwind auf und davon in Richtung Schiffsmitte, wo er Chasco beim Setzen des Focksegels helfen oder stören wollte. Augenblicke später hörte ich das Trippeln kleiner Füße auf dem Kajütgang.

»Für ihn ist das alles neu«, erklärte Calla müde. Mühevoll richtete sie sich zu einer sitzenden Position auf. Ich half ihr über den Schandeckel und lehnte sie an selbigen, ehe ich mich neben sie setzte und meinen Arm um ihre Schultern legte. In den Kabinen unter uns krachte etwas. »Er wird sich schon noch eingewöhnen«, fügte Calla hinzu.

»Das hoffe ich«, entgegnete ich zweifelnd. »Ich schätze, ich kann mit dem Harashil fertig werden, aber was Verolef angeht, bin ich nicht so sicher.«

»Nur keine Sorge. Wir sollten dankbar sein, daß er anscheinend schon vergessen hat, was im Sacellum mit ihm geschehen ist.« Sie legte ihren Kopf an meine Schulter und blickte stirnrunzelnd zu mir auf. »Was ist im Sacellum geschehen? Was ist der Harashil? Und was ist mit der Heiligen? Und wie hast du ...?«

Ich legte ihr die Hand über den Mund. »Ich werde dir alles erzählen, aber nicht jetzt. Ich muß erst die richtigen Worte dafür finden.«

Geistesabwesend starrte ich meine Hand an. Sie war noch immer aus Fleisch und Blut, aber nun ruhte eine übernatürliche Kraft in ihr. Begleitet von einer bösen Ahnung dachte ich an die Jahre der Arbeit, die nun vor mir lagen: die Mühe, die es kosten würde, diese Hand in ihrer alten Form zu erhalten, ihre Macht über die Menschen zu begrenzen, den Harashil im Schach zu halten, während der Suche nach einem Mittel, ihn für immer zu bannen. Ich konnte ihn fühlen, wie er unter meiner Haut wartete und ebenso Teil meines Selbst war wie mein Herz, meine Augen und diese Hand aus Fleisch und Blut.

»Calla? Ich brauche deine Hilfe.«

»Was immer du willst.«

»Ich brauche dich, um bei Verstand zu bleiben.«

Sie nickte besonnen. In diesem Augenblick ahnte sie alles, was es zu wissen gab.

Hand in Hand blieben wir noch eine Weile schweigend sitzen, bis ich sie mit Shree allein ließ, um Chasco beim Hissen des schweren Hauptsegels zu helfen, das die Lorsk weit hinaus auf die offene See treiben sollte.

ENDE

Band 20 329

W. J. Maryson

Die Legende vom Meistermagier

Sperling

Deutsche Erstveröffentlichung

Auf der Suche nach fruchtbarem Land entdeckt der einfache Reiterjunge Jyll vom Gandrasvolk die versteinerte Figur des Riesendrachen Gauzio, der einst das Land mit Schrecken überzog, bis er schließlich vom Meistermagier Arrabed besiegt wurde. Bougiac, ein Heiler und Magier, erkennt in Jyll den Einen, der laut einer Prophezeiung zusammen mit acht Gefährten das Buch der Erkenntnis finden und die fünf Erzschwerter zu einem schmieden wird. Jyll folgt nur widerwillig seiner Bestimmung. Schon bald wird ihm klar, daß eine dunkle Macht mit allen Mitteln zu verhindern sucht, daß er sein Ziel erreicht ...

Ein meisterhaftes, oft poetisches Fantasy-Epos aus den Niederlanden, mit einem Weltenentwurf, der sich vor dem HERRN DER RINGE nicht zu verstecken braucht.

Band 20 319
E. R. Eddison
Der Wurm Ouroboros

Dieser Roman ist das letzte unentdeckte große Meisterwerk der modernen Fantasy, ein Epos, in dem Sprache und Handlung zu einem Kunstwerk verschmelzen. Zusammen mit dem HERRN DER RINGE hat es ein ganzes Genre geprägt.

Krieg ist entbrannt im Lande Merkurien. Dem Heer des grausamen Königs Gorice von Hexenland stehen die Fürsten des Dämonenlandes gegenüber, von übermenschlichen Leidenschaften verzehrt, stolz und kühn. Nur wenn einer von ihnen den höchsten aller Berge zu erklimmen vermag, kann er das Mittel finden, um Gorice, dem mächtigen Feind, zu trotzen. Denn Gorice umgibt ein düsteres Geheimnis, das ihn fortleben läßt von Geschlecht zu Geschlecht – und zum Zeichen trägt der König einen Ring in Form des Wurm Ouroboros, des Drachen, der seinen eigenen Schweif verschlingt.

BASTEI LÜBBE

Sie erhalten diesen Band im Buchhandel, bei Ihrem Zeitschriftenhändler sowie im Bahnhofsbuchhandel.